作家榜经典名著
★★★★★★★★★
读经典名著，认准作家榜

5分钟短经典 ① 全二册

作家榜 编　陈登颐 译

四川人民出版社

本书精选自陈登颐先生经典中译本《世界小说100篇》

目录 ①

纯真

小兵
[法] 居伊·德·莫泊桑
但愿他知道真相就好了！
002

天国之车
[英] E. M. 福斯特
他感到有新鲜的叶子碰触到自己的额头，有人给他戴上了桂冠。
013

我想知道为什么
[美] 舍伍德·安德森
我蓦地觉得我爱这个人就同我爱这匹马一样。
039

赦免
[美] 弗朗西斯·菲茨杰拉德
他跨过了一条看不见的界线。

阿拉比
[爱尔兰] 詹姆斯·乔伊斯
我凝视着黑暗,看见自己活像一个被虚荣心所驱使和嘲弄的动物。

园会
[英] 凯瑟琳·曼斯菲尔德
这个美好的下午就像一朵花慢慢成熟,慢慢凋谢,慢慢合上花瓣儿。

斯莱德尼·瓦什塔
[英] 赫克托·休·芒罗
为我显神通吧,斯莱德尼·瓦什塔。

快成年的小子
[美] 理查德·赖特
前面,长长的钢轨在月光下闪闪发亮,延伸到,延伸到远方什么地方,他将要在那里成为男子汉……

独处

我的亲戚莫利纳斯少校
[美] 纳撒尼尔·霍桑
兴许你不用你亲戚莫利纳斯的帮助,也会找到出路的吧。

蓝色旅馆
[美] 斯蒂芬·克莱恩
任何房间都可以成为悲剧的场所,任何房间也可以成为喜剧的舞台。

三怪客
[英] 托马斯·哈代
那刽子手唱着歌,竟不知道坐在他旁边的就是他要绞死的人。

来客
[法] 阿尔贝·加缪
在这片他热爱的广漠大地上,他是孤独的。

外套
[俄] 尼古拉·果戈理
在他的生命行将消逝之前,一个化身为外套的光明使者曾经来访。

罗杰·马尔文的葬礼
[美] 纳撒尼尔·霍桑
你的眼泪为你父亲和你儿子一同流淌吧。
298

伊凡·伊里奇之死
[俄] 列夫·托尔斯泰
你过去、现在的生活全都是虚伪的,都是向你隐瞒了生和死真谛的一场骗局。
324

隐秘

信号员
[英] 查尔斯·狄更斯
下面那儿!当心!当心!
400

一个旅客关于恐怖床的故事
[英] 威尔基·柯林斯
而这里呈现的只是悲剧——一出缄默而怪异的悲剧。
420

一桶阿蒙蒂拉白葡萄酒
[美] 埃德加·爱伦·坡
攻击我的人，必遭还击。

分歧

发电机之神
[英] 赫伯特·乔治·威尔斯
发电机之神，你没有吃饱吗？你的仆人准备供你差遣。

夕阳
[美] 威廉·福克纳
我不过是个黑人。这不是我的过失。

老人
[美] 威廉·福克纳
它会沸腾着，挣扎着，要再见到光线和空气，再度寻求阳光。

新兴者必相会
[美] 弗兰纳里·奥康纳
旧世界已经一去不复返了。
522

伤痕

好人难寻
[美] 弗兰纳里·奥康纳
人生压根儿就没有真正的乐趣。
548

杀人者
[美] 欧内斯特·海明威
他明知道就要大祸临头,可什么办法也没有。
571

国家的宾客
[爱尔兰] 弗兰克·奥康纳
既然咱们都是朋友,为什么要枪决他?
586

刽子手
[法] 奥诺雷·德·巴尔扎克
亲爱的胡安尼托,我跪的地方对吗?

605

园丁
[英] 约瑟夫·拉迪亚德·吉卜林
失踪总是意味着死亡。

620

Naivete
纯真

小兵

居伊·德·莫泊桑

（1850—1893）

法国作家，被誉为"世界短篇小说之王"，与安东·巴甫洛维奇·契诃夫、欧·亨利并称为"世界三大短篇小说巨匠"。擅长以平凡、细碎的事物为切口，写透生活的真相。著有《羊脂球》《我的叔叔于勒》《项链》等。

每星期日，这两个小兵一有空闲，便出去野游。他们离开营房便向左拐，以行军般的速度，大步穿过库伯瓦，到了屋少人稀的地方，才放慢脚步，沿着通往贝松那条光秃秃的、积满尘土的公路往前走。

他们俩身材瘦小，外套却又大又长，人裹在大衣里几乎要消失不见，袖子垂下来把两只手统统遮住，肥大的红色马裤挺碍事，使他们只好劈开腿走路。在又高又硬的筒状军帽下面，他们的脸显得特别小——这是两张布列塔尼人的、表情贫乏空洞的脸，朴实，几乎像牲口一样单纯，蓝色的眼睛柔和而安详。

他们一路上都不说话，径直往前走，既然两人的想法一致，那就不用交谈了。事实是，他们在尚皮乌附近的小树林里，找到了一处使他们想起故乡的地方。他们只有在那里才心情舒畅。

每当走到通往科隆布和沙杜两条路的交叉口，他们总要到树丛下面摘下沉甸甸的军帽，擦擦脑门上的汗水。

他们总要在贝松桥上小憩片刻，俯在桥栏上待几分钟，望望塞纳河。有时他们放眼远眺，注视广阔的阿让特伊大湖，许多挂着白帆的轻舟微倾着在河上疾驶。这也许让他们回想起了布列塔尼的水乡景色、他们故乡附近的瓦讷港，以及越过整个莫尔比昂省驶向浩瀚大海的渔船。

他们一过塞纳河，便到农村的腊肠商、面包商和葡萄酒商那儿购买食物。一根血肠，四个苏[1]的面包，一升酒，就是他们的一顿饭食，他们用手绢包好带上。离开这个村庄以后，他们便把步子放得很慢，谈起话来。

在他们前面有一片贫瘠的平原，星星点点的树木点缀其间，走过这平原便是一片小树林，他们觉得它很像克尔玛利旺的那片树林。在庄稼的一片新绿之中隐着一条小路，路两旁则是谷物和干草。让·克德朗一个劲儿地对吕克·勒·加尼德说：

"这景致看起来好像普卢尼翁。"

"对，一点不错。"

他们并排往前走，心里充满了对故乡模糊的回忆，埋藏在他们心里的一些图景渐渐被唤醒了。这些图景朴素得好像花一便士就可以买到的大幅彩色画。他们一路走，一路回忆，想起了不少东西，一会儿是粮食地的一角，一会儿是一排树篱和一片高沼地，一会儿是一处十字路口，一会儿是一座花岗岩十字架。

他们也总是会在一块作为界标的硕大岩石旁停下来，因为它看起来就像洛克讷旺那地方的环形列石。

每个星期日，当他们走到第一片树丛时，吕克总要割下一

---

[1] 苏：法国币制，五生丁为一苏，二十苏为一法郎。一苏的铜币早已停止流通，但习惯上还沿用这一名称。（如无特殊说明，注释为译者注）

根榛树枝，轻轻地剥掉树皮，心中思念着老家的亲人。让则在一边拿着食物。

吕克时不时说出一个名字，或是简单地提到他们在孩提时代做的某件事情，便能引发两人漫长的遐想。他们的故乡，他们心爱又遥远的故乡，一点儿一点儿重新占据了他们的心，从远处向他们传来了它朦胧的形象、声音、闻名遐迩的景色和芳香的气息——咸咸的海风吹拂着翠绿的大地。

他们闻到的不再是那巴黎马厩、牛棚里的臭味（巴黎郊区便是用那儿的粪便施肥的），而是金雀花的芳馨。带着咸味的海风把这些花瓣摘下，刮走。在他们眼中，河岸上方露出的船帆仿佛就是海船的大白帆，从他们家一直蔓延到海边的那片辽阔平原上，常常能看见这样的海船。

吕克和让迈着小碎步往前走，心头萦绕着甜蜜的乡愁，却又像被囚禁在笼子里思念原野的野兽，感到深深的悲痛。

等到吕克把纤细枝条的树皮剥掉，他们已到了树林的一角，他们每个星期天都在这儿吃早饭。

他们找到了上次藏在灌木丛里的两块砖头，搭了个灶，点燃一小堆树枝，用刺刀挑着血肠，放在火上烤。

他们吃完了早饭，把最后一点面包屑都咽下肚，把最后一滴葡萄酒都倒进喉咙，便并排坐在草地上，一句话也不说；眼皮耷拉下来，凝视着远方，像做弥撒那样交叉着手指；穿红裤的腿伸出去，紧挨着田野里的罂粟花。他们圆筒皮军帽和军服上的黄铜纽扣在骄阳下闪闪发光，连他们头顶上边歌唱边盘旋的云雀，也惊疑地停在半空。

约莫晌午时分，他们开始不时地向贝松村的方向瞟一眼，因为那个放牛的姑娘就要来了。

她每星期日牵着牛去挤奶或是放牧（这个地区只有这一头牛被牵到外面放牧），总要经过他们身边。她的牛在前面不远处树林边的一片狭长的草地上吃草。

他们很快便看见那个姑娘了。晌午时分只有她从这片原野上走过。在火焰一般的阳光下，她的锡制牛奶桶反射出耀眼的光芒，他们看见了便满心高兴。

他们从来没有谈起她，只不过他们见到她就高兴，也不懂是什么缘故。

她是一个高大强壮的乡村姑娘，红头发，皮肤被烈日烤得黑黑的，是巴黎郊区那种高大健壮的乡村姑娘。

有一回，她发现他俩又坐在老地方，便说：

"早上好。你们俩总是在这儿，是吗？"

吕克胆子比较大些，结结巴巴地回答道：

"是的，我们来歇会儿。"

就谈了那么两句话。可是下个星期天她一见他俩就笑了起来，带着母爱般的柔情和女性的敏感。她察觉到他俩挺害羞，便问道：

"你们在那儿干吗呀？你们是想看草儿怎么长出来还是咋的？"

吕克被这句话逗乐了，也露出了笑容，说："也许是的吧。"

她继续说："哎哟！这要看到哪一年啦？"

他还是咯咯笑着，回答道："嗯，说得是呢，可费工夫呢。"

她走过去了。可是拎着满满一桶牛奶回来的时候，她又在

他们面前站住,问道:

"你们可想喝点儿?闻了这牛奶的味儿就像是回到了老家。"

她本能地感觉到,他们和自己一样也是乡下人。也许,是因为她自己也远在异乡吧,她猜测到了且触动了他们的心思。

他们俩都很感动。接着她费劲地把一点牛奶灌进他们原来盛酒的玻璃瓶里。吕克先是小口小口地喝,过一会儿便看看自己是否喝过了一半,然后才把瓶子递给让。

她挺立在他们面前,双手在臀部交叉,牛奶桶放在她脚下,她看到自己使他们这么愉快,也感到高兴。

于是她走了,一边喊道:"走了!再见!下个星期天再见!"

他们目随着她高高的身影,直到她的影子越来越小,隐入田野的葱绿之中,一点儿也看不见了为止。

下个星期他们离开营房的时候,让对吕克说:

"咱们是不是该给她买些好吃的东西?"

到底买什么精美可口的食品送给这放牛的姑娘呢?这可是个难题,很让他们伤脑筋。

照吕克的想法,最好送她一块牛肚。可是让却宁愿买些糖果,因为他自己也喜欢吃糖,他一个劲儿地说自己的主意好。于是他们在一家食品杂货铺买了两个苏的糖果,有白的也有红的。

这天他们吃早饭比往常快得多,都在热切盼望和姑娘会面。

让最先看见她。"她在那儿!"他说。吕克也跟着说:"是的,她在那儿。"

她看见了他们,老远就咯咯地笑着,高喊道:

"你们好吗?"

他们一起回答:"你呢?"

接着她谈起了一些他们感兴趣的琐事,谈天气,谈庄稼,也谈起她的主人。

他们有些害怕,不敢把糖果拿出来,糖果在让的口袋里慢慢地融化了。

吕克终于壮起胆量,低声说:

"我们给你买了点东西。"

她问:"是什么?快说!"

让羞得连耳朵根都红了,总算摸着那只小小的三角纸袋,把它拿出来。

她开始吃那小小的糖块,用舌头搅着,使它从一个腮帮滚到另一个腮帮,脸颊的肌肉鼓出来好几块。两个小兵坐在她面前,定睛瞅她,心里真是又激动又高兴。

然后她去挤牛奶了,回来时再一次给他们倒了一点牛奶。

整整一星期,他们都在想念她,有好几次他们甚至还谈到她。下个星期天,她坐下来,和他们聊了很久。他们仨紧挨着坐在一起,双手抱着膝盖,迷惘地望着远处,谈着各自做的一些琐事,以及各自出生的村庄的生活细节。一边的奶牛看见挤奶的姑娘在半路停下了,便转过它沉重的脑袋,把湿漉漉的鼻子向她伸过去,不停地哞叫着,唤她回来。

不久,姑娘便答应和他们一起吃点面包、喝口酒。她常常在口袋里装些梅子带给他们,因为这时梅子正好上市了。有她在身旁,这两个布列塔尼小兵变得灵光起来,像两只鸟儿一样叽叽喳喳说个不停。

一个星期二，吕克请假外出了，到晚上十点钟才回来，这是以前从来没有过的事。

让感到心神不安，他绞尽脑汁，想猜出他的伙伴为什么要请假出去。

紧接着的星期四，吕克向他同铺的人借了十个苏，又请假外出几小时，这次也获准了。

星期天他和让一起出去的时候，他的举动很怪，一副烦躁不安的样子，好像换了个人。让想不通是怎么回事，可也隐约模糊地觉得出了什么岔儿，只是猜不出是什么。

他们一路上一句话也没说，一直走到往常停歇的地方（因为他们老是坐在同一处，那儿的草几乎都被磨蹭掉了）。他们坐下来慢慢地吃面包，都不怎么饿。

不久那个姑娘出现了，和以前的每个星期天一样，他俩目不转睛地瞅着她走过来。等到她走到近前，吕克站起来向前迎上两步。她把牛奶桶搁在地上，吻起他来。她抱住吕克的颈子，热情地吻他，根本不注意让，好像忘记有让这个人在场，压根儿就没有看见他。

可怜的让，他绝望地坐在那儿，一下子蒙了。他的心里好像打翻了五味瓶，整颗心快碎裂了，但他却诉不清自己的苦楚。

接着姑娘在吕克的身旁坐下，他俩开始闲聊起来，让没有看他们一眼。他现在猜出为什么他的伙伴在一个星期中两次请假外出了。他感到五内俱焚，好像被刀子捅伤了，朋友的背叛使他撕心裂肺般地悲痛起来。

吕克和姑娘一起站起来，走了，他们去给牛换个吃草的地方。

让目随着他们。他看见他们身体紧挨着走,他伙伴的红马裤在这条路上显得非常鲜明刺目。是吕克拿起木槌打下了拴牲口的桩子。

姑娘俯下身子挤牛奶,吕克则心不在焉地抚摸着牛突出的脊骨。接着他俩把牛奶桶留在草地上,钻进了树林深处。

除了那儿茂密的树叶以外,让什么也看不见。他感到苦恼透了,要是挣扎着站起来的话,肯定会摔倒。

他一动也不动地坐着,既惊愕又痛苦,那是一种单纯却深沉的痛,使他浑身麻木。他想哭,想跑掉,想藏起来,再也不见任何人。

突然,他看见他俩从树丛里出来了。他们柔情脉脉地回来了,互相牵着手,就好像村庄里订了婚的小两口一样,这会儿是吕克拎着牛奶桶了。

他俩分手以前再一次接了吻,姑娘友好地向让说了声"再见",并且抛了一个意味深长的微笑,便径直离开了。今天她不再想到给他牛奶了。

两个小兵紧挨着坐在地上,像往常一样纹丝不动,沉默、安详、平静的脸上没有任何内心翻涌的迹象。阳光照在他们身上。有时那头奶牛从远远的地方望见他们,慢声哞叫起来。

如往常一样,他们到点就起身回去。

吕克割了一根柔软的枝条。让拎着那只空瓶,把它还给贝松村那个卖酒的人。接着他们向桥边走去。和以往每个星期天一样,他们在桥当中停歇几分钟,看着桥下的河水流淌。

让倚在铁栏杆上,他越俯越前,已经越过了铁栏杆,仿佛

流水里有什么吸引人的东西。吕克问:"你想喝水吗?"话音未了,让的身体就失去平衡,向前栽下去。只见他的腿在空中划了个圈,那个穿红蓝色军服的小兵便扑通一下跌进水里,消失不见了。

吕克慌得喉咙发麻,想喊却喊不出。在桥的下游,他瞧见什么东西动弹了一下,接着他伙伴的头冒出河面,随即又淹没在水里。

再往下游,吕克又看见一只手,孤零零的一只手从流水里伸出来,随即又落下去。一切都完了。

当天一艘驳船开到出事地点,没有打捞到尸体。

吕克独自奔跑着回到营房。他方寸全乱了,疯了似的流着泪,带着哭音,一再地擤鼻子,断断续续地叙述这不幸的事情:"他向前俯……他……他……向前俯……太靠前……太靠前……他翻了个跟头……于是……于是……他摔下……他摔下……"

他激动得哽住了,再也说不下去了。但愿他知道真相就好了!

(1885年)

天国之车

E. M. 福斯特
(1879—1970)

英国小说家、散文家。曾任剑桥大学国王学院荣誉研究员。擅长探究人与人之间的隔膜。著有《看得见风景的房间》《霍华德庄园》等。美国文艺学院设立E. M. 福斯特奖，以纪念其在文学上的杰出表现。

一

住在瑟比顿白金汉公园路28号阿加索斯别墅的那个男孩，看到斜对面的那个路标常常发愣，迷惑不解。他问他母亲，她总是回答，那是多年前某些淘气的年轻人的恶作剧，她还说警察早该把它拆掉了。这个路标有两个奇怪之处：首先，它指向一条没有房屋的空巷；其次，它上面用已经褪色的油漆写着几个不知所云的字——"通往天国"。

"是些什么样的年轻人呢？"他问道。

"记得你爸说过，其中有一个会写诗，曾被大学开除，并经历了一些其他的不幸之事。不过，这都是多年前的事情了，你得问你爸，他也会告诉你，这个路标竖在那儿完全是恶作剧。"

"那么，它根本没有意义了？"

母亲打发孩子穿上最好的衣服上楼去，因为邦斯父女就要来用茶点，孩子该给他们送蛋糕。他使劲套上紧绷绷的裤子的时候，突然心血来潮，想到不妨问问邦斯先生关于路标的事。

他的父亲虽然和蔼仁慈，但每当他或别的孩子问什么问题，或是讲什么事的时候，他总会尖声怪气地嘲笑一通。邦斯先生则不然，非但和蔼，和孩子讲话时也很严肃、认真。他有一幢漂亮的房屋，常常借书给人看，他是教会执事，也是郡议会的议员。他曾经向"免费图书馆"慷慨捐书，并且是当地文学协会的主席，下院议员经常到他寓所去拜访。总之，在孩子心目中，他可能是世界上最有智慧的人了。

然而连邦斯先生对那个路标也不太清楚，只说那是一场玩笑——是一个名叫雪莱¹的人开的玩笑。

"可不是吗！"孩子的母亲喊道，"我的宝贝，我不是对你说了吗？这人叫雪莱。"

"你有没有听说过雪莱这个人？"邦斯先生问他。

"没有。"孩子说，不好意思地低下头。

"唔，你们家里没有雪莱的书？"

"哦，有的！"主妇感情激动地喊了声，"亲爱的邦斯先生，我们不是那种庸俗的市侩(kuài)。至少有两套，一套是结婚礼物，另一套是缩印版本，放在一间空屋里。"

"我相信，我们家有七套雪莱著作。"邦斯先生说完莞尔一笑。然后他拂掉前襟上的蛋糕屑，和女儿一起，起身告辞。

主妇向孩子递了个眼色，孩子会意了，陪送客人到花园门前。客人走了以后，孩子没有马上回屋，站在门口把白金汉公

---

1 雪莱：即珀西·比希·雪莱（1792—1822），英国浪漫主义诗人，也是科幻小说之母玛丽·雪莱的丈夫。*（*为编者注）

园路上上下下眺望了一番。

他的父母住在马路的右首，从三十九号往后，房屋的结构就很差劲了。六十四号甚至连供仆役出入的门也没有。不过眼下，整条街道看起来都挺美，因为太阳刚刚下山，满天是灿烂绚丽的云霞，租金昂贵或低廉的差别都淹没在这番红花般的夕晖里了。小鸟啁啾鸣啭，载送养家糊口的职工的火车，发出和谐悦耳的汽笛声，在路堑里开过。这个路堑所在的地方风景特别优美，仿佛瑟比顿区的美景都集中在那儿了，它被冷杉、白桦、樱草花点缀得花团锦簇，美到极点，就像阿尔卑斯山的山谷一样。就是这个路堑第一次引起了男孩的憧憬——一心向往超脱于现实之外的理想世界。至于到底向往什么，他自己也说不清，每逢阳光（就像这个傍晚一样）给景物涂上绚丽的色彩时，他的心里就充满了这种悠远的遐想，海阔天空地忽升忽降、时浮时沉，直到他感到自己进入了一个超尘绝俗的境界，激动得要失声呼喊。这个傍晚他更是若痴若醉了。他傻乎乎地穿过马路，经过那个路标，走进那条空巷里去。

那条巷子两边都是高墙，一边是"艾凡赫"，一边是"美景园"。巷子里弥漫着花园里散发的芳香。这条巷子很短，包括巷口到街道的拐角这一段在内，也仅有二十码长。所以孩子走了一段以后，很自然地就收住脚步。"我想踢那个雪莱一脚。"他喊道。就在这时他懒洋洋的目光瞥见墙上贴着的一张招贴，内容很古怪，他仔细看了一遍，才转身回家。上面写道：

S. 和 C.R.C.C. 公司启事

谨启者，由于生意清淡，本公司不得已将每小时一趟的班次取消，只保留日出和日落两趟班车照常行驶，务请顾客谅解。

又：本公司首次发售来回票，请向司机索取。当天有效，过期作废，乘客务请注意。终点站不发售车票，如因无票误车而不能回来，本公司概不负责。

凡因疏忽丢失车票，因意外或冰雹、闪电等人力无法防止之天灾而蒙受损失，本公司概不赔偿。

他以前从未见过这个布告，也想象不出这趟班车驶往何处。S 当然是指的瑟比顿，而 R.C.C. 无疑是长途班车公司的首字母了，可是紧接着 S 的那个 C[1] 指的是哪里呢？也许是库姆和莫尔登，也可能是泛指"城市"吧，然而它怎么也无法和西南客运公司竞争呀，孩子想，这个客运公司干的完全是赔钱买卖。为什么终点站不售票呢？而且发车的时间多怪！他寻思了一番，弄明白了：除非这张招贴是个骗人的玩意，如果不是，那就是说有一趟班车就在他向邦斯父女道晚安的时候发出了。他在渐浓的暮色中凝视着地面，看到有一些痕迹像是车辙，又不太像。然而，他和邦斯道别时分明没有车辆从这条巷子里驶出呀，而且他从来没有见过公共车辆在白金汉公园路上驰过。不，这准和那个路标神话及他常做的黄粱美梦一样，是靠不住的虚妄的东西。于是，他叹

---

[1] C：英语"天上的"的首字母。

了口气，从巷子里走出，恰巧和他父亲撞了个满怀。

瞧他父亲那个笑的呀！"啊，可怜的波普西，快来看！"他喊道，"狄登姆！狄登姆！狄登姆以为，他可以步行到天国去！"他母亲在阿加索斯别墅的台阶上出现了，也是笑得前仰后合。"鲍勃，别说了！"她笑得喘不过气来，"别这样淘气！哦，你真要叫我笑死呀！呵，呵，你随这孩子去吧！"

可是这玩笑开了整整一个晚上。父亲恳求孩子把他也带去。走去很累吗？到了天宫前面要不要把鞋子在棕垫上擦干净呢？孩子上床去的时候感到没精打采而且很恼火，心想幸好自己一个字也没提到那趟班车。这是个虚无缥缈的东西，可是在他的梦中却变得越来越真实。他乘着天国之车，千真万确地看见它在瑟比顿的街道上驰过，而街道倒好像是虚幻的影子了。他隐约瞥见了目的地，因此第二天清早他醒来时，不禁惊喜得喊出声来。

他划燃了一根火柴，不仅照亮了手表，而且照亮了日历，他看清楚离日出还有半个小时。天色还是一片漆黑，因为从伦敦刮来的夜雾，把瑟比顿笼罩得严严实实。他跳下床来，赶紧穿好衣服，打定主意要一劳永逸地弄明白，到底天国之车是真实的，还是瑟比顿的街道是真实的。他想：一定要弄明白，要不，我总是迷糊。很快他就到了街上，走到守卫在巷口的那盏街灯下面，晨寒使他直哆嗦。

走进这条巷子就得有些勇气。它不仅黑黢黢(qū)的怪吓人，而且孩子现在明白了，它根本不可能作为公共车辆的始发站。要不是他听见有个警察在雾气里向他走来，他是壮不起胆子走进巷子里去的。一瞬间他到了巷子里，可是抬头一看，这条空荡荡的巷子里除了他这傻乎乎的小子以外，什么也没有。他目瞪口呆地凝视着地面。"这确实是个骗局。我要告诉父母。"他打定主意，"我活该受到嘲笑，我太蠢了，活该受到他们嘲笑。"于是他回到阿加索斯别墅。

回到家里以后，他才想起自己的表快了。太阳还没有升起，离日出还有两分钟。"再去看看那辆班车吧。"他带点自嘲的意味重新回到巷子里。

那辆班车果然在那儿了。

二

拉车的有两匹马，由于远道而来，马身上还冒着汗气。车前的两盏大灯透过蒙蒙晨雾照到空巷的墙上，把墙上的蛛网和苔藓照成了仙境风景的绢画。马车夫围着斗篷，蜷缩成一团，朝着空无一物的墙壁发愣。他怎么能利索而悄无声息地把马车驶进巷子？这实在是孩子百思不解的。他也无法想象，马车夫怎么才能把车子驶出这条小巷。"请问，"孩子在污浊的褐色空气中颤着声音说，"请问，这是一辆公共马车吗？"

"是公共马车。"马车夫说，并没有转过身来，接着沉默了片刻。一个警察咳嗽着走过巷口。孩子忙蹲到阴影里，因为他不愿让人发现。他心里琢磨，这马车夫十有八九是个海盗式的人物，准没错。要不然，孩子心里忖(cǔn)度，他怎么会在这个古怪的时刻，从某个古怪的地方远道而来呢?

"你什么时候起程?"孩子故意不动声色地问。

"在日出的时候。"

"你要走多远?"

"全部的路程。"

"我能不能弄一张来回票?"

"行。"

"你知道,我还拿不定主意是否乘这趟车。"

马车夫没有回答。这时太阳准是已经升起了,因为车夫松开了车闸。孩子刚刚跳上马车,它就辚辚地驶动了。

怎么回事?车子转弯了吗?可巷子里很窄,没有地方转身呀。是一直往前走吗?前面又有墙堵住了路。可是马车移动了,稳重地、堂而皇之地,在由褐色变成黄色的雾里移动。孩子想到自己放弃了温暖的床铺和热乎乎的早饭,就感到一阵虚弱。他懊恼不该来,父母一定不赞成他这种做法,但愿天气不好,车子无法起程,他就可以回到父母的身边了。孤零零的一个人在马车里真可怕,他是这趟车唯一的乘客。这辆公共马车,虽然结构坚固,却是冷飕飕的,散发出一股霉味。他把外衣裹紧些,无意中摸到口袋里空空如也,他忘记带钱包了。

"停一下!"他喊道,"停一下!"他生性是彬彬有礼的,觉得这样不太礼貌,便瞥了一下用漆上了色的布告栏,看看车夫叫什么名字,然后继续喊道:"布朗先生,停一下!喂,请你务必停一下!"

布朗先生没有停车,却打开一扇小窗,把头探进车厢里来看着孩子,他的脸尽管是和蔼而谦恭的,却充满了诧异的神色。

"布朗先生,我把钱包丢在家里了。我身上没有一个便士,付不起车费。拿表垫上,行不行?我实在没有办法。"

"这趟车的车票,"马车夫说,"不管是单程票还是来回票,都不是用世俗造币厂的钱币买的。精密准确的计时器虽然能慰藉查理曼大帝的守夜人,或是计算劳拉的美梦时间,却不能换取守护天国大门的、善良的三头犬所喜欢的馅饼!"说罢,他把孩子所需要的车票递过来。孩子道了谢。车夫又继续说道:"我非常清楚,爵位、名号都是虚荣的产物。可是如果我们用轻蔑嘲笑的口气来称呼它,却也无可厚非。在一个同音词太多的世界上,既然它们能把一个杰克和另一个杰克区分开来,想必还是有些用处的。所以你记住,我叫托马斯·布朗爵士。"

"你是爵士吗?哦,失敬了!"孩子听说过,赶马车的人中有些是绅士,"你送给我车票,真是太感谢了。不过要是你一直都这么做,这趟班车岂不要赔钱吗?"

"就是要赔钱,本来就不是为了赚钱。我的这辆马车缺点很多:它是用奇奇怪怪的外国木料制成的;它的坐垫不能给人舒适的感觉,只能激起人沉思冥想;拉车的马也不是在四季常青的草场上放牧的,它们吃的是干枯的苇草和拉丁人种的苜蓿(mù xu)。至于讲到赚钱,我们从来没想过,也从来没有犯过这样的错误。"

"我又失言了,对不起。"孩子说,感到有些不知所措了。托马斯爵士愁眉不展,他唯恐自己引起孩子哪怕一刹那的忧愁。他叫孩子过来,坐在他身边,和他一起在浓雾中飞驰。现在天色渐渐亮了,雾的颜色也由黄变白。路旁没有房屋。他们准是驶过了石楠丛生的旷野或是伦敦郊外温布尔顿的公地。

"你一直赶马车吗?"

"我当过内科大夫。"

"那么你干吗改行了？是不称职吗？"

"医治身体，我不太成功，有好多病人的医道比我还高明。可是在医治精神方面我却大有成绩，往往出人意料。虽然我的药剂并不比其他人的高明，可是由于我盛药的杯子很精巧，可以诱使烦恼萎靡的人服药，他们服用了我的药以后，精神便振作起来了。"

"真的吗？"

"唔，是的。"

沉默片刻以后，他向孩子稍微谈了一点关于目的地的事。但是他们并没有絮絮叨叨地闲聊，因为这孩子要是喜欢谁，宁愿默无一语地陪伴他坐着，而不愿多讲话。孩子发现托马斯·布朗爵士也是这样的性格，还认为许多即将结识的人也会有这样的性格——孩子听说过那个年轻人雪莱（这人已经相当闻名，拥有自己的马车了）和这家公司雇用的其他几个马车夫的事情。这时光线更加强烈了，尽管雾气仍旧没有消散，却已不是浓雾，而是变成淡淡的雾霭了。有时雾气在马车旁很快地飘曳而过，好像是白云的一部分。不知怎的，他们不断地冉冉上升。足足有两个小时，两匹马好像一直拉着车在爬坡，按说，哪怕他们是在里士满山坡，也早该到顶了。也许他们是在埃普瑟姆高地[1]上，说不定是在北丘陵草原[2]吧。然而风很强劲，又不

---

1 埃普瑟姆高地：在伦敦的西南部。
2 北丘陵草原：南、北丘陵草原都在英格兰东南部，从汉普郡向东延伸至英吉利海峡。

像是在这两处地方。至于他们目的地的名称,托马斯·布朗爵士则讳莫如深,只字不提。

轰隆隆!

"响雷了,我的天!"孩子说,"而且像是在不远的地方。你听那雷的回声,好像在千山万壑里翻滚一样。"

他想起他的父母,不过形象不是那么生动鲜明,他看见他们一边坐在餐桌旁吃香肠,一边倾听着雷声。他看见餐桌旁自己的座位空着。他们发现孩子不见了,又惊又怒,互相询问,做出各种假设,随即又故意开玩笑,互相安慰。他们等他回来吃午饭。吃午饭时他回不去,下午吃茶点时他也回不去,但是吃晚饭的时候他肯定到家了。离家不过一个白天,父母也许会饶过他这一遭吧。他要是带了钱包,一定会给他们买上些礼物——尽管买什么礼物比较合适,他一时还心中无数。

轰隆隆!

雷鸣和闪电交作,云层像活物似的颤抖,撕扯成一条条雾状的飘带,在马车两旁飞逝而过。

"你害怕吗?"托马斯·布朗爵士问道。

"有什么可怕的?路还很远吗?"

拉车奔驰的那两匹马停住脚步,就在这时,一个火球爆裂,炸响了,声音震耳欲聋,听起来分外真切,就像铁工间炼铁的声音一样。所有的云雾都被炸散了。

"啊,你听,托马斯·布朗爵士!不,我是说,你看,我们终于要看到美丽的景色了。不,我是说,你听,这像是彩虹的声音。"

响声渐渐微弱了，化为隐约可辨的低语，然而在它下面又有一阵低微的声音。它们悄悄地、稳定地化为弧形，形状不变而渐渐变宽，于是一道彩虹从马的脚下一直延伸到正在消散的雾霭之中。

"啊，多绚丽的彩虹啊！色彩多美啊！它到哪儿为止呢？这好像是可以在上面走的彩虹。我好像是在做梦。"

色彩和声音合而为一了。这道彩虹跨过一道深渊，云雾在它下面如波涛般汹涌起伏。它一直向前伸展，穿过云海，征服了黑暗，直到它碰到了比云坚实的东西。

孩子站起身来。"那边是什么？"他喊道，"彩虹那一头搁在什么上面？"

可以看见深渊那边有一道悬崖峭壁在晨曦中闪闪发光。那悬崖峭壁，也许是一座巨大的城堡吧？马儿踩着这道彩虹向前疾驰。

"啊，你瞧！"孩子喊道，"啊，你听！那些山洞也许是天国的大门吧？啊，你瞧那些峭壁之间突出的巉(chán)岩。我看见人的身影了！我看见树木了！"

"你再往下看，"托马斯爵士悄声说，"别忘记更奇妙的冥河。"

彩虹路的火焰舔舐(shì)着他们的车轮，孩子透过彩色的光焰向下看。只见深渊里的云雾也消散了，深渊的下面流着一条没有尽头的永恒河流。一道阳光射进一泓绿色的水潭，当马车在它上空越过时，孩子看见三个美女正浮到水潭上面来，一边唱歌，一边玩着一个发亮的圆环状东西。

"喂，下面在水里的姑娘——"他喊道。

她们应答了："喂，在彩虹桥上的——"于是传来一阵美妙的音乐："在桥上的，祝你们幸福，真理在九渊之底，真理在九霄之上。"

"下面在水里的姑娘，你们在干什么？"

托马斯·布朗爵士代替她们回答："她们是在玩买卖金子的游戏。"说话间，马车到达目的地了。

三

孩子正在蒙受耻辱，他被禁闭在阿加索斯别墅的儿童室里，背诵诗歌，作为惩罚。他父亲说："孩子！我什么都能原谅，就是不能原谅说谎。"说罢用手杖抽他，每抽一下，说一句："没有公共马车，没有马车夫，没有桥，没有山，你是个逃学坯、流浪儿、说谎精。"他父亲有时会变得非常严厉。母亲求他认错讨饶，可他就是不肯。尽管受鞭笞，加上背诵诗歌，这仍然是他有生以来最美妙的一天。

他在日落时分准时回来——不过这一回不是由托马斯·布朗爵士，而是一位贤淑而风趣的女士赶车。他们谈到公共马车，以及顶篷可以开启的四轮四座马车。她温雅柔和的声音现在显得多么遥远啊，然而他下了马车和她辞别，从巷里出来还不到三个小时呢。

他母亲透过门缝叫他："亲爱的，你下楼来，把你要背的诗歌也带上。"

他走下楼来,发现邦斯先生和父亲一起坐在吸烟室里。家里晚宴刚结束。"走过来的是一位伟大的旅行家。"父亲一本正经地说,"这就是那位乘马车从彩虹上越过,受到年轻姑娘唱歌欢迎的年轻绅士。"父亲为自己的俏皮话感到得意,不禁笑出声来。

邦斯先生微笑着说:"这到底还是有点像瓦格纳,说来也怪,有些人没有多少文化,他们的心灵里却闪烁着艺术真理的火花。我对这件事很感兴趣。让我为这个犯了过失的孩子求情吧。我们年轻时都有过浪漫的思想,对不?"

"你听听,邦斯先生多么仁慈。"孩子的母亲说。

他父亲说:"好吧。叫他背诵诗歌,背出就饶了他。星期二他要上我姐姐那儿去,她会整治他这种游手好闲的毛病的。"说着又笑了一阵,然后又说道:"背你的诗歌吧。"

孩子开始背诵:"因于浑然的无知而孤立……[1]"

他的父亲又笑了,这回是哈哈大笑。他父亲高兴地说:"这句话形容你正合适,我的儿子!'因于浑然的无知而孤立',这些诗人也会讲通情达理的话,我可从来没有想到。这句话描写的就是你。噢,邦斯,你对诗歌很在行。能不能请你听他背完?我去拿威士忌。"

"行,请把《济慈诗集》拿来,"邦斯先生说,"让他给我背济慈的诗。"

就这样,那位睿智的饱学之士和那无知的男孩被单独留在

---

[1] 为英国诗人约翰·济慈(1795—1821)的诗歌《致荷马》中的诗句。*

吸烟室里。

"困于浑然的无知而孤立,只听说有你和连环群岛,就像岸上人或许有意,探探——"

"一点儿不错。去探探什么呢?"

"探探有海豚的珊瑚红礁。"孩子说,接着眼泪簌簌地往下淌。

"得啦,得啦!你哭什么呢?"

"因为——因为这些以前只是些押韵的句子,而我从天国回来以后,它们却成了我的心里话。"

邦斯先生把济慈的诗集放下,情况比他料想的更为有趣。"你的心里话?"他诧异地喊出声来,"这首十四行诗,是你的心里话?"

"是的——你往下看吧。'啊,黑暗的边缘总有光线,悬崖之上有未践的草地。'确实是这样,先生。诗歌里讲的这些事都是真的。"

"我从来也没有怀疑过。"邦斯先生闭目沉思起来。

"你——那么说,你相信我的话了?那辆公共马车,那个马车夫,那场雷雨,还有我不花钱得到的来回票,你都相信了?"

"啧,啧!别再胡编你的故事了,孩子。我是说,我从来也没有怀疑过诗歌本质上是真实的。以后你诗歌看得多了,总有一天会理解我的意思的。"

"但是邦斯先生,这确实是这样的。黑暗的边缘确实总有光线。我亲眼看见曙光出现,还刮起了一阵风。"

"别胡说八道了。"邦斯先生说。

"要是我留在那儿就好了!她们劝诱我,叫我扔掉车票——

因为丢失车票就不能回来了。她们从河里喊,要我扔掉车票。我实在动心了,几乎要听从她们的劝告了,因为我从来没有像在那些悬崖间那么心花怒放过。可是我想到我父母,我想把他们也接去。谁知他们不肯去,尽管过了街就可以踏上天国之路。一切果然不出那里的人所料,他们告诉我的话都应验了。邦斯先生,你也像别人一样不相信我。我被鞭笞了一顿。我再也见不到这座高山了。"

"这件事和我有什么关系呢?"邦斯先生蓦地坐直身体问道。

"我告诉他们关于你的事。我说你博闻强记,多么有学问,藏书又多么丰富。他们却说:'邦斯先生一定不信你的话。'"

"完全是一派胡言乱语,我的小朋友。你说得过分玄乎,近于天花乱坠了。我,好吧,我来解决这问题。我来治疗你胡思乱想的毛病。明天傍晚我亲自来带你去散步,在日落时咱们到对街那条巷子里去,寻找你的公共马车,你这个傻孩子。"

邦斯先生本以为孩子听了他的话,会张皇失措,可是孩子反而高兴得跳起来,在房间里转悠着唱开了:"啦啦啦,好开心!我告诉过他们,你会相信我的。咱们一起乘马车,在彩虹上飞行。我告诉过他们你准会去。"但邦斯先生一见此状,脸色不禁严肃起来,心想这孩子所讲的事情会不会真有些道理。瓦格纳?济慈?雪莱?托马斯·布朗爵士?这肯定是很有趣的。

翌日傍晚,虽然下着滂沱大雨,但邦斯先生并没有爽约,准时来到阿加索斯别墅。

孩子也准备好了,他抑制不住内心的激动,一路上连蹦带跳，使文学协会的主席颇为纳闷。他们拐了个弯，沿着白金汉公园路走去，趁没有人注意的当儿悄悄地溜进了那条巷子。这时太阳正在落山，他们很自然地迎面遇见了那辆公共马车。

"天哪！"邦斯先生惊诧地喊道，"我的老天哪！"

这不是孩子第一次前往天国乘坐的那辆马车，也不是他回来乘坐的那辆。拉车的有三匹骏马，一匹黑的，一匹灰的，还有一匹是白的，灰的那匹品相最好。赶马车的听见邦斯先生老在喊"老天哪"，便回过头来向他瞅了一眼。这个赶车人脸色灰黄，上下颚怪吓人的，眼窝深陷。邦斯先生看到他，似曾相识地惊呼了一声，止不住激烈地颤抖起来。

孩子跳上了马车。

"这可能吗？"邦斯先生喊道，"难道不可能的事真的发生了吗？"

"邦斯先生，进来吧，邦斯先生。这辆马车可真棒。啊，这儿有他的名字，叫'但'什么的。"

邦斯先生也跳上马车。立刻刮来一阵劲风把马车的门吹得砰的一声关上，支撑窗扇的弹簧经不住震动，所有的百叶窗都被震得落下来。

"啊呀……让我看看。我的老天哪！马车在移动了。"

"好哇！"孩子说。

邦斯先生慌张起来，他没有想到会被人绑架。他找不到门上的把手，也无法把百叶窗推上去。马车里一片昏暗。等到他划燃一根火柴时，夜色已经降临，外面也是一片漆黑了。马车在飞快地奔驰。

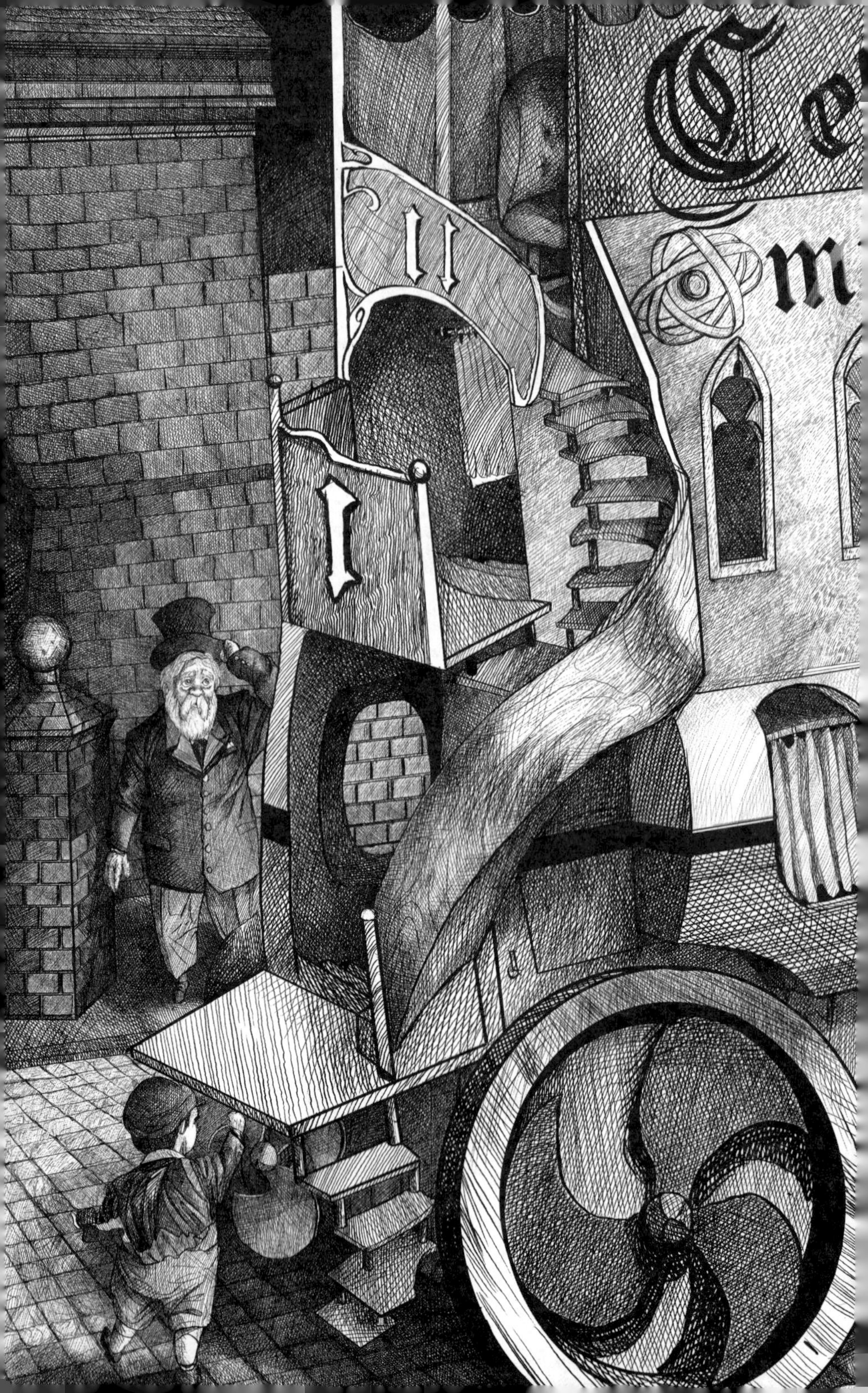

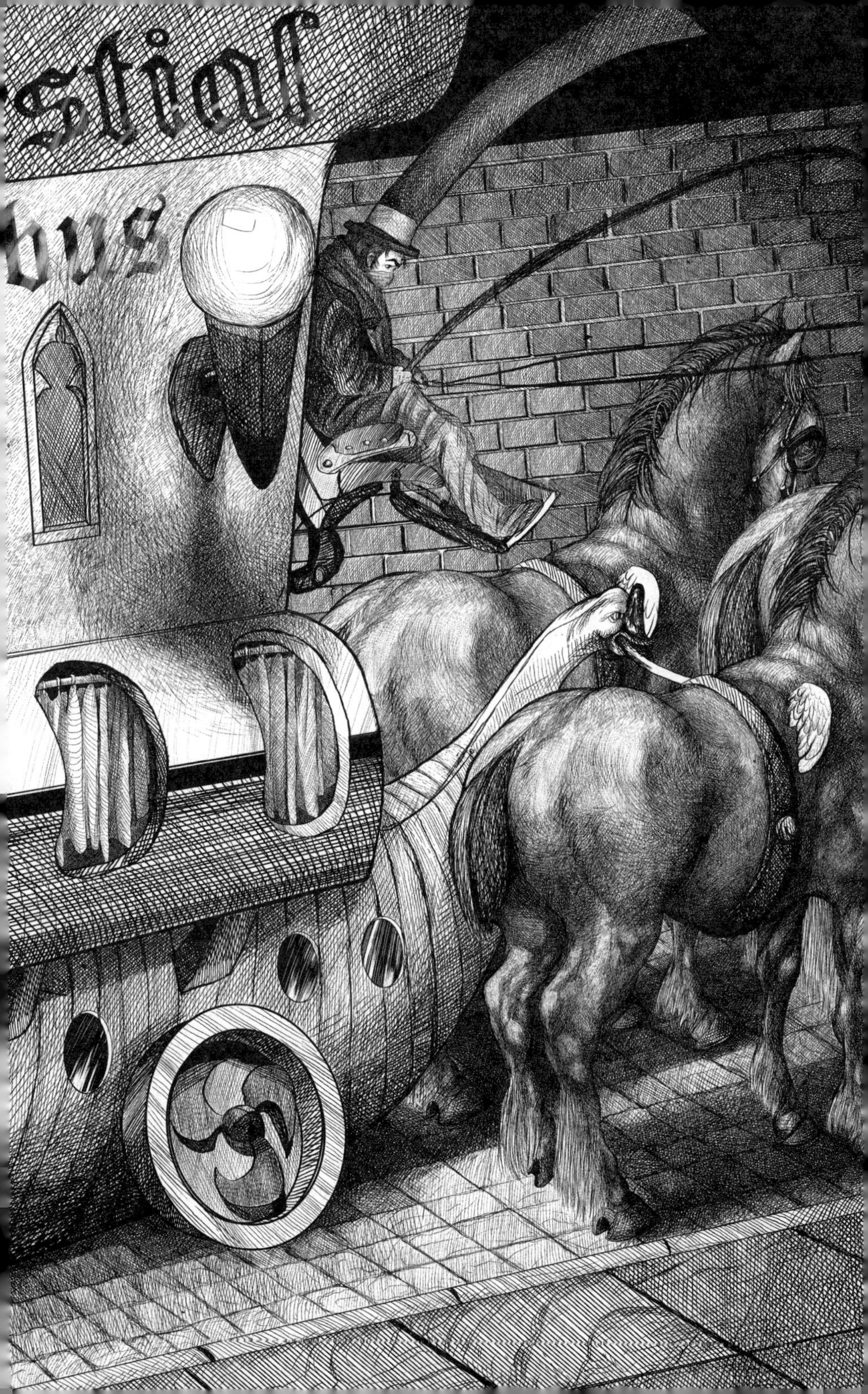
stial
bus

"这是一次奇怪而难忘的历险。"孩子边说边审视着这辆马车的内部,只见它很宽敞,结构非常讲究,各部分很协调。车门上方(门的把手在外面)写着:"*到这里来的人,丢掉你的傲气吧*[1]。"门上是这样写的,可是邦斯先生却说开头那个词应该分开来写,而"傲气"这个词又引错了,应当改为"*希望*[2]"。他念这句话的声音,就好像是在教堂里念诵《圣经》一样。这时,孩子招呼那位脸色像尸体一样灰白的马车夫,向他要两张来回票。那人一声不吭地把票子递给他们。邦斯先生立即双手蒙住脸,又止不住地颤抖起来。等到前边的小窗关上后,他悄声耳语道:"你可知道这人是谁?啊,实在是不可思议!"

"唔,比较起来,我还是更喜欢托马斯·布朗爵士。不过如果他更有学问,我不会感到诧异。"

"更有学问?你倒说得轻巧!"邦斯先生恼火地跺了跺脚,"你无意中找到了本世纪最了不起的发现,可是你仅仅说,这人只不过比布朗爵士更有学问而已。你还记得我图书室里那些盖上红百合花印戳的、精制牛皮纸做的书籍吗?我告诉你一个特大的消息,你且坐好,别吓得昏倒!——这个人就是那些书的作者。"

孩子坐得很稳。"我不知道是否会看到坎普夫人?"歇了一会儿,他彬彬有礼地问道。

"什么夫人?"

---

[1] 原文为拉丁语。
[2] 换了这个词以后,整句变为"到这里来的人,丢掉一切希望吧"。这是但丁的名著《神曲·地狱篇》里的原句。

"坎普夫人和哈里斯夫人。我喜欢哈里斯夫人。我是无意间碰上她们的。坎普夫人的帽盒滚到彩虹上了,盒底都掉了,从床架上掉下来的两个苹果也滚到河里去了。"

"坐在那里的就是我那些精制牛皮纸书籍的作者!"邦斯先生怒喝道,"你还和我扯什么哈里斯夫人和坎普夫人?"

"我很熟悉坎普夫人。"孩子歉疚地说,"我见到她就不由得感到高兴。我能辨认出她的声音。那时她正在对哈里斯夫人讲起普里格夫人的事情。"

"你整天和这位令人思想高尚的夫人做伴吗?"

"啊,不,我一直在骑马飞驰。我遇到一个人,他带我到赛马场去,在那儿骑马奔驰,海里还有海豚。"

"真的吗?你可记得这个人的名字?"

"阿喀琉斯[1]。不,阿喀琉斯是我之后才遇到的。这人叫汤姆·琼斯。"

邦斯先生深深地叹了口气,然后说道:"好了,孩子,你完全是本末倒置,乱来一气。想想看,一个有教养的人遇到这么好的机会,该多幸运啊!一个有教养的人会把这些著名人物都辨认出来,知道该如何跟他们应对周旋。他绝对不会浪费时间和什么坎普夫人或是汤姆·琼斯打交道。他所感到满意的只有荷马、莎士比亚,或是那位给我们赶车的人的创作,他根本不用骑着马奔驰。他一定会问些'通情达理的问题'。"

---

[1] 阿喀琉斯:希腊神话里的大力士,出生后被他母亲倒提着在冥河水中浸过,除未被浸水的脚踵外,全身刀枪不入。

"邦斯先生，"孩子谦卑地说，"你正是这样一位有教养的人，我对他们说了。"

"坦率地说吧，咱们到达以后，我求你别给我丢脸。别闲聊，别乱跑，要寸步不离地待在我身边。对这些流芳百世的人要恭谨，除非他们对你讲话，别乱开口。唔，你把那两张来回票给我，要不你会弄丢的。"

孩子把来回票交给邦斯先生，可是心里有些窝火。讲到底，是他找到通往天国之路的，可是一开头受到怀疑，如今又挨了顿训，心里真不是滋味。这阵子，雨已经停了，月光从百叶窗的缝隙悄悄地渗进马车里来。

"啊，月光下怎么会出现彩虹？"孩子纳闷地喊道。

"你把我的思路打断了，"邦斯先生厉声说，"我要对这美丽的境界好好地沉思默想一番。老天爷，要是有个恭敬的能体谅人的孩子和我在一起就好了。"

孩子咬住嘴唇，不开口了。他下了最大决心改正自己的做法。他要在这次天国之行中始终学邦斯先生的样。他打定主意不笑，不跑，不唱，决不像上次那样尽做一些使他的新朋友们讨厌的粗俗事情。他要处处留神，记住这些名人的正确称号，记住谁和谁认识。要记住阿喀琉斯不认识汤姆·琼斯——至少邦斯先生是这样说的；马尔菲公爵夫人辈分比坎普夫人大——至少邦斯先生是这样说的。他要管束住自己，沉默寡言，举止得体，决不轻易说喜欢谁。他正在出神，头偶然一碰，不知怎的百叶窗飞快地向上翻转了，这一下他又把改正的决心抛到九霄云外了。马车驶到月光笼罩的山顶上，脚下是万仞深渊，对面矗立着古老的悬崖峭壁，山脚浸在亘古长流的河水里。孩子不禁高兴地喊道："高山！你听，河水在吟唱一支新曲；你瞧，峡谷里生起了几堆营火。"邦斯先生向下面匆匆一瞥，驳斥他的话："河水？营火？你在胡诌，真可笑。闭上嘴巴，别饶舌了，根本什么也没有。"

在孩子的眼皮下，一道彩虹出现了，它不像上次那样由阳光和雷雨掺和而成，而是由月光和河里喷溅的浪花交织起来的。三匹骏马举蹄踏上彩虹路。孩子心想，这是自己生平所见过的最美丽的彩虹，可不敢说出口来，唯恐邦斯先生又说他胡诌。他探身到窗外——这会儿窗子打开了——吟唱着从睡眠的河水里升起的曲调。

"你哼的是《莱茵的黄金：序曲》[1]吗？"邦斯先生突然说，"谁教你这些主旋律[2]的？"说着，他也探身到窗外去。接着古怪的事情发生了，他哽咽了一声，就栽倒在马车的底板上，痉挛起来，身体痛苦地扭动，腿脚乱踢乱蹬，脸色发青。

"这座桥使你发晕了吗？"孩子问道。

"我头晕！"邦斯先生喘息着，上气不接下气地说，"我要回去，你对车夫讲一下。"

可是马车夫摇摇头。

"咱们快到了。"孩子说，"他们睡了，要不要我招呼一下？

---

1 《莱茵的黄金：序曲》：德国伟大作曲家瓦格纳根据古代日耳曼神话创作的四幕歌剧《尼伯龙根的指环》里的序剧。
2 主旋律：在歌剧中指一种刻画人物性格的简短而富有特色的乐句，其出现往往预示某个人物行将登场或某事行将发生。

他们见到你会非常高兴的,我事先对他们讲起过你。"

邦斯先生呻吟不已。他们在月光的彩虹上驰过,车轮后的彩虹不断地消逝。夜是多么静谧!这会儿守望在天国之门的会是谁呢?

"我来了。"孩子喊道,他又忘记自己下了一百次要改正的决心了,"我——上次来的那孩子,又回来了。"

"那孩子回来了。"一个声音喊道,于是许多人的声音也纷纷呼应,"那孩子回来了。"

"我把邦斯先生也带来了。"

寂然无声。

"我应当说是邦斯先生把我带来了。"

深深的沉寂。

"把门的是谁?"

"阿喀琉斯。"

孩子看见虹桥飞起之处,有个手持神奇盾牌的年轻人站在怪石嶙峋(lín xún)的山坡上。"邦斯先生,这是全副戎装的阿喀琉斯。"

"我想回去。"邦斯先生说。

最后一点彩虹也消融了,车轮在活生生的岩石上辚辚地歌唱,车门砰的一下打开了。孩子跳了出来——他实在按捺不住兴奋的心情了——蹦蹦跳跳地跑过去和那个武士会面。武士突然俯下身体,把他放到盾牌上高举起来。

"阿喀琉斯!"孩子喊道,"让我下来,因为我是粗俗无知的,我要等昨天我对你讲过的那位邦斯先生出来。"

可是阿喀琉斯不听,把他举得高高的。他蹲在那神奇的盾牌上，在所有英雄和焚烧的城市之上，在镂金的葡萄园之上，在所有热情和喜悦之上，在他所发现的有亘古长流的河水环绕其下的、那座高山的全景之上。"不行，不行。"他抗议道，"我不配，邦斯先生才应当在这个高位上。"

可是这会儿邦斯先生却在呜咽啜泣，于是阿喀琉斯声若洪钟地喊道："挺直身体站在我的盾牌上！"

"邦斯先生，我本不想站立起来！不知什么东西使我不由自主地站起来了。邦斯先生，你快过来吧，别磨蹭了。这里只有伟大的阿喀琉斯，你是认识他的。"

邦斯先生尖声叫喊起来："我什么人也看不见，我什么东西也看不见，我想回去。"接着他又向马车夫呼唤："救救我吧！让我待在你的马车里。我曾经尊崇你，我曾经引用你的诗句，我曾经用精制的牛皮纸装订你的著作，把我带回到我的世界去吧！"

马车夫却回答道："我是手段，不是目的，我是食物，不是生命。像那孩子那样，自己站立吧。我无法救你，因为诗歌是精神的产物，崇拜诗歌的人，必须崇拜它的精神和真理。"

邦斯先生再也按捺不住了——从这辆华美的马车里爬出来。他先探出头来，目瞪口呆，样子非常可怕。他的两手也紧随着出现，一只手牢牢地抓着台阶，另一只手在空中挥动着。然后他的肩膀也钻出来了，接着是他的胸脯、腹部。他尖叫了一声："我看见伦敦了！"紧接着便摔了下去——摔到了月光照耀下坚硬的岩石上，他好像跌进水里似的，从岩石里穿过去，转瞬间消失不见了。

"你到哪里去了，邦斯先生？这里的人们排成队伍，奏起音乐,举着火把来迎接你了。你久闻大名的那些先生和女士们都往这儿来了。高山醒了,河流醒了,跑马道上方那片海洋里的海豚也醒了。他们都是为你而来的。他们需要你……"

他感到有新鲜的叶子碰触到自己的额头,有人给他戴上了桂冠。

ΤΕΛΟΣ [1]

《金斯顿报》《瑟比顿时报》《雷恩斯评论报》都登载了以下一则新闻:

塞普蒂默斯·邦斯先生的尸体在伯蒙德赛煤气公司附近被发现,肢体残缺不全,惨不忍睹。死者的口袋里有一只盛满金镑的钱包、一只银烟盒、一本小巧精致的发音词典和两张公共马车票。这位不幸的绅士显然是从很高的地方摔下来的。警察当局怀疑是凶杀,正在彻查。

(1908年)

---

[1] 希腊语,意为"结束"。——原注

我想知道为什么

舍伍德·安德森
(1876—1941)

美国作家。美国文学现代文体风格的开创者之一。其作品多以小镇生活为背景,讲述社会巨变时期不同阶层的心理阵痛,是美国现代历史的缩影。著有《小镇畸人》《鸡蛋的胜利》《林中之死》等。

我们到东部的头一天，大清早四点钟就起床了。前一天晚上，我们跳下了停靠在镇旁的一节货车。凭着肯塔基州小伙子那种天生的寻路本领，我们左拐右拐，过大街穿小巷，在镇上兜了一圈，马上就找到了赛马场和马厩。那一刻，我们知道万事妥当，不用担心了。汉利·特纳很快就找到了一个我们认识的黑人。这人叫比勒达·约翰逊，冬天在咱老家贝克斯镇[1]上埃德·贝克尔开的养马房里干活。比勒达跟咱老家差不多所有的黑人一样，做得一手好菜。当然喽，就像肯塔基州咱那一带凡是有两下子的人一样——他也爱马。开了春，比勒达就到处去挣钱。咱们那儿的黑人都会花言巧语，不管是谁，经他们一哄，多半会让他们去干想干的活。比勒达把管马厩的人和从列克星敦附近，也就是咱老家那些养马场来的驯马员都哄得团团转。这些驯马员傍晚进镇，转悠转悠，聊聊天，有时也凑几个人打一场扑克。比勒达跟他们打得火热，他总是搞点小恩小惠讨人

---

[1] 贝克斯镇：位于美国宾夕法尼亚州伯克斯县罗布森镇西部的一个村镇。*

喜欢,再不然就讲讲烹调经,什么平锅上烤鸡肉啦,什么烤红薯、烤玉米面包的诀窍啦……听他一说,你就不由得要淌口水。

赛马季节到了,各地的马都赶到赛马场。这一阵子,每逢黄昏,大街小巷谈论的话题尽是那些新来的马驹(jū)儿,人人都在议论什么时候前往列克星敦或是丘吉尔草场去看春季赛,或到拉托尼亚去。而那些曾到过新奥尔良,或许参加过古巴哈瓦那冬季比赛的骑师又正好回家,准备休息一个星期以后,再到外地去比赛。在这样的时节,贝克斯镇上除了谈马以外再没有别的。赛马班子快出发了,你呼吸的每一口空气里都散发着赛马的气味,这时比勒达总能在随便哪个班子里找到做饭的活。我一想到比勒达整个赛马季节都在跑马场上,冬季又在养马棚里干活,总之整天都能和马打交道,偏偏大家又总爱到那里去谈论马儿,我就羡慕得不行。我想跟马亲近简直快想疯了,要忍住不想可怎么也办不到啊!

好了,我得告诉你我们干了什么,好让你明白我话里的意思。我们四个小伙子是贝克斯镇上的,都是白人,也是贝克斯正式居民的孩子。我们打定主意去看赛马,我不是说光到列克星敦或路易斯维尔镇,那还不过瘾。我们想到东部的大赛马场去——它总出现在老家人的谈论里,我们想到萨拉托加去。那一年我们都挺年轻,我刚满十五岁,四个人里数我最大。这事是我出的主意,我承认是我撺掇(cuān duo)他们试一试的。我们一伙有汉利·特纳、亨利·瑞伯克、汤姆·登巴顿和我自己。我有三十七块钱,这是我冬天的工作日晚上和每周六在伊诺克·迈尔的杂货铺里干活挣来的。亨利·瑞伯克有十一块钱,另外两个人——汉利和汤姆每人身上只有一两块钱。我们商量好了，谁也不能声张，一直等到肯塔基春季赛马会结束。等咱们家乡有些人，那些对赛马最热心的人，也是我们最羡慕的人动身了，我们就跟着动身。

我们一路上挤货车、赶路等的麻烦事，我也不打算给你讲了。我们经过了克利夫兰、布法罗和一些别的城市，看到了尼亚加拉大瀑布。我们在那里买了点东西，印上瀑布画面的纪念品啦，汤匙呀，明信片啦，贝壳啊。这些东西本来是给妈妈和姐姐买的，可我转念一想，还是别把它们寄回去的好。我们不想让家里人知道我们的下落，要不他们会跟踪追赶，说不定还会把我们逮回去。

上面说过，我们在夜晚到了萨拉托加就直奔赛马场。比勒达让我们美美地吃了顿饭，又给我们找了个睡觉的地方——就在一个小棚的干草堆里——还答应给我们保密。黑人在这类事情上是靠得住的，他们不会去告密。有时你从家里偷偷溜出来，往往会遇到一个白人，也许他看起来还挺不错，也许他还给你两毛五分钱、半块钱的硬币什么的，可他一转身就会把你出卖。白人会干这号事，可是黑人绝对不会，你可以信得过他们。他们对孩子比白人更讲义气。我也说不上是为啥。

那一年在萨拉托加，咱老家来的人可多了。戴夫·威廉姆斯、亚瑟·马尔福德、杰里·迈尔斯等人都来了。还有好多人从路易斯城和列克星敦来，亨利·瑞伯克认识他们，我一个也不认识。这些人都是靠赌博吃饭的，亨利·瑞伯克的父亲也是他们当中的一个。大家管他们叫赌注记账人，他一年大部分时光都在各个赛马场上。冬天回到贝克斯镇家里也待不长，他总是到各大城市里当赌"法老牌[1]"的庄家。他人缘挺好，出手大方，经常给亨利寄一些自行车、金手表、童子军制服之类的礼物。

我的父亲是个律师，他为人不错，可是挣不了大钱，买不起东西给我，反正我现在人也大了，也不指望这些啦。他从来没有跟我说过亨利什么坏话，可是汉利和汤姆他俩的父亲却常给自己的孩子说，这种钱财来路不明，他们不愿自己的孩子受到赌棍们谈话的影响，整天想这号事，说不定将来还会迷上这号事。

话是不错，我想大人们这样说总是有他们的道理，可是我看不出这和亨利或者马儿到底有什么关系。我现在写的这个故事就是要讲这些事。我感到伤脑筋。我正在长大成人，我很想成为一个正派的人，行得正做得正，可是我在东部跑马场这次赛马会上看到的一些事情是我怎么也弄不明白的。

我爱良种马爱得快疯了，简直没有办法。我一向就是这样。十岁那年，眼看着自己个儿一天天长高，将来肯定当不上骑师，我难过得差点送了命。贝克斯镇邮局局长的儿子哈利·赫林芬格长大成人了，可是懒得干活，喜欢在街上这儿站站，那儿站站，挖空心思捉弄孩子们，比如打发他们到五金店买个钻方眼儿的钻头啊，或开这一类的玩笑。他也耍弄过我一次。他对我说，要是

---

[1] 法老牌：一种纸牌赌博，庄家面前放一叠纸牌，面朝下，赌博的人猜测最上面的一张牌，而依次下注。可能是因为其中有一张牌上有古代埃及法老的图像，所以叫"法老牌"。

吃下半根雪茄，就会阻碍发育，个头不会再长，说不定还能当上骑师。我照办了，瞅了个空儿，从父亲口袋里掏出一根雪茄，胡乱塞下肚去。这一来可把我难受坏了，不得不请医生来看。可是这办法一点儿也不管用，我还是一股劲儿地长个儿。这真是个恶作剧。我告诉父亲我干了啥事，为什么那样干，当父亲的听了孩子干这蠢事，多半会把他揍一顿，可是我父亲没有打我。

好啦，我既没有停止发育，更没有送命，算哈利·赫林芬格枉费心机。接着我又打定主意，想当个小马倌，可是这个念头最后也不得不打消。干那种活儿的多半是黑人，我知道父亲是不会让我干那行当的，求也没用。

要是你从来没有对良种马疯魔过，那你准是没有到好马成群的地方去过，不懂它们的妙处罢了。它们美极了，再没有什么东西像那些比赛的骏马那么漂亮，那么干净，那么剽劲十足、驯良老实了，真是要多好有多好。在咱老家贝克斯镇周围的那些大养马场里，都有一圈圈跑道，大清早就能看见马儿在跑道上奔跑。少说也有一千次，天蒙蒙亮我就起床，走上两三英里路到跑马场去看遛马。母亲有时不想让我去，可父亲总是说："别拦他吧。"于是我从面包箱里拿出点面包，涂上一点儿黄油和果酱，一边狼吞虎咽，一边就飞跑出去了。

到了跑马场，你和大人一起坐在围栏上，他们当中有白人也有黑人，都一边嚼烟草一边聊天，一会儿就有人把马驹牵出来了。天色还早，青草上沾满了亮晶晶的露水珠儿。在另外一片地上，有人在犁地；从看跑道的黑人睡觉的小棚子里冒出一股香味，是有人在煎什么吃的。你知道黑人是多么会咯咯傻笑或哈哈大笑，多么会说一些逗人笑的事情。这种嘻嘻哈哈的举动白人做不出，有些黑人也做不出，但跑马场的黑人随时都做得出。

就这样，马驹被放出来了，有些马驹不过是被马倌骑着小跑。可是，在一个富翁（这个富翁也许住在纽约）名下的大跑马场上，差不多每天早晨总有几匹马驹、一些久经比赛的老马、被阉割了的公马和母马四蹄腾空地飞跑。

看到骏马飞跑的时候，我的喉咙总像是哽住了似的。我不是说所有的马，我是说有些马。那些骏马，我几乎是一看一个准。我就跟跑马场的黑人和驯马员一样，天生就有这种本领。哪怕这些马是由马倌骑着慢腾腾地遛步，我也分辨得出哪一匹是优胜的骏马。如果看到一匹马后，我激动得喉咙作痛，难以吞咽，那它就准是一匹骏马。只要你让它撒开腿跑，它准会跑得像萨姆·希尔一样快。要是它不能次次得胜，那才怪呢。这些马之所以没有获胜，要么是给别的马挤住了，没法前进，要么就是在起跑线上被缰绳拖住了，起跑慢了，或是其他原因。我要是像亨利·瑞伯克的父亲那样当个赌棍的话，准能发财。我知道我一定会发财，亨利也这么说过。我只要等看到一匹马感到喉咙火辣辣的时候，赶紧把所有钱全部拿来下注就行了。如果我想做一个赌棍的话，我就会这么干，不过我不想做罢了。

早晨你在赛道边上——不是在赛马场的跑道，而是在贝克斯镇附近驯马的跑道上，你往往没有眼福看到我说的那种好马，可是你能看到的也不赖。任何良种马，只要是由一匹好的母马配上合适的种马生下的，再由一个懂得驯马的人训练，都能跑得很好。要是它跑得不行，还让它待在那儿干啥，不如让它拉犁耕地去呢。

瞧，马儿从马厩里出来了，马师骑在它们背上，光在那儿看看也够美的。你坐在围栏上，向前弓着身子观看，心里痒痒的。在那边的小棚子里，黑人们一边咯咯傻笑一边唱歌。咸肉在油锅里滋滋地煎着，咖啡在壶里煮着，什么闻起来都是那么香喷喷。在这样的早晨，再没有什么比咖啡、厩粪、马儿、黑人、油炸咸肉和户外吸烟斗的气味更好闻的了。它简直使你着迷上瘾，一点儿也不假。

话又扯远了，还是谈谈萨拉托加吧。我们在那儿一共待了六天，家乡来的人没有一个人发现我们。总之，样样事情都称心如意：天气好，马跑得快，一场场比赛都很精彩……我们动身回家时，比勒达给了我们一篮子炸鸡肉、面包和一些别的食品。我们回到贝克斯镇的时候，我身上只剩下十八块钱了。母亲一面数落我，一面哭哭啼啼，可是父亲没说多少话。我把我们干的事情都交代了，只剩下一件事没说。这是我独自一人经历的事情。这就是我下面要写的事。它叫我心里不痛快，连夜里也在想。事情是这样的：

在萨拉托加，比勒达给我们找了个小棚子，我们就睡在棚子里的干草堆上过夜。大清早我们和黑人们一起吃早饭，晚上当看赛马的人散了以后，又和黑人一起吃晚饭。老家来的人多半待在正面看台和赌赛场上，他们从不出来到养马的地方溜达，只有临比赛前才到驯马场转一转，给马装鞍。在列克星敦、丘吉尔草原和咱们家乡别的赛马场，都有赛马前圈住马匹的棚子。在萨拉托加可不一样,这儿的马就在露天草坪上、树荫下装鞍,那草坪和贝克斯镇银行家波鸿家前院里的一样,平坦光滑,美极了。所有马儿都激动不安,身上直冒汗,毛色油亮油亮的,可爱极了。人们走出来,抽着雪茄端详着马,驯马员在场,马的主人也在场,这时你的心七上八下地怦怦乱跳,简直透不过气来。

然后,在起跑线就位的号角响了。年轻的骑师们穿着丝绸衣服策马跑了出来。你赶紧跑过去在围栏旁找个地方,和黑人们坐在一起。

我一直想当个驯马员或马主人,所以每次赛马之前总是担着被发现、被逮住送回家的风险,到驯马场去观看。别的孩子都不敢到那儿去,只有我一个人去。

我们是星期五那天到萨拉托加的。那场隆重的默尔福特障碍赛就定在下个星期三举行。这场比赛里有"半路飞",也有"快如光"。天气晴朗,跑道结实,适合马儿快速奔驰。比赛前那天晚上我怎么也睡不着。

原来这两匹马都是叫我看了就喉咙火辣辣的那种骏马。"半路飞"身体长长的,看起来不灵活,是一头被阉割了的公马。马的主人是我老家一个叫乔·汤普森的小业主,他只有五六匹马。默尔福特障碍赛全程有一英里,"半路飞"起跑总是快不了,它慢腾腾地离开起跑线,前半程总是落下好大一截,路程过半才开始飞跑起来。要是路程有一又四分之一英里的话,它就能甩掉所有的马率先跑到终点。

"快如光"可不一样,它是一匹种马,容易冲动,属于我们家乡最大的农场——范·里德尔农场，农场的主人是纽约的范·里德尔先生。"快如光"就像一个你爱慕而又见不上面的姑娘一样，老是叫你惦念着。它浑身壮实，也挺漂亮，你瞅着它的头就想吻它一下。这匹马是杰利·蒂尔福德训练的。这个人认识我，一直都对我挺好，比如让我走进马厩，挨近马的身边仔细观看啊什么的。那匹马真让人喜欢得要命。你瞧它站在起跑线上是那么安安静静、不慌不忙，其实它骨子里可是像火一样地在燃烧。栅栏刚一吊起来，这马儿就像它的名字——快得如阳光似的嗖的一下射出去了。你看着它跑心会悬起来，会感到难受。它一个劲儿地飞跑，像一只捕鸟猎犬似的。除了放开步子飞奔的"半路飞"，我从没见过像它那么快的马。

哎呀！我是多么渴望看这场比赛，看这两匹马同时飞奔啊！我又渴望又担心，咱这两匹马当中哪一匹败下阵来我都不愿意。我们以前还从没有送过这么一对好马去参加同一场比赛呢。贝克斯镇的老人们都这么说，黑人们也这么说，确实是这样。

赛马前我到驯马场去看过。我朝"半路飞"看了最后一眼：它站在驯马场上，样子不怎么起眼。接着我就去看"快如光"。

我一看见它就明白，它大显身手的日子到了。我早把自己会被人发现的顾虑丢到了九霄云外，径直走到那匹马跟前。贝克斯镇上来的人都在那儿，可是除了杰利·蒂尔福德，谁也没有注意到我。他看见了我，于是就出了件事情，下面我就要对你谈起。

当时我站在那儿看那匹马，兴奋得要命。我也说不出是啥道理，反正我知道"快如光"心里是什么感觉。它很安静，让黑人们揉它的腿，让范·里德尔先生亲自给它装鞍，但它的内心就像一股汹涌澎湃的洪水，就像尼亚加拉瀑布的水将要奔泻下来前的一刹那。那匹马这会儿想的不是赛跑，它没有必要去想，它这会儿想的只是怎样按捺住心里的火，等待赛跑的时刻到来。我知道它懂得这一点，我多少可以看出它心里的想法。我知道它打算来一次惊人的赛跑，它不想露一手，也不想表示自己的热情，它不蹦不跳，也不慌乱烦躁，只是在那儿等待。我懂它的心情，它的教练杰利·蒂尔福德也懂。我抬头一看，正好和他的目光碰上，我不由得心里一颤。

我蓦地觉得我爱这个人就同我爱这匹马一样，因为我跟他算是想到一块儿去啦。这会儿我觉得除了那个人、那匹马和我，世界上好像什么也没有了。我哭了，杰利·蒂尔福德的眼睛也闪着泪花。接着我就离开驯马场，到围栏那里等着看赛马。这匹马比我强，比我坚定沉着，现在我知道它比杰利也强得多，它比谁都要安静沉着。真正去赛跑的就是它。

当然，"快如光"跑了第一名，打破了一英里赛马的世界纪录。假如我别的什么也没看见的话，至少这一点我是看到了：什么都不出我的意料，"半路飞"在起跑时落在后面，落下了好大一截，然后赶上来得了第二名。我早就料到它会这样。将来总有一天，它也会创造世界纪录。在赛马方面，贝克斯镇是谁也打不败的。

我很镇静地观看赛马，因为我早知道这场比赛的结果。我很有把握。汉利·特纳、亨利·瑞伯克和汤姆·登巴顿都比我激动。

只是一桩可笑的事情在我身上发生了。我一直在想着驯马员杰利·蒂尔福德,一直在想这场赛马期间,他该是多么高兴啊。那天下午我喜欢他居然胜过我自己的父亲,我就这么想着他,几乎把比赛中什么马儿都忘得干干净净。这是因为在比赛开始以前,他在驯马场上站在"快如光"旁边的时候,我看到了他的眼神,我知道打"快如光"还是小马驹的时候,他就爱护它、照看它,在它身上费尽了心血。他教它怎样奔跑,什么时候要耐着性子,而到了该使劲的时候就使出全身的劲儿,一步不让,绝不退。我知道对他来说,这就像母亲看着孩子干一件勇敢或惊人的事情。我还是破天荒第一次对一个人有这么深厚的感情呢。

赛马后那天夜晚,我躲开了汤姆、汉利和亨利,我要单独行动。要是可能的话,我想和杰利·蒂尔福德谈谈心里话。于是出了件事,下面就谈到。

萨拉托加跑马场靠近这个镇的边上。这地方拾掇得真水灵,周围都种了树,那种四季常青的树,还有大片草地,什么东西都上了油漆,光光溜溜、漂漂亮亮的。绕过跑马场你会走上一条供汽车通行的、很板实的沥青路。沿着这条路往前走上几英里,你会遇到一条通往一个院子的岔路,院里有栋怪里怪气的小农屋。

赛马后的那天夜晚,我就是顺着那条路走的,因为我曾经看到杰利和另外几个人乘汽车往那条路上去。我也是瞎走,并不指望会找对。我走了一段路,坐在一道篱笆旁边开始琢磨。他们是从这个方向来的,尽管我找不到杰利,也想尽可能和他接近些——在心理上跟他亲近。不知怎么一来，我很快就走上了那条岔路，走到那栋怪里怪气的农屋跟前。当时我只是因为感到孤零零，才想看看杰利，和你小时候在黑夜里孤零零的想看看你父亲是一个道理。就在这时候，一辆汽车拐弯进了岔道。车里有杰利，有亨利·瑞伯克的父亲，有老家来的亚瑟·贝德福德，有戴夫·威廉姆斯，还有另外两个我不认识的人。他们下了汽车就走进那栋房子，只有亨利·瑞伯克的父亲没有进去，他跟他们争吵起来，说他不想进去。那时候大约九点钟，他们都喝醉了。那座怪里怪气的农屋是坏女人待的地方。确实是这样。我贴着一道篱笆，悄悄地掩身进了院子，从窗子往里张望。

这一看弄得我心里烦躁，我弄不懂是咋回事。屋子里尽是一些丑陋的下贱女人，既不好看也不值得接近。她们也很庸俗，只有一个身材高高的女人看起来有点像"半路飞"那匹阉马，但没有它那样干净利索。她长着一张硬嘁嘁的嘴巴，怪难看的，还有一头红发。我什么都看得一清二楚，我在一扇敞开的窗子旁边，趴在玫瑰花丛里朝内张望。那些女人穿着宽松的衣服坐在一圈椅子上，那些男人走过来，有的就靠到女人们的怀里。这地方气味很难闻，传出的讲话声也很难听，孩子们冬天在贝克斯镇马房周围时常可以听到这种脏话，想不到女人在场时也会有人讲这种脏话，真是下流极了。黑人是不愿意到这种地方去的。

我盯着杰利·蒂尔福德看。我对你讲过，就在"快如光"创造世界纪录的那次比赛中，我还以为他懂得那匹马在起跑线的心理，而对他怀着那么深厚的感情呢。

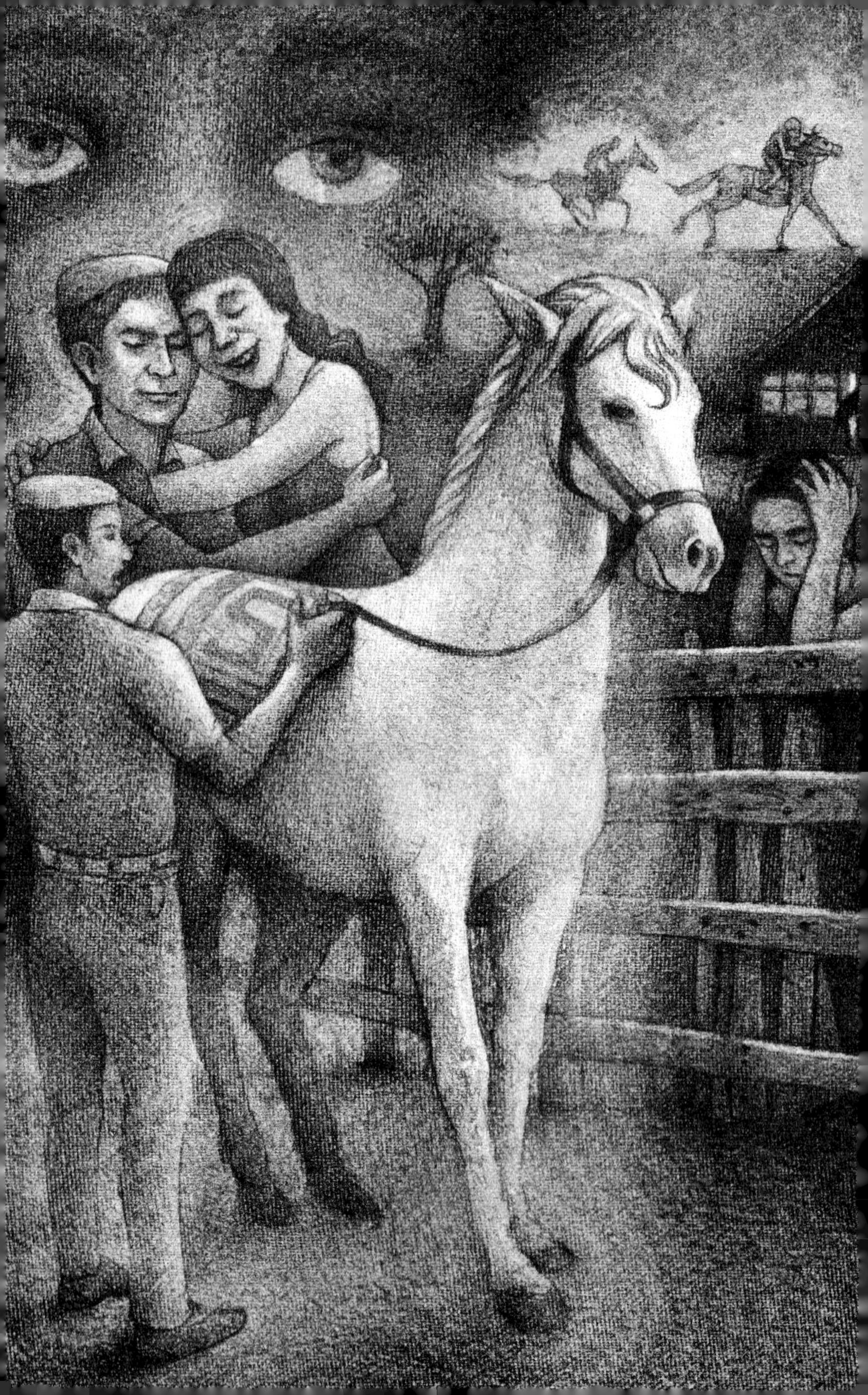

杰利在那坏女人的屋子里夸下海口，说那匹马是由他杰利一手训练的，是他本人赢得了这项比赛，创造了世界纪录。我知道"快如光"是绝不会这样夸耀自己的。杰利活像一个蠢材，睁着眼说瞎话，乱吹牛。我从来没有听过这样的蠢话。

接着，你猜他干了啥？他瞅着那女人，那个瘦溜溜的、嘴巴硬嚓嚓的、看上去像"半路飞"可又没有那样干净利索的女人，喃，他的眼睛发亮了，就像那天在驯马场他看我和"快如光"的时候一样。我站在窗口——呸！要是我没有离开跑马场，跟马倌、黑人和马儿待在一起就好了。那个高高瘦瘦、难看的臭女人站在我们中间，就像那天下午在驯马场上"快如光"站在我们中间一样。

蓦然间，我恨起那个人来。我真想尖声喊出来，冲进那间房子，把他杀掉。我从来没有过这样的感觉。我浑身冒火，气得要发疯了，眼泪扑簌簌地流出来，拳头捏得紧紧的，指甲把手心都掐破了。

杰利的眼睛还是那么亮晶晶的，他挥动着手臂，然后走过去和那女人亲嘴。我悄悄地溜走，回到赛马场就往草铺上一躺，可是怎样也睡不着。第二天我叫小伙伴们一起回家，却一直没有提起我看到的事情。

打那时起我老是在想这件事。我弄不明白是为什么。春天又来了，眼看我就十六岁了。我和往常一样，每天早晨都到跑马场去，我看到"快如光"和"半路飞"，还有一匹叫"轧轧响"的新马驹。我敢打赌它会把那两匹马都甩到后面，但是有这种看法的只是我和两三个黑人罢了。

然而情况变了。在跑马场上，空气不那么清新了，闻起来也不那么香了。这都是因为像杰利·蒂尔福德那样做事情该有点分寸的人，居然在同一天里既观看"快如光"那样的马奔跑，又去和那么个下贱女人亲嘴。我弄不明白是咋回事。让他见鬼去吧！他这样做是为了啥？我老是想不透，看马也好，闻香味也好，听黑人们哈哈大笑也好，干什么都腻烦了。有时候我为这件事气得发疯，想找人干一架。这件事弄得我心里烦躁。他干这种事到底是为啥？我想知道为什么。

（1921年）

赦免

弗朗西斯·菲茨杰拉德
（1896—1940）

20世纪最伟大的美国作家之一、"迷惘的一代"的代言人、编剧。其大部分小说都以个人真实经历为蓝本，充满都市生活的摩登气息。代表作《了不起的盖茨比》被誉为美国爵士时代的百科全书。

一

  以前有个神父,他生就一双冷冰冰、水汪汪的眼睛,在夜深人静时会流出冷冰冰的眼泪。他流泪是因为下午阳光和煦,时间很长,他却不能和上帝做完美的心灵交往。有时,将近四点钟,传来一阵窸窣声,一群瑞典姑娘从他窗前小道走过。他觉得她们尖锐的笑声是一个可怕的不协和音,他只好大声地祈祷,恳求黄昏快点来临。在黄昏时分,笑声人语全都停止了。可是有几次他走过龙博格药店,微暗的薄暮中,店里亮起黄灿灿的灯光,照得冷饮柜的镍制龙头闪闪发亮。他发现空气中廉价香皂的香味扑鼻而来。他每星期六晚上听完忏悔[1],从教堂回来,总要经过那里,他只好小心地绕到马路对面,这样那股香皂的气味还没有传到他鼻子里就向上飘散,像焚香一样直向夏

---

[1] 忏悔:天主教的宗教仪式之一,天主教徒单独向神父说明所犯的罪,并表示悔改,神父代表天主赦免他的罪。

夜的月亮袅(niǎo)袅飘去。

可是下午四点钟那阵属于少女的笑语声喧,却狂热得让他无法逃脱。他从他的窗口眺望,目之所及尽是达科他州红河流域滚滚的麦浪,这不禁让他心悸。他痛苦地俯首,看到地毯上的花纹又忧郁地冥想,仿佛在怪异的迷宫里徘徊,却总是摆脱不了灿烂的阳光。

某个下午,他就这样忧郁地沉思,他的心好像旧钟一样停了摆。就在这时,女管家进入书房,带来一个眉清目秀、名叫鲁道夫·米勒的十一岁少年。这个少年坐在融融阳光中。神父见有人到他这个鬼魂作祟的房间里来,感到很宽慰,却故意在胡桃木桌旁正襟危坐,装作非常忙碌的样子。

片刻,他转过身来,发现对面的少年一双骨碌碌的大眼睛颇有神采,闪着奇异的光芒。有一会儿,这双眼睛的神情确实使他吃惊,接着他却看出这个来访的少年隐隐透露出一种悲凄恐惧的神色。

"你的嘴唇在发颤呢。"施瓦茨神父没精打采地说。

少年用手掩住颤抖的嘴唇。

"你遇到为难的事了吗?"施瓦茨神父用严厉的声音问道,"把手从嘴边拿开,告诉我出了什么事。"

这下施瓦茨神父认出了这少年是教区里承运商米勒先生的儿子,只见他不太愿意地把手从嘴上挪开,用一种绝望的语调,低声而清楚地说:

"施瓦茨神父——我犯了一桩可怕的罪。"

"是不清白的罪吗?"

"不，神父……比这还要重些。"

施瓦茨神父的身体蓦然一震，他问道："难道你杀了人吗？"

"没有，我是……我害怕——"他的声音变成尖声的啜泣。

"你想来忏悔吗？"

少年悲惨地摇摇头。施瓦茨神父清了清嗓子，把自己的语调放柔和些，以便说几句平静慈祥的话。在这样的时刻，他应当忘记自己的痛楚，力图使自己的言行像上帝一样圣明，他对自己重复了一句虔诚的话，希望上帝能默祐他言行不逾矩。

"告诉我你干了什么事。"他换了一副温柔的声音说。

少年噙着泪看看神父，后者拯救灵魂的力量使他消除了疑虑。他尽量做到直言不讳，对神父倾吐了自己的隐私。

"三天前，星期六，我的父亲说，我必须来忏悔，因为我有一个月没有来忏悔了。我家里的人每个星期都来，而我却没有来，所以我还是来忏悔的好，我太粗枝大叶了。我把这件事推迟到晚饭后。我在和一伙孩子们玩，父亲问我去了没有，我说没有。他抓住我脖子说'现在去吧'。我说了声'行'就到教堂来了。他在我后面呼喊'不上教堂就别回来'……"

二

"三天前，星期六。"

忏悔室暗淡的、有皱褶的长毛绒帷幕又合上了，只露出一位正在忏悔的老人的旧鞋跟。在帷幕后面，一个不朽的灵魂，这个教区的神父阿道弗斯·施瓦茨教士正单独与上帝同在。里面开始发出声音，那个老人吃力而缓慢地低语着，发出审慎的嗡嗡声，不时被那个教士清晰可闻的问题打断。

鲁道夫·米勒跪在忏悔室旁边的靠背长椅上，一边等待一边紧张地凝神谛听着，可是听不清楚里面在说些什么。神父的话清晰可闻，这倒使他吃了一惊。下一个就要轮到他了，他后面还有三四个等着忏悔的人，在他忏悔犯了第六和第九诫条的时候，那几个人也许会肆无忌惮地偷听。

鲁道夫从来没有犯过通奸罪，甚至没有垂涎过邻居的妻子，但是他犯过与此有牵连的罪，这倒是难以启齿的。他庆幸自己还犯了些不太丢脸的过失，这些过失构成了一个灰色的背景，在此衬托之下，他心灵里淫秽的罪就不显得那么漆黑了。

他双手掩紧耳朵，使那几个人注意到他不肯听别人忏悔，希冀他们也同样地以礼相待，不偷听他的隐私。这时忏悔室里那个悔罪的人急剧地动了一下，使他蓦然把头埋到自己的臂弯里。恐惧有了坚固的形体，牢牢地占住他心肺之间的一块地方。现在他必须尽最大努力来痛悔自己的过失——倒不是因为他害怕，而是因为他触怒了上帝，为了使上帝确信他是真心痛悔，首先他必须真诚地自怨自艾。经过一番紧张的思想斗争，他又震颤着自怜起来，他断定自己可以去忏悔了。如果他不让杂念侵扰且心如止水，在进入那个竖立的大棺材[1]之前始终保持忏悔的心境，他就可以逃脱他宗教生活中的另一场危机了。

---

1 大棺材：指忏悔室。

可是有好一会儿，魔鬼仍旧在他心里作祟。他可以趁没有轮到之前，回去告诉母亲，自己去得太晚，发现神父已经走了，不过很可能弄巧成拙，有被拆穿的危险。要不然，他也可以扯谎说，他已经去忏悔了，不过这一来，他第二天就绝对不能领圣餐[1]了。带着未忏悔的、不干净的灵魂去领圣餐等同于服毒，他会受神诅咒，当场从祭坛的栏杆边倒地身亡。

施瓦茨神父的声音又变得清晰可闻了。

"现在你来吧——"

这句话又变得模糊沙哑了。鲁道夫心烦意乱地站起身来。他感到这个下午自己不能去忏悔了。他紧张地踌躇（chóu chú）起来。这时忏悔室里传来笃的一下轻叩声和吱嘎的开门响，以及一阵衣服的窸窣声。滑门落下了，长毛绒的帷幕抖动了一下。诱惑来得太晚了……

"神父，保佑我吧，因为我犯了罪……神父，我向全能的上帝和您忏悔，我犯了罪……从我上次忏悔到现在已有一个月零三天了……我承认自己滥用主名发誓……"

这是很容易犯的轻罪。烦琐地列举一些小事，并因此深深谴责自己，只是虚张声势。这几乎等同于一种自我炫耀。

"……还有，对一位老夫人无礼。"

神父苍白的面影在木板窗上稍微晃动了一下。

"怎么回事，孩子？"

---

[1] 圣餐：这是基督教的一种仪式，用无酵面粉和葡萄酒代表耶稣基督的圣体圣血，由教徒领食，表示弃恶趋于圣洁。

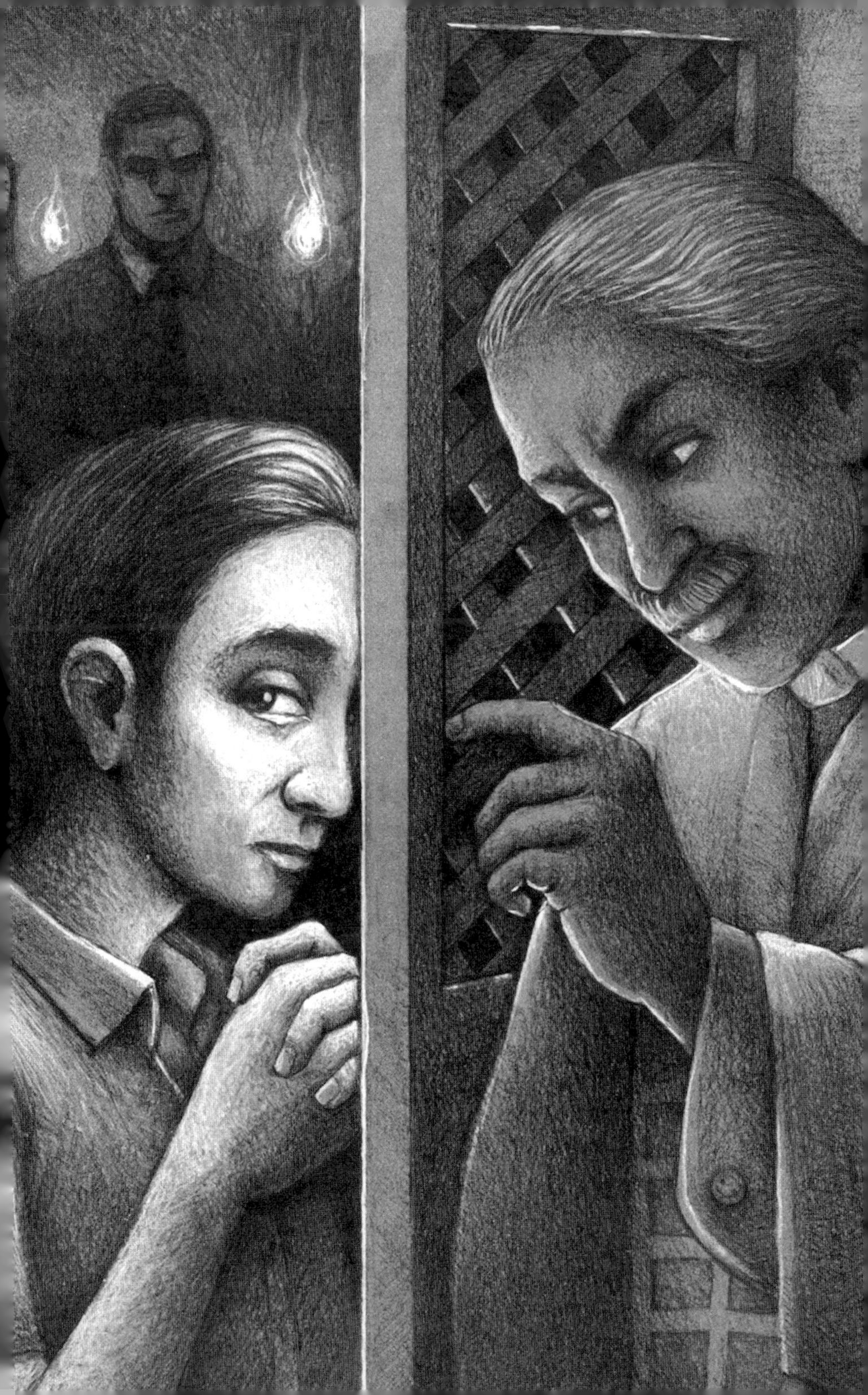

"斯温森老夫人，"鲁道夫的低语变得有声有色起来，"我们的棒球飞进她的窗户，她不肯还，我们整个下午就向她大声地喊'滚蛋'。到了五点钟，她的头痛发作了，她家里人只好去喊大夫。"

"说下去，孩子。"

"还有……我不相信我是我父母亲生的。"

"什么？"神父的询问分明带着诧异的口气。

"我不相信我是我父母亲生的。"

"为什么？"

"没什么，只是因为骄傲。"悔罪的人轻浮地说。

"你是说，你认为你的父母不配有你这么个好儿子吗？"

"是的，神父。"口气稍微收敛了一些。

"说下去。"

"我不听话，还骂我的母亲。我在背后诽谤人。我抽烟……"

鲁道夫已经把小的过失列举完了，现在该忏悔那些难以启齿的罪恶了。他用手指紧紧捂住脸，好像是要挤出心里的羞辱。

"我说过污秽的话，有过邪淫的思想和欲望。"他用很轻的声音说。

"经常吗？"

"不清楚。"

"每星期一次，两次？"

"两次。"

"你向这些邪恶屈服了吗？"

"没有，神父。"

"你上次有这些邪念时是独自一人吗?"

"不,神父。有两个小伙子和一个姑娘在场。"

"孩子,你可知道,你要像避免犯罪那样,尽量远离犯罪机会吗?交友不慎会引起邪念,邪念会引起邪行,这些你都知道吗?发生这事时,你在什么地方?"

"在一个谷仓里,前面是——"

"我不想听确切的地名。"神父急忙打断他的话。

"好吧,是在这个谷仓的阁楼上,这个姑娘和——那个家伙,他们在说一些——说一些不正当的话,我待在那儿没有走。"

"你应当走——你应当叫那个姑娘也走。"

他应当走!他无法告诉施瓦茨神父,当他听到这些奇怪的淫词浪语时,他脉搏跳动得那么厉害,当时他心里起了一阵多么强烈,多么奇怪而又浪漫的冲动。也许犯罪少年教养所监禁的那些麻木不仁、目光冷漠、不可救药的少女,才会让这些话成为她们黑暗生活里的一道光。

"你还有别的什么事要对我忏悔吗?"

"我想没有了,神父。"

鲁道夫感到松了口气,涔涔汗珠已经在他捂紧脸的手指下渗出来。

"你说过谎吗?"

他吃了一惊。像那些本能地惯于说谎的人一样,他对说真话是非常尊重且敬畏的。他的自尊心因为这个问题受到了伤害,他几乎是不由自主地答复道:"不,神父,没有。我从来不说谎话。"

有一会儿，他好像坐在国王宝座上的平民一样，尝到了享受殊荣的骄傲。然后，当神父照例开始喃喃地说些温和的责备语时，他才明白，自己这样硬充英雄地否认自己说过谎话，是犯下了一个极其可怕的罪——在忏悔的时候说谎。

当施瓦茨神父说要有悔悟的行动时，他下意识地大声背诵："哦，上帝，我打心底里痛悔，冒犯了你……"

现在他必须赶快纠正这个可怕的错误，可是他刚背完这篇祈祷文，就听得啪的一声，木板窗已经关上了。

一分钟以后，他走到暮色里。从闷热的教堂里突然进入广阔的天地中——寥廓的天宇下麦浪起伏着，一直荡漾到远方，他心里感到快慰，一时还没有充分觉察到他犯的罪孽多么深重。他没有担忧，而是深深地吸进了一口清新的空气，开始反复地对自己说："布拉奇福德·萨涅明顿，布拉奇福德·萨涅明顿！"

布拉奇福德·萨涅明顿就是他自己。事实是，这几个字抵得上一首抒情诗。当他成为布拉奇福德·萨涅明顿的时候，他就流露出一种温文尔雅的高贵气派。布拉奇福德·萨涅明顿无往不胜，生活在阵阵凯歌之中。鲁道夫轻闭双目，这意味着布拉奇福德已经在他心中占了上风，他飘飘然地走着，空中仿佛充满了欣羡的低语："布拉奇福德·萨涅明顿！走着的那人就是布拉奇福德·萨涅明顿！"

他沿着一条坑坑洼洼的路神气活现地走着，当了一会儿布拉奇福德。可是路变得平整起来，它被铺上了碎石，成为路德维希的主干道，鲁道夫的高兴心情就陡然减退了。他冷静下来，才感觉到自己的谎言是多么可怕。上帝当然已经知道了这件事，但是鲁道夫在心灵深处还留了个隐秘的角落,他躲藏在里面,可以不受到上帝的惩罚。在那里,他可以常常用各种遁词来哄骗上帝。现在他就躲在这个角落里考虑,怎样才能更妥善地逃避妄言的后果。

他必须尽量避免在第二天领受圣餐,触怒上帝到这样的程度,那实在是太危险了。他必须在第二天清早"无意中"喝水,这样,根据教规,就不能在当天领受圣餐。这个遁词尽管还有点站不住脚,却是他所能想到的最讲得过去的遁词了。他打定主意就这样做,他正聚精会神地考虑如何实现自己的计划时,不知不觉转过龙博格药店的拐角,父亲的屋子在他视野里出现了。

三

鲁道夫的父亲是当地的承运商,是随第二批德国人和爱尔兰人的移民浪潮,迁徙到明尼苏达州的达科他县来的。理论上,那个时间与地点对一个精力充沛的年轻人来说,是有许多好机会的,可是卡尔·米勒和上司下属都处不好关系。在一个等级森严的工业界中,要获得成功必须有稳定可靠的声誉。他没能建立起这种声誉。他有些马大哈,头脑不够冷静精明,不肯承认人情世故,因而多疑、不安,老是感到诧异和沮丧。

他只靠两个纽带来和五光十色的现实生活取得联系,一个是他对罗马天主教的信仰,另一个便是他对帝国营建公司的老板詹姆斯·希尔的默默崇拜。凡是米勒自己所缺少的品质——对事物的敏感和微妙探索,能够凭着刮到脸上的风就察觉到天要下雨的本领——希尔无不充分具备。米勒的大脑很迟钝,往往根据别人做出的决定行事。他一生中从来没有权衡过任何一件事的得失利弊,他疲倦的、活泼的、矮小的身体,在希尔庞大阴影的笼罩下变得衰老。二十年来,他一直跟希尔的名字和上帝单独生活在一起。

星期日早晨六点,卡尔·米勒在清净安谧的新鲜空气中醒来,跪到床边,把灰黄色的头发和有些斑白的两撇胡须埋到枕头里,祈祷了好几分钟。然后他脱掉男用长睡衣(和他那一代人一样,他一直穿不惯宽大睡衣裤),给自己瘦小、白皙无毛的身体套上羊毛内衣。

他刮了脸,他的妻子在另一间安静的卧室里睡觉,看起来有些不安。门厅的一角用屏风隔开,放着他儿子鲁道夫的小床,那里也是阒(qù)无声息。睡榻周围放着阿尔杰的书籍和鲁道夫所收集的雪茄的商标纸,悬挂着虫蛀过的球赛优胜锦旗——有"康奈尔"的,有"哈姆林"的,也有题为"新墨西哥人民谨赠"字样的——还放着他其他一些私有财产。卡尔·米勒听到外面传来了鸟儿的啁啾、院子里家禽转来转去的声音。作为这些声音的背景,隐隐约约还有一种低沉的咔嗒咔嗒声,那是六点十五分开往蒙大拿和绿色海岸的直达列车正在轰鸣。他手里拿着抹胡子用的、滴落着冷水的湿布,突然抬起头来——他听到下面厨房里有一阵鬼鬼祟祟的响动。

他慌忙把胡子擦干,把悬垂的吊带套到肩膀上,侧着耳朵谛听。有人在厨房里走动,他根据轻盈的脚步声判断,这并不是他的妻子。他惊愕地微张着嘴,迅速地走下楼梯,打开厨房门。

那站在洗涤槽旁边,一只手按在那还滴着水的龙头上,另一只手抓着一只盛满水的玻璃杯的人,可不是他儿子吗?那个少年还睡眼惺忪,上下眼皮粘在一起。他和父亲四目相遇,露出一种吃惊而又略带怨怒的可爱神色。他赤着脚,宽大的睡衣裤、袖管和裤脚都卷了起来。

霎时间他们俩都静立不动——卡尔·米勒的眉毛沉了下来,他儿子的眉毛却扬了上去,仿佛他们正在把心里极端饱和的感情统一调整。接着父亲的两撇胡须垂下来,遮住了嘴巴,这是个不祥的预兆。他迅速地向四周扫了一眼,看看有没有东西挪了窝。

早晨的阳光照进厨房,把平底锅、平滑的地板和像麦粒一样黄而干净的桌子都照得明灿灿的。在厨房的当中,炉子里烧着火,器皿像玩具一样套在一起,水汽微弱柔和地唱着它成天唱不完的调子。没有东西移动过,没有东西被碰触过——只有那个龙头好像被拧开过,上面刚形成的水珠闪着白光滴到下边的洗涤槽里。

"你在干什么?"

"我渴得要命,所以我想下楼来喝——"

"我想你今天该领圣餐了。"

儿子的脸上露出恍然惊悟的神情。

"呀,我都忘了。"

"你喝水了吗？"

"没有——"

这句话刚出口，鲁道夫就知道回答错了，可是他父亲眼里隐隐的怒火逼着他不得不说实话。他也明白，他不应该下楼来，也没有必要为了营造假象预先放一只湿玻璃杯在洗涤槽旁边。可是他出于诚实，真的下楼来喝水，反而坏了事。

"把它倒掉，"他的父亲命令道，"杯里的水！"

鲁道夫绝望地把玻璃杯来了个底朝天。

"你到底是怎么回事？"米勒先生怒气冲冲地问。

"没有什么。"

"你昨天去忏悔了吗？"

"去了。"

"那你为什么要喝水呢？"

"我不知道，我忘了。"

"也许比起宗教，你更关心解渴吧。"

"我忘了。"鲁道夫感到眼泪就要夺眶而出。

"这不是真话。"

"我真的忘了。"

"你最好小心些！"他的父亲提高了嗓门，用一种审问犯人的固执调子，"你要是记性这么不好，竟把宗教也忘了，就得想点办法了。"

他顿了一下，鲁道夫赶忙机警地说："我现在都牢牢记住了。"

"你先是忘掉宗教，"他的父亲满腔怒火地吼着，"接着就会开始说谎、偷盗，再下一步就要进教养院！"

连这司空见惯的恫吓(dòng hè)也比不上鲁道夫所面临的深渊,他要么把一切经过和盘托出,准备挨一顿狠揍,要么就得领取基督的圣体或圣血,犯渎圣罪,而遭到上帝雷霆的轰击。这两者之间,前者好像更可怕些,他最害怕的倒不是那顿揍,而是那个无能的人利用这顿揍所发泄的野蛮和残忍。

"把那玻璃杯放下,上楼穿衣服去!"他的父亲命令道,"咱们上教堂,领圣餐之前你最好跪下来,祈求上帝饶恕你的疏忽。"这个命令里的强调口气,在鲁道夫慌乱而恐惧的心里像催化剂一样,激起了他的无名怒火,他气愤地把平底玻璃杯摔到洗涤槽里。

他的父亲紧张又沙哑地喊了一声就向他扑来。鲁道夫闪到一边,碰翻了一把椅子,打算躲到厨房桌子那边,可已经来不及了。他父亲一把抓住他睡衣的肩部,砰的一声,他的头边就挨了一拳闷击。他哇地喊了一声,紧接着拳如雨点落在他的上身。他被父亲抓住拖搡着,他本能地左右闪避或拽住父亲的一只胳膊,同时感到被打和扭到的部位火辣辣地疼。他倔强地不呼痛,只是歇斯底里地大笑了几声。接着不到一分钟,拳头突然收住了。短暂的僵持中,父亲仍紧抓住鲁道夫不放。他们两个都猛烈地震颤着,喊着奇怪的、不成音节的话。卡尔·米勒连拽带威胁地逼着他儿子上楼。

"穿上衣服!"

鲁道夫现在又冷又紧张地簌簌直抖,他头好痛,脖子上被他父亲的指甲抓出了很长一道印子。他在穿衣服时,一边哆嗦一边哭泣。他察觉到母亲穿着一件轻便晨衣站在门口,本就布满皱纹的脸压缩挤扭着,又添了许多新的皱纹,从脖颈到眉毛,浮动着,起着旋涡。他粗鲁地避开了母亲打算用金缕梅皮止痛水涂在他脖子上的行为,厌恶她的惶恐与无能,好像存心要把自己闷死似的只管急匆匆地梳洗穿衣。然后他跟随父亲出去,顺着那条路,走向天主教堂。

四

一路上,除了卡尔·米勒向碰到的行人主动打个招呼以外,父子俩彼此没有说话。周围很安静,只有鲁道夫的呼吸声在炎热的星期日里此起彼伏。

他的父亲在教堂门口果断地停了下来。

"我看,你还是再去忏悔的好,进去向施瓦茨神父承认你干的事,祈求上帝宽恕。"

"你也发脾气了!"鲁道夫很快反唇相讥。

卡尔·米勒向他儿子走近一步,鲁道夫提防地退了一步。

"好吧,我去。"

"你要不要照我的话办?"他的父亲用沙哑的声音低声唤道。

"好吧。"

鲁道夫走进教堂,在两天中第二次走进忏悔室,跪了下来。那块木板窗差不多是在同一时刻打了开来。

"我忏悔早晨没有祈祷。"

"就这件事吗?"

"就这件事。"

他突然伤感地高兴起来。今后他再也不会轻易地为了某种抽象观念而牺牲自己的安逸和骄傲了。他跨过了一条看不见的界线。他察觉到自己的独往独来,这不仅存在于当他是布拉奇福德·萨涅明顿的时候,还有他内心生活的任何时刻。迄今为止,他"狂妄"的野心和微小的羞耻、恐惧等,一直都不过是他的私有保留地,都没有在他高贵灵魂的宝座前被承认过。现在他却在无意中发现,他暗中保留在深处的东西正是他自己的性灵;而其他东西,只是装潢门面,只是一块传统观念的招牌。环境的压力恰恰把他逼上了青春期独往独来的秘密道路。

他跪伏在父亲身旁的靠背长椅上。弥撒开始了。鲁道夫跪着抬起身,趁人不注意,让后背猛地靠向座位,尝到了微妙而强烈的复仇快感。他的父亲在他身旁祈求上帝宽恕鲁道夫,并饶恕自己的暴脾气,顺便斜眼瞟了一下儿子。父亲看见那紧张而任性的表情从他脸上消失了,他已经停止啜泣,因此感到十分欣慰。领圣餐时,上帝会进一步降恩,也许在弥撒以后,一切都会好起来。他在内心里为鲁道夫感到骄傲,他开始不仅仅在形式上,而且是在心里真正为早晨的粗暴行为感到后悔了。

往常,鲁道夫觉得捐款盒的传递是弥撒中的一个重要时刻。如果他凑巧(他时常这样)没有钱可捐献,他总是异常羞愧,低下头来,装作没有看见那个捐款盒,免得坐在后面一排的珍妮·布拉迪注意到,以此怀疑他家境贫寒。可是今天,当捐款盒从他眼皮下传过时,他却只是冷冷地朝里面望了一眼,漫不经心地注意到里面盛了许多便士。

然而当领圣餐的铃响起时,他还是禁不住颤抖起来。他没有理由断定,上帝不会使他的心脏停止跳动,在过去的十二个小时中,他犯了一系列不可饶恕的罪行,一个比一个严重,现在他又将犯下最严重的亵渎神明罪——盗窃圣物了。

"主啊,我不配承受你光临我家的恩宠,你只要说一声,我的灵魂就会得到医治[1]……"

教堂里的靠背长椅发出一阵瑟瑟响动,领圣餐的人都低垂着目光,紧握双手走到通道上。那些格外虔诚的信徒,还把左右手指尖碰到一起,合十为礼。卡尔·米勒也是其中之一。鲁道夫跟随他走到圣坛栏杆前,跪了下来,主动把餐巾放在下巴底下,铃声尖厉地响起来。神父从圣坛转身走来,举着白色的圣饼放在圣杯的上面:

"愿我主耶稣基督的圣体,保佑你的灵魂永生[2]。"

开始领圣餐时,鲁道夫的脑门上冒出了冷汗。施瓦茨神父沿着跪着的一排信徒走过来。鲁道夫越来越恶心,感到自己的心脏在上帝的旨意下,变得衰竭了。他感觉到教堂里变得昏暗了,而且非常寂静,只听得到神父含糊不清的咕哝声在宣告着天地的造物主降临了。他把头缩到肩膀里面,等待上帝的雷霆击下。

接着他感到父亲用胳膊肘在他肋部碰了一下,叫他挺立身体,不要俯伏在栏杆上,神父离他只有两步远了。

---

1 原文为拉丁语。
2 原文为拉丁语。

"*愿我主耶稣基督的圣体，保佑你的灵魂永生[1]。*"

鲁道夫张开嘴巴。他感到圣饼在自己舌头上留下了一股黏糊糊的蜡味。他一动不动地跪着，好像过了一段漫无止境的时间，他的头依然昂着，圣饼在他嘴里没有融化。接着他父亲的臂肘又碰了他一下，他惊醒过来，看见领圣餐的人都像树叶飘走了似的离开了圣坛，低垂着茫然的目光，回到各自的靠背长椅上，单独和神同在。

鲁道夫却是单独和自己同在，他冷汗涔涔，不可饶恕的大罪使他深为恐惧。当他走回座位时，他听到自己的脚步声，像魔鬼的爪趾一样在地板上发出尖锐的响声，他知道自己心里藏着不洁的隐私。

五

"*你不用害怕夜间的恐怖，也不用害怕白天的飞矢[2]。*"

这个美丽少年的眼睛像蓝宝石，睫毛像开放的花瓣一样从眼旁卷起。他已经向施瓦茨神父忏悔完自己的罪过，原本落在他坐处的那片阳光，半小时前就往前挪到了房间里头。鲁道夫现在不那么害怕了。一旦把心里话和盘托出，他如释重负，感到轻松多了。他知道只要他在这房间里和这神父在一起，上帝

---

1 原文为拉丁语。
2 原文为拉丁语。摘引自《圣经》。*

就不会使他的心脏停止跳动。于是他叹息了一声，安静地坐在那儿，等待神父说话。

施瓦茨神父冷冰冰、水汪汪的眼睛，盯着地毯上的图案，阳光已经把地毯上的卍¹字、扁平无花的藤蔓和苍白的花朵清晰地显示出来。客厅里的钟嘀嗒嘀嗒地不停响着，快要走到日落时分了。这个丑陋的房间和窗外的下午景色给人一种呆板而单调的气氛。偶尔，一声大槌从远远的地方传来，回荡在干燥的空气中。神父的神经像金属线一样绷得紧紧的。他的念珠好像蛇一样在绿毯桌面上蠕动爬行着。他忘记了此刻该说什么。

在这个默默无闻的瑞典小镇上，他感受最深的就是这个少年的眼睛——长长的睫毛恋恋不舍地和那双美丽的眼睛告别，立即又弯上去，好像急盼着再次和眼睛相遇。

静寂又持续了一会儿，鲁道夫等待着，神父竭力回忆着，可是他想说的话都滑走了，离他越来越远了。这幢破旧房子里的钟嘀嗒嘀嗒地响着。于是施瓦茨神父直勾勾地盯着这个少年，用一种古怪的声音说：

"当许多人齐聚在最美好的地方时，一切都将闪闪发光。"

鲁道夫吃了一惊，很快地瞥了一眼施瓦茨的脸。

"我说——"神父刚说了一句，又停下来，凝神听着，"你可听到铁锤敲击声、钟的嘀嗒声和蜜蜂的嗡嗡声？嗯，这是不好的，要紧的是要有许多人在世界的中心，不管这个中心点在哪里。于是——"他若有所思地把水汪汪的眼睛睁大了，"一切

---

1 卍：古代的一种象征太阳和吉祥的标志。*

东西就会发出光芒。"

"是的,神父。"鲁道夫装作听懂了他的话,心里却有点惊恐。

"你长大了打算干什么呢?"

"哦,我有一阵子打算做棒球运动员。"鲁道夫紧张地回答道,"可是我想这算不上什么抱负,所以我想当演员或是海军军官。"

神父又盯着他看。

"我的看法恰恰和你一样。"他带着一种凶狠的神态说。

鲁道夫原本随便说的一句话,并没有什么意思,听到神父说他有什么意思,越发局促不安了。

"这个人疯了,"他想,"我害怕他。他想要我帮他找到出路,可是我不想这么做。"

"你看起来好像是在发出光芒。"施瓦茨神父狂叫道,"你曾经参加过聚会吗?"

"参加过,神父。"

"你可曾注意到每个人都穿得很得体?这就是我的意思。你去参加一个聚会,没一会儿工夫就会发现每个人都穿得很得体。也许有两个小姑娘站在门口,有几个小伙子俯在楼梯扶手上,四周有一些花瓶里盛满了花朵。"

"我参加过好多聚会。"鲁道夫说,神父转到了他所熟悉的话题上,这使他感到安心。

"当然,"施瓦茨神父得意扬扬地继续说,"我知道你会同意我的,可是我的理论是当许多人齐聚在最美好的地方时,一切都将会闪闪发光。"

鲁道夫发现自己想起了布拉奇福德·萨涅明顿。

"请你听我说！"神父不耐烦地命令道，"别再为上星期六的事情担心了。只有当你曾虔心信仰，背叛才意味着神谴。这个问题解决了吗？"

鲁道夫一点也不明白施瓦茨神父在说些什么，可是他点点头，神父也向他点点头，就又陷入了神秘的思想中。

"哎唷，"他喊道，"他们现在有星球那样大的灯，你明白吗？我听说在巴黎还是什么地方有一盏灯像星球一样大，许多人都有——许多寻欢作乐的人，现在都有各种各样的你从来没有梦见过的东西。"

"你瞧——"他走近鲁道夫，可是那少年避开了，于是施瓦茨神父又坐回到椅子上，他的眼睛变得枯干发烫。"你见过游乐场吗？"

"没有见过，神父。"

"嗯，你得去看看游乐场。"神父轻轻地挥了挥手，"那有点像市集，可是要华丽炫目得多，要在夜晚去，离得远一些，站在一个阴暗的地方——站在阴暗的树下，你会看到一个灯光闪烁的大轮盘在空中旋转。小船顺着一道很长的滑坡飞快地滑到水里去。一个乐队在什么地方演奏，飘来一股炒花生的香味。所有东西都是闪闪发光的，而又不会使你产生任何联想，你明白吗？你看到的这一切就像是一只悬在夜色里的彩色气球，好像杆子上挂的一只黄色大灯笼。"

施瓦茨神父突然想起了什么，皱了皱眉头。

"可是你不能挨得太近。"他警告鲁道夫，"因为你如果太靠近，你所感觉到的就只是热气、汗水和生活了。"

因为说话的这人是个神父,所以这番话越发显得特别奇怪,特别可怕。鲁道夫坐在那儿,有些吓呆了,他美丽的眼睛睁得很大,瞪着施瓦茨神父。但是在他的恐惧底下,他感到自己内心的信念得到了证实。在某个地方,有一种难以言喻的、华丽灿烂的东西,和上帝毫无关系。他不再想到上帝因他说谎而对他震怒了。因为上帝一定已经懂得鲁道夫说谎是为了使忏悔室变得更美好,讲一些光辉灿烂的话,是为了使他暗黑污秽的忏悔变得明亮起来。正当他确认了这纯洁的荣耀时,便有一面光灿灿的锦旗在某地的微风中招展。于是皮靴嘎吱嘎吱地响起来,踢马刺银光闪闪,一队骑兵在一座绿色葱茏的小山上,等待破晓时分出发。太阳使他们的胸铠发出万点星光,就好像他家那幅画里在色当作战的德国胸甲骑士一样。

可是现在神父口齿不清起来,嘟嘟囔囔地说了些极其伤心的话语,少年感到非常害怕。恐怖突然从敞开的窗户里袭来,房间里的气氛已经变了。施瓦茨神父猝然跪到地上,身体向后靠在一把椅子上。

"啊,我的上帝!"他用一种奇怪的嗓音大声呼喊着,瘫到地板上。

接着有一种压抑的人性从神父的破旧衣服里升了起来,和房间角落里陈腐食物的微弱气味混合到一起。鲁道夫尖声喊叫了一下,惊慌地从屋里逃出来,而那个瘫倒在地的人,一动不动地躺着。房间里渐渐被他的声音和怪脸填满,直到每个角落都充斥着他病理性的模仿语言,回响着他连绵不断、尖锐的笑声。

蓝色的西洛科风[1]在麦浪上颤动着，披着金黄色头发的女郎走在田野间纵横的小道上，向在麦地里干活的小伙子们喊着天真烂漫的挑逗话语。她们的腿在未上浆的方格布下面露出来，衣领的边缘温暖而潮湿。午后，火热且丰富的生活已经燃烧了五个小时，三个小时后就是夜晚了，那时候到处都有这些金发、白肤、蓝眼的北欧女郎和刚干完农活的、身材颀长的年轻人。他们在麦地旁，在月光下，双双躺卧着。

（1924年）

---

[1] 西洛科风：从非洲吹向欧洲南部的干热沙尘风。

阿拉比

詹姆斯·乔伊斯
(1882—1941)

爱尔兰作家、诗人，20世纪最伟大的作家之一，后现代文学的奠基者。其作品结构、语言新奇，极具独创性，意识流思想对世界文坛影响巨大。著有《尤利西斯》《都柏林人》《一个青年艺术家的画像》等。

北里奇蒙德街是条死胡同，很少有行人车辆来往，因此，除了在基督教兄弟学校放学的那一会儿以外，整条街上成天都怪幽静的。街的尽头孤零零地矗立着一座无人居住的二层楼房，周围有一块方形空地和左邻右舍隔开。这条街上其他各幢房屋，好像被各住户的正派作风所感染，也都变得很正经，板着冷冰冰的面孔互相凝望着。

我们所要描述的这座房屋，以前的房客是个神父，他是在屋后部的客堂里死去的。所有房间因为长期关闭，都弥漫着一股霉臭的气味。而厨房后面那间堆放废物的房间里更是满地狼藉，布满了没有用的旧报纸。我在其中发现几本平装书，纸张都卷曲而潮湿了，其中有沃尔特·司各特的《修道院院长》《虔诚的领圣餐者》《维多克回忆录》。我最喜欢最后一本书，因为它的书页都发黄了。屋后那片荒芜的花园中央，有一株苹果树和几株散散落落的灌木，我在其中一株灌木下发现那个已去世房客的自行车打气筒，已经生锈了。这人曾经是一个慈善为怀的教士，他立了遗嘱把所有钱财都捐献给各慈善机构，仅把住屋里的一套家具遗留给他的胞妹。

　　冬季来临，白日变得越来越短，我们还没有吃完晚饭，天色就已经昏暗下来了。当我们在街道上会合时，各座房屋都已经变得黑影憧憧。片刻之后，街灯亮了，头顶上的天空呈现出变幻不定的紫罗兰色，微弱的灯光和紫色的天空融成一片。空气寒冷透骨，我们玩啊玩啊，直到身体发热还不罢休。我们的喊声在静谧的街道上发出回响。我们沿着游戏的路线，在屋后阴暗泥泞的小巷里奔来奔去，同小屋里的野孩子交手；跑到昏暗的、湿淋淋的花园后门，闻见那儿的灰坑里发出的各种气味；又跑到阴暗的、臭烘烘的马厩，只见马车夫在那里梳理着马匹的毛，使弯曲的挽具上的铃铛发出悦耳的乐音。我们回到街上时，厨房窗口淌出的灯光已经把一片片空地照得明晃晃的了。

　　我们要是看见我叔父在拐角出现，就藏到阴影里，直到他进了屋，诸事平安顺遂。要是曼根的姐姐走到门前台阶，喊她弟弟回家吃茶点，我们就从藏身的阴暗处窥视她向街的两头张望。我们等待着，看她究竟是继续留在门口，还是进屋去。如果她继续留在门口，我们只好从阴暗的角落出来，无可奈何地走到曼根家的台阶前面。她站在那儿等我们，半开的门扉里流出的光线把她的身影照得清清楚楚。她的弟弟总要逗弄她一番，才肯听她的话回家。这时，我就站在围栏旁边，看她的衣服随着身体的摆动晃来晃去，她的发绺向两边甩动。

　　每天早晨，我躺在前客堂的地板上观察着她家的屋门。我把百叶窗拉到距离窗棂只有一英寸,这样我向外张望时就不至于被人发现。每当她从屋里出来走到台阶上的时候,我的心直扑通,就像要跳出胸膛似的。我跑到门厅里,一把抓住课本,立即跟上她潜行。我总是和她保持同样的速度,确保她棕色的身影始终留在我眼帘里。等到快要分走两路了,我才加快步伐抢前几步,打她身旁经过。每天早晨这场戏都要重演一遍。除了偶尔打个照面,说一两句话以外,我从来没有和她交谈过,然而她的名字似乎都有偌大魔力,能使我这个傻小子全身的血液沸腾起来。

甚至在最不适合浪漫情调的地方,她的形影也伴随着我。星期六晚上,我婶婶上市场,我也得陪着去帮她拎购买的东西。我们在灯火通明的街道上走过,醉汉们跟跟跄跄、东倒西歪;妇女们拉开嗓门讨价还价;小工们一边干活一边骂骂咧咧;店员们守在放猪脸肉的大桶旁边,像牧师祈祷般尖声怪气地叫卖;街头歌唱家带着鼻音哼唱着关于奥多诺万·罗莎的流行歌曲,或是描写祖国动乱和灾难的民歌小调。我们就在这一片嘈杂声中挤挤碰碰地走过。这些嘈杂声在我的脑海里汇成一股执着追求生活的呼声。我想象自己正捧着圣餐杯在一群敌人当中安全地通过。她的名字不时地迸到我嘴边,我喃喃地念着一些奇怪的祈祷文和颂词——我自己也不懂是什么意思。我的眼睛里经常充满泪水。不知道是怎么回事,时不时有一股感情的激流从我的内心里涌出来,充满我的胸膛。我很少想到将来,我不知道是否会和她交谈,也不知道如果交谈的话,又该怎样表达清楚我对她的恋慕之情。我的身体就像一架竖琴,她的言谈举止就像拨弄琴弦的纤手。

一天晚上,我走到那个神父去世的那间后客堂里去。那是个天色昏黑、淫雨霏霏的夜晚,屋子里悄无声息。我透过一块破玻璃听见雨点如注地打在地面上,细密连绵的雨丝像针尖一样在湿润的褥垫上嬉戏。我凭窗俯视,只见远远一盏路灯和透出灯光的窗户似隐似现。我感谢上苍使我只能看到这一点点东西。我的各种知觉好像都想隐蔽起来。我蓦然意识到,这些感觉即将从我身边滑走,连忙紧紧合掌直到双手发颤,一边喃喃地不停念叨着:"啊,爱情!啊,爱情!"

终于,她对我讲话了。她第一次和我攀谈时,我心慌意乱,不知道该怎么回答才好。她问我是否打算到阿拉比去。我记不清当时回答的到底是去还是不去。她说,那儿将有一次热闹的集市,要是她能去的话,该多好啊!

"你为什么不能去呢?"我问她。

她边说话边把手腕上的一只银镯转来转去。她去不成,她说,因为她求学的那座修道院那个星期正好要静修。她的弟弟和另外两个男孩正好在为帽子干仗,只有我一个人单独站在围栏旁边。她握住一根栏杆的尖端,俯首瞧着我。对门那盏灯恰巧照出她白皙脖颈的曲线,照出她覆在颈项的头发,照出她扶住栏杆的纤手。灯光还照到她衣裳的一侧,她悠闲地站在那儿,露出了里头的衬裙,白色的镶边也恰好被灯光照亮。

"你运气好,能去。"她说。

"我要是能去的话,"我说,"准给你捎件东西来。"

打那天晚上之后，我白天黑夜尽在想一些傻事，弄得自己神魂颠倒！这几天特别冗长乏味，我恨不得时间过得快一点。我无心上课，心里老是发毛。无论是夜晚在寝室里，还是白天在课堂上，每当我硬着头皮拿起课本想念上几行，脑海里总是浮现出她的倩影。每当我的心静下来，"阿拉比"这几个字就向我召唤，像东方的魔力一样使我着迷。我向学校请假，打算在星期六夜晚到那个集市去。我的婶婶颇为诧异，担心我会去参加什么共济会的活动。老师上课提问，我总答不上来。我窥视老师的脸色，只见他的神情由和蔼变得严厉了。他希望我别走上游手好闲、荒废学业的路子。我心猿意马，注意力分散，因为不能称心如愿而觉得度日如年，感到生活枯燥乏味，如同单调的游戏一样惹人憎厌。

星期六早晨，我一再提醒我叔叔，说我想在当晚到阿拉比集市上去。他正手忙脚乱地在衣帽架旁寻找帽刷，听到我的请求，只简短地应了一声：

"唔，孩子，我知道了。"

由于他在门厅里，我无法走进前客堂，趴下来向窗外窥望，只得闷闷不乐地走出屋子，慢吞吞地向学校走去。一路上冷风刺骨，我预感到有点儿不妙。

我回家吃晚饭时，叔叔还没有回来。时间还早，我坐在那儿对着时钟发了一会儿愣。钟摆一个劲儿地嘀嗒作响，慢慢使我烦躁起来，于是我走出房间上楼去。我在那几个空荡、阴冷的房间里感到十分放松，哼唱着进进出出。我从前窗望出去，看见伙伴们正在下面街道上游玩。他们的喊声经

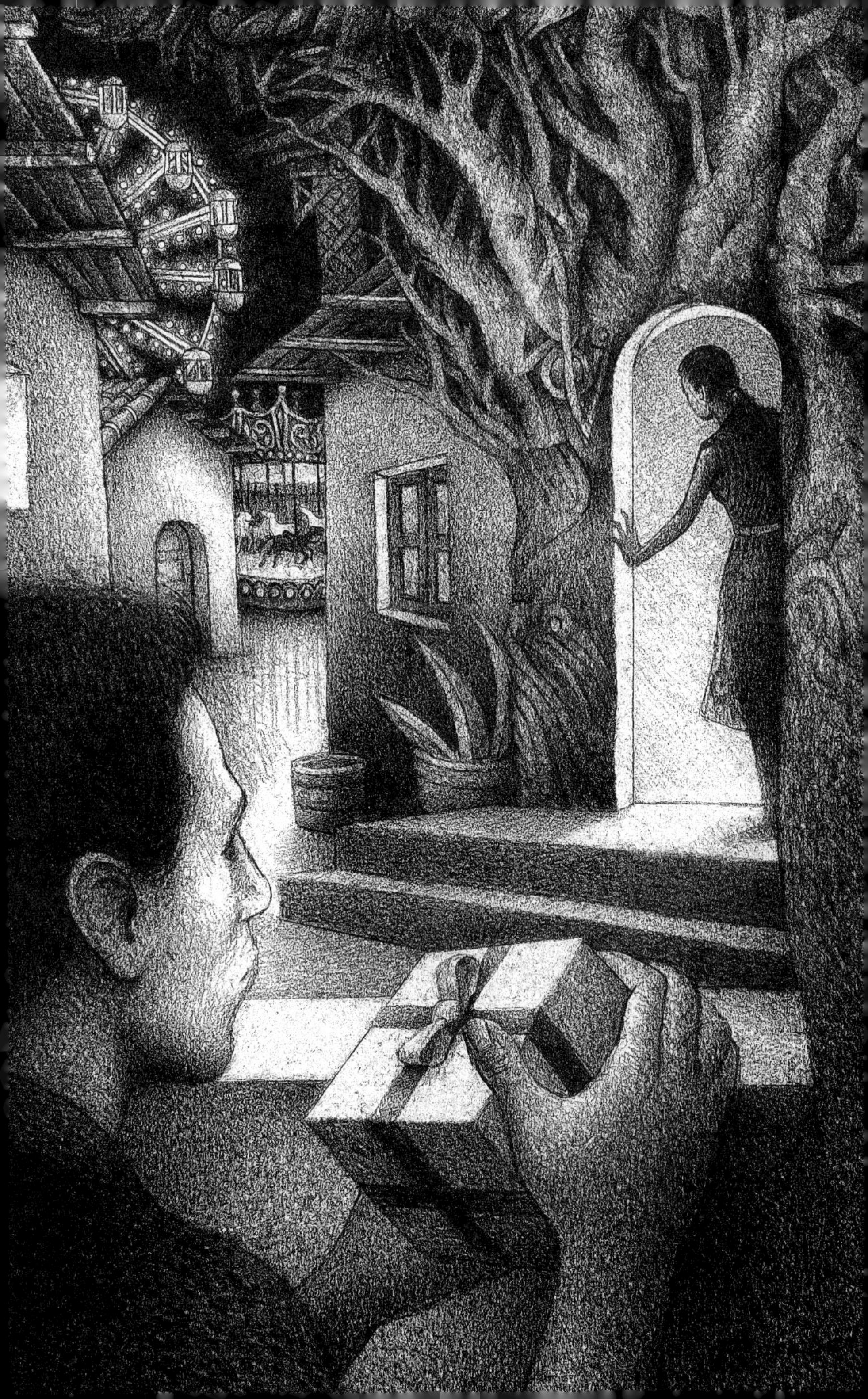

远处传来变得微弱了,我听不清楚。我将前额贴在凉丝丝的玻璃上,盯着街对面她住的那幢阴暗的房屋。我看不出别的东西,只看见我想象中的那个穿棕色服装的倩影,灯光照出她白皙的脖颈,照出她搁在栏杆的纤手,和衣服下边露出的衬裙镶边。

我再次下楼,发现默塞尔夫人坐在壁炉前。她是个爱唠叨的老太太,一个当铺老板的遗孀,会为了某种虔诚的目的收集旧邮票。她在喝茶时喋喋不休地闲聊,我不得不耐着性子听。这顿饭延长了一个多小时,我的叔叔还没有回来。默塞尔夫人站起来告辞了,她抱歉地说不能再等了,八点已过,她不能在外面待得太晚,因为夜间空气有害于健康。她走了以后,我攥紧拳头,开始在房间里踱来踱去。我的婶婶说:

"兴许今晚你去不成了,改天再去看集市吧。"

九点钟,我听见叔父的钥匙在客厅的门锁上咔嗒一响。我听见他自言自语,听见他将沉甸甸的大衣挂到衣帽架上,衣帽架摇晃了一下。我解释不了这些动作意味着什么。他吃晚饭吃到一半,我请他给我上集市去的钱,敢情他已经忘了。

"现在什么时候了,大家都上床了,睡过头遍觉啦。"他说。

我没有笑。我的婶婶提高声音对他说:

"你就不能给他钱,让他快些去吗?你已经把他耽误得够晚的了。"

我叔叔说,他很抱歉,把这事给忘了。他说他相信那句老话:"只用功,不游玩,孩子就会变成书呆子。"他问我打算往哪儿去,我回答了第二遍以后,他问我是否知道《阿拉伯人向骏马告别》[1]。他刚要把这首诗的开头几句朗诵给我婶婶听,我就离开了厨房。

我将一个弗罗林[2]紧紧攥在手里,迈开大步,沿着白金汉大街向火车站走去。街道上熙熙攘攘,购买商品的顾客来来往往,煤气灯明亮耀眼,我想起了此行的目的。列车上冷冷清清,我在其中一节三等车厢里找了个座位。火车迟迟不开,时间漫长得令人难以忍受,我好不容易才等到火车慢慢地出站。它在倾圮的房屋之间向前爬行,从闪烁着银波的河面上越过。经过威斯特兰罗站时,一大群人挤到车厢门口,列车员却把他们往回赶,说这是开往阿拉比集市的专车。我单独留在空荡荡的车厢里。几分钟以后,列车停靠在一个临时用木板搭成的站台前面。我下车走到路上,看见钟面上发光的指针正指着九点五十。迎面那座大楼,赫然写着"阿拉比集市"五个大字。这真是个令人着迷的名字。

我找不到任何一个花六便士就能进的入口,害怕去晚了市场关门,只好多花点钱,将一个先令付给一个萎靡不振的收票员,从旋转式栅门进去。我发现自己置身于一个高敞的大厅里,墙的半腰围着一圈回廊。差不多所有的货摊都收摊了。这个大厅大部分都被黑暗笼罩着。我觉得这里就像做完礼拜后的教堂

---

1 《阿拉伯人向骏马告别》:英国女诗人、小说家卡罗琳·诺顿(1808—1877)创作的一首诗歌。诗中一位阿拉伯小男孩以高价卖出了他心爱的骏马,可当马被牵走时,小男孩突然改变主意,要求商人归还他的心爱之物。*
2 弗罗林:或称2先令,即24便士,是英国在1849—1967年发行的银币。*

那样寂静。我胆怯地走到集市当中。有几个人聚集在还没有收市的货摊周围。帷幕上的彩色灯泡缀映出"香潭咖啡馆"几个字,帷幕前站着两个人,正在数一只金属托盘里的钱。我谛听着钱币落到托盘上的声音。

我好不容易才记起自己来到这里的目的,走到一个货摊跟前,审视着瓷瓶和有花纹的茶具。这个货摊门口,一个年轻的女士正在和两个年轻的先生说笑。我听出他们的英国口音,就侧耳听他们谈话,但听得不是很真切。

"啊,我从来没说过这样的事!"

"啊,你说过!"

"我没有说过!"

"她说过这样的话吗?"

"是的,我亲耳听见的。"

"啊,这是……扯淡!"

那位年轻的女士抬头看见我,便走了过来,问我想买些什么。听她的语调,她仿佛不太愿意接待我,只是出于一种责任感,不得不敷衍一下罢了。我看着她货摊门口两边像东方卫士一样伫立着的两只大坛子,低声下气地喃喃说:

"不想买,谢谢。"

那位年轻的女士挪动了一下其中一只花坛,便回到那两个年轻人身边。他们又说开了刚才那个话题。那个年轻女士回头向我瞟了两眼。

我在她的货摊前逗留了一会儿,假装对她的货物很感兴趣(我明知道这样做太无聊),然后慢慢转过身来,顺着市场中间走去,边走边把那两枚便士和那枚六便士的硬币碰得叮当作响,聊以消遣。就在这时,我听见走廊的一端传来就要灭灯的呼声。顿时,大厅的上端变成了乌压压的一片。

我凝视着黑暗,看见自己活像一个被虚荣心所驱使和嘲弄的动物。于是我的眼里燃起痛苦和愤怒的火苗。

(1914年)

园会

凯瑟琳·曼斯菲尔德
（1888—1923）

英国现代主义作家。新西兰文学的奠基人之一，被誉为"新西兰文学花园里的一只孔雀"。擅长运用意象展现人物的微妙关系。其作品展现了女性的生存处境，为妇女解放指明方向。著有《幸福》《在海湾》等。

天气总算令人称心了。要办园会再找不出像今天这样美妙的日子。没有风，阳光和煦，万里无云，湛蓝的天空只淡淡抹了一层初夏常有的浅金色雾气。破晓时分，园丁就起来修剪、打扫草地，把草地和原来种雏菊的玫瑰花坛收拾得光彩焕发。提起玫瑰花，人们不由得会认为，在园会上只有玫瑰花才会给人留下深刻印象，只有玫瑰花才是雅俗共赏的。几百朵，是的，足足有几百朵玫瑰一夜之间都怒放了，葱翠的花梗弯垂下来，像是恭迎大天使光临似的。

早餐还没有吃完，搭凉棚的人就来了。

"妈，凉棚搭在哪儿？"

"好孩子，别问我了，今天我打算都交给你们孩子办。别妈呀妈的向我请示了，把我当个贵宾得了。"

可是梅格没法儿去指点工人。她早餐前刚洗了头，用块绿头巾包着头发，坐在那里喝咖啡，鬓角的发鬈(quán)儿湿漉漉、乌油油的。乔斯这只小蝴蝶和往常一样，穿着和服睡衣和绸衬裙就下楼来了。

"劳拉,还是你去,你有艺术头脑。"

劳拉转身就飞奔去了,手里还拿着一块黄油面包。

有个借口到屋外去吃东西,多有味儿。何况,她挺爱管事儿的。她总觉得自己办起事来比别人强得多。

有四个没穿外套的人聚在花园小径上,他们拿了好多裹了帆布的木板,背着挺大的工具袋子,样子够神气的。劳拉这时懊悔拿面包了,没处搁,又没法扔。她红了脸,装作一本正经,甚至有点近视似的,走了过去。

"早安。"她学着母亲的口吻说,可是那声调有点做作。她感到不好意思,像个小女孩似的口吃起来:"噢——呃——你们来了,是来搭凉棚的吗?"

"是的,姑娘。"个子最高的那人说。这人身材瘦长,有些雀斑,他挪了挪工具袋,把草帽往后一抹,居高临下地朝她笑笑:"你说得对。"

他笑得很自然,很友好,劳拉一下就不紧张了。他那双眼睛多美,虽然小了点儿,可是那么蓝盈盈的!她瞧瞧别的人也都露着笑容,仿佛在说:"开心点吧,我们不咬人。"工人多好啊!早晨多美啊!不过,甭提什么早晨了,得谈谈正经的——搭凉棚。

"喂,搭在花池那边行吗?"她用没拿黄油面包的那只手朝花池指了一下。他们转过脸往那边看,其中有个矮胖子把嘴一撇,高个儿皱起眉头。

"我看不上,"高个子说,"不显眼。要说搭凉棚,"他满不在乎地回头跟劳拉说,"总得搭在让人看了'砰'的眼睛一亮的地方才够意思,懂不懂我的意思?"

劳拉的出身教养使得她一时没弄明白,一个工人跟她这样讲话,算不算没有礼貌。可是她倒很明了他的意思。

"搭在网球场角上吧。"她又建议道,"不过乐队得放在角落了。"

"嚯,还有乐队?"另一个工人说。他脸色苍白,一双黑眼睛扫视着球场,神色没精打采。他在想什么呢?

"只是个很小的乐队。"劳拉温和地说。也许乐队小,他就不至于过分介意了。

可那个高个子插嘴了:"小姐,你瞧,那块地方挺好。背后是树,搭在那边,肯定不赖。"

背后是卡拉卡树。那样的话,树就给凉棚遮住了。可是这些树叶子又宽又亮,果实累累,黄澄澄的,多么可爱。人们会以为这些树是长在荒岛上的,高傲、孤独,默默地向太阳擎着枝叶果实。难道这些树非得让凉棚遮住?

是得遮住。工人们早就扛起木板,朝那边走去。只有高个子留下没走。他俯下身体掐了一下薰衣草的小枝,把拇指和食指送到鼻孔去闻那味儿。劳拉见他这样,早把卡拉卡树丢在脑后,有些纳闷,他怎么会喜爱这种东西——爱闻薰衣草味儿?她认识的男孩当中有几个会这样呢?她心想,工人多好啊!怎么她就不能跟工人交朋友,偏偏要跟那帮和她跳舞、礼拜天来吃晚饭的蠢少年交往?跟这样的工人相处要有意义得多呢。

高个子正在一只信封背面画着什么,有的像环似的挂起来,有的悬空吊着。这时她心里想,都是荒唐的阶级界限造成的恶果。不过,对她来说,她并不觉得有什么阶级界限,一点也不,一丝一毫也不觉得……木槌嘭嘭地敲响了。有人吹起口哨,有人哼起歌曲。"你在那儿吗,伙计?""伙计!"多么友爱的称呼,多么——为了向这位高个子表示她是多么随便,多么看不起愚蠢的习俗,劳拉就在瞧他画画的时候咬了一大口黄油面包。她仿佛觉得自己就是个女工。

"劳拉!劳拉!你在哪儿?电话!"屋里传来了喊声。

"来了!"她转身蹦蹦跳跳地跑了,穿过草坪,顺着小径,上了台阶,越过凉台,进了门廊,在门厅里她看见父亲和劳里正在刷帽子,准备上班去。

"我说,劳拉,"劳里说得很快,"你最好赶紧替我瞧瞧我的上衣,看要不要熨一下。"

"好吧。"她说。她突然忍不住,跑过来轻轻捏了劳里一下。"啊,我真喜欢园会,你喜欢不?"她喘着说。

"挺——喜欢。"劳里用小伙子那种亲热的声音说。他也捏了妹妹一下,然后轻轻推了她一把,说:"快去接电话,丫头。"

接起电话。"喂,喂,是我。基蒂吗?你好,亲爱的,来吃午饭吗?来吧,亲爱的。我当然欢迎。家常便饭——只不过是些剩下的碎三明治、鸡蛋饼什么的。对,天气真是太好了。你的白衣服?我当然会的。等一下,别挂,妈在叫我。"劳拉往椅子上一靠,"妈,你说什么?我听不见。"

谢里丹夫人的声音从楼梯上飘下来:"叫她就戴上个星期天戴的那顶漂亮帽子。"

"妈叫你就戴上星期天戴的那顶漂亮帽子。好的。一点钟。再见。"

劳拉放下耳机,把胳膊举到头顶上,深深吸了口气,拉伸了一下,又把胳膊放下来。她嘘了口气,立刻又坐直身子,侧着耳朵静静地听着。这幢房子里的门仿佛都被打开了。屋子里充满了轻快的奔走声。通往厨房的绿毡门打开来,又闷声关上了。接着传来一长串吱吱嘎嘎的怪声,这是笨重的钢琴被挪动时那不灵活的脚轮发出的转动声。空气多么美好!如果我们凝神注意,空气总是这样美好吗?一阵阵轻微的风互相追逐着从窗口钻进来,又从门口溜出去。两块小小的阳光斑点,一块在墨水缸上,一块在相片的银质镜框上,也互相嬉闹着。可爱的小阳光斑点儿,尤其是墨水缸上的那块,显得挺温暖,就像温暖的小银星。她简直想吻它。

前门的门铃响了。莎迪的印花裙子落在楼梯上,发出沙沙的响声,还有一个男人在悄悄说着些什么。莎迪漫不经心地答了句:"我可不知道。等一下,我问问夫人去。"

"什么事儿,莎迪?"劳拉走进门厅。

"花匠来了,小姐。"

果然是花匠来了。门口放着个浅口的大托盘,盛着一盆一盆粉红的百合花。没有别的,一色的百合花,大朵的粉红花儿在鲜红的梗子上盛开着,生气蓬勃,使人惊讶。

"啊——啊,莎迪!"劳拉悄声说,那音调竟像是微微的呻吟。她蹲下去,仿佛要在一盆火似的百合花上取暖。她觉得手指里、嘴唇上都是花,胸中也滋长着花儿。

"是搞错了吧。"她轻声地说,"谁也没有订这么多花。莎迪,去找我妈来。"

正说着,谢里丹夫人就来了。

"没搞错。"她安详地说,"对,是我订的,美不美?"她按了一下劳拉的胳膊,"我昨天从花店门口经过,瞧见橱窗里陈设着这些花儿。我忽然心血来潮,我想我一辈子总得有一次把百合花买个够。今儿办园会,正是买百合花的好机会。"

"我还以为您真的不想插手呢。"劳拉说。莎迪已经走了,花匠到外面运货车上去取花没进来。她便搂住母亲的脖子,轻轻地咬着她耳朵说了上面那句话。

"孩子,你总不乐意有个正经八百的妈吧?别说悄悄话了,看,花匠来了。"

他又搬进来满满一托盘花。

"劳驾给放好,就放在进门的地方,走廊两边。"谢里丹夫人说,"这样摆你觉得怎样,劳拉?"

"太好了,妈妈。"

客厅里,梅格、乔斯和小汉斯总算是把钢琴挪对地方了。

"你们看,把这张长沙发靠墙放,把屋里东西都搬出去,单留下几把椅子,怎么样?"

"挺好。"

"汉斯,把这几张桌子搬到吸烟室去,拿把扫帚把地毯上的脏印儿扫干净,还有——等一下,汉斯——"乔斯就爱对仆人发号施令,他们偏偏也喜欢听她指挥,她总让他们觉得这是在演戏,"叫妈和劳拉小姐马上过来。"

"是,乔斯小姐。"

她又转向梅格说:"我想听听钢琴的音调怎样,说不定今天下午有人要我唱歌。来,咱们练习一遍《人生令人厌倦》吧!"

咚!叮叮咚咚!钢琴奏起了热情的曲调,乔斯的脸色都变了。她握紧了双手。母亲和劳拉进来的时候,她忧伤地、迷惘地瞧着她们。

> 人生令人厌倦,
> 只有流泪和叹息,
> 爱情变幻无常;
> 人生令人厌倦,
> 只有流泪和叹息,
> 爱情变幻无常,
> 转眼——就要离别!

可是唱到"离别"二字的时候,那琴声虽然比以往任何时候都更凄凉,她却无动于衷地绽开了灿烂的笑容。

"妈,我唱得好听吗?"她笑着问。

> 人生令人厌倦,
> 希望都已破灭,
> 梦醒时万事休。

唱到这儿却给莎迪打断了。"什么事,莎迪?"谢里丹夫人问。

"夫人,厨子问三明治上的标签您做好了吗?"

"三明治上的标签?"谢里丹夫人恍惚地回应了一句。孩子们看她那神态就知道没有做好。"让我想想。"接着她又挺有把握地对莎迪说,"告诉厨子,保证她十分钟之内拿到手。"

莎迪走了。

"劳拉,"她母亲急忙说,"咱们到吸烟室去。我把名称写在一只信封上了,你给我抄下来。梅格,马上上楼去把头上那块湿布去掉。乔斯,快去把衣服换好。孩子们,听见没有?非要我今天晚上等你们父亲回来告诉他吗?哦——乔斯,你到厨房去,对厨子好好说两句。今天早晨她把我吓坏了。"

那信封终于在餐厅时钟背后找到了,怎么会放到那儿的,谢里丹夫人可想不出。

"准是你们谁从我提包里偷偷拿走的,我记得清清楚楚——黄油、奶酪、柠檬冻,写上没有?"

"写了。"

"鸡蛋——哦——"谢里丹夫人把信封拿得远远的觑着,"怎么,好像写的是耗子。不会是耗子吧?"

"是橄榄,乖乖。"劳拉回头说。

"对了,当然是橄榄。听上去真是可怕的搭配,鸡蛋和橄榄。"

终于写完了,劳拉把标签送到厨房去。她看见乔斯正在和厨子说好话,可厨子脸上并没有吓人的神情。

"我从来没见过这么考究的三明治。"乔斯高兴坏了,"厨师你说有几种,十五种?"

"是十五种,乔斯小姐。"

"真不简单,大厨,恭喜你。"

厨子用长刀子清掉了碎屑,高兴得喜眉笑眼。

"戈德伯商店的人来啦!"莎迪从餐具室出来报信说。她看见那人经过了窗外。

也就是说,奶油松饼来了。戈德伯商店的奶油松饼很出名,出名到没有人会想要在自己家里做这种点心。

"拿进来放在桌子上吧,姑娘。"厨子吩咐道。

莎迪把点心拿进来又走出去,劳拉和乔斯都是大姑娘了,当然不会在乎这些点心。尽管如此,她们还是不由得同声称赞这松饼实在惹人喜欢。厨子一边开始摆点心,一边拂掉松饼上面的糖霜。

"看了这点心是不是又想起以前举行的园会来了?"劳拉说。

"我想是吧。"讲究实际的乔斯从来不喜欢回想过去,"不过这松饼实在轻巧,软绵绵的,挺叫人喜欢。"

"亲爱的,你们姊妹俩一人吃一块吧,妈妈不会知道的。"厨子说得倒也轻巧。

这怎么可以?刚吃过早点就吃奶油松饼,怎么行呢?然而,两分钟以后,乔斯和劳拉就在舐手指了,那种贪馋的神情,只有橄榄奶油点心才会引起。

"咱们到花园里去吧,打后门走。"劳拉建议,"我想看看工人把凉棚搭得怎么样了。他们真是太好了。"

可是后门被厨子、莎迪、戈德伯商店的伙计和汉斯挡住了。

出什么事了？

厨子像只受惊的母鸡一样嘎嘎叫着，莎迪用一只手捧着下巴好像牙疼，汉斯皱着眉头想弄明白到底是怎么回事。只有戈德伯商店的伙计好像挺享受的，他知道发生了什么。

"什么，出了什么事？"

"发生了件可怕的祸事。"厨子说，"有人死了。"

"有人死了？在哪儿？怎么死的？什么时候？"

戈德伯商店的伙计可不想看着别人把他的新闻抢先讲了。

"小姐知道坡下边那些小房子吗？"知道？当然是知道的。"就在那儿，住着一个年轻人，他叫斯科特，是个赶大车的。今天早晨，他的马见了牵引机就惊车了，在霍克街拐角处，把他摔了下来。他后脑勺着地，摔死了。"

"摔死了？"劳拉睁大眼睛盯着戈德伯商店的伙计。

"大家把他抬起来时，他已经死了。"那伙计说得挺起劲，"我到这儿来的时候，他们正把尸体往回抬。"他对厨子说："他就这么走了，撇下了老婆和五个娃娃。"

"乔斯，来。"劳拉拽住姐姐的袖子，拉着她穿过厨房，走到绿毡门那边，停了下来，倚在门上。"乔斯！"她露出惊慌的神色说，"咱们想个什么办法来取消这些？"

"什么？取消这些？"乔斯一愣，"你是什么意思？"

"当然是取消园会了。"乔斯为什么假装不懂呢？

可是乔斯听了更摸不着头脑："取消园会？亲爱的劳拉，你可别胡来一气，咱们绝不能这么办。没人希望咱们这么做，快别异想天开了。"

"可是咱们总不能眼看大门外死了人,还在家里办园会啊!"

这可真是有点夸张了,谢里丹家在斜坡上,那些小房子在斜坡底下自占一条巷子,中间还隔着一条宽阔的马路。不错,是离得太近了。这片小房子可能是最让人看不顺眼的东西,根本不配做谢里丹家的邻居,都是些涂成深褐色的寒碜建筑,院子里尽是些白菜帮子、病弱的母鸡、西红柿罐头。就连烟囱冒出来的烟也是寒酸样儿,丝丝缕缕的烟,根本不像谢里丹家烟囱里大股大股喷出的银白色浓烟。巷子里住的都是些洗衣服和扫烟囱的人,此外,还有一个鞋匠和一个在房前塞满小鸟笼的人。路上随处可见成群结队的孩子。谢里丹家的孩子小时候从不许往这巷子里迈一步,生怕学了不堪入耳的话或是得了传染病。长大以后,劳拉和劳里有时出去闲逛,会经过这条巷子,里面实在是肮脏恶心。他们从里面出来总不免打个寒噤。不过人总得到处闯闯,见见世面,所以他们有时还是打那儿穿过。

"你想一想,那个可怜女人听见咱们的乐队演奏,心里会是什么滋味。"劳拉说。

"劳拉!"乔斯真有点恼火了,"要是一出事就不让乐队演奏,你这一辈子过得也太别扭了。我心里也和你一样难受,我也和你一样有同情心。"她眼睛里露出了冷淡的光,盯着妹妹,那架势就像两人小时候打架那样。"但你再怎么伤感,也救不活一个醉鬼。"她轻声地来了一句。

"醉鬼!谁说他是醉鬼?"劳拉狠狠地问了一句,就像她们往常吵架一样,她说,"我这就上楼告诉妈去。"

"去吧,宝贝儿。"乔斯轻声说。

"妈，我可以进来吗？"劳拉拧开大玻璃门把。

"当然可以，孩子。怎么了，出什么事了？你脸怎么这么通红？"谢里丹夫人从梳妆台转过身来，她正在试戴新帽子。

"妈，有人摔死了。"劳拉开门见山地说。

"不是在园子里吧？"她母亲抢着问。

"不是。"

"噢哟，你可吓了我一跳！"谢里丹夫人放心地吐了口气，摘下那顶大帽子，放在膝上。

"妈，听我说。"劳拉气喘吁吁，带着点哽咽的声音把那个悲惨的消息讲了一遍，"咱们当然不能办园会了，对不？"她央告母亲，"乐队和客人快来了，出事的这家听得见咱们这边的声音。妈，他们几乎是咱们的邻居！"

劳拉万料不到母亲的反应竟和乔斯一个样。何况母亲并不认真对待她的话，还觉得好笑，这就更叫人受不了了。

"好孩子，你得有点常识。咱们也不过是无意间听到这件事。我问你，要是那里有人正常死亡——我真不明白他们是怎么在那些狭小的洞穴里活过来的——咱们还不是照常举办园会？"

劳拉只好说"对"，可是她心里总觉得不对。她在母亲的沙发上坐下，用手捏着靠垫的饰边。

"妈，咱们是不是太残酷了？"

"宝贝！"谢里丹夫人起身拿着帽子走过来，二话不说就把帽子往劳拉头上戴，"孩子！这帽子是给你的，简直是为你量身定做的。我年纪大了，不适合这顶帽子。我从来没见你这么漂亮过，你自个儿瞧瞧！"说着她把有柄的小镜子一举。

"可是，妈——"劳拉想回到那个话题上。她没心情照镜子，把脸转过去。这一下谢里丹夫人可像乔斯一样忍耐不住了。"劳拉，你也太不像话了！"她冷冷地说，"这种人并没指望咱们为他们牺牲这次园会。何况，瞧你，要是这么扫了大家的兴，也太不懂道理啦！"

"我就是不懂！"劳拉说着，拔腿就走，回到自己的卧室里。偏偏一进门，就瞧见镜子里有个俊俏的姑娘，戴着金色野菊花镶边的黑色女帽，帽上拖着一根长长的黑丝绒带子。她做梦也料不到自己会这么漂亮。她心里想，难道母亲说对了？这时她倒希望是母亲对了。是我在胡闹吗？我也许是在胡闹吧。一瞬间她仿佛又瞥见那可怜的女人拖着一群小儿女，而那具尸首正往他们屋里抬。可是这一切都模糊不清，不真实，像是报纸上的照片。她打定主意，园会结束了再把这件事记在心上就得了。不知怎的，她觉得这是个最好的办法……

一点半，午餐结束了。两点半，所有人都开始紧张地做准备。绿衣乐队也到齐了，在网球场的一角安顿下。

"哎呀！"基蒂尖着嗓子说，"他们看上去是不是很像单词'青蛙'？你应当叫他们围着池子，让指挥站在池中央的一片叶子上。"

劳里回来了，跟大家打了个招呼，就进屋去换衣服。劳拉看见他，又记起了那桩祸事，想告诉他。如果劳里也跟妈妈和姐姐一个想法，那他们就一定是对的。她跟着他走进门厅。

"劳里！"

"嗯！"他已走上楼梯，回过头一见劳拉，便立刻鼓起腮帮

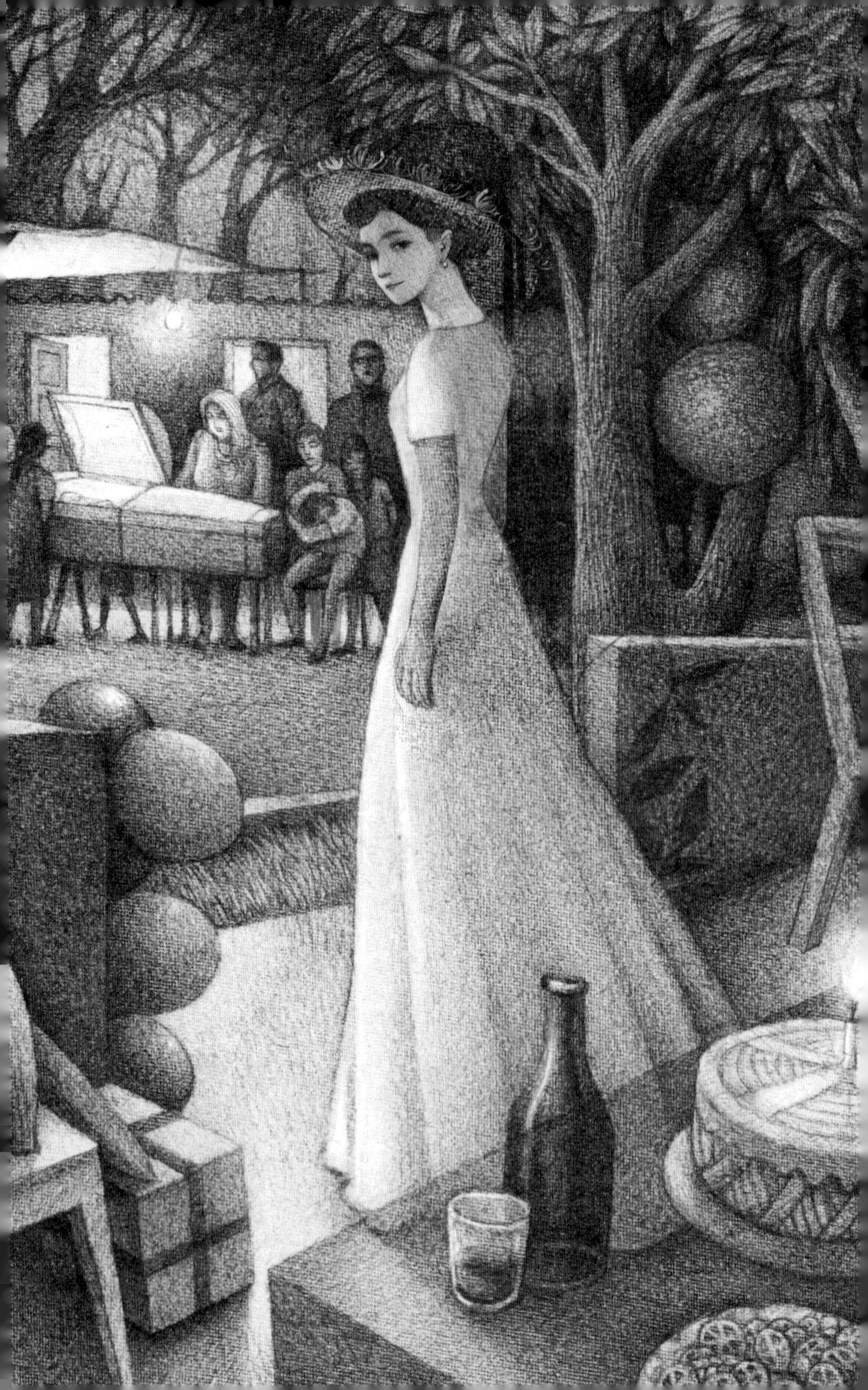

子,瞪着大眼睛瞅她。"啊!劳拉,你真是太漂亮了。"他说,"这帽子绝对是第一流的!"

劳拉只含糊地说了声"真的吗",抬头朝劳里笑了笑,到底没有把这事告诉他。

紧接着客人陆陆续续来了。乐队演奏起来。雇来的侍者从屋里跑到凉棚下。一眼望去,草坪上到处都是成双成对的人在闲逛,或是俯身闻闻花草,或是招呼朋友,恰似一群欢乐的鸟儿降落在谢里丹家的花园,逗留一个下午后,准备要去——去哪里呢?啊!跟快乐的人们待在一起,握握手,亲亲脸颊,相视微笑,是多么幸福的事呀!

"哎哟,劳拉,宝贝儿,好美呀!"

"孩子,你的帽子配得多好!"

"劳拉,你打扮得有点西班牙味儿,怎么我从来没见过你这么俊俏!"

劳拉满面红光,轻轻应酬着:"您用过茶了?来杯冰激凌吧?这西番莲果子[1]冰激凌味道确实好呢。"她跑到父亲身旁,央求他说:"父亲,让乐队的人也喝点什么吧?"

这个美好的下午就像一朵花慢慢成熟,慢慢凋谢,慢慢合上花瓣儿。

"再没有比这更愉快的园会了……""园会办得成功极了……""真称得上是最……"

劳拉帮母亲一起送客。母女俩并排站在廊下,向全体客人

---

[1] 西番莲果子:新西兰的西番莲花结的果实。

道别。

"老天爷，总算圆满结束了，都结束了。"谢里丹夫人说，"劳拉，把大家都叫来，咱们也喝点鲜咖啡。我快累死了。圆满倒是挺圆满的。唉，这些个园会！你们这些孩子怎么老是闹着要办园会！"大家在冷清清的凉棚里坐下了。

"父亲，吃块三明治吧，标签是我写的。"

"好，好。"谢里丹先生只一口，一块三明治就下了肚，他又吃了一块。"我想你们大概没听说今天出的那件祸事吧？"他问。

"亲爱的，别提了。"谢里丹夫人把手向上一挥，"听说啦，差点儿把园会断送了呢。劳拉嚷着非要改期不可。"

"妈，瞧你！"劳拉不乐意母亲再拿这件事取笑她。

"这件事到底也够惨的。"谢里丹先生又说，"那个伙计还有家眷，听说就住在下边巷子里，撇下了老婆跟五六个娃娃。"

大家沉默下来，气氛一时很尴尬。谢里丹夫人心不在焉地抚弄着杯子，不知说什么好。身为父亲，讲话也太不看场合了……

她猛然抬头，看见桌子上放着许多吃剩的三明治、蛋糕、奶油松饼，她看着这些要被浪费掉的食物，想出个妙法儿。

"我有个主意。"她说，"咱们装上一篮子，把这些好吃的送点给那可怜的寡妇去。至少她家的孩子还可以好好吃一顿。你们看怎么样？况且她家一定有街坊来探望或者别的什么事，送这些现成的东西岂不是很好？劳拉！"她跳起来，"给我把楼梯下储藏间里那个大篮子拿来。"

"可是，妈，你认为这样做合适吗？"劳拉说。

奇怪，这回她又跟大家想法不一样了。她想，园会上吃剩的东西，那可怜女人愿意接受吗？

"怎么不愿意！你今天是怎么了？两个小时前你还嚷着要我们同情人家，这会子又——"

好了！好了！劳拉跑去拿篮子。她母亲把篮子装得满满的，堆得高高的。"你自己送去。"母亲说，"不用换衣服，就这样去吧。等一下，把这盆美人蕉也带去。这种人最喜欢这种花了。"

"当心花梗子会弄脏她的花边衣服。"讲究实际的乔斯说。

可不是？亏她提醒得及时。"那就光提着篮子去吧。等一下，劳拉！"她母亲追出凉棚，"你可千万别——"

"什么，妈妈？"

算了，还是别和孩子讲这些好。"没什么，快去吧！"母亲说。

劳拉随手关上园门，这时已经暮色苍茫了。一条大狗像幽灵似的从她身边掠过去。马路泛着微暗的白光，坡下那片小房子深深地藏在阴影里。闹腾了一下午，现在这里显得十分静谧。这会儿她居然要下坡到一个死人家里去，她蒙了，不明白是怎么回事，以及为什么她不明白。她停住脚站了一会儿，仿佛她脑子里还萦绕着那些亲吻，谈话，杯匙相碰、说笑的声音，还有草坪被挤压后散发出的清香，再装不下别的东西了。真奇怪！她抬头望向暗淡的天空，脑子里只有一个念头："对，今天的园会圆满极了！"

劳拉穿过马路，走进巷子，光线暗下来，弥漫的烟雾里，披围巾、戴粗花呢男帽的女人匆匆走过，男人在木栅旁闲站着，小孩子在院门口玩耍。那些破房子里传出嗡嗡的低语声。有几幢房子里亮着微弱的灯光，螃蟹似的人影映在窗上晃来晃去。劳拉埋下头，加快脚步走过去。她十分懊悔没罩件外衣来，花边衣裙实在太刺眼了！还有这顶托着丝绒带子的大帽子——要是换一顶帽子就好了！大家会不会在瞧我？肯定在瞧。来错了，她早就知道不该来。这会儿回去还来得及吗？

不行，太晚了。已经到了，就是这家。肯定是。外头站满了人，黑压压的一片。院门口有个很老的老太婆扶着拐杖坐在椅子上瞧着，脚底踩着一张报纸。劳拉一走近，大家都不再吭声，几下就散开了。他们仿佛期待着她来，仿佛早就知道她要来似的。

劳拉紧张极了。她把丝绒帽带往肩后一甩，问近旁站着的一个妇女："这是不是斯科特夫人的家？"那女人奇怪地笑了笑说："是的，姑娘。"

要是能远离这里就好了！她走上小路去敲门，脱口而出一句"老天保佑！"要是能躲开这些眼光就好了。或者穿什么别的衣服来也好啊，哪怕围上一条这些妇女围的围巾也好啊。她打定主意，放下篮子不等人家把点心倒出来，就空手回去。

门开了。一个穿黑色孝服的矮小女人从暗影里闪出来。

劳拉问："你是斯科特夫人吗？"那女人的回答吓了她一跳："请进，姑娘。"接着就把她关在了过道里。

"不，"劳拉说，"我不想进去，我只是要把篮子留在这儿。我母亲叫——"

在阴暗的过道里，那个女人仿佛没听见她的话。"请往这边走，姑娘。"她用讨好的声音说。劳拉只好随她走去。

她来到一间矮小简陋的厨房，里面点着一盏冒烟的油灯。

有个女人在灶火旁坐着。

"艾姆！"领她进来的那个女人说，"艾姆！来了一位小姐。"她又意味深长地回头对劳拉说："我是她的妹妹，姑娘。你不怪她失礼吧？"

"啊，你说到哪儿去了！"劳拉说，"请你，请别打搅她吧。我——我只想把这留下——"

正说着，灶旁那女人转过身来。她那通红虚肿的脸吓人得很，嘴唇和眼泡都肿了。她仿佛弄不懂劳拉怎么会在这里，是来干什么的。这陌生人为什么提着篮子站在屋里？这到底是怎么回事？这可怜女人的脸又皱了起来。

"好吧，"艾姆的妹妹说，"我替你谢谢小姐吧。"

她又说了句："你不怪她失礼吧？"她的脸也虚肿着，却勉强讨好地笑了笑。

劳拉只想出去，赶快离开。她回到过道。一扇门打开了。她一脚就迈过去，不料走进了停放死人的卧室。

"想瞧一眼他吗？"艾姆的妹妹擦过劳拉身边跑到床边去，"姑娘，别怕——"这时她的声调透着些蠢气，又带点世故，她小心地把盖尸布往下一拉。"像张照片，没有什么可瞧的。过来吧，姑娘。"

劳拉走过去。

床上躺着一个年轻人，熟睡着——睡得那么沉，好像离她们很远，很远。那么遥远，那么安静。他沉入了梦乡。再也叫不醒他了。他的头陷在枕头里，两眼紧紧地闭着，什么也看不见了。他完全沉浸在梦乡。什么园会，什么篮子，什么花边衣裙,与他有什么相干?他远远地离开这一切了。他看起来是如此完美、俊俏。当他们在家里欢笑时,当乐队奏响音乐时,这样悲伤的事却降临在这条巷子里。快乐呀……快乐呀……这张熟睡的脸好像在说,这样就好,我已经满足了。

可是,她还是忍不住哭了。她不能一言不发就离开这屋子。她孩子气地大声抽泣了一声。

"原谅我这顶帽子吧。"她说。

这回她可没等艾姆的妹妹领路,自己摸索着走出门去,顺着小路,与那些人影擦肩而过。在小巷的拐角处她遇到了劳里。

他从暗处走出来,问道:"是你吗,劳拉?"

"是我。"

"母亲很担心你。没事吧?"

"没事。啊,劳里!"她挽住他的胳膊,紧紧依偎着他。

"我说,你没有在哭吧?"哥哥问。

劳拉摇摇头。她确实是在哭。

劳里搂住她的肩膀。"别哭了,"他用他那温暖、爱抚般的声音问,"怕不怕?"

"不,"劳拉抽噎着说,"好得很。可是劳里——"她顿了顿,望着她哥哥。"人生是不是,"她口吃地说,"人生是不是——"然而人生是什么,她无法解释。不要紧,他懂得她的意思。

"是的,妹妹。"劳里说。

(1922年)

斯莱德尼·瓦什塔

赫克托·休·芒罗
(1870—1916)

英国讽刺短篇小说家,在欧美与欧·亨利齐名。曾加入缅甸武装警察卫队,起初以记者身份写作。第一次世界大战爆发后志愿参军,在前线负伤牺牲。著有《黄昏》《敞开的窗户》《不可容忍的巴辛顿》等。

康拉丁十岁了。医生曾经从专业的角度断言，这孩子再活不过五年。这位大夫是个滑头，一身媚气，他的话本来不顶啥，可是既然德罗普夫人赞同他（家里大小事，都是德罗普夫人说了算），大家也就信以为真了。德罗普夫人是康拉丁的表姐，也是他的监护人。在这孩子的心目中，世界上有五分之三的事不可避免地会让人感到不愉快，他的表姐就是这不愉快的现实代表。另外的五分之二是他自己和他心中的幻想，这一部分永远和前一部分水火不容。康拉丁认为疾病、娇惯所造成的限制、绵绵无尽的郁闷，是三个难于避免的讨厌鬼，总有一天自己会屈服于它们的压力之下。好在越是寂寞，他的想象力就越是丰富，要不然，他早就受不了了。

德罗普夫人扪心自问，自己从来没有不喜欢康拉丁。不过她隐约感到以"为他好"的名义管教孩子是她的责任，而非一件令人特别讨厌的事。康拉丁打心底里恨她，恨透了，表面上却一点也不露痕迹。他聊以自遣的开心事没有几件，这些事很可能是他的监护人不喜欢的。他认为她这个丧门星应当被摒弃在他想象的王国之外。

好多窗户都朝向那片令人郁郁寡欢的花园。随时都会有人把窗户打开,禁止他做这做那,不然就是关照他吃药的时间到了。所以他觉得在花园里玩没有什么乐趣。园里稀稀拉拉地长着几株果树。他表姐很小气,不许他碰,不许他摘,好像这些树是生长在荒漠里的宝树似的。其实它们结不了多少果实,把全年采摘的水果拿到市场上去卖,也未必有哪个商贩肯出十个先令的价钱。然而,在一个被人遗忘的角落里,康拉丁却找到了一个世外桃源。那是一个废弃的工具棚,掩在冷清的灌木丛后面,相当宽敞,既有点像游戏室,又有点像教堂。他幻想这地方住满了大群幽灵,这些幽灵都是他所熟悉的,有一些是从历史的残篇里爬出来的,还有一些是他头脑里虚构出来的。

不过这个地方也有两个有血有肉的生灵。屋子的一角养着一只羽毛蓬乱的乌当鸡[1]。孩子很喜欢这只鸡,他把郁积在心里的温情都倾注到它身上了。在一个更深的阴暗角落,有一只大笼子被隔成两部分,一部分前边装了密密的铁条,关在里面的是一只大雪貂,这是他用一枚长期珍藏的银毫子,从一个关系好的肉店学徒那里换来的,并托他连貂带笼子偷偷送进来。这动物身体灵活,牙齿尖利,康拉丁害怕得要命,可又非常喜欢它,把它当成最心爱的宝贝,密藏在工具棚里,不让"那个女人"(这是他私下给他表姐起的绰号)知道。这只小动物给予了他多少夹杂着恐惧的欢乐啊!有一天,他异想天开地给这小动

---

[1] 乌当鸡:一种古老的法国家鸡品种,其羽毛通常是白色或黑白相间的。*

物起了个奇妙的名字，打这往后，它就变成他的神道、他的宗教了。"那个女人"每星期到附近一家教堂去做礼拜，把康拉丁也带去，可是他总觉得这种礼拜不过是外国人的异教仪式。每星期四，在一片寂静中，康拉丁来到阴暗发霉的工具棚里，以神秘而繁缛的仪式在斯莱德尼·瓦什塔大仙居住的木笼前膜拜，并在它的神龛（kān）前供上盛开的红花，冬天则供上大红的浆果。因为它是个性格暴戾的神道，和"那个女人"（根据康拉丁的观察）信奉的神道迥然不同。每逢重大节日他都会在笼子前撒上肉豆蔻粉，这件祭品有一个重要特点，就是这肉豆蔻必须是偷来的。这种重大节日说不准是在哪一天，主要是为了庆祝某件事。有一回德罗普夫人牙痛难忍，病了三天，康拉丁简直以为这是斯莱德尼·瓦什塔降给他表姐的灾祸，于是这三天都成了他的节日。要是他表姐的牙疼再延续一天，他的那点肉豆蔻就不够用了。

康拉丁在膜拜斯莱德尼·瓦什塔的时候，从来不拉上那只乌当鸡。他早就断定它是个再洗礼教徒。至于"再洗礼教"是什么意思他不懂，也不想装懂，他知道自己在这方面一窍不通。可他打心底里希望这是一件生龙活虎、不太体面的东西。他把德罗普夫人作为体面的典型，所有体面的东西他都憎恶。

康拉丁对工具棚这么着迷，不久便引起了他监护人的注意。她下了决断，说："这孩子不管天晴下雨尽在那儿混，不太对劲。"于是一天吃早饭的时候，她通知大家，头天晚上已经把那只乌当鸡卖了，给买主拿走了。她眯着近视眼凝视康拉丁，等着他怒气勃发或是伤心抹泪，好趁机说上一番大道理，把他教训一通。可是康拉丁一言不发,她便没有什么可讲的,康拉丁只是脸色苍白,愁眉不展。也许是这一点使她暂时感到良心受谴吧,以至于那天下午吃茶点的时候,餐桌上放了罕见的烤面包。平时她是不让他吃这精美食品的,一来这样做会宠坏了孩子,二来烤面包"挺麻烦",这个中产阶级的婆娘怪讨厌这些"麻烦事"。

"我以为你是喜欢烤面包的。"她看见康拉丁碰也没有碰烤面包,不禁有些生气,高声说。

"有时候喜欢。"康拉丁说。

那天晚上,他在工具棚对笼子里的神道做礼拜时换了个新花样。以前他总爱喃喃有词地说些赞美的话,这会儿他却要祈求一点恩惠了。

"斯莱德尼·瓦什塔,为我显显神通吧!"

他没有具体求什么事,斯莱德尼·瓦什塔既然是神道,信徒心里的愿望它一定也知道。当康拉丁看向那另一个空荡荡的角落,便又回到了可恨的现实世界,不由得伤心起来,可又咽下了眼泪,不让自己哭出来。

每个夜晚,在黑乎乎的卧室里(夜色正是他所企盼的),每天黄昏,在昏暗的工具棚里,总可以听到康拉丁在苦苦地连声祈祷:"为我显神通吧,斯莱德尼·瓦什塔。"

德罗普夫人注意到他还是往工具棚里跑,于是有一天她又到那儿去进一步检查。

"你在那只锁着的笼子里养了些什么?"她问孩子,"准是些豚鼠吧。我要叫人把它们都清除掉。"

康拉丁把嘴唇闭得紧紧的，一声不吭。"那个女人"也真横，把他的卧室翻了个遍，终于找到了他藏得很深的那把钥匙，于是一阵风似的闯进棚屋去，继续搜索。这天下午很冷，她曾吩咐康拉丁待在屋里，不许出去。康拉丁从餐室尽头的窗口，正好可以望见灌木丛后面露出的那个棚屋门。他趴在窗口望着，看见"那个女人"走了进去，他的脑海里就浮现出一些幻景：他瞧见她打开那个神圣的笼子，弯下腰，眯着近视眼，朝铺着的厚厚的麦秸细瞅(jiē)；他的神道就藏在里面呢，也许她会忍不住笨手笨脚地戳戳那堆麦草。于是康拉丁最后一次满腔热忱地轻声祈祷。可是就在祈祷的当儿，他也觉察到自己不信祈祷会应验。他知道"那个女人"会马上出来，脸上挂着他最恨的那种阴险的笑。他也知道一两小时后，那个园丁将会拿走他神通广大的神道，于是它就不再是神，而单纯是一只在笼子里的雪貂了。他也知道从此以后，"那个女人"就会比以往更神气，更加自以为是、趾高气扬，对他也会挑剔得更厉害。而他自己在这女人的淫威之下，会变得更加萎靡不振，甚至奄奄一息，很可能有朝一日会脱离这个世界，真的应了那个医生的预言了。他所崇拜的偶像不是已受到威胁了吗？面对失败带来的痛苦，他不顾一切开始大声吟诵给它的颂歌：

斯莱德尼·瓦什塔勇往直前，
脑袋红彤彤，
牙齿白晃晃。
敌人祈求平安，

它却给他们带来死亡。

美丽的斯莱德尼·瓦什塔。

接着他突然停止吟诵,把脸紧紧贴在窗玻璃上。棚屋的门仍旧虚掩着,时间一分一秒悄悄过去,让人难挨,然而到底是在悄悄流逝。他看着三五成群的欧椋鸟在草地上跑着,又振翼飞过。他一遍遍地数着它们的数目,始终觑着那扇晃动的门。

一个黑着脸的女仆进来,把茶点和餐具放到桌上。康拉丁仍旧伫立在窗口观望着,等待着。希望一点一点地在他心里萌芽,他眼睛里原先只露出愁闷忍耐的神色,现在却开始闪出期待胜利的光芒。他按捺不住心里的高兴,开始再一次轻声唱起了摧毁敌人的凯歌。不久,他果然看到了他想看的东西。一只躯干长而低矮、皮毛呈黄褐色的小兽,倏地从棚屋里钻出来,只见它朝着暗淡下去的日光连连眨着眼睛,腭部和喉部的皮毛上沾着湿漉漉的血斑。康拉丁跪倒在地。那只伟大的雪貂一溜烟儿跑到花园尽头的一条小溪旁,喝了一会儿溪水,然后蹿过一道木板桥,钻入树丛,刹那间便不见了。斯莱德尼·瓦什塔就此消失了。

"茶点准备好了,"那个黑着脸的女仆说,"夫人到哪儿去了?"

"不久前她到棚屋里去了。"康拉丁说。

趁那个女仆去喊主妇用茶点的当儿,康拉丁从餐具柜的抽屉里找出一把烤叉,给自己烘了一片面包,并涂上一层厚厚的黄油,然后细嚼慢咽,有滋有味地吃起来。他一边吃一边听着餐室门外的动静,只听得外面忽然一阵响动,倏地又静息了下去。首先是那个女仆傻乎乎地尖声高喊,然后是厨房那边,好

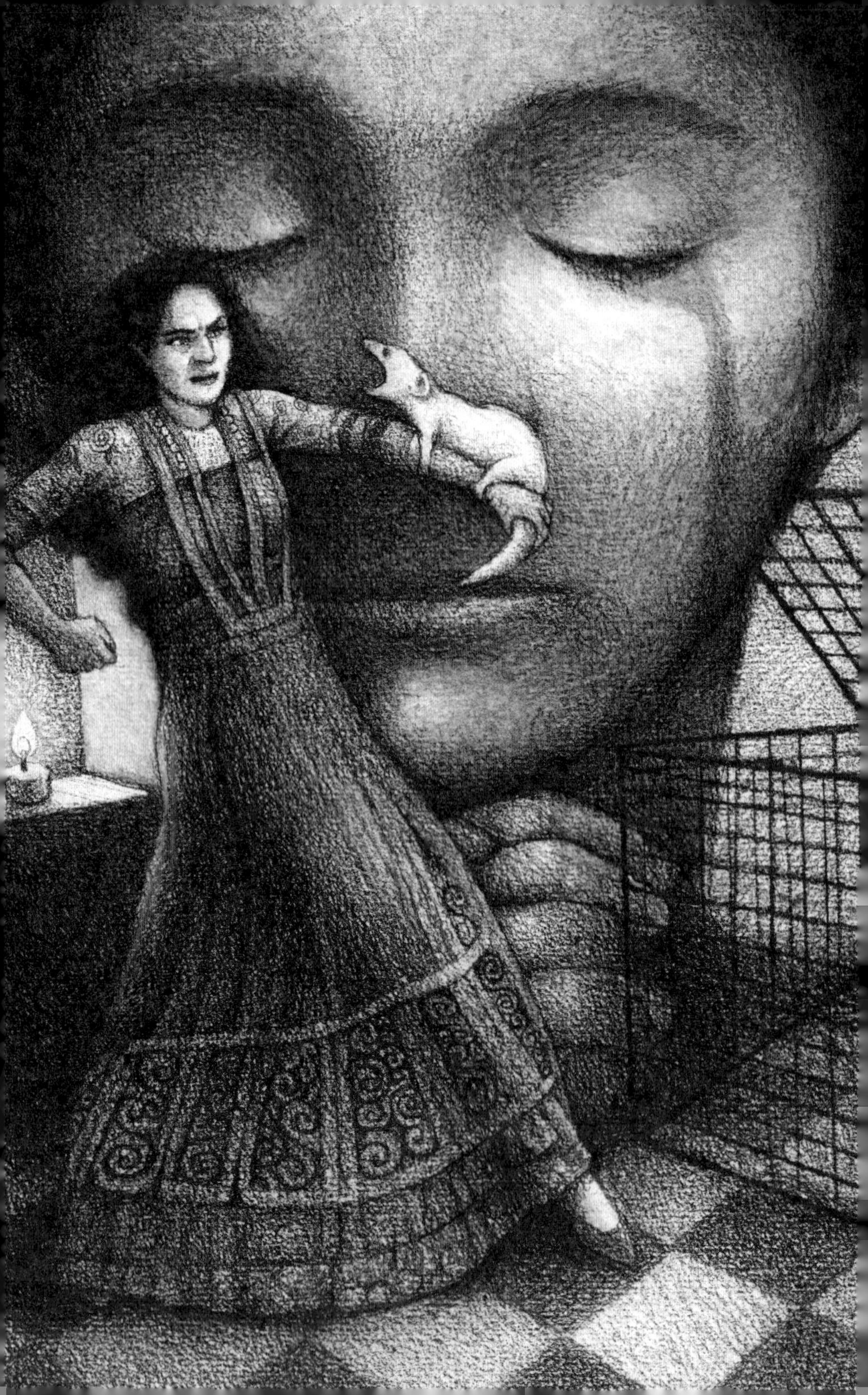

多人惊诧地做出了回应,七嘴八舌响成一团。接着是一片杂沓的脚步声,好几个人急匆匆地奔到外面去讨救兵。

一阵安静过后,惊恐的人们抽抽搭搭地呜咽起来,几个人拖曳着脚步抬着一个重物进屋来。

"谁行行好,把这消息告诉那可怜的孩子吧。我确实硬不起心肠!"有谁尖着嗓门喊道。趁他们争论的当儿,康拉丁又烘了一块面包。

(1911年)

快成年的小子

理查德·赖特
（1908—1960）

美国黑人小说家、评论家。其作品因探讨种族歧视的主题而闻名于世。著有《土生子》《汤姆大叔的孩子们》《黑人的力量》等。其中，畅销小说《土生子》被认为是"有永久价值的社会小说和社会批评"、"黑人文学的里程碑"。

戴夫迈步越过田野，在暗淡的暮色中向家的方向望去，心想，和田野里干活的那些黑人们谈话有什么用？……他母亲大概正在布置晚餐……这些黑人什么也不懂。总有一天他要弄到一支枪，练习射击，他们就不会像对待小孩那样对他说话了。他放慢了脚步，望着地面。"嘻，他们比我大些又怎样？我才不怕他们呢！噢，我知道我要干什么。我要去乔老汉的店铺，弄到那份西尔斯·罗巴克公司的商品目录，瞧瞧上面的枪支广告，也许咱妈从霍金斯老汉那儿拿到我的工资后，会让我买支枪吧。我得求她给我点钱。我也不小了，该有枪啦。我十七岁了，差不多是男子汉啦。"他大跨步地走着，感到自己瘦长的四肢轻飘飘的。嘻，男子汉干了一天活，该有支枪玩一玩。

　　乔老汉的店铺就在眼前，屋前的走廊上亮着一盏黄色的灯。他走上台阶，从纱门进去，听见它砰的一声关上了。屋里有一股煤油和鲭(qīng)鱼的强烈气味。他本来很有信心，可是一看到胖胖的乔老汉从里屋的门出来，便有点泄气了。

　　"你好，戴夫！你要什么啊？"

"你好，乔大爷！噢，我不想买什么，只不过问一下能不能让我看看那商品目录。"

"完全可以！你想在这儿看吗？"

"不，乔大爷，我想带回去。明天从地里回来时再还给你。"

"你打算买什么吧？"

"是的。"

"你妈现在让你拿工资了吗？"

"嘻。乔大爷，我快和别人一样，成为大人啦！"

乔大爷哈哈笑了，用一块红色的印花大手帕擦擦他油腻的白脸。

"你打算买什么呢？"

戴夫瞅着地板，摇摇头，又摇摇大腿，笑了，然后害羞地抬起头看看店老板。

"乔大爷，你答应我不告诉别人，我就告诉你。"

"行啊！"

"好，我想买一管枪。"

"一管枪？你要枪干什么？"

"我想把它保存起来。"

"你还是个孩子呢，你要枪没用。"

"嗯，让我看看目录，乔大爷。我会把它拿回来的。"

乔大爷走进里屋去。戴夫高兴极了，他环顾着一桶桶的白糖和面粉，听见乔大爷回到店堂了，连忙伸长脖子，看他是否把目录拿来了。啊！果然拿来了。老天爷，他拿来了！

"给，不过你可一定要拿回来啊！我只有这一本。"

"是,乔大爷。"

"哎,你要是想买枪,干吗不在我这儿买呢!我有枪出售。"

"能放吗?"

"当然能放。"

"是什么样的?"

"啊,有点旧了……是左轮枪,一支大号手枪。"

"里面有子弹吗?"

"装了子弹。"

"能看看吗?"

"你带钱了吗?"

"你要多少钱?"

"两块钱就卖。"

"只要两块?嘻,我拿到工资就买。"

"我给你留着,你什么时候要就来拿。"

"行,大爷,我以后来买。"

他从店门出去,听见门砰的一声在他后面关上,"我向母亲要点钱,买上一管枪!只要两块钱!"他把那本厚厚的目录塞在腋下,匆匆往前走去。

"你到哪儿去了,孩子?"他母亲端着一盘热气腾腾的黑眼豌豆。

"噢,妈,我刚才在路上停了一会儿,和一些小伙子谈话。"

"你该懂事了,还要人等你吃晚饭?"

他坐了下来,把目录放在桌边上。

"你起来,到井边去洗一下!我这屋子不是猪圈!"

她抓住他肩膀一搡。他跌跌绊绊地出了房间，一会儿又回来拿目录。

"这是什么？"

"噢，妈，这是商品目录。"

"你从谁那儿弄来的？"

"从铺子里乔大爷那儿弄来的。"

"嗯，不错，咱们厕所里正用得着。"

"哎，妈！"他伸手去抢，"把目录还我，妈。"

她死死攥住，朝他瞪了一眼。

"别号丧！你是怎么了？疯啦？"

"妈，求求你。这不是我的！是乔大爷的！他叫我明天送还给他。"

她松开手。戴夫用胳膊夹着那本厚书，跟跟跄跄地走下台阶。他把水泼到脸上和手上，胡乱洗了两把，就摸回到厨房去，在屋角摸索毛巾，不小心撞到一把椅子上，咔嚓一声椅子倒在地上，目录也趴到他脚下。他擦干眼睛，抓起这本书，又夹到胳膊下面。他母亲正站在那儿瞅着他。

"哼，要是你像傻瓜似的迷着那本旧书，我就把它拿去烧了。"

"嗯，妈妈，求你行行好！"

"好，那就给我乖乖地坐下。"

他坐下来，把油灯拉近些，一页一页翻下去，没有察觉到母亲已经把晚饭端到桌上。他父亲进来了，他的弟弟也跟着来了。

"你这是什么，戴夫？"父亲问他。

"一本目录。"他头也不抬地回答。

"啊,在这儿!"他看着这些乌油油、蓝莹莹的手枪,眼睛都放光了。他突然感到有些内疚,抬头看了一眼。

父亲正在观察他。他把目录悄悄塞到桌子下面,放在膝盖上,求神赐福以后,开始吃饭。他舀起豌豆大口大口往嘴里送,肥肉嚼也不嚼就往下吞,再用全脂牛奶冲下去。他不想在父亲面前提起钱,他要等到母亲单独在房间的时候,再缠着她要钱,这要保险得多。他不安地从眼梢偷觑着父亲。

"孩子,你怎么不好好吃晚饭,老是像傻瓜似的瞧那本书?"

"是,爸爸。"

"和霍金斯老汉混得怎么样?"

"爸,你说什么?"

"你没听见吗?你耳朵放到哪儿去了?我问你,你和霍金斯老汉混得咋样?"

"啊,好极了,爸爸,在他的雇工当中,我耕的地比谁都多。"

"好,你应当把心思用到干活儿上。"

"是,爸爸。"

他在盘子里倒满了糖浆,用一块厚厚的苞谷面包慢慢地蘸着吃。等他爸和弟弟离开厨房了,他还坐在那儿,又看起目录里的枪支来,同时渴望鼓起勇气向母亲提买枪的事。老天爷啊,要是我能弄到这管漂亮的枪,那该多美啊!他几乎能感觉到手指抚上枪时那种滑溜溜的触感。要是他有一把那样的枪,他会把它擦得亮亮的,好好保存起来,叫它永远不生锈。老天爷作证,他还要给它装上子弹。

"妈妈。"他的声音有点迟疑不决。

"嗯?"

"霍金斯老汉把我的工资给你了吗?"

"给了,不过你别想拿一个子儿去乱花。我把这钱收起来作为学费,好让你今年冬天去上学。"

他站起来,拿着摊开的目录走到她身边。她正在洗盘子,头低低地埋在一只锅子上。他不好意思地拿起目录,开口讲话了,他的声音微弱而沙哑。

"妈妈,天晓得,我有多么想要一支这个。"

"一支什么?"她问,眼睛仍旧盯在盘上。

"一支这个。"他又说了一遍,都不敢用手指指明。她抬起头来,向那一页瞥了一眼,于是睁大眼睛望着他。

"黑小子,你敢情是疯了吧?"

"噢,妈妈……"

"滚出去!别跟我谈什么枪!你个糊涂虫!"

"妈妈,花两块钱就能买到一支。"

"我还不知道有这号事情,你疯了!"

"可你答应过我买支……"

"答应没答应过我不管!你还是个孩子哪!"

"妈妈,要是你让我买一支,我以后再不开口要你买什么!"

"我叫你滚出去!你那工资你别想碰一个子儿,买什么枪!我叫霍金斯先生把你的工资交给我就为这缘故,我知道你没有头脑。"

"可是,妈妈,咱们家需要一支枪。爸爸也没有。咱们屋里需要有一支枪,说不定会遇到什么意外的事。"

"你别打算叫我也变成傻瓜,小子!就算咱们家有了枪,你也别想拿到它!"

他把目录放下,伸出一只胳膊,搂住她的腰。

"噢,妈妈,我拼命干了整整一夏天,什么也没有向你要,对不?"

"这是你的本分。"

"可是妈妈,我想要一支枪。你让我从工资里拿上两块钱。求求你,妈妈,我买了枪会给爸爸的……求求你了,妈妈!我是爱你的,妈妈。"

她说话了,声音变得很轻柔:

"你要枪有什么用呢,戴夫?你并不需要枪。你会闯祸的。要是你爸知道我给你钱去买枪,他会大发脾气的。"

"我把它藏起来,妈妈,只要花两块钱。"

"老天爷,你这小子,你是不是有什么毛病?"

"没有什么毛病,妈妈,我现在快成年了,我要一支枪。"

"谁会卖给你枪呢?"

"店里的乔大爷。"

"只要花两块钱?"

"是的,妈妈,只要花两块钱。求求你了,妈妈。"

她把盘碟摞起来放到一边,她的手移动得很慢,她在考虑。戴夫不吭声,心里却很焦急。

终于她转过身来对他说:

"要是你答应我一桩事,我就让你买枪。"

"什么事,妈?"

"你把枪直接拿来给我,听见没有?这是给你爸的。"

"是,妈妈!现在让我去吧,妈妈。"

她弯下腰来略微转过身体,提起衣服的下摆,褪下袜帮子,拿出薄薄一沓钞票。

"给,"她说,"天知道你是不需要枪的,可是你爸需要。你把枪拿回来给我,听见没有?我要把它藏起来。要是你不这样做,我就叫你爸狠狠揍你,叫你长记性。"

"是,妈妈。"

他拿上钱,跑下台阶,蹿过院子。

"戴夫!喂——戴——夫!"

他听见了,可是他这会儿不打算停下脚步。"嘿,我的老天爷呀!"

第二天清早,他的第一个动作就是伸手到枕头下摸那支手枪。在黎明灰暗的光线里他松松地握着枪,感受自己的力量。用一支这样的枪能打死人。不管是黑人,还是白人,枪一扳命就没了。他手里拿着枪,谁也不敢欺负他,大家还得尊敬他。这是一把大手枪,枪管长长的,枪柄沉甸甸的,他把枪一会儿举起,一会儿又放低,为它的重量感到惊奇。

他并没有照母亲的嘱咐直接把枪带回家,而是在田野里转到很晚,手里拿着枪,不时地朝假想的敌人瞄准。可是他没有放枪。他害怕父亲会听见,而且他对怎样放也没有把握。

为了避免把手枪交出来,他一直挨到很晚,估摸家里人都睡了,才钻进屋里。这天深夜,他母亲蹑手蹑脚地来到他床边向他要枪，他先是装蒜，然后又说枪藏在屋外，早晨去拿来。母亲走了。这会儿他睡在床上，把枪拿在手里慢慢地转来转去，一会儿把它拆开，取出子弹，抚摸着，然后又把子弹装进去。

他溜下床来，从一只大箱子里取出一长条旧的法兰绒，把枪裹住，把装着子弹的枪系在自己裸露的大腿上。他没有吃早饭，尽管天才蒙蒙亮，他就出门往吉姆·霍金斯的种植园走去。旭日刚刚东升的时候，他正好走到安置骡子和犁的牲口棚。

"嘿，是你吗，戴夫？"

他转过身来。吉姆·霍金斯站在那儿，满腹狐疑地瞅着他。

"你这么早来干吗？"

"我不知道咋会起这么早，霍金斯大爷。我正打算把老珍妮套上犁，下地去呢。"

"好。既然你来得早，那就把树林边上这溜地犁一遍，怎么样？"

"正合我的心意，霍金斯大爷。"

"行，去吧！"

他把珍妮套在犁上，开始越过田野。好极了！这正合他的心意。要是能沿着树林边上走，他就能放枪，谁也听不见。他扶着犁走着，听见缰绳嘎嘎吱吱地响，感觉到那支手枪系在大腿上紧绷绷的。

他来到树林跟前，犁了整整两溜，这才打定主意把枪拿出来。他停了下来，四下望望，然后解开手枪拿在手里。他转过身，朝骡子笑了笑。

"你知道这是什么，珍妮？嗯，你是不会知道的！你是一头老骡子！嘿，这是一管枪，老天爷作证，它能射出子弹！"

他伸直胳膊，把枪拿得远远的。见鬼，那是什么，我要朝它射击！他又瞧着珍妮。

"你听着，珍妮！我扣这个扳机的时候，可不愿看到你傻乎乎地跑开！"

珍妮站着，垂下头，它的短耳朵竖得直直的。戴夫走了二十步，伸直胳膊，然后又转过头去看看。嗬，他对自己说，我才不害怕呢！他松松地拿着手枪随意挥舞了一番，然后闭上眼睛，绷紧食指。砰！爆炸声差点儿把他耳朵震聋，他以为右手从胳膊上掉下来了。他听见珍妮嘶鸣着往田野上奔去。他发现自己跪了下来，把手指紧紧夹在两腿之间。他的手麻木了，他把手塞进嘴里，打算使它暖和过来，止住疼痛。手枪落在他脚下。他不明白发生了什么事。他站起身来，盯着这枪，仿佛它是个活物。他愤怒地咬咬牙，踢了它一脚。你差点儿把我胳膊震断！他转过身去寻找珍妮，只见它在田野里跑出去好远，头一甩一甩的，四蹄乱踢蹬。

"站住，老骡子！"

他赶到它跟前时，它站在那儿发抖，起了白翳（yì）的大眼睛呆呆地望着他，犁被丢在远远的地方，缰绳挣断了。接着戴夫傻眼了，他仔细看了看，不敢相信自己的眼睛。珍妮流血了。它的左肋红殷殷、湿淋淋的，全部是血。他又凑近了些。老天爷，发发慈悲吧！我这一枪打到骡子身上了吗？他抓抓珍妮的鬃毛。它往后退缩，喷着鼻，打着回旋，甩着头。

"停住！停住！"

他看见珍妮肋部的弹孔了，就在肋骨之间，圆圆的，湿淋淋、红殷殷的。一道深红的血沿着它的前腿直往下淌，流得很快。老天爷啊！我没有朝这骡子开枪啊！他感到恐怖，心里明白必须赶快把血止住，要不珍妮会因流血过多死去的。他这辈子从来没有见过这么多血。他追这头骡子追了半英里，拼命要逮住它。它终于停下来，大口大口喘着粗气，短而粗的尾巴拱了起来。他逮住它的鬃毛，牵着它回到放着犁和枪的地方，然后俯下身体，抓了两把潮湿的黑土，试图把弹孔堵住。珍妮颤抖着，嘶叫着，拼命挣脱。

"别动！别动！"

他又试图把弹孔堵住，可是怎么堵血还是汩汩地流出来。他把泥土抹到手心上，试图让它干透，然后再试着堵住弹孔。可是珍妮惊悸地直往后退，蹶子尥得老高。他束手无策地站在那儿，总得想个办法。他向珍妮跑去，它拼命躲开。他眼看着一道红色的血顺着珍妮的腿往下淌，在它脚下汇成一汪红莹莹的血潭。

"珍妮……珍妮……"他以微弱的声音唤着。

他嘴唇发抖。它就要流血而死了！他朝家的方向眺盼，很想回去找人来帮忙。可是他瞧见那把枪躺在黑色的湿土上。他忽然有一种奇怪的感觉，觉得自己能够变魔术似的，使这倒霉的事结束，使珍妮免于流血死亡。

这次他走到它面前，它不动了，站在那儿，眼光无神，昏昏欲睡，像是在做梦。他摸了它一下，它低微地嘶叫了一声便跪到地上，两只前膝浸在血潭里。

"珍妮……珍妮……"他低声说。

有好长时间,它把脖子挺得直直的,接着它的头慢慢地垂下来,肋骨剧烈地起伏,然后,它翻倒了。

戴夫感到胃里空空的,空空荡荡的。他捡起枪,小心翼翼地用拇指和食指捏着,把它埋在一棵树下。他往那一摊血上抛土,并拿起根棍子搅和,试图把血盖住。可是有什么用呢?珍妮躺在地上,嘴巴张开,眼睛起了层薄翳,像毛玻璃似的暗淡无光。他总不能向吉姆·霍金斯供认自己射死了他的骡子吧!可他又不得不编些话搪塞一下呀!对了,我就说,珍妮突然倔强地跑走,一下子摔到铧犁的连接销上……可是这太离奇了,一般是不会发生这种意外事故的。他垂着头,心事重重,缓缓地走过田野。

太阳落山了,吉姆·霍金斯的两个雇工来到树林边上挖坑埋葬珍妮。戴夫的周围聚着一群人,他们都低下头来看那头死去的骡子。

"我不明白,世界上咋会发生这样的怪事。"这是吉姆·霍金斯第十次说这话。

围观的人散开了,戴夫的母亲、父亲和弟弟挤到圈子当中来。

"戴夫在哪儿?"他母亲喊道。

"他在那儿。"吉姆·霍金斯说。

母亲一把抓住他。

"出了什么事,戴夫?你干了什么?"

"什么也没有干。"

"得啦,小子,老实说吧!"他父亲说。

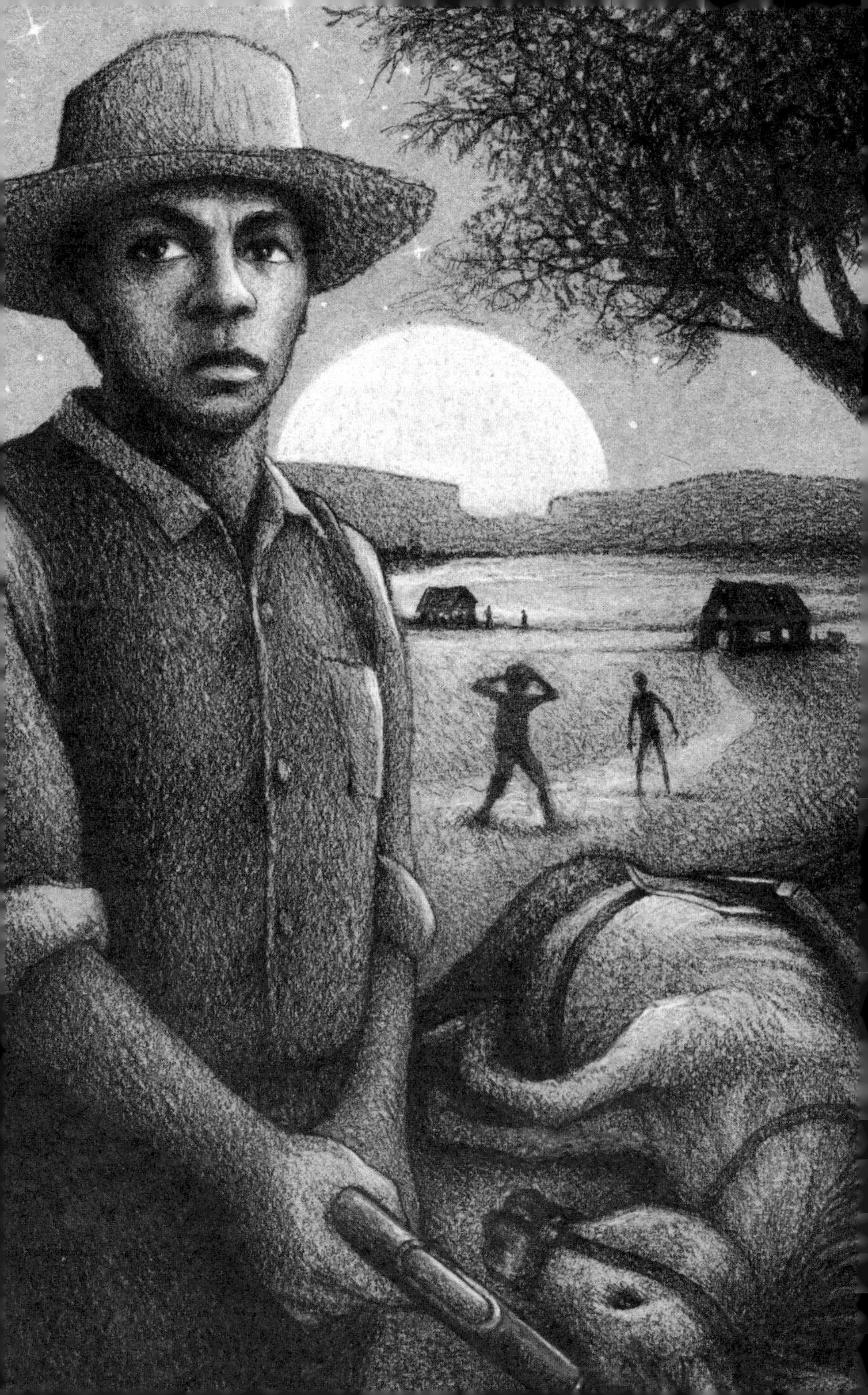

戴夫深深吸了口气,编了一套他自己也明白没有人会相信的鬼话。

"嗯,"他拖长了声音,吞吞吐吐地说,"我把老珍妮牵到这儿来耕地,嗯,我耕了两溜地,你们瞧这就是。"说到这儿他停了下来,指指那两溜翻起的泥土,"后来,老珍妮准是出了什么毛病。它怎么也不肯干活,开始喷着鼻息,尥起蹶子来。我设法稳住它,可它挣脱开,拱起前腿立了起来,铧犁连接销的尖头向上耸起,这骡子身体一侧正好摔到销尖上……销尖深深地戳进去,它就流开血了。我没有办法抢救,它就,它就死了。"

"诸位,你们一辈子可曾听到过这样的怪事吗?"吉姆·霍金斯问道。

围观的人群中有白人,也有黑人。他们都在低声交谈。戴夫的母亲走到他面前,狠狠地盯着他。"说实话,戴夫。"她说。

"我看,像是子弹的孔。"有个人说。

"戴夫,你用枪干了什么?"他母亲问道。

人群像潮水般涌过来,瞅着他。他把手插进口袋,从左往右缓缓地摇了一下头,向后退缩,他的眼睛睁得大大的,饱含着痛苦。

"他有枪吗?"吉姆·霍金斯问道。

"老天爷作证,我说嘛,这是枪打的!"一个人说完,拍了下大腿。

父亲抓住戴夫的肩膀摇晃,直摇得他牙齿咯咯响。

"告诉我出了什么事,你这坏蛋!告诉我出了……"

戴夫看着珍妮僵直的腿,哭开了鼻子。

"你用枪干了什么?"他母亲问。

"他用枪在干什么?"他父亲问。

"得啦,快说实话吧!"霍金斯说,"谁也不会把你咋样……"他母亲挤到他身旁。

"你是不是开枪打死骡子了,戴夫?"

戴夫哭起来,只看见白的黑的面孔,一片模糊。他抽抽噎噎地说:

"我不是存存存心去打打打它它的……我对对老天爷发发发誓,我我不不……我只是想试一试……看看看那支旧旧旧枪枪是不是管管管用……"

"你从哪儿弄到这支枪的?"父亲问他。

"我从乔大爷的店里买……"

"你哪儿来的钱?"

"妈妈给我的。"

"他一直缠着我,鲍伯,我没办法。我叫他把枪直接拿回来交给我……那支枪是为你买的。"

"可你怎么会正好打到骡子身上?"吉姆·霍金斯问道。

"我不是存心打那骡子的,霍金斯大爷。我一扣扳机,那枪猛地一跳……我还不知道怎么回事,珍妮就流开血了。"

人群中有人笑出声来。吉姆·霍金斯走到戴夫面前,细瞅着他的脸。

"哼,看起来像是你要给自己买一头骡子啊,戴夫。"

"我对老天爷发誓,我不是存心打死这头骡子的,霍金斯大爷!"

"可事实是你把它打死了！"

这下围观的人全都笑了。他们都踮起了脚尖、伸长脖子从别人的肩膀上往前张望。

"嚯，小伙子，看起来你是买了一头死骡子！哈哈哈！"

"这可太划不来啦！"

"嗬嗬嗬嗬嗬！"

戴夫垂着头，站在那儿，两只脚在尘土里蹭来蹭去。

"好了，你也甭为这件事烦心了，鲍伯，"吉姆·霍金斯对戴夫的父亲说，"就让这孩子继续为我干活，每个月折算两块钱当作赔偿得了。"

"你的骡子要多少钱，霍金斯先生？"

"五十块大洋。"

"你把那枪怎么了？"戴夫的父亲问他。

戴夫什么也不说。

"你非要我用树枝狠狠抽你，你才讲，是吗！"

"哦，不，爸爸！"

"你把那支枪怎么了？"

"我把它扔了。"

"扔哪儿了？"

"我……我把它扔到小河里去了。"

"好，回家。明天早晨第一件事，到小河里把那枪捞出来。"

"是，爸爸。"

"你买枪付了多少钱？"

"两块。"

"把枪拿到店里退钱,拿去给霍金斯大爷听见没有?别忘了,我要为这件事狠狠揍你的黑屁股!现在滚回去吧,快点儿!"

戴夫转过身,慢慢走回去。他听见大家在笑。他瞪着眼睛,眼眶里涌满了泪水,热辣辣的怒气直往上冒。他把泪水咽下肚,跟跟跄跄地往前走。

那天夜里,戴夫一宿没睡着。他没想到,射死那头骡子的事可以这么轻易地了结,这固然值得高兴,可是他也伤了心。他一想起大家哈哈大笑,心里就有股怒气在翻腾。他在床上辗转反侧,觉得枕头很硬。爸爸说他要揍我……他记起了以前挨揍的情景,背脊不由得颤抖起来。现在,哼,我再也不会让他揍了。他们都该死!谁也没有给他任何东西,他只有干不完的活。他们对待我就像对待骡子,最后还要揍我。他把牙齿咬得咯咯响。连妈妈也要揭露我。唉,没有办法,只好给霍金斯拿去两块钱,可是这一来就得卖掉那杆枪。他却想保留那杆枪。死了一头骡子,赔五十块钱!……

他翻了个身,寻思自己怎样放那一枪的。他痒痒地还想打枪。要是别人能放枪,老天爷作证,我也能!他一声不吭,静听着。也许这会儿他们都睡了,整个屋子静悄悄的。他听见弟弟柔和的呼吸声。对,现在就走!他要下去,拿上那支枪,看看是否能放!他悄声下了床,把工作服套上。

月色很明。他差不多是一溜小跑,一直跑到树林边缘。他跌跌绊绊地寻他埋藏枪的地点。对,就在这儿。他像一条用爪子扒寻骨头的饿狗一样,把枪刨了出来。

他鼓着黑黑的腮帮,吹掉扳机和枪管上的尘土,把枪管拆开,发现里面还有四颗没有射出去的子弹。他四下张望,只见田野一片寂静,只有月光如水。他用僵硬的手指把枪抓得紧紧的。可他还是胆怯,一想扣扳机,就闭起眼睛,转过头去。啊,我不能闭着眼睛转过脸去打枪啊!他使劲把眼睛睁开,然后出劲一扣。砰——!他浑身僵直,大气也不透。枪还在他手里。妈的,还挺行!他又开枪了。砰——!他笑了。砰——!砰——!咔嚓,咔嚓,嗯?哦!枪膛里空了。要讲会打枪,他可算一个。他把枪放进臀部边的口袋里,迈开脚步越过田野。

他爬到山顶上,自豪地屹立在月光里,眺望着吉姆·霍金斯白色的大农屋,感觉那支枪在口袋里沉甸甸地往下坠。老天爷,要是我还有一颗子弹,我就要向那幢房屋射击。我要吓霍金斯老汉一跳……叫他知道戴夫现在是个男子汉了。

道路折向左面,通往伊利诺伊州中部铁路局的那些钢轨。他把头一甩,倾听着。远远地传来一阵微弱的汽笛声。嗬——嗬——嗬——嗬——嗬……他站得身体快僵硬了。两块钱一个月,让我算算……嚯,差不多要白干两年!呸!

他顺着那条路向钢轨走去。嘿,它来了!他站在钢轨旁边,把身体挺得直直的。它来了,转弯了……快来吧,你这慢性子的家伙!快来吧!他摸着手枪,胃里什么东西颤动了一下。然后列车轰隆隆地开过,一节节灰色、褐色的车厢辘辘地驶过,哐啷哐啷地响。他紧紧握住手枪,接着嗖的一声把手从口袋里抽出来。我打赌比尔也没有这么帅!我打赌……一节节车厢滑过去了,钢轮碰到钢轨哐啷啷地响。今儿夜晚我要乘你远去,上帝保佑！他全身都发热了，只迟疑了片刻工夫，接着便抓住一根铁杆，借着它爬到列车顶上，伏下来。他摸摸口袋，手枪还在那儿。前面，长长的钢轨在月光下闪闪发亮，延伸到，延伸到远方什么地方，他将要在那里成为男子汉……

（1940年）

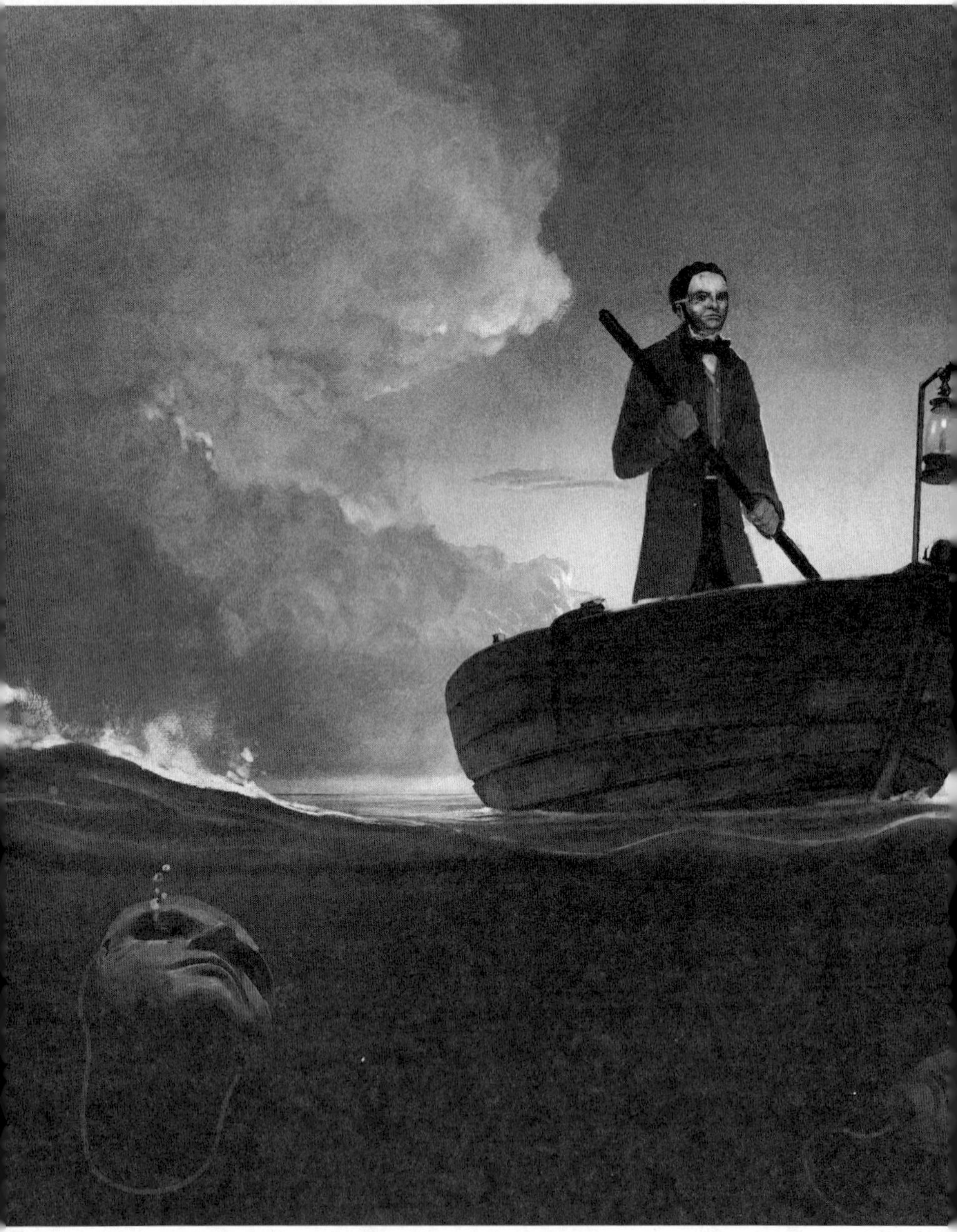

Solitude
独处

我的亲戚莫利纳斯少校

纳撒尼尔·霍桑
（1804—1864）

美国19世纪最伟大的浪漫主义小说家之一、心理分析小说的开创者。亨利·詹姆斯、埃德加·爱伦·坡、赫尔曼·麦尔维尔等文学大师都深受其影响。著有《红字》《七角楼房》《重讲一遍的故事》等。

过去，大不列颠殖民地总督是根据英国国王的特许状，由当地人民自己选出的。自从大不列颠国王独揽了任命殖民地总督的大权以后，这些总督就很少像他们的前任那样言出法随了。当地居民对于上面委派的官吏是猜疑戒备的。尽管这些统治者为了收买民心，对来自大西洋彼岸的指令总是打了折扣，因而屡受英国政府的申斥，但居民们并不领情。马萨诸塞海湾的编年史告诉我们，取消特许状以来，在英国国王詹姆斯二世统治时期，六个总督中有两位因人民暴动而被囚禁。第三位，据历史学家哈钦森推断，是被呼啸的毛瑟枪弹吓跑的。第四位经同一历史学家考证，因一直受到众议员的攻击而郁郁不乐，早早归了天。其他两位继任总督，从新王继位直到独立战争结束这段时期，也是时乖命蹇，当政时暴乱频起，难得过几天太平日子。在政局动荡不安之际，保守党的下级成员，日子同样很不好过。以上这番话权且作为开场白吧。这篇小说里描述的惊心动魄发生于一百年前的某个夏夜。当时殖民地变故频发，一连串的政治事件使民情愤激，酿成了不少临时变乱。说来话长，这里就不赘述了。

某个月明之夜，九点钟光景，一艘小船载着一个单身的乘客向渡口驶来。船夫本来不愿这么晚渡河，只是看在多拿一份船资的分上才欣然应允。那个乘客下了船站在码头上，在两只口袋里掏摸他所答应的船资。这当儿船夫举起一盏灯，借助灯光和初升月亮的微光，把这个陌生人的模样仔细端详了一番。看样子他还不到十八岁，显然是在农村长大的，好像还是初次进城。他身穿一件灰色的粗布外套，已经穿得很旧，但补得整整齐齐；下面，皮革制成的套裤紧紧裹着匀称结实的双腿，看起来很耐用；脚穿蓝棉纱袜子（这无疑是他母亲或姐妹给他编织的）；头戴一顶旧的三角帽（这顶帽子原本也许是罩在他父亲更阴沉严肃的眉宇上的）；左腋挟着一根沉重结实的橡木棍子，这棍子制得很粗糙，还保留了一部分坚硬的根部。

他结实有力的肩膀上若无其事地挎着一只装得不太满的行囊，这便是他的全部装备了。他尽管衣着简陋，相貌却很俊秀，生就一头棕色而卷曲的秀发，五官端正，眼睛里闪着愉快的光芒，一点也不显得寒碜(chen)。

这个青年（他有好几个名字，其中有个名字叫罗宾）终于从口袋里掏出半张殖民地发行的五先令纸币。这种通货一再贬值，这点钱还不够付船资，于是他又添了一张价值三便士的六角形羊皮纸币，才满足了船夫的要求。当下他走进城内，步履轻捷，好像这一天他并没有跋涉三十多英里似的。他眼睛热切地四下顾盼，宛若在观光伦敦市，而不是涉足新英格兰殖民地这个规模不大的都城。然而罗宾没走多远，就想起了自己不识路，于是他停住脚步，把那条狭窄的街道上上下下打量了一番，把稀稀落落散布在街道两旁的简陋小木屋都逐一察看了一遍。

"这座矮小的茅屋不会是我亲戚的住所，"他想，"远处那座也不像是。它的窗户都破了，月光都透进去了。我觉得附近一带实在没有一幢房屋能配得上他的身份。我本该向那船夫问问路才对，他一定会给我领路，到少校那儿总能赚上几个先令的辛苦钱吧。不过，也不要紧，我如果遇到一个过路人，同样可以叫他领路。"

这样一想，他又继续向前走去，高兴地看到街面变得宽阔些了，两旁的房屋也变得体面些了。不久他辨别出前面有个身影在不紧不慢地移动，连忙紧走几步赶上去。到了跟前一看，那个过路人是个上了年纪的老者，头戴灰色假发，身穿深色外套，下摆很宽，裤子短而丝绸袜子很长，一直卷到膝盖上。那人手里挂着一根擦得油亮的长手杖，每走一步就把它在前面重重地顿击一下，每隔一会儿就连哼两声，声调异常庄严而阴沉。一番观察后，罗宾抓住这个老汉的上衣，这时从一家理发店敞开的门窗里射出的光线恰好照到他们身上。

"晚上好，老爷子。"他仍然抓住那人的衣摆，边说边深深地鞠了一躬，"请问，我的亲戚莫利纳斯少校住在哪里？"

这小伙子问话的声音很响。店里两个理发师，一个正把剃刀搁在顾客涂满肥皂的下颌上，另一个正在给顾客梳理拉米伊[1]式的假发，听到声音都感到惊奇，忙放下手里的活，到门口观看。

---

1 拉米伊：比利时的一个地区。*

这时，那人把他保养得滋润的脸庞转过来，向罗宾瞅了一眼，用非常厌烦恼火的声调回答了句什么。他的申斥间夹着两声阴沉的哼哼，产生了非常奇特的效果，好像怒气冲冲的雷霆之中现出了阴森森的坟墓。

"放开我的衣服，混账东西！告诉你，我不知道你说的那个人。什么玩意儿！我有权力，我有——哼，哼——权力。如果你就是这样敬重尊长的话，明天清早就要叫你尝尝脚枷的滋味！"

罗宾放开了那个老汉的衣摆，赶紧走开，理发店的人在他身后发出一阵粗鲁无礼的笑声。他想不到自己的问话会遭到这样粗暴的回答，起初感到很诧异，但他是个精明的小伙子，不久便认为自己猜出了其中的奥妙。

"这人准是哪个乡村地区的代表，"他得出结论，"他从来没有到过我亲戚家里，又没有教养，不懂得礼数，不会彬彬有礼地回答陌生人的问话。要不是看他上了年纪，我真想转回去，照他鼻子上揍一棍。啊，罗宾，罗宾！你居然找这么个人问路，连理发师都笑话你！慢慢地你就会变聪明些了，罗宾老弟。"

他这时陷入了一连串弯弯曲曲、互相交叉的狭窄街巷之中。这些街巷迂回曲折，但都离河滨不远。一阵阵柏油味扑鼻而来。许多船舶的桅杆伸出建筑物的顶，刺透了朦胧的月光。罗宾不时停步观察。许许多多路标告诉他，那里正是商业区的中心。但是这些街道都空荡荡的，阒无人影。店铺都关着门。只有几幢住家房屋的二楼窗口透出些微弱的灯光。隔了好久，他终于在一条窄巷的拐角上，看见一位英国英雄的宽阔脸膛在一家酒馆的门口晃来晃去。从酒馆里传出许多客人的声音。楼下一扇窗户打开了，透过薄薄的窗帘，他依稀看见有一帮人正围着一张放满盘碟刀叉的桌子用晚餐。美酒佳肴的香味飘到外面的空气中。小伙子不禁想起他的行囊里藏着的最后一点干粮，已经在当天早晨被用来充饥了，中午只好饿了一顿。

"唉，如果有一张三便士的羊皮纸币，就有权利坐在那边的餐桌旁！"罗宾说着叹了口气，"不过少校会用最好的饭菜款待我的。我还是壮起胆子走进去，问问到他家该怎么走。"

他走进酒馆，一片低沉的嗡嗡笑语声和一阵阵烟斗里喷出的烟雾，引导他走进了店堂。这酒馆的屋子很深，天花板却很低，橡木墙板被长年累月的烟雾熏黑了。地板上铺了层厚厚的沙子，可谈不上干净。好多人（其中大部分好像是水手）占据了木头长凳或是皮垫椅子，在天南海北地闲聊，偶尔大伙儿侧耳倾听一件引起普遍兴趣的事。三四帮人各自传着一只海碗轮流畅饮潘趣酒[1]。在这个殖民地和西印度群岛的贸易中，潘趣酒也算一种大宗的进口商品，它早就成为当地人日常的饮料。另一些人，看样子是常年卖力糊口的手艺人，他们宁愿单独斟饮，自得其乐，两杯下肚后热乎乎、微醺醺的，便更加沉默了。简而言之，差不多每个人都显得嗜爱杯中之物，只是喜爱饮酒的方式各不相同。我们只要看看一百年前斋戒日期的布道稿就可证明，这是我们祖祖辈辈流传下来的恶习。罗宾唯一有好感的顾客是两三个温顺胆怯的乡巴佬，他们对待这家酒馆，有点像对待土耳其商队客店：躲到店堂最阴暗的角落里，根本不理会那尼古丁弥漫、觥筹交错的

---

[1] 潘趣酒：一种用果汁、香料、茶和酒等掺和而成的甜饮料。

氛围，只管啃他们自家炉灶上烤的面包和自家烟囱里熏的腊肉。不过，虽然罗宾对这些陌生的乡巴佬怀着兄弟般的感情，他的目光却不由得被一个站在门口近旁的人所吸引，这人正在和一群衣衫不整的伙伴悄声交谈。他的五官很引人注目，简直可以说是奇形怪状，给人留下难以磨灭的印象：他的前额向前鼓出，当中有一道凹沟，明显地分成左右两截；鼻子高高耸起，呈怪异的鹰钩状，鼻梁有一指多宽；眉毛粗浓；眼睛深陷，在眉毛下炯炯发光，就像是洞穴里的火焰一样。

罗宾正在踌躇，不知该向谁打听他亲戚的住所，这当儿老板向他打招呼了。这老板五短身材，腰系肮脏的围裙，为了招揽生意，走上前来对这位陌生人表示欢迎。他是法国新教徒的第二代，好像也继承了他祖国父老的谦恭殷勤，尽管走南闯北经历了各种环境，他带点颤音的殷勤腔调始终没有变，此时他就带着那种颤抖的音调向罗宾打招呼。

"您敢情是从农村来的吧？先生。"他边说边深深地鞠了一躬，"光临小地方，不胜荣幸，我相信您打算在这儿多待几天吧。我们这儿挺不错，先生，有漂亮的建筑物、繁华的景象，外地人都会对这儿有兴趣的。我是否有荣幸伺候您吃晚饭？"

"他看出我家族的容貌特征了，这个家伙猜到我是少校的亲戚了！"罗宾暗自思忖，他以前从来没有遇到过这样过分的客气殷勤。

所有的目光都集中到这个农村小青年的身上。他站在门口，戴着那顶破旧的三角帽，穿着灰不溜秋的外套、皮裤子、蓝棉纱袜子，拄着一根橡木棍子，背着行囊。

罗宾用符合少校亲戚身份的口气，恬然自信地回答那个礼数周到的酒馆老板。"可敬的朋友，"他说，"以后有机会，我一定会照顾你的旅店的，可是，"说到这儿，他放低了声音，"眼下我口袋里只有一张三便士的羊皮纸币。"接着他又高傲而自信地说下去："我目前只是要打听一下，到我亲戚莫利纳斯少校家该怎么走？"

突然店堂里起了一阵骚动，罗宾寻思这肯定是大家都急于充当他的向导。可是酒馆老板却将目光转向墙上的一张启事，一边喃喃地似念非念，一边频频地回过头来打量那个年轻人。

"这上面写的啥？"老板的声音变得断断续续、干巴巴的了，"逃离雇主的奴仆，名叫海茨基阿·穆基，潜逃时，身穿灰外套、皮裤子、主人的三角帽。凡能抓获，送往本殖民地任何监狱的，悬赏一个英镑。你还是赶路吧，小伙子，你最好还是赶路吧！"

罗宾已经握着橡木棍较轻的一头，想朝那刚才假献殷勤、现在却换了副嘴脸的酒馆老板头上砸去，但看见店堂里每个人脸上都露出奇怪的敌意，不由得又打消了这念头。他转身离开店堂时，看见惹他注目的那个相貌古怪的人，嘲笑地瞅了他一眼。他刚刚迈出大门，就听到店里的人哄堂大笑，其中还可辨别出店老板的声音，就好像一块块小石子投进沸腾的水壶里一样。

"嘿，真奇怪，"罗宾和往常一样精明地想，"真是奇怪，一说口袋里没钱，就连我亲戚莫利纳斯的名字也不管用了？哼，这些嘲笑人的势利鬼，要是给我在老家的树林里碰上了，我非得用这根橡木棍狠狠揍他一顿，让他知道，虽然我的钱袋轻，但我下起手来可重着呢！"

罗宾转过那条狭窄胡同里的拐角，发现自己到了一条宽阔的大街上。街两旁是连绵不断的高屋，在街道的尽头还有一座尖顶建筑，那里传来的钟声，告诉他已经九点钟了。月光和许多商店橱窗里射出的灯光，照着人行道上徜徉的人们。罗宾希望在他们当中有人能认出他那位神秘莫测的亲戚。

前几次碰了钉子，他不打算在大庭广众面前再冒冒失失地询问了，而是默然沿着街道缓步走去，把头伸到每个上了年纪的、绅士模样的人近旁，看看他是不是莫利纳斯少校。他一路上遇见许多服装华丽、气宇轩昂的人。颜色鲜艳的绣花服装、庞大的假发、金边的帽子和银柄的佩刀不断从他身旁擦过，使他眼花缭乱。一些来旅行的年轻人，模仿当时欧洲的绅士派头，逍遥自在地走过，嘴里哼着流行歌曲，步伐配着曲调的板眼仿佛是在舞蹈。可怜的罗宾看看他们那种神气活现的派头，再看看自己土里土气悄悄走路的样子，不禁有点自惭形秽。

莫利纳斯的亲戚停下来好多次，观看橱窗里陈列着的琳琅满目的商品，又因为无礼地窥察别人的面容而受到一些申斥。等他终于来到尖顶楼房的近旁，还是没有找到少校的踪影。然而罗宾并不灰心，他想迄今为止，自己只看了这条熙来攘往的大街一边。于是他就走到对面，顺着人行道往回走，再逐一察看过往行人。他的那股热乎劲儿，比古代那位大白天打着灯笼寻找诚实人的哲学家[1]有过之无不及。可也同样地归于失败。往

---

[1] 此处指古希腊哲学家第欧根尼（约前404—约前323），犬儒学派的代表人物。第欧根尼主张放弃物质的欲望和享受，过上苦行僧式的简朴生活，因此人们常在街头看见他衣衫褴褛。*

回走了一半路,他听到迎面有个人,每走一步就用手杖在街道的石板上顿一下,每隔一会儿,就阴沉地连哼两声。

"我的天!"罗宾说,听出那声音正是那老家伙的。

他连忙向右边的一个拐角转弯,继续在这个市镇的其他地方寻找。他的耐心已经消磨殆尽了。渡河以后他才走了不多会儿,可就像比渡河之前跋涉几天几夜还要累。辘辘饥肠也向他大声诉起苦来。罗宾开始寻思,如果遇到个单独的过路人,不妨举起棍子恫吓,威逼他说出去往少校住宅的路径。他打定了主意,拐进一条敝陋的小街,两旁尽是些稀稀拉拉、破破烂烂的房屋,直通往港湾。在朦胧的月光下,整条街道上没有一个行人。罗宾经过的第三家,门扉半掩,他借着锐利的目光看见门里露出一个妇人的衣裙。

"在这里我也许会碰上好运吧。"他边自言自语边向那扇门走去。快走到近前,那门却又关严实了,可也怪,偏偏留下一道缝隙。那个妇女大概正掩藏在门后朝外窥探那个陌生人的动静呢。罗宾只能看到一角红裙和一只眼睛里偶尔的闪光,仿佛月光在什么亮物上颤动似的。

"漂亮的女主人!"罗宾唤了一声。精明的小伙子心想,我既然不能肯定她是丑陋的,那就权且奉承她一下吧。于是,罗宾说:"亲爱的、漂亮的女主人,请问,我在哪儿能找到我亲戚莫利纳斯的住所?"

罗宾的语调是恳切而能赢得同情的。那个妇女看到站在门外的是个清秀的乡村青年,不需要回避,就把门打开,走到月光下面。她身材娇小玲珑,颈项白皙,臂膀圆乎乎的,腰肢纤细，腰箍下面鼓起一大蓬猩红色的裙子，看那样子，就仿佛是站在一个气球当中。她的脸是鹅蛋形的，相当标致，小小的便帽下露出深色的头发，明亮的眸子狡黠而灵活。罗宾给她看得怪不好意思，垂下了眼帘。

"莫利纳斯少校就住在这儿。"这位漂亮的少妇说。

她的语调是罗宾在这个夜晚所听到的最甜蜜的声音，轻盈爽朗，像一条银色的溪流在潺潺流淌。然而他不禁怀疑，这甜蜜的声音说的是否是真话。

他向两边扫视过这条简陋的街道，然后又审视了一下面前的房屋。这是一座二层楼的灰暗小屋，第二层比底层凸出一些，底层前部好像是家小杂货零售店。

"现在，我可真的交运了。"罗宾狡黠地回答，"我的少校亲戚有这么位女管家实在是幸运。劳驾你叫他到门口来一下，我要交给他一封乡下朋友们写的信，然后我还要回到我住的客栈去。"

"不行，这时辰少校已经上床睡了。"穿红裙子的夫人说，"今夜甭惊动他了，他今儿晚上喝醉了。不过他是个好心人，要是我把他的亲戚撵走，他会要我的命。你和我的好老爷长相简直一模一样。我可以发誓，你戴的就是他那种雨帽，你这条皮革的紧身半长裤也很像是他穿的。请你进来吧，我代表他向你表示热烈欢迎。"

这位美貌而好客的少妇，边说边轻柔又用力地拉住我们主人公的手。虽然罗宾在她眼神里看到了一点秘而不宣的深意，有点胆怯不敢进去，可是这个穿石榴裙的纤腰少妇居然比那个大力士般的农村小伙子更有力,边拖边拽,使他半推半就地差不多走到了门槛前。就在这时,邻近某个街坊的门咯吱一声打开了,少校的女管家吃了一惊,丢下少校的亲戚赶紧消失到自家屋里去了。

这个人还未出现,就先听到他一声深深的哈欠,接着他好像《皮拉缪斯和忒斯彼》[1]神话里的月光公公,多此一举地提了灯笼帮助他的妹妹月亮照亮天空。他睡眼惺忪地沿街走来,经过罗宾身边时,把他那宽阔而迟钝的脸朝罗宾转过来,并亮出一根头上钉了铁钉的长棍子。

"回去,流浪汉,回去!"这更夫发出昏昏欲睡的音调,"回去!要不然,天一亮,我们便给你戴上脚枷!"

"这是第二个人提到脚枷了。"罗宾想,"我倒希望今晚就把我抓去,也可免除我的麻烦了。"

小伙子对这个维护半夜治安的更夫本能地有一种反感,因此没有向他问路。可是当那人即将从街角消失的时候,罗宾却又恐怕错过机会,扯开嗓门向他喊道:

"我说,朋友!你能不能把我领到我亲戚莫利纳斯少校家里去?"

更夫没有吭声,转过拐角径自走了。罗宾好像听到他那带着睡意的笑声顺着冷清清的街道传来。同时,头顶上一扇窗户打开了,窗口飘下一阵高兴的咻咻傻笑声。罗宾抬头一看,瞅

---

[1]《皮拉缪斯和忒斯彼》:皮拉缪斯和忒斯彼是古希腊神话里的一对巴比伦情人。皮拉缪斯误以为忒斯彼为一头雌狮伤害,悲伤过度而自杀了。忒斯彼见到皮拉缪斯的尸体,也殉情自尽。

见一双娇俏的眼睛在闪烁，一只圆乎乎的臂膀挥动着，招呼他上来，接着他听到一阵轻盈的脚步顺着屋内的楼梯下来。可是罗宾是新英格兰一个牧师家的子弟，虽然是精明的小伙子，却也是正派人，所以他拒绝了诱惑，赶紧溜走。

这会儿他绝望地在街道上徘徊，毫无目的地在这个市镇里信步走着，他简直快要相信自己被符咒镇住了。某个冬天，有三个人到他们乡下来追捕一个男巫，这男巫使了一个鬼打墙的招数，使他们仨就在他住处二十步之内团团转了整整一夜，也没有找到那座村舍。这会儿的情况也差不多，陌生而冷清的街道在他面前延伸开去，差不多每家房屋里都是黑灯瞎火的。有两次几个三五成伙的行人在街上匆匆走过，罗宾在他们当中辨别出有外国装束的人。尽管他们两次都歇下来同他交谈，可是非但解决不了他的问题，反而增添了他的苦闷。他们先说了两句外国话，罗宾一点也摸不着头脑，他们看见他答不上来，就用清楚明白的英语骂了他一通，然后扬长而去。小伙子无可奈何，终于决定只要看到一所有少校寓所气派的体面房屋，便硬起头皮去敲门，相信凭自己这股坚忍不拔的劲儿，终究能克服使他到处碰壁的厄运。他打定这个主意时，正好经过街角的一座教堂墙下。他刚刚进入教堂尖顶的阴影里，就碰到一个大块头的陌生人，用斗篷裹得严严实实的。这人好像有急事在身，匆匆走来。罗宾四平八稳地站到他面前，两手横握那根橡木棍，挡住他的去路。

"停一下，先生，请教个问题。"他用果断的声调说，"请你现在就告诉我，我的亲戚莫利纳斯少校住在哪儿？"

"闭住你的嘴巴,蠢货,让我过去!"那人声音深沉而生硬,罗宾依稀记得在哪儿听到过。

"快让开,听见没有,想挨揍还是咋的!"

"你不能走,老乡!"罗宾边喊边挥舞起橡木棍,把粗的一头伸到那人用斗篷蒙住的脸庞前。

"不,我不是你说的那种蠢货,你不回答就休想过去,我的亲戚莫利纳斯少校住在哪儿?"

那个陌生人没有硬闯过去,他退后一步,走到月光下,解开蒙住脸的斗篷,直瞪着罗宾的脸,仔细瞅了一会儿。

"在这儿守一个小时,莫利纳斯少校会经过的。"他说。

罗宾沮丧而惊恐地望着他那副罕见的嘴脸,看清了他那凸出的前额分成左右两半,宽阔的鼻子犹如鹰喙,眉毛粗浓,火辣辣的目光炯炯逼人,可不就是自己在酒馆里碰见的那家伙!只是那个人的肤色经过了一番——或者,说得更确切些——两番变化。脸的一边像火焰般发出红光,而另一边却像夜色一样漆黑,分界线是他那道宽阔的鼻梁;他那张血盆大口向两旁咧开,好像直伸展到耳边;脸庞上红黑两种颜色互相映衬,看来宛若两个鬼怪,一个是火焰的恶魔,另一个是黑暗的恶魔,一起拼凑成这么一副凶神恶煞的模样。那陌生人盯着罗宾的脸狞笑了一下,用斗篷遮住他那红黑分明的脸,刹那间消失不见了。

"出门在外总能见到怪事!"罗宾脱口喊道。

他在教堂门前的台阶上坐了下来,决心等待他亲戚走过。他做了好一阵哲理性的思考,考虑刚才离去的那怪物到底是何许人也。经过一番精明的揆情度理,他终于对这个问题得到了个满意的解答，于是另找消遣解闷的事情去了。起初，他顺着那条街道望去，觉得这条街比他刚才转过的大多数街道都体面些。

月光，和人的想象力一样，使熟悉的物体变得美丽而奇幻，使原来在白昼的光线中显得平淡无奇的景物蒙上了一层浪漫的色彩。街上的房屋建筑式样都不规整，其中有好些甚至是奇特的。有些屋顶凹凸不平，好像有许多小小的坡峰；另一些屋顶却有陡峭的奇峰突起；还有一些房屋是方方正正的。房屋的颜色也各不相同，有些像雪一样纯白，还有一些旧屋却发出暗灰色。许多房屋的墙上亮晶晶的物体，在月光下闪闪烁烁，宛若万点鬼火。罗宾对这些东西诧异地望了好半天，终于感到厌倦了，便改朝远处眺望，力图辨认远处物件的形体。起初它们像鬼影般难以捉摸，过了好一会儿眼睛刚刚习惯，快要辨认出来了，不知怎的它们就惊缩到夜色里，又变得模糊不清了。后来，他又把矗立在街道那边——就在他伫立的那座教堂对面的楼房，仔细察看了一番。这是一座宽敞的四四方方的宅邸，和邻近那些房屋格局完全不同，有好几根高高的柱子支着一个阳台，阳台后面有一扇精心制作的哥特式落地窗，通往室内。

"也许这就是我一直在寻找的房屋吧！"罗宾思忖。

接着他又愣神儿倾听街道上连续传来的低微市声，来消磨时间。这声音非常轻微，若不是他这样新来乍到的人，根本就注意不到。这是一片低沉单调，像梦幻一般难以捉摸的声音，由许许多多微小的音响混合而成，都是从很远的地方传来的，无法被听清。罗宾对这个市镇的鼾声感到惊奇，而每逢这连续的鼾声时不时地被远方一阵阵呼喊声（这些呼喊在发出的地方无疑是很响亮的）打断时，他就更加惊奇了。不过总的来说，这毕竟是一种催人昏昏欲睡的声音。罗宾为了打消它所引起的睡意，站起身来，爬上一个窗台，趴在窗子上张望教堂的内部。只见月光颤悠悠地透进教堂，照到一排排冷清清的靠背长椅上，并且沿着空寂无人的通道延伸开去。一道更微弱、更令人畏惧的月光在布道坛周围徘徊盘旋，一缕微光大胆地落在那部庞大的《圣经》翻开的一页上。是不是大自然也在深沉的子夜，到人类修建的教堂来膜拜上帝了？

难道这天体的光乃是这圣洁场所的象征？也许正是因为在这更深夜静的时刻，没有凡人不洁的脚玷污上帝的圣殿，所以它才发出圣洁的光？这景象使罗宾的心颤抖起来。他感到即使置身于故乡最幽深的树林里，也从来没有过这样强烈的孤寂感，于是连忙从窗台上下来，又坐到门前。教堂周围有许多坟墓。这时罗宾的脑海里闯进了一个令他忐忑不安的想法。

他一再努力寻找他亲戚的住址，总是奇怪地遭到失败，会不会他所寻找的人一直都在裹尸布里，早已腐烂？会不会他亲戚的灵魂正从教堂的大门里进来，从他身边隐隐经过，正在向他点头微笑？

"唉，要是现在有个活人和我在一起，就好了！"罗宾自语道。

他把思想从这条不愉快的思路上收回，越过森林、小山和溪流，竭力想象在他父母亲的住屋里，这个令人神思恍惚、困乏厌倦的夜晚是怎样度过的。他想象他们聚集在门前那棵大树下。那是棵粗壮、有着扭曲的树干、浓荫覆盖的古老大树，它千万个枝叶茂密的弟兄都被砍伐了,可是它却令人肃然起敬地活了下来。

那里每逢夏季夕阳下山之际,他的父亲总要举行家庭礼拜,邻居们都能以兄弟的身份来参加。路过的旅客也可以暂歇一下疲劳的双足,畅饮那儿清冽的圣泉水,重温乡梦,使心灵变得纯洁起来。罗宾辨认得出那人数不多的信徒里每个人的座位;他可以看见他的慈父在西方晚霞的金光照耀下,手持《圣经》向信徒讲道;看见他合上《圣经》,大家起来默祷;他可以听见大家为了每天所赐的恩惠而感谢上帝,并祈求上帝继续施恩。

他当时听到这些感恩祈祷,总感到有些困倦,可这会儿回忆起来,却感到分外亲切。

他依稀辨别出他的老父讲到出门的游子时,声音的些微改变。他看到他的慈母转过脸去,朝着那粗壮而多节疤的树干。他的哥哥因为已经蓄有粗硬的唇髭(zī),故意装出成人的讪笑神情来掩盖内心的激动。他的妹妹攀下一条低垂的树枝以遮住泪眼。而全家最幼小的一员,本来一直在嬉戏,破坏礼拜的庄严场面,可是蓦然想到大家是在为她失去的游伴祈祷,也不禁放声大哭。

然后他又恍惚看见大家走进屋子,正想跟他们一齐进去,门闩(shuān)却咔嗒一声闩上,把他摒弃在门外。

"我是在这里,还是在那里?"罗宾惊醒过来喊道。因为正当他梦想的事物清晰可见、如在目前时,那条冷清清的、又宽又长的街道却又倏地横在他面前。

他使自己觉醒过来,试图把注意力集中到他曾细察的那座楼房上。可是他的思想还摇摆于幻想与现实之间。阳台的支柱一会儿伸长为高耸光溜的松树干,一会儿又缩短为人形,一会儿又恢复原来的大小和形状,然后周而复始地轮番变化。

在他自以为清醒的一瞬间,他发誓看见了一副似曾相识的面容(但又说不准是否是他亲戚的)正从哥特式的窗子里向他窥望。一阵更深的睡意袭来,几乎把他降伏了。可是对面人行道上传来的一阵脚步声,又把睡意驱散了。罗宾揉揉眼睛,辨认出一个人影正打阳台底下经过,于是就粗暴而悲伤地高声向他呼喊:

"喂,朋友!难道我要整夜在这里等候我的亲戚莫利纳斯少校吗?"沉睡的街道被他唤醒了,发出回声。那个过路人抬起头来,隐约看见教堂尖顶偏斜的阴影里坐着一个人,便穿过马路走到近前,看究竟是怎么回事。他是个年富力强的人,一副绅士模样,坦率、聪明、快乐,给人留下了良好印象。他看见这个乡村青年,显然是无家可归,人地生疏,举目无亲,便向他打了个招呼,声音非常仁慈,罗宾听来很是奇怪。

"哎,我的小伙子,你干吗坐在这儿?"他问道,"我能帮你什么忙吗?"

"恐怕你帮不了什么啦,先生。"罗宾泄气地说,"不过,你要是能回答我一个问题,我便感恩不尽了。大半夜我一直在寻找一位莫利纳斯少校,先生,这里到底是不是有这么个人,还是我在胡乱做梦?"

"莫利纳斯少校?这名字倒不是太陌生。"那个绅士微笑着说,"你能不能告诉我,找他有什么事?"

于是罗宾就简短地讲述了一下:自己的父亲和莫利纳斯少校

是堂兄弟，在远处乡村当牧师，薪水微薄。少校继承了一笔财富，捐了个官衔，一两年前曾经下乡看望堂弟，来时排场很大。少校膝下没有子女，对罗宾和他哥哥很感兴趣，一再暗示要过继一个，并好好为之安排前途。因为罗宾的哥哥要继承父亲的农场（父亲在圣职之余暇也务务农），而家里也特别宠爱罗宾，认为他具备干其他行业的才能，因此决定由他去领受那位少校亲戚的盛情。

罗宾说到这里，特意补充了一句："因为我在老家是个出名的精明小伙子。"

"我不怀疑，你称得上是个精明人。"他新结识的朋友温厚地说，"请你说下去吧。"

"唉，先生，我快满十八岁了，你瞧，我个头也不小。"罗宾说到这里挺直身体，"我想该出来见见世面了。所以我妈和我妹为我缝了一套体面的衣服，我爸把去年薪水用剩的一半给了我，五天之前我从家里动身往这儿来，拜访少校。可是，你相信不，先生！天刚黑我就下了渡船，直到现在还没有找到个指路的人。直到个把小时之前，才有人关照我在这儿等待，说莫利纳斯少校将要经过这里。"

"关照你的人是啥样子，你能描述一下吗？"绅士问道。

"啊，他长相很奇怪，先生。"罗宾答道，"额头上鼓起了两个包，长着个鹰钩鼻子，两只眼睛火辣辣的，最奇怪的是他的脸有两种颜色。你认识这么个人吗，先生？"

"不熟悉，"陌生人答道，"不过，在你拦住我之前不久，我碰巧遇见他了。我认为，你可以相信他的话，少校很快就要打这条街上经过了。同时，我有点好奇，很想看看你们见面的情景。我就陪你坐在这个台阶上吧。"

他说完当真坐下，很快就和他的同伴谈得很投机。可是过了不多一会儿，一阵喊声由远而近，打断了他们的谈话。罗宾忙问这是怎么回事。

"这些人吵吵嚷嚷干什么？"他问道，"说真的，要是你们镇上总是这么吵闹，我住在这儿就别想好好睡觉了。"

"呃，我的罗宾小友，今夜有几个家伙在外面实在闹得不像话。"绅士回答道，"不过你不能指望我们这儿的街道上会像你老家树林里那么安静。但愿更夫会马上逮住这些喊叫的人——"

"唉，天一亮就给他们戴上脚枷。"罗宾插了句嘴，他记起和那个拿着灯笼的、睡眼惺忪的人的会面，"不过，亲爱的先生，如果我耳朵管用的话，一队更夫也不敢冒犯这么多闹事的人。至少得有一千副嗓门才能发出这么大的喊声。"

"罗宾，既然一个人可以有两种肤色，他就不能有好几个嗓门吗？"他的朋友说。

"兴许男人会喊那么响，可是老天在上，妇道人家绝不会！"精明的小伙子回答道，这时他又想起冒充少校女管家的那个少妇媚人的语调。

附近某条街上传来一阵喇叭的声音，响亮且持续不断，引起了罗宾强烈的好奇心。许多人拉开嗓门呼喊，许多乐器频频发出不协和的噪声，而乐器休止的间隙总是被一阵阵乱糟糟的狂笑声所填满。罗宾从台阶上立起来，愁闷地朝脚步声杂沓的方向望去。

"确实是有好多人在寻欢作乐。"他喊出声来,"先生,我离家以来没露过笑脸,要是错过了这个逗乐的机会,我会感到遗憾的。咱们要不要拐过那座灰乎乎的房子,到那边去看看热闹?"

"坐下吧,你还是坐下,我的好罗宾。"绅士拉了一下灰外套的下摆,说道,"你忘记啦?咱们得在这儿等候你的亲戚咧。不多一会儿,他准会打这儿经过。"

喧嚣声越来越近了,惊动了附近的人家,四面八方的窗户都打开了。谁如果有闲暇打这儿经过,可以看到许多人都披着睡衣,从窗户里探出头来张望,看样子都是刚从睡梦中惊醒的。许多人用急切的声音招呼左邻右舍,还有人跌跌绊绊、踉踉跄跄地走下石阶,在狭窄的人行道上探问出了什么事,可是谁也说不清楚。男人们胡乱披上衣服,向那嘈杂的声音奔去。喊嚷声、笑声和不成调子的嘟嘟喇叭声混成一片,嘈杂到了极点,越来越近、越来越响了。接着,在一百码以外的转角出现了三五成群的、散散落落的人,然后杂沓的人群出现了。

"要是你的亲戚混在人群里打这儿经过,你认得出来吗?"绅士问。

"说实话,我可拿不准,先生。可是我要站在这儿,睁大眼睛仔细瞅。"罗宾边回答,边走到人行道的外沿。

汹涌的人流这会儿倾泻到这条街道上来了,缓慢地向教堂跟前卷去。人群当中一个人骑着马在街角上转来转去。紧跟在他身后有个乐队,发出一阵阵呜里哇啦不协调的声音,这会儿没有建筑物遮拦,显得格外嘈杂聒耳。一片红光搅乱了幽雅的月色,接着一大片密密层层的火把将街道上上下下照得通明,火光晃眼，反而使人看不清被它们照亮的东西。那个骑马的人，穿着军装，拿着一把出鞘的佩刀，策马而过，俨然是这帮人的头目。

他面目狰狞，宛若战神的化身，脸颊红的一面好像是火与剑的象征，黑的一面则表示随之而来的丧乱和死亡。他后面跟着许多穿印第安人服装的身影，以及许多形形色色、奇形怪状的狂乱人群，给整个游行的行列平添了一层梦幻的色彩，好像从某个发高烧的人的噩梦里跑出来的群魔，顺着子夜的街道席卷而过。一大群拍手叫好或是冷眼观看的围观者被夹在游行队伍的两旁。游行队伍低沉的嘈杂喧嚣声不时被围观者尖锐的欢笑声和恐怖的惊叫声压过。

"那个两面人用眼睛盯着我呢。"罗宾喃喃地说，模糊而不舒服地感到自己也是那浩浩荡荡的游行队伍里的一员。

头目按辔（pèi）徐行，经过那乡村小伙子身边时在马鞍上掉转身体，将火辣辣的目光专注到他身上。罗宾赶紧把视线从那双火焰般的眼睛旁移开。这时，那些吹喇叭的人正好打他面前经过，火炬就在近旁，闪烁不定的火光形成了一张无法穿透的帷幔，使他什么也看不清。只有车轮在石板上滚过的辘辘声不时传到他耳际，间或隐隐约约出现一个模糊不清的人影，立即又融入强烈的火光之中，消失无踪了。一会儿后，头目雷鸣般地发出停步的命令，许多支喇叭一齐发出的可怕咕噜声戛然止住，人们的喊声和笑声也消逝了，只剩下一片类似沉寂的嗡嗡声。一辆没有遮篷的大车就停在罗宾的眼前。在大车附近，明亮耀眼的火把中，像白昼一样亮的月光下，罗宾看得真切，车子上赫然坐着他的亲戚莫利纳斯少校,他浑身涂了柏油,粘着羽毛![1]

他是个上了年纪的人,身材高大,气宇轩昂,方方的脸膛上神色刚毅,表现出坚忍不拔的精神。尽管他意志坚定,敌人无法摧毁他的精神,这当儿,他脸色却变得像死人一样煞白,表情比死人的还要难看得多。极度的痛苦使他宽大的前额蹙紧,两道灰白的眉毛拧到一起,血红的眼睛里射出疯狂且痛苦的目光,颤抖的嘴唇上挂着白花花的唾沫。他的全身都在不断地迅速震颤着,甚至在这种极为难忍的屈辱处境中,他还是没有失去尊严,竭力克制着自己。但是最使他心痛如绞的,可能还是他的目光和罗宾的目光相遇的那个瞬间。显然他立即认出罗宾来了,他看到那个青年站在那儿目睹他这白发苍苍的荣誉军人在蒙受着奇耻大辱。他们一语不发地默然对视。罗宾的膝盖直哆嗦,怜悯和恐惧的心情使他根根头发竖立起来。然而他的心陡然被一种使他困惑不解的激动攫(jué)住。这个夜晚的奇特遭遇,游行队伍的突然涌现,大片的火炬,混乱的喧闹声和突然降临的沉寂,他的亲戚被折磨成鬼魂一样,并不断受到群众谩骂的悲惨处境——这种种刺激,加上整个场面的荒谬可笑,使他如堕烟海、如痴如醉,丧失了理智。这时一阵懒散迟钝的笑声传入罗宾的耳膜。他本能地回头一看,那个拿灯笼的更夫就站在教堂拐角的后面,揉着眼睛,睡眼惺忪地欣赏着这小伙子的惊讶表情。接着他听到一阵银铃般的笑声,同时感到胳膊被猛拽

---

[1] 这是美洲殖民地初期的一种酷刑,受刑者衣服被剥光,浑身上下被浇上融化的柏油,并粘满羽毛。

了一下，转过视线正好碰上一双娇俏的眼睛，原来眼前就是那位穿红裙的少妇。一阵干巴尖锐的狂笑勾起了他的回忆，他回头一看，只见那白围裙顶在头上、踮着脚尖夹在人群里看热闹的，可不就是那个身材矮小、谦恭有礼的酒馆主人吗？

最后，一阵洪亮的笑声在人群头顶上回荡开来，狂笑声里不时地夹杂着两声阴沉的哼声："哈哈哈——哼哼——哈哈哈哈。"

这声音是从对面楼房的阳台上飘来的，于是罗宾向那儿瞅去。只见哥特式的落地窗前站着那个老市民，他披着一件挺宽的长袍，灰色假发不见了，代替它的是一顶推向后脑勺的睡帽，他的丝绸袜子褪了下来。他用一根擦得油亮的手杖撑住身体，狂笑得前仰后合，一本正经的老脸上绽开条条笑纹，煞是滑稽，好像墓碑上刻了一篇可笑的铭文。接着罗宾好像听到理发师的声音、酒馆里旅客的声音，以及那个夜晚所有嘲笑耍弄他的人的声音统统聚到一起，汇成一片笑声，在人群中荡漾开来。突如其来地，罗宾也受到感染，不可抑止地发出一阵响彻街道上空的大笑——每个人都捧腹大笑，每个人都把肺里的空气排尽，可是笑得喊得最响的却要数罗宾。人群的欢笑响彻云霄，引得云中的幽灵也从银色的岛屿向下窥望。月中老人也听到了哄笑声，他一定会说："哦唷！地球老兄今夜又在嬉闹欢笑了！"

在这汹涌的声浪中出现了片刻宁静。头目发出信号，于是游行队伍又继续前进。大家向前拥去，像群魔围着已故的君主那样，围着那个失去了权力、在极度痛苦中依然维持着威严的人百般嘲弄，蜂拥着向前行进。在虚假的壮大声势中、毫无意

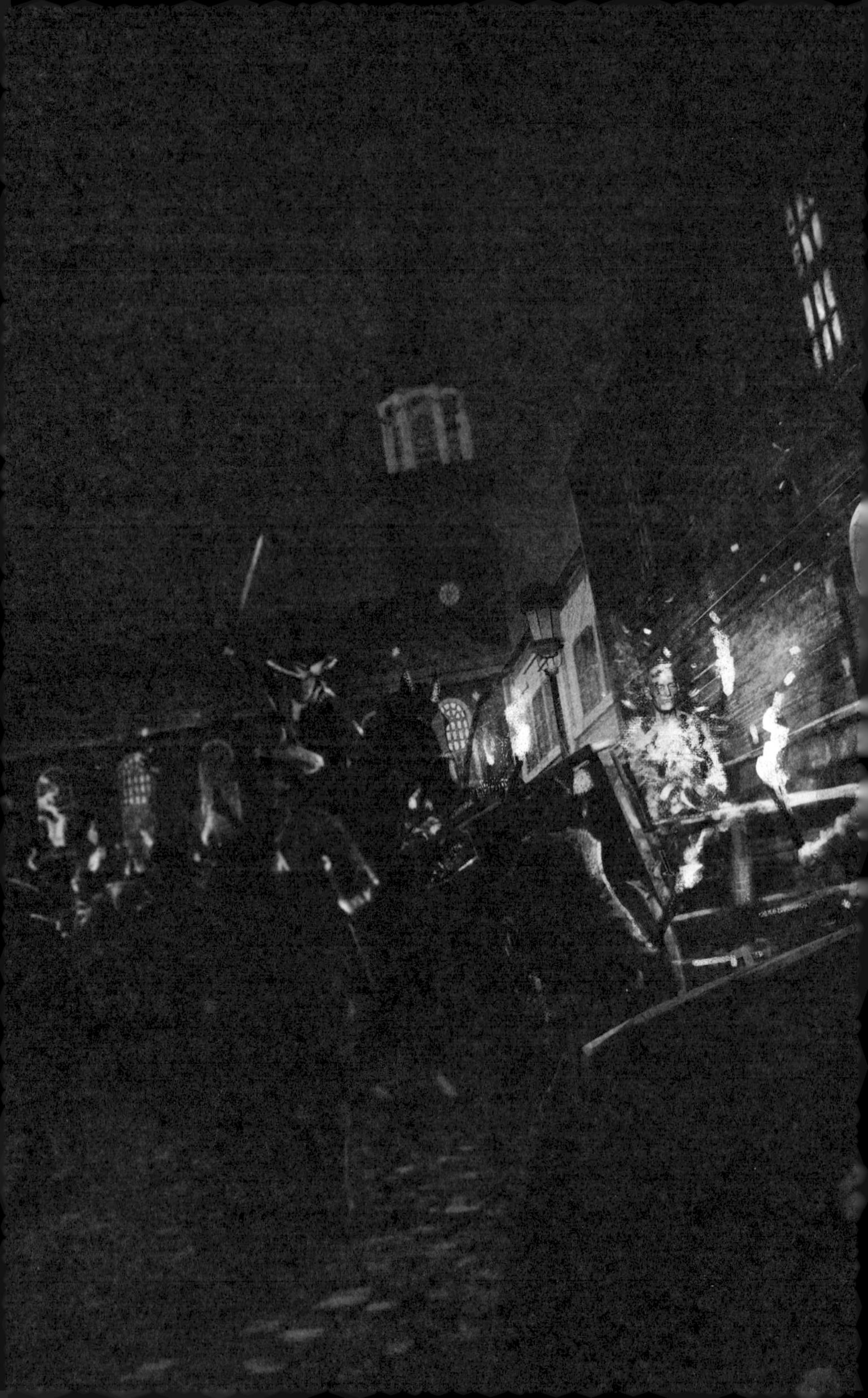

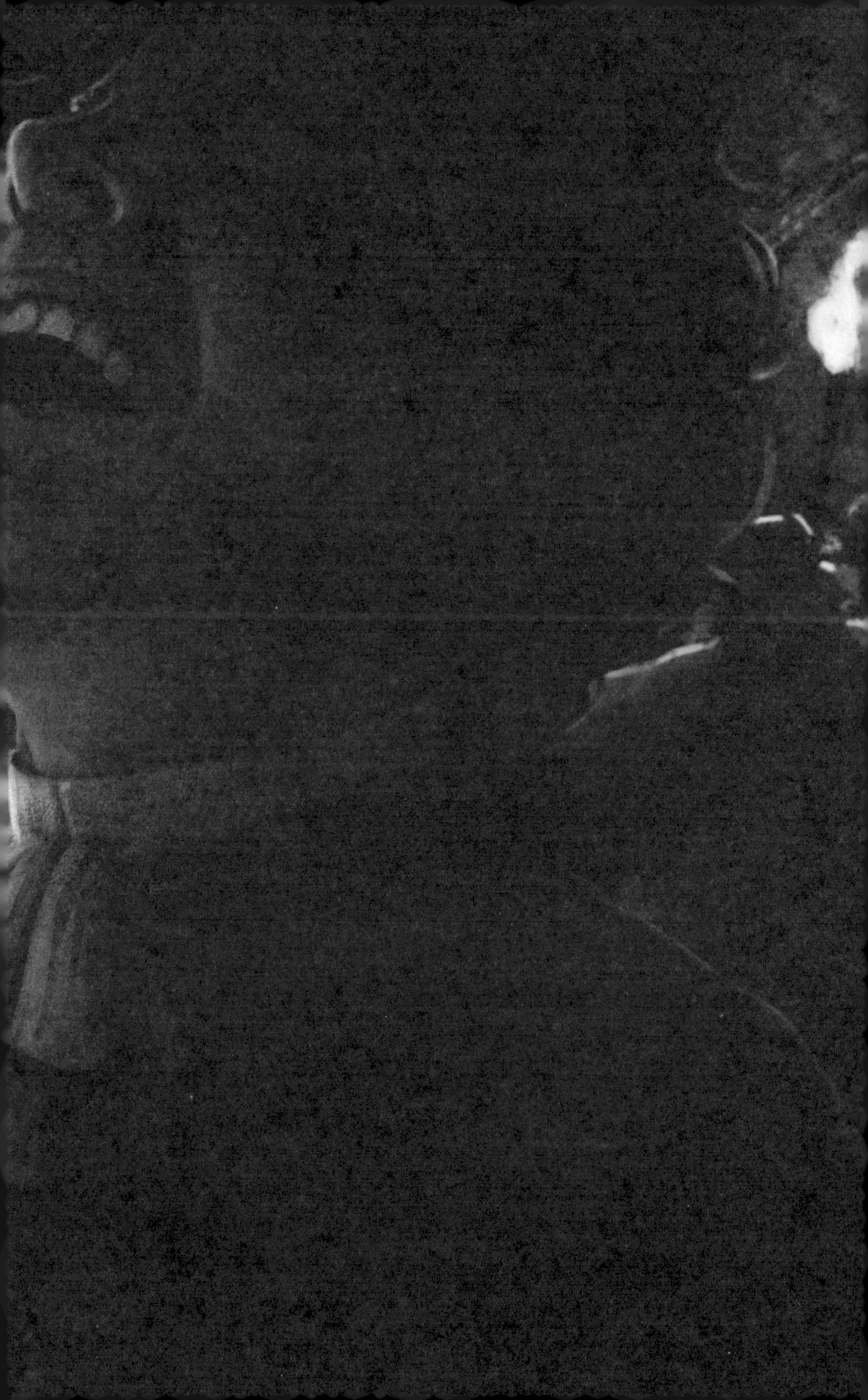

义的喧嚣中、疯狂般的欢乐中向前行进,每一步都践踏在老人的心上。喧哗的骚动声像潮水般席卷而去,把空寂的街道撇在后边。

"唉,罗宾,你在做梦吗?"那个绅士问,把手按在小伙子的肩膀上。

当人流从罗宾身边拥过时,他本能地倚靠在石柱上。这会儿他听到这句问话,猛地一惊,把臂膀挪动了一下。他双颊苍白,眼睛也不像前半夜那样有神采了。

"你能不能指点一下往渡口去的路?"他沉默了片刻以后说。

"你换了个问题啦?"他的同伴微笑着说。

"唔,是的,先生。"罗宾冷漠地回答,"多亏你和其他一些朋友,我终于碰见了我的亲戚,他也不会再想见我的面了。我开始对城市生活腻烦了,先生。能不能请你告诉我往渡口去的路?"

"不,我的好朋友罗宾——至少今夜我不能告诉你。"那个绅士说,"几天以后,你要是还想走的话,我会帮助你尽快动身。不过,如果你改变主意,打算留在我们这里的话,既然你是个精明的小伙子,兴许你不用你亲戚莫利纳斯的帮助,也会找到出路的吧。"

(1832 年)

蓝色旅馆

Stephen Crane

斯蒂芬·克莱恩

(1871—1900)

美国著名自然主义文学家、现代诗歌的先驱。其作品为20世纪90年代整个美学运动提供了"一个突然的方向和新鲜的动力"。擅长用寓言式的意象揭示某个真理。著有《红色英勇勋章》《街头女郎玛吉》《海上扁舟》等。

一

　　龙珀塞[1]的王宫旅馆漆成浅蓝色,有一种苍鹭的腿胫就是这种颜色,因此无论它落在什么背景上,总能被一目了然地看出来。王宫旅馆总是那么喧嚣热闹,相形之下,内布拉斯加州[2]雪光耀眼的冬日景致就显得黯然失色了,好像只是一片灰蒙蒙的沼泽。它孤零零地坐落在大草原上,下雪的时候两百码以外的小镇就看不见了。而旅客下车离站,必须经过王宫旅馆才能碰见龙珀塞那些低矮简陋的隔板房屋。无论谁经过王宫旅馆时,又因为那特别醒目的颜色,非看上它一眼不可。旅馆老板帕特·斯库利能选择这种颜色,实在不愧为一个足智多谋的高手。每逢晴天,横贯大陆的快车——一长列普尔曼式卧铺车摇摇晃晃地掠过龙珀塞的时

---

[1] 龙珀塞:作者虚构的一个位于美国内布拉斯加州的城镇。*
[2] 内布拉斯加州:位于美国中西部大平原。它的名称来源于美国原住民的吉韦雷语,意为平顺之水。*

候，旅客们看到这浅蓝色旅馆，印象都很深刻。那些崇拜东部文明的人看惯了红褐色的房屋和墨绿色的隔墙，也许会对此感到鄙夷、怜悯、惊讶而嗤之以鼻。可是对于这个草原城镇的居民和要在那儿逗留的人来说，帕特·斯库利却是立了一功。他们和那些日复一日坐着列车穿过龙珀塞的旅客，拥有不同信仰，属于不同阶层，也各谋私利，自然没有共同的色彩偏好。

好像这座蓝色旅馆如此赏心悦目的外表还不足以吸引顾客似的，斯库利每天早晚总要到车站去迎接那些在龙珀塞停车的慢车。他一看到谁手拎旅行包在犹豫踯躅，就迎上去，甜言蜜语地招徕旅客去投宿。

一天早晨，一部蒙着雪的机车拖着一长串货车车厢和一节孤零零的客车车厢到站。斯库利创造了一次招揽三个主顾的奇迹。一个是身体衰弱、颤巍巍而目光尖锐的瑞典人，拎着一只廉价的、发光的大旅行包；一个是身材高大、古铜色皮肤的牛仔[1]，路过这里准备上达科他州附近的一家大牧场去；最后一个身材矮小、沉默寡言，他从东部来，但外表并不像东部人，也矢口不提自己是东部人。斯库利简直把他们当成了俘虏。他表现得如此敏捷殷勤又体贴，使他们感到如果不住他的旅馆未免太不近人情了。他们跟随着这个热心的小个儿爱尔兰人，在咯吱咯吱响的木板人行道上艰难地走着。斯库利戴着一顶厚重的毛皮帽，帽子紧紧地低罩在头上，两只红通通的大耳朵伸出来，僵硬得好像是用锡皮做的。他兴高采烈、殷勤周到地把他们引

---

[1] 牛仔：美国西部的骑马牧人。

进了蓝色旅馆的大门。他们首先进入的那间房间很小,中间却放着一只大火炉,火熊熊地燃烧着,发出神灵般的訇(hōng)然声。这房间活脱脱一个供奉炉神的小庙堂,火炉铁壳上到处露着亮闪闪、黄灿灿的斑点。火炉旁,斯库利的儿子约翰尼正在和一个长着灰色胡须的老农玩"五大张[1]"牌戏,一边玩一边争吵。那个老农时不时转过脸,往火炉后边一只盛着锯屑的小木箱里不耐烦又恼怒地吐唾沫。他吐出的烟草汁水已经把锯屑染成褐色了。斯库利高声地训了他儿子一通,催他放下手中的纸牌,帮新来的旅客把一部分行李拎到楼上去。他本人则引导客人到三只脸盆跟前,脸盆里盛的可以说是世界上最冷的洗脸水了。牛仔和东部人一边洗,一边就像用擦光剂打磨金属一样把皮肤擦成火红色,那个瑞典人则小心翼翼、惶惶不安地把手指在水里蘸了一下。在这一系列的迎宾礼仪中,斯库利显然是要向三位旅客展示自己是多么好客,好像施与了他们莫大的恩惠。他大发善心似的把一条毛巾依次递给这三个人。

盥(guàn)洗完毕,他们又回到原来的房间,坐在火炉周围,听斯库利大声对正在准备午餐的闺女们发号施令。三个旅客就像老于世故的人初次来到一个地方那样步步留神、屏声敛息。那个老农坐在靠火炉最热的地方,却显示出一种大大咧咧、旁若无人的派头,频繁地向锯屑箱里吐痰,并且神气地同新来的旅客们拉家常。牛仔和那个东部人简短地回答他的问题;那个瑞典人却一言不发,他看起来心事重重,好像在暗暗窥察每个在座的

---

[1] 五大张:一种美国的纸牌游戏,于1880年代被发明,通常由2—6人参与。*

人。一看他那种失神落魄的样子，你就会感到他是个疑心病很重的蠢货。

后来吃午饭的时候，他冲着斯库利讲了些话。他自我介绍说是从纽约来的，在那里当了十年裁缝。斯库利好像听得很有兴致，后来主动自我介绍说，自己在龙珀塞住了十四年。瑞典人问起庄稼的行情和雇工的工资，他表面上是在听斯库利不厌其详地回答，实际上他的目光却暗中在各人脸上溜来溜去。

最后他干笑了一声，眨眨眼睛，说西部有些地方的人是很危险的。说完，他把腿在桌下伸直，歪侧着头，又很响地打了一阵哈哈。其他人显然都对这番表演感到莫名其妙，他们都带着惊讶的神情默默瞅着他。

二

这些人步履沉重地回到前屋时，只见两扇小窗户外呈现出一派雪海翻腾的景致。狂风的巨大翅膀正在有力地回旋着，想把快速飞舞的雪花拥抱住，却是徒劳。旅馆的门柱好像一个面孔苍白、吓呆了的人静静挺立在肆虐的风雪中。斯库利宣布暴风雪来了。蓝色旅馆的旅客们点燃烟斗，懒洋洋又心满意足地咕哝了几声，好像表示赞许。没有一个海岛能够像这个炉火熊熊的小房间这样不受外界风浪的影响。斯库利的儿子约翰尼用一种打牌能手自鸣得意的口吻，向那个灰胡子老农发起挑战，叫他再来打一局"五大张"牌戏。老农露出一种轻蔑嘲讽的神情，表示同意。他们紧挨着火炉坐下，把膝盖放平，在上面搁一块宽阔的木板。牛仔和东部人津津有味地看他们打牌，瑞典人则落落寡合地站在窗口附近，脸上不知因为什么带着激动的表情。

约翰尼和灰胡子老汉的打牌又以争吵告终。老农站起身来，极其轻蔑地向他的对手瞟了一眼，慢条斯理地扣上外衣，以一种高姿态阔步走出了房间。其他人都识相地一声不吭，而瑞典人却放声大笑，他的笑声有点孩子气。大家忍不住白了他一眼，似乎想问问他犯了什么病。

大家有说有笑地组成了新牌局。牛仔自愿做约翰尼的搭档，于是他们叫瑞典人和小个儿的东部人搭档。瑞典人问这种牌怎么打，他发现自己打过这种牌，只是名称不同，于是接受了邀请。他有些惴惴不安地走到大家面前，好像害怕受到攻击。他终于坐下了，开始一边逐一窥看大家的脸，一边尖声大笑，笑声奇怪极了。东部来的旅客不由得迅速抬头瞥了他一眼。牛仔则坐着目不转睛地瞅他，嘴张得很大。约翰尼本来要发牌，也停了下来，静静地抓住牌没有动弹。

静默了片刻后，约翰尼说："好了，咱们玩牌吧，现在来吧！"他们把椅子向前拖，直到四个人的膝盖碰在一起，盖上木板。他们开始打牌了，大家的心思转移到牌上，也就忘记了瑞典人的怪僻举动。

牛仔喜欢摔牌，每逢他拿上好牌，总要用足劲一张一张狠狠地摔到临时凑起的牌桌上，而且每赢一把牌就要显摆他的高超技艺，那种骄傲的神情能把人气得闷一肚子火。牌局里有个喜欢摔牌的人，气氛肯定就会紧张激烈起来。当牛仔把他的A和老K啪啪地摔出时，东部来的旅客和瑞典人的脸色变得灰溜溜的，而约翰尼则高兴得眼睛发光，抿着嘴咯咯地笑个不停。

牌戏是如此引人入胜，以至于谁也没有注意瑞典人的怪僻行径。他们的全部心思都在打牌上。一局完毕开始发牌的空当里，瑞典人突然对约翰尼说："我想有好多人在这间屋子里被杀害了。"大家惊愕得目瞪口呆，都瞪眼朝他瞅着。

"你讲的是什么鬼话？"约翰尼说。

瑞典人又是一阵哈哈大笑，一副虚张声势的样子。"嗬，你明白我的意思。"他回答道。

"鬼才明白！"约翰尼抗议道。牌局停止了，大家都盯着瑞典人。约翰尼显然感觉到，作为小老板，他应当直接问个明白。"哎，先生，你到底是什么意思？"他问道。瑞典人向他投了个眼色，眼里满是狡诈。他的手指在木板边上颤抖。"哎，你大概以为我哪儿也没去过，没有见过世面？"

"我不知道你的事情。"约翰尼回答，"你到过哪儿干我屁事。我只想问你究竟是什么意思。这间屋子里从来没有人被杀害过。"

牛仔一直盯着瑞典人看，这时说开话了："你有什么毛病吧，先生？"瑞典人显然明白，自己就要吃眼前亏了，他哆嗦起来，嘴角两边都变白了。他瞥了东部来的小个儿旅客一眼，向他讨救兵。可是就在这会儿他还没有忘记借酒三分醉。"他们说，不知道这是什么意思。"他以嘲笑的腔调学约翰尼和牛仔的话。

东部来的旅客谨慎地思考了好大一会儿。"我也不懂你的意思。"他冷淡地说。

瑞典人做了个手势,好像在说,他期待东部人帮他说话,至少也得同情一下自己吧,可他却帮了个倒忙。"啊,我明白,你们合伙儿欺侮我,我明白……"

牛仔气昏了。"你说,"他喊嚷起来,把一副牌使劲摔到木板上,"你说,你究竟打算干什么?"

瑞典人就像躲开地上的蛇那样敏捷地跳了起来。"我不想和你们打架!"他喊道,"我不想和你们打架!"

牛仔故意懒洋洋地把长腿伸直,两手插在口袋里。他向锯屑箱子里吐了口唾沫。"谁想和你打架?"他问道。

瑞典人很快退到一个角落里,他伸出双手护在胸前,明显在控制自己的恐惧。"先生们!"他的声音也颤抖起来,"我想,我在离开这屋以前就要被杀害了!我想我在离开这屋以前就要被杀害了!"他的眼睛里流露出临死前的恐怖神色。透过窗户可以看见外面暮霭中,雪地变成了蓝色。风猛刮着这屋子,什么东西被吹得松开了,一板一眼地拍着护墙板,好像鬼魂在叩门。

一扇门打开了,斯库利本人走了进来,一见到瑞典人悲惨的神色,就诧异地停住脚步,接着问道:"这是怎么回事?"

瑞典人急巴巴地回答说:"这些人打算要我的命!"

"要你的命!"斯库利突然喊道,"要你的命!你在说什么?"

瑞典人做了个殉教者的姿势。

斯库利转向他儿子严厉地问道:"这是怎么回事,约翰尼?"

那小伙子绷着愠怒的脸。"鬼才知道,"他回答,"我实在搞不懂。"他开始洗牌,生气地把纸牌噼噼啪啪地摔到一起。"他说这屋里有许多人被杀害了这类胡话,他还说他也会在这屋里被杀害。我不知道他有什么毛病,他一定是疯了。"

斯库利于是要牛仔说明情况,可是牛仔只是耸耸肩膀。

"杀害你?"斯库利又对瑞典人说,"杀害你?朋友,你精神失常了。"

"哦,我知道,"瑞典人突然喊出,"我知道会出什么事。是的,我疯了——是的,是的,当然是我疯了——是的。可是我清楚一件事——"他脸上渗出冷汗来,露出痛苦和恐惧的神色,"我知道我不会活着离开这里了。"

牛仔倒抽了一口冷气,仿佛他快魂飞魄散了。"嗯,真是活见鬼了。"他轻轻地自语。

斯库利突然转过身来,朝着他儿子训道:"你一定是找人家麻烦了!"

约翰尼满肚子委屈,提高了嗓门说:"唉,我的天,我一点也没有得罪他。"

瑞典人插话说:"先生们,别麻烦啦,我要离开这里,因为,"他像做戏似的用责备的目光瞥了他们一眼,"因为我不愿被杀害。"

斯库利对他儿子大发雷霆了:"你告诉我,到底怎么回事?你这个畜生,到底怎么回事?快说!"

"真倒霉!"约翰尼绝望地喊道,"我不是告诉你了,我啥也不知道吗!他——他说我们想杀害他,我知道的就是这点。我不知道他得了什么病。"

瑞典人继续重复他的话:"不行,斯库利先生,不行。我要离开这里。我要走,因为我不愿被杀害。是的,当然,我是疯了——是的。可是我知道一件事!我要走,我要离开这里。不行,斯库利先生,不行,我要走。"

"你别走,"斯库利说,"你等我把这件事的前因后果弄清楚了再走。要是谁找你的麻烦,我一定要收拾他。这是我的旅馆,你在我旅馆里做客,我不会让人好端端的在这儿受委屈。"他狠狠瞪了约翰尼、牛仔和东部人一眼。

"不行,斯库利先生,不行,我要走,我不愿被杀害。"瑞典人向通往楼梯的门走去,他显然是打算马上到楼上去拿行李。

"别走!"斯库利专横地喊了一声,可是那个面色苍白的人滑过他身边,跑到外边去了。"现在你们说,"斯库利严厉地说,"这到底是什么意思?"

约翰尼和牛仔齐声喊道:"唉,我们根本没有得罪他!"

斯库利的眼睛射出冷峻的光,说:"你们没有得罪他?"

约翰尼赌咒发誓:"唉,我还没有见到过这号难弄的人。我们根本没惹他,只是坐在这儿打牌,他——"

做父亲的突然对着东部人开口了。"布朗先生,"他说,"这两个年轻人搞了啥名堂?"

东部人又想了一阵。"我没觉得有什么不对的地方。"他终于慢慢地说。

斯库利号叫起来:"这到底是什么意思?"他凶狠地瞪着他儿子,"我真想狠狠地抽你,你这崽子干的好事!"

约翰尼委屈得发狂了。"噢,我犯什么法了?"他朝他父亲高声喊道。

三

"哼,我看你们都哑巴了。"斯库利最后对他儿子、牛仔和东部人说,说完这句轻蔑的话,他就离开了房间。

楼上,瑞典人匆匆系上他那大旅行袋。他正好侧背着门,听到门口有声音,猛地转过身,跳了起来,"哇"地喊出声来。斯库利手里拿着一盏小灯,满是皱纹的脸显得非常狰狞。黄色的灯光自下而上,只照出他脸上突起的部分,而其余部分,例如眼睛,则躲在神秘的阴影中,他这样子活像个杀人犯。

"客人,客人!"他喊道,"你疯了吗?"

"我没有疯,我没有疯!"那个人回答道,"别以为别人都没有你懂得多,你懂吗?"

有好一会儿,他们站在那里互相凝视。瑞典人死人般惨白的脸颊上有两块很鲜红的斑,好像是特意涂上去的。斯库利把灯搁到桌上,挨着床沿坐下。他沉思地说:"我的天,我一辈子也没有听说过这样的事。真把我搞糊涂了,我怎么也弄不明白你怎么会有这样的怪念头。"说到这儿,他立时抬起目光,问道:"你真的以为他们要杀害你吗?"

瑞典人审视着这个老人,好像要看透他的心思,终于说:"我真的这样认为。"他显然是担心这个回答会引起斯库利的勃然大怒,所以在拉紧旅行袋的皮带时,他整个胳膊都发颤了,肘部更是抖动得像风中的树叶一样。

斯库利用手在床脚板上引人注意地拍了一下,说:"哎,客人,开了春,我们这个镇上就要开通一条电车路线了。"

"一条电车路线。"瑞典人呆头呆脑地学着说了一遍。

"而且从布罗肯阿姆到这里要修筑一条新铁路，且不说四个教堂和那座挺神气的砖砌大校舍了。对了，还有那座大工厂。哎，两年以后龙珀塞就会成为一个都市。"

瑞典人系好了旅行袋，就直起身体。"斯库利先生，"他突然壮起胆子说，"我该付多少钱？"

"你不用付钱。"老人生气地说，"你不欠我什么。"

"不，我欠你的。"瑞典人边说边从口袋里掏出七角五分，交给斯库利。斯库利却轻蔑地打了个响指，表示拒绝。然而，他们俩都在那儿神情古怪地盯着摊在瑞典人手里的三个银币。

"我不要你的钱。"斯库利终于说，"既然发生了这种不愉快的事，我不要你的钱。"接着他好像有了一个主意。"来这儿，"他喊了一声，捡起那盏灯，向门口走去。"这儿！跟我来，就一会儿工夫。"

"不用了。"瑞典人大惊失色。

"哎，"老人催促道，"来吧！我要你来看一幅照片——过了走廊，就在我房间里。"

瑞典人一定是以为自己的末日到了，他不由得张开嘴巴，像死人一样露出牙齿。他终于像一个钉了脚镣的人似的，拖曳着脚步跟斯库利走过走廊。

斯库利举起灯，照着他卧室墙壁的高处。墙上露出了一张小姑娘的滑稽照片。她倚在一个雕饰华丽的楼梯栏杆上。她梳了一个高高的刘海，蓬松地覆在前额上。她亭亭玉立，身形娴娜，可是照片的颜色却是铅灰色的。斯库利怀着柔情说："这是我已去世的小闺女,她的名字叫嘉莉,她的头发是你能见到的最美的了!我非常喜欢她,她——"

斯库利转过身来,看见瑞典人根本没有看这幅照片,而是戒备地注视着身后的阴暗处。

"客人,你看!"斯库利热心地喊道,"那是我已去世的小闺女的照片。她的名字叫嘉莉。这是我大儿子米歇尔的照片。他在林肯当律师,混得蛮可以。我让他接受高等教育,现在我很高兴,因为我打对了算盘。他是个很好的孩子。看看他现在,办事很有魄力,在林肯很吃得开,成了一位受人尊敬的绅士!一位受人尊敬的绅士!"斯库利神气地挥挥手,说到这儿又高兴地在瑞典人的背脊上重重拍了一掌。

瑞典人怯懦地微笑了一下。

"现在,"老人说,"还剩下一件事了。"他突然趴到地板上,将头伸到床底下。瑞典人听到他在床下闷抑的声音。"要不是约翰尼会偷喝,我就把它放在枕头下边了,还有那个老太婆——咦,到哪儿去了?我每次藏它都得换地方。啊,现在你出来吧!"

他立刻笨手笨脚地从床底下爬出来,拖出一件用旧上衣包裹的什么东西。

"我找到它了。"他喃喃自语道,跪在地板上把旧上衣解开,从中拿出一大瓶黄褐色的威士忌酒。

他做的第一件事便是将酒瓶放到灯光前细看,显然他看出没有人动过这酒瓶就放下心来,接着慷慨地把酒瓶递给瑞典人。

瑞典人软瘫得站不稳了,正急切地伸手想要接住这瓶提神补气的好东西,却突然把手撒开,害怕地向斯库利投了一瞥。

"喝吧！"老人亲切和蔼地说。他已经起来了，面对瑞典人站着。

回答他的是一片沉默。于是斯库利又说了句："喝吧！"

瑞典人狂笑起来。他抓住酒瓶，放在嘴边，可笑地把嘴唇套在瓶口上，咕嘟咕嘟地喝开了，同时眼睛喷着仇恨的怒火，盯着老人的脸看。

四

斯库利走了以后，那三个人还将木板搁在膝盖上，心有余悸地沉默了好一阵。接着约翰尼说："我见过的瑞典人当中，就数他最不是个玩意儿。"

"他不是瑞典人。"牛仔轻蔑地说。

"嗯，那他是哪儿人？"约翰尼喊道，"那他究竟是哪儿人？"

"这是我的看法。"牛仔想了一会儿说，"他大概是什么荷兰人。"根据美国古老的传统，凡是浅色头发，北欧口音重的人，都被称为荷兰人，因此牛仔的看法也未尝没有道理。"唔，先生，"他重复说，"我看，这人准是荷兰人。"

"嗯，不过他说自己是瑞典人。"约翰尼绷着脸气鼓鼓地低声说。他转向东部人说："你的看法咧，布朗先生？"

"哦，我不知道。"东部人回答道。

"哎你想，他怎么会有这种奇怪的举动？"牛仔问。

"唔，他是吓的。"东部人在炉圈上磕着烟斗。

"怕什么呢？"约翰尼和那牛仔大声问道。

东部人沉吟了一会儿，在考虑如何回答。

"怕什么呢？"那两人又大声问道。

"哦，这我可不知道。可是我觉得这人好像看了什么廉价的西部小说，他以为自己置身于小说的境界里——枪杀啊，用匕首刺杀啊什么的。"

"可是，"牛仔说，他大为愤慨，"这里不是怀俄明州，也不是什么西部地区，这里是内布拉斯加州。"

"对啊，"约翰尼也补充了一句，"他为什么还没到西部地区就疑神疑鬼呢？"

走南闯北、见识很广的东部人哈哈大笑着说："就是西部地区情况也和以往不同啦，现在大不一样啦，可是他总以为自己还生活在鬼蜮世界。"

约翰尼和牛仔还在沉思。

"真可笑。"约翰尼终于说。

"确实，"牛仔说，"这真是怪事一桩。我希望不要被大风雪困在这里，要是那样，就得整天和这小子打交道了，真是倒霉。"

"我希望父亲马上把他撵出去。"约翰尼说。

一会儿，他们听到楼梯上响起了沉重的脚步声，同时间杂着斯库利响亮的说笑声和瑞典人明显的大笑声。围着火炉的人都大眼瞪小眼。"我的天！"牛仔说。门突然打开了，爱讲奇闻逸事的斯库利老汉，脸涨得通红，走到房间里来。他在叽叽喳喳地对瑞典人谈着什么，瑞典人跟在他身后，放肆地哈哈笑着，好像两个发酒疯的人刚从宴会厅出来。

"来吧，"斯库利对三个坐着的人尖声地说，"挪挪窝吧，让我们在炉子旁烤一烤。"牛仔和那个东部人顺从地把椅子挪到一边，给新来的人腾出地方。约翰尼却偏偏做出个更懒散的模样，一动也不动。

"喂！让开点。"斯库利说。

"火炉那一边有的是空地方。"约翰尼说。

"你要我们坐在风口啊？"他父亲吼道。

瑞典人大咧咧地插嘴了："好了，好了，让这小伙子坐在他愿意坐的地方吧。"他用一种盛气凌人的口吻对小伙子的父亲嚷道。

"行！行！"斯库利恭敬地说道。牛仔和东部人交换了个诧异的眼色。

五张椅子在炉子的一边排成半圆。瑞典人开口了，他傲慢地、怒气冲冲地用亵渎的语言骂骂咧咧。约翰尼、牛仔和东部人则闷闷不乐，一声不吭。而斯库利老汉好像很喜欢听，不时热切地突然喊一声，表示赞同。

后来瑞典人声称他口渴了，在椅子里移动了一下，说是要倒点水喝。

"我去给你倒。"斯库利立即说。

"不用了，"瑞典人轻蔑地说，"我自己去倒。"他站起来，像屋主人似的昂首阔步地走到旅馆里的登记室。

瑞典人一走到听不见房间里说话的地方，斯库利就跳起来，神情紧张地对其他人耳语道："他在楼上以为我要毒死他。"

"嗨，"约翰尼说，"这家伙真使我讨厌，你为啥不把他撵走？"

"那又何必，他现在好了。"斯库利说，"这只是因为他从东部来,他以为这儿是个无法无天的地方。就是这原因。他现在好了。"

牛仔带着钦佩的神情看着那个东部人,说:"你很直率,你比那个荷兰人强多了。"

"好了,"约翰尼对他父亲说,"你说他兴许好了些,可我看不见得。刚才他是担惊受怕,可现在呢,却又是放肆无礼了。"

斯库利讲起话来,总是混合着爱尔兰和美国西部浓重的方音,还掺杂着一些从小说里和报刊上看来的似规范又出奇的词汇。现在他劈头盖脸地向他儿子说了一大通四不像的话。"我是开什么的?我是开什么的?我是开什么的?"他用炸雷一样的声音问道。他强调似的拍拍膝盖,表示他必须回答自己的问题,要大家好好听着。"我是开旅馆的。"他喊道,"旅馆,你们留心听着。到我这儿来的旅客都有神圣的权利。谁也不能胁迫他。谁也不能乱说话,让他听了就想走。我不答应。这镇上不能有一家旅馆说,收下了因害怕而离开咱们店的旅客。"他突然转过身来,朝着牛仔和东部人说:"我说得对吗?"

"对的,斯库利先生。"牛仔说,"我认为你说得对。"

"对的,斯库利先生。"东部人也说,"我认为你说得对。"

五

六点钟吃晚饭的时候,瑞典人风风火火、神气活现。他有时好像高兴得要乱唱,在斯库利的放纵下,他越发疯狂了。东部人沉默无语。牛仔诧异得张大了嘴，忘记了吃饭。约翰尼则怒气冲冲地把整盘整盘的食物都吃了个精光。老板的女儿们来添软饼的时候，就像印第安人一样小心翼翼，她们掩盖不住惊惶，把软饼放到桌上以后便赶快溜走。瑞典人在晚饭桌上飞扬跋扈（hù），好像暴君在狂饮作乐。他似乎突然间变得高大起来。

他蛮横无理、旁若无人地瞪着每个人。他大声说话，声音响彻整个房间。有一次他用叉子去叉软饼，用力之猛就好像在用鱼叉一样，正好东部人也悄悄地伸手拿软饼，他差点儿把东部人的手背戳个窟窿。

晚饭后，大家鱼贯而出，到另一房间去休息。瑞典人在斯库利肩膀上狠拍了一下，说："哎，老小子，这顿晚饭挺丰盛啊！"约翰尼满怀希望地看着他父亲，他知道他父亲那个肩膀摔伤了，伤口还没有完全愈合。果然，有一会儿斯库利看样子就要发作了，可是最终他还是捺住性子，苦笑了一下，没有吱声。其他人都明白，他默认，都怪自己纵容，瑞典人才这样飞扬跋扈。

约翰尼把他父亲拉到一边说："你干脆还是让人把你踢下楼梯吧。"斯库利瞪了他一眼，算是回答。

他们围坐在炉旁，这时瑞典人坚决要求再来一局"五大张"。起初斯库利不赞成这么做，可是瑞典人睁着像狼一样的眼睛怒视着他。于是老人妥协了。瑞典人又叫其他人参加。他的声音里带着威胁的意味。牛仔和东部人冷淡地表示，玩玩也可以。斯库利说他马上要去接六点五十八分那趟列车下来的旅客。于是瑞典人就威胁地看着约翰尼。有一会儿他们的目光短兵相接似的碰到一起了。接着约翰尼冷笑了一下："好，参加就参加吧。"

他们坐成了一个方阵，把那块小木板放在膝盖上。东部人又和瑞典人搭档。在牌戏的过程中可以看出，牛仔不再像以往那样摔牌了。同时，斯库利戴上了眼镜，模样很奇怪，好像个老神父在灯下阅读报纸。一会儿后，他按时出去，迎接六点五十八分的那趟列车。尽管他很小心，一开门，一阵从北极刮来的寒风还是回旋着卷到室内，不仅把纸牌吹散到地上，还使打牌的人感到寒冷彻骨。瑞典人用不干不净的语言咒骂了一通。斯库利回来的时候，吹进来的冷风把室内友好舒适的场面又破坏了。瑞典人又咒骂了一通。可是不久他们又专心起来，头向前俯，手迅速地移动。现在是瑞典人在摔牌了。

斯库利拿起了报纸，有好长一段时间都沉浸在与他毫无关系的事件中。

灯光不太亮，他放下报纸调整灯芯，然后再次拿起，从一页翻到另一页，报纸发出缓慢而悦耳的沙沙声。突然，有三个可怕的字眼跳进他耳朵里："你偷牌！"

这种龃龉的场面往往证明，环境本身所能提供的戏剧性很少。任何房间都可以成为悲剧的场所，任何房间也可以成为喜剧的舞台。现在这个简陋的房间变得像拷问室一样阴森可怖。这些人脸色都变了，房间里的气氛也立刻变了。瑞典人扬起了大拳头，在约翰尼的脸上晃来晃去，约翰尼镇静地坐着，那个谴责他偷牌的人越过自己的拳头，用满是怒火的眼睛瞪着他。东部人吓得面无血色。牛仔的嘴巴合不拢了，露出像牛一样迟钝惊异的神色（这是一个他特有的表情）。瑞典人喊出"你偷牌"三个字以后,房间里的第一个声音,就是斯库利失手让报纸落到脚下的声音。他的眼镜也从鼻子上滑下来,幸亏他发觉了,赶紧一把抓住。这会儿,他手拿着眼镜尴尬地悬在肩膀附近,直瞪瞪地盯着那几个打牌的人。

也许沉默的场面只维持了一秒钟,接着(即使地板突然从他们脚下抽掉,他们的动作也不会那么快)五个人飞速奔向一个地方。约翰尼站起来扑到瑞典人身上,他奇怪的本能驱使他护住那块木板和纸牌,但不慎绊了一下。就在这稍微迟缓的一瞬间,斯库利赶到了。也是在这当儿,牛仔狠狠地推了瑞典人一把,使他跟跟跄跄地退了几步。这时每个人的嗓子里都突然发出了沙哑的喊声——有狂怒的声音,有呼吁求助的声音,有惊悚的声音——七嘴八舌地嚷成一片。牛仔发狂似的推搡瑞典人,东部人和斯库利则拼命抱住约翰尼。尽管拉架人摇摇晃晃地要挡住他们,两个争吵的人还是透过烟雾腾腾的空气,不停地搜寻对方,誓要一决高下。他们的眼睛像烧红的钢铁一样,喷出了灼热的怒火。

那块木板当然被打翻在地,现在全副纸牌都撒在地板上,肥胖的、涂脂抹粉的国王和王后们睁着愚蠢的眼睛,仰视着这场战斗,人们的皮靴无情地踩下来,把它们践踏得一塌糊涂。

斯库利的声音把大家的声音都压倒了:"喂,停下!我说,停下!喂!"

约翰尼拼命挣扎,想冲出斯库利和东部人所形成的包围圈,一个劲儿叫嚷:"好,他说我偷牌!他说我偷牌!我不让任何人说我偷牌!他既然说我偷牌,他就是——!"

牛仔在对瑞典人说:"算了,哎!算了,你听见——"

瑞典人的嘶喊一刻也没有停止:"他偷牌了!我看见的!我看见的——"

至于那个东部人,他在不断地央求,可是声音太小,谁也没有注意:"别吵了,行不行?哎,别吵了。为了打牌干架有什么好处?别吵了——"

在这场混乱的喧哗中,没人能听清任何完整的句子。"偷牌"——"算了"——"他说"这几个零星字眼,穿透了喧嚣的声音,显得特别响亮。值得注意的是,虽然斯库利无疑是喊得最响的,但在这些乱糟糟的声音中间却是最听不清楚的。

突然,这支狂闹的乐曲全部停下来,好像每个人都缓过气来,虽然这房间中还燃烧着大家的怒火,但是可以看出并没有一触即发的危险。约翰尼立刻用肩膀向前挤,几乎挤到了瑞典人的面前,他愤怒地说:"你说我干啥要偷牌?你说我干啥要偷牌?我没有偷牌,我也不准谁说我偷!"

瑞典人说:"我看见你偷了!我看见你偷了!"

"好,"约翰尼喊道,"谁说我偷,我就和谁拼了!"

"不,你不能,"牛仔说,"不能在这儿。"

"哎,静下来,行不行?"斯库利跑到他们当中说。这时大家稍微安静了些,可以听见东部人的声音了。他一再重复:"哦,别吵了,行不行?为了打牌干架有什么好处?别吵了!"

约翰尼红通通的脸庞从他父亲的肩膀后面露出来,他又向瑞典人喊:"你说我偷牌?"

瑞典人咬牙切齿:"对,我说了。"

"好,"约翰尼说,"我们非武力解决不可。"

"打吧!"瑞典人吼道,他像恶魔一样,"打吧!我要让你看看我的厉害!我要让你看看你是在和谁干架!你当我不会打架啊!你当我不行啊!我要让你看看,你这个骗子,你这个偷牌鬼!对,你偷牌!你偷牌!你偷牌!"

"好,来干吧,先生。"约翰尼冷冷地说。

牛仔竭力阻拦打架,眉毛上都渗出汗珠了。他绝望地转向斯库利,问道:"你现在打算怎么办?"

这个老人凯尔特人[1]式的脸庞终于变了色,现在他显得非常热切,他的眼睛炯炯发光。

"让他们打吧。"他没有犹豫地回答,"我再也忍受不了啦。我实在是受够这个该死的瑞典人了。让他们打吧。"

六

大家准备走出去。东部人紧张不安,以至于他拿上新皮外衣,打算把臂膀伸进袖子里去,套了好一会儿也套不进去。牛仔把毛皮帽罩到耳朵上的时候,两只手直打哆嗦。事实上只有约翰尼和斯库利老汉没有露出激动不安的神色。这些准备步骤都是在沉默中进行的。

---

[1] 凯尔特人:公元前1000年居住在欧洲莱茵河、塞纳河和多瑙河流域的部落集团,公元前4世纪开始受罗马人和日耳曼人攻击,渐渐衰亡。其后裔现在散布于法国北部和爱尔兰、苏格兰、威尔士等地。

斯库利把门打开。"好，来吧。"他说。立时，一阵可怕的飓风使煤油灯灯芯上的火焰闪跳欲灭，玻璃罩顶部霍地冒出一团黑烟。炉子正好在风道的中部，立刻哄哄地响起来，和风吼的声音不相上下。有几张涂满泥污的纸牌被风从地板上卷起，随风势直撞到墙上。大家低下头冲到风暴里，就像弄潮的人跳进海浪里一样。

现在天上没有下雪，可是狂暴的风把地面上的雪片卷得飞起来，大片的雪旋转着满天飞舞，并以枪弹的速度向南方疾飘而去。极目四望，到处都是盖着雪的地面，发出像神秘可怕的缎子似的蓝色光泽，只有在低处，黑黝黝的火车站那儿落着一星微光，好像一小颗宝石。人们跌跌撞撞地踏入深可及膝的雪堆中，这时大家听出瑞典人在高声喊嚷着什么。斯库利走到他面前，一只手搁在他肩膀上，侧着耳朵。"你说什么？"他喊道。

"我说，"瑞典人又高声叫喊道，"好汉难敌四拳，我打不过你们这一帮子。我知道你们要一齐上。"

斯库利谴责地在他臂膀上狠拍一下。"啧！伙计！"他喊道。一阵风把斯库利的话从他唇边扯得粉碎，撒到远远的下风处。

"你们都是一伙——"瑞典人用深沉的声音喊，可是风暴又把他的下半句话攫走。

他们立刻转过身来，背着风，拐过屋角走到旅馆背风的一边。这座小屋，在风雪弥漫之中保存了一块不规则的 V 字形草地，上面蒙着厚厚的冰壳，人踩在上面，脚下发出咯吱咯吱的碎裂声。可以想象屋子向风的一边已堆积起老高的雪。这一群人来到这个比较安静的地方，发现瑞典人还在吼叫。

"哦，我知道是怎么回事了！我知道你们会一齐上。我好汉难敌四拳！"

斯库利像豹子一样冲着他喊："你用不着和我们全体干。你只要和我儿子对着干。谁要插手的话，我来对付他。"

很快一切安排妥当。两个人面对面站立，等待斯库利的严厉命令。在昏暗的、难以捉摸的光影中，他显露出一张冷漠严峻的面孔，好像从画里走出来的古罗马老兵。

东部人牙齿嗒嗒地打战，像一个机器玩偶似的上下蹦跳。牛仔则如岩石般地屹立着。

要角斗的两个人一件衣服也没有脱，都穿着平时的服装。他们的拳头举起来了，安详冷静中隐隐透露出狮子般的残忍。

在这个停歇的空当，东部人好像拍摄电影一样，把三个人的形象——冷静自若的裁判；面色苍白、一动不动、神情可怕的瑞典人；安详中寓有凶猛，英勇中透着杀气的约翰尼——都难以磨灭地留在自己的记忆里。

整个序幕比角斗本身更富有悲剧意味，暴风雪卷着翻腾哀号的雪片向南方黑暗的深渊驰去，发出呜呜的呼啸声，使这个场面显得越发阴森恐怖。

"开始！"斯库利说。

两个角斗者跃起身来向对方扑去，像公牛一样砰地撞到一起，紧接着可以听到一下一下沉闷的拳击声。

至于观战的人，东部人屏住呼吸，本来在准备阶段显得非常紧张，现在却宽慰地舒了口气；牛仔厉声叫喊了一下，蹦了起来；斯库利看到自己同意并一手安排的这场搏斗是如此猛烈，也感到十分惊异和害怕,站在那儿呆若木鸡。

有一会儿,旁观者感到这场黑暗中的交手只是胳膊乱挥,拳头骤密地乱打,就好像飞快旋转的车轮一样,看不清任何细节。偶尔,好像是被闪光突然照亮了似的,他们眼前显露出一张涂着粉红色血迹的、像鬼一样可怕的脸,一会儿又隐没了。要不是搏斗的人不由自主地低声发出切齿的诅咒,其他人真会把他们当成幽灵。

突然牛仔杀心顿起,像脱缰的野马似的向前奔驰,一边喊道:"加油,约翰尼!加油!揍死他!揍死他!"

斯库利挡住他的去路。"回来。"他说。牛仔看到他的目光,知道这人是约翰尼的父亲。

东部人对这场单调的搏斗感到厌恶,现在他的意识集中到一点上——他巴不得这场好像没完没了的混战快点结束,这是他非常渴望的。搏斗者一度东倒西歪地打到他面前来了,他急忙向后退缩,听到他们像绞刑架上的受刑者一样痛苦地喘气。

"揍死他,约翰尼!揍死他!揍死他!"牛仔的脸歪扭得变了形,好像博物馆里陈列的痛苦面具一样。

"冷静些。"斯库利冷冰冰地说。

突然一声响亮的"哦唷"传来,没有发完就戛然停止了,约翰尼的身体从瑞典人旁边飞出去,发出一声使人作呕的闷响,重重地摔倒在草地上。瑞典人发疯似的正要向俯伏在地上的对手扑去,牛仔急忙赶来阻止他。"不行,你不能这样。"牛仔说,伸出臂膀拦住他,"等一会儿。"

斯库利站在他儿子身边。"约翰尼,我的孩子!"他的声音带着悲哀而亲切的调子,"约翰尼!你还能坚持下去不?"他焦灼地俯视着他儿子血肉模糊的脸。

沉寂了片刻,约翰尼用他平时的声音回答:"能,我——能行。"

他在父亲的搀扶下挣扎着爬起来。"稍微歇一下,等你缓过气来。"老人说。

几步之外牛仔在严责瑞典人:"不行,你不能这样!等一会儿!"

东部人扯着斯库利的袖子。"哦,够了!"他恳求道,"够了!就此结束吧,够了!"

"比尔,"斯库利说,"闪开,让出路来。"牛仔站到一边。"开始!"

两个搏斗的人小心翼翼地重新投入战斗。他们怒目相视片刻,突然瑞典人以全身的力量做出闪电式的一击。约翰尼显然身体虚弱不支,感觉有些迟钝,可是他奇迹般地躲开了这一击,接着猛力一拳把失去平衡的瑞典人打翻在地。

牛仔、斯库利和东部人像得胜的军队似的,呐喊喝彩起来。可是喊声未落,瑞典人就敏捷地一骨碌爬起来,狂暴地向他的劲敌冲过去,于是双方又是一阵拳如雨下。约翰尼的身体再次飞了出去,像一个大包裹从屋顶上落下那样沉重地摔到地上。瑞典人立刻蹒跚地跑到一棵在风中摇摆的小树旁,倚在上面,像蒸汽机一样喘着粗气,他野蛮、冒火的眼睛在俯视着约翰尼的三个人脸上转来转去。这时他作为得胜者,处于一种孤独而显赫的地位。东部人把目光从躺在地上的人身上抬起来,望见那个神秘而孤独的身影正站立等待着,感到他有些威风凛凛的气概。

"你还能支撑住吗,约翰尼?"斯库利用沮丧衰弱的声音问道。

他的儿子上气不接下气,倦怠地睁开眼睛,一会儿后回答道:"不行——我——再也——支撑不住。"接着他由于羞愧和身体疼痛而哭泣起来,眼泪顺着脸上血迹的沟纹流淌下来。"他——太——太——厉害,——我——不是——对手。"

斯库利挺直身体,招呼那等待的身影。"先生,"他心平气和地说,"我们这边输了。"接着他的声音像人们宣布惨痛消息时那样变得颤抖沙哑了:"约翰尼被你击败了。"

得胜者没有答复,径直向旅馆前门走去。

牛仔用他那新造的、无法用文字复述的词,骂着亵渎神明的话。东部人惊异地发现,他们站在旷野上,这儿的风仿佛来自阴暗的北极浮冰,向他们无情地刮来。他又听见雪花向南方坟墓飞去时发出的哀嚎。他现在才察觉到寒气越来越深地钻进他的身体,使他寒冷彻骨。他感到奇怪,自己居然没有冻死。他对失败者的情况漠不关心。

"约翰尼,你能走动吗?"斯库利问道。

"我把他——揍伤了吗?"儿子问道。

"你能走吗,孩子?你能走吗?"

约翰尼的声音突然变得坚强了,他执拗而不耐烦地问道:"我问你,我把他揍伤了没有!"

"是的,揍伤了,约翰尼,"牛仔宽慰他,"你把他揍得很惨。"

他们把他从地上扶起来。他一站起身,就断然拒绝别人搀扶，跟跟跄跄地走去。这几个人一拐过屋角，猛烈翻腾的雪雾就向他们扑过来，弄得他们什么也看不清了。雪花像火一样灼烧着他们的脸庞。牛仔挽着约翰尼，在雪堆里高一脚低一脚地向门口走去。他们一进门，几张纸牌又从地板上飞起来，猛扑到墙上。东部人向火炉奔去。他实在冻得够呛，恨不得把炽燃的火炉拥抱住。瑞典人不在房间里。约翰尼一屁股坐到椅子上，双臂交叠在膝盖上，俯身把头埋到臂弯里。斯库利在炉盘边，先暖暖这只脚，再暖暖另一只，带着凯尔特人式的悲哀喃喃自语。牛仔把毛皮帽脱下，带着悔恨而迷惘的神色，抬起手来抓着蓬乱的鬈发。他们听得见头顶上的楼板咯吱作响，那是瑞典人在自己房间里沉重地来回踱步。

悲哀的沉默被打破了，通往厨房的门突然打开，紧接着闯进来几个妇女。她们喊喊喳喳、哀痛地数说着，扑到约翰尼身边。她们把他抬到厨房去，给他冲洗伤口，并拿出了妇女们的看家本领——纷至沓来的安慰和责骂糅合在一起。母亲挺直了身体，用严厉谴责的目光盯着斯库利老汉。"真丢脸，帕特里克·斯库利！"她喊道，"还是你的亲生儿子。真丢脸！"

"算了！静下来，算了！"老汉虚弱地说。

"真丢脸，帕特里克·斯库利！"闺女们被母亲的这句口号鼓动起来，也齐伙儿朝那两个发抖的同谋犯——牛仔和东部人嗤之以鼻。不久，她们把约翰尼抬走了，撇下这三个人郁闷地沉思着。

七

"我要跟这个荷兰人干一架。"在很长的沉默后,牛仔开口了。

斯库利哀伤地摇摇头说:"不,这样不行,这样做不对,这样做不对。"

"嗯,怎么不对呢?"牛仔争辩道,"我看不出有啥不好。"

"不,"斯库利带着战败英雄的悲哀气概,"这是约翰尼和他之间的搏斗,咱们不能因为他揍了约翰尼就去揍他。"

"是,你讲得对。"牛仔说,"可是——他最好别在我面前放肆,我可不吃他那一套。"

"你别跟他提一个字。"斯库利命令道。就在这时,他们听见瑞典人从楼梯上下来的脚步声。他的入场挺戏剧化,他把门砰的一声猛然拉开,大摇大摆地走到房间中央。"哎,"他目空一切地对斯库利喊,"我想你现在该告诉我欠你多少钱了吧?"

老人迟钝地说了句:"你啥也不欠我。"

"嗬!"瑞典人说,"嗬!啥也不欠。"

牛仔向瑞典人讲话了:"外地人,我不明白你咋会这么神气?"

斯库利老汉立刻警惕起来。"住口!"他喊道,他伸起手来,手指向上做了个禁止讲话的手势,"比尔,你住口!"

牛仔漫不经心地向锯屑箱里吐了口唾沫。"我一句话也没说,我说了吗?"他问道。

"斯库利先生,"瑞典人和他打招呼,"我欠你多少钱?"他把衣服都穿上了,手里拎着旅行包,能看得出是准备离店的样子。

"你啥也不欠。"斯库利还是那样不动声色,重说了一遍。

"嗬！"瑞典人说，"我想你说得对。我想，要说谁欠谁的话，你倒是欠我的账。我是这么想的。"他转过身来朝着牛仔。"揍死他！揍死他！揍死他！"他学牛仔的腔调说了一遍，接着发出得意的狂笑。"揍死他！"他带着讽刺的神气，笑得前仰后合。

可是他好像在嘲笑死人，那三个人都一声不吭，一动不动，用呆滞无神的目光凝视着火炉。

瑞典人打开门，走到暴风雪中，临走前回过头来嘲弄地瞅了那几个静止不动的人一眼。

门刚关上，斯库利和牛仔就跳起来开始咒骂。他们践踏着地板走来走去，挥舞臂膀，用拳头砸着空气。"啊，刚才那会儿真受不了，"斯库利带着哭腔说道，"那会儿真受不了！他在这儿斜着眼嘲笑！那一会儿我愿意出四十块钱叫谁照他的鼻子砸一拳！你怎么忍受过来的，比尔？"

"我怎么忍受过来的？"牛仔颤抖着声音说，"我怎么忍受过来的？哦！"

老人突然用爱尔兰人的土腔讲开了："我道（倒）想蛇（收）拾那个瑞店（典）人，"他带着哭腔说道，"我要把他帅（摔）到石半（板）地上，用昆（棍）子把他揍个稀怕（巴）烂！"

牛仔同情地哼了一声。"我倒想抓住他脖子，狠狠捶一顿。"他一边说一边用手在脖子上重重拍了一下，好像放手枪一样响，"揍死这个荷兰鬼，叫他自己都分不出是他本人，还是一条死狼！"

"我要揍他个……我要叫他知道离（厉）害……"

于是他们恨得牙痒痒地、发疯似的齐声喊："哦——哦！要是能够……"

"是啊！"

"我就要……"

"哦——哦！"

八

瑞典人牢牢地拎着旅行包，冒着暴风雪，好像挂起了风帆的船似的，抢风换向。他顺着一溜枝丫光秃、痉挛地摆动的小树慢行着，因为他明白，那排树标志着一条路。他的脸刚挨了约翰尼几拳，在风雪里一吹，感到不怎么疼，反倒有点舒服。他的面前终于隐隐呈现出许多方形的影子，他知道这是龙珀塞镇中心区的房屋了。他找到一条街，顺着走去，当走到街角，吹来一阵狂风时，他就用力地顶着风，挣扎着走去。

他好似走在一个没有人迹的村庄里。我们想象世界上充满了得意的征服者，可是在这里只能听到风暴的怒号声，很难想象这是人居住的地方。人好像某些虫豸(zhì)，依附在一个不停旋转、由着日晒、冰封、疾病蔓延、迷失在宇宙中的球体上，能够幸存下来，也真是值得赞叹的奇迹。这场暴风雪，就充分显示出人类不屈不挠、在险境中挣扎求生的顽强生命力。瑞典人找到了一间酒吧。门前一盏红灯在风雪中傲然地燃烧着。只要飞进这盏灯所照耀的光圈里，任何一片雪花都会变成血红的颜色。

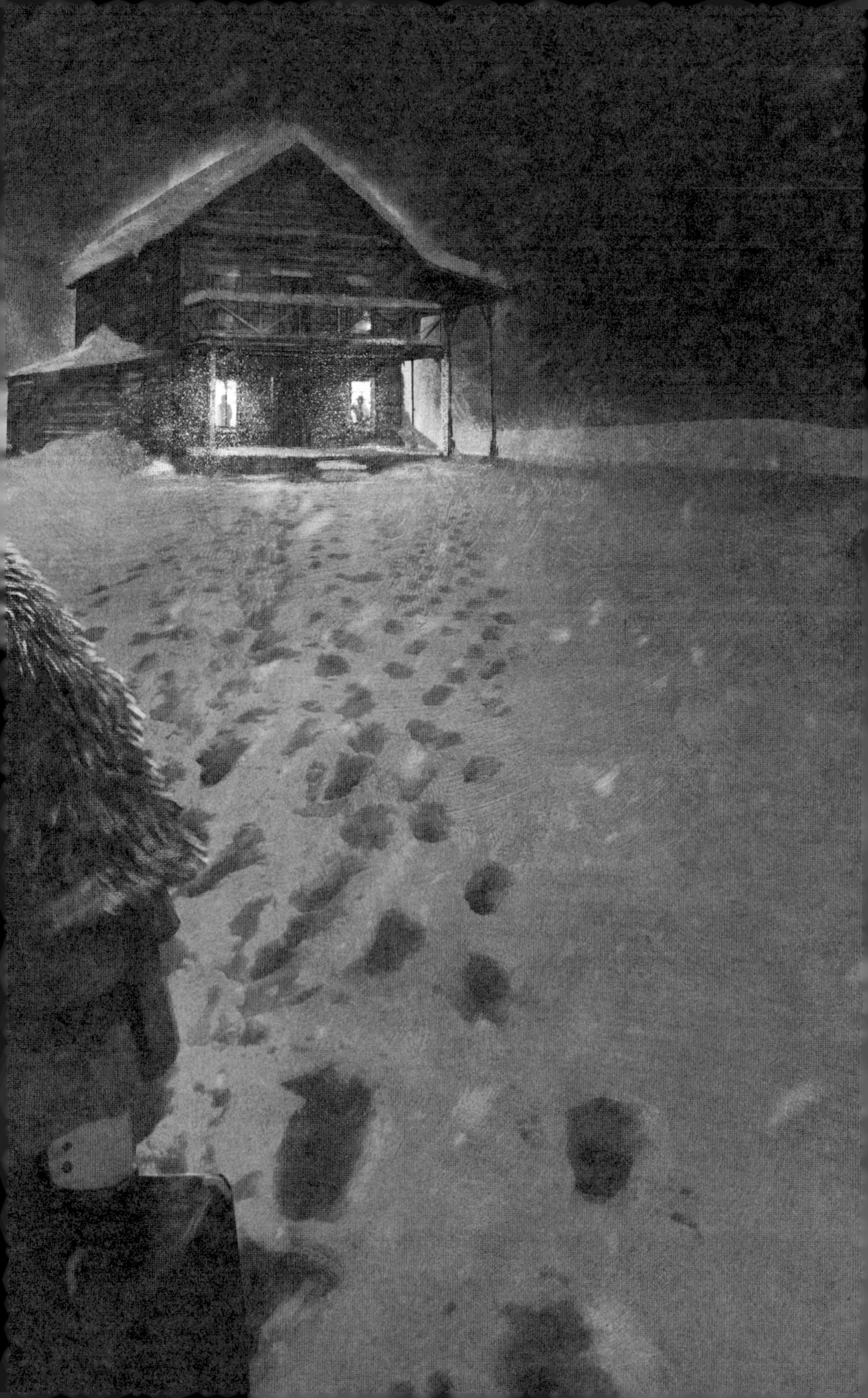

瑞典人推开酒吧的门,走了进去。他面前的地上铺了一大片细沙,尽头有四个人坐在一张桌子旁边饮酒。屋子的一侧安置着一排光泽鉴人的柜台,老板的臂肘搁在柜台上听那桌上的人讲话。瑞典人把旅行袋放在地板上,向酒吧的老板友好地微笑了一下,说道:"请你拿瓶威士忌。"那人取了一瓶威士忌、一只玻璃杯和一杯冰水,放在柜台上。瑞典人倒了好大一杯威士忌,仰起脖子,三口就喝完了。"今夜天气很糟。"酒吧老板冷漠地说了句。他装作不看面前的人(这是他们这号人的特点),其实不难看出他在偷偷地审视瑞典人脸上没有擦净的血迹。"今夜天气很糟。"他又说了一遍。

"啊,我觉得够好的了。"瑞典人又给自己掇了一点威士忌酒,粗鲁地说。酒吧老板拿起他的钱币,投进他那镀镍的、银光闪亮的收款机里去。铃响了,于是一张印着"二角"字样的纸片出现了。

"不,"瑞典人继续说道,"天气不太糟,我觉得够好的了。"
"是吗?"酒吧老板懒洋洋地嘟囔道。

瑞典人一口一口地喝了不少酒,他的眼睛发花,呼吸也有点困难。"是的,我很喜欢这天气,我喜欢它,它适合我的性格。"显然他打算赋予这句话一些深刻的言外之意。

"是吗?"酒吧老板又嘟囔了一句。他转过脸,恍恍惚惚地看到柜台后面有好几块镜子,这些镜子上用肥皂水涂着像涡卷的鸟和像鸟的涡卷。

"嗯,我还想喝点,"瑞典人一会儿说,"你也来点儿吧?"
"不,谢谢,我不喝。"酒吧老板说。随后他问了句:"你的脸怎么弄伤了？"

瑞典人立刻咋咋呼呼地吹开牛了。

"噢，是打架时碰伤的。我在这儿的斯库利旅馆里把一个家伙打得灵魂出了窍。"

在桌旁坐着的四个人终于提起了兴趣。

"是谁？"其中一个问道。

"约翰尼·斯库利，"瑞典人大声夸口道，"旅馆老板的儿子。他得有好几个星期半死不活。我可以告诉你们，他起不来了，他们把他抬进了屋。喝点酒吧？"

一听这话，这几人的神色发生了微妙的变化，又变得冷淡起来。"不，谢谢。"其中一个说。这几个身份不同的人，不知怎么奇怪地凑在了一起。两个是当地商人，一个是地方检察官，另一个是所谓老滴克[1]的职业赌棍。可是你即便仔细观察，也很难把那个赌棍和其他三位有体面职业的人区别开来。

实际上他在上流社会中举止很文雅，他诈骗钱财的时候，选择对象也很审慎，因此在那镇上的男子汉们提起他来，都直接表示对他又信任又钦佩。大家都称他为有良好教养的人。他干的这一行使人害怕又受人鄙视。正是这个原因，他装出的气派比一般的鞋帽商人、台球记分员、食品杂货店的店员要大得多。这个赌棍诈骗钱财的对象除了个别着实不警觉的铁路旅客以外，都是那些年迈鲁莽的农民。他们卖了庄稼有了钱，便带着骄傲的神气，愚蠢透顶地驱车到镇上来，这时候他便引诱他

---

[1] 老滴克：流氓切口，即老手。

们赌博。龙珀塞镇上的头面人物，听到谁拐弯抹角地提起哪个乡巴佬被骗走了钱，总是轻蔑地撇撇嘴嘲笑受害者。如果说，他们想到了这只恶狼，也只是想到自己有智慧，有胆识，这个骗子绝对不敢到他们身上来动土，并为此感到沾沾自喜罢了。此外，有传说说这个赌棍在郊区有一座体面的住宅，有个正式的妻子和两个正式的孩子，过着模范的家庭生活。每逢谁稍微提到他的暧昧举止时，大家就立即煞有介事地谈到他在家庭生活中是多么有德行，多么规矩。物以类聚，人以群分，过着模范家庭生活的人，显然要比家庭生活很糟的人高尚啰，那还有什么说的呢。

同时，当他受到限制时——例如，当新成立的"蝌蚪俱乐部"里一些有势力的会员不容许他在俱乐部里（哪怕是作为一个参观者）露面时——他也是豁达大度地服从人家的决定，因此许多反对他的人也消除了对他的敌意，而他的朋友们对他就更加支持了。他总是有自知之明，能爽快地承认自己和龙珀塞镇上受尊敬的头面人物是有区别的，他这种坦率的态度，实际上一直受到普遍的赞许。

另外，也不得不提一个基本事实——他在龙珀塞镇享有很高的社会地位。除了他从事的赌博职业以外，在处理人与人之间普遍、永恒存在的一切事务时，这个诈取钱财的赌棍却很慷慨、大度、公正、有道德，这点无可辩驳。和他相比，龙珀塞镇上有十分之九的居民在这方面都望尘莫及。

这天晚上，他凑巧跟当地两个闻名的商人和地方检察官一起坐在酒吧里。

瑞典人继续喝不掺水的威士忌酒,一边喋喋不休地跟酒吧老板说话,一边劝诱他饮酒:"来吧,喝一杯。来吧,怎么——不?嗯,那么少喝一点吧。老天爷作证,我今儿晚上把一个人揍扁了,我想庆贺一下。我把他美美地揍了一顿,先生们。"瑞典人向桌旁坐的几个人喊道,"喝一杯吗?"

"嘘!"酒吧老板说。

坐在桌旁的那一伙人虽然也在暗中观察,却装作谈得起劲,没有注意瑞典人。可是这会儿其中有一个人抬头向瑞典人看了一眼,简短地说了句:"谢谢,我们不想再喝了。"

瑞典人听到这个回答,像公鸡竖起羽毛般傲慢地挺起了胸脯。"好!"他大发雷霆,"看来这个镇上竟找不到一个人陪我喝一杯。是吗?好!"

"嘘!"酒吧老板说。

"喂!"瑞典人咆哮道,"你不用阻止我说话。我不吃这一套。我是个绅士,我现在要人陪我喝酒。现在——懂吗?"他用手指关节把柜台叩得笃笃响。

多年做买卖的经历使酒吧老板对这种事情有些麻木不仁了。他只是绷起脸。"我听见了。"他回答道。

"好,"瑞典人喊起来,"那么,好,听着!看见那边几个人了吗?好!他们都会来陪我喝酒,你别忘了。现在你瞧好了。"

"嘿!"酒吧老板嚷起来,"这是不行的!"

"为啥不行?"瑞典人问道。他高视阔步地走到那桌旁,随便把手搁在那个赌棍的肩膀上。"怎么样?"他怒气冲冲地说,"我请你陪我喝酒。"赌棍只是把头扭过来说:"朋友,我不认识你。"

"浑蛋！"瑞典人回答道，"过来喝一杯。"

"喂，你这人，"赌棍和气地劝他，"别把手搁在我肩膀上，走开，办你自己的事去吧。"他身材瘦小，听他用这种大咧咧的口气对那结实魁梧的瑞典人讲话，委实令人奇怪。桌旁的其他人都一言不发。

"什么？你不肯陪我喝酒？你这个小花花公子！那我倒偏要叫你喝！偏要叫你喝！"瑞典人疯狂地抓住赌徒的喉咙，把他从椅子上拽起来。其他人跳起来，酒吧老板绕过柜台的尽头奔过来。在喧哗骚乱中忽见赌徒手中亮着一把长刀，倏地向前捅去，于是一个人的躯体——这德行、智慧和力量的堡垒，立刻就像西瓜那样轻易地被剖开了。瑞典人惊吓而痛苦万分地惨叫一声，倒下了。

两个闻名的商人和那个地方检察官一定是马上向后摔倒了。酒吧老板发现自己软弱无力地靠在一把椅子的扶手上，呆呆地瞪视着那个凶手的眼睛。

"亨利，"凶手把刀子在柜台横档下挂着的一条毛巾上擦了擦，"你告诉他们到哪里找我，我在家里等他们。"说完就跑到门外，消失无踪了。一会儿后，酒吧老板跑到街上，冒着暴风雪，大声呼救并喊人来帮他。

瑞典人的尸体孤零零地躺在酒吧的地上，眼睛呆滞地瞪着现金收款机上边可怕的题词："这里记录着你购物的总额。"

九

几个月后的一天，靠近达科他州边境的一个小牧场里，牛仔正在炉子上煎猪肉，这时屋外传来一阵急促的马蹄声。不久，东部人带着信件和报纸走进屋来。

"唉！"东部人一进门就说，"杀死瑞典人的那个凶手被判了三年徒刑。判得太轻了吧？"

"是吗？三年？"牛仔把煎锅搁稳，陷入了沉思，"三年，判得轻了。"

"嗯，这个判决太轻了。"东部人解开靴上的踢马刺说道，"看起来龙珀塞镇好多人都为他说话。"

"要是那个酒吧老板是个好样的，"牛仔沉思地说，"他一开始就该走过去用酒瓶在那荷兰人头上猛敲一下，这样也就不会发生那件凶杀案了。"

"是啊，啥样的事都可能发生。"东部人刻薄地说。

牛仔又把煎猪肉的锅搁到火炉上，他还在继续发表他的哲学宏论："可笑，是吗？要是他没有说约翰尼偷牌，他这会儿还活着呢。他实在傻透了。而且那场牌是打着玩的，又不是赌输赢的，我相信他是疯了。"

"我真为那个赌棍感到遗憾。"东部人说。

"啊，我也是。"牛仔说，"他杀了那个人，判了刑，真是太划不来了。"

"要是一切都顺当的话，那个瑞典人也不会被杀。"

"不会被杀？"牛仔喊起来，"一切都顺当？他说约翰尼偷牌，他的所作所为就像一头蠢驴，然后又在酒吧胡闹。他简直是自己去送死，那不是明摆着活得不耐烦吗？"牛仔说这话的时候向东部人吹胡子瞪眼，这使东部人勃然大怒。

"你是个笨蛋！"东部人恶狠狠地喊道，"你比那个瑞典人还要蠢一百万倍。现在让我告诉你一件事，让我告诉你，听着！约翰尼就是偷牌了！"

"约翰尼？"牛仔茫然地说。沉默了一分钟后，他坚定地说："什么？不会吧。那场牌是打着玩的。"

"不管是不是打着玩的，"东部人说，"反正约翰尼是偷牌了。我看见了。我知道。我看见了。当时我没有勇气站起来说句公道话。我让瑞典人独自与约翰尼搏斗。而你呢——你简直是盛气凌人地逼着他打了起来。斯库利本人也是的！我们几个人都有份。这个可怜的赌棍连名词也不是，他只是一种副词。每件罪案都是大家合谋的结果，咱们五个人都是凶杀这个瑞典人的同谋犯。通常每件凶杀案，总和十几个到四十个妇女有牵连。可是这桩凶杀案里好像只有五个男的——你、我、约翰尼、斯库利老汉；那个不幸的、愚蠢的赌棍只是在事态发展的最高潮才出场，结果承受了全部的惩罚。"

牛仔的自尊心受到了伤害，他对这神秘的理论根本不理解，只是盲目地、倔强地喊道："啊，同谋犯！我什么也没有干，我干了吗？"

（1898年）

三怪客

托马斯·哈代
（1840—1928）

英国诗人、小说家。1910年获得英国文学成就奖。继承和发扬了维多利亚时代的文学传统——批判现实主义，晚年凭借诗歌开拓了英国20世纪的文学。著有《德伯家的苔丝》《无名的裘德》《卡斯特桥市长》等。

英国的农业区，往往经历几个世纪，地貌也很少改变。这些区域颇有特色，例如英国的西部和西南部某几个郡有许多高旷草原（也有叫山坡峡谷或是牧羊地的），占很大面积，荆豆属植物丛生，野草郁郁芊芊，荒无人烟，满目萧然，唯一的人迹只有牧羊人孤零零的茅屋。

五十年前，在一处高旷草原上，有这样一间孤零零的茅屋，也许至今还在。这地方虽离城不远，却显得异常偏僻，尽管经实地测量，它离郡城不过三英里，然而这三英里尽是坎坷不平的山地。长年累月，气候恶劣异常，不是雨雪霏霏，就是雾气蒙蒙，行人罕至，商旅绝迹，即使泰门[1]或尼布甲尼撒[2]也尽可以在那儿离群索居了。即使在晴朗的日子里，连性格不那么冷漠、

---

1 泰门：希腊雅典贵族愤世嫉俗者。莎士比亚著有《雅典的泰门》，叙述其身世。泰门慷慨好客，急人之难，但他的钱财挥霍殆尽时朋友们却纷纷离去。他深感金钱万恶，世态炎凉，便到野外隐居，与世隔绝。
2 尼布甲尼撒（前605—前562）：新巴比伦王国国王，曾经应了神的预言，"被赶出离开世人"。

爱构思和冥想愉快事物的诗人、哲学家和艺术家，也不会对这地方生出雅兴。

这些孤独凄凉的住所都是利用原有的土垒、手推车、树丛，至少是残缺倒塌的古老树篱盖成的，不过故事中的房子——高鸦窝却没有掩蔽物，而是孑然独立，毫无依傍。它之所以要盖在这里，好像只是因为近旁有两条交叉的小路。五百年的光景里，这两条小路似乎就从这里穿过。这所小屋，四面都受到风霜雨雪的侵袭，这儿刮风则阴风怒号，下雨则大雨滂沱。然而在冬天，高旷的草原上，各种天气却并没有低地居民所想的那么可怕。这里霜冻没有低地那样厉害，寒冷也没有低地那样严酷。住在这小屋的牧羊人一家，当别人怜悯他们经受风吹雨打的时候，他们说大体上他们的"痰火病"比以前住在温暖的邻河小舍时，反而好转了。

1821年3月28日那天夜晚，就是这样一个凄凉的夜晚。疾风挟着暴雨，好像森拉克和克勒西地方制造的利箭，猛射在墙上、山坡上和树篱上。绵羊和户外牲畜没有地方可躲风雨，臀部向风，瑟缩地站立着。打算在蓬乱的荆棘丛里栖息的小鸟，尾羽像伞一样被吹得倒翻过来。茅屋的山墙淋湿了，屋檐上流下来的雨水被风吹得鞭打着屋墙。可谁要是因风雨交加而怜悯屋里的牧羊人，那就完全错了。因为这个乡巴佬正在兴高采烈地款待许多客人，庆贺第二个闺女的受洗命名典礼。

客人在下雨前就到齐了，现在都聚集在称为正屋或起居室的那个房间里。在这热闹夜晚的八点钟，看一眼屋内的情况，就知道在风雨交加的天气里，这可真是个温暖又舒服的安乐窝。壁炉上挂着许多擦得油光滑亮的牧羊杖弯柄作为装饰，这无疑是屋主人职业的标志。这些光泽夺目的弯柄，式样各不相同，从《圣经》插图里最古老的家用式样起，到最近本地绵羊集市上最流行的式样为止，应有尽有。屋内有六支蜡烛照明，烛芯很粗，比包在外面的一圈烛油细不了多少；插蜡烛用的烛台，都是庆祝圣诞节和宴会时才拿出来用的。六支蜡烛均匀地分布在房间内，其中有两支放在壁炉架上。这两支蜡烛的位置本身就有深刻的含义：蜡烛放在壁炉架上历来就是欢庆会的象征。

壁炉的深处烧着大块木头作为底火，靠外的荆棘熊熊地烧着，发出噼噼啪啪的声音，好像傻瓜在咯咯地笑。

在这里欢聚的有十九个人。其中有五个妇女，穿着各种色彩鲜艳的服装，沿墙坐在椅子上。而姑娘们有的羞羞答答，有的不那么羞怯、落落大方，都挤坐在窗口的一条长凳上。四个男子：树篱木匠查理·杰克、教区执事伊莱贾·纽、邻近的牛乳厂主、牧羊人的岳父约翰·皮彻，懒洋洋地躺在高背靠椅里。一个小伙子跟一位姑娘，两人红着脸，坐在屋角的餐具橱旁，羞涩地初步讨论着终身大事。一位五十多岁刚订婚的老人，坐立不安地跟着他的未婚妻转来转去。这儿的人普遍有欢乐的性格，更何况在这里他们不受任何繁文缛节的拘束。他们完全信任乡亲们的赤诚，因此他们心里都很舒坦自在。现在这年头，社会上，除了极富和赤贫这两种极端的社会阶层以外，一般人往往都是为了出人头地而惨淡经营，或为了增长学问而孜孜不倦。他们心劳目拙，失去了温和愉快的心境，糟蹋了一生中美好的时光。而欢庆会上的这些人却没有任何这样的迹象，因此，他们大都悠闲自在，具有地地道道的贵族式风度——雍容与安详。

牧羊人芬内尔结了一门好亲事，他的妻子是远方某个峡谷中一位牛乳厂主的女儿，过门的时候，她带了五十个金币放在口袋里——将这笔钱储存着，准备生儿育女有需要时拿出来补贴。这位节俭的主妇，对于欢庆会该采取怎样的形式煞费了一番苦心。静坐的宴会有它的好处，不过老坐在椅子上和高背靠椅里，舒舒服服不动弹，男人们会毫无节制地狂饮，真会把屋子里的酒喝得一干二净呢。采取舞会的方式呢，虽然酒可以喝得少些，可是经过跳舞运动之后，客人的饭量却会大大地增加，狼吞虎咽，又会使食品柜大大遭殃。芬内尔夫人于是采用了一种折中的方法，跳几支短舞之后，接着便是谈天唱歌，一会儿又是跳舞，这样间杂开来使酒和食物都不致消耗太多。但是这方法只有她心里明白，她丈夫却毫不吝啬地、极其殷勤地款待客人。

提琴师是邻近一带的小孩子，约莫十二岁光景。他演奏起快步舞曲和苏格兰双人舞曲，灵巧熟练极了。可惜他的手指太小太短了，奏高音的时候，必须急速地换把，接着又要急速地回到第一把位，声音难免不太纯正。七点钟一到，那孩子高亢悠扬的小提琴声开始鸣嗾起来了。教区执事伊莱贾·纽考虑周到，特地带来了他的宝贝乐器蛇形喇叭，这时也呜呜地伴奏开了。乐声起处，跳舞立即开始。芬内尔私下叮嘱两位乐师，不要让跳舞超过十五分钟。

可伊莱贾·纽和孩子演奏得来劲，竟把这个叮嘱忘了。并且，奥利弗·贾尔斯，一个十七岁的男子汉，跳舞时给他的舞伴，一位芳龄三十三岁的金发姑娘迷住了，毫不在乎地递了一个崭新的克朗银币给那两位乐师，贿赂他们尽量延长跳舞时间。芬内尔夫人看见来客的脸上都在热气腾腾地冒汗，走过来碰碰小提琴乐手的臂肘，又用手按住蛇形喇叭的吹口。但是他们毫不理会，依旧起劲地演奏着。女主人怕干预得太明显了，有失和蔼亲切的女主人身份，也只好退回去，无可奈何地坐下来。舞愈跳愈热烈，跳舞的人嗖嗖地飞掠而过，如天上的行星在轨道上运行，一会儿顺行，一会儿逆行，一会儿到远日点，一会儿到近日点，直到屋角挂钟的分针绕了一周还没有停止。

芬内尔茅屋内欢乐的舞蹈跳得正热火时，户外阴暗的夜色里发生了一件极其重要的事情。芬内尔夫人正担心着舞越跳越起劲，就在这当儿，有一个人从城里来，走向孤零零的山坡。那也是高鸦窝的落脚之地。他冒着大雨不停地走，沿着罕有人迹的小径直奔茅屋而来。

将近月圆的时候了，虽然天上密布着雨云，户外的寻常事物却都被照得很清楚。惨淡的月光照见那孤独的行人，他是个体形柔软的人；从他的步态看得出，他已经不再身处行动十分灵活的年龄了，不过他年龄还不太大，因此，必要时步履还是相当矫健。粗略估计，他大概有四十岁，看起来比较高；不过一个征募新兵的军曹，或其他惯于目测身材的人，见了他一定会说这人最高不过五英尺八九英寸，主要是因为太瘦了才显得个儿高。

虽然他的步伐很均匀，但可以听出是小心翼翼的，好像他心里在摸索道路似的。尽管他既没有穿黑外套，也没穿任何一种深颜色的衣服，但不知怎的，他的模样会使人想到他理应是属于穿黑外套的那一类人。他的衣服是粗斜纹布的，靴底上钉着平头钉，不过根据他的步履来判断，他不像是穿平头靴子和粗斜纹布衣服、惯走泥巴路的乡下人。

当他走到牧羊人的住屋近旁时，雨下得或者不如说是射得更密更猛烈了。在这个小居屋的外围，风雨的威势稍微减小了一点，因此他便停住脚步。在牧羊人没有树篱的园中，最显眼的东西是搭在园子前角的一个空猪圈。简陋的住屋一般会装一扇较体面的门面作为遮盖，可是，这种荒僻的地方根本不计较这些，所以猪圈就搭到屋前来了。猪圈顶上的石板被雨打湿了，发出暗淡的光，吸引了那过客的注意。他转过去，发现猪圈是空的，便走进去站着避雨。

这时蛇形喇叭的呜呜声和小提琴尖细的旋律从毗连的住屋里透出来，和着狂雨打在草地上的哗哗声，落在白菜叶上、打在小径旁隐约可见的八九个蜂房麦秆顶上更响的噼啪声，还有屋檐上的雨水滴入一排挨墙放着的木桶和铁桶所发出的叮咚声，响成一片。在高鸦窝，和在其他高地的住屋一样，家务中最伤脑筋的事是缺少用水，所以每逢下雨，屋里一切可以盛放的器皿都被搬出来接水。有许多古怪的故事讲的就是高地居民们怎样节约肥皂水和洗碗水。这在干旱的夏季里是完全必要的。不过在目前的雨季里，可不需要这类应急的办法了。把上天所赐的雨水储存起来，就够他们用好一阵子了。

后来蛇形喇叭声停了，屋里变得静悄悄的。舞蹈停止所造成的突然寂静使孤独的来客从沉思中惊醒过来，跑出了猪圈，而且他显然是改变了主意，顺着小径向茅屋门口走来。到了门口，他首先跪在那排器皿旁的一块大石头上，俯在一个桶上，把水喝了个饱。解渴后，他站起来举手预备敲门，但眼睛盯着门板停住了。木板门上黑漆漆的什么也看不出来，那么他势必是凭想象力透过这扇门在观察，估量里面住的可能是什么人，可能在干哪些事情，敲门进去又会遇到什么问题。

就在犹豫不决之际，他转身开始眺望四周的景色。四下里一个人影也瞧不见。园中小径从他脚下蜿蜒着向坡下延伸，湿漉漉的像蜗牛爬过留下的涎痕，闪着微光。一口几乎干涸的小水井、井棚的顶、井盖、园门的顶栏，都同样湿漉漉地发着油光，好像上了一层淡淡的釉。远处，山谷里隐隐约约地泛着一片苍白的光，表明河水已涨到草场上来了。再过去，透过雨幕依稀闪烁着几盏昏沉沉的灯——那就是他出发的郡城。他朝那个方向看去，没有一点生命的迹象，便打定主意，举手叩门。屋内的乐声和跳舞已经停止，他们正在随意漫谈。扎树篱的木匠向大伙儿提议唱歌，大家不太愿意，所以外面的叩门声倒是来得正好。

"进来！"牧羊人立即应答。门闩向上拔开来，于是那赶夜路的人就在门口的擦鞋垫上出现了。牧羊人站起来，剪去近边两支蜡烛的烛芯，转身看着那个陌生人。

烛光下只见来客脸色黑苍苍的，相貌颇有动人之处。他的帽子起初没有摘掉，低低地压在眼上。他的眼睛大而坦率、坚决，炯炯发光地向屋子四周环顾着。他瞧完了似乎很满意，摘下帽子，露出粗浓而蓬松的头发，用圆润而深沉的嗓音说："雨下得大极了,朋友们,我请求你们让我进来休息一会儿。"

"当然可以,老乡,"牧羊人说,"说真的,你选了这个时候来还真算运气,我们刚好在开舞会热烈庆祝。不过说实话,这种庆祝每个人每年至多一次罢了。"

"还是至少每年一次的好,"一个女人说,"最好早点生完孩子,早点结束生儿育女的苦。"

"请问是在庆祝什么?"来客问。

"生孩子受洗命名。"牧羊人说。

来客祝愿主人不论孩子太多太少都能吉祥如意,主人做了个手势,邀他端起大杯喝酒,他立刻欣然从命。他在进门前曾疑虑重重,现在却是很从容自如而坦率了。

"在峡谷里赶路,耽搁晚了吧——啊?"那五十岁刚订婚的人说。

"晚了,先生,正如你说的。如果你们不反对的话,我想坐在壁炉旁边烤烤火,夫人,因为我衣服全给打湿了。"

芬内尔夫人答应了,腾出地方让这个不速之客坐下。他走到那靠近壁炉的角落里,便大大咧咧地舒展四肢坐下,好像在家里一样从容自如。

"是的,我鞋面上的皮已经裂开了,"他瞧见牧羊人的妻子老盯着他的靴子,就满不在乎地说,"并且大小太不相称了。我最近日子不顺溜,所以只能找到什么就穿什么。不过到了家就可以换一身比较合适的衣服了。"

"你是这儿附近的居民吗?"她问道。

"不太近——再往内地一些。"

"我猜到了，我也不是这儿的人，听你的口音，好像跟我的家乡不远。"

"不过你一定没有听说过我。"他急忙说，"夫人，你要知道，我年纪比你大一截啦。"

女主人的确很年轻，这个事实使她不能再仔细盘问下去。

"还要麻烦一件事，那样我就高兴极了，"来客接着说，"向你们要点烟丝，我的烟抽完了。真抱歉。"

"我来给你装满烟斗。"牧羊人说道。

"我还要向你借个烟斗哩。"

"抽烟的不带烟斗吗？"

"我的在路上丢啦。"

牧羊人拿出一个新的陶土烟斗，塞满了烟丝，交给他，说："你把烟盒给我，索性也给你装满了吧。"

来客将里里外外各个口袋都摸遍了。

"也丢了？"好客的主人有点惊讶地问。

"怕是也丢了。"那来客有点发窘地答道，"你替我用纸包一点吧。"他就着烛火点着烟斗吸了一口，吸得太猛，把整个火焰都吸进烟斗里去了，于是他又舒服地坐到屋角，眼瞧着湿裤上微微升起的蒸汽，好像不情愿再讲话了。

当时屋里的客人都没有注意他，因为他们光顾着跟乐师们热烈地讨论下一支舞蹈奏什么曲子，后来商量妥当了，他们便预备站起来再跳，就在这当儿又传来一阵叩门声，使他们跳不成了。

壁炉边的客人听到了叩门声，便把拨火棒拿在手里用心地拨弄燃烧的木头，好像拨火是他生活中重要的目标。牧羊人第二次道："进来！"立刻，另一个人站在门口用麦秆编成的擦鞋垫上了。他也是个陌生人。

此人与刚才的来客，根本不是一个类型。他的举止风度比较庸俗，却有一种四海为家的乐天神态。他比第一个来客大几岁，头发已经花白，眉发粗硬，两颊的络腮胡剪得短短的。他的脸胖而松弛，不过绝不是软弱疲沓、毫无力量；鼻子上有几处因饭酒用得过多而长出的赘疣。他把褐色斜纹布大衣敞开，露出里面一身灰不溜秋的衣服，表袋里挂出好几个沉甸甸的金属大印章，这是他唯一的装饰品。他把发亮的低顶帽子上因为淋湿留下的水抖洒掉，说："朋友们，我请求你们让我躲几分钟雨，要不，到卡斯特桥可要浑身湿透，成了落汤鸡了。"

"请别客气，先生。"牧羊人说，可没有先前那样热心了。这丝毫不是因为他吝啬，实在因为那间房并不大，空椅又不多，湿淋淋的客人和大家挤在一起会使衣着鲜艳的夫人和姑娘们感到不舒服。

但是第二位来客并不理会这些，把大衣一脱，把帽子朝横梁的钉子上一挂——好像谁特意请他挂似的，便径直走过去，坐在桌旁。那桌子被移到靠近壁炉的墙角里，腾出地方以便跳舞。桌子的里边正挨着藏在壁炉边的第一位来客的臂肘，因此两个陌生人坐得很靠近。他们相互点点头以消除不相识的隔阂。第一位来客递给第二位一个大酒杯——这是个祖传的棕色大陶瓷杯。杯边已给去世的几代人那嗜酒的嘴唇磨损了一些，像磨损的门槛一样。圆鼓鼓的杯身上烧着几个黄字，写的是——

无我即无趣。

那人很乐意地接过杯来，举到唇边，喝了又喝，喝了又喝，简直无了无休。牧羊人夫人感到奇怪，到后来她的脸色都发青了。第一个来客竟敢用不是自己的东西来奉客，实在使她吃惊。

"我早就知道了！"狂饮的酒鬼满意地向牧羊人说，"我进来前在你园里走的时候，看见一排蜂房。我就对自己说：'有蜜蜂就有蜜，有蜜就有蜂蜜酒。'不过这样醇美的蜂蜜酒我倒是从来没有梦想过。"于是，他又举起杯来咕嘟咕嘟直灌，一下子酒杯几乎干了，这可不是好预兆。

"我真高兴！你喜欢这酒。"牧羊人热心地说。

"这蜂蜜酒还可以，"芬内尔夫人承认他的话，不过语气很冷淡，仿佛是害怕他这几句赞美的代价会太大，"酿这酒很不容易呢——说真的，我们再也不打算酿这种酒了，因为蜂蜜销路很好，卖得出好价钱，我们完全可以用洗蜂房那水酿一般的淡蜜酒，凑合凑合也就行了。"

"喔，不过你可不能这样做！"那个穿灰不溜秋衣服的陌生人第三次举起大杯喝干了酒，然后用谴责的口气喊道，"我爱喝这种存放多年的蜂蜜酒，就好像我礼拜天爱去教堂做礼拜，平时爱救济穷人一样。"

"哈哈哈！"壁炉边的客人笑了起来。虽然他只顾抽烟，沉默无语，但听了他同伴的幽默话，也禁不住笑出声来。当时酿制蜂蜜酒都用第一年最纯净的蜂蜜，俗称处女蜜。酿一加仑酒要用四磅蜜——外加适量的蛋白、肉桂、生姜、丁香、肉豆蔻干皮、迷迭香、酵母，经过酿造、装瓶和入窖好几道程序。这样的酒尝起来酒味异常浓烈，可是酒性比酒味还要强烈，所以后劲很大。穿灰不溜秋衣服的客人一会儿就醉了，感到浑身发热。他把背心纽扣松开，躺靠在椅背上，叉开了两腿，做出种种举动，引起大家注目。

"喔，喔，这个我说过了，"他继续说，"我是去卡斯特桥的，卡斯特桥我是一定要去的。我这个时候差不多应该走到了，偏偏大雨把我赶到你们屋里来，不过我也不懊悔。"

"你住在卡斯特桥吗？"牧羊人问。

"现在还不，打算最近过去。"

"或许是到那边干活去？"

"不，不。"牧羊人的妻子说，"很容易看出这位先生是有钱人，他用不着干什么活。"

穿深灰色衣服的客人踌躇了一下，好像在考虑要不要承认这句评语。他马上否认了，答道："夫人，我可说不上有钱。我是要干活的，我不能不干。我哪怕半夜到卡斯特桥，早晨八点钟也得起来干活。真的，不管是晴天还是下雨，刮风还是下雪，饥荒还是打仗，我明天的事情是不能不干的。"

"可怜的人呀！尽管外表还不错，其实还不及我们舒坦呢。"牧羊人的妻子答道。

"这是因为我的行业性质，夫人先生们。倒不是因为我穷，明天不干活就没有饭吃，而是因为我的行业就是那样的性质。说实话，现在我不得不起来走了，否则就找不到住宿的地方了。"然而，说这话的人并不动弹，倒又直截了当地补了一句：

"为了友情,我还有时间再喝一口酒咧,如果这杯里还有的话,我早就端起来喝了。"

"这里还有一杯淡的,"芬内尔夫人说,"我们管它叫淡酒,其实也还是用第一次洗蜂房的水酿的蜜哩。"

"不,"客人说,鄙夷不屑似的,"我不愿意喝这种次酒,这会违背你们好客的美意。"

"当然不会,"芬内尔插了一句,"我们又不是常常宴客,我再去把大杯斟满吧。"他走到楼梯下的暗处,酒桶就放在那里。牧羊人的妻子跟着他去。

"你为什么要这么做呢?"她刚离开人群,就马上责备她丈夫,"这个杯子够十个人喝的,他一会儿就喝干了。现在他喝淡酒还不过瘾,偏偏要再喝浓的!一个陌生人,我们谁都不认识他!瞧他那德行!我一点也看不上。"

"但是他已经进了我们的屋子,宝贝儿,又是这样下雨的晚上,咱们又正好庆祝洗礼。算了吧,多喝一杯少喝一杯我们也不在乎,等到下一次收蜜,多着咧。"

"好吧——那么就这一次。"她愁闷地瞧着盛蜜酒的杯子回答道,"可他到底是干什么行业的,哪儿的人,平白无故怎么会上咱们家来呢?"

"不清楚。我再问问他吧。"

这一次芬内尔夫人小心提防着,不让他像以前那样一口气把大杯的酒喝光了。她把酒倒在小杯里递给他,谨慎地把大杯放得远远的,不让他拿到。他拿起小杯一饮而尽时,牧羊人重新问起这个陌生人的职业。

他并没有马上回答，坐在壁炉边的客人倒忽然自我介绍起来："谁都知道我干的这一行——我是造车轮的。"

"这一带造车轮是很好的行业。"牧羊人说。

"我干的行业也是谁都知道的——只要他们有本事猜得出来。"那穿灰不溜秋衣服的客人说道。

"一个人是干哪一行的，通常看他的爪子就知道。"那树篱木匠边说边瞧自己的手，"我的手上都是荆棘，好像旧针插[1]上插满了针一样。"

坐在壁炉边上的客人本能地躲到阴暗的地方，他凝视着炉火，重新抽起烟来。那第二位客人却接着树篱木匠的话茬，很机灵地说："对的，可我的行业怪就怪在印记不留在我身上，反倒留在顾客的身上。"

没有人试图猜这个哑谜，牧羊人再一次提议唱歌，可是和前一次一样，大家互相推诿，一个说嗓子不好，另一个说把第一段歌词给忘了。坐在桌边的客人此时兴致勃勃，跃跃欲试，大声说，为了打破僵局，他情愿自己先唱，给大家带个头。他用一个大拇指抠着背心的袖孔，另一只手在空中挥舞。他注视了一会儿火炉架上方挂着的那许多牧羊杖的弯柄，灵机一动，即兴地唱：

  喔，我的行业真稀奇，
  牧羊人，我的兄弟，

---

[1] 针插：一种插放针的小物件。

> 我的行业可是出好看的戏,
> 因为我把顾客绑住了,高高挂起,
> 然后送他到远方去。

他唱完了第一段歌词,屋子里鸦雀无声。除了那坐在壁炉边上的,他听到唱歌者叫了一声"和唱",便用深沉动听的低音饶有兴致地和唱:

> 然后送他到远方去!

牛乳厂主人奥利弗·贾尔斯、教区执事伊莱贾·纽、五十岁刚订婚的老人和靠墙坐着的那些年轻妇女,好像都沉浸在不太愉快的思绪里,茫然失措了。牧羊人深思地望着地板,牧羊人的妻子用锐利的眼光盯着那唱歌的人,满腹狐疑。她感到奇怪,不知道他唱的是回忆起的老歌呢,还是临时编的。大家都像伯沙撒宴会中的客人[1]一样,被这隐晦的歌词弄得困惑不解,只有那壁炉边上的客人安静地说:"第二段,先生。"说完又抽起烟来。

唱歌的人咂了咂嘴唇,清了清嗓子,接着唱第二段:

> 我的工具很普通,

---

[1] 伯沙撒宴会中的客人:《旧约》记载,巴比伦王伯沙撒在宫中举行宴会,忽然墙上现出奇怪文字,大家惶恐疑惧。

牧羊人呀,我的老兄,
这玩意儿谁也看不中:
一根麻绳,一根缚绳的杆子,
可这点家伙也就管用。

牧羊人芬内尔向四下扫了一眼。无疑那客人是在用顺口溜回答他的问题。客人一个个都吃惊地退缩着差点儿叫起来。五十岁老头儿的年轻未婚妻几乎昏厥过去,她本来要昏倒的,但知道未婚夫不能敏捷地扶住她,只好坐下来簌簌发抖。

"喔,他是——"后面有人在窃窃私语,说出一个不吉利的刽子手的名字,"他是专门去执刑的。明天早晨卡斯特桥监牢要绞死人——一个抢羊的——听说是个钟表匠,住在肖茨福德,失业了很久——他叫蒂莫西·萨默斯,他一家穷得快饿死了,因此他大白天里从肖茨福德出来沿公路下去,当着一对农民夫妇、他们的儿子和几个雇用工人的面抢走了一只羊。至于这个人,"他们说到这儿,向着干这要命行业的客人点了点头,"他在本郡绞死的人不多,我们郡里原来那个刽子手死了,于是他就顶了这人的位置,他将住在监牢前面那同一间茅屋里。"

穿灰不溜秋衣服的客人并没有注意他们的窃窃耳语,他又咂了咂嘴唇。他看只有那坐在壁炉边的朋友一直应和着他愉快的言谈,便举起杯来伸向这个有见识的来客,那人也举起杯来。他们的杯子铿(kēng)然碰了一下,屋里其他人的眼光都盯着唱歌者的一举一动。他张开了嘴,想接着唱第三段,但这时门上第三次响起了叩门声。这一次的叩门声很微弱,好像有点犹豫不决似的。

屋里的人都很吃惊。牧羊人惊恐万状地朝门口瞅着,他费了好大劲,终于下决心不理会他吃惊的妻子恳求的眼色,第三次喊出欢迎的话:"请进!"

门轻轻地开了,又一个人站在擦鞋草垫上,他跟先前两位客人一样,也是一个陌生人。这一次出现的人身材矮小,脸色白皙,穿了一身还算体面的黑色服装。

"请问到——"他开口了,边说边向屋子四周扫视了一圈,看看他所碰见的都是哪一类人。接着,他的眼光落到那穿灰不溜秋衣服的客人身上。这时那位客人一心一意惦记着唱歌,唱起第三段,压倒了大家的窃窃私语和询问:

明天我要挂起绞绳,
淳朴的牧羊人,
明天我要挂起绞绳,
因为羊儿被宰了,小偷被捆了,
愿上帝怜悯他的灵魂!

坐在壁炉边上的客人跟着应和,兴致勃勃地舞动着酒杯,把酒泼溅了一地,一面用低音和唱道:

愿上帝怜悯他的灵魂!

他们唱歌的时候,那第三位陌生人一直伫立在门口。客人们看他不进来又不说话,都用异样的眼光凝视着他。他们感到惊奇，因为他站在那儿畏畏缩缩，害怕得跟什么似的——他的膝盖打着哆嗦，他扶在门闩上的手抖颤得连门闩都嗒嗒响起来。他张开了没有血色的嘴唇，眼睛盯着房间当中那个兴高采烈的执刑吏。再过一会儿，他转过身，关上门，逃跑了。

"这到底是什么人？"牧羊人说。

其余的人既为刚才的发现感到恐惧，又为第三位来客的古怪行为感到惊讶，惶惑得不知所措，一句话也说不出来。他们本能地、一点一点地离开他们当中那个狰狞的绅士，往后退去，有的竟当他是魔王的化身，到后来远远地围成一圈，他和他们中间空出很多地方——把魔鬼围在中间。

屋子里沉寂下来，虽然有二十多个人在里面，但寂静得只能听见雨点打在百叶窗上的嗒嗒声、雨水由烟囱口偶尔落进火里的咝咝声和屋角那客人吧嗒他那陶土做的长烟斗时，发出的呼呼声罢了。

这寂静出乎意外地被划破了。远处砰的一声枪响在空气中回荡着——显然是从郡城方向传来的。

"该死！"唱歌的那个陌生人跳起来道。

"怎么回事？"几个人异口同声地问。

"一个犯人越狱逃跑了——就是这么回事。"

大家谛听着，砰的又是一声枪响。没有人说话，只有坐在壁炉边的人静静地说了句："我听说他们在这个郡追捕逃犯时就会放枪，不过我还是第一回听到。"

"唉，会不会就是交给我的那个人？"穿灰不溜秋服装的人低声说道。

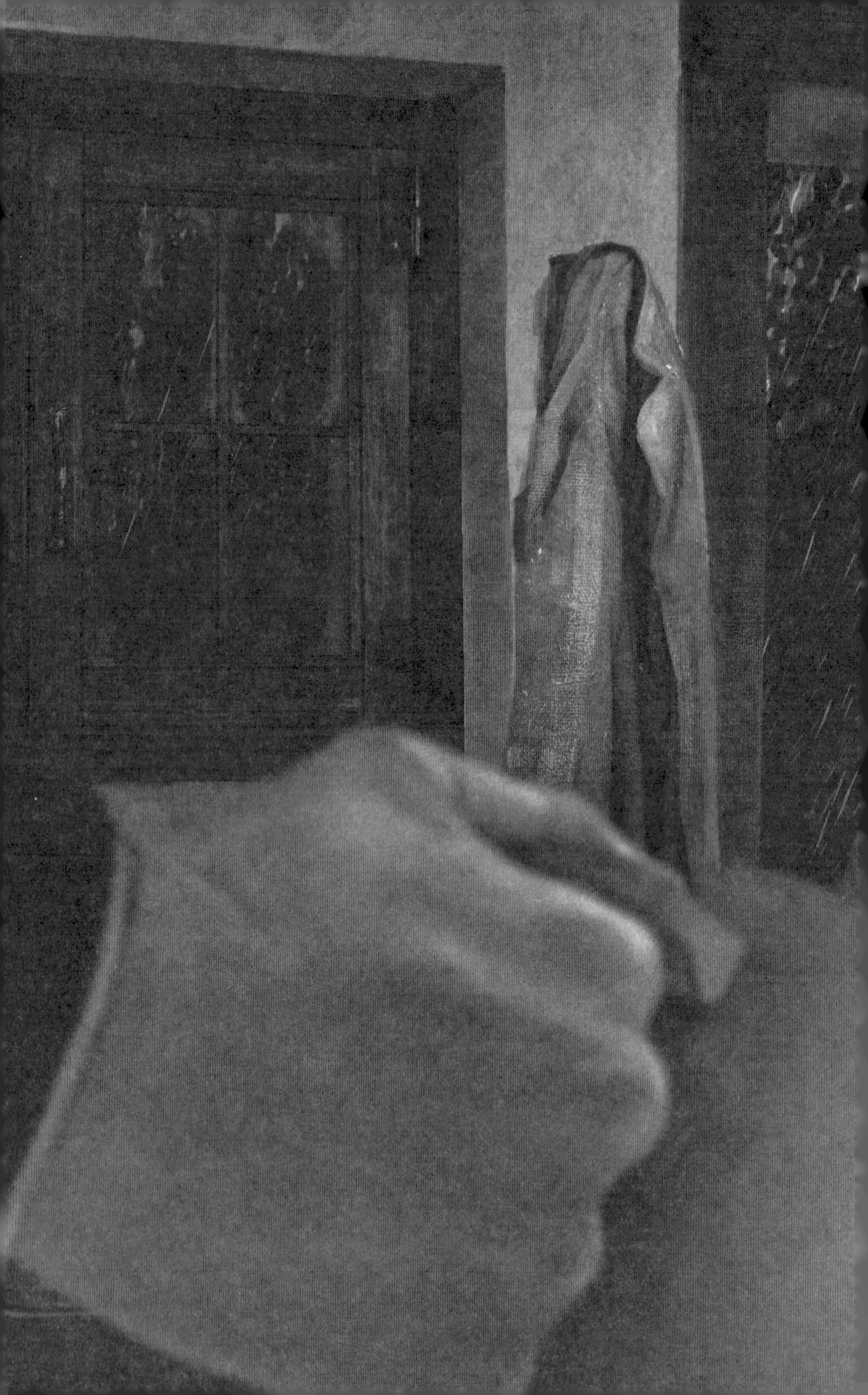

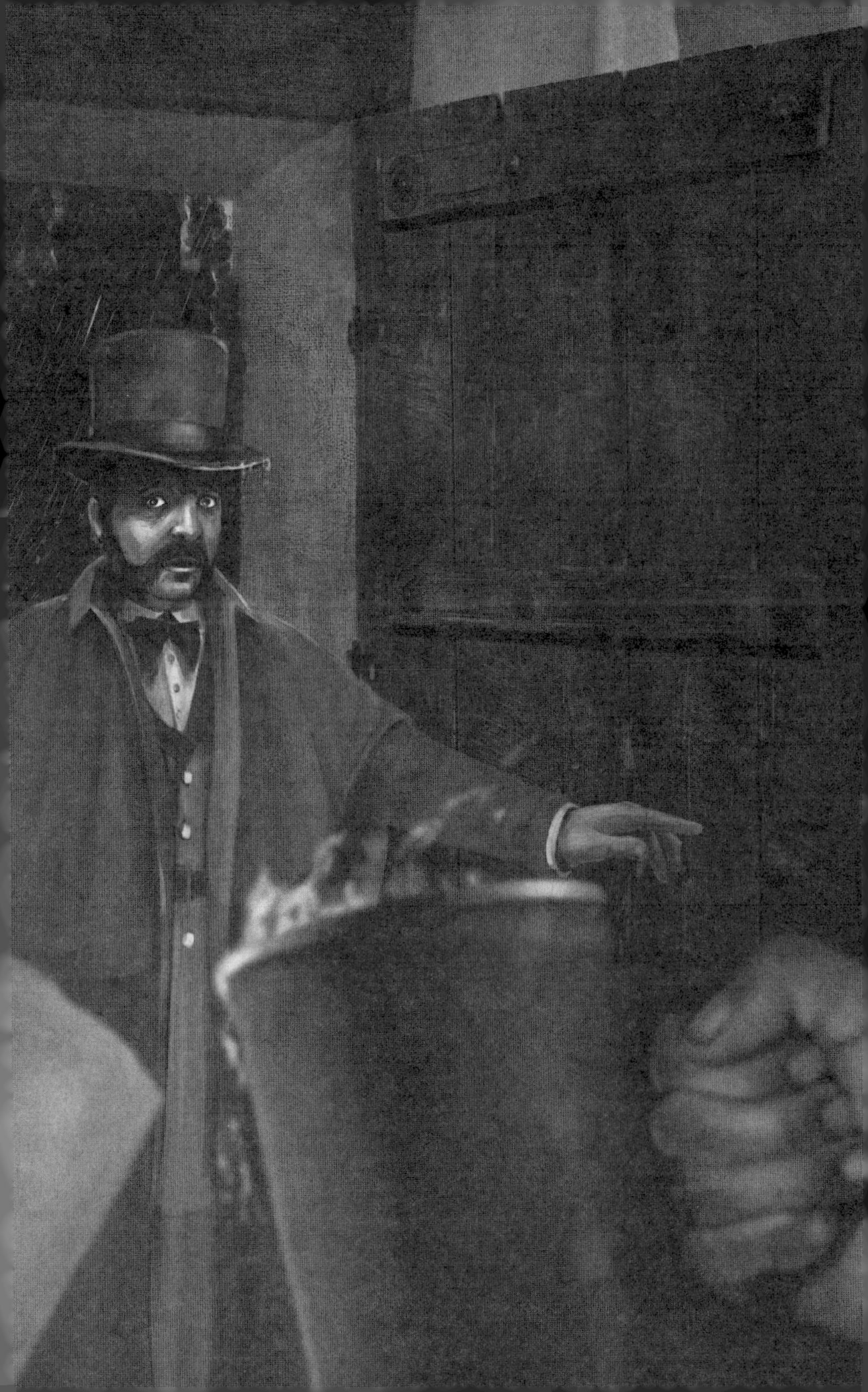

"敢情！"牧羊人不禁脱口而出，"我们还看见过他！在门口张望的那小个儿看见你，听见你的歌声，抖得像树叶似的。"

"他的牙齿喏喏打战，气都透不过来啦。"那牛乳厂主人说道。

"而且他的心像石头一样坠下来，泄了气啦。"奥利弗·贾尔斯说道。

"他拔腿就逃，好像有人要朝他开枪似的。"那树篱木匠说道。

"对的，他的牙齿打战，他的心往下坠，他突然冲出去，好像有人要开枪似的，拔腿就逃。"坐在壁炉边上的客人慢条斯理地把他们的话概述了一遍。

"我倒没留心。"那刽子手说道。

"我们感到奇怪，为什么他慌慌张张要逃走，"靠墙坐着的一个女人用颤抖的声音说，"现在可找到原因了。"

报警的枪声还在间歇地响着，低沉而闷抑，于是他们的猜测变得确切无疑了。那个穿灰不溜秋衣服、面色狰狞的绅士振奋起来。"这儿有警察吗？"他用粗浊的声音问道，"如果有，站出来。"

那五十岁刚订婚的男子颤抖着从墙边走上前来，他的未婚妻伏在椅背上啜泣起来了。

"你是宣过誓的警察吗？"

"是的，先生。"

"那么找几个帮手，马上把犯人追捕回来，他不会跑得很远。"

"我去,先生,拿上警棍我就去。我先回家去拿,马上一同去追。"

"警棍!别拿什么警棍了——等你拿来,人早跑了!"

"不过我没有警棍什么也干不了——可不是,我能干得了吗,威廉·约翰和查理·杰克?干不了。因为棍上漆着金黄色王冠、狮子和独角兽的图像,我用它打犯人才是合法的。没有警棍我不敢逮人,不,我不敢。要是没有法律给我壮胆,只怕我逮不住他,他倒要逮住我呢!"

"嘿,我是官府里的人,可以授权你捉人。"穿灰不溜秋衣服、令人畏惧的执刑吏说道,"喂,大家都准备好,你们有提灯吗?"

"对啰,你们有提灯吗?"那个警察说。

"还有你们当中身强力壮的——"

"身强力壮的——对啰——你们当中。"那个警察说。

"你们有棍棒和干草叉没有——"

"棍棒、干草叉——我以法律的名义向你们借。你们都拿上,出去追捕,服从我们这些权威人士的命令。"

这样一鼓动,男人们都准备去追了。证据(尽管是间接的旁证)是非常明显的,显然大家都亲眼见到了刚才的一幕,而这倒霉的第三位陌生人在崎岖不平的山里,一定还逃不出几百码远,现在如果不赶紧追,那事情岂不是明摆着——他们分明是在纵容逃犯吗?

牧羊人什么时候都是备有多盏提灯的。他们急忙把提灯点着,各人拿上一根树枝做的短棍,拥出门外,顺着山脊,朝和郡城相反的方向追去，幸亏这时雨势已经小了。

楼上那房间里，受过洗的孩子这时不知是给下面的声音吵醒，还是给洗礼的噩梦惊醒，开始呜哇呜哇地号哭起来。哭声从楼板缝里钻下来，传到楼下妇女们的耳朵里。刚才半个小时里发生的事太使这些妇女闷得慌了，她们听到哭声，都好像分外高兴，一个一个跳起来，跑上楼抚慰婴孩去了。楼下起居室里走得一个人影也没有。

可是空寂无人的局面并不长久。上楼的脚步声刚刚消失，追捕的人群那儿就转回来一个人，他拐过屋角，把头探进门来张望，看见没有人，便从容不迫地走进来。这就是坐在壁炉边上的那位客人，他刚才跟大伙儿一起追出去，现在立即回来，看样子是为了吃东西。只见他从靠近他原来座位的壁架上拿下一大块切开的奶油饼，又从剩下的酒壶里倒出半杯酒，站着狼吞虎咽地连吃带喝。他还没有吃喝完，又一个人影同样静悄悄地跑了进来——这就是穿灰不溜秋衣服的那位朋友。

"喔，你在这儿？"进来的人笑着说，"我还以为你去帮他们捉逃犯了。"他边讲话，边鬼鬼祟祟地东张西望，这也暴露了他回来的目的，他在找那令他销魂夺魄的、盛着陈蜂蜜酒的大杯子。

"我还以为你早去了。"第一位说道，继续大口大口地啃他的奶油饼。

"嗯，我仔细一想，觉得我不在场，人手也够了。"第二位客人说出知心话，"又是这样风雨交加的夜晚。再说，捉逃犯是政府的责任，不是我的。"

"讲得对啊！我也这么想。没有我，人手也够了。"

"我可不愿意跑这荒山野岭七高八低的路，能把腿跑断。"

"我也不愿意，和你说句知心话。"

"这些牧羊人倒是跑惯了的——脑瓜儿简单，你知道，这些人只要一受鼓动就起来了。天没亮他们就会替我抓住的，我用不着烦心。"

"他们会抓住他的，咱们什么麻烦都可以省去了。"

"对，对。好，我得往卡斯特桥去，这段路真够我走的了。你和我同路吗？"

"不，抱歉得很。我得回家，往那边走，"他把头向右摆了一下，"我和你有同样感觉——到家上床睡觉之前，这段路真够我走的了。"

这时第二位把一大杯蜂蜜酒喝完了，两人在门口亲切地握握手，互道晚安，分道扬镳了。

这时候，追赶的人已到了陡峻山脊的尽头，也是这一带高旷草原的最高点了。他们还没有确定行动计划，一发现那个干邪恶行当的人已不在他们当中，更是好像失去了主心骨。他们分头向山下冲去，立刻就有好几个人掉进大自然的陷阱里。在这白垩纪岩层的地带，大自然设下了好多陷阱，专等黑夜中迷路的人来上当。山坡上每隔十来码有一处燧石陡坡，一不小心踩在燧石上，人就会哧溜一声滑下去好长一段路，手里的灯落下来一直滚到山底，横躺着把角质灯罩都烧焦了。当他们重新集合的时候，由最熟悉路径的牧羊人带路，引导他们绕过这些险恶的陡坡。灯笼不但耀眼，并且等于预先通知逃犯，这对于追捕是很不利的，所以他们把灯都吹灭了。大家肃静无声，也有序多了，开始向峡谷走下去。峡谷里野草茂盛，荆棘丛生，而且潮湿狭窄，很适合躲人。他们四面搜寻，一无结果，于是爬到对面山坡上去。他们先四下散开，过一会儿又集合起来报告各人行进的情况。第二次集合时，他们恰巧在一棵孤零零的栎树底下——这是这一带山旁峡谷中唯一的树木，也许是五六十年前哪只飞鸟衔来树种，落在这儿长的。树干的旁边一动也不动地站着一个人，好像另一根树干似的。他正是他们所要搜寻的那个人，他的身影清清楚楚地映在背后的天空上。一群人悄悄地走到近前，面对着他。

"要钱，还是要命！"那个警察向那静立不动的身影厉声喊道。

"不，不，"约翰·皮彻对他耳语道，"这不是我们这边该说的。这是像他那种无赖说的，我们是执行法律的人。"

"好啦，好啦。"当警察的不耐烦地回答，"不过我总得说话啊，是不是？你要是担了这样大的心事，兴许也会说错的。逃犯，快投降，以上帝——我是说，以国王的名义！"

伫立在树下的那个人好像这时才注意到有人向他走来，他不让他们有显示胆量的机会，从容缓步向他们走来。果然他就是那第三次来的小个子陌生人，不过他忐忑不安的心情已平静下来。

"唔，赶路的，"他说道，"你们是在跟我讲话吗？"

"你说对啰，你马上就要被逮捕了，"警察说道，"我们以越狱的罪名来逮捕你，你明天就要被处以绞刑。乡亲们，尽你们的责任,把这犯人抓起来!"

他听到了罪状,好像顿时轻松愉快起来,一声不吭,温顺地让他们包围起来,追的人手里扬着棍棒,簇拥着他回到牧羊人的茅屋来。

他们走到的时候,已是十一点钟了。敞开的门里射出光来,还传来几个人说话的声音,显然是他们走了之后,屋里又发生了新的情况。他们一进门,就瞧见起居室里有两位卡斯特桥监牢里的狱吏和一位住在附近乡间宅邸里的、闻名的地方法官。犯人越狱的消息已传遍全乡了。

"先生们,"警察说道,"我冒着很大风险,把你们的逃犯捉拿归案了,这也是我们应尽的职责吧。就是这些壮汉们把逃犯包围起来的,他们虽然不懂得王法,但确实帮了我的大忙。伙计们,把犯人带上来。"第三位陌生人立刻被带到灯光下面来。

"这是谁?"一位狱吏问道。

"逃犯呀。"警察说。

"肯定不是。"另一位狱吏说道,第一位狱吏接着又证实了他的看法。

"怎么会不是呢?"警察道,"要不他为什么听了执刑官的歌声会吓成那个样子呢?"于是他把第三个来客进门听到刽子手歌声时的古怪举止叙述了一遍。

"那就不懂是咋回事了。"那狱吏冷冷地说道,"不过我知道不是他。那逃犯的模样跟他完全不同:那是一个瘦瘦的、黑头发、黑眼睛、五官相当端正的人,有一副好听的低音嗓子,你哪怕听过一次,就再也不会认错他。"

"哎呀，伙计们，会不会就是壁炉边上的那个人？！"

"嗯，什么？"地方法官向牧羊人问了个详细，便走上前来问，"你们抓住他了没有？"

"嗯，先生，"那个警察说道，"我们应该追的是他，对的。哎呀，刚才我们追错了，我们抓住的并不是我们应当抓的，先生！你明白我的意思吗？坐在壁炉边上的那个才是真正的逃犯。"

"你们这些废物，把事情弄糟了！"地方法官说，"你们马上出发，追捕那个逃犯。"

那被逮捕的人现在才开口说话。他听到别人提到壁炉边上的人，竟异样地激动起来。"先生，"他说，走到地方法官的面前，"别再找我麻烦了。把话都说了吧，我没有犯什么法。我的罪状是：我是那逃犯的兄弟。今天下午我从肖茨福德我家里动身，一路步行想到卡斯特桥监狱和哥哥诀别。路上耽搁了一会儿，不觉天黑了，到这儿来想休息一下问问路。我一进门就看见我的哥哥在我面前，我本来以为要到卡斯特桥的死囚牢房里才能见到他咧。他坐在壁炉边。紧挨着他的就是那个来要他命的刽子手，他就是想逃也逃不掉。那刽子手唱着歌，竟不知道坐在他旁边的就是他要绞死的人，为了掩盖真相，我的哥哥还和唱着。他极其痛苦似的瞥了我一眼，我知道他的意思是说：'不要说出来，这是性命攸关的事。'我吓破了胆，站都站不稳，我自己也不知道在干什么，一转身便飞快地溜跑了。"

他讲话的神情和语调很诚恳，不像说假话，所以四周听的人都为之感动。"你知道你哥哥现在在哪儿吗？"地方法官问道。

"我不知道。我关上这扇门之后,就再也没有见过他!"

"我可以证明,因为我们当时都在场。"警察说。

"他想逃到哪儿去?他是干什么的?"

"他是个钟表匠,先生。"

"他说是个造轮子的——混蛋透顶。"警察说道。

"他意思是说做钟表里的轮子,很可能,"牧羊人芬内尔道,"他的手白白的,我想也是干细活的。"

"嗯,依我看,你们把这个可怜的家伙囚禁起来没有多大意义。"地方法官说道,"毫无疑问,你们要抓的是另外一个。"

于是,那小个子立刻就被释放了,可是他看起来还是那么忧愁,因为他心里的烦闷不是地方法官和警察的权力所能解除的,他为他哥哥的担忧比为自己的更加深切。事情告一段落,那第三位陌生人也走了,时间太晚了,大家认为摸黑搜索是徒劳的,不如到第二天天亮再去搜寻。

第二天,大家开始兴师动众、大张旗鼓地搜捕那个聪明的盗羊贼——至少在表面上是如此。但是由于他犯罪甚轻,判刑太重,附近一带的许多农民都非常同情逃犯。并且,他在牧羊人家欢庆会上表现出来的惊人的镇静、勇敢的举止,以及和那个刽子手周旋的巧妙手腕,赢得了大家的敬意。因此,表面上看起来,大家在树林中、田野里、街头巷尾搜捕得非常认真,但在他们自己的阁楼上、外屋里是否也搜查得同样彻底,那就难说了。大家纷纷传说,在离康庄大道很远的地方,有处簇叶丛生的林中小径上,偶尔有人见到一个神秘的人影,但到那么可疑的地方实地搜查时,却又什么也搜查不到。就这样几天、几星期过去了,盗羊贼没有一点下落。

总之,这嗓音低沉的、坐在壁炉边的客人一直没有被捉住。有人说他漂洋过海到外国去了,也有人说他没有到外国去,而是混迹到某个人烟稠密的城市中去了。反正,穿灰不溜秋衣服的那位先生第二天早上没有执行在卡斯特桥的任务。从此以后,在那峡谷旁的山坡上孤零零的茅屋里,曾和他相处过一个小时的那些人,再也没有见过他一面。

牧羊人芬内尔和他节俭的妻子坟墓上的草早就青了,参加洗礼欢庆会的客人也大半进了坟墓,受洗礼的婴孩已成为中年妇人,但是那个夜晚到牧羊人住所来的三怪客的传奇,至今仍在高鸦窝一带的乡野广泛地流传着。

(1883 年)

来客

阿尔贝·加缪
(1913—1960)

法国小说家、哲学家、戏剧家，"荒诞哲学"代表。1957年获得诺贝尔文学奖。其"知其不可而为之"的精神影响了几代后人。著有《鼠疫》《局外人》《西西弗斯的神话》等。

小学教师达鲁看向山下，只见两个人正上坡朝学校过来，一个骑马，另一个却是徒步。校舍盖在半山腰，前面有一道陡坡。现在他们还没有走到那道陡坡。他们在广漠的、荒无人烟的高原上，巉岩之间，积雪之中，艰难缓慢地前进。那匹马不时地打滑。那个教师虽然听不到任何声音，却看得见马的鼻孔里冒出两道白烟。看得出过来的这两人中至少有一个是熟悉这一带地形的——两天以前，上坡的小径被一层肮脏的白雪掩盖住了，他们却还是顺着小径走。教师估计他们要走半小时才能到山上，天气很冷，他回到学校里加了一件毛衣。

他穿过那间空荡寒冷的教室。黑板上，用四种不同颜色的粉笔画着的四条法国河流，在过去三天不断地流往它们的港湾。天气很反常，干旱持续了八个月，到了十月中旬，仍旧没有下雨，却突然落了一场大雪。二十来个小学生，住在高原上稀稀拉拉的一些村庄里，都来不了，要等天放晴以后才能再来上学。现在达鲁只在他住的那个单间宿舍里生炉子。这间宿舍紧挨着教室，和教室一样面朝东边的高原，还有一扇窗户向南开着。

由学校往南一直是下坡，到了几公里以外，高原开始升起，在晴天可以看到南边紫黛色的山脉，从隘口进去，便通往沙漠地区了。

达鲁在炉子旁烤了一会儿，感到有些暖和了，就又回到他第一次看见那两个人的窗口，这会儿他们消失不见了，想必已登上那道陡坡了。天空不那么风雪如晦了，昨天夜里，大雪已经停止降落。诚然，破晓时天色非常混浊暗淡，云幕虽比落雪时稍高些，但依然暗沉，到了下午两点，还是好像天刚亮似的，不过已经比落雪的那三天好多了。那时天地一片昏黑，鹅毛大雪纷纷扬扬，一阵阵狂风吹得教室里的双扇门啪啦啪啦乱响。达鲁成天待在宿舍里，只偶尔离开一会儿，到棚屋里去喂鸡或者取煤。幸亏在大风雪前两天，送货卡车从北边最近的塔基德村运来了他的生活用品，四十八小时以后这辆运货车还要再来。

况且，即使大雪封山，他也有足够的东西维持一段时间。他的小房间里乱糟糟地堆满了一袋袋的小麦，这些都是当地政府委托他发给那些因遭受干旱而家庭生活特别困难的学生的，实际上他们每一家都经历了一场深重的灾难，因为他们的家境都很贫寒。达鲁每天分配给每个学生全家的口粮。这几天天气恶劣，学生们不能到校，达鲁知道他们一定都在家里忍饥挨饿。可能今天下午，某个学生的父兄会来校，他就可以让他们把粮食带回去。运小麦的船已经从法国启航了，这意味着最严重的关头已经过去，只要帮灾民们挨过这段青黄不接的时期，到下一个收获季节就好了。但是创巨痛深，旱灾的惨状是难以忘却的。哀鸿遍野，嗷嗷待哺，大群大群衣衫褴褛的游魂，在烈日炎炎下到处漂泊流浪。月复一月,高原被烧成了煤渣,土地渐渐地都被晒得龟裂,毫不夸张地说,是被烈日烤焦了,一脚踩下去,石头都会裂成粉末。那时成千上万的羊大批死亡,甚至有些地方饿殍(piǎo)倒毙竟也无人知道。

  他虽然在这偏僻的校舍里过着几乎如僧侣般枯寂而艰苦的生活,却不愁吃穿。住在粉刷得雪白的房间里,有狭窄的床铺睡,有几个未上漆的书架放书,有井可以汲水,每星期还有运货车送食品和饮用水来,和那些缺吃少穿的灾民相比,他简直是过着老爷的生活。旱魃为虐以后,又突如其来地下起了这场大雪,这个地区的人实在是难以为生啊,这地方甚至很少有男人——即使有,也回天乏术啊。可是达鲁是在这里出生的,离开这里,他觉得就像被流放了一样。

  他走到学校的平台上,那两个人现在已经走到半山腰了。他分辨出那个骑马的人是巴尔杜奇——他很久前就认识的一个老宪兵。巴尔杜奇用绳子牵着一个阿拉伯人,他低着头,两手被缚,跟在后面走着。那个宪兵向达鲁挥手致意,达鲁却想事想得出了神,没有回应。他凝视着那个阿拉伯人,那人身穿一件褪了色的氅(chǎng)袍[1],脚穿凉鞋和厚厚的原羊毛袜子,头戴低而窄的阿拉伯圆筒帽[2]。他们走近了,巴尔杜奇勒紧马缰,唯恐马走得太急,把阿拉伯人勒伤,所以行进的速度很慢。

---

1 氅袍:这是一种宽松的羊毛大氅,往往有帽兜,长度不一,短的齐膝,长的可拖到脚面。摩洛哥人最爱穿这种袍子,其他地方的阿拉伯人也有穿这种衣服的。
2 圆筒帽:这是一种圆筒形的帽子,没有帽檐,帽后有一簇流苏。

到了可以听见人声的距离时，巴尔杜奇喊道："从埃尔阿摩过来，一个小时才走了三公里路！"达鲁没有回答，他矮墩墩的，穿着厚厚的羊毛衫，站在那儿，看他们爬坡。那个阿拉伯人不止一次抬起头来。等他们走到平台上，达鲁向他们招呼："喂，进来烤烤火吧。"巴尔杜奇费劲地下了马，还一直牵着绳子，没有放手。他从硬而短的小胡子底下，露齿向那小学教师微笑了一下。他的额头被太阳晒得黝黑，黑色的小眼睛深陷在眼窝里，嘴角四周布满皱纹，给他的脸平添了一种专注且认真的神情。达鲁接过缰绳把马牵到棚屋旁，然后回到这两个人身边（他们正在学校里等他），把他们领进了他的住屋。"我打算把教室里的炉子也生着，"他说，"那里比较宽敞舒服一些。"他在教室生好炉子，重新回到卧室的时候，巴尔杜奇坐在床上，他已经把牵着那个阿拉伯人的绳索解开了。阿拉伯人蹲在火炉近旁。他的两手仍然被捆缚着，圆筒帽盖在后脑勺上，正抬头向窗外眺望。达鲁首先注意到的是他肥厚光滑、几乎像黑人一样的大嘴唇，然而他的鼻子却很端正，他的眼睛是黑色的，充满狂热的神情，圆筒帽下露出顽强不屈的额头。经风吹日晒的深褐色皮肤，由于寒冷，颜色褪了一些。阿拉伯人转过脸来，无所畏惧地直瞪着达鲁，这时达鲁觉得他满脸都透露出一种不安而桀骜不驯的神色。"到那间屋里去吧，"教师说，"我给你们烧些薄荷茶解寒。""谢谢。"巴尔杜奇说，"这个职务真烦人！我真想丢手不干了。"于是他用阿拉伯语对那个犯人说："来吧，你。"阿拉伯人站起身来，捆缚的两腕搁在身前，慢吞吞地走进了教室。

达鲁一手拎着茶壶，一手拖了把椅子过来。巴尔杜奇已经高高地坐在最近的一张课桌上，阿拉伯人则背靠讲台蹲着，面朝课桌和窗子之间的火炉。达鲁端了一杯薄荷茶给阿拉伯人喝，看见他两手捆缚着，不知所措地犹豫了一下。

"也许还是给他松绑的好。"

"行。"巴尔杜奇说，"这是为了防止他在路上逃跑。"说着站起身来。可是达鲁已经把杯子放到地上，跪在阿拉伯人身旁解绳索了。阿拉伯人一声不吭，只是用狂热的眼睛瞅着他。绳子解开后，阿拉伯人把肿胀的两腕互相搓了一下，就拿起茶杯很快地小口啜饮起那滚烫的液体。

"哎，"达鲁说，"你们往哪儿去？"

巴尔杜奇把小胡子从茶杯上抬起来，说："就到这里，小伙子。"

"奇怪！你们要在这里过夜？"

"不，我要回到埃尔阿摩去。你把这人送到丁奎特，公安总部要他去。"

巴尔杜奇带着友爱的微笑望着达鲁。

"怎么回事，"教师问道，"你是在和我开玩笑吗？"

"不，小伙子，这是命令。"

"命令？我可不……"达鲁迟疑了一下，不想触这个老科西嘉人的痛处，口气放缓和了一些，"我的意思是，这不是我的职务。"

"什么！这是什么意思？在战争年代，大家什么事情都得干。"

"那就等宣战再说吧！"

巴尔杜奇点点头，说："好吧，不过命令已经下了，而且和你有关。看起来，战争正在酝酿之中，大家都在议论即将到来的叛乱。在某种程度上，我们都被动员了。"

达鲁还是露出执拗的神色。

"听着，小伙子，"巴尔杜奇说，"我是器重你的，你必须懂得，在埃尔阿摩这个小地方，我们只有十几个人，却要巡逻一大片地区。我得赶紧回去，上司叫我把这家伙交给你，他不能留在那儿。他那个村庄开始骚动了，他们想劫狱把他抢回去。明天天黑以前你必须把他押到丁奎特去。像你这么身强力壮的小伙子，走上个二十公里算不了什么。送到以后，就没有你的事了。你还是回来教你的学生，过你的舒坦日子。"

墙后面传来马的喷鼻声和用蹄子刨土的声音，达鲁向窗外望去。天空显然已经放晴了。白雪皑皑的高原变得明亮起来。积雪全部融化以后，骄阳又要当空，烤炙这乱石纵横的土地。这始终不下雨的老天又要把炙人的光焰照在这根本不适合人生存的荒山野岭上。

"到底，"他转身对巴尔杜奇说，"他到底犯了什么罪？"不等那个宪兵开口回答，他又问："他会说法语吗？"

"不会，一个字也不会。我们搜寻了他一个月，可是他们把他藏起来了。他杀害了自己的表兄。"

"他有反抗我们吗？"

"我看不至于吧。不过也难说。"

"为了什么事？"

"为了家庭琐事吵架，我想，好像是一个欠了另一个的谷子,不太清楚。说简单些吧,他是用砍树的钩刀把他表兄劈死的。你知道,像宰羊似的,咔嚓!"

巴尔杜奇做了个用刀抹脖的姿势。那个阿拉伯人的注意力为他所吸引了,带着焦虑的神色望着他。达鲁突然感到一阵激怒,他憎恨那个人,憎恨那些结怨泄愤、无了无休地冤冤相报、互相残杀的人。

炉子上的水壶嗞嗞地响了。达鲁又给巴尔杜奇斟了杯茶,踌躇了一下,到底还是给那阿拉伯人也倒了杯。这一次他又贪婪地喝起来。他抬起胳膊,氅袍敞开了些,露出瘦精精的、结实的胸脯。

"谢谢,小伙子。"巴尔杜奇说,"现在,我该走了。"

他站起来,从口袋里拿出一小段绳子,走到阿拉伯人面前。

"这是干什么?"达鲁冷冰冰地问道。

巴尔杜奇有些尴尬,给他看了看绳子。

"不用费事了。"

老宪兵犹豫了一下,说:"随便你吧,你是有武器的对吧?"

"我有支猎枪。"

"在哪儿?"

"在大衣箱里。"

"应当把它放在床边。"

"为什么?我没有什么可害怕的。"

"你疯了,小伙子。要是发生暴动,谁也不会安全,我们的处境都是一样的。"

"我会自卫的,我看见他们上来再行动也来得及。"

巴尔杜奇哈哈大笑起来,然后他的胡髭突然遮住了白灿灿的牙齿。

"你来得及?好吧,这是我的个人看法——你总是有些痴头怪脑的。不过我就喜欢你这一点,我们的小伙子就是这样有种。"

谈话间,他把左轮手枪拿出来,放在写字台上。

"拿走,我从这儿到埃尔阿摩,不需要两把武器。"

左轮手枪在漆黑的桌子上闪着光,老宪兵朝他转过身来的时候,他闻到一股皮革和马肉的气味。

"听着,巴尔杜奇,"达鲁突然说,"这件事使我厌恶透了,首先厌恶的就是你的这个犯人,不过我不会把他押到丁奎特去。是的,如果需要打仗,我会打的。可这种事我不干。"

老宪兵站在他面前严峻地瞅着他。

"你这是在干蠢事,"他慢吞吞地说,"我也不喜欢押犯人,虽说我干了这么多年,用绳子捆人,总还是不习惯的,甚至感到羞耻,是的,感到羞耻。可是,你总不能由着他们随便干坏事。"

"我不愿押送他。"达鲁又说了一遍。

"这是命令,小伙子,我再重复一遍。"

"对的,这是命令。你把我的话禀报给他们:我不愿押送他。"

可以看出,巴尔杜奇努力思考了一番。他看看那个阿拉伯人,又看看达鲁,终于打定了主意。

"不,我什么也不会对他们讲,要是你存心和我们过不去,那就请吧。我不会告发你。我得到命令把犯人押到这儿,我已经执行完了。现在你在这张纸上签个字。"

"不需要,我不会否认你把犯人押送到我这儿了。"

"别给我添麻烦了,我知道你会说实话的。你是这一带的人,是条汉子。可是你一定要签字,这是规矩。"

达鲁打开抽屉,拿出一小方瓶紫墨水,和他用来给学生写书法示范的红杆蘸笔,签了字。老宪兵小心谨慎地把纸折好,放到皮夹里。然后他朝门口走去。

"我送你一段。"达鲁说。

"不用了,"巴尔杜奇说,"这些表面客套没有啥用处,你已经侮辱了我。"

他看看那个还在原地一动不动的阿拉伯人,乖戾地嗤了一下鼻子,便转身向门外走去。"再见,小伙子。"他说着,把门带上。巴尔杜奇的身影突然在窗外出现,接着又消失不见了。他的脚步踏到雪地里,声音变得闷抑低沉。隔着墙壁可以听见那匹马走动起来和几只鸡惊得乱拍翅膀的声音,过了一会儿,巴尔杜奇拉着缰绳牵着马又出现在窗外。他向那小小的陡坡走去,一次也没有回过头来,然后牵着马,在下坡的地方消失不见了。只听一块大石头弹跳着骨碌碌地滚下坡去。

达鲁回到那个犯人身边,阿拉伯人一动不动,目不转睛地瞅着他。"在这儿等着。"教师用阿拉伯语说完,向卧室走去,他走到门口,改变了主意,回到写字台那里拿上手枪,塞进口袋。然后头也不回地走进了卧室。

他久久地躺在沙发上,看着天渐渐昏暗了,在寂静里谛听着。他在战争刚结束、到这学校来的时候,就是这寂静使他感到痛苦。他曾提过要求——在小镇上给他安排一个职位。小镇坐落在高原和沙漠之间的丘陵脚下，那里的山峦形成了一道屏障——北坡是绿色和黑色的，南坡是粉红色和淡紫色的——划出了长年炎夏的边界。可是他却被分配到北面的高原上来。起初，这片渺无人烟、乱石成堆、冷僻寂静的荒山野岭，使他忍受不了。有时他遇到一些犁沟——好像是有人在这里耕种，其实开这些沟只是为了挖掘一种建筑用的石头。在这里开垦只能收获石头。有些洼地里积起一层薄薄的泥土，那也被刮走垫到村民们贫瘠的菜园里去了。这个地区有四分之三的地方覆盖着光秃秃的石头。岁月如流，城镇在这里诞生，兴旺上一阵子，又渐渐消失。只有荒漠依然如昔。在这个沙漠里，无论是谁，他或是他的客人都是可有可无的。但是达鲁知道，在沙漠之外，他们都无法得到真正的生活。

他起来的时候，教室里寂静无声。他想起阿拉伯人可能逃走了，他可以不用操心了，感到衷心的喜悦。他惊讶于这种涌上心头的情绪。可是他发现犯人还在那儿，只不过是在炉子和课桌之间躺着，睁着眼睛，凝望着天花板。阿拉伯人这样仰视的时候，嘴唇显得特别厚，好像噘着嘴在生气。

"来吧。"达鲁说。阿拉伯人站起来，跟他走去。卧室里，教师指指窗口桌子旁边的一张椅子，阿拉伯人坐到椅子上，眼睛一直盯着达鲁。

"你饿不饿？"

"饿。"犯人说。

达鲁准备了两份饭菜，他拿出些面粉和清油，点着了小煤气炉，在煎锅里摊面饼，趁面饼在锅里煎的时候，他走出教室到棚屋里去拿奶酪、鸡蛋、海枣和炼乳。饼子煎好以后,他把它晾在窗槛上冷却,把炼乳兑上水,在炉子上烧热,又把鸡蛋搅匀,做了个炒鸡蛋。在炒菜时,他无意中碰到了右边衣袋里的手枪,于是他把碗放下,走进教室,把手枪放进课桌的抽屉里。他回到房间时,天色已经黑了。他拧亮了灯,叫阿拉伯人来吃饭。"吃吧。"他说。阿拉伯人拿起一块饼,急巴巴地往嘴里塞,忽然停下来。

"你呢?"他问道。

"你先吃,我一会儿再吃。"

阿拉伯人厚厚的嘴唇微微张开,迟疑了一会儿,又大口大口地咬起饼子来。

饭吃完了,阿拉伯人望望那教师,然后问道:"你是法官吗?"

"不,我只是看押你到明天为止。"

"你为什么和我一起吃饭?"

"我也饿了。"

阿拉伯人沉默了。达鲁起身出去,他拿回来一张折叠床,放在桌子和炉子之间,和自己的床构成丁字形。他从一个大衣箱(这个箱子放在一个角落,当堆放纸张的书架用)里面取出两条毛毯,铺在行军床上,然后没精打采地坐在自己床上,再没有什么可干、可准备的了。他得好好端详一下这个人,竭力想象他在狂怒的时候,脸会变成什么模样。他什么也想象不出来,只看见那双乌亮的眼睛和那张像动物一样的嘴巴。

"你为什么要杀死他?"他问道,声音充满了敌意,使他自己也感到吃惊。

阿拉伯人眼睛望向别处。

"他跑，我追。"

他又抬起眼睛望着达鲁，目光里充满了悲哀的疑惧，然后问道："他们打算把我咋样？"

"你害怕吗？"

他僵在那儿，目光又投向别处。

"你感到痛悔吗？"

阿拉伯人张大嘴巴，瞪着他。显然，他没有听懂。达鲁心里烦躁起来，同时他觉得自己魁梧的身躯挤在两张床之间，有点尴尬和不自在。

"躺下吧。"他不耐烦地说，"那是你的床。"

阿拉伯人没有动弹，他对达鲁喊了一声："告诉我！"

教师瞅着他。

"那个宪兵明天还回来吗？"

"不知道。"

"你和我们一起去吗？"

"不知道，问这干啥？"

犯人起身到床边，躺在毯子上，脚朝窗户。灯泡的光明晃晃的，直射到他眼睛里，他立刻合上了眼帘。

"问这干啥？"达鲁站在他床边，又问了一遍。

阿拉伯人在炫目的灯光下睁开眼睛，竭力不眨眼地望着他。

"你跟我们去吧。"他说。

已经是半夜了，达鲁还是无法入睡。他把衣服都脱了才上床睡觉他一般都裸体睡觉。但是他突然想起了自己赤身露体，不禁有些犹豫。他感到自己这样易受袭击，想把衣服穿起来。接着他耸了一下肩膀——他毕竟不是小孩子，如果需要的话，他可以把他的敌人扯成两半。他从自己床上可以看到那个阿拉伯人的一举一动，现在这人一动不动地仰卧着，在刺目的灯光下紧闭着眼睛。达鲁关掉电灯，黑暗好像一下子聚拢来，夜在窗外一点一点地活动开了，没有星光的云层轻柔地搅动着。不久，教师就能分辨出睡在他脚边的那个身躯。阿拉伯人依旧没有动弹，但他的眼睛好像睁开了。一阵微风吹过，好像觅食的野兽在校舍四周潜行着，也许风会把残云吹散，明天太阳又会露面。

　　后半夜风势加强了，只听隔屋母鸡扑腾扑腾地呼扇了一会儿翅膀，一切又鸦雀无声了。阿拉伯人翻了个身，背朝着达鲁，好像呻吟了一声。达鲁凝神静听，他客人的呼吸逐渐变得深沉、均匀。他听到这呼吸声就在他身旁，睡不着觉，陷入沉思。他单独睡在这间房间里有一年多了。有人睡在他房间里，使他感到不舒服。在一个房间共同居住的人——同一个营房的士兵，或是同一个牢房的犯人，他们之间都有一种奇怪的友爱，好像每晚解衣睡觉时，也就卸掉了彼此戒备的甲胄，消除了彼此之间的差异，在古老的、充满困意的黑甜乡中共同生活，亲如兄弟。然而今夜无可奈何地和一个杀人犯睡在一个房间时，他非但不愿有这种亲如兄弟的感觉，而且感到忐忑不安。达鲁竭力摆脱这些不愉快的想法。

　　然而，过了一会儿，阿拉伯人微微动了一下，教师这时还没有睡。他听到那个犯人又动了一下时，蓦地紧张戒备起来。

阿拉伯人撑着胳膊慢悠悠地坐起来,动作好像一个梦游者那样恍恍惚惚。他笔直地坐在床上,纹丝不动地等待着什么,并没有回过头去朝达鲁看,但是好像在侧着耳朵凝神谛听。达鲁也没有动,他只想起那把手枪还放在写字台的抽屉里,最好还是立即行动。然而他继续观察着犯人,只见犯人以同样圆滑鬼祟的动作,把脚轻轻放到地上,又窥伺了一会儿,然后开始慢慢地站起来。达鲁正打算向他吆喝,那个阿拉伯人又走动开了,步履虽然很自然,却是出奇的静,一点声音也没有。他向房屋尽头通往棚屋的门口走去,小心翼翼地拨开门闩,走了出去,把门掩上一点,并没有关严。达鲁没有动弹,心想:谢天谢地,他自个儿逃了!不过他还在留神细听。母鸡没有拍扇翅膀,客人一定已经到高原上了。一阵隐约模糊的水声传入他的耳鼓。只见那阿拉伯人重新出现在门框里,他小心地关上房门,又一声不响地回到床上。达鲁这才明白是怎么回事,于是翻了个身,背朝他睡着了。一会儿后,在睡意蒙眬中,他依稀听见有诡秘的脚步在学校周围走动。"我在做梦!我在做梦!"他反复地对自己说,继续睡觉。

他醒来时,天已经亮了,窗户半掩着,吹进来一阵清新凉爽的微风。阿拉伯人还在睡,在毯子下面蜷曲着身体,嘴巴松弛地咧开。但是当达鲁摇晃他的身体时,他恐怖地跳了起来,用疯狂的目光瞅着他,好像从来不认识他似的。他吃惊的表情使教师不由得向后退缩。"别害怕,是我,你必须吃点东西。"阿拉伯人点点头,说:"好的。"他的脸恢复了平静,但是他的表情还是茫然空虚、没精打采的。

咖啡煮好了。他们一齐坐在折叠床上饮咖啡，大声地嚼着煎饼。接着达鲁领着那个阿拉伯人来到棚屋下，给他看洗脸用的水龙头。他们回到房间里，折叠好毯子和行军床，铺好自己床上的被褥，收拾了一下房间，接着便经过教室到平台上去。这时太阳已经在蔚蓝的天空中升起，荒凉的高原沐浴在柔和灿烂的阳光里，山岭上有些地方的积雪正在融化，雪下面的岩石又要露出来了。教师正蹲在高原的边缘，看着这空荡荡的荒原，他想起了巴尔杜奇。他伤害了巴尔杜奇的自尊心，好像从来没和他交往过似的将他打发走了。那老宪兵临别的话，还在他耳边缭绕。好奇怪，也不知道为什么他感到有一种出奇的空虚和脆弱。就在这时，他听到那个犯人在学校里咳嗽的声音。达鲁不由自主地仄着耳朵听，接着他感到一种狂怒，扔出一块鹅卵石，只听嗖的一声，石头在空中飞过，落到雪地里。那个人愚蠢的罪行使他反感，但是把那个人押解到公安总部又和他的荣誉感相违背，他一想起这件事就感到羞辱和痛苦。他既诅咒自己的同胞，把这个阿拉伯人押送到这儿来，又诅咒这个阿拉伯人，胆敢杀人又没有勇气逃走。达鲁站起身来，在平台上来回踱了几圈，静立等待了一会儿，便又回到学校里。

阿拉伯人蹲在棚屋的水泥地上，俯着身体，正在用两个手指刷牙。达鲁瞥了他一眼，说了声"来吧"，就领着那个犯人走进自己的房间。他披上一件猎装，换上一双轻便鞋，又站着等待那阿拉伯人戴上圆筒帽、穿上凉鞋，然后走到教室里，指了一下门口，说："走吧。"阿拉伯人没有动弹，听到达鲁说"我就来"，这才走出去。达鲁回到房间里，装了一包甜面包干、椰枣和白糖。在教室里,他在写字台前面犹豫了一会儿,才跨过门槛走出去,锁上大门。"走这条路。"他说着向东方走去,犯人尾随着他。离开校舍不远,他觉得他们后面有一阵轻微的响动声。他循原路返回,把校舍周围察看了一遍,没有人。阿拉伯人惶惑不解地望着他。"走吧。"达鲁说。

他们走了一个小时,在一座峥嵘的石灰岩山脚下休息了一会儿。积雪融化得越来越快,但是太阳立刻就把水塘都喝干了,一会儿又把高原上的雪打扫得干干净净。高原渐渐变得干燥,像空气一样颤动起来。他们继续赶路时,干燥的地面在他们脚下梆梆作响。在他们前方,有鸟儿不时愉快地鸣叫一声,划破了寂静。达鲁深深吮吸着清鲜的阳光,现在广漠的原野在蔚蓝的苍穹下差不多全是黄澄澄的了。他面对着熟悉的景色,感到一阵喜悦。他们又走了一个多小时,下山一路向南,到达一处平坦的高地,高原上到处都是容易碎裂的石头。从那儿往前,高原向东面和南面缓缓地倾斜下去。东面为一片低低的平原,长着一些细长的树木,南面为一片露出地表的岩层,呈现出一种乱石嶙峋的地貌。达鲁朝这两个方向审视了一番,天地相接,一个人也看不见,他转身朝向阿拉伯人,这人正茫然若失地望着他。达鲁把包裹递给他。"拿上。"他说,"里面有椰枣、面包和白糖。这一点食品可以维持两天,这里还有一千个法郎。"阿拉伯人接过包裹和钱,双手捧住达鲁给他的这些东西,放在胸前好像不知道该怎么办才好。"你瞧,"教师指着东方说,"这条路往丁奎特去,你走两个小时就到了,在那里你会找到当地政府和警察,他们正等着你去。"阿拉伯人眺望着东方,仍旧紧紧抱住包裹和钱。达鲁抓住他的臂肘,把他粗暴地转向南方。在他们站的高坡脚下,可以看见一条隐约可辨的小径。"这条小路嵌在高原里。你赶一天的路,就会看见大片牧场和初代游牧民,他们会根据他们的规矩收容你。"阿拉伯人转身朝着达鲁,脸上露出慌张的神色。"听我说……"他说。达鲁摇摇头说:"不用说了,我走了。"他转过身,向学校那边跨了两大步,迟疑地回头看看站在那里不动的阿拉伯人,又大步走去。有几分钟,除了自己的脚步声回响在冰冷的大地上以外,他什么也没有听见,也没有回头看。然而,过了一会儿后,他转身回顾,阿拉伯人还站在小山边上,两臂垂下了,远远地望着教师。达鲁感到如鲠在喉,想说几句什么,但他只是不耐烦地咒骂了一声,含糊地挥了一下手,便又向前走去。他走了好长一段路,又停立回顾,小山上已经没有人影了。

达鲁踌躇了一下,太阳已经升得很高了,开始火辣辣地直晒到他头上。教师转过身来,顺着原路向那小山返回,开头还有点犹豫,后来打定主意大步赶去。到了小山脚下,他全身已经大汗淋漓,但他还是努力攀登,到了山顶,上气不接下气地停住脚步向下俯瞰。南面的乱石岗地,在蓝天的映衬下,轮廓非常明显,而东面的平原上已经升起了蒙蒙的蒸汽。在这片淡薄的雾霭中,达鲁辨认出,那阿拉伯人正顺着通往监牢的路缓慢地踽(jǔ)行着,不禁心情异常沉重。

过了一段时间之后,教师站在教室的窗前,茫然地望着整个高原沐浴在明亮的阳光中。他刚才看到了,在他身后的黑板上,在蜿蜒曲折的法国河流之间,歪歪扭扭地写着几个拙劣的粉笔字:"你把我们的兄弟押送走了,你要偿还血债。"达鲁看看天空,看看高原,看看高原前方溟蒙的大地一直伸展到大海。在这片他热爱的广漠大地上,他是孤独的。

(1957年)

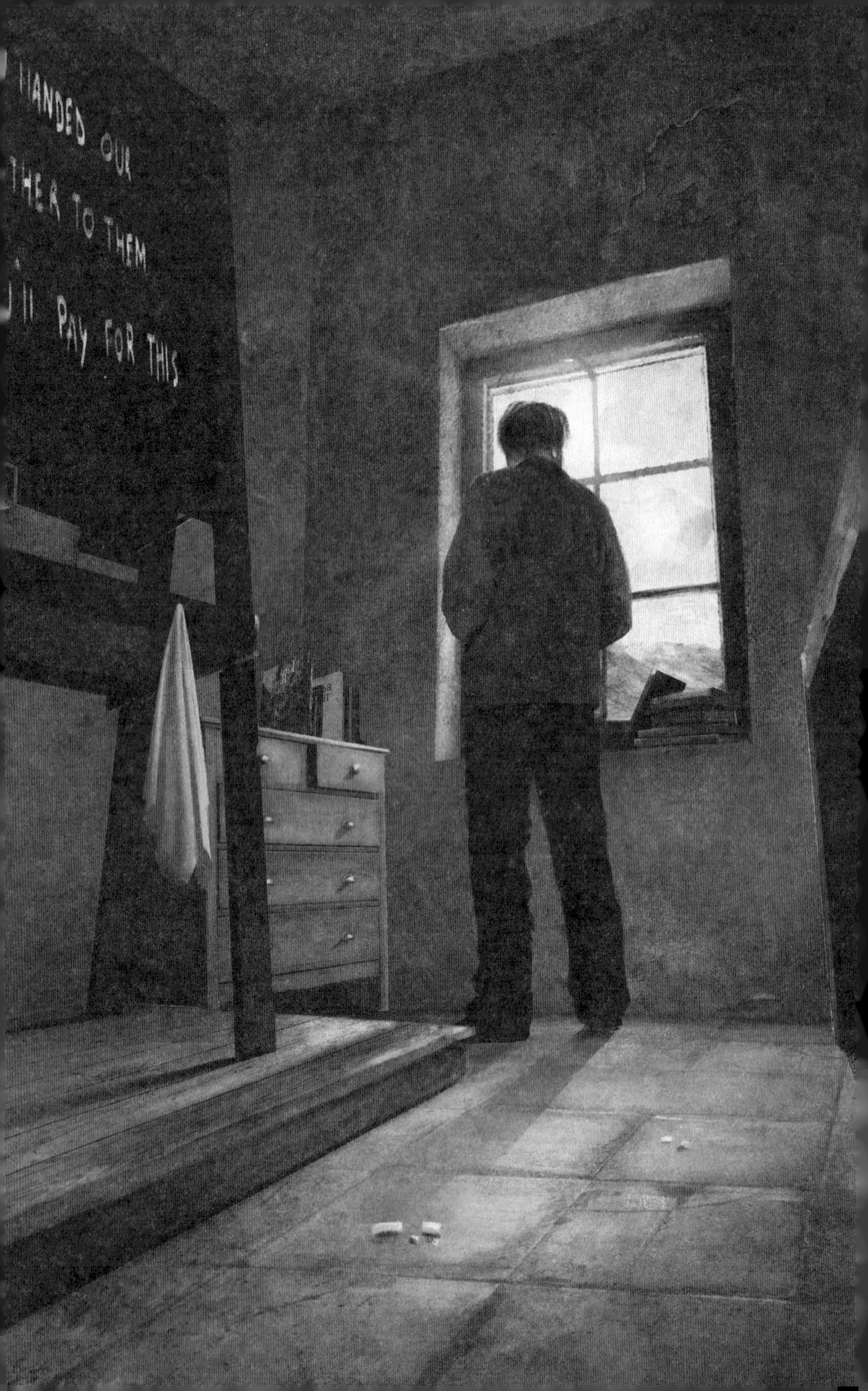
HANDED OUR
THER TO THEM
PAY FOR THIS

外套

尼古拉·果戈理
（1809—1852）

俄国作家、批判现实主义文学的奠基人之一。伊凡·屠格涅夫、费奥多尔·陀思妥耶夫斯基等文学大师都深受其影响。著有《狄康卡近乡夜话》《狂人日记》等。其中，长篇小说《死魂灵》被誉为"俄国文坛上划时代的巨著"。

在某个司里……我还是不点明是哪个司吧。说实话，世界上再没有比什么司啊、团啦、办事处哇、高等法院呀的官儿们更会大发雷霆的了。现在，每个人都认为侮辱了他本人就是侮辱了整个社会。

听说，最近，就有某个县的警察局局长，我记不清是哪个县的了，递交了一纸呈文，他在上面明白地提到，国家的法制岌岌可危，国家的神圣名义正在被人滥用。他还随文附呈了一大卷浪漫小说，作为佐证。小说里有个警察局局长每隔十行就出现一次，有好几次出现时都喝得酩酊(mǐngdǐng)大醉、糊涂不堪。因此，为了避免惹下麻烦，我们最好还是把这里讲到的司叫作某个司吧。

且说，在某个司有个公务员，他说不上是什么仪表堂堂的人物，个子矮矮的，脸上有麻点，头发红不溜秋的，眼睛视力模糊、呆滞无光，头顶上秃了一小块，两颊布满了皱纹，脸色蜡黄——一般患痔疮(zhì)的人才有那样的脸色……

有什么法子呢！这应该归罪于彼得堡的气候。至于官阶[1]（我们这里是最注重官阶的），他是个所谓的名义上的终身文员[2]。众所周知，各种各样的作家都要将这种人拿来尽情地嘲弄和取笑。那些作家有一种值得赞扬的嗜好，就是欺侮那些无力保护自己的老实人。这个公务员姓巴什马奇金。光从字面上，就可以知道此姓是从鞋子[3]变来的。但是到底是什么时候，在什么情况下从鞋子变的，那就没法说了。他的父亲、爷爷甚至妻舅，以及所有的巴什马奇金家的人都毫无例外是穿靴子的，每年还得换两三回底呢。

他的名字叫阿卡基·阿卡基耶维奇。也许，读者会觉得这个名字取得有点牵强古怪。但是，我可以担保，这名字一点也不牵强，因为，在当时的情况下，根本不可能给他取别的名字。阿卡基·阿卡基耶维奇是将近黄昏时出生的，如果我没有记错，那一天是三月二十三日。他故世的母亲，是一个公务员的老婆，一个贤惠的女人，她已经适时地为儿子受洗命名做好了一切准备。母亲躺在朝向门口的床上，右首站着教父伊凡·伊凡诺维奇·叶罗什金，他是个不可多得的好人，曾在参议院里当过议长；还有教母阿丽娜·谢苗诺芙娜·别洛勃柳什科娃，她是巡长的老婆，一

---

[1] 官阶：彼得大帝（1672—1725）于18世纪将官阶表系统引入了俄国，将军队、政府和宫廷中的军衔和职位划分为十四个等级。无论是平民还是贵族都要从最低的第十四级开始，根据功绩依次升职。该制度于十月革命期间被废除。*

[2] 名义上的终身文员：在官阶表中排名第九级的官职，为非贵族阶级所能担任的最高职位，因其工作性质和工作内容的沉闷、缺乏创造性，该职位在俄国文学作品中常遭到嘲讽。*

[3] 鞋子：在俄国，有一种鞋子叫巴什马赫。

个具备高尚品德的女人。他们向满心欢喜的产妇提了三个名字任她挑选：莫基亚、索西亚，或者给孩子起一个殉教者的名字——霍兹达扎特。"不行，"可怜的妇人想，"这都是老一套的名字。"为了让她称心，大家把日历翻到另一页，又挑出了三个名字：特里费利、杜拉、瓦拉哈西。"这真是麻烦人啊，"做母亲的说，"都是些什么名字啊！说真的，我从来没有听到过这样的名字，瓦拉达特或者瓦鲁赫已经够坏的啰，还偏偏来个什么特里费利、瓦拉哈西。"大家又翻过一页，出来了巴甫西卡希和瓦赫基西。"得了，我明白了。"做母亲的说，"看来他命该如此，既然这样，就让他叫父亲的名字好了。他父亲叫阿卡基，那么儿子也叫阿卡基吧。"他就这样被取名为阿卡基·阿卡基耶维奇了。孩子在受洗礼的过程中，呜哇呜哇地直哭，并且做出各种鬼脸，好像他已经预料到自己将是一个文员了。

这就是事情的全部经过。我们这样交代一下，好让读者明白，这一切都是势所必然，根本不可能给他起一个另外的名字。他是哪年哪月到司里供职的，是谁任命他做这个职务的，这一点谁都记不起来了。然而有一点却很清楚，不管换了多少司长和多少上级，我们始终看到他坐在同一个地方，摆出同一种姿势，干着同一个职务——一个抄公文的抄文公。因而，后来大家都认为，他命里注定就是个身穿制服、头上秃顶的文员。在司里没有人对他表示尊敬。当他进门的时候，看门人非但不站起来，甚至只当是一只小小的苍蝇飞过门廊，连瞅也不瞅他一眼。上司对他冷冰冰的，盛气凌人。副主任经常把一叠公文朝他鼻子底下一塞，也不说一声"请您抄写一遍"或者"这个小案件倒是挺有意思的",又或是一两句文明官场中令人惬意的客套话。而他接了过来,眼睛只盯住公文,也不看一看给他公文的是谁,这个人是不是有权力支使他。他接过公文,就马上动手抄。年轻的公务员们挖空心思把办事员那号人所能想到的俏皮话都拿出来嘲笑他,戏弄他。他们给他和他的女房东——一个七十岁的老太婆——编造各种故事,当着他的面大讲特讲,说这个女房东经常打他。他们问他和女房东什么时候举行婚礼,还把碎纸片撒在他的头上,说是下雪了。但是阿卡基·阿卡基耶维奇从来一声也不吭,仿佛在他面前连个人影也没有似的。这甚至不影响他的工作:不管别人怎样取笑逗弄,他连一个字也没有抄错过。只有当玩笑开得太过火,人家碰到了他的胳膊,使他无法抄写下去的时候,他才说:"放过我吧!让我安静一下吧!为什么你们老要侮辱我呢?"这句话和说这句话的声音里,包含着一种异乎寻常的东西,一种引起人们同情怜悯的东西,以致一个刚踏进官场、本来也学别人的样子来嘲弄他的年轻人,心灵突然像被刺痛似的呆住了。

从此以后,在那个年轻人的心目中仿佛一切都变了,一切都和以前不一样了。一种奇怪的力量使他一反常态,同已经结识的同事们疏远开来,他以前一直把这些人当成有教养的体面人物呢。后来在很长一段时间里,哪怕是在最高兴的时刻,他的脑海里总会浮现出那个秃顶、个子矮小、地位卑微的文书,和他那一句痛心的话:"放过我吧!为什么你们老要侮辱我呢?"在这句痛心的话里,他还听到了另一句话:"我是你的兄弟啊!"于是,这个可怜的年轻人不禁双手掩住自己的脸。以后,在他的一生中，他好多次在人身上看到那么多非人道、残忍的东西，隐藏在温文尔雅、知书达理的外表下，老天呀，甚至在被公认是德高望重的绅士中间，竟也隐藏着那么残忍野蛮的东西。每当这时候，他总是感到毛骨悚(sǒng)然。

很难找到像阿卡基·阿卡基耶维奇这样忠于职守的人了。如果只说他是办事热心，还远远不够——不，他简直是酷爱自己的工作。在那里，就是在抄写工作中，他仿佛看到一个变幻多端、令他心旷神怡的世界。他的脸上时常流露出愉快的神色。有几个字母是他特别喜爱的，只要写到这几个字母，他就会非常得意，暗自窃笑，一会儿眨眨眼睛，一会儿又努努嘴唇，好像从他的脸上可以读出他笔下写的每一个字母。如果按照他克己奉公的程度给他回报的话，也许他会大吃一惊——竟可以捞到个国务委员的头衔。可正像他那些嘴巴刻薄的同事们所挖苦的那样，现实是他只捞到纽孔上挂个皮带扣和身下的痔疮。当然，也不能说从来没有人注意过他。有一个司长，是个厚道人，见他多年辛劳，很想奖励他一番，于是派给他一个比普通抄写略为重要一点的差使：仅包括给文章换一个标题，并改几个字，使得全文从第一人称变为第三人称。可是就这么个差使却累得他汗流浃背，终于，他擦擦额上的汗说："干不成啦，还是给我点东西抄写抄写吧。"从此以后，别人也就一直让他干抄写的活了。对他来说，好像世界上除了抄写以外，什么东西也不存在了。他根本不修边幅：他身上的制服已不是绿的了，而变成铁锈般的褐色，带点污泥的颜色。制服的领子又窄又短，因此，尽管他的头颈不长，可伸在领子外面显得特别细长，好像某些石膏小猫——被俄国的外国小贩盛在托盘里，顶在头上到处叫卖，还摇头晃脑的——的脖颈。而且，他的制服上总粘着什么东西，不是些碎稻草，就是些线头。他还有一种看家本领，每次上街，走过某个窗口的时候，总赶上人家扔出各种各样的垃圾，弄得他帽子上老是挂着瓜皮一类的脏东西。他一生中从来不注意每天街上发生的事情，不注意他的年轻同事经常目不转睛盯着看的事情。咱们大家都知道，那些年轻公务员锋利的眼睛和明察秋毫的本领，已经达到惊人的程度，他们可以看得见对面人行道上某一个人裤子的背带松松地耷拉下来——这种事总是引得他们狡黠地咧开嘴笑。

如果阿卡基·阿卡基耶维奇也在看什么的话，那么，他在任何地方看到的总是自己工工整整抄出的一行行清晰整齐的笔迹。只有当一匹马蓦然出现，将头伸到他肩膀上，鼻孔里喷出一阵热风吹到他腮帮上的时候，他才发现自己不是身处文字之间，而是走在马路当中。他一回到家，马上就往桌子旁边一坐，匆匆忙忙地、大口大口地喝白菜汤，狼吞虎咽地吃一块洋葱牛肉。他从来辨别不出什么滋味，总是连菜带苍蝇，以及老天爷碰巧赐给他的其他什么东西都一起囫囵吞进肚里。觉得肚子开始发胀了，他就站起身来，拿出一瓶墨水，抄写带到家里的公文。要是没有公事可做，他就特意给自己抄一个副本，借以取乐，特别是当某件公文的妙不可言之处不仅在于文笔的优美，还在于它是呈送给某个新上任的官员或者显要人物。

甚至在那些时候——当彼得堡灰蒙蒙的天空完全昏暗下来，全体官员按照各人的薪俸和口味吃到撑肚的时候；当机关里的笔尖簌簌声已经静息，各种喧闹已经停止，自己和别人必须办的公事都已经结束，连好管闲事的人也把承揽的事情办完，大家都去休息的时候；当公务员们忙里偷闲，急于把空余的时间用于享乐的时候，有的劲头比较大的，就奔向戏院；有的去逛马路，把时间消磨在对女人们的评头论足上；有的去赴晚会，对某个颇有魅力的姑娘——小小官场中的明星——恭维捧场。最为常见的是，有的人干脆到同事家里去，他们住在四楼或者三楼，两间不大的房间带有一间门廊或者厨房，房间里有一些赶时髦的摆设，如精巧的壁灯啊，或者靠省吃俭用牺牲了好饭菜和游乐换来的精美的小玩意儿啦——总之，当所有的公务员都分散在自己朋友家的小公寓里，精神十足地玩惠斯特牌[1]，一边品着玻璃杯里的茶，一边啃着用几戈比买的甜面包干，吧嗒着长烟斗喷出烟雾，在发牌时讲述一些从上流社会里传出来的流言蜚语——这是每个俄国人任何时刻都不可缺少的乐趣，即使没有更好的事情可谈，把关于某个司令官被人谎报，法尔孔奈塑造的纪念碑[2]上马尾巴被砍掉了这类说了千百遍的、有趣的逸事再重复一遍也好——总之，当大家都去尽情寻欢作乐的时候，阿卡基·阿卡基耶维奇却从来不做任何消遣。谁也不能说，曾经看到过他参加了哪个晚会。他抄写够了，就上床

---

1 惠斯特牌：最初起源于英国的纸牌游戏，包括惠斯特牌、竞叫桥牌和定约桥牌，是现代桥牌的原型。*
2 法尔孔奈塑造的纪念碑：指18世纪法国著名雕塑家法尔孔奈创作的彼得大帝纪念碑。

睡觉，一想到明天上帝不知又会让他抄写什么东西，就不由得露出了笑容。一个挣四百卢布年薪就已感到心满意足的人，就这样一天天地过着平静的生活。也许，这样的生活会一直继续下去，直到他耄耋(mào dié)之年，如果他的人生（其实不仅是名义上的终身文员，包括私人的、名副其实的、法院的及其他各式各样的文员，甚至那些既不评议，也不接受别人评议的文员，也无不如此）不是布满各种灾难的话。

　　在彼得堡，每个挣四百卢布左右年薪的人都有一个死敌。这个敌人不是别的，就是我们北方的严寒，尽管有人说这种严寒是有益于健康的。每天早晨，八点至九点，也就是正当街头巷尾到处都是到各个机关去上班的公务员时，朔风开始一个劲儿地狂吹，抽打着每个人的鼻子，可真是寒气彻骨。那些可怜的人简直不知道把鼻子往哪儿藏。连养尊处优的大官往往都被冻得头疼脑涨、眼泪直流，可想而知，那些可怜的、名义上的终身文员的情况，他们有时简直快被冻死了。唯一的御寒办法，就是裹紧单薄的外套，尽快跑过五六条街，然后在门房里拼命跺脚，直到在路上冻僵了的才干和办事能力解冻为止。近来，阿卡基·阿卡基耶维奇开始感到他的脊背和肩膀被冻得特别厉害，尽管他每天都使出浑身解数跑完规定的一段路。他终于开始怀疑，毛病是否出在外套上。回到家里，他把外套里里外外仔细地检查了一遍，发现有两三个地方，正是在背脊和两只肩膀上，已经成了筛网了：呢子破旧不堪，简直照得见光，里子都露出来了。这里需要交代一下，阿卡基·阿卡基耶维奇的这件外套也是公务员们嘲弄的笑柄，他们甚至取消了"外套"这

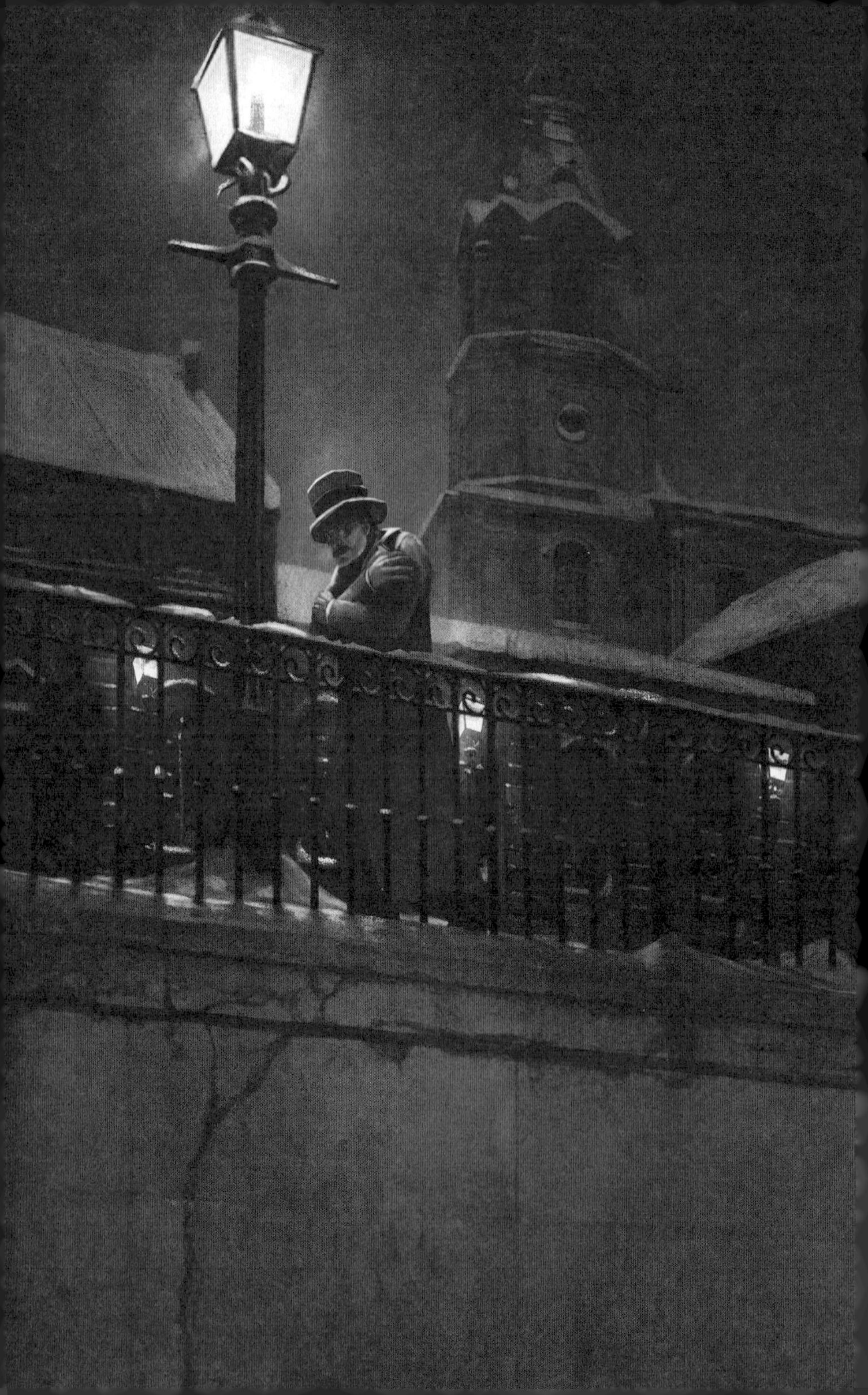

个高贵的称号，而管它叫"包装套"。事实上他的这件外套也确实与众不同：领子每一年都在缩小，因为被剪下来去补其他地方了，而那些补丁也根本不是什么裁缝手艺的典范，补得又笨拙又难看。阿卡基·阿卡基耶维奇找出了病根以后，就决定把这件外套拿到裁缝彼得罗维奇那儿去。这个裁缝住在某处的四层楼上，从后楼梯出入。他虽然是个独眼龙，又满脸麻子，可是缝补起公务员们和其他人的裤子、上衣来却很拿手。当然啰，你得明白，我是说在他没有喝醉、脑子里没有其他杂念的时候。

区区一个裁缝，当然无须赘言，但是现在有种惯例，就是小说中每个人的性格都得充分刻画，所以我也只好把彼得罗维奇[1]描述一番了。他本名格里高利，是某位绅士的农奴。后来他脱离奴籍了，于是逢年过节，起初是每逢大节日，后来不管大小宗教节日，只要碰到日历上画着个十字，他都要放开酒量狂饮一番。从此以后，人家就尊他为彼得罗维奇了。他恪守祖祖辈辈的风俗习惯，当跟老婆吵架，他就骂她是臭婆娘和德国婆。既然小说里提到了他老婆，按说也得描写上两句，但是很抱歉，关于她的事情我们知道得很少，只知道彼得罗维奇有个老婆，平时戴帽子而不是扎头巾。她的相貌显然无法获得夸赞，只有那些近卫军士兵碰到这个女人时，才偷偷看一眼她帽子下的脸庞，捻捻胡子故作惊异地怪叫一声。

---

[1] 彼得罗维奇：斯拉夫人的姓名，分为名、父称、姓三个部分，彼得罗维奇是父称。彼此不熟悉的人称呼对方的姓，冠以先生、公民或职称。对于很熟悉而又不用客气对待的人可以直呼其名。名字和父称是表示尊重对方的称呼。

阿卡基·阿卡基耶维奇爬上通往彼得罗维奇家的后楼梯。说句公道话，楼梯上到处浸渍着污水和泔浆，到处弥漫着刺痛眼睛的酒精气味，咱们都知道这种气味和彼得堡房子的后楼梯结下了不解之缘。他一边爬楼梯，一边已经在盘算彼得罗维奇会开口要多少工钱，他暗中决定最多不会给超过两个卢布。房门敞开着，因为彼得罗维奇的老婆正在煎鱼，熏得厨房里油烟弥漫，连蟑螂爬过都看不见，所以阿卡基耶维奇穿过厨房，主妇竟没有察觉。他一进房间，就看到彼得罗维奇像个土耳其总督似的，盘膝坐在一张没有上过漆的大木桌上。他按照裁缝的习惯，坐着干活的时候赤着一双脚。阿卡基·阿卡基耶维奇首先看到的是他早已看惯的那双大脚趾，畸形的油灰趾甲像乌龟壳似的，又厚又硬。彼得罗维奇的脖子上挂着一绺丝线和一绺纱线，膝盖上铺一方块破布。他已经穿了三分钟的针，还没有把线穿进针眼，所以他对房间里昏暗的光线很恼火，说实话他对这根线也十分恼火。他低声嘀咕着："穿不进，你这个淘气坯，好烦人啊！"阿卡基·阿卡基耶维奇见此光景，就暗呼不妙，心想不该在彼得罗维奇心情不好的时候来找他。他喜欢在彼得罗维奇喝得微醺，或者像他老婆所说的"这个独眼鬼，灌饱了嘶嘶响的马尿"的时候来找他干活。在这种时候，彼得罗维奇总是在价钱上很好说话，满口应承，甚至还点头哈腰地道谢。后来，当然啰，他的老婆会哭哭啼啼地跑来诉说，她当家的喝醉了，价钱要得太低了，不过给他加十个戈比也就完事了。而这会儿，彼得罗维奇看来神志很清醒，所以脾气又臭又硬，特别难说话，不会让主顾占半点便宜，鬼知道他会胡要多少价钱。

阿卡基·阿卡基耶维奇看出情况不妙，正想像俗话说的"打退堂鼓溜之大吉"，可已经晚了。彼得罗维奇正眯紧了独眼，直瞪瞪地盯着他瞧呢。于是，阿卡基·阿卡基耶维奇不由自主地冒出了句："你好，彼得罗维奇！""祝您好，老爷！"彼得罗维奇边说边斜着自己的独眼，朝阿卡基·阿卡基耶维奇的手里瞭了一下，想看看他带来了什么货色。

"我来找你，彼得罗维奇，那个，你看见了吧……"读者请注意，阿卡基·阿卡基耶维奇每说一件事情总要啰啰唆唆地跟上一大堆毫无意义的虚字眼。如果事情棘手，他压根儿就说不成整个句子，所以他往往用这几个字开头："这个，实在是，你明白……"接着就卡了壳，什么话也说不出来了。别人直发愣，连他自己也稀里糊涂地以为要说的都已经说完了。

"什么事啊？"彼得罗维奇边说边瞪着独眼把阿卡基耶维奇的整个外套从领子到袖口仔细地打量了一番，这些都是他非常熟悉的，因为这全是他自己的手艺活。与人见面后第一件事就是这样仔细打量对方的衣服，裁缝都有这样的习惯。

"那个，是这样的，彼得罗维奇……这外套，这呢子……你瞧，哪儿都很结实，只是，嗯，沾了点灰，好像旧了，不过，它还是新的，只有一个地方，有点，有点……在后背上，还有在一只肩膀上稍微磨破了点，这个肩膀上，也有一点，你瞧，都在这儿，费不了多少工夫……"

彼得罗维奇接过"包装套"，先把它摊在桌上仔细检查了好大一会儿，摇摇头，然后伸手从窗台上取下一只圆形的鼻烟盒，盒盖上画着一个将军，可不知道是哪位将军，因为这个将军的脸被手捅了个窟窿，后来在上面补了一小块方纸片。彼得罗维奇吸了吸鼻烟，双手将"包装套"撑开，对着光线细看了一遍，又摇摇头。然后，他把"包装套"翻过来，里子朝上，看了看，再次摇摇头。他把那只圆形的鼻烟盒打开，拈了点鼻烟塞到鼻孔里，把烟盒放到一边，终于开口说道：

"不行，补不成了，这衣服烂得不像话了。"

阿卡基·阿卡基耶维奇一听此话心都凉了。

"为什么不能补了，彼得罗维奇？"他简直在用小孩子的衷恳语调说话，"这个，只是肩膀上磨破了一点，哎，你不是有一些碎呢子吗……"

"是啊，碎呢子可以找到，"彼得罗维奇说，"可咋补上去啊？料子都稀烂了，针刚穿进去，线就脱出来。"

"脱就脱吧，你就补一块试试看。"

"往哪儿补？补上也巴不牢，穿得太破烂了。这哪还能叫呢子料？风一吹，呼，补丁就飞了。"

"唉，那么用其他什么把它补补牢吧——我向你保证：实在的，这个是……"

"不行，"彼得罗维奇一口咬定，"实在没办法，这衣服实在不能穿。您还是到十冬腊月的时候，把它扯开做绑腿布吧，毕竟长筒袜也不暖和。长筒袜是德国人发明的，为的是多赚俩钱（彼得罗维奇一有机会就喜欢挖苦德国人一下）。要说到外套嘛，您可得做件新的啰。"

一听到"新的"这个字眼，阿卡基·阿卡基耶维奇立刻头晕目眩，屋里的东西都变得模糊起来，只有彼得罗维奇那只鼻烟盒盖上贴的将军,还在他眼帘里晃着。"做一件新的?"他说,感到好像是在做梦,"可我没有这笔钱。""对,做件新的。"彼得罗维奇用粗暴、冷淡的语调说。

"那么,要是非得做件新的,那个……这个要多少……"

"您是说,要花多少钱?"

"是的。"

"至少得一百五十卢布。"彼得罗维奇说完,意味深长地把嘴巴闭得紧紧的。他非常喜欢给对方留下一个强烈的印象,喜欢突然来个撒手锏,然后冷眼瞅着对方张皇失措的怪相。

"一件外套要一百五十卢布?"可怜的阿卡基·阿卡基耶维奇高声惊呼起来。也许这还是他生平第一次这样呼喊,因为他说话一向是低言悄语的。

"唔,"彼得罗维奇说,"就这,还得看是什么样的外套咧。要是领子是貂皮的,加上个绸里子的风帽,那就得二百卢布。"

"彼得罗维奇,劳驾。"阿卡基·阿卡基耶维奇用恳求的声调说。他没有听,也不想去听彼得罗维奇的那些话,这番惊人之谈算是白费了。"凑合着补一下吧,能应付着再用一段时间就行了。"

"不行,那准是白费工夫,白花工钱。"彼得罗维奇说。阿卡基·阿卡基耶维奇听了这话,只好垂头丧气地走了。彼得罗维奇目送他走出房门,意味深长地噘着嘴唇,站了好一会儿,才坐下来干活。他对于没有降低自己的身份,也没有糟蹋高尚的裁缝手艺感到很满意。

阿卡基·阿卡基耶维奇迷迷糊糊地走到街上,好像做了一场梦。"原来,会弄成这个样子。"他自言自语地说,"说真的,我实在没有想到,事情会弄成这个样子……"他顿了一会儿,又说:"是这么回事啊!结果事情竟弄成这个样子,我,说实话,一点儿也没有料到会弄成这个样子,还有……"他又沉吟了一会儿,然后冒出一句:"啊,是这样的!简直一点也料不到,谁能想得到啊……会是这样的!"他喃喃自语得迷糊了,没有往家里走,反倒不知不觉地朝相反的方向走去。路上一个扫烟囱的工人落着满身黑灰,笨手笨脚地从他身后擦过,把他肩膀都擦黑了;满满一兜石灰从一幢正在修建的房子顶上掉下来,撒了他一身,他竟一点儿也没有觉察到。后来他又和一名岗警撞了个满怀,那个岗警正把长柄斧搁在身边,从一支牛角形烟盒里往粗糙的手心上倒鼻烟。岗警朝他吆喝了一声:"干吗不走人行道,净往别人身上撞?"他这才清醒了一点儿,环顾了一下,转身走回家去。回家以后,他定下神来,清楚地看到自己的真实处境,不再胡言乱语,而是合情合理地、坦率地同自己交谈,就像同一个能倾吐衷曲的、明智的朋友交谈一样。"不行,说真的,"阿卡基·阿卡基耶维奇说,"现在不能去和彼得罗维奇谈话。他现在实在是……他老婆,准是又和他吵架了,我还是星期天早上去吧。他星期六喝了一晚,星期天准会眼睛也斜了,困乏得净打瞌睡,就得再喝点儿酒提提神,而他老婆一个子儿也不给他。这时我只要,那个,把十戈比往他手里一塞,他准会变得随和很多,也许会把外套,那个,收下吧……"阿卡基·阿卡基耶维奇心里打好了算盘,振奋起来。等到下个星期天,他远远瞅见彼得罗维奇的老婆出门去了,就赶忙去找彼得罗维奇。彼得罗维奇果然在星期六喝了一晚，醉得厉害，耷拉着脑袋，完全是一副昏昏欲睡的样子。尽管如此，一听明白对方的来意，他就好像被一个魔鬼推了一把似的，猛地清醒过来。"不行，"他说，"请您订做一件新的外套吧。"阿卡基•阿卡基耶维奇立即朝他手里塞了十个戈比。"谢谢您，老爷，我要为您的健康干两杯。"彼得罗维奇说，"不过，外套的事您就别那么死心眼儿啦，您那件破得实在穿不成啦。我一定给您结结实实地做一件新的，您就放心吧。"

阿卡基•阿卡基耶维奇还想唠叨缝补的事情，可是彼得罗维奇不等他说完，就打断他的话头："我一定给您做件新的，这件事包在我身上，我一定拿出最好的手艺，甚至可以按时髦的式样做镶嵌银子的领钩。"

阿卡基•阿卡基耶维奇这才明白非做件新外套不可了，为此感到非常沮丧。唉，可怎么办呢？指望从哪儿弄笔钱来做新外套呢？当然，下一个节日有些赏钱，也许能指望用这来解决一部分问题，但是这笔钱早就被预先派去做别的了。要做一条新裤子，之前找鞋匠换靴面的旧账也该付了，还得向女裁缝订做三件衬衣和两件不便用文字表达的内衣。一句话，这笔钱早就有了婆家。即使司长大人开恩，赏他的不是四十个卢布，而是四十五或者是五十个卢布，剩下的钱也有限得很，用来做外套还是差远了。当然，他知道彼得罗维奇有个怪癖，就是喜欢突然像着了魔似的漫天要价，有时连他老婆也听不下去，忍不住吆喝他："你是疯啦还是咋的，你烧糊涂了！有时一个子儿不要白给人家做，可这会儿见了大头鬼，要那么高的价，把你自

275

已卖了也不到这个价钱哪。"当然,他也明白,给彼得罗维奇八十个卢布也就差不多了,可到哪儿去弄这八十个卢布呢?他可以凑齐半数,也许还能超过一点儿,但是另外一半钱实在伤脑筋,到哪儿去弄呢?

这里得向读者交代一下开头一半钱的来历。阿卡基·阿卡基耶维奇有个习惯,就是每花一卢布就要在一只上了锁的、盖子上有个投币孔的盒子里投进两戈比的铜币。每隔半年就察看一下储蓄起来的那堆铜币,并兑成小银币。年复一年,储蓄的数目已经超过四十卢布了。这样他手头上已经有一半钱了。可是另外四十卢布上哪儿筹去呢?阿卡基·阿卡基耶维奇翻来覆去地思考,终于打定了主意,至少在一年之内必须缩减各项日常开销:比如说,每天晚上不点蜡烛,要做事情就到女房东的屋子去借光;走在大街上的鹅卵石和石板上,要尽量小心翼翼放轻脚步,最好是踮起脚尖轻轻放到地面上,以便鞋底经穿一些;尽量少让洗衣妇洗内衣,为了耐脏,一回家就赶紧把内衣脱下,光穿一件薄薄的棉布长衫,这件衣服很经穿,已经穿了好多年,还没有破。说实话,起初他对于匮乏的生活感到很不习惯,但过了一段时间却习惯了,并且完全适应了。他甚至对晚上饿一顿也完全适应了,因为他有精神食粮,那就是他每时每刻念念不忘的那件即将到来的外套。

他的生命在某种意义上变得充实起来。仿佛他成了家,仿佛有另外一个人同他生活在一起,仿佛他并非形单影只,而是有一个可心的伴侣已经答应跟他携手在生活的道路上共同前进。这个伴侣不是别人,就是那件垫得厚厚的、衬着结实耐穿里子的新外套。可以说他有了生活目标，有了明确的奋斗方向，这样他也就有了点生趣了，甚至性格也比以前坚强了。摇摆不定，优柔寡断……一句话，一切犹犹豫豫、黏黏糊糊的特征，都从他的表情和行动中消失了。有时，他的眼睛竟透出光芒，在他的脑子里甚至闪过最大胆、最果敢的想法：干吗不真的在领子上镶一块貂皮呢？他的这种想法使他变得精神恍惚起来。一次，他差一点儿把手头的公文抄错，失声地喊了几个"哎呀"，赶紧在胸前画了个十字，求上帝保佑。他每月至少要到彼得罗维奇那里去一次，商量外套的事情：呢子要什么颜色、什么价钱的，最好到哪一家呢绒店去买。虽然回家时心里总还有点不踏实，但一想到一切都会购办齐全，做成外套的日子就要来到，他就满心高兴。事情办得甚至比预期的还要快些。司长给阿卡基·阿卡基耶维奇的赏金竟有整整六十卢布，真令人喜出望外。也不知是他隐约地感到，阿卡基·阿卡基耶维奇需要一件外套呢，还是仅出于巧合呢，反正他多给了二十卢布。这一笔外快使事情更顺溜了。只要再勒紧裤带两三个月，阿卡基·阿卡基耶维奇积攒起八十个卢布的梦想就要实现了。他向来很平静的心，开始激烈地跳动起来。

攒满钱的当天，他就和彼得罗维奇跑了几家呢绒店，挑了一块很好的料子——无怪乎买得这么顺当，毕竟他们考虑外套料子已经半年了，并且每个月都到店里去打听和比较价钱，所以连彼得罗维奇这样的内行也说，没有比这块料子更好的了。他选了细棉布做里子，这是种结实耐穿的棉布，照彼得罗维奇的说法，比绸缎质地还好，光是看上去就和绸缎一样结实，一样漂亮。最终他们没有买貂皮，因为价钱委实太贵了，不过他们选了一张店里独一无二的、上好的猫皮，从远处看你准会把它当成貂皮。彼得罗维奇忙了两个星期，外套才完工——因为好多地方都要锁纽扣孔，否则也要不了那么长时间。彼得罗维奇要了十二卢布工钱，少一个戈比也不答应。这外套每个地方都是用丝线缝起来的，每个缝口都有两道细针脚；每缝好一道，彼得罗维奇就用牙齿沿着缝口咬一遍，把凹凸不平的地方咬得平平整整。

终于有一天，很难具体说是在哪一天，但这大概是阿卡基·阿卡基耶维奇生平最得意的一天吧，彼得罗维奇把外套送来了，是一个大清早，他正要到司里上班去的时候送来的。这时候送外套来真是雪中送炭，再合适不过了，因为天气已经开始变得严寒，看起来还会更加凛冽。彼得罗维奇做了一个好裁缝应做的事情，把外套送来了。他脸上流露出阿卡基·阿卡基耶维奇从没有见过的那种郑重其事的表情。他好像充分认识到自己完成了一件了不起的事情，大显身手了一番，用高超的手艺让大家看到，只会缝缝补补的裁缝与擅长裁剪缝制时装的裁缝之间真是判若霄壤。

他解开刚从洗衣妇那里拿来的包外套的巾帕，把外套郑重地拿了出来，然后把巾帕重新折好，放进口袋以备日后使用。拿出外套以后，他得意扬扬地看了一下，双手提起来，十分利索地把它披到阿卡基·阿卡基耶维奇的肩上，拉拉挺括，再把后襟扯扯平，然后，故意把它披得随便自如些，没有系纽扣。阿卡基·阿卡基耶维奇像大多数上年纪的人一样，想试试袖子，彼得罗维奇帮他套上袖子，看起来袖子也很好。一句话，这外套裁制得好极了。彼得罗维奇趁机将自己吹嘘了一通，说他工钱收得那么克己，是因为他住在小街僻巷里，没有挂招牌，再加上他和阿卡基·阿卡基耶维奇已是老相识了。这外套要是拿到涅瓦大街去做，单单做工就得七十五卢布。阿卡基·阿卡基耶维奇不大想和彼得罗维奇讨论这个问题，而且他也怕彼得罗维奇信口开河地乱说吓人的高价。他付清了彼得罗维奇的工钱，道谢了两句，就穿着新外套到司里上班去了。彼得罗维奇跟着他走了一段，久久地站在大街上，从远处欣赏着外套，然后又故意拐弯，从一条小街上抄近路，再回到大街，从另一角度，也就是从前边，再把自己缝制的外套欣赏一遍。

这时，阿卡基·阿卡基耶维奇就像过喜庆节日一般，兴高采烈地向前走去。每一瞬间，他都感到肩膀上披着新外套，有几次心里太高兴了，竟失声笑了出来。的确，这件外套确实出色，既暖和又美观。他飘飘然也不知走了多少路程，转眼之间已到了司里。他在门房脱下外套，仔细检查了一遍，专门嘱咐门卫好好照看。

我也说不上是怎么回事，司里人一下子都知道阿卡基·阿卡基耶维奇添了件新外套，那件"包装套"已不复存在了。大家立刻蜂拥到门房来参观阿卡基·阿卡基耶维奇的新外套，恭喜他、祝贺他。他一开始只是咧开嘴笑嘻嘻的，后来确实有点不好意思了。当大家拥到他跟前，纷纷说应当为了新外套设酒宴，至少也得请大家吃顿晚饭时，阿卡基·阿卡基耶维奇完全昏了头，不知该怎么回答才好。约莫过了几分钟，他涨红了脸，讷讷地向大家分辩："这并不是什么新外套，只是一件旧的。"终于有一个官员，说实在的他还是这个办公室的副主任，大概为了显示他平易近人、丝毫没有架子，并且乐于和下属拉近乎吧，说道："诸位，我看这样吧，我愿代阿卡基·阿卡基耶维奇请一次客，务请大家今晚光临寒舍，参加茶会。事情也真巧，恰好今天是我的命名日。"公务员们自然转向副主任表示祝贺，并且欣然从命。阿卡基·阿卡基耶维奇找了些借口婉言推辞，禁不住大家都责怪他简直太不近人情了，这一来他就再也无法推托。然而，他转念一想，正好趁此机会穿上新外套到外面露一露，心里倒也挺高兴。

这一整天对阿卡基·阿卡基耶维奇来说，确实是他毕生中最扬扬得意的、最充满欢乐的一天。他怀着无比喜悦的心情回到家里，脱下外套，再一次把面子和里子尽情欣赏个够，然后捧宝贝一般小心地把它挂到墙上，接着把那件穿破了的"包装套"拿出来和新外套比较一番。他对"包装套"瞟了一眼，不禁扑哧一下笑出声来。真是天壤之别啊！后来吃饭的时候，有好长时间，只要一想起自己穿那件"包装套"的狼狈样子，他就哧哧笑个不停，合不拢嘴。

他心情舒畅地吃完饭，饭后，没有抄写任何公文，就躺到床上舒散了一会儿。天刚暗下来，他就赶紧穿好衣服，披上外套，走上大街了。那位请客的官员具体住哪儿，很遗憾，我也说不上来。我的记性越来越差了，彼得堡的街道和房屋实在太多，在我的脑海里就像一团乱麻，理不出个头绪，但不管怎么样，至少有一点是确凿无疑的，就是那位官员住在城里繁华时髦的地区，因此离阿卡基·阿卡基耶维奇的住所是相当远的。阿卡基·阿卡基耶维奇首先得走过几条灯光暗淡的、偏僻的街道，但越走近目的地，街道也就越热闹起来，住家多了，灯火也辉煌了。来往行人越来越多，到处开始出现一些服装华丽的夫人和一些穿着海狸皮领子大衣的男人。他很少碰到拉客的车夫赶着钉有镀金的铜钉、围着木栏杆的简陋雪橇在街上跑，相反，碰到的尽是些头戴紫红丝绒帽子的、神气活现的车夫驾着一辆辆漆得油光锃亮、铺着熊皮垫子的雪橇疾驶而过。他还看到装饰得很讲究的轿式马车在街上飞速地奔驰，车轮碾得积雪嘎吱嘎吱直响。

　　阿卡基·阿卡基耶维奇睁大眼睛观看着，感到很新鲜，他已经有好几年没有在晚上逛大街了。他在一家商店明亮的橱窗面前好奇地驻足凝望着一幅广告，上面画着的一个女人正在脱鞋，露出一条匀称的光腿；在她背后，一个长着络腮胡子，嘴唇下边蓄着一小绺美丽帝须[1]的男人，正从房子门口探出头来窥视。阿卡基·阿卡基耶维奇摇了摇头，微笑了一下，然后又向前走去。为什么他要微笑？是不是因为他遇见了自己完全不熟悉的，但每一个男人对此都下意识有些敏感的东西呢，还是他同许多其他公务员一样想道："咳，我的天，这些法国人也太不像话了！如果他们想做这号事，准是……"不过他也许连这个也没有想过——你总不可能钻到别人的灵魂里去了解他的想法吧！

---

[1] 帝须：指留在下唇下面的小绺胡须，因拿破仑三世爱蓄此种式样的胡须，故名"帝须"。

他终于找到了那副主任富丽堂皇的寓所，楼梯上点着灯，副主任的公寓在三楼。走进前室，阿卡基·阿卡基耶维奇看见地板上放着一长排高筒橡胶皮套鞋。在套鞋之间，房间的中央放着一只茶炊，沸腾的茶水咝咝地响，喷出一团团蒸汽。四边墙上挂满了外套和斗篷，有些竟是镶着海狸皮领子和天鹅绒翻领的。隔墙隐约传出一阵阵模糊的笑语声喧。门一打开，男仆端着装满空杯子的托盘、奶油壶和放面包干的筐子走了出来，这时候，喧哗笑语的声音就突然清楚而响亮起来。显然，官员们早已莅临，大概已喝过第一杯茶了。阿卡基·阿卡基耶维奇把外套挂好，走进屋子。

这时，满屋子的蜡烛、官员、烟斗、牌桌在他眼前晃成一团，各个角落乱哄哄的谈话声和椅子的移动声响成一片。他十分尴尬地站在屋子当中，环顾四周，手足无措，不知道咋办才好。这时有人看到他了，高声喊着欢迎他。于是大家一窝蜂地拥到前室，又把他的外套欣赏了一番。阿卡基·阿卡基耶维奇虽然有点发窘，但毕竟思想单纯，看到大家都夸奖他的外套，也禁不住感到高兴起来。后来，不消说，大家把他丢在脑后，照例又聚精会神地打起惠斯特牌来。所有这一切——纷纷乱乱的嘈杂声、大伙儿闹闹嚷嚷的谈话声，都使阿卡基·阿卡基耶维奇感到惊奇，他简直不知道该把手和脚与整个身体往哪儿放才好。最后，他坐在打牌人旁边，观看他们打牌，先凝视这个人的脸，又去凝视那个人的脸，不多一会儿就打起呵欠来了，感到厌烦得很。特别使他担心的是，这时早已过了他平时就寝的时间。他想向主人告辞，可是人家说什么也不让，说一定要干一杯香槟祝贺他添置新装。

过了一个小时，仆人端来了晚饭，有色拉、凉拌小牛肉、肉馅饼，糖果店送来的小烘饼、果馅饼，还有香槟。大家硬灌了阿卡基·阿卡基耶维奇两杯。酒下了肚，他感到暖乎乎的，心情也舒畅多了，然而总是放心不下——时间已是午夜十二点，早就应该回家了。他害怕主人还要执意挽留他，便找了个机会悄悄溜出屋子，到前室搜寻他的外套，他怪心疼地发现外套被丢在了地上。他捡起外套抖了抖，把沾在上面的尘土和脏东西都拂拭干净，然后披到肩上，下楼出去了。

街上还有点亮光。有几家小百货铺子——这是仆人和三教九流之人的永久俱乐部——还开着门，另外几家铺子已经打烊了，门紧闭着，但是每条门缝里都射出一道道长长的亮光，说明里面的人还没散。大概是那些使女或者男仆还想闲聊下去，害得主人们摸不着头脑，不知这些仆人跑到哪儿去了。阿卡基·阿卡基耶维奇在路上兴致勃勃地走着，天晓得为什么，他忽然心血来潮，跟在一个女人后面跑起来。那个女人像一道闪电掠过他的身旁，她浑身像风摆杨柳似的激烈扭动着。但是，他马上克制住自己，依然文质彬彬地向前走去。他实在感到惊讶，不知道怎么会突然跑起来，真是不可理解。不久，那几条荒凉的街道又在他的面前出现了，这些街道甚至在白天也是死气沉沉的，更不用说晚上了。现在它们变得更冷落凄清。街灯的光越来越暗淡，显然，灯油快枯竭了；接着出现了木头房屋和栅栏，四下阒无人影，只有满街的积雪在幽幽地发出微光，低矮的陋屋放下了百叶窗，看起来黑黝黝的，分外凄凉。他走到一处地方，街道在这里断了，前面是寥廓空旷的广场，好像可怕的沙漠，广场的对面有一些房屋依稀可见。

远处，不知道是什么地方，一个好像是守在世界尽头的岗亭里闪烁着一点微光。阿卡基·阿卡基耶维奇轻松愉快的心情，不知怎的，到了这儿就飞到九霄云外了。他走到广场上，不由得根根汗毛都竖起来，似乎已预感到一种不祥的兆头。他向身后，又向两旁张望了一下，周围仿佛是一片汪洋大海。"不，还是不看的好。"他这样想着，就闭起眼睛硬着头皮向前走去。当他睁开眼睛，想看一看广场是不是已经快走完的时候，突然发现在他前边，几乎就在他的鼻子跟前站着几个蓄着胡子的家伙，他甚至没有来得及辨认出来他们究竟是些什么样的人，只觉得两眼发黑，心快从胸膛里跳出来了。

"这不是我的外套吗？！"其中一个大汉打雷似的喊了一声，一把揪住他的领子。阿卡基·阿卡基耶维奇正想叫救命，另一个大汉已经把一只像他脑袋一样大的拳头伸到他嘴巴上，说："你敢喊！"

阿卡基·阿卡基耶维奇只感觉到这几个人剥下他的外套，然后用膝盖顶了他一下，叫他在雪地上摔了个四仰八叉，昏厥过去了。几分钟后他苏醒过来，站起身子，这时一个人影也不见了。他只觉得广场上冷飕飕的，身上没有了外套冻得受不住。他尖声喊了起来，可是这喊声似乎传不到广场的尽头。他绝望地一个劲儿喊叫着，穿过广场，朝岗亭奔去。岗亭旁站着一名岗警，倚着长柄斧，似乎在好奇地顾盼，看到底是谁号叫着从远处朝他奔来。阿卡基·阿卡基耶维奇跑到他跟前，气喘吁吁地嚷起来，说他只顾睡大觉，玩忽职守，连拦路抢劫也不管。

岗警回答说，他啥也没看见，只看见在广场中间有两个人把他拦住了，只当是他的朋友呢。岗警劝他，在这里骂人是不顶用的，还是明天找巡长去，巡长会搜查出抢外套的人的。

阿卡基·阿卡基耶维奇回到家里，仍是一副挺吓人的模样：还没有掉秃的两鬓和后脑勺上的头发完全散乱开来，身子两侧、胸前和裤子上沾满了雪。房东老太婆听见一迭砰砰的敲门声，怪吓人的，忙从床上一骨碌跳下来，只来得及一只脚跋上拖鞋，就跑去开门，谨慎起见，她拢住了胸口的衬衣。一开门，看见阿卡基·阿卡基耶维奇这副可怕样子，她吓得退缩了几步。当听完整件事的经过，她两手一拍，说他应该直接去找警察分局局长，说这个区的巡长只会骗人，轻诺寡信，叫人家一趟趟地空跑，还是直接去找警察分局局长妥当，说她甚至还认识他，因为有一个叫安娜的芬兰姑娘，曾经给她当过厨娘，现在在警察分局局长家里当女佣；还说她经常看到分局长乘车路过她家门口，说他每逢礼拜天都上教堂去祷告，并且对教友们和蔼可亲。所以从种种迹象来推测，他准是个善良厚道的人。听了这个建议以后，阿卡基·阿卡基耶维奇茫然若失地趔趄着回到自己屋里去了。至于他是怎样熬过这一夜的，只要稍微能体谅别人苦衷的，自然不难揣测。

第二天大清早，他就去找警察分局局长，局里人告诉他分局长在睡大觉；他十点钟又去了一趟，局里人说分局长还在睡觉；他十一点钟又去了，对方说分局长不在家；吃午饭的时候他又去了——接待室里的公务员们却挡了他的驾，而且一定要他说出为何而来，有何公干，出了什么事情。生平第一次，阿卡基·阿卡基耶维奇显示出自己的强硬态度了,他说,他需要亲自见分局长本人,说他是从司里来的,有公事接洽,说如果他们胆敢不放他进去,他只要告他们一状,就要叫他们知道厉害。公务员们被他说得愣住了,于是其中一个只好去请分局长的大驾。分局长在听取外套被抢案件的时候,态度却非常古怪。他不注意被抢经过、抢徒形貌,却再三盘诘阿卡基·阿卡基耶维奇,为什么他半夜三更才回家,是不是正打算去或已经去过坏名声的地方——妓院。阿卡基·阿卡基耶维奇被问得晕头转向、困惑不堪,于是他也顾不上问外套的事是否会得到妥善处理,只好怏怏而去。这一天,他破天荒地没有到司里去办公。

第二天,他脸色惨白,穿着那件显得更加寒碜的旧"包装套"来办公了。外套被抢劫的消息——尽管有些公务员连这个取笑他的机会也不放过——毕竟使许多人为之动容,大家当场商定替他募捐,可是凑起来的款额少得可怜,因为公务员们本来已经花了不少钱了,譬如认购司长的肖像啊,响应科长的建议啊,订购科长朋友写的一本书啊——所以,捐款的数目自然就寥寥无几了。有个公务员忽然大发善心,决定至少要帮阿卡基·阿卡基耶维奇出一点主意,于是劝他不要再找这个区的巡长。巡长为了博得上司的赏识,也许会设法把外套追查出来,但是如果他提供不了法律上的根据,证明自己是那件外套的原主,那么外套还得留在警察局里。他极力主张最好的上策乃是去求见一位举足轻重的大人物,只要那位大人物给有关当局写写信、打打交道,事情就会更圆满地解决。阿卡基·阿卡基耶维奇走投无路,只好拿定主意去见那位大人物。

这位举足轻重的大人物究竟主管什么，直到现在我还没有搞清楚。这里得交代一下，这一位大人物不久前才成为举足轻重的人物，而在此之前他也是无足轻重的。即使是现在，跟其他更大的人物比较起来，他还是小巫见大巫，瞠乎其后呢。但是，总有这么一圈子人，别人看来无足轻重的人物，他们却看成足够大的人物。何况，这一位大人物还千方百计地拼命摆架子来抬高自己的身价。譬如，当他来办公时，硬是要求他的下属们出来到楼梯口迎接他；小人物是不准直接向他禀告的，办一切手续必须尊卑分明，井然有序：十四级官员向十二级官员报告，十二级官员向九级官员报告，或者向其他官阶相当的人报告。必须通过这样逐级上报的途径，公事才能送到他手里。在神圣的俄国，有一个模仿上级的狂热风气，每个人都像猴子一样惟妙惟肖地模仿上司的神气。我亲耳听说，有个九级官员，被派去负责一个小小的办事处，一上任，他就马上给自己隔出一间"主任室"，并且在门口设了几个穿着红领子、镶金边制服的门房。他们握着门把，给每一个进去的人开启门扉，尽管这"主任室"窄小得摆一张普通的办公桌就几乎无转身之地了。

这位举足轻重的大人物举止风度很是威风气派，办事非常直截了当。他这套制度的主要基石就是严格。"严格，严格，再严格"是他的口头禅，他讲到最后一句时，总要含蓄、充满深意地瞪着对方的脸，尽管这样做并没有什么必要，因为他主管的这个行政机构统共才十来个官员，这些小人物本来就对他够敬畏的了，老远看到他，就放下公事，肃立迎接，一直到这位上司离开办公室为止。他平时和下属谈话总是严声厉色的，差不多只有这三句话："你怎么敢？你知道是在跟谁说话吗？你明白我是谁吗？"其实他内心是善良的，待同僚很好，乐于助人，可是将军的头衔使他完全冲昏了头脑。自从当上将军之后，他不知怎么的就晕头转向，得意得不知道该怎么为人处世了。如果跟官阶相当的人在一起，他倒还算个正派人，一个有教养的人，甚至在许多方面是个颇有理智的人；可是一旦在社交场合遇上了哪怕官阶只比他低一级的人，他简直不知道该如何是好了，只能一言不发地默默坐着。他的地位反而叫人觉得他有些可怜，因为连他自己也感觉得到，他本来可以过更有意义的人生。有时从他的眼睛里可以看出，他是多么渴望参加一场有趣的谈话啊，可是他的疑虑阻止了他。他担心这样做是否太过分了，不成体统；是否和下属们太亲近了，有损自己的尊严。由于这样瞻前顾后，他就只好自始至终保持沉默，只是偶尔哼哈地说出一个单音词，就这样他获得了"煞风景的人"这一名声。

我们的阿卡基·阿卡基耶维奇就是要去求见这样一位举足轻重的大人物，并且挑了个最不吉利的时候去见他。这对于他自己是很不幸的，然而对于大人物却是很幸运的。大人物正在自己的办公室里兴冲冲地跟一个刚来看他的、多年不见的至交谈心。就在这节骨眼上有人进来禀报，说有一个叫巴什马奇金的人想要谒见。他用严峻的口气问了句："什么人？"官员回禀说："一个公务员。""嗯，叫他等着，现在没空。"大人物说。这里得交代一句，大人物完全是在扯谎。他是有空的，他跟那朋友该谈的早已都谈完了，现在他们谈上几句就开始长时间地默默相对，找不出什么可说的了。他们只是轻轻地彼此拍拍膝盖说:"是这样,伊凡·阿勃拉莫维奇!""说得是啊,斯捷潘·瓦拉尔莫维奇!"可是尽管他并不忙,为了向他的老友,这个早就离开公职,在乡下家里赋闲的人显摆一下官员们要在他的接待室里等候多久,而自己又是多么威风,他还是让那公务员干等着。

最后,话谈够了,或者不如说是沉默够了,他躺在靠背倾斜的安乐椅上抽完了一支雪茄,才终于好像突然回忆起了似的,对站在门口拿着公文等他签字的秘书说:"哦,想起来了,好像还有个官员在外边等着吧,吩咐他可以进来了。"当他看到阿卡基·阿卡基耶维奇一副谦卑的样子和身上那件寒酸的旧制服,就立即对他说:"您有什么事?"声调短促且严峻。这是他在获得现职和将军头衔之前花了一个星期,把自己独自关在房间里,对着镜子特意苦练出来的语气。阿卡基·阿卡基耶维奇早已对他敬畏得战战兢兢,现在更是如履薄冰,费了好大劲才把舌头调动起来,尽最大的能耐说明事情的原委,可是不知怎的,"啊""嗯"的倒比平时更说不清了。他说,他有件崭新的外套,现在被人伤天害理、丧尽天良地抢去了,说他前来求见,是恳请大人开恩致函警察总监阁下或者别的什么人,设法把外套找回来。不知什么原因,将军觉得为此区区小事而直接请求他太放肆了。"你好放肆!"他用短促的语调说道,"先生,你不懂得规矩吗?你是在找谁讲话?你不知道办事的手续吗?你应当先向办事组递交呈文,由主任、科长、秘书,逐级呈递到我这里……"

"可是,大人,"阿卡基·阿卡基耶维奇竭力压住心里的惊慌,尽管浑身都在冒虚汗,还是竭力镇定下来说,"我斗胆来恳求大人，是因为秘书们，唉，那个……都是些靠不住的人……"

"什么，什么，什么？"举足轻重的大人物说，"你哪儿来的这种悖逆的精神？哪儿来的这些大胆的想法？年轻人居然目无上司，狂妄到如此地步！"大人物显然没有注意到阿卡基·阿卡基耶维奇已经年过半百了。如果他也能被称为年轻人，那除非是和古稀老人比。"你知道你是在跟谁说话吗，嗯？你明白我是谁吗？你明白吗？我问你！"说到这里，他一跺脚，嗓门提得很高，即使换了别人也会感到害怕，何况是胆小如鼠的阿卡基·阿卡基耶维奇呢。阿卡基·阿卡基耶维奇顿时吓得呆若木鸡，打了个趔趄，全身打战，再也站不稳了。如果不是门卫及时赶来将他扶住，他准会扑通一声倒在地上。他几乎失去了知觉，被人搀扶着出去。然而，大人物却为效果出乎意料的显著而踌躇满志，为自己的一句话能使一个人失去知觉而沾沾自喜起来，他斜眼偷看了一下他的朋友，想知道他有何反应，看到他的朋友惴惴不安，甚至也开始有点恐惧起来，大人物感到得意非凡。

阿卡基·阿卡基耶维奇已经完全不记得他是怎样从楼梯上被扶下来，又是怎样跟跟跄跄走到街上的。他的四肢麻木得毫无感觉了。他一生中还从来没有被一位将军如此严斥过，而且还是个其他司的将军。他张大嘴巴，在满街狂风暴雪中跌跌绊绊地走着，一不小心在人行道上绊倒了。彼得堡的狂风，照例从四面八方，从大街小巷向他猛吹过来，一下子就吹得他得了扁桃体炎症。他趔趄着挨到家里，连说句话的气力也没有了。他的面庞和喉咙发肿，倒在床上。一顿"恰如其分"的训斥有时竟会有如此威力！

　　第二天，他发起了高烧，在彼得堡气候的仁慈帮助下，病情发展得意想不到的迅速。医生来了以后，搭了搭脉，想不出什么办法，只是开了一帖热敷药，也算是尽了医生的职责，让病人得到一点诊疗了。两天后医生就通知房东，要准备后事了，说了这话，又叮嘱她说："老夫人，您得抓紧时间，现在就替他定一口松木棺材吧，因为栎木棺材太考究了，他也睡不起啊。"阿卡基·阿卡基耶维奇是否听见了这些对他生死攸关的话，这些话是否对他产生了摧毁性的影响，他是否惋惜他那令人怜悯的一生——这一切我就不知道了，因为他一直在发高烧，处于意识模糊状态。一幕比一幕更荒诞的幻象接连不断地缠磨着他：首先他看见彼得罗维奇，向他订做了一件装着捕捉强盗夹子的外套，他总觉得这些强盗一直躲在自己的床下。他不时地把女房东叫来，甚至要她从他的被窝里把一个小偷拖出来。一会儿又问，他有一件新外套，为什么把他的旧"包装套"挂在他面前。一会儿他又觉得自己低首下心地站在将军面前，聆听着"恰如其分"的训斥，口口声声说："我错了，阁下！"最后，他忽然用最难听的字眼大骂起来。房东夫人赶紧在胸前画十字，她从来没有听他说出过这样难听的话，尤其这些话都是和"阁下"这个字眼连在一起的。接着，他就尽说胡话了，叫人一点儿也捉摸不透，只知道他那些语无伦次的话和不连贯的思想翻来覆去总离不开那件外套。可怜的阿卡基·阿卡基耶维奇终于断了气。无论是他的住房，还是他的遗物，都没有被封起来。因为第一，他没有后嗣；第二，留下的遗产少得可怜：一束鹅毛笔，一刀空白公文纸，三双短袜，两三颗从裤子上掉下来的纽扣和那件读者早已熟悉的"包装套"。后来谁得了这一笔财富，只有天知道。老实说，连我这个讲故事的人也没有费工夫去打听。彼得堡没有了阿卡基·阿卡基耶维奇，生活照旧进行，仿佛从来就没有过他这个人似的。一个谁都不愿为之声援，谁都不亲近，谁都不感兴趣，甚至那些惯于俯察昆虫的博物专科大学生（他们惯于屈尊就卑，连普通的苍蝇也不轻易放过，要摆在显微镜下仔细观察）都不屑一顾的生物，消失了，离开人世了。这个生物逆来顺受地容忍同事们的嘲笑，平白无故地被送进了坟墓。纵然，在他的生命行将消逝之前，一个化身为外套的光明使者曾经来访，使他可怜的生命获得昙花一现的光彩。可是转眼之间，灾祸，正像降临到权势赫赫者的头上一样，也突然降临到他头上……

他死后不久，司里的一个门房带着要他立即上班的命令，来到了他家里，说是上司让他去。不过这个门房肯定是白跑了一趟，回去禀报说："他不能来上班了。"上司质问："为什么？"回答："回老爷的话，他已经去世了，埋了三天了。"司里的人就是这样得悉阿卡基·阿卡基耶维奇的死讯的。第二天，他的座位上坐上了一个新的公务员，个子要高得多，写出来的不是工工整整的、笔直的正体字，而是有点歪歪扭扭的斜体。

但是谁会想到阿卡基·阿卡基耶维奇的故事并未到此结束，好像是老天可怜他默默无闻了一生，注定要让他死后轰动几天。于是，我们这可怜人的故事也就出乎意料地得到了一个古怪离奇的结尾。彼得堡突然到处谣传起，卡林金桥上和附近地区，每到夜里就有一个官员模样的僵尸出现，寻找一件被抢去的外套，并且以此为借口，不问官阶和职业，从所有过路人的身上把用猫皮、海狸皮、浣熊皮、狐皮、熊皮——一句话，把人们用各种各样的毛皮来镶领子和衬里的外套，剥得一干二净。这个司里有一个公务员亲眼看见过这个僵尸，而且立刻认出他就是阿卡基·阿卡基耶维奇。但是他当时被吓得魂不附体，因此没有把僵尸的模样看得非常清楚，只看见那个僵尸在远远的地方点着手指威吓他。

各处状纸如雪片般飞来，说是由于外套被剥，不光是九级官员，连一些七级官员的背脊和肩膀都冻坏了。警察们接到命令，要不惧任何麻烦，不惜一切代价，无论如何都要抓到那个真僵尸或是假死人，严惩不贷，以儆效尤。说实在的，这人差一点儿也抓到了。据说某一个区分局的岗警在基柳什金巷，当僵尸正从一个吹长笛的退休乐师身上剥下绒粗呢大衣的时候，乐师已经牢牢地揪住了僵尸的领子。他揪住领子不放，并喊来了另外两个警察，把僵尸交给他们抓住，自己抽空把手伸进皮靴里，掏出桦皮鼻烟盒来刺激一下冻坏过好多次的鼻子。可是这种鼻烟一定呛得很，连死人也受不住，当乐师用手塞住右鼻孔，左鼻孔刚吸了一点鼻烟的时候，僵尸猛然打了个喷嚏，溅得三个人眼睛里都是鼻水。正当他们擦眼睛的时候，僵尸已经失去踪影了。他们甚至都拿不准是否真的逮住过那个僵尸。从此以后，警察们对死人怕得要死，以至于连活人也不敢捉了，只是远远地喊一声："嘿，那边的，快走吧！"后来，那个死掉的公务员甚至出现在卡林金桥的另一边，闹得所有胆小的人都胆战心惊。

可是，我们却把那个举足轻重的大人物完全丢在脑后了。这个本来完全真实的故事带上了荒诞虚妄的色彩，他实在是根本原因。首先我们得为他说句公道话，在可怜的阿卡基·阿卡基耶维奇被骂得失魂落魄之后不久，这位大人物产生了一种类似后悔的感觉。他并非刻毒无情之人。他常常发善心，不过他的高官显爵老是阻止他表露出来罢了。当来访的朋友一走，他甚至牵挂起可怜的阿卡基·阿卡基耶维奇来了。而且打这往后，这个被斥责吓得魂不附体、可怜的小公务员几乎每天都萦绕在他的心头。每当想到这人，他就烦恼不安，一星期以后，他甚至决定派一名公务员去了解一下他的近况，看看能否真正帮他一点忙。当他得到禀报，说阿卡基·阿卡基耶维奇因患精神错乱和热病而暴卒的时候，他甚至大惊失色，受到良心的责备，整天闷闷不乐。

为了排遣掉这不愉快的情绪，某夜他到一个朋友家里参加晚会。在那里他结交了许多上流社会的人物，尤其妙的是，大家几乎都是同样的官阶，所以他可以不受任何拘束，这对他的精神状态产生了一种奇妙的作用。他心情开朗起来，和颜悦色，谈笑风生，总之，这一晚上他过得很惬意。晚饭时，他喝了两杯香槟酒——大家知道，这是一种颇好的提神剂。香槟酒使他兴致勃勃，想干一些不寻常的事情。于是他决定不回家，而到他一个熟识的朋友——显然是德国血统的夫人罗琳娜·伊凡诺芙娜那儿去。他对这位夫人怀有深厚的友情。顺便说一句，大人物已经不年轻了，是个好丈夫，是可敬的一家之主。他有两个儿子，一个已经在他的机关里任职；还有一个模样很俊俏的女儿，正值十六岁,她有一个微微翘起的、很好看的小鼻子。子女们每天吻他的手,喊着"爸爸好[1]"。他的老婆是一个上了年纪但风韵犹存的女人,她总是先让他吻自己的手,然后翻过手来,再吻他的手。大人物虽然满足于美满的家庭生活,却依然认为在城里别处有个情妇也很正常。这个情妇一点也不比他老婆年轻貌美,可是世界上存在着很多费解的事实,我们不能妄加评论。

就这样大人物步下楼梯,乘上雪橇,吩咐车夫驶往罗琳娜·伊凡诺芙娜的寓所。他雍容华贵地裹在暖和的裘袍里,沉醉于一种俄国人认为是无上的喜悦心情之中——你什么也不用想,什么也不用费劲去寻觅,而美妙的浮想联翩而至,一个比一个更使你愉快。他心旷神怡,轻松地回忆着刚才晚会上一幕幕欢愉的情景和惹得这高贵的圈里人拍掌大笑的解颐妙语。其中有许多话他还低声复诵了好几遍,回味起来仍然和原来一样使人逗笑,所以很自然地,他又打心眼里笑出声来。然而,一阵一阵的寒风老是不知趣地打扰他,这风,天知道从哪个鬼地方,也不明白啥原因突然刮来,像刀子一样割他的脸,还卷着大片大片雪花不断地朝他身上抛来,把大衣的领子吹得像船帆一样膨胀开;或者猛然呼的一下,吹得领子蒙住了他的头,害得他不得不拼命把头从领子里钻出来。蓦地,大人物觉得有人拼命揪住了他的领子。回过头来,他看见一个中等身材,穿着一件破旧制服的人,定睛一看,他认出这个人就是阿卡基·阿卡基耶维奇,这一惊实在非同小可。这个公务员的脸色惨白,

---

1 原文为法语。*

看上去活脱是个死人。当大人物看到死人噘着嘴，向他吹起一股股坟墓一样阴冷的风时，他简直吓得灵魂出了窍。死人说："哈！又碰上你了，我到底把你那个，嘿，把你的领子抓住了！我正需要外套呢！你不帮我查外套的下落，反而辱骂我——现在把你的脱下给我吧！"可怜的大人物吓了个半死。尽管每个人看到他堂堂的仪表和魁梧的身材，都要说："嘿，这可是个有气魄的人！"可是，在这时，他像所有伟岸的大人物一样，吓得魂飞魄散，好像马上就要病倒。他赶紧脱下外套，惊慌失措地尖着嗓子向车夫喊道："快回！"车夫一听到大人物只有在紧急关头才会发出的怪喊，看到比这喊声更吓人的动作，以防万一，赶忙把耳朵缩到肩膀里去，叭叭地连扬几鞭，赶着雪橇，风驰电掣而去。过了几分钟，大人物已经到了自己家门口。他失魂落魄，脸色苍白，外套也丢了，情妇那儿也没有去成，而是回到了家里。他拖拽着沉重的脚步回到自己的房间里，心神不定地挨过了一夜。第二天早晨吃饭时，女儿对他说："父亲，你今天脸色发灰，好吓人啊。"可是做父亲的却默然无语，对谁都矢口不提他昨晚遇到了什么事，去过哪儿，想往哪儿去。这件事对他的刺激很大，像"你怎么敢？你知道我是谁吗"这样盛气凌人的话，他以后很少再对自己的僚属说了，即便说，也是在听完别人说明原委之后。

然而更引人注目的是，从此以后，这里再也没有闹过鬼。看来，将军的外套僵尸穿了还蛮合身，至少，再也没有听到有谁的外套被剥的事情了。不过有些唯恐天下不乱的人还在不停地谈论，说那个公务员的鬼魂还在偏僻的地方继续出现。科洛姆纳区的一个警察亲眼看见有个鬼魂从一所房子后面出来,但是这个警察体质孱(chán)弱——有一天,某家院子里窜出一头大肥猪,竟把他撞倒了,惹得周围的马车夫捧腹大笑。为了这无礼的讪笑,他硬罚他们每人拿出两戈比给他买鼻烟——由于没有力气,他不敢挡住这个鬼魂,只是在黑暗中盯梢。突然,这个鬼魂停住脚步,回过头来问他:"你想干啥?"并扬了扬奇大无比的拳头。警察说完"不干什么"后,连忙转身就走。这时,鬼魂的躯体变得更魁梧了,蓬乱的大胡子实在吓人,它向奥布霍大桥那边踽踽独行而去,终于在茫茫的黑夜中消逝了。

(1842年)

罗杰·马尔文的葬礼

纳撒尼尔·霍桑
（1804—1864）

美国19世纪最伟大的浪漫主义小说家之一、心理分析小说的开创者。亨利·詹姆斯、埃德加·爱伦·坡、赫尔曼·麦尔维尔等文学大师都深受其影响。著有《红字》《七角楼房》《重讲一遍的故事》等。

印第安战争里，有一件充满传奇色彩的大事，就是1725年为保卫边疆而进行的"远征"，它以人们永志不忘的"洛弗尔之战"告终。一小队人马深入敌境，抗击两倍敌军，这件事本身就极其发人深省。只要稍一留意，就会发现其中有不少可歌可泣的英勇事迹值得大书特书，经过适当剪裁，便能成妙文。交战双方所表现出的气概，都是符合文明人对于"英勇"的定义的，其中有一两人的事迹特别感人，即使被称誉为"富于骑士精神"也当之无愧。这次战役虽然伤亡惨重，却取得赫赫战果，对于国家颇有裨益，因为它使一个部落大伤元气，一蹶不振，从而赢得了多年的和平。正史和广义上的传说对这次战役都有翔实的描述，使边区一个侦察小队的队长，竟可与领导成万大军夺取胜利的统帅同样彪炳史册，流芳百世。以下只是"洛弗尔之战"的一段插曲，其中述及的某些事件，尽管人名、地名都是虚构的，但凡聆听过老一辈讲述该次战役中少数生还勇士之命运的人，都会承认它是有事实根据的。

清晨的阳光愉快地洒落在树梢上。树荫下躺着两个疲惫的伤员。头天夜晚他们拖着困乏的肢体，来到这靠近坡顶的地方（这一带地势不平，到处都有缓坡起伏），在一块巨石下比较平坦的地方铺了橡树枯叶，躺下安歇。

那块硕大的花岗岩，表面光滑平坦，有十五至二十英尺高，矗立在他们头顶上，有点像巨型墓碑，它的纹理宛若墓志铭上被遗忘的古老文字。这一带地区生长的一般都是松树，而这块巨石周围几英亩却都是橡树和其他硬材树。一株茁壮的小橡树，就挺立在这两个过路的伤兵的近旁。

年纪大的那个伤兵，伤势严重，难以成眠。第一缕晨曦刚在最高的树梢上出现，他就痛苦地撑持着坐起来。他脸上深深的皱纹和斑白的头发说明他已过中年，不过他体格还算强健，若不是负了重伤，肯定还和年轻力壮时一样能经受住长途跋涉的辛苦。这会儿他憔悴的面容上镌刻着极度的衰弱和困乏。他把绝望的目光投向树林深处，这表明他深信自己的旅程快到尽头了。接着他又将目光转向躺在身旁的旅伴。那个刚刚成年的年轻人正枕着臂弯睡觉，由于伤口发出一阵阵剧痛，他魂梦不安，随时都会痛醒。他右手握着一管毛瑟枪。从他面部的剧烈表情来看，他正在睡梦中重温那场激烈的鏖战（他是这场激战后少数生还者之一）。梦里的高喊化为嘴唇上不成句子的喃喃低语，就是这轻微的声音使他突然惊醒了。他醒来后第一件事便是焦虑地询问他那受重伤的旅伴病情如何。那人摇摇头。

"鲁本，我的孩子，"他说，"咱们头顶上的这块石头，快成为我这老猎人的墓碑了。咱们面前横着茫茫荒野，还要走好多好多英里才能到家。而且，即便过了这坡地就能看到我家屋的炊烟，也无济于事了。我中的这颗印第安人的子弹，杀伤力比我原本料想的大得多。"

"别泄气。你是跋涉了三天太累了，"年轻人回答他，"休息一阵就会恢复体力的。你坐在这儿，我到树林里去找一些野草树根充饥，咱们先吃点东西，然后，我把你背上，往老家去。我相信搀一程，背一程，至少会把你送到某个边防军驻地的。"

"我活不过两天了，鲁本。"那个年纪大的人平静地说，"你自顾不暇，我不能再拖累你了。你伤口很深，再受我拖累，力气很快就会耗尽。你只有自个儿赶紧走才能保住性命。我是没指望了，只好在这里等死。"

"即便是这样，我也要留在这儿守护你。"鲁本坚决地说。

"不行，我的孩子，不行。"上了年纪的旅伴回答，"你就顺从一个将死之人的心愿吧。让我握一下你的手，你以为我在临终的时候想到你也会被拖累死，心里好受吗？我像父亲一样疼你，鲁本。在这样的紧急时刻，我应当拿出做父亲的权威，责令你快走，这样我死也瞑目了。"

"你像慈父一样对待我，我怎能忍心让你暴尸荒野，没有人掩埋？"年轻人痛心地呼喊起来，"不行，如果你真是寿限到了，我也要守着你，听到你临终的话。我要在这块大石头旁边给你掘个墓，万一累倒了，咱们就在这里一起安息，要是天可怜见，给我足够的力气，我总能摸索着回家的。"

"在城市里和有人烟的地方，"中年人接住他的话茬说，"死人当然总是入土为安。大家把死人埋起来，是免得被活人看见。可是这里一百年也没有人经过，我在露天安息，让秋风卷起橡叶盖在身上又有什么不行呢？我在临死的时候，在这块灰色的大石头上刻出罗杰·马尔文这几个字，不就是很好的墓碑吗？将来有人路过，总会知道这里安眠着一个猎人兼战士。别再耽搁时间做这样的蠢事了。赶紧走开，即便不是为了你自己，你也要为她想想。你撇下她一个人，她该会多么凄凉。"

马尔文说到后来，嗓音发颤，哽咽住了。他的年轻同伴显然深受感动。这些话使他领悟到，以身殉友，并不能挽救朋友的生命，自己还有其他义不容辞的责任要尽。

尽管鲁本更坚定地拒绝同伴的恳求，但实际上他被说服了，何况，很难说他当时心里就没有一点儿自私的想法。

"在这荒野慢慢等死，多可怕啊！"他痛苦地呼喊道，"在战场上勇士不怕为国捐躯，有亲友们送终，连妇女也能安心瞑目。可是在这片荒野——"

"我在这里也不会畏缩，鲁本·伯恩，"马尔文打断他的话，"我不是个怯懦的人。即便是，了却心愿，就是比亲友送终更可靠的支持。你还年轻，生命是宝贵的。你临终时远远比我更需要安慰。你把我埋葬了，自己也会累垮，若是在茫茫黑夜的森林里孤孤单单地死去，那是多么痛苦啊！趁现在还有逃生的希望，赶快走吧！你思想高尚，我劝你走，你也决不会有自私的动机。你走是为了顺从我的心愿。我祈祷上帝保佑你安全还乡，我就再没有什么牵挂，可以放心地离开尘世了。"

"可是你的女儿——我这样抛下你，我怎么有脸见她呢？"鲁本失声痛呼道，"我曾经发誓要豁出命来保护你的安全，她如果问起她父亲的命运，难道我能回答她，我和她父亲撤出战场，跋涉了三天，到头来却把他撇在荒野里，眼睁睁让他死去？与其贪生回去向朵尔卡丝说这样的话，倒不如和你死在一起。"

"告诉我女儿，"罗杰·马尔文说，"你虽然自己也负了重伤，筋疲力尽，还是搀扶我跟跟跄跄地跋涉了许多英里，只是因为我不愿拖累你一起死，一再恳求，你才离开我。告诉她，你始终忠心耿耿和我患难与共，如果你流血能救我命的话，你是不惜流尽最后一滴血的。告诉她，对她来说，你比父亲更可贵。我祝福你们俩，告诉她，我能看到你们成为终身伴侣，走过漫长的幸福道路，死也瞑目了。"马尔文最后这几句话很有力量，好像使荒芜凄寂的树林也充满了幸福的憧憬。他说话时精神奕奕，看样子几乎要从地上爬起来。可这只是短暂的回光返照，他随即精力耗尽，颓然倒在橡叶铺上。鲁本为他的话所鼓舞，眼睛里本已燃起了希望的光芒，看到马尔文又倒下去，希望的光芒也随之熄灭了。他好像感到，在朋友临终的时刻想到自己的幸福是有罪过的，也是愚昧的。年长的旅伴看到他面部表情的变化，就想了个办法来减轻他的悲哀。

"也许我太悲观了，我不见得就要死去。"他说，"我的伤如果得到及时的医疗，也许会愈合。最先逃命的人也许已经把这场死战的消息带给边区居民了，他们会派人来援救像我们这样处于绝境的人。你要是遇到派遣的人，赶快把他们领到这里，说不定我还会回到家里的火炉边嘛！"

那个快死的人说出这渺茫的希望时，脸上掠过一丝苦笑。这话确实对鲁本起了作用。自私的动机，甚至于朵尔卡丝的凄凉处境都不能使他在危急的关头抛弃难友，但是现在他的全部想法都归结于一个愿望,那就是马尔文可能获救。他天性是乐观的,因此把这个渺茫的希望几乎当成准会实现的事实。

"当然有理由,有充分的理由指望在不远的地方会找到救星。"他悄声说,"仗刚打响,就有个胆小鬼临阵脱逃,他很可能已经生还了。边区每个真正的男子汉听到这个消息,一定会扛起枪来,寻找伤亡战士的。虽然他们不会派人到这样的深山老林里来,不过赶一天路,就很可能碰上他们。"他说到这里,因为不太相信自己的动机,就征询马尔文的意见:"请你如实地告诉我,如果你处于我的地位,你忍心眼看着我一息尚存,就丢下我吗?"

"这是二十年前的事了。"罗杰·马尔文边说边叹了口气,不过他心里总认为两桩事的性质是迥然不同的,"二十年前我和一个好朋友被印第安人俘虏,囚禁在蒙特利尔。我们设法脱逃,在森林里走了许多天,我的朋友终于因饥饿困乏,卧倒不起,恳求我离开他。他认为,如果我留下,两个人必死无疑。当时获救的希望很渺茫,我听从了他的想法,在他的头下面垫了许多枯叶作为枕头,急匆匆往回赶路。"

"你及时带人去救他了吗?"鲁本热切地等待马尔文的回答,仿佛想从中找到自己能否成功的预兆。

"我去了。"那中年人回答,"就在当天日落之前,我遇到一帮打猎人的宿营地。我领他们来到我的旅伴躺卧的地点,他在奄奄一息中得救了!现在他在边区自己的农场上,矍铄健壮,而我却负伤,躺卧在荒野。"

这个事例对鲁本起了强烈的影响,加之他内心深处许多潜在的动机也起了作用，于是他的思想动摇了，罗杰·马尔文看出，很快就能说服他了。

"马上就去吧，孩子，老天会保佑你成功的！"他说，"你遇到自己人，甭跟他们一起回来了。你的伤还没好，路上再一劳累，说不定身体就拖垮了。你可以叫他们派两三个人来寻找我。鲁本，相信我的话，你每向家乡走近一步，我心里就会轻松一些。"然而他说话的声调和脸色都变了。因为无论如何，被抛弃在荒野慢慢咽气，到底是非常可怕的事情啊。

鲁本·伯恩的内心还在斗争，他还有点怀疑撇下同伴的做法是否正确。他终于无可奈何地爬起来，准备上路。首先，他不顾马尔文的反对，在附近采集了一些树根和野草（他们这两天以来一直以此维生），把这些聊以充饥的东西放在那个临终的人身边。此外，还扫集了许多干枯的橡叶，垫在他身体下面。然后，他又从那块大石有粗糙裂痕的一边爬到它顶端，扳下那棵小橡树，把自己的手帕系在树梢上。这样做并不是多余的，因为那块大石头附近丛生着茂密的矮树，除了它那光滑宽阔的一面以外全都被树叶遮蔽住了，很难被发现。这块手帕可以帮助搜寻的人发现马尔文躺卧的地点。这手帕原来是鲁本包扎自己膀上的伤口的，上面血迹斑斑。他把它系在树梢上的时候，凭着那血迹发誓，自己一定回来，即使来不及救死扶伤，也要把同伴的遗骸安葬。起誓以后，他爬下岩石站在同伴的身旁，目光低垂，听取他永别之前的嘱咐。

马尔文详尽地指点他怎样通过这无路的森林，神态异常冷静沉着，好像是自己安全地留在后方，而派遣鲁本去执行一项战斗或追击任务，一点儿也不像临终前的诀别。但是说到后来，他终于支持不住，软弱下来了。

"把我的祝福带给朵尔卡丝，告诉她，我要为你们俩做最后一次祈祷。叫她别误会，别因你撇下我而对你有什么看法。"这时鲁本心里一阵难受，"因为只要能救我的命，你是不惜牺牲自己的。她服丧期满便会嫁给你。老天保佑你们百年好合，直到儿孙为你们养老送终！"马尔文说到这里，终于露出了对于死亡的恐惧，添说了一句："鲁本，你要回来。等到养好了伤，去除了疲劳以后，你要回到这荒野的大石头下面，把我的骸骨安葬入土，祈祷我早日升天。"

边境居民对于葬礼是极为重视的，几乎带有一种迷信色彩，这也许是受印第安人风俗习惯的影响吧。在印第安人心目中，非但活人之间有战争，亡灵之间也会进行战争。为了安葬在旷野阵亡的勇士，他们不惜以活人殉葬，这样的事例屡见不鲜。

因此鲁本隆重地宣誓，要回来为罗杰·马尔文举行葬礼并非信口许诺，这在他心目中是头等大事。马尔文语重心长的临终嘱咐中，再也没有提到自己还有获救的希望，因为事实明摆着，抢救的人哪怕兼程赶路，也来不及救他的命了。

鲁本心里完全明白，这是他和马尔文的最后一次见面，即使十万火急地回来，也来不及在他生前与他再次会晤了。按照鲁本仗义的性格，不管风险多大，他也得留下来，为马尔文送终。可是，贪生的欲望和对幸福生活的憧憬太强烈了，使他无法摆脱。

"不用多说了，"罗杰·马尔文听了鲁本的许诺后说道，"去吧，老天保佑你一路平安！"

年轻人默默无言地紧握了一下他的手，便转身离去。然而他踌躇不前，走得很慢，没有走上几步，又听到马尔文的声音。

"鲁本，鲁本！"他微弱地呼喊，鲁本闻声立即回来，跪在这个弥留之人的身旁。

"把我扶起来，让我靠在这块大石头上。"马尔文提了最后一次请求，"我要面向老家，我要再多看一眼你在树林里走过的情景。"

鲁本按照他的心意，把他扶起来，然后，再次踽踽离去。一开始，他走得比较匆促，不像是一个体格非常衰弱的人，因为他内心的愧疚（即使最理直气壮的人，有时也会有这种心情）驱使他竭力避开马尔文的视线。但是，他踩着沙沙响的落叶走了一程以后，又出于一种痛苦的心情和强烈的好奇隐藏起来。他躲在一棵被风刮倒的大树和它带着泥土的树根后面，以热切的目光窥视着这个凄凉孤寂的人。

晴空无云，晨光熹微，大树和灌木都在吮吸这五月之晨的芳馨气息。然而大自然却露出阴郁的神色，仿佛她也在分担着这临终之人的痛苦和忧愁。罗杰·马尔文举起双手，在虔诚地祈祷。有些话语，透过树林里静谧的空气，直传到鲁本的心里，使他感到难以名状的悲痛。他是在为自己和朵尔卡丝的幸福向上苍祈求。年轻人听着听着，不由受到天良（或是类似天良的东西）的强烈谴责，很想回到大石下面躺卧的马尔文身旁。他感到自己撇下的这个仁慈仗义的长辈，奄奄待毙，遭遇真是太悲惨了。死神像一具僵尸，缓慢地穿过森林，悄悄地向他逼近。

它阴森可怕、狰狞凝滞的面容，在一棵又一棵的树木后面显露出来，越逼越近。

不过，如果鲁本耽搁到第二天日落时分，他自己也准会遭到同样的厄运。而他避免这种无谓的牺牲，总算情有可原吧。他临去之前又投以深情的一瞥，只见一阵微风吹动了那棵小橡树上的小旗，好像在提醒他刚才发的誓言。

由于好多难以预料的波折，负伤的年轻人回到边境时已经比较晚了。第二天阴云密布，使他无法根据太阳的位置调整方向。当时他体力几乎耗尽，非常焦急，拼命挣扎着前进，殊不知越往前走离老家越远。他没有食粮，全靠森林里的浆果和其他野生植物苟延残喘。一路上，他有时倒确实遇见成群的梅花鹿在不远处奔跃而过，鹧鸪也往往就在他前面不远处扑棱棱飞起，可是他的弹药都在那次战役中用完了，没有办法猎获它们。

他为了生还而拼命赶路，体力消耗太大，创伤也恶化了，时不时地神志不清。但是即使在精神恍惚的时候，这年轻人也还是怀着顽强的求生渴望，一个劲儿地挣扎前进，终于精力衰竭，寸步难移，倒在一棵树下，等待死神来临。

边境居民一得到战斗的消息，立即派人来救济战役后的幸存者。他就是在这千钧一发的垂危时刻，被这批人发现的。他们把他送到最近的拓居地，这恰巧就是他的老家。

朵尔卡丝是恪守妇道的、淳朴的旧式妇女，她寸步不离地守在负伤情人的床边，本着女性所特有的柔情和灵巧，给他以无微不至的照顾和抚慰。好几天，鲁本一直昏昏沉沉地想着他所经历的危险和困厄，对于许多人急切的询问，无法给以确实的回答。当时大家还没有得到有关战争确切可靠的消息。做母亲、妻子和子女的，都无法探悉他们的亲人究竟是被俘，还是被更牢固的死亡锁链拴住了。朵尔卡丝也默无一语地暗自担忧着。一天下午，鲁本从惊魂未定的昏睡中醒来，好像稍能清晰地认出她来。看到他神志比较清醒了，她的孝心使她再也按捺不住。

"鲁本，我的父亲怎样了？"她急切地问。可是看到她的情人脸色陡变，她不禁心里一沉，没有再往下说。

那个年轻人好像是心痛如绞地缩成一团，然后热血蓦然涌上他苍白凹陷的双颊。他的第一个冲动就是掩住面孔说出实情，但是他害怕朵尔卡丝会谴责他，只好歪曲事实，开脱自己。他带着豁出去的心情，抬起身子，情绪激动地、急巴巴地说起来。

"你父亲作战时负了重伤，朵尔卡丝，他叫我搀扶他到湖边，喝点水解渴。后来，他吩咐我快走，让他一个人在那儿等死。可我说什么也不愿在老人临终时撇下他，我虽然也血流如注，还是费尽了力气，一直搀扶他走。我们在一起走了三天。出乎我意料，你父亲竟能支撑下来。可是在第四天早晨日出的时候，我发现他虚脱无力，一步也走不动了，他的生命力很快地衰竭了，于是——"

"他死啦！"朵尔卡丝虚弱地喊了一声。

鲁本感到她父亲本来还有一线希望，是自己贪生怕死，害得他过早地归天，但又不敢承认这一点。他默无一语，只是低垂着头，羞愧而又软弱地倒在床上，把脸藏在枕头里。朵尔卡丝害怕的事得到证实了。她悲哀地恸哭，但是由于这件事早在

309

意料之中，倒也没有怎么震惊。

"你把我可怜的父亲埋葬在旷野里了吗，鲁本？"她对父亲的孝心全都表现在了这句问话上。

"我的手疲乏无力，但是我尽了最大努力。"年轻人喘着气说，"他的坟上有一块宏伟的墓碑，但愿老天也保佑我死得像他那样安静。"

朵尔卡丝察觉到他说出最后几个字时荒凉的语气，没有再问下去。她想到在自己父亲的葬礼中，鲁本凡是能做的，无不尽力而为，也就安心了。她一字不漏地把鲁本见义勇为、孝敬长辈的事迹，对亲友们原原本本地讲述了。

年轻人蹒跚地走出病室，呼吸新鲜空气，晒晒阳光时，听到大家众口一词地称赞自己，实在感到内疚，羞愧难当。所有的人都认为鲁本对难友的忠诚"生死不渝"，理应成为他女儿的配偶。由于这不是一篇爱情小说，他们结婚的经过就毋庸赘述了。这里我只简单地说一句，几个月后，鲁本和朵尔卡丝·马尔文结婚了。举行婚礼那一天，新娘泛起羞赧的红晕，而新郎却面如死灰。

现在鲁本·伯恩无法对别人，特别是他最爱和最信任的朵尔卡丝倾吐衷曲。他当初本应该向她透露事情的真相，却因一时怯懦，没敢说真话。他深深悔恨，想对她承认，可是由于自尊、害怕失去她的爱情、唯恐受到大家鄙视，只好讳莫如深，只字不提。他感到，在离开罗杰·马尔文这件事上自己并没有做错，如果留在那儿也是徒然送命，只能使那个快死的人在弥留时更加痛苦，可是因为自己隐瞒了真相，这件本来情有可原

310

的事，终于成了他的一桩心病。理智告诉他并没有做错，可是他心里总是像将被发现的罪犯一样，极为恐惧。有时他竟把自己想象为杀人犯。许多年以来，有一个妄想始终在他心里作祟——他的岳父还没有死，还坐在森林里那块岩石下面铺着枯叶的地上，等待他信誓旦旦地许诺下的救援。这种妄想一直折磨着他。尽管他也明白，这种想法是愚蠢且荒谬绝伦的，但却无法摆脱。当然这种幻觉旋即就消失了，他也从来没有把它当成事实。可是他即使在最冷静、最清醒的时刻也清楚地意识到自己没有履行誓言，一具没有安葬的尸体正在旷野里向他召唤。然而他如果应这召唤到旷野里去，人们不会怀疑吗？他又该用什么托词才能搪塞过去呢？这显然是不行的。何况事情拖得太久了，现在要求马尔文的朋友们去帮助埋葬，为时已晚，而鲁本和所有边远拓居地的居民一样充满了对迷信的恐惧，也绝不敢单独去。

再说，在没有路径、无边无际的森林中，他又怎么能找到那块光滑的、好像刻有墓志铭的大岩石，找到马尔文尸体躺卧的地点呢？他实在记不清回来的路线，特别是最后一段旅程，根本一点儿印象也没有了。然而他内心一直有种冲动，一种只有他自己才能听见的声音，命令他去履行誓言。他有种奇怪的感觉——只要去找，就一定能鬼使神差地径直找到马尔文的骸骨。然而年复一年，他一直没有听从自己内心这隐约的召唤。他的这个心病像铁镣一样沉重，使他提不起精神，像蛇一样狠毒，咬啮着他的心，使他变成一个悲伤的、萎靡不振而又烦躁易怒的人。

在他们婚后的岁月里，鲁本和朵尔卡丝原来比较兴旺的家业，眼看着渐渐地衰落了下来。鲁本身无长物,唯一的财富乃是他坚定的性格和坚强的手臂。朵尔卡丝是她父亲的唯一继承人,是她的嫁妆使她丈夫成为农场之主。这个农场比当时边区一般的农场开垦时间长,面积大,产量也高得多,可是鲁本·伯恩变得失魂落魄,不好好侍弄庄稼。其他开拓者的土地一年比一年肥沃,而他的土地却一年比一年贫瘠。

以前在印第安战争时期,人们一手扶犁,一手拿枪,下地干活非常危险。如果他们的农作物没有在地里或是谷仓里被未开化的敌人破坏,就算是万幸了。这几年战争停止了,按说要发展农业不该遇到什么阻碍了,可是鲁本并没有从这种改善的局面中得到什么好处,不知怎么的,他断断续续的耕耘总是歉收。

他和毗邻的开拓者难免有些接触,而这一段时期,他烦躁易怒的毛病变得非常严重,经常和人家争吵,导致数不清的诉讼(在美洲殖民拓荒初期,新英格兰的居民们一有机会总是通过打官司来解决争端)。

长话短说,鲁本·伯恩的处境每况愈下,婚后没有几年,就沦于破产的境地。他对付紧追不舍的厄运,只剩下一个权宜之计了——在树林深处刀耕火耨,在荒无人迹的处女地上进行开垦。

鲁本和朵尔卡丝只有一个儿子,那时已满十五岁,长得清秀健壮,看来将出落为一个有出息的男子汉。他对粗犷的生活很能适应,对各种重累的农活已经比较熟练了。

他步履轻捷,瞄射很准,不管学什么都领会得很快,且心胸开朗，气概不凡，大家都对他很器重，都说将来一旦印第安战争再次爆发，赛勒斯·伯恩定会成为这个地区居民的领袖。

鲁本虽然嘴上不说什么疼惜的话，心里却深深地钟爱这孩子，他感到自己性格的优点都随自己的钟爱灌注到这孩子身上了。在鲁本心目中，连自己的爱妻朵尔卡丝也远远比不上赛勒斯惹他心疼。因为鲁本长期与世隔绝，落落寡合，渐渐养成一种自私的性格，他看到或想象到的人若不能反映出自己的心灵，是绝不可能被他深爱的。他在赛勒斯身上看到了自己过去的影子，他间或好像也为这孩子的精神所感染，一种新的、愉快的生命力在他身上苏醒了。

在迁徙之前，鲁本把孩子带到远方去选择土地，砍伐和焚烧树木，秋季的两个月就这样过去了。然后鲁本·伯恩和他的年轻猎手回到拓居地来度过最后一个冬天。

翌年五月，一家三口怀着恋恋不舍的心情，忍痛舍弃了老家的家具什物，辞别了在他们潦倒的日子里少数几个堪称患难之交的朋友，远走他乡了。这几个背井离乡的人各有表达离愁别绪的方式。忧郁的鲁本，因境遇不遂而愤世嫉俗，和往常一样，眉头紧锁，目光下垂，大踏步向前走去。他没有什么，或者说，他不屑承认有什么割舍不下的东西。

单纯而深情的朵尔卡丝，对什么都那么依恋，一旦分离，当然泣不成声。然而她想到最亲爱的人仍然在她身边与她偕行，而其他一切虽然失去，日后终究会得到补偿，她的愁闷也就宽解些了。那个小伙子天性乐观，弹了一滴眼泪以后，已经在想象要去荒无人迹的大森林里历险的乐趣了。

啊，在热切的白日之梦中，谁不愿意有个美好的伴侣轻倚着自己的臂膀，在夏日的旷野尽情漫游。年轻时，他不知险阻为何物，迈着欢快的步伐走遍大地，直到皑皑雪山之巅和汹涌的大海之滨。在成年时期，他比较沉稳了，择居于清溪潺潺、钟灵毓秀的山谷里。而在清净的生活以后，老年时期悄悄来到，萧萧两鬓的老者已成了一家之祖、一族之长、未来强国的缔造者了。

然后死神来临了。正像我们在度过幸福的一天后欣然入睡一样，他恬然长眠。

他的后裔将为他的遗骸归于尘土而黯然举哀。传说使他居于神秘的雾气中，子子孙孙将奉他为神明，而遥远的后代将要想象他站在久远的时间之谷、荣耀的氤氲(yīn yūn)之中，亿万斯年，永世长存。

尽管我这篇故事中的人物，所经过的茂密且幽暗的森林和上述梦想者幻想的国土迥然不同，然而他们也注定要走一条奋斗创业的道路。好在除了离乡背井的愁绪以外，并没有别的东西阻碍他们的幸福。他们有一匹鬃毛蓬松的骏马，驮着他们的全部家当。每天上午它还要额外驮上朵尔卡丝，这匹矫健的坐骑对这点重量是满不在乎的。不过她从小就劳动，有一副吃苦耐劳的身板，所以每天下午，还是坚持在丈夫的身边徒步跋涉。

鲁本父子肩扛猎枪，腰插利斧，不知疲劳地持续前进，一路上用猎人的敏锐目光，注视着他们赖以充饥的猎物。他们走累了，肚子饿了，就停下来在森林里清冽的溪水旁做饭。他们跪下去把干渴的嘴唇贴在溪面上喝水的时候，小溪就像初恋的少女被吻时那样，半推半就地发出可爱娇嗔的声音。夜晚，他们在树枝搭的小棚下睡觉，恢复精力，第二天天刚亮便精神抖擞地重新踏上征途。朵尔卡丝和她的儿子一路上心情愉快，连鲁本有时外表上也露出高兴的样子，不过他内心始终有一种冰冷的哀愁，好比表面上郁郁葱葱、一片青翠的山坡，在深深的峡谷和洼地里仍然寒意料峭，积雪未融。

赛勒斯·伯恩对于穿过树林相当熟练，他观察到他父亲并没有按照去年秋天远征时的原路走，而是偏向北边，朝着离各个拓居地都很远、只有野兽和野蛮人出没的荒凉地区行进。小伙子有时提醒他父亲路线错了，鲁本倒也虚心听取儿子的劝告，有两次也根据儿子的意见改变路线，可是他一这样做，就感到忐忑不安。他总是目光迅速地向前扫去，好像在审视有没有敌人暗藏在树干后，看清前面没有危险以后，又回首环顾，好像害怕后面有人追踪。赛勒斯看到父亲渐渐又回到错误的方向，知道劝说无用，也就不再干预了。他看到父亲无端绕路，显得诡秘，有点担心，不过好在他天性爱冒险，倒也没有太往心里去。

第五天下午，离太阳下山约莫还有一个小时，他们停歇下来，因陋就简地搭棚露宿。他们走的最后几英里，全是高低起伏的坡地，好像凝固的海涛。他们在一块洼地里——一个粗犷而带有浪漫色彩的所在，搭起小棚并生起篝火。一想起这三个人由强烈的爱之纽带牢牢地拴在一起，你就会感到温暖；而想到他们和周围的一切动物完全隔绝，你又会感到寒心。四周幽暗阴郁的松树俯瞰着他们，每当夜风从树梢上吹过，森林里便发出一种使人哀怜的声音，也许那些老树看到人们来了，以为他们会用斧头砍伐而害怕地呻吟吧？这一天鲁本父子忙于赶路，没有顾上打猎，所以趁朵尔卡丝做饭的时候，他们便提出要去寻找猎物。

小伙子答应母亲不走远，只在露宿地点附近，之后便高高兴兴、连蹦带跳地跑开了，步伐就像他想射杀的野鹿一样轻捷而富有弹性。他的父亲望着他远去的背影，不由感到一阵喜悦，也准备迈开步子，向相反的方向走去。朵尔卡丝这时坐在多年前被风连根拔起，如今已开始腐朽、长满苔藓的大树上，傍着用它的枯枝生起的篝火。她除了偶尔看一眼在火上滋滋作响、快要沸腾的汤锅以外，正在专心致志地看一本在马萨诸塞殖民地出版的当年历书。这家人藏书很少，除了一本黑体字的古老《圣经》以外，这本历书就是他们唯一的读物了。要知道最关心农时和节令的，莫过于那些和社会隔绝的人——当下，朵尔卡丝好像报道一则重要新闻似的提到这天是五月十二日，她的丈夫听到这话蓦地一惊。

"五月十二日！我应该把这个日期牢牢记住的。"他喃喃地说，一刹那间百感交集，心烦意乱，"我要去哪儿？我正在往哪儿去？当年我把他抛弃在哪儿了？"

朵尔卡丝对她丈夫反复无常、难以捉摸的情绪已经习惯了，所以也没有注意到他的行动和往常比有什么特异的地方。这时她放下历书，用那种软心肠的人在提起久远往昔的伤心事时所用的那种悲哀语调对丈夫说：

"十八年前这个月份,差不多就是今天这个日子,我可怜的父亲离开人世归天了。他临终的时候,有个好心人扶住他的头温言安慰,他总算是死得瞑目了。鲁本,多少次我一想到你对他忠诚不渝地关心照顾,心里就感到暖乎乎的。唉,要是没有你在身边,他在这么个荒凉的森林里孤单单地死去,该是多么可怕呀!"

"向上帝祈祷吧,朵尔卡丝,"鲁本用沮丧的声音断断续续地说,"向上帝祈祷,咱们仨都不会孤零零地死在这荒山野林里,无人埋葬。"说完,他就急匆匆离开,撇下她一个人在阴森森的松树下看着火堆。

朵尔卡丝的话无意中引起的痛楚缓和下来以后,鲁本·伯恩急促的步子也渐渐放慢了。然而许多怪诞的想法涌上他心头,他不像猎人那样朝明确的方向走,而是像梦游病患者一般信步乱走,又不由自主地老是在露宿地点附近徘徊。他的步子几乎难以察觉地形成了一个圆圈。他也没有觉察到自己是在一片葱郁树林的边缘。不过,这些树都不是松树,而是橡树和其他硬材树,在这些大树底部都丛生着榛莽。树与树之间有足够的空地,铺着厚厚的枯叶,树枝时不时地发出瑟瑟声,树干也偶尔嘎嘎作响,好像森林正从睡梦中醒来。这时鲁本总是本能地托起枪,迅捷而敏锐地四下扫视,等到他看清附近并无野兽,便又沉湎于遐想之中。他感到奇怪,究竟是什么奇异的魔力,使他离开预定的路线,走到这极其荒凉的所在。他无法探究自己灵魂深处潜藏的动机,便相信是一种超自然的声音召唤自己前来,并且有一种超自然的力量,切断了自己的退路。他认为这是天意，是上苍要给他一个赎罪的机会，他希望能找到多年暴露于荒野的骸骨，用土埋葬，相信这样做以后，平安的阳光便会照进自己心灵的墓穴。这时森林里离他不远的地方发出一阵瑟瑟声，使他从沉思中惊醒。他看出有一个东西在密密层层的榛莽后面移动，猎人的本能驱使他抬起枪，以老练的目光瞄准、射击。砰的一响，随之传来了一声低低的呻吟（野兽也会发出呻吟，宣泄临死的痛苦），告诉他打中了。鲁本·伯恩没有深究这呻吟从哪里发出，因为不知什么往事兜上了他的心头。

鲁本·伯恩瞄射的那丛灌木靠近一道山坡的顶部，在一块巨石的周围。那块巨石的一面异常光滑，颇像硕大的墓碑。它宛若明亮的镜子，把鲁本内心深处的往事一下子照得清清楚楚。他甚至辨认出了那像是墓志铭上用古老文字镌刻下的纹理。什么都和以往一样，只是巨石的下部已经丛生了茂密的灌木，要是罗杰·马尔文还坐在那里的话，也准被灌木完全遮蔽了。鲁本找到当年曾掩在后面窥探的那棵被大风连根拔起的大树，站在树旁望去，他的目光立即被时光造成的另一变化所吸引。那棵小橡树——他曾经把象征自己誓言的、血迹斑斑的手帕系在上面——已经长得颇为粗壮了，虽然还远远没有长足，但是已经枝叶扶疏、浓荫蔽空了。当鲁本看出这棵树有一个奇异的特点，惊得浑身哆嗦。这棵树中部和下部都枝繁叶茂，长势很旺，绿葱葱的叶子把整个树干遮住；可是树的上部却显然患上了枯萎病，梢头的那根树枝已经枯死了。鲁本回忆起十八年前，这根树枝曾经葱绿可爱，他系上的那方手帕像旗帜一样在树枝上飘扬，它的枯萎是谁的过失造成的？

两个猎人离开以后，朵尔卡丝继续准备晚饭。她把一棵倒下的大树长满苔藓的树干作为桌子，在最粗的部分铺上一块雪白的桌布，放上几件仅存的、锃亮的锡餐具（她在拓居地曾为这套餐具感到自豪）。这些带着家庭温暖的小小器皿，在凄凉荒僻的大自然中显得多么奇特啊！夕阳还滞留在高坡较高的树枝上，迟迟不肯离去，但是在他们搭棚露宿的洼地，暮色已经很深了。篝火照在周围松树的树干上或是茂密而朦胧的枝叶上，红彤彤的煞是鲜艳。此刻朵尔卡丝心中没有愁苦，因为她感到和两个亲爱的人在荒野里跋涉，要比在冷漠的人群中孤零零地生活强得多。她正忙着往腐朽的木头上铺树叶，准备鲁本父子的座位，一面唱起了一支她在年轻时学会的歌曲，歌声在昏暗的森林里荡漾。这首质朴的曲子是一位无名的吟游诗人写的，描写的是某个冬夜在边境一所茅屋附近，吹雪积得很高，野兽无法发动袭击，这家人欢欢喜喜地围着炉火团聚。整首歌曲都充满独特风味，有一种难以言说的魅力，其中有四句不断再现的叠句，好像歌曲里赞美的火光一样，特别光彩夺目，令人难忘。诗人像魔法师一样，使淳朴的歌词中充满了天伦之爱、家庭之乐，洋溢着美妙的诗情画意。朵尔卡丝歌唱的时候，好像又回到了她离开的那个家。她不再看到阴森森的松树，不再听到正在树枝间劲吹，随而又空虚地呻吟着渐渐消逝的晚风，她整个身心沉浸在幸福之中。露宿地点附近传来的砰然一响，使她惊醒过来，这突如其来的枪声，以及在熊熊火光旁孑然一身的处境，使她浑身颤抖。可是顷刻之间，她便明白，她心里充满了作为母亲的自豪感，不禁笑出声来。

"我英俊的年轻猎人！我的孩子射死了一只鹿！"她想到枪声正是从赛勒斯去追猎的方向传来，高兴地喊道。

她等了一会儿，想听见儿子轻快地踩着沙沙响的枯叶，来报告这个好消息，可是他并没有立即出现。于是她便放开嗓门呼喊起来，她愉快的喊声在树林里回荡：

"赛勒斯！赛勒斯！"

他还没有来。于是她打定主意，既然枪声很近，就亲自找他去吧。做母亲的高兴地想，既然儿子已经射中鹿了，可能他一个人背不动，需要她助一臂之力，才能把鹿拖回来。于是她就朝着沉寂已久的枪声方向走去，一路走，一路唱，以便儿子听到她的歌声跑来迎接她。在每棵树干的后面，在榛莽丛生、可能藏身的茂密树叶中间，她都以为会发现儿子的面容。她带着由母爱产生的戏耍顽皮的笑声，呼喊着，寻找着。这会儿夕阳已经隐入地平线了，照在树叶间的余晖极其微弱，使她期盼的心中产生了许多幻影。有好几次，她好像清楚地看见儿子从树叶间露出脸来。还有一次她竟想象儿子站在一个陡峭的巉岩下面向她招手，要她过去，然而她定睛逼视，却发现这原来是一棵橡树，围着一圈小枝杈，直伸到地面，其中有一根树枝特别长，在微风中摇动，好像人在招手。她绕过那块巨石，突然发现丈夫就在面前，他一定是从对面走来的。他倚在枪托上，枪口支在地面的枯叶上，显然是在沉思地凝视着脚下的什么东西。朵尔卡丝乍一看到他这副呆若木鸡、瞠目凝视的样子，愉快地笑喊着：

"怎么回事，鲁本？你射杀了这只鹿以后，在它旁边睡着

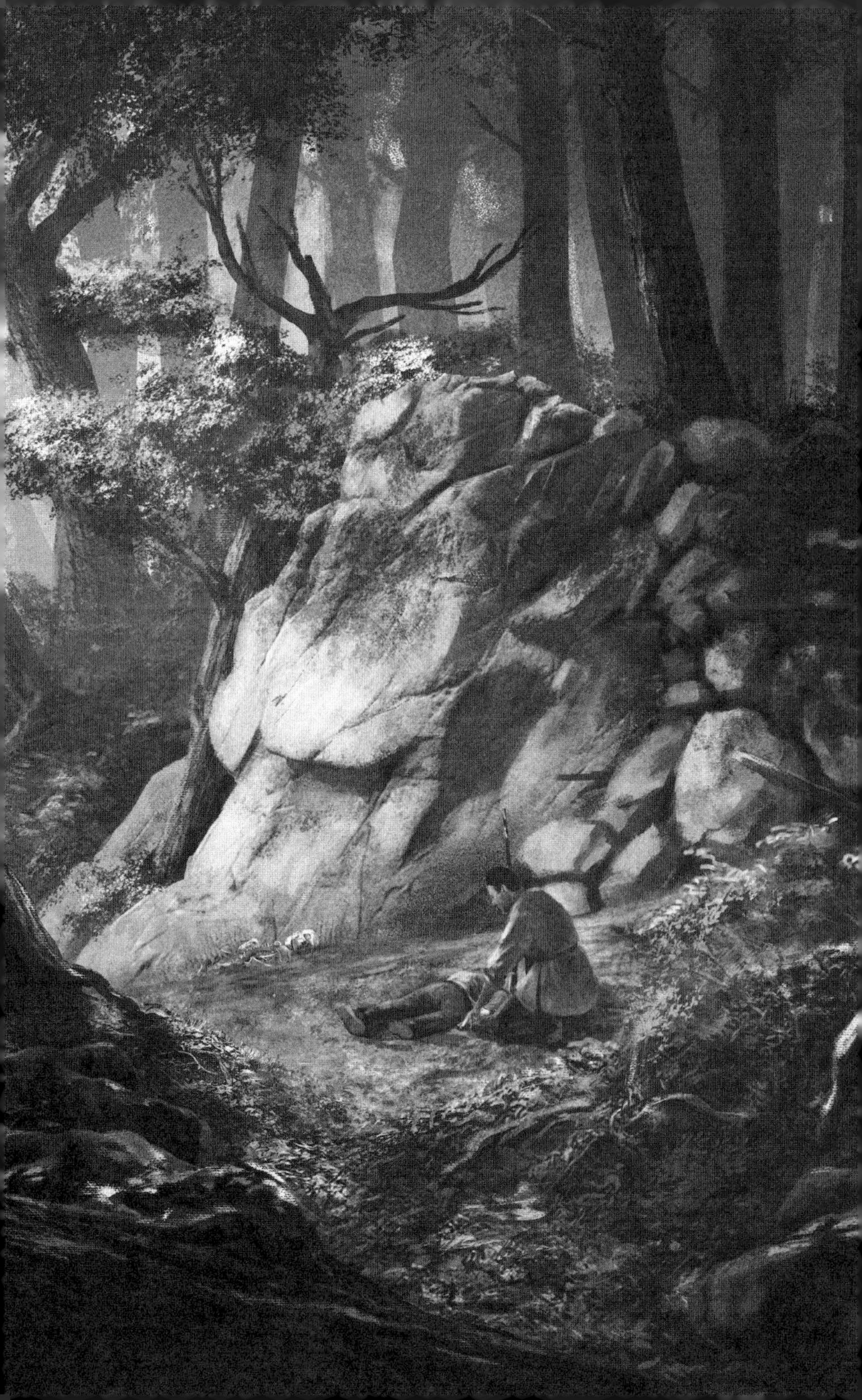

了吗?"

他一动不动,也不转过脸来看她一眼。于是一阵冰冷的无名恐惧无端地钻进了她的血液,使她战栗不已。她现在清楚地看见丈夫的脸像死人一样煞白,面容僵滞,镌刻着深深的绝望,好像除此以外,再也无法流露出其他表情了。他纹丝不动,一点儿没有觉察到她走过来。

"看在上帝的分上,鲁本,你对我说话呀!"朵尔卡丝狂喊道。她自己怪异的声音比死一般的沉寂更使她害怕。

她的丈夫吃了一惊,瞪着她的脸,把她拉到巨石的前边,用手指了一下。

啊,她的孩子躺在那儿,在森林的落叶上面睡着了,但这是没有梦的、长眠不醒的沉睡!他的腮帮枕在臂上,他的头往后仰,卷发从眉宇往额上披垂,四肢松松地伸展着。这个年轻的猎人突然困乏无力了吗?他母亲的声音竟不能唤醒他吗?她明白了,这是死亡!

"这块宽阔的巨石就是你亲骨肉的墓碑,朵尔卡丝。"她的丈夫说,"你的眼泪为你父亲和你儿子一同流淌吧。"

她听不见他的声音,一声疯狂的嘶叫从这个受苦的人心灵深处冲决出来,接着她便失去了知觉,倒在她儿子的尸体旁边。这时,那棵橡树最高的枯枝在静寂的空气中裂成碎片,一片片柔和而轻盈地落到巨石上,落到枯叶上,落到鲁本身上,落到他的妻子和孩子的身上,也落到罗杰·马尔文的骸骨上。这时,鲁本的心碎了,眼泪像石缝里的泉水一样涌出来。当年那个受伤的年轻人在他临终的同伴前发的誓言应验了。他赎了罪,诅咒离开了他。他使比自己生命更宝贵的亲人流血而亡。就在这时，鲁本·伯恩唇边发出的祈祷（这是多年以来的第一次祈祷）飘升起来，向上帝飞去。

（1832年）

伊凡·伊里奇之死

Leo Tolstoy

列夫·托尔斯泰
（1828—1910）

俄国小说家、剧作家、哲学家和政治思想家，世界上最伟大的作家之一。创造了史诗体小说：融合历史与艺术，兼具奔放与细腻的笔触。列宁评价其为天才艺术家。著有《战争与和平》《安娜·卡列尼娜》《复活》等。

一

  法院大楼里正在审理麦尔文斯基案件。休庭时法官和检察官聚集在伊凡·叶戈罗维奇·舍别克的专用办公室里聊天，话锋转到轰动一时的克拉索夫斯基案件上。费奥多尔·瓦西里耶维奇力主此事不在法院权限之内，伊凡·叶戈罗维奇·舍别克却坚持相反意见。而彼得·伊凡诺维奇呢，却没有参加讨论，始终埋头浏览着刚刚送来的报纸。

  "先生们！"他突然说，"伊凡·伊里奇去世了。"

  "真的？"

  "就在这儿，你们自己看吧。"彼得·伊凡诺维奇说着就将墨迹未干的报纸递给了费奥多尔·瓦西里耶维奇。

  黑框里印着几行讣(fù)闻：

    普拉斯科维娅·费奥多罗夫娜·戈洛文娜谨以沉痛的心情敬告亲友：高等法院法官伊凡·伊里奇·戈

洛文于 1882 年 2 月 4 日去世,谨定于星期五下午 1 点举行葬礼。

伊凡·伊里奇是在座绅士们的同事,平日受到大家爱戴。患病期间,他的职位一直被保留着。他已经卧病了几个星期,据说患的是不治之症。他死后人们猜测,他的职位将由阿列克谢耶夫继任,而阿列克谢耶夫的职位则由维尼科夫,或是施塔贝尔接替。因此在这个办公室里的每位先生听到伊凡·伊里奇的噩耗后,首先想到的是,它对于自己或熟人的调职和提升有何意义。

"我一定会得到施塔贝尔或是维尼科夫的职位的。"费奥多尔·瓦西里耶维奇思忖着,"这是上边早就允诺的。我这次提升,不算津贴,光是薪俸就可增加八百卢布。"

"现在应该呈请将我的妻舅从卡卢加调来了。"彼得·伊凡诺维奇考虑着,"妻子一定非常高兴,再也不会说我从来没有为她亲属办事了。"

"我早就想,伊凡·伊里奇生的是绝症。"彼得·伊凡诺维奇脱口而出,"可惜!"

"他到底生的什么病?"

"医生也无法确诊。他们都诊断了,可是一人一个说法。我最后一次看到他,还以为他会好起来呢。"

"过节后我就没上他家去过,可老想去。"

"他有遗产吗?"

"他妻子好像有点产业,不过也微乎其微。"

"还是该去一趟。可惜他们住得太远了。"

"离您是远了。不过您离谁那儿都远。"

"就因为我住在河对岸,他总不肯原谅我。"彼得·伊凡诺维奇对谢贝克笑了笑。于是大家便一边谈论城区距离的远近,一边走去开庭。

伊凡·伊里奇的辞世,只是使每个人开始推测由此可能产生的职务升迁和人事变动而已,因为常见面的熟人去世本身,也往往会使闻讯者庆幸,死的是别人,而不是自己。

"你瞧,他死了,可不是我。"每个人都这样暗自欣慰。伊凡·伊里奇的相知,即那些所谓的朋友们,不由得想到,他们还得去履行一套令人生厌的繁文缛节,参加吊唁。和伊凡·伊里奇交往最密的是费奥多尔·瓦西里耶维奇和彼得·伊凡诺维奇。

彼得·伊凡诺维奇是伊凡·伊里奇在法律专科学校的同学,他自认多承死者关照,自己十分感激。午饭桌上,他把伊凡·伊里奇去世的消息告诉了妻子,并且提到有可能把内弟调来。饭后他也没躺下小憩片刻,便穿上燕尾服,驱车往伊凡·伊里奇家去了。

伊凡·伊里奇宅邸大门外停着一辆轿式马车和两辆出租马车。在楼下门厅的衣帽架旁,靠墙放着一个铺着织锦缎的棺盖,棺材四周挂着璎珞和刷了金粉的穗子。两位服丧的女士正在脱皮大衣,其中一位他认识,是死者的妹妹,另一位他不认识。彼得·伊凡诺维奇的同事斯瓦尔茨,恰好从楼上下来。他从楼梯台阶上看到进来的人以后,就站住了,对他使了个眼色,好像说:"伊凡·伊里奇不会做人,和家里人处不好。换了咱们完全不会这样。"

斯瓦尔茨和往常一样，蓄着英国式连鬓胡子，瘦削的身材穿着燕尾服，给人一种优雅而庄重的感觉。这种气派和他诙谐轻浮的性格恰恰矛盾，不过这倒显得特别逗，彼得·伊凡诺维奇这样思忖。

彼得·伊凡诺维奇闪开路，让女士们先走，接着就跟在她们后边，慢条斯理地上楼。斯瓦尔茨见他上来，就停住脚步，不下楼了。彼得·伊凡诺维奇明白他的用意：显然他想和自己约定在什么地方打桥牌。两位夫人上楼去看死者的遗孀。斯瓦尔茨则严肃地抿紧嘴巴，扬了扬眉毛，以玩世不恭的目光瞥了一下彼得·伊凡诺维奇，示意他往右边死者的屋里去。

彼得·伊凡诺维奇走了进去。像往常一样，他不明白自己该在那儿做些什么，只知道在这种场合无妨画十字。至于说画十字的时候是否要鞠躬，他就拿不定主意了。因此，他来了个折中：进屋以后，先画了十字，然后微微弯腰，似乎在鞠躬。同时，随着双臂和脑袋的动作，他顺便打量了一下屋子：两个年轻人，大概是他的侄子辈，其中一个是中学生，正在一边画十字，一边退出房间；一位老夫人站着纹丝不动；一位夫人眉毛怪模怪样地画得高高的，正在悄悄地和她说些什么；一位穿着长礼服的诵经士精神抖擞，正在以排除一切干扰的神态和坚定的语调高声朗读着什么；打杂的农民格拉西姆轻手轻脚地从彼得·伊凡诺维奇面前走过，往地板上撒着什么。一见到这情景，彼得·伊凡诺维奇马上闻到一股腐尸的微臭。彼得·伊凡诺维奇最后一次拜访伊凡·伊里奇时，曾在书房里见过这个农民。他当时干护理病人的差事，因此伊凡·伊里奇特别喜欢他。彼得·伊凡诺维奇不断画着十字，并且朝灵柩(jiù)、诵经士与安放在屋角桌上的圣像的方向，微微地鞠着躬。后来，他觉得画十字的动作做得太久了，就稍停片刻，开始端详起亡友来。

死者躺着，像所有死人那样，显得分外沉重，僵硬的四肢陷进灵柩的衬垫里；耷拉的脑袋永远靠放在枕头上。他像所有的死人一样，蜡黄的额头突起，太阳穴凹陷，鬓发微秃，耸起的鼻子仿佛是硬按在上嘴唇上的。他的面容和彼得·伊凡诺维奇上次所见到的大不相同，显得清癯多了。然而像所有死人那样，他的脸反而比活着的时候端正些，主要是因为显得庄重了。他面容安详，似乎在说，凡是该做的，都做了，而且做得很对，此外，还似乎对活着的人有所责难和告诫。然而这种告诫，在彼得·伊凡诺维奇看来，是不合适的，至少是与他无关的。他不知为什么忽然快快不乐，再一次匆忙地画了个十字，便转身向房门走去——他自己也觉得匆忙得不合礼仪。斯瓦尔茨正叉开两腿，两手在背后摆弄着圆筒帽，在外屋等他。彼得·伊凡诺维奇一瞧到这玩世不恭、衣冠楚楚而英俊潇洒的斯瓦尔茨，便精神为之一爽。他明白了，斯瓦尔茨是超然物外的，并没有被这悲哀郁闷的气氛所感染。斯瓦尔茨的神态表明，绝不能因为给伊凡·伊里奇做安魂祈祷就坏了规矩，也就是说，无论怎样也不能妨碍今晚打牌。一旦仆人将四支新蜡烛摆好，他们照样可以拆开一副纸牌玩个痛快。总之，为丧事而误了愉快的牌戏，乃是毫无道理的。斯瓦尔茨把这个想法低声告诉了从身旁走过的彼得·伊凡诺维奇，并且建议到费奥多尔·瓦西里耶维奇家碰头,玩它两局。但是,看来彼得·伊凡诺维奇今天晚上注定玩不成桥牌了。普拉斯科维娅·费奥多罗夫娜今天穿一身黑色丧服,头上罩着黑纱,她身材不高,胖乎乎的,尽管她竭力束紧腰身,但肩部往下仍然越来越宽。她的双眉也和站在灵柩旁边的那个女人一样,怪模怪样地画得高高的。她领着两位夫人从自己的房间里出来,走到停灵房门口,说道:"安魂祈祷就要开始了,请进吧。"

斯瓦尔茨模棱两可地鞠了一躬,静立着,显然对此邀请既未接受也未拒绝。普拉斯科维娅·费奥多罗夫娜认出了彼得·伊凡诺维奇,叹了口气,走到他身边,握住他的手说:"我知道,您是伊凡·伊里奇的生前至交……"她瞧了瞧他,期待他做出适当的反应。熟谙人情世故的彼得·伊凡诺维奇明白,正如他在死者房子里应该画十字一样,这时他就应该握住她的手,叹口气,说上一句:"请相信我!"他也果真这样做了。其后,他觉得效果恰如所料:他感动了,她也感动了。

"安魂祈祷还没有开始,请跟我来。有件事要跟您谈谈。"孀妇说,"请您把胳膊伸给我。"

彼得·伊凡诺维奇伸出了手臂,他俩便向内室走去。经过斯瓦尔茨身旁时,他向彼得·伊凡诺维奇同情地眨眨眼。他那玩世不恭的眼神似乎在说:"这是存心跟我们的桥牌过不去嘛!我们得另找一个搭档了,请别见怪。要是你能脱身,五个人一起玩也蛮行。"

彼得·伊凡诺维奇越发伤心地长叹了一声,普拉斯科维娅·费奥多罗夫娜感激地握了握他的手。于是他俩走进客厅,客厅的四壁糊着厚厚的玫瑰色珠皮呢[1]，灯光昏暗。他们在桌旁坐下，她坐到沙发上，而彼得·伊凡诺维奇则坐到一只弹簧已坏、一坐上去就陷下去乱颤的软凳上。普拉斯科维娅·费奥多罗夫娜本想关照他换个座位，可转念一想说这话和自己的身份不称，也就没开口。彼得·伊凡诺维奇坐在软凳上，不由回想起了伊凡·伊里奇布置这间客厅的情景。当初买这个青枝绿叶的玫瑰色珠皮呢帷幔，他还和自己商量过。普拉斯科维娅·费奥多罗夫娜想坐到沙发上去，经过桌子时（这间客厅里摆满了家具和各种小摆设），她那黑披肩的黑花边被桌角的雕花挂住了。彼得·伊凡诺维奇微欠身体想帮她解开。软凳的弹簧摆脱了他的重压，波动起来把他推到一边，使他没有解成，还是孀妇自己把花边摘掉了。彼得·伊凡诺维奇又重新落座，压住了那造反的弹簧。可是一看到孀妇并没有摘利索，他便重新起身，矮凳的弹簧又开始反抗，甚至还铮地响了一声。花边解开以后，孀妇掏出一块干净的麻纱手绢，哭泣起来。解披肩以及与矮凳斗争的插曲，使彼得·伊凡诺维奇冷静下来。他紧锁双眉坐在那儿。幸亏伊凡·伊里奇的厨师索科洛夫走进来，打破了这尴尬的局面。他报告说，普拉斯科维娅·费奥多罗夫娜选定的墓地报价二百卢布。她停止哭泣，满面愁苦地望了彼得·伊凡诺维奇一眼，然后用法语说，她处境很困难。彼得·伊凡诺维奇默默地做了个手势，表示他完全相信情况确实如此。

"请抽根烟吧！"她用豁达而又悲痛欲绝的声音说了一句。

---

[1] 珠皮呢：一种厚印花布，用于糊墙、装潢或为家具包面。

彼得·伊凡诺维奇抽烟的时候,普拉斯科维娅·费奥多罗夫娜与索科洛夫谈起了墓地的价钱。彼得·伊凡诺维奇一边点烟一边听到她非常详尽地询问墓地的各种价格,终于把要买的那块墓地定下了。这件事谈完以后,她又吩咐了有关唱诗班的一些事情,索科洛夫这才走了出去。

"什么事都得我亲自过问。"她对彼得·伊凡诺维奇说,顺手把桌上的几本照相簿挪到一边。这时她发觉彼得·伊凡诺维奇的烟灰快落到桌面上了,便忙不迭地把烟灰缸推到彼得·伊凡诺维奇跟前。她说:"我不想假装伤心得什么事情都做不成了,恰恰相反,我想能使我分散注意力的只有为他办理后事,姑且不说得到安慰吧。"她又掏出手帕准备哭泣,但突然振作起来,仿佛强忍悲痛,开始语气平缓地说了起来:"我有件事情想找您谈谈。"

彼得·伊凡诺维奇微欠身体,小心不让弹簧凳晃动,但是弹簧立刻又在他身子下面颤动起来。

"最后几天他太受罪了。"

"是吗?"彼得·伊凡诺维奇问道。

"啊,难受极了!临死前不是一连几分钟,而是几小时没完没了地喊叫。最后三天一直着嗓子叫唤。这实在令人心碎。我真不明白我是怎么受住的。隔着三道门都能听见。啊!我受的是什么罪啊!"

"莫非他一直神志清醒吗?"彼得·伊凡诺维奇问。

"是的。"她悄声说,"直到奄奄一息神志都清醒。临死前一刻钟他和我们告别,还吩咐我们把沃洛佳领出去。"

彼得·伊凡诺维奇发觉自己和这个女人都在装模作样,从而有些不快,可是一想到死者忍受了许多痛苦,便蓦然感到不寒而栗。因为他多么熟悉这个人啊!他们从小便在一起快活地厮混,然后一起上学,到了成年又是同事。他仿佛又看到了那个前额,又看到那个紧贴着上嘴唇的鼻子,不禁感到毛骨悚然。

"受了三天三夜的罪才死。要知道,我自己也随时会遭受这样的事,现在就有可能。"他暗自想着,突然间惊恐万状,但是,转念一想又立刻宽下心来,遭到不幸的是伊凡·伊里奇,而不是他自己。他不会,也不可能遭到这种不幸,这种消极悲观的想法是很不对头的,从斯瓦尔茨的表情上也可以看出这点。彼得·伊凡诺维奇做了这样一番考虑之后,便心情平静下来,开始兴致勃勃地询问伊凡·伊里奇临终时的详细情况,仿佛死亡只是伊凡·伊里奇所独有的一种例外现象,与他自己毫不牵涉。

孀妇详细地谈了伊凡·伊里奇肉体上所遭受的极度痛苦后(其实仅从普拉斯科维娅·费奥多罗夫娜精神失常这一点上,彼得·伊凡诺维奇便能了解伊凡·伊里奇临终前是多么痛苦了),便认为应该转入正题了。

"啊,彼得·伊凡诺维奇,我的处境多难啊!实在太难了!太难了!"说着她便饮泣起来。

彼得·伊凡诺维奇叹息着,等她擤鼻子。她擤完鼻涕,彼得·伊凡诺维奇刚说"相信我……",她就向彼得·伊凡诺维奇唠叨起她认为至关重要的事情来,向他探询怎样向国家领取抚恤金。她佯装向他请教如何能拿到年金。可是他看得出,她连最小的细节都一清二楚,甚至比他知道得还多。她完全清楚,丈夫去世可以使她从国家那里捞到多少钱。她的用意是想打听一下，能否捞到更多的钱。彼得·伊凡诺维奇装模作样地思索了片刻，便出于礼貌骂了两句政府抠，然后又说，恐怕是不大会再增加了。于是她叹了一口气，显然她已经开始考虑如何把客人打发走了。彼得·伊凡诺维奇立刻就明白了她的心思，便熄了烟，起身和她握了握手，向前厅走去。

餐室里有一座钟。这是伊凡·伊里奇生前从古董店里买来的，他非常喜欢它。这时，彼得·伊凡诺维奇遇见了一位神父，还有几位前来参加葬礼的熟人。他认出了一位美貌的小姐，伊凡·伊里奇的女儿。她一身黑色丧服，苗条的腰肢显得比往常更加纤细了。她心情抑郁，又有一种坚毅、近于愠怒的神色。从她向彼得·伊凡诺维奇冷冷地点头致礼的样子看，就像他犯了什么过错似的。她身后站着一位阔气的青年，他的样子也像在生谁的气。彼得·伊凡诺维奇认识这个人，他是法院的预审官，听说是她的未婚夫。彼得·伊凡诺维奇悲伤地向他们点头施礼，正打算向停灵的房子走去，这时恰好楼梯下面出现了一个中学生的身影。他是伊凡·伊里奇的儿子，相貌酷似他的父亲，活脱是小伊凡·伊里奇。彼得·伊凡诺维奇至今还记得伊凡·伊里奇上法律专科学校时就是那副样子，他泪痕斑斑，有一种十三四岁的男孩子不易见到的眼神。他看见了彼得·伊凡诺维奇，立刻郁闷而羞怯地皱起了眉头。彼得·伊凡诺维奇向他点点头，便走进了死者的房间。安魂祈祷开始了：蜡烛、袅袅香烟伴随着呻吟、眼泪和啜泣。彼得·伊凡诺维奇郁闷地站立着，低头望着自己的脚尖。他再也没有看一眼死者，始终不让周围的悲哀气氛影响自己的情绪。他是第一批走出房间的。前厅里阒无一人。打杂的格拉西姆从停灵的房间里跑出来,用那双有劲的粗手把许多皮大衣翻来翻去,找到了彼得·伊凡诺维奇的大衣,帮他穿上。

"喂,格拉西姆老弟,你觉得怎样?"彼得·伊凡诺维奇没话找话地说,"真令人伤心,是吧?"

"这是天意啊!谁都得去那儿啊!"格拉西姆说道,露出了一个健壮的庄稼汉洁白整齐的牙齿,接着像个大忙人似的,麻利地打开了房门,吆唤车夫过来,扶彼得·伊凡诺维奇坐上马车,然后又一个箭步跑回门廊,仿佛想起了还有什么事等待着他去做。

彼得·伊凡诺维奇闻够了香火、尸臭和苯酚的气味之后,呼吸到清新空气,觉得分外舒畅。

"您上哪儿去?"车夫问了一句。

"现在还不晚,顺道去看看费奥多尔·瓦西里耶维奇。"

于是彼得·伊凡诺维奇乘车出发了。他正巧赶上他们快玩完第一局,插进去正是时候。

二

伊凡·伊里奇的一生经历极为平淡无奇,也可以说是糟糕透顶。

伊凡·伊里奇生前是高等法院的一名法官,卒年四十五岁。

他的父亲是一名官僚，在彼得堡的许多部、司里供职，一直官运亨通。有些老官僚由于长期混迹在官场，终于混到一个地位。尽管他们已明显地不能胜任重要职务，却由于资格老而无赋闲之虑，政府只得为他们增设一些虚职，使他们领取显然很实惠的六千至一万卢布的年俸，他们靠这笔干薪便可以安稳地颐养天年。

枢密顾问、做过各种虚设机构拿干薪的官员伊利亚·叶菲莫维奇·戈洛文就是这种人。

他有三个儿子，伊凡·伊里奇排行第二。他的长子也和他一样官运亨通，只不过在另外一个部里任职。他供职多年，凭资历也快升到领干薪的地位了。幼子官场失意，曾在许多地方供职，却是处处碰壁，目前在铁路部门供职，因此他的父亲和两位哥哥，特别是嫂嫂，非常嫌弃他，除非万不得已都不愿意承认家里有这么个人。他有个妹妹嫁给了格列夫男爵。男爵和自己的岳父一样是彼得堡的官吏。伊凡·伊里奇，像人们所说的，是"全家的凤凰"。他不像大哥那样冷淡拘谨，也不像弟弟那样冒失莽撞，他介乎两者之间——天资聪颖，谈笑风生而又彬彬有礼。他和弟弟一起在法律专科学校学习，弟弟没能毕业，五年级时被开除了，而他却以优异成绩修完学业。在学校时，他就已经在某些方面崭露头角，为人干练，乐天，和蔼可亲，善于交际而又认真负责，凡是他认为责无旁贷的事无不严格执行。而他所认为的职责，正好同权威人士的看法一致。无论在少年时期，还是长大成人，他一向不屑当马屁鬼。但是他从少年时代起，就倾心于有身份的人，如同苍蝇追逐亮光一样，亦步亦趋地学习他们的生活方式和对生活的见解，并且同他们建立了友好的关系。他成年后，完全丧失了少年和青年时期的热诚，变得爱享受、爱虚荣了，后来在上层社会中又热衷于自由放荡的生活。不过他是适可而止的，敏锐的直觉时时正确地为他规定了自由的限度。

在法律学校，他也干了许多坏事，起先他还认为这些事卑鄙下流，因而自惭形秽，但是后来，他看到许多身居高位的人士也在做这些事，而且并不认为是丑恶的，也就习以为常了。他倒也不完全认为这些事是正当的，但是做了这些事以后就忘得一干二净，即使记起来了，也绝不因回首往事而悔恨。

当从法律专科学校以十级官员的身份毕业时，他从父亲那里弄到一笔置装费，在沙麦尔服装店为自己定做了几套华服。他在表链上挂起了镌有"慎终如始"字样的奖章。他向教授和资助学校的亲王辞了行，并出席了在著名的多诺饭馆举行的同学告别宴会。这时父亲已为他谋到了省长特派员的职位，于是他便带着全是在高级商店定做或购买的时髦手提箱、内衣、服装、刮脸和梳洗用品，还有一条旅行毛毯，启程到外省赴任去了。

到外省不久，他像在法律学校时一样过上了安逸的生活，在职位上他勤勉从公，仕途上颇有进展，而工作之暇又能愉快而得体地寻欢作乐。有时他因公巡视各县，在那里，无论是对上司还是下属，他都端庄自重，并一丝不苟、清廉正直地执行上司交给他的一切任务（其中大部分是关于分裂派教徒一类的事务）。他禁不住为自己的这种态度感到骄傲。

他尽管年轻，爱好轻浮的娱乐，但在办理公务上却是格外审慎，公事公办，甚至铁面无私。在社交方面，他却很能逗趣，机智诙谐，又总是那么温文尔雅，诚如省长及省长夫人（他和他们相处得亲如一家）所说的是个"好青年"。

在外省的时候，一位贵妇人主动追求这位潇洒的法律学校毕业生，和他发生了桃色关系。此外还有一个妇女——头饰商店的老板娘也是他的情妇。他和一些来本地公干的副官们一起饮酒作乐，晚饭后还到一些烟花巷里寻花问柳。他也巴结过上司，甚至是上司夫人，然而他干这些事情高雅大方，叫人抓不住把柄。他的所作所为全部可以凭借一句法国格言"青年人难免放纵"而获得原谅。他说着一口漂亮的法语，穿着干净的衬衣，用干净的手而且是在上流社会中干这些事，因此身居高位的人非但毫无贬词，而且表示赞许。

伊凡·伊里奇就这样干了五年。后来他的宦途生涯起了变化。司法部门成立了一些新机构[1]，需要一批新的人手，于是伊凡·伊里奇就成了风云际会的幸运儿。他被遴选为地方预审官，尽管在另一个省份，他必须舍弃已经建立起来的关系，一切都得从头来过，但他还是欣然接受了任命。朋友们为他饯行，和他合影留念，还送给他一只银质烟盒，于是他就走马上任了。

作为预审官，在考察期间，伊凡·伊里奇仍一如既往，和当省长特派员时一样，公私分明，廉洁正直，赢得了大家的爱戴。预审官这一职务本身，比起过去的职务，对伊凡·伊里奇来说，要有更大的魅力。过去，他当特派员时，感到得意的是

---

[1] 1864年沙皇政府实行改革，增设了一些新的机构。

穿着沙麦尔服装店缝制的制服，从那些战战兢兢，恭候省长接见的人们和下属身边大摇大摆地走过，径直进入省长办公室，并且还能和省长大人一起喝茶、吸烟，受到大家的妒羡。然而，直接听命于他的人毕竟是很少的。当他被外派执行任务时，只有像县警察局局长、旧信徒这些人受他的管辖。他也总是谦恭和蔼，几乎平等地对待这些下属，仿佛他是故意这样做，好让他们看到，这样一位可以执掌他们的人物竟是如此友好、随和而为之感动吧。可是看看现在，真是今非昔比。身为预审官，他大权在握，所有的人都在内，就连最显赫、最了不起的人物，也毫无例外，都在他股掌之中。只要在印有案由的公文上略写数语，这个了不起的人物就得作为被告或者证人被带到他面前。如果他不愿意让他们坐下的话，他们就只好站着回答他的质询。伊凡·伊里奇从来没有滥用过自己的这一权力，恰恰相反，在使用权力时，他总是尽量表现得温和一些。而这个职务之所以有如此魅力，令他神往，正是由于他意识到了自己尽管手握生杀大权，却能以一种温和、平易近人的方式行使权力。至于预审职务本身，他很快就掌握了一套方法：凡是与法律无关的情节都去掉，任何最复杂的案件，在他笔下都是根据客观事实来写的，绝不掺杂个人观点，一切都遵守规定的手续，照章行事。预审工作当然还是一项新工作，而伊凡·伊里奇是第一批实施1864年新法典[1]的人物之一。

---

[1] 1861年农奴获得解放以后，俄国的司法程序实行了全面改革。1864年颁布了新法典。

其后，伊凡·伊里奇又被调到一个新城市就任法院预审官，在那儿他结识了一批新朋友，建立了新关系，重新安顿下来。这时，他在做法上多少有了些改变。他与省当局保持了适度的距离，从当地的司法界人士和豪门富绅当中选择结交了一批朋友。他还对政府稍加针砭，表现出温和的自由主义和开明人士的作风。与此同时，他蓄起了山羊胡，不过他那风雅潇洒的服饰却丝毫没有改变。

在这座新城市里，伊凡·伊里奇生活得很痛快：跟省长的人亲密无间；薪俸也增加了；他开始玩起了惠斯特牌，这给他增添了不少乐趣。他脑子灵活，计算精明，所以他玩这种牌得心应手，常常赢钱。

在这里供职两年之后，伊凡·伊里奇遇见了自己未来的妻子——普拉斯科维娅·费奥多罗夫娜·米赫莉（在他交往的女子中她算是比较出色的人），从此，他除了别的消遣以外，也常和她在一起轻佻地说笑玩乐。

伊凡·伊里奇任特派员时经常跳舞，当他成了地方预审官后就难得跳舞了。他跳舞只是为了表明，尽管自己是法律机构中的法官，又是五级官员，在跳舞这类事方面却也要胜人一筹。有时他在晚会快结束时与普拉斯科维娅·费奥多罗夫娜跳舞，主要是为了在跳舞过程中赢得她的芳心。普拉斯科维娅·费奥多罗夫娜爱上了他。伊凡·伊里奇起初并没有明确的结婚意图，可是那位姑娘爱上他以后，他不由地自问："说真的，我为什么不结婚呢？"

普拉斯科维娅·费奥多罗夫娜出身名门，略有姿色，还有些薄产。伊凡·伊里奇本来想攀上一门更好的亲事，但转念一想这也不错了——论经济，他本人有一份薪俸，估计她也能有这么多收入；论出身，她出身望族；论人品，她又是个可爱、标致、正派的姑娘，还要求什么呢？不过，如果说伊凡·伊里奇之所以结婚，是因为他爱上了未婚妻，并和她有相同的生活见解，那就错了。同样，他也不是因为周围的人赞同这门婚事。他之所以结婚是出于两点考虑：首先，他本人对这门亲事是相当满意的；再则，他交往的那些有地位的人也认为他这样做得对。

于是，伊凡·伊里奇就结婚了。

他们的婚姻，从新婚到妻子怀孕，一直很美满：崭新的家具，精巧的餐具，新的床单、台布、衣物，新婚伉俪的恩爱。因此伊凡·伊里奇开始认为，结婚不仅不会破坏他一向的安逸、愉快、体面、受到的社会赞许、他自己也认为很自然的生活，而且还能使它更加美满。但是突然出现了意料不到的新局面——妻子怀孕以后，头几个月的生活既不愉快又不体面——他怎么也无法摆脱。

伊凡·伊里奇觉得，他的妻子是在无缘无故地、恣意地破坏他生活的愉快和体面，因为她动辄无缘无故地吃醋，要求丈夫献殷勤并百般体贴、事无巨细地吹毛求疵、经常寻碴儿、粗暴地大吵大闹。

起初，伊凡·伊里奇希望用以往那种随和而得体的办法来摆脱目前的窘境。对于妻子的情绪，他打算装聋作哑，继续轻松愉快地生活，邀请朋友们来家里玩牌，有时自己到俱乐部或是上朋友们家里去玩。可是有一次，他的妻子开始蛮不讲理地用脏话责骂起他来了。往后,每当他没能满足她的要求,她就骂不绝口。显然,她已打定主意只要伊凡·伊里奇不屈服,也就是说,不像她那样无聊而郁郁寡欢地待在家里,就绝不罢休。这一切使他寒心。伊凡·伊里奇发觉,夫妻共处,至少他与普拉斯科维娅·费奥多罗夫娜的共处,并非总是促进生活的愉快和体面,恰恰相反,是起到了破坏作用。他必须设法阻止这样的破坏。公务,是唯一受到普拉斯科维娅·费奥多罗夫娜尊重的事。因此,伊凡·伊里奇就以公务和与其有关的一切事务作为手段,开始与妻子展开斗争,以保全自己的独立天地。

孩子出生后,喂奶以及其他种种不顺心的事随之到来。母婴常常患病,有时是真的生病,有时却是假想的,对此伊凡·伊里奇必须出力照料,却又一窍不通。因此在家庭生活之外,为自己谋求一块独立小天地的需求就更加迫切了。

他的妻子越来越容易急躁、发怒、吹毛求疵。而伊凡·伊里奇也把自己的生活重心越来越移到公务上,和以前相比,他更加喜爱公务了,功名心也更重了。

婚后不到一年光景,伊凡·伊里奇就明白了,尽管婚姻给他的生活增添了一些乐趣,但实际上它是相当复杂、难于处理的。要处理好伉俪关系,也就是要过一种为社会称道、得体的生活,就必须像对待公务那样对其抱有一种毕恭毕敬的态度。

对于夫妻生活,伊凡·伊里奇确实也抱了委曲求全的态度,他只要求家庭为他提供起码的便利——在家吃饭,睡觉,有主妇照应,只想能保持住外表的体面,不为社会舆论非议就行了。此外,他只求轻松自在,不受打扰。如果能如愿,那当然是谢天谢地；可要是遭到反对或是埋怨，他也无计可施，只好一头钻进公务这与家庭隔绝的小天地中去，从中找到乐趣。伊凡·伊里奇受到上司器重，被认为是一名好僚属。三年之后，他又被提升为副检察官。新职务很重要，他可以起诉，使人锒铛入狱。他常常公开讲演，并且很受欢迎。所有这一切使他更加沉湎于公务之中。

孩子接二连三出世，妻子越来越嘴碎，越来越爱发脾气了。但是，伊凡·伊里奇既然对家庭生活抱着委曲求全的态度，也只有对妻子的埋怨充耳不闻了。

他在这个城市任职七年以后，又被调往另一个省任检察官。他们搬了家，经济有些拮据，而妻子又不喜欢这个新地方。虽然薪俸比以前增加了，然而开销也更大了。此外，有两个孩子夭折了，家庭生活变得越发不愉快。

普拉斯科维娅·费奥多罗夫娜在新居安顿下来，生活中一遇到不顺心的事情，就要责怪伊凡·伊里奇。夫妻之间的谈话，特别是涉及孩子的教育，动辄会重新勾起往日龃龉的种种问题，而这种争吵随时都会爆发。夫妻间难得有几天恩爱的日子，且极为短暂，犹如他们暂时停泊在一座小岛旁，没过多久，便又重新驶进充满内心敌视的大海。这种敌视表现为彼此疏远。这种疏远原本可能会使伊凡·伊里奇感到伤心，他过去觉得夫妻间不该如此，然而现在他不仅把疏远冷漠的状态视为正常，而且还想努力造成这种状态，好使自己从家庭的烦恼中逐渐摆脱出来，使不愉快的家庭具有一种体面而无伤大雅的表象。为此他尽量少待在家里，如果非留在家里不可，他就请来一些外人，防患于未然。不过最主要的方法还是一头钻进公务,他的全部生活乐趣都倾注于公务活动中,这一兴趣浸透了他的整个身心。他时时意识到自己大权在握,可以毁掉任何一个他想毁掉的人;他举足轻重,炙手可热,连走进法庭或遇见下属时也是威风凛凛;无论在上级或下属面前,他都能博得好评;然而最主要的,则是他感到自己善于处理案件,所有这一切都使他扬扬得意。此外,与同僚们一起进餐、闲谈、玩惠斯特牌等,充实了他的生活。因此,正常来说,伊凡·伊里奇的生活,还勉强符合他自己的想法,过得愉快而体面。

这样又过了七年,长女已经十六岁了。又有一个孩子夭折,只剩下一个读中学的男孩子。这个孩子成了家庭口角的主题。伊凡·伊里奇想送他上法律专科学校,可是普拉斯科维娅·费奥多罗夫娜却偏偏唱对台戏,送他进了普通中学。女儿则在家里受教育,学习上颇有长进,儿子学习也过得去。

三

伊凡·伊里奇婚后就这样生活了十七年。他已经是一名老练的检察官了。他谢绝了好几次工作上调动的机会,盼着能获得一个理想的职位。就在这时,一件出乎意料的、不愉快的事情发生了,搅乱了他平静的生活。他一直垂涎着大学城的首席法官职位,结果不知怎么的却被一个叫哈普的人捷足先登了。伊凡·伊里奇怒不可遏,他指责哈普及其顶头上司,与他们争吵。于是上司对他开始变得冷淡，在又一次升迁中，他再度名落孙山。

当时是1880年，这是伊凡·伊里奇生活中最困难的一年。一方面，他发现薪俸已不敷开销；另一方面，他又发现人们把他遗忘了。在他看来，这是不公正到极点了，然而在别人眼中却是稀松平常，甚至连自己的父亲也觉得没有必要助其一臂之力。他感到所有的人都抛弃了他。别人总以为，他每年有三千五百卢布薪俸，他的处境是顺当的，甚至是幸福的。其实他却常常感到人们对他太不公正。妻子没完没了的唠叨埋怨，加上入不敷出，负债累累，导致他的处境很不顺当，然而他的苦楚也只有他自己明白。

这年夏天，为了减少开支，他请了假，带着妻子到乡下内弟家里去消夏。在乡下，没有公务消磨光阴，伊凡·伊里奇第一次感到不仅寂寞无聊，简直是烦闷难忍了。因此他决定不再像这样生活，必须采取某些断然的措施。

他一夜未眠，在阳台上来回踱步，终于决定到彼得堡去奔走斡旋一番，争取调到其他部里去，给那些不赏识他的人一点颜色看看。

第二天，伊凡·伊里奇不顾妻子和内弟的一再劝阻，动身往彼得堡去了。

此行的主要目的就是谋求一个年收入五千卢布的职位。至于在哪个部，哪个派系，工作性质如何，他都置之度外。他一心只想弄到一个五千卢布年俸的职位。行政部门也罢，银行也罢，铁路也罢，玛丽亚皇后设立的任何机关甚至海关也罢，只要能弄到五千卢布的年俸就行,他一定要离开这个不赏识他的司法部了。

伊凡·伊里奇此行意外获得了巨大的成功。途经库尔斯克时,他的一位熟人——伊林,登上了头等车厢,坐到伊凡·伊里奇身旁,告诉他,库尔斯克省长刚刚收到一份电报,通知他部里日内将有重要人事变动:伊凡·谢苗诺维奇将接替彼得·伊凡诺维奇的职位云云。

这次正在酝酿中的人事变更,且不谈它对整个俄国的意义,对于伊凡·伊里奇就具有特别重要的意义:这次将起用一个新人——彼得·彼得罗维奇。显然,伊凡·伊里奇的朋友札哈尔·伊凡诺维奇也将得到引荐。这对于伊凡·伊里奇十分有利,因为札哈尔·伊凡诺维奇是他的同窗好友。

这一消息在莫斯科得到了证实。到了彼得堡之后,伊凡·伊里奇找到了札哈尔·伊凡诺维奇,并取得他的承诺——将在他以前任职的司法部里给他谋一个好职位。

一星期后,他给妻子拍了电报:"札哈尔接替米列尔,即将公布我的任命。"

由于这次人事变动,伊凡·伊里奇在他以前供职的司法部里意外地得到了一个好职位,要比自己的同辈高出两级,除去五千卢布年俸以外,还获得三千五百卢布的调任费。伊凡·伊里奇与过去的敌人和整个司法部的宿怨已经消除,他感到非常得意。

伊凡·伊里奇回到了乡下,心花怒放,他很久以来都未曾有过这么好的心情。普拉斯科维娅·费奥多罗夫娜也笑逐颜开,夫妻之间暂时出现了言归于好的局面。伊凡·伊里奇讲述了他在彼得堡如何受大家祝贺，他过去的敌人怎样羞愧得无地自容，怎样对他百般殷勤奉承，对他的职位又是多么羡慕。他还特别提到，他在彼得堡人缘多好。

普拉斯科维娅·费奥多罗夫娜听着他侃侃而谈，装得信以为真，没有提出异议，只是谈了些有关搬迁及安排生活的问题。

伊凡·伊里奇高兴地看到，妻子的这些安排与自己的不谋而合。他俩的生活经过一阵风波之后，又重新获得了新婚燕尔时的愉快和体面了。

伊凡·伊里奇这次归来逗留的时间不长，九月十日就得赴任，他的安家计划已经成竹在胸，和普拉斯科维娅·费奥多罗夫娜所想的几乎一模一样。不过他要在新地方安顿下来，还有好多事要做，他得从省里把所有东西搬去，并添置和定购不少东西。凡此种种都还需要时间。

现在一切都很顺当。伊凡·伊里奇与妻子也有了一致的目标。他们以前很少住在一起，如今却是情投意合，十分和睦，竟比新婚燕尔的时候还要亲密。伊凡·伊里奇本想携眷赴任，可是妹妹和妹夫突然对他们一家变得分外殷勤和亲近起来，坚决不让他们搬走，伊凡·伊里奇只好只身赴任了。

伊凡·伊里奇走后，一来由于仕途得意，二来与妻子言归于好，心情一直非常舒畅。他找到一所夫妻俩梦寐以求的称心住宅：轩敞高大的、古色古香的客厅，舒适雅致的大书房，妻子、女儿各有自己的起居室，儿子有自己的书房——简直是天造地设的理想住宅。伊凡·伊里奇亲自布置新居。他挑选壁纸，添置家具，特地买了一些老式家具（他认为老式家具有一种古雅的气派）。他还选购了沙发套和椅套，东西越来越多，和他的理想也越来越近。他刚刚布置了一半，结果就已超出了他的预料。他已看出，一切布置就绪以后，他的新居肯定会有一种典雅大方的气派，而绝不会给人粗俗的感觉。他临睡前常常遐想面貌将焕然一新的客厅，望着尚未装修完毕的客厅，他已经在心中描摹出布置好的情景：壁炉、屏风、古董陈列架、随处摆设的小椅子、挂在墙上的盘与碟和一些青铜器皿。他一想到帕莎和丽赞卡[1]看到这些摆设将会惊叹不已，心里便充满了喜悦。她们对此也很感兴趣，但是绝不会料到有这样的排场吧？特别是他顺利搜求到的一批廉价旧家具，使整个住宅平添了一种高雅的气派。他在家书中对此故意轻描淡写，无非是要使家里人喜出望外。他对这一切兴致盎然，对于他所热衷的新职务，倒显得淡漠了。他甚至在开庭时也思想上开起了小差，寻思该用什么样的窗帘架，直的呢，还是拱形的？他乐此不疲，甚至亲自动手，重新摆设家具，重新悬挂窗帘。有一次，他亲自登梯，给装潢工人示范，使他明白自己想怎样悬挂窗帘，结果一脚踏空，摔了下来。幸亏他身体强壮，动作灵活，没有摔倒，只是肋部撞到了窗棂的球雕饰上。撞伤的地方疼了一阵，很快就好了。伊凡·伊里奇最近心情特别舒畅，精神也特别好。他在家信中写道："我觉得年轻了十五岁。"他原想新居在九月里布置就绪，不料却拖到了十月中旬。然而结果非常理想，不仅他自己

---

[1] 帕莎和丽赞卡：伊凡·伊里奇的妻子和女儿的爱称。

这样想，所有见过的人，也都这样说。

实际上，这里的一切布置，仅仅是一些家道小康却又想摆阔的人家里常见的俗套。什么锦缎窗帷、乌木家具、盆花、地毯、暗中透亮的青铜摆设——所有这些东西都是互相模仿，彼此雷同，简直毫无引人注目之处，他却自以为新颖别致。他到火车站接了妻子、儿女，领他们来到灯火辉煌、布置一新的住宅。一名系着白领结的仆人开了门。他们步入点缀着各种盆栽的前室，然后进入客厅、书房，由于喜出望外而连声赞叹。伊凡·伊里奇领着他们到处参观，听他们赞扬，高兴得容光焕发。当天晚上喝茶的时候，普拉斯科维娅·费奥多罗夫娜说话间顺便问起他是怎么摔倒的。伊凡·伊里奇笑了，把当时情况绘影绘声地描述了一番，说他是怎样摔出去的，又是怎样吓坏了装潢工人。

"幸亏我学过体操，换了别人，非摔死不可。我不过是稍微磕了一下，就是这儿。摸上去有点疼，不过快好了，只留下一块青伤。"

就这样，他们开始在新居里生活了。在这里住定以后，一如既往地，他们觉得样样都好，美中不足的是还缺一间屋子。收入增加了，正如通常的情况，但增加得不多，还缺少五百卢布。不过总的来说一切还算如意，生活刚起步时尤为惬意，那时一切还未就绪，他们还得继续布置：采购这样，定做那样，一会儿要重新摆设，一会儿又要略微调整，生活特别有兴味。虽说夫妇之间免不了有些争执，但是双方都很满意，加上还有许多事情要做，所以争两句就算了，没有演变为大的争吵。等到再没有什么可布置了，他们便开始有些寂寞，宛若缺少了点什么。但是他们紧接着又忙着结交新朋友，有不少新的事情要做，因此思想也就有所寄托，生活变得充实了。

伊凡·伊里奇上午在法院里办公，中午回家吃饭。最初，虽然有时为了房子也多少有些不顺心的事，比如说桌布或沙发套上有脏斑，窗帘的拉绳弄断了，都会使他非常生气（因为他花费了很多心血、精力布置新居，所以稍有损害，都会使他痛心），但是一般来讲，他的心情还算好，生活如他所愿地正常进行着，他过得轻松、愉快、体面。

他每天九点起床，喝咖啡，看报纸，然后穿上制服坐车去法院，一到法院就像马驾辕一样立刻按部就班地投入工作，接见上诉人，查询和办理诉讼案件，处理办公室的日常事务，此外还有开庭、预审、公审等事情等着办理。在这一切公务中，必须排除一切有碍公务正常进行的人事关系；和任何人之间只能是公务关系，而不允许有其他关系，而且要毫不徇情，公事公办。比如：来人想了解某些情况，如果不在伊凡·伊里奇职权范围之内，他对这种人便可以完全置之不理；如果这事与他的职权有关，而且还可能写入正式的公文中，那么只要可能，他无不一一照办。在办公事的过程中，他对来人保持友好态度，谦恭有礼。一待公务关系结束，其他一切关系也就随之告终。伊凡·伊里奇具有高超的本领，善于把公务与自己的生活完全分开，绝不使二者混淆起来。但是由于长期的经验和天生的禀赋，他有时也会逢场作戏，将人情与公务两者混在一起。他之所以允许自己这样做，是因为他驾轻就熟，游刃有余，能随时根据需要恢复铁面无私、秉公办事的态度。伊凡·伊里奇做这些事不仅轻松、愉快、得体,甚至天衣无缝。在公务间隙,他吸烟,喝茶,稍微谈谈政治,谈谈一般问题,也谈谈玩牌,而谈得最多的还是一些官场上任命的事情。然后他就像杰出的第一小提琴家演奏完毕一样,疲倦而又得意地回到家里。妻子和女儿或是出门拜客,或是有客人来拜访她们;儿子或是在学校上学,或是跟家庭教师复习功课。学校里的课程他学得很认真,一切都令伊凡·伊里奇称心如意。午饭后如果没有客人来访,伊凡·伊里奇有时就拿一本大家经常谈论的书来读。晚上他就干些公事,也就是批阅公文,对照法律条文核对口供,援引律例。对他来说,这种事说不上乏味,也说不上有趣。只有遇到玩牌的机会,这种事才变得枯燥无味。有牌可玩,那总比独自一人或与妻子闲坐要好一些。伊凡·伊里奇的一大乐趣便是邀请上流社会中有地位的夫人、先生们,参加家庭便宴消磨时光。伊凡·伊里奇的客厅同这些官僚们的客厅一样,他消磨光阴的方式也和他们打发日子的方式一样。

有一次他们家甚至还举行了一次舞会。伊凡·伊里奇非常高兴,一切都很顺利,只是由于蛋糕和糖果的事与妻子狠狠吵了一场。本来普拉斯科维娅·费奥多罗夫娜已自己作了安排,可是伊凡·伊里奇却坚持己见,非要到一家高级点心店去买,而且买得太多了,结果蛋糕剩了下来,点心店发票款额高达四十五卢布。吵架就是这样引起的。这次他们吵得很厉害、很不愉快。普拉斯科维娅·费奥多罗夫娜甚至嘲笑他是傻瓜、窝囊废。伊凡·伊里奇气得抱住脑袋,并且怒气冲冲地提到了离婚。但是舞会本身还是令人高兴的,来的全是一流的绅士淑女。伊凡·伊里奇还荣幸地陪着特鲁福诺娃公爵夫人跳了舞。这位公爵夫人就是著名的"消愁会"创办人的妹妹。

公务上的快乐满足了伊凡·伊里奇的自尊心,社交上的快乐满足了他的虚荣心,但是伊凡·伊里奇真正的快乐来源还是玩牌。他曾经承认,不管生活上遇到什么不愉快的事情,他都会叫上几个本领高强而又不爱吵嚷的牌友,坐下来打一场四人的惠斯特牌(若是打五人的牌戏,输家必须退出,即使你装得高兴,终归有些扫兴)。根据手中的牌,巧妙而认真地叫牌、出张,然后共进晚餐,喝上一杯葡萄酒,这种快乐就像阳光从乌云中钻出,能把所有的烦恼一扫而光。玩完牌之后——特别是稍许赢了一点的时候(赢得太多反而不愉快),伊凡·伊里奇就去睡觉,心里有说不出的舒服。

伊凡·伊里奇一家就这样生活着,他们所结交的都是一流人物。到他们这里来的,既有达官显贵,也有少年新贵。伊凡·伊里奇和他的妻子、女儿对于结交的看法完全一致,他们不约而同地对寒酸的亲友一律冷眼相看。如果这些人表示过分亲热,闯进他家墙上挂着日本瓷盘的客厅里来,伊凡夫妇就会把他们撵走。不久,这些穷朋友就再也不登门自讨没趣了。于是,在伊凡一家的交往圈子中就只剩下最上等的人了。有一群年轻人追求小丽赞卡,其中现任预审官彼得里谢夫(他是德米特里·伊凡诺维奇·彼得里谢夫的独生子和财产的唯一继承人)也对小丽赞卡献起了殷勤。对于这件事,伊凡·伊里奇很重视,甚至和普拉斯科维娅·费奥多罗夫娜谈过几次,商量着为他们举办一次社交晚会，或是组织一场票友演出。他们一家就这样生活着，一切毫无变化地进行着，一切都很顺利。

四

一家人都很健康。虽说伊凡·伊里奇有时说嘴里有一股怪味，腹部左侧有点不舒服，但也说不上这就是有病。

但是后来这种不适的感觉越来越厉害了。虽说还未发展为疼痛，可是左侧经常有压迫感，让他的心情也变得很坏。这种恶劣的心情越来越严重，破坏了全家已经形成的那种轻松、体面、愉快的生活。夫妻吵架也越来越频繁。不久，轻松愉快的气氛消失，连体面也难以维持了。当众吵闹的情况日益增多，剩下的只是夫妻暂时和睦相处的"小岛"，后来，连这种"小岛"的数目也少得可怜了。

现在普拉斯科维娅·费奥多罗夫娜可以有充分的理由说她丈夫的脾气令人难堪了。她喜欢夸张事实。她说，她丈夫的脾气一向坏得可怕，多亏她性格温顺，竭力容忍了二十年。现在吵架也确实常常是伊凡·伊里奇引起的。往往在吃饭前，或开始喝汤时[1]，他就开始发脾气了。他常常找碴儿，不是挑剔某件餐具有破损，就是抱怨食物做得不合味，再不然就嫌儿子把胳膊放在桌子上，或是女儿的发式使他看不顺眼。所有这一切，他

---

[1] 欧美人吃饭，第一道是汤，然后再上菜。

都要责怪普拉斯科维娅·费奥多罗夫娜。起初她还争辩，或是反唇相讥，说些难听的话。可是他一再地在吃饭时大发雷霆，她才明白，这是即将进食引起的一种病态发作，于是就忍气吞声不再反驳他，只是催促大家快吃。她把自己的忍让视为极大的美德。她认定是丈夫的脾气太坏，造成了她一生的不幸——于是她便怜悯起自己来。她越是怜悯自己，就越是憎恨丈夫。她甚至盼望他死去。可他又不能当真死去，因为那样一来就没有薪俸了。这就使她更加生气，也就越要和他作对。她认为自己命太苦，连他的死也不能使她得救。她非常愤怒，却是隐忍着，然而越是隐忍，怒火就烧得越厉害。

有一次争吵中，伊凡·伊里奇特别蛮不讲理，事后他解释说，他确实肝火很旺，可是这是病引起的。普拉斯科维娅·费奥多罗夫娜对他说，既然有病，就应该去治，并且要求他像惯常的情形那样找一位名医。

他去了，一切不出所料，一切都像惯常的情形，先是候诊，医生大模大样地摆出一副了不起的神态（这副神态他很熟悉，和他在法院里一模一样）看病。他这儿敲敲，那儿听听，提出一些多余的、事先安排好的问题并索取答案。那副神气十足的架势似乎向人们暗示：既然你落到我们手里，就由我们来安排了。毫无疑问，该怎么办我们是一清二楚的，任何人不分贵贱，我们都能把他收拾得服服帖帖。这情况也跟他在法院里完全一样。医生对他摆架子，与他在法庭上对被告人摆架子如出一辙。

医生说，如此这般情况表明，您体内有如此这般的病，如果经过某种检查，这种情况得不到证实的话，那么您的病便可推断为如此这般情况。如果推断是某种病情，那么……对于伊凡·伊里奇来说，重要的问题只有一个：病情严不严重？可是医生对于这个不合适的问题却置之不理。从医生的观点来看，这个问题是无聊的，也无须讨论。现在考虑的是确诊：到底是肾游走，是慢性黏膜炎，还是阑尾炎呢？根本不存在生死问题，只需判断到底是肾游走还是阑尾炎即可。伊凡·伊里奇亲眼看到，医生圆满地解决了这一问题，他被初步诊断为阑尾炎，但这只是保留意见，如果化验小便能提供新的论据，那时再重新考虑。

这一切做得非常出色，正如伊凡·伊里奇对受审者上千次做过的那样，简直毫厘不爽。医生从眼镜上方望望"受审者"，目光是得意的，甚至是高兴的。从医生的诊断中，伊凡·伊里奇得出了结论：情况不妙。虽然对他来说这是生死攸关的问题，对医生，还有其他所有人来说却是无所谓的。这个结论刺痛了伊凡·伊里奇，引起他深切的、自怜的感觉。医生对于如此重要的问题竟这样冷漠，这也引起了他极大的愤慨。

然而伊凡·伊里奇一言未发，只是站起身来，将钱放在桌上，叹了口气说道："我们病人往往会提出一些也许是不恰当的问题。不过一般来说，您看，我这病是否危险呢……"

医生用一只眼睛透过镜片严厉地看了他一眼，似乎在说："受审者，如果您漫无边际地提问题，我就只好下令把你逐出法庭了。我认为需要、适合对你说的都说了，化验后也许会发现一些新的情况。"于是医生便点点头，示意他可以走了。

伊凡·伊里奇慢腾腾地走了出来，垂头丧气地坐上雪橇，便动身回家了。一路上他不停地、逐字逐句地琢磨医生的话，竭力要把那些含混不清的科学术语译成平常的语言，并想从中得出如下问题的答案："我的情况不好？是非常坏呢，还是有什么大毛病？"他觉得医生话里的含义就是他的情况很糟。街道上的一切：车夫、房屋、行人及店铺，在他的眼里都是凄凉的。他时时刻刻都感到一种钻心的、持续的隐痛，和医生含糊其词的言语联系起来，他就觉得这种疼痛是相当严重的。于是伊凡·伊里奇怀着更加沉重的心情注意疼痛的情况。

他回家以后就把看病的经过对妻子讲开了。她仔细听着，可是他正讲着，他的女儿戴着帽子走进来——她准备和母亲一起出门。女儿勉强坐下听了一会儿这种冗长乏味的话，听了一会儿就不耐烦了，连她母亲也没有听完。

"哦，我很高兴，"普拉斯科维娅·费奥多罗夫娜说，"你现在得当心点儿，按时服药。把药方给我，我派格拉西姆到药房去配。"然后她就去穿衣服，准备出去。

妻子在屋里的时候，他讲得很起劲，连透透气的工夫也没有，她走了以后，他深深地叹了口气。

"唉，"他想，"也许病情到底不是太严重吧……"

他开始遵照医嘱服药。化验小便以后，医生的医疗方案有了变化。但是他偶然发现，化验结果与原先的判断相互矛盾。病情似乎不像医生先前所说的那样。要么是医生忘记了什么，要么是误诊了，要么就是隐瞒了什么，可是伊凡·伊里奇又不能找医生本人质问。

他只好仍旧完全遵照医嘱去做，起初他还从中得到一些安慰。

伊凡·伊里奇看病以来，在个人卫生和服药方面严格遵照医嘱，并且留心观察自己的病情和排泄物。此外，人们患的病症、人们的健康状况，也成了他主要关心的事。每逢有人在他面前谈起某某人生病、死亡或是病愈，特别是当那种病和他的病很相似的时候，他总是掩饰内心的焦虑，用心听着，提出问题，并和自己的病情相对比。

病痛一直没有减轻，伊凡·伊里奇硬是强迫自己朝好转的方面想。在没有什么不愉快的事情时，他还能这样自我欺骗。一旦遇上与妻子怄气或是公务上不顺利，或是玩牌时拿了坏牌，他就立刻感到自己的病严重了。先前他还能容忍这些不顺心的事，希望不久能把事情弄好，平息争吵，办好公务，或是争取拿到好牌打一个大满贯；然而现在，任何不顺心的事都会使他心烦意乱，陷于绝望。他总是想："我刚刚有一点好转，药也才开始有些效应，可是偏偏又碰上这种可恶的倒霉事……"他对这些不幸，对这些惹他生气、使他短寿的人们满腔怒火。他明明知道，这种狂怒是极其有害的，可是又克制不了。谁都认为他自己应当清楚，如此怨天尤人、暴怒，病情是会加重的，因此他不必理会那些不愉快的事情。但是他的结论恰好相反，他说他需要安静，而且凡是扰乱他安静的事情他都得密切注意，一点点拂意的事，也会使他恼火。此外，他因为读了一些医书，常常请教医生，所以往往神经过敏，这也对他的病情不利。他病情加重的进程是逐渐的。每当他用某一天和前一天比较，因为其中的变化微小，他还能欺骗自己，可是他一请教医生，便觉得病情加重了，而且恶化得很快。尽管如此，他仍然不断地向医生请教。

这个月他又到了另一位名医那里。这位医生讲的话几乎和第一位医生一样，不过提出的问题不同。向这位医生请教之后，伊凡·伊里奇越发疑虑和恐惧。他朋友的朋友也是一位高明的医生，他的诊断则完全不同。虽然这位医生断定他的病会痊愈，但是他的提问和推测却更使他迷惑不解，反而加深了他的疑虑。有一名顺势疗法派的医生，又提出一种不同的看法，并且开了药方。伊凡·伊里奇暗暗服了这药将近一个星期。一星期后，他并没有病痛减轻的感觉，因而对以前那个医生和这个医生都丧失了信心，比以前愈加灰心失望了。

有一次，他认识的一位夫人，讲了圣像显灵治好病的事例，他发觉自己凝神细听，甚至信以为真。这使他大吃一惊。他不禁自问："难道我的理智竟衰退到这种地步？不，这是胡说！全是胡说八道。我可不能神经过敏。我也不能乱投医了，选定一个医生以后，我一定要严格遵照他的疗法，就这样定了，不能再三心二意了。我一定认定一个医生治疗，到夏季再看，从今往后不能再病急乱投医了。"可这样做谈何容易？肋骨上的疼痛使他很难受，似乎越来越厉害，次数越来越频繁了，嘴里的气味也越来越怪，他总觉得他的呼吸有一种令人作呕的怪味，也没有胃口，全身软弱无力。他不能再欺骗自己了，一种前所未有的严重情况如今就在他身上发生了。这件事只有他一个人知道，他周围的人都不理解，或者说不愿理解。他们认为世界上一切如故，这点最使伊凡·伊里奇痛苦。他看出，家里人，尤其是妻子和女儿，正忙于访亲会友，她们对他的病情一点也不了解，而且还埋怨他太抑郁，太苛求了，似乎全是他自作自受。

尽管她们竭力掩饰，但是他看出她们已把他当成累赘。不管他说什么、做什么，他的妻子对他的病况总是抱有一种厌恶的态度。"你们知道，"她总是和熟人这么说，"伊凡·伊里奇不能像一般人那样严格遵照医生的嘱咐养病。今天照医生要求服药，吃指定的饮食，按时上床睡觉。可是第二天要是我没看住，他会突然忘记服药，又吃起医生禁止吃的鲟鱼，而且玩起牌来，一直玩到深夜一点。"

"得啦，那是多久以前的事了？"伊凡·伊里奇恼火地反问，"只是在彼得·伊凡诺维奇家有过一次。"

"昨天你还和舍别克玩过呢。"

"即使不玩牌，我也疼得睡不着……"

"不管怎么着，你要是这样的话，那什么时候都好不了，让我们也跟着倒霉。"

照普拉斯科维娅·费奥多罗夫娜对别人及对伊凡·伊里奇本人所讲的话来看，她认为他是自作自受，自己生病还给妻子增添了新的烦恼。伊凡·伊里奇虽然觉得她这话是无意中说出的，可心里也很不好受。

在法院里，伊凡·伊里奇发现，或是自以为发现，人们也对他持有一种奇怪的态度。他有时觉得，人们都好奇地观察他，似乎他的位置不久就要空出来。有时朋友们会突然开个无恶意的玩笑，笑他意志消沉，仿佛这时时刻刻折磨他的、势不可当地把他引向死亡的病症，已成为寻开心的绝妙材料。斯瓦尔茨尤其叫他生气——这个人的插科打诨、轻松愉快和机敏圆滑，使他想起了自己十年前的情景。

朋友们来看他，刚好凑齐了人手，坐下来玩牌了。他们把新牌弯来弯去弄软些，开始发牌。他把手里的红方块插在一起，数了数，一共有七张。搭档说："无主。"然后又叫方块二支援他。还有比这更好的事吗？他们为可能赢一个大满贯而兴高采烈。可是伊凡·伊里奇突然感到左肋隐隐作痛，嘴里还有一种怪味。在这种情况下，他居然还有赢大满贯的兴致，这不显得有些荒唐吗？

伊凡·伊里奇看着搭档米哈伊尔·米哈伊洛维奇。这个人用有劲的手敲着桌子，并不把赢的一墩墩牌捡起，而是客气又体谅地把牌推到了伊凡·伊里奇面前，使他不必费伸手之力，就可以轻易地一下子都拿起来。"难道他认为我已虚弱得连伸手的力气都没有了吗？"伊凡·伊里奇这样想着，心不在焉地用自己更大的王牌去盖搭档的王牌，结果差三墩没有完成大满贯，输了这一盘。然而最使他不快的是，他看出米哈伊尔·米哈伊洛维奇很懊丧，而他却对输赢满不在乎，他明白自己为什么这样，就感到更可怕。

大家都看出，伊凡·伊里奇不舒服，就对他说："你累了就休息一下，我们可以不玩。"躺下？不，他一点也不累。他坚持着打完这一局。大家沉默不语，无精打采地继续打牌。伊凡·伊里奇觉得，这种沉闷的气氛是他造成的，他也无法驱散。大家吃过晚饭就各自回家了，剩下伊凡·伊里奇孤零零一个人。他意识到，他的生命受了毒害，而他又在毒害别人的生命，这种毒害有增无减，越来越深地侵蚀着他的整个躯体。

他想到这些，加之肉体疼痛、内心恐惧，只好上床睡觉，却又辗转反侧不能入眠,第二天一早还得起床,穿衣,然后去法院,说话,书写。如果他待在家里,一天二十四小时就更难忍耐,每小时都受折磨。一个已经濒于死亡的人却不得不孤苦伶仃地生活。没有人理解他,没有人怜悯他。

五

这样又过了一两个月。快过新年的时候,他的内弟进城到他家里来住。他来时,伊凡·伊里奇正在法院。普拉斯科维娅·费奥多罗夫娜出去买东西了。伊凡·伊里奇回家后,走进书房正遇见内弟。内弟面色红润,身体健康,正在那里理自己的旅行皮包。他听到伊凡·伊里奇的脚步声,便抬起头,凝视了他片刻,一句话没说。他的眼神向伊凡·伊里奇暴露了一切。内弟张开嘴正要惊讶地呼喊,又马上抑制住了。这一切动作又证实了刚才的一切。

"我变了,是吗?"

"是,有点儿变了。"

这以后,伊凡·伊里奇几次再谈起自己外貌的变化,内弟都不搭腔了。普拉斯科维娅·费奥多罗夫娜回来后,内弟就到她那儿去了。伊凡·伊里奇锁上门,对着镜子审视起自己的面容来,先从正面看,然后从侧面看,又把和妻子的一张合影照片拿出来对比,他觉得自己变得实在太厉害了。他捋起袖管看看胳膊,然后捋下袖子,坐在软凳上,脸色阴郁可怕。

"不,不能再这样下去了。"他自言自语地站起来向桌子走去,拿起案卷,看了起来,可又看不下去。他打开门,走进接待室,通往会客室的那扇门关着。他踮起脚走到门前,听见里面在谈话。

"不,你太夸张了。"普拉斯科维娅·费奥多罗夫娜说道。

"什么夸张!你还看不出来吗?咳,他已经是一具僵尸啦!你瞅瞅他的眼睛,一点光都没有啦!不过,他究竟得的什么病?"

"谁也不知道。尼科拉叶维奇(一位医生)说了什么,可是我没听懂。列谢季茨基(那位名医)说的又完全相反……"

伊凡·伊里奇走开了,回到自己房间,躺下来开始沉思:"肾脏病,游走肾。"他回想起医生们的话。肾脏怎么游动?他竭力想象要抓住这个肾脏,使它固定住,把它托住,他认为这并不难办。"不,我还要去找彼得·伊凡诺维奇。"(这就是认识一位医生的那个朋友)他按了铃,吩咐套车,准备出门。

"你上哪儿去,伊凡?"妻子问道,表情极为忧伤而仁慈。

这种少有的仁慈反而使他生气,他阴沉沉地看了她一眼。

"我要到彼得·伊凡诺维奇那儿去。"

他到了彼得·伊凡诺维奇家里,和他一起去找那位认识的医生,医生正好在家,伊凡·伊里奇同他谈了好久。

医生从生理学和解剖学的角度向他详细说明了他体内的病情变化。他反复琢磨医生的话,便全明白了。

只是阑尾里有个小东西,这是完全能治好的。激发一个器官的功能,抑制另一个器官的活动,就会把这个小东西吸收掉,一切就都恢复正常了。等午饭时间过了好一会儿他才到家。吃过午饭,他愉快地说了好长时间话,总不愿回到自己房里去工作。最后他还是回到了书房,干了一点必须干的工作。可是有一个念头一直萦绕在他心头,干完工作之后,他觉得还有一件被耽搁了的、和他有切身利害关系的重大事情要办。他看完这点案卷之后,才想起来,这件和他有切身利害关系的事就是他阑尾里的小东西。但是他没有多想,便去客厅喝茶了。这里有些客人,其中有一个法院预审官,是他女儿中意的未婚夫,他们在聊天,弹钢琴,唱歌。按照普拉斯科维娅·费奥多罗夫娜的说法,伊凡·伊里奇这一个晚上过得比平时要快乐些。但是他一刻也没忘记有件重要的事——阑尾炎的诊治被耽搁了。十一点钟,他辞别了客人,回到自己卧室里。生病以来,他一直单独睡在书房隔壁的这间小屋子里。他进来后,脱了衣服,拿起左拉[1]的一本小说,打算看,却没有看,而是思索起来。在他的想象中,阑尾里的小东西已被吸收排泄掉,盲肠逐渐恢复正常功能。"是的,就是这样,"他自言自语,"需要增强自身的抵抗力。"他想起了他的药,起身吃了药,仰面躺下,然后开始注意药怎样发挥功效,止住疼痛。"要经常按时服药,避免有害影响。我现在已经感到好一些了,好得多了。"他开始摸摸肋部,摸上去不疼了。"喏,我已经不觉得疼了,真的好多了。"他熄了灯,翻了个身,侧躺着……阑尾渐渐地好了,正在吸收

---

[1] 左拉:即埃米尔·左拉(1840—1902),法国作家,是自然主义文学的代表人物,著有《卢贡-马卡尔的家族》。*

那个小东西。突然，他感到一阵熟悉的、钻心的疼痛，顽固而剧烈。嘴里还发出那种讨厌的臭味。他的心凉了，头晕眼花了。"我的上帝！我的上帝！"他说道，"又来了，又来了，再也不会好了。"他突然开始从另一个角度考虑自己的病情。"阑尾！肾脏！"他自言自语，"问题不在阑尾，也不在肾脏，而是生死攸关的问题。生命正在一点点消失了，我无法阻止它。那么，为什么还要欺骗自己呢？我就要死了，这个问题，除了我以外，谁都看得很清楚。只不过是几个星期、几天的事罢了，即使现在我也可能死掉。光明已不复存在，眼前是一片黑暗。我曾在这里，现在却要到那里去了，究竟往哪里去呢？"他浑身发冷，呼吸停止了，只感到自己的心在悸动。"我不在人世以后，还会有什么呢？什么也不会有了。我不在人世以后，会在哪里呢？难道这就是死亡吗？不，我不愿死。"他一跃而起，想点火，双手发颤地摸索了一阵，结果把蜡烛和烛台都碰倒在地上，他仰面倒在枕头上。"挣扎有什么用呢？反正都是死。"他心想，眼睛睁得大大地向黑暗中凝视，"死亡，是的，我就要死了。可是他们谁也不知道，也不想知道。他们谁也不怜悯我。现在他们还在作乐（他从门缝里听到远远传来的唱歌声和伴奏声）。他们不在乎我是否会死，可是他们也会死的，这群蠢货，不过我早一些，他们晚一些。他们有朝一日也要死，别看他们现在这么高兴，这群畜生！"

"一定是哪儿出了毛病，我要冷静下来，从头至尾仔细考虑。"于是他就开始沉思了，"对，病的起因是碰了肋部，当天、第二天没有什么，就是稍微有些痛。后来加重了，我就去看医生,接着是懊丧和痛苦。我又去看了好几个医生。于是我一步一步走向深渊,越来越没有力气,病情渐渐恶化,现在已经消瘦不堪,两眼也失去了光彩。我还想治什么阑尾呢,谁知我害的是绝症。我一直想治阑尾,可死亡就在眼前了,难道真的就要死了吗?"一阵恐怖又向他袭来,使他喘不过气来。他俯身去摸火柴,肘臂撑在床头柜上,可是这个柜子很碍事,把他碰疼了。他怒不可遏,懊丧地使劲靠在柜子上,把它弄翻了,自己也摔了个四仰八叉,气喘吁吁。他感到失望,预料死亡就要来临了。

这时客人们正在离去,普拉斯科维娅·费奥多罗夫娜在送他们。她听到什么东西摔倒的声音,忙走了进来。

"你怎么啦?"

"没什么,不小心把柜子碰倒了。"

她出去拿来一根蜡烛,看见他躺在那儿,就像刚刚跑完一俄里路似的、大口大口地喘气,目光呆滞,向上凝视着她。

"你怎么啦,伊凡?"

"没……什……么,碰……翻……了。""有什么可说的呢,她反正不会理解。"他这样想。

她确实不理解。她扶起小柜子,点上蜡烛,又匆忙地走出去送一位女宾。

她回来时,他仍然仰面躺着,眼睛向上看。

"你怎么啦?是不是病又厉害啦?"

"是的。"

她摇了摇头,坐了下来。

"你知道吗,伊凡?我想请列谢季茨基来给你看看。"

这意味着不顾诊金多昂贵也得请名医。他恶意地冷笑了一下,说道:"不用了。"她又坐了一会儿,走到他面前吻了吻他的额头。当她吻他的时候,他打心底里恨她,好不容易才控制住自己没有把她推开。

"再见,愿上帝保佑你很快入睡。"

"嗯。"

六

伊凡·伊里奇知道自己快死了,因此陷入绝望之中。

他内心深处已经明白,自己快死了。可他不习惯这种想法,而且简直不理解,无论如何都不能理解。

他从基泽维捷尔逻辑学中学过三段论法:"卡伊是人,人是要死的,所以卡伊也是要死的。"他认为这种推论法完全正确,可是这是对卡伊而言,绝不是对他。那个卡伊作为一个抽象的人,是要死的,但是他不是卡伊,也不是抽象的人,他永远是一个特殊的人,且区别于其他任何人。他以前是小万尼亚,有父母米嘉和沃洛嘉[1],有许多玩具,有车夫和保姆,后来又有了卡佳,有自己的童年、少年和青年时期的一切欢乐、忧愁和喜悦。

---

1 小万尼亚、米嘉、沃洛嘉:这三个名字出自安东·巴甫洛维奇·契诃夫的小说《万尼亚舅舅》《大沃洛嘉和小沃洛嘉》。

万尼亚小时候那么喜欢自己的条纹小皮球，难道卡伊的皮球也有那样好闻的气味吗？难道卡伊也是那样吻他母亲的手吗？难道卡伊母亲的丝绸裙子也发出那样的窸窣声吗？在学校里为了糕点霉坏的事，卡伊也像他那样大吵大闹过吗？卡伊也像他那样恋爱过吗？难道卡伊能像他那样主持开庭吗？

卡伊确实是要死的，这是理所当然的，但是我，有感情、有思想的万尼亚·伊凡·伊里奇，那又是另当别论了，那是完全不同的。怎么能认为我是应当死的呢？那样的话太可怕了。

他的感觉就是这样。

"我如果像卡伊那样要死的话，我就会知道的，我的心灵就会告诉我，但是我心里毫无感觉。我和我的朋友们都觉得我们的情况与卡伊截然不同。可是现在我却得了绝症！"他自语着，"不会，这不可能，可是这种情况出现了！这是怎么回事呢？我又该怎样理解它呢？"

他不能理解，便竭力想把这种虚妄的、不正确的、病态的思想排除掉，而代以正确的、健康的思想。但是那种思想似乎已成为难以否认的现实，呈现在他的面前。

为了驱除那种思想，他一连想起许多其他事情，希望从中得到支持。他竭力想再回到曾经遮住了关于死亡念头的思想上去，但是奇怪的是，这些思想过去能够遮挡、掩盖和消除他关于死亡的念头，现在却不起作用了。他现在非常想恢复原来能挡住死亡念头的思路，最近大部分时间就是用在这方面。他自言自语："我还是干我的公务吧！要知道，我过去一向这样排遣生活的。"于是他打消一切疑虑，往法院去了，他用搭讪的方式和同事们谈话,像往常那样随便地坐了下来,以深沉的目光审视着大家,消瘦的双臂搁在橡木椅的扶手上。他像平素那样对一个同事俯着身体,把案卷稍微移近些,悄声交谈几句,然后抬起眼睛,坐端正,口中念念有词,宣布开庭。审判正在进行。他的肋部又开始隐隐作痛了。伊凡·伊里奇的注意力分散了,他竭力不去想它,但是毫无用处,它不断出现,就停留在他面前,注视着他。他浑身僵硬了,眼睛变得黯淡无光,他又开始问自己:"难道只有'它'才是真实的吗?"他的同事和下属,看到原来那般杰出、明察秋毫的法官现在竟如此思想混乱、错误百出,都感到诧异和悲伤。他强打精神,努力控制自己,勉强支撑到退庭。回家后,他忧伤地想到,他已不能像过去那样来掩盖他想掩盖的烦恼了,也不能用司法工作来摆脱"它"了。最糟糕的是,"它"吸引他的注意力,并不是为了使他振作起来,采取行动,仅仅是叫他注视着"它",眼睁睁地看着"它",而不能有所作为,只能忍受无法形容的痛苦。

伊凡·伊里奇为了摆脱这种困境,只好另外寻找屏障来求得安慰,这些屏障果然也被找到了,而且似乎使他暂时得到了解脱。可是不久这些屏障就倒塌了,或是变得透亮了,"它"穿透这些屏障,任何东西也挡不住"它"。

近来他时常到亲手布置的客厅里去,正是在这儿,他摔了一跤。想起来是多么可笑又多么痛心!就是为了布置这个客厅,他付出了生命的代价,因为他明白,他的病就是这次撞伤引起的。有一次他走进客厅,看见桌子的漆面不知被什么东西刮掉一块。他去寻求原因,发现桌上放着一本相册,相册的铜制饰物弯了，桌上的漆就是它刮掉的。这本珍贵的相册是他精心编辑的。他拿起相册，看到有的地方被扯破了，有些相片弄颠倒了。于是他对女儿和她的朋友们发火，怪他们太邋遢。他小心地把它收拾好，把铜制饰物重新扳直，使它恢复原状。接着他想起该把这些相册放到靠近盆栽的那个角落去。他想叫男仆来，可是来的是女儿，还有妻子，她们不同意这样做。她们反对，他就争辩、生气。不过这样也好，可以使他暂时忘却"它"，"它"暂时消失无踪了。

可是当他亲自挪动什么的时候，妻子说了句："让用人们去做吧，要不你又会受伤。"这一下，"它"又突然透过屏障闪现了。他看见了"它"，"它"只闪了一下。他希望"它"会消失，可是不由得注意起自己的肋部，那里还是和以前一样、持续地剧痛。他已经无法忘记"它"了，他清清楚楚地看到"它"从花的后面注视着他。"这到底是怎么回事啊？"

"真是这样的！我不是在猛攻要塞的时候牺牲，却是为了这个窗幔轻易丢了命，这怎么可能呢？这是多么可怕又多么荒谬啊！这不是真的，这不可能，然而事实确是这样。"

他走进书房躺下来，又单独和"它"在一起了，面对面眼睁睁地看着"它"，束手无策，只能看着"它"浑身发颤。

七

到了伊凡·伊里奇生病的第三个月，他的妻子、女儿、熟人、朋友、医生、仆人，最主要的还有他本人，都察觉到，大家关心的就是他能否快点腾出位置来，使活着的人终能从他造成的窘境中解脱出来，同时也使他本人从痛苦中得到解放。很难说事情怎么会达到这步田地，因为这是一步步不知不觉地形成的。

他的睡眠越来越少。医生给他服用鸦片，并开始注射吗啡，但是他的痛苦并未因之减轻。在昏睡状态中他感觉迟钝而抑郁。起初他的痛苦有所舒缓，可是到后来，这种感觉也变得和疼痛一样难受，甚至比它还要折磨人。

医生们嘱咐要专门为他准备一些特殊食物。可是他觉得这些食物越来越没有味道，越来越使他厌烦了。家里还特地安排人服侍他解大小便，然而每次大便，他都因为这不干净，不体面，有臭味，同时想到这脏事还必须由别人收拾，而感到痛苦。

可正是从这件最不愉快的事件中，伊凡·伊里奇得到了一些安慰。每次大便总是由年轻的帮工格拉西姆服侍他。

格拉西姆是一个心地纯正、精神饱满的农村小伙子，由于吃着城里的饭食，长得很茁壮。他总是愉快开朗。他一身俄罗斯农民装束，干干净净，却干着这种令人讨厌的脏活。伊凡·伊里奇起初看到他这副样子就感到很窘。

有一次，他从便桶上起身时，浑身无力，提不起裤子。他倒在柔软的安乐椅上，恐惧地看着自己裸露的、瘦弱的、青筋毕露的大腿。

这时格拉西姆走进来，步子又稳又轻，笨重的长筒靴散发着柏油和冬季空气的清新气味。他身穿印花布的衬衫，腰上系着干净的粗麻布围裙,袖子卷了起来,露出年轻人结实的胳膊。为了照顾病人的情绪,他避免朝主人看,而且竭力抑制着青春的喜悦,不让它在脸上焕发出来。他走到便桶跟前。

"格拉西姆。"伊凡·伊里奇有气无力地叫了一声。

格拉西姆哆嗦了一下,显然是害怕自己哪件事做得不妥。他迅速地转过脸来朝向病人。这是一张生机勃勃、善良而又单纯的年轻面孔,刚刚长出汗毛般的胡须。

"老爷,您有什么吩咐?"

"我想,你干这脏活一定很不高兴,请你原谅,我也是没办法。"

"哪儿话,"格拉西姆两眼炯炯发光,一张口便露出了年轻人洁白的牙齿,"费点事打什么紧?您是在生病啦,老爷。"

他用结实而灵巧的双手,干完了习以为常的活儿,轻轻走了出去。五分钟以后,又进来了,脚步仍旧很轻。

伊凡·伊里奇仍旧那样坐在安乐椅上。

"格拉西姆,"他说,这时格拉西姆已把刚刷洗干净的便桶放回原处,"请你过来帮个忙。"格拉西姆走过去。"把我扶起来,我自己起不来,可我把德米特里打发走了。"他说。

格拉西姆走到他身旁,用一只手搀着他,用他结实的胳膊轻巧地把主人扶起来,另一只手给他提起裤子,正要让他坐下,伊凡·伊里奇却叫他把自己搀扶到沙发上。格拉西姆毫不费力地、好像没使劲似的搀扶着他,几乎是抱着他走到沙发那儿,让他坐下。

"谢谢你!你干什么都是那样利索……"

格拉西姆又微笑了一下,正要离开,可是伊凡·伊里奇觉得和他在一起很舒服，因此不让他走。

"还有件事，请你把那把椅子拉过来。不，是那一把，搁在我脚下面。我的两脚垫高一些，就觉得舒服些。"

格拉西姆拿过来椅子，顺手就把它轻轻地在地上放稳，然后抬起伊凡·伊里奇的两条腿放到椅子上。就在格拉西姆替他搁腿的时候，伊凡·伊里奇好像觉得好受了些。

"两腿抬高一些，我就觉得好受些。"伊凡·伊里奇说道，"把那个靠垫塞在腿下面。"

格拉西姆照办了。他又抬起伊凡·伊里奇的双腿，然后搁下。格拉西姆抬起他腿的时候，他又觉得舒服些。格拉西姆放下了腿，他就觉得难受。

"格拉西姆，"他问道，"你现在忙吗？"

"一点也不忙，老爷。"格拉西姆说。他已经跟城里人学会了如何向老爷、夫人说话了。

"你还有什么活要干吗？"

"我还有什么活要干？都干完了，只剩下劈明天用的木柴了。"

"那么，你把我的两腿往高里抬，行吗？"

"怎么不行，当然行。"格拉西姆把主人的两腿抬高一些。伊凡·伊里奇感到，这种姿势使他一点都不觉得疼了。

"可是劈柴怎么办呢？"

"请您不用担心，我有的是时间。"

伊凡·伊里奇叫格拉西姆坐下来架着自己的双腿，开始和他聊起天来。说也奇怪，格拉西姆架着他的腿，他就觉得舒服。

从这以后，伊凡·伊里奇时常把格拉西姆叫来，让他用双肩扛着自己的腿，他也很愿意和这小伙子说话。格拉西姆做这事轻巧、乐意，尤其使他感动的是他那好心肠。伊凡·伊里奇看到别人健康强壮、精力充沛，就不痛快，唯独格拉西姆的强壮和活力，非但不使他心烦，反而使他感到宽慰。

最使伊凡·伊里奇苦恼的就是谎言。由于某种原因，关于他的谎言竟得到了大家承认，说什么他绝不是生了致命的病，只要安心治疗，就一定会痊愈。

他心里很明白，不管怎么治疗，他的病都不会有什么起色，只会徒然忍受更深的痛苦以后，再死亡罢了。谎言一直折磨着他。大家都不愿承认他们自己很清楚、他也很清楚的事情，他们扯谎说他的病不严重而且还强迫他承认这谎言。在他临死前，人们还在扮演这一出假戏，而且把这生死攸关的大事看成和串门儿、买窗帘、吃鲟鱼一样稀松平常、毫不足道。这种种冷酷的态度使伊凡·伊里奇痛苦万分。说也奇怪，有好多次，他们对他演这出滑稽戏的时候，他实在忍不住，几乎想对他们喊叫："别再胡扯了！你们都明白，我也明白，我快死了，请你们至少别再胡哄我了。"但是他总是提不起精神这样说。他看出，他周围的人都只把死亡这样极端可怕的事情当作一种令人不快，又几乎是不体面的偶然事件（就如一个散发着臭味、闯进客厅里来的人那样讨厌），表面上却又装得冠冕堂皇，正像他自己一生中所装的那么冠冕堂皇。他看出，谁也不同情他，连他的痛苦处境也不愿意去了解，只有格拉西姆一个人认识到他的痛苦，怜悯他，所以伊凡·伊里奇只有和格拉西姆在一起时才得到一些安慰。格拉西姆经常（有时是整夜）架着他的腿，不肯去睡觉，还说："您别过意不去，老爷，以后我能把觉补上的。"有时格拉西姆把"您"改为"你"[1]后，亲热地说道："你要是不生病那是一码事，既然你生病了，我麻烦一点打什么紧呢？"伊凡·伊里奇听了这话心里很舒畅。只有格拉西姆一个人不说谎。从各方面看出，只有格拉西姆一个人明白事情的真相，而且认为没有必要隐瞒。他只是怜悯憔悴虚弱的主人。有一次，伊凡·伊里奇打发他出去，他竟心直口快地说："我们大家都要死的，为您干些活儿又算得了什么呢？"

格拉西姆这样说，表明他是在服侍一个将死的人，因此他并不嫌累嫌脏，同时他也希望，到了自己要死的时候，也有人服侍。

谎言直接或间接引起的痛苦当中，最使伊凡·伊里奇难受的是，谁也不像他所希望的那样怜悯他。有时，他经过一阵漫长的折磨以后，尽管羞于承认，他内心还是渴望有一个人，无论是谁，能像对待病孩那样可怜他。他希望人们能爱抚他，安慰他。他明知道自己是一个重要人物，胡须都已斑白，所以他希望的是不可能的，但是他还是渴望得到。他与格拉西姆的关系跟他所渴望的有些类似，这对他是个慰藉。伊凡·伊里奇想哭，想让人抚爱他，也为他流泪，可是当他的同事舍别克真的来了，他非但不哭，也不要人抚爱自己，反而摆出一副正经、深谋远虑的面孔，习惯成自然地对最高上诉法院的判决发表自己的见解，并且固执地坚持己见。伊凡·伊里奇周围的人，连

---

[1] 这里是表示亲近。

同他本人的这种虚伪行径，使他在世的最后几天过得极不痛快。

八

到早晨了。他之所以知道这一点，是因为格拉西姆走了，仆人彼得来了。彼得吹熄了灯，拉开一片窗帘，然后轻手轻脚地收拾房间。无论是早晨还是晚上，是星期天还是星期五，对他都没有什么区别，反正都是那么回事，一刻不停的、从不减退的、难忍的、钻心的疼痛总是存在，他意识到自己已经病入膏肓，生命之火日趋微弱，只是尚未熄灭，唯一的现实就是日益迫近的、人人惧怕的、可恨的死神，还有那周围人们的虚伪行径。现在是哪一天、哪个星期、几点钟，还有什么意义呢？

"您要喝茶吗，老爷？"

"他还想按常规办事，希望主人在早晨喝茶呢。"伊凡·伊里奇心里这样想，却只说了句："不要。"

"您要不要挪到沙发上去？"

"他想收拾房间，我碍了他的事。我很邋遢，把什么都弄乱了。"他心里这样想，却只说了句："不，你甭管我。"

仆人忙忙碌碌地干活。他伸出手，彼得殷勤地走过来。

"老爷，有什么事？"

"表。"

表就在旁边，彼得拿起表递给了他。

"八点半了。他们起床了吗？"

"还没有,老爷。只有少爷上学走了。夫人关照过,要是您有事,就叫醒她。需要我去叫她吗?"

"不,我不需要她来。"他想,"也许还是喝点茶好些。"便说了声:"对,拿茶来吧。"

彼得走了。剩下伊凡·伊里奇孤零零一个人,他害怕孤单。"我怎么才能把他留住呢?对,吃药。""彼得,把药递给我。""为什么不吃呢?药也许还能有点效用。"他倒了一羹匙药咽下去。"不,不会有用处的,这全是糊弄人的。"他一尝到那熟悉的、腻人而又毫无用处的药,便下了决心:"不,我不能再相信它了。可是那疼痛,怎么会这么疼啊!哪怕缓解一分钟也好啊!"于是他呻吟起来,彼得又回过头来。"没有什么,你去拿点茶来吧。"

彼得走了。剩伊凡·伊里奇一个人又呻吟开了。但是他的呻吟与其说是因为疼——固然疼得很厉害,倒不如说是由于心里极度难受。"永远是这样,永远是无了无休的白天黑夜,但愿它快点来吧。""但愿什么快点来?死亡?永久的黑暗?不,不!无论什么也比死亡强!"

彼得端着茶盘回来了。伊凡·伊里奇久久地、茫然不解地凝视着他,他不明白这人是谁,是干什么的。彼得被他看得发窘。看到他的窘态,伊凡·伊里奇才清醒过来。

"哦,"他说,"茶!好,放下吧。不过你得帮我洗洗脸,换上一件干净的衬衫。"

于是伊凡·伊里奇开始盥洗了。他洗一会儿便停下来歇歇气,先洗手,然后洗脸,刷牙,梳头。他照照镜子,看到自己的模样，特别是头发粘在苍白的前额上那种毫无生气的样子，非常害怕。

换衬衣的时候，他想，要是看到自己的身体还会更害怕，所以他别过脸去没敢看。换好了衬衣，他又穿上了睡衣，裹上了方格毛毯，坐到扶手椅上准备喝茶。这会儿他觉得有点精神了，可是他一喝茶，就又感到嘴里有一股怪味以及身上的疼痛，他勉强喝完茶，伸直腿躺下，然后打发彼得走了。

总是这样，希望的火花刚一闪现，就为绝望的波涛淹没。老是疼痛，老是绝望，如此漫无止境地循环。孤零零一个人的时候，他感到苦闷得厉害，想叫一个人进来，可又预料到，有别人在身边反而更糟。"哪怕注射一针吗啡也好啊，好让我进入昏迷状态。我一定要对医生讲，他得另想办法，老这样下去是不行的，不行的。"

一小时又一小时就这样过去了。这会儿门铃响了，也许是大夫来了吧。果然是他来了。大夫容光焕发、精神饱满，一副发福，高高兴兴的样子。他的神情仿佛在说："哎，你们都别那么惊恐，我马上就会安排妥当的。"医生知道，他的这副神情和这里的气氛是不协调的。可是他一直就是这么副神态，怎么也改不过来，就像一个大清早就穿上了燕尾服，准备到处走访的人，不打算把它脱下来了。

医生使劲地搓着手，使大家放心。

"唔唔，天气太冷了。好一场严寒啊，让我暖和暖和。"他说这话时，脸上露出这种神色：请你们稍等片刻，等我身体暖和过来，我就能使一切都恢复正常的。

"唉,你身体怎么样了?"

伊凡·伊里奇觉得,医生很想说"一切都好吗?"如此寒暄一番,却又感到那样说不妥,便问道:"夜里睡眠怎么样?"

伊凡·伊里奇望着医生,像是在问他:"难道你扯谎从不感到害臊吗?"但是医生没有理会这个问题。

于是伊凡·伊里奇说道:"还是那么厉害,一个劲儿地痛,一刻也没有减轻,但愿……"

"嗯,你们病人总是这样——啊!我现在觉得暖和过来了,就连最爱挑剔的普拉斯科维娅·费奥多罗夫娜对我的体温也挑不出毛病了。好吧,现在我要说一声早上好!"医生握了握病人的手。

接着,医生把刚才的嬉皮笑脸收敛起来,开始神态严肃地检查病人,搭脉,量体温,敲叩,听诊。

伊凡·伊里奇心里非常明白,这一切都是无聊的勾当,纯粹是骗人的。可是医生单膝跪在沙发上,俯在他身上,将耳朵贴近病人,一会儿往上听听,一会儿往下听听,煞有介事地做着各种各样体操式的动作。这时,伊凡·伊里奇也只好屈从了,正像他以前经常屈从于律师的辩护一样,虽然他明明知道,他们都在扯谎,而且知道他们为什么要扯谎。

医生正跪在沙发上,给他叩诊。这时从门口传来普拉斯科维娅·费奥多罗夫娜丝绸裙子的窸窣声,还听到她在责备彼得——医生来了,为什么不让她知道。

她走进来,吻了吻丈夫,并且立刻声明她早已起床了,医生来的时候,她以为是不相干的人,才没有过来。

伊凡·伊里奇望着她，把她全身上下审视了一番，她的双手、脖颈、皮肤都那么白皙、丰满、洁净，头发闪着光泽，两眼充满活力，闪闪有光，这一切都使伊凡·伊里奇异常反感。对她，伊凡·伊里奇恨之入骨，只要和她接触他就恨得发颤，感到十分痛苦。

正像医生对这个不能甩掉的病人是那样冷漠、无动于衷，她对于他和他的疾病也同样抱有一种冷酷的态度，仿佛他的病全怪该做的事情没有做，责任全在他自己，因此她在温存地责备他。她对他的这种态度已无法改变了。

"要知道，他不听我的劝告，不按时服药，更糟糕的是他躺的姿势很怪，两条腿搁得高高的，这显然对他的健康不利。"她还描述了他怎样叫格拉西姆抬起他的腿。

医生鄙薄而又温和地笑了，意思是："这有什么办法呢，这些病人有时候会心血来潮做出一些蠢事来，咱们应该原谅他们。"

检查完以后，医生看了看表。这时普拉斯科维娅·费奥多罗夫娜向伊凡·伊里奇宣布：不管他愿意不愿意，反正她今天已经请了名医给他做检查，并和经常为他们看病的米哈伊尔·达尼洛维奇医生会诊。

"请你别反对，这样做是为了我自己。"她讥讽地说，故意让人感到，她做这一切都是为了他，因而他无权拒绝。他沉默不语，皱紧眉头。他觉得，自己已经被虚伪的网紧紧缠住，无法解脱。

她为他做的每件事完全是为了她自己，她却把自己实际上在做的事放在口头上用讥讽的口气说出来,硬要伊凡·伊里奇理解为她不是为了自己,而是为了他。

十一点半,那位名医真的来了。于是,敲叩、听诊又开始了,名医先是当着他的面谈论,然后又到另一间屋子里,和米哈伊尔·达尼洛维奇交换了有关肾脏、阑尾的看法,二人有问有答,煞有介事。可是他们避而不谈他面临的唯一要紧的问题——生死,却只是扯了些肾脏、阑尾功能不正常之类不相干的问题。米哈伊尔·达尼洛维奇和这位名医都主张治疗肾脏和阑尾,迫使它们恢复正常。

名医告辞时神情严峻,不像是认为他病入膏肓的样子。伊凡·伊里奇眼里流露着恐惧和希望,胆怯地问,是否有痊愈的可能。名医的答复是,他不能担保,但还是有一线希望的。伊凡·伊里奇目送名医出去,他那饱含生之渴望的眼神实在可怜。普拉斯科维娅·费奥多罗夫娜见了他这副情形,忍不住了,走到屋外向医生付诊费时,甚至哭泣起来。

医生使伊凡·伊里奇宽心的话在他心里燃起一线希望,但不久便熄灭了。一切,这屋子、这些画、窗帘、墙纸、药瓶,仍旧是那样毫无生趣,他的病体仍旧是那样疼得令人苦恼。于是伊凡·伊里奇开始呻吟了。人们给他做皮下注射,他便昏迷过去了。

他醒来的时候,已是薄暮时分,有人给他送来了晚饭,他勉强咽了点牛肉汁。然后一切照常,夜幕又要降临了。

饭后七点,普拉斯科维娅·费奥多罗夫娜走进房里,穿着晚礼服,紧身胸衣使她丰满的胸部越发隆起,脸上还有扑粉的痕迹。她早晨就对他提过,她们要去看戏。莎拉·伯恩哈特[1]正到该城来访问演出。他们订了一个包厢。原来还是他坚持要她们这样做,这会儿他却忘记了这件事,而且对她的梳妆打扮非常生气。可是,他想起了是自己坚持要订包厢看戏的——这戏既对孩子有教育意义,又是一种美的享受——便掩饰起自己的气恼。

普拉斯科维娅·费奥多罗夫娜走进屋来,有点得意,却又颇有点歉疚。她坐下来,问了问他的身体情况。在他看来,她只是为问话而问,并非真心想了解什么,她早就知道没有什么可了解的了。然后她便转到她真正想说的话题上。她本来是绝对不想去的,但是包厢已经订了,海伦、女儿、彼得里谢夫(预审官,女儿的未婚夫)都要去,她总不好意思让他们自己去嘛——其实她倒宁愿在他身边多待一会儿。此外她还叮嘱伊凡·伊里奇在她外出的时候,要遵照医生的嘱咐去做。

"啊,费奥多尔·彼得罗维奇(女儿的未婚夫)想进来,行吗?还有丽莎。"

"好吧。"

女儿进来了。她打扮得花枝招展,一身晚礼服,袒胸露臂。年轻姑娘娇嫩白皙的皮肤,使他感到痛苦。女儿的幸福和他的痛苦是水火不容的。她风华正茂,显然沉浸在爱的幸福中,她对于疾病、痛苦、死亡是不能忍受的,因为这破坏了她的欢乐情绪。

---

[1] 莎拉·伯恩哈特(1844—1923):法国女演员。

费奥多尔·彼得罗维奇也进来了。他穿着燕尾服,头发卷成法国卡波式样,肌肉发达的长脖子上紧紧地箍着白色硬领,胸前罩着一大片白色胸衬,强壮的双腿上紧紧裹着黑色的瘦裤筒,一只手上套着紧绷绷的白手套,手里拿着高顶礼帽。

一名中学生也尾随在他之后悄没声儿地溜了进来。这个可怜的小家伙穿着新制服,戴着手套,眼眶下面有一道黑印子。伊凡·伊里奇完全明白这是怎么回事。

小儿子这副样子使他怜悯。孩子那可怜父亲而又充满惊恐的目光使他害怕。伊凡·伊里奇觉得除了格拉西姆以外,了解并同情他的就只有小儿子了。

大家都坐了下来,又问起他的病情,接着是一阵沉默。丽莎问她母亲观剧望远镜放在哪儿了,母女俩拌起嘴来,争辩究竟是谁拿望远镜用了,又放到哪儿了,弄得大家很不愉快。

费奥多尔·彼得里谢夫问伊凡·伊里奇以前是否见过莎拉·伯恩哈特。伊凡·伊里奇起初没听懂他的问话,后来回答:"没有,您见过吗?""是的,看她演过阿德里安·勒库弗勒。"

普拉斯科维娅·费奥多罗夫娜谈起莎拉·伯恩哈特演得特别出色的几个角色,女儿却不同意。于是大家就谈起了她的表演如何优美逼真——这一类老生常谈的话题。

在谈话中间,费奥多尔·彼得罗维奇瞟了一眼伊凡·伊里奇,沉默了下来,其他人也瞟了他一眼,一并沉默下来。伊凡·伊里奇直愣愣地向前凝视着,两眼发光,显然是在对他们生气。做了错事必须改正才行,但他们对此无计可施。沉默必须打破,可是谁也下不了决心,大家都怕这种惯常的假面具被拆穿，暴露出自己的真面目。丽莎第一个鼓起勇气打破了沉默，她本想把大家的真实感觉掩饰起来，结果反而说走了嘴："好了，咱们要去的话，就该走啦！"她说着看了看手表，这还是父亲给她的礼物。同时她向费奥多尔·彼得罗维奇意味深长地微笑了一下，只有他们俩才明白其中的奥秘。然后她站起来，衣裙窸窣作响。

大家也都起身，向伊凡·伊里奇道了晚安便出去了。

他们出去以后，伊凡·伊里奇感觉好受多了，因为虚伪也随着他们消失了。但是疼痛和恐惧依然如故，使一切都那么单调乏味，既没有加重也没有减轻。他感到一切都更糟了。

时间依旧是一分钟一分钟、一小时一小时地过去，一切都是老样子，漫无尽头，那必不可免的人生大限越来越令人毛骨悚然。

彼得问了他一个问题，他回答道："对，叫格拉西姆来。"

九

他的妻子深夜才回来，她踮起脚尖走了进来。他听到了她的声音，睁开眼又赶紧闭上。她想把格拉西姆支使开，自己陪他坐一会儿。他睁开眼说道："不，你请便吧。"

"你疼得厉害吗？"

"老是这样。"

"服点鸦片吧。"

他同意了,服了一些。然后她走了。

直到凌晨三点,他一直处于痛苦的昏迷状态中。他觉得仿佛谁在把他连同他的疼痛往一个又深又窄的黑口袋里塞,越来越深,可总也塞不到底。这种状态已够可怕的了,何况又加上难忍的痛。他害怕,可又想直往下钻,从袋子里滑出来。他在挣扎,却又向里钻得更深了些。突然他钻透了袋子,一下子滑了出来,跌倒了。这时他醒了过来。还是格拉西姆安静而耐心地坐在他的床脚边,打着盹;而他自己躺着,穿着长袜子的、瘦骨嶙峋的两条腿,搁在格拉西姆的肩膀上;还是那支罩着灯罩的蜡烛;还是那无休止的疼痛。

"去吧,格拉西姆。"他低声说。

"没关系,我再坐一会儿,老爷。"

"不,你走吧。"

伊凡·伊里奇放下两腿,翻了个身,侧身躺卧,把一只胳膊压在身下。他突然自怜起来。等到格拉西姆走到隔壁房间去,他再也忍耐不住,像孩子似的呜咽起来。他感到自己孤苦无依,形单影只,人们残酷无情。连上帝也是残酷的,或者说根本就没有什么上帝。"'你'做这一切是为了什么?'你'为什么要把我带到人世间来?'你'为什么这样狠心地折磨我?"

他并不企求得到回答,却又因为没有也不可能有答案而哭泣。又疼得厉害了,可是他没有动弹,也不叫人来。他对自己说道:"来吧,折磨我吧!可这是为什么呢?我做了什么得罪你的事情呢?"

后来他安静了下来,不仅止住了哭泣,还屏住呼吸,全神贯注。他似乎在倾听,但不是听有声的话语,而是倾听自己心灵的声音,注视自己思潮的起伏。

"你要什么呢?"这是他听到的第一个可以用语言表达的明确概念。"你到底要什么呢?你到底要什么呢?"他反复地问自己。"我到底要什么?我要活下去,不再受痛苦。"他回答道。

他又全神贯注,凝神谛听,就连疼痛也没有使他分心。

"活下去?怎样活下去?"心灵的声音又发问了。

"那还用说,就像我过去那样,美好地、愉快地活下去。"

"像你过去那样美好愉快地活下去?"心灵的声音又问道。这时他逐一回想起往昔愉快生活中最美好的时光。但是,说也奇怪,这些愉快的时光现在却完全不像当时所感觉的那样了。除了童年的记忆之外,其他全都黯然失色。在童年时代,确实有一些事情是真正愉快的,如果能回到那个时代的话,倒是真值得活下去。但是尝到过这种愉快的儿童已经不存在了,他仿佛是在回忆另一个人的往事。

自从伊凡·伊里奇开始变成现在的模样起,往日的一切欢乐就在他心目中渐渐烟消云散了,变成一些渺小猥琐的甚至是令人生厌的东西。

离童年越远,离现在越近,昔日的欢乐也就越可疑,越无价值。这是从他上法律专科学校开始的。在法律学校倒还有些真正美好的东西:真挚的欢乐、纯洁的友谊和种种憧憬。到了高年级,这种美好的时光就少了。后来,在他公务生活的初期,在省长手下供职时期,又出现了一些美好的时光,那就是对一个女人的关于爱的回忆。之后,一切都混杂在一起,美好的东西更少了；再往后，好的东西就更少了；越往后，美好的东西越少。

他结婚了……完全出乎意料，令他大失所望。妻子嘴里的气味，肉欲，还有装腔作势！再就是那死气沉沉的公务和对金钱的操心。就这样，一年、两年、十年、二十年——总是这一套。而且越往后就越死气沉沉。我还想象自己是在不停地向上爬呢，其实我是在一天天走下坡路，过去的生活就是如此。社会上都认为我是在步步高升，其实我每升一步，生命就离我越来越远，现在万事皆休，只有等死了！

这究竟有什么意义？这是为了什么？人生不可能这么无聊，这么丑恶。不，这是不可能的。就算人生真是这样丑恶，这样无聊吧，那我又为什么要死？而且死得这么痛苦呢？这里面肯定有什么不对头的地方。

"也许，是我的一生过得不对头吧！"他突然萌生了这样的念头，"我做什么都是正正派派的，怎么会有这样的恶报呢？"他自言自语，接着他立刻把这唯一可以解决生与死之谜的想法，当作完全不可能得到答案的问题，从自己的心里驱除了。

你现在还企求什么呢？活下去？怎么活下去呢？像在法院执行吏宣布"法官驾到"时那样生活吗？……"法官驾到，法官驾到。"他心里重复着，"现在来审判你了！""可是我并没有犯罪啊！"他愤怒地狂叫，"为什么要审判我？"他停止哭泣，把脸转过去朝着墙，开始反复考虑同一个问题：那我为什么会这么恐惧？为什么呢？

无论他怎样殚思竭虑，也还是得不到答案。每当他想起

（这是常常出现的一种念头）他之所以如此，是因为他生活得不对头的时候，他便立刻回忆起自己循规蹈矩的一生，于是就把这奇怪的念头驱赶掉了。

十

又过了两个星期，伊凡·伊里奇已经躺在沙发上起不来了。他不愿躺在床上，所以就躺在沙发上。他几乎总是面壁而卧。他独自忍受着不能解脱的痛苦，独自默想那得不到解答的问题。这是怎么回事？难道当真就要死了吗？内心的声音答道："是，真的要死了。""我为什么要忍受这些痛苦呢？"那声音又说："没什么理由，就是这样。"再往下想，除此之外，便是一片空虚。

自从他刚患病、他第一次找医生看病时起，他的生活便分裂为两种轮番出现、完全对立的精神状态：时而悲观失望地等待那不可思议的、可怕的死亡，时而充满希望，兴致勃勃地观察自己体内机能的活动；时而他的眼前晃动着一个暂时偏离职守的肾脏、盲肠，仿佛一下子就能被医好，时而又出现了那个无可幸免的、不可思议的、恐怖的死神。

自从刚开始生病时起，这两种状态就交替出现。可是病的时间越久，关于肾脏病的种种猜测就越变得可疑而荒诞不经，而对死亡即将来临的想法变得越来越现实了。

他只要对照一下三个月以前的情形和现在的情形，想一想自己的病情是怎样每况愈下的，一切生存的希望就都荡然无存了。

近来，他面对着沙发背躺在那里，时常有一种孤独感。这种孤独感不是产生于任何荒凉的地方，而是产生于人烟稠密的大城市里、许多亲朋故旧和骨肉亲人当中。然而在任何地方，无论是海底还是地下，都不可能有这样可怕的孤独。他在这深深的孤独中只能靠回忆往事苟延残喘。昔日的情景一幕幕地出现在他的眼前，这些画面总是从最近开始，渐渐引向最遥远的过去，直到引向童年，然后便停留在那里。只要他一想起今天端给他吃的黑梅酱，便回忆起童年时常吃的那半生不熟的、皱了皮的法国黑梅子，以及他吸吮梅子核时使他流口水的那股酸涩味道。一想起这味道，便勾起了他儿时的许许多多情景，他的保姆、兄弟、玩具……"别再想这些了……想起来太痛苦了。"他自言自语道，于是他又返回到现在。他望着沙发背上的纽扣和摩洛哥羊皮的皱纹，"摩洛哥羊皮昂贵但不结实。我和家里人还为这争吵过。在童年时曾为另外一块摩洛哥羊皮，发生了另一场争吵。当时我们把父亲的公文包弄坏了，受到惩罚，可是妈妈却给我们拿来了果酱馅饼。"他的思想又停留在童年时代了。他又感到痛苦，于是竭力想别的事，把这些往事驱散掉。

他撇开这一连串童年回忆，却又被勾起另一串回忆：自己的病情是如何一步步加重和恶化的。越是回溯过去，就越觉得以前过的是真正的生活。生活中美好的东西越多，生活的情趣也越多，这两者是水乳交融、密不可分的。"正像我的病越来越恶化一样，我的整个生活也越来越糟了。"他这样想着，"在过去我的生活刚开始的时候，在我的童年生活中曾有过一点点光明，以后便越来越黑暗，日子也过得越来越快了，跟接近死亡的距离的平方成反比。"伊凡·伊里奇这样想着，于是一块石头以加速度飞落下来的形象，便深深印在他心里。一连串有增无减的痛苦，越来越快地飞向终点，一直奔向最恐怖的死亡深渊。

"我在飞……"他战栗，挣扎，想反抗，但是心里已经明白反抗是没有用的。他的眼睛已经看累了，但是又不能不看下去，于是他就又凝视着沙发背，等待着，等待着自己的下坠、撞击和毁灭。"反抗是没有用的。"他自言自语道，"哪怕能明白这是为什么呢！连这也办不到。如果说我生活得不对头，那倒也算是一种解释，可是我绝不能承认这一点。"他回想起自己的一生完全是奉公守法、规规矩矩、品行端正，"我无论如何都不承认这一点。"他一面这样想，一面撇着嘴冷笑，仿佛有人会看见他的冷笑，而且会被他的笑欺骗似的，"无法解释！只有痛苦，死亡……这究竟是为什么呢？"

十一

这样又过去了两个星期。在这段时间，伊凡·伊里奇和他妻子所盼望的事情终于发生了：彼得里谢夫正式提出了求婚。他是在晚上提出的。第二天，普拉斯科维娅·费奥多罗夫娜走进丈夫的房间，边走边寻思该怎样向丈夫宣布这件事，但是就在头天夜里丈夫的病情进一步恶化了。她看见他仍旧躺在沙发上，不过换了一副姿势。他仰卧着，呻吟着，目光呆滞地凝视着前方。

她先谈到服药的事。他把目光转向她,眼神中表现出对她极度的憎恶,因此她都没能把话说完。

"看在基督的分上,让我安静地死吧!"

她正想走开,这时女儿进屋了,走到他跟前请安。他用看妻子的憎恨目光看着女儿。女儿问候他的病情,他冷冰冰地答道,不久大家就可以摆脱他这个累赘,获得解放了。母女俩一言不发,小坐片刻便走了。

"咱们做了什么错事了?"丽莎问母亲,"仿佛是我们的过失。我可怜爸爸,但他干吗要折磨咱们呢?"

医生在平时该来的时候来了。伊凡·伊里奇对他回答"是与否"的时候一直用愤恨的目光盯着他,最后终于说:"您明知道救不了我的命,就不要管我了吧。"

"总可以减轻一点您的痛苦吧。"医生说。

"连这个您也办不到。您就甭管我了。"

医生走进客厅,对普拉斯科维娅·费奥多罗夫娜说,病情很严重,想必他是非常痛苦的,要减轻他的痛苦唯一的办法就是用鸦片了。

医生所说的是肉体上的痛苦,这也是实话。但是远比这痛苦可怕得多的是他精神上的痛苦,这是他的主要痛苦所在。

头天夜里,他看着高额骨的、善良的格拉西姆睡眼惺忪的面孔,突然想到,难道我整个一生,真的不对头吗?那该怎么办呢?他精神上的痛苦正是由此产生的。

他想到,过去认为完全不可能的事情,即他的一生过得不对头，可能是真的。他还想到，对于过去有些身居高位的人认为是对的东西，他曾有过微弱的反对企图。可只要心里一有这念头，他就立即把它驱除。其实这些念头倒可能是对的，而其他一切很可能是错的。他的公务、他的生活安排、他的家庭，还有他在社会界和官场上孜孜追求的那些利益，很可能都是虚假的。他企图在自己面前为这一切辩护，但是他突然感到自己所要辩护的事太站不住脚了，因此根本就没什么值得辩护的。"如果真是这样的话，"他自言自语说，"那我在离开人世的时候才意识到，上天给我的一切我都毁掉了，而且一切都已无法挽回，那该怎么办呢？"他仰卧着，开始重新逐一检查自己的一生。早晨，当他看见仆人，后来又见到妻子、女儿、医生时，他们的一举一动，一言一行，都证实了他在夜间所发现的那个可怕的真理。在他们身上，他看到了自己，看到了他过去赖以生存的一切，而且清楚地看出这一切都不对头，一切都是一个遮掩了生与死真谛的、可怕的大骗局。这一认识使他肉体的痛苦加重了十倍。他呻吟着，辗转反侧，撕扯自己的衣服。他觉得这衣服使他透不过气来，使他难受。为此，他憎恨这些人。

他们给他服了大剂量的鸦片，他昏迷过去了。可是到了午饭时，疼痛又开始发作。他把所有人统统赶了出去，自己在床上痛得滚来滚去。

妻子走到他身边说："伊凡，亲爱的，就算是为了我做的吧！这没有什么害处，往往倒会有些用处。这没有关系，健康人也常常这样做。"

他睁大了眼睛。

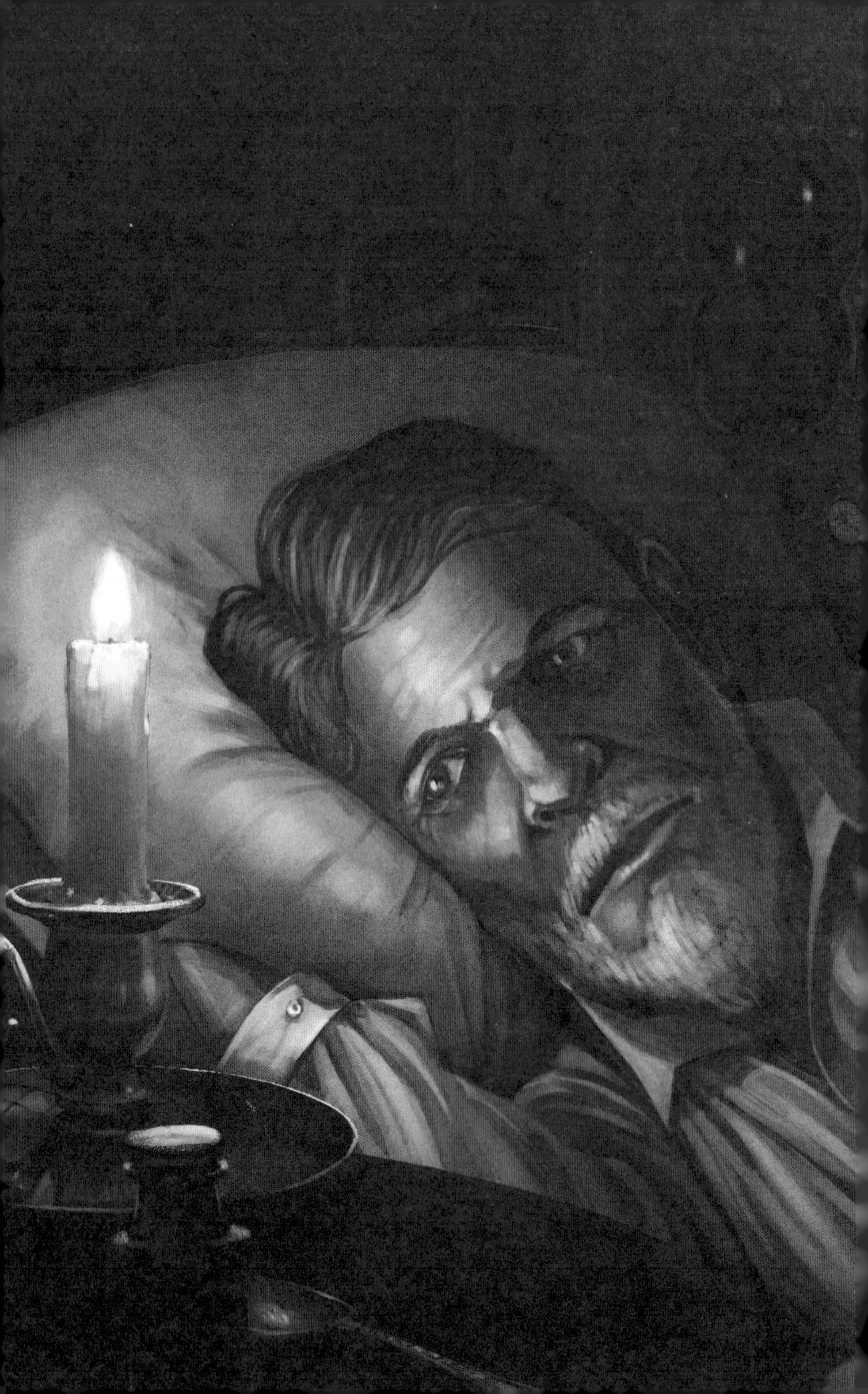

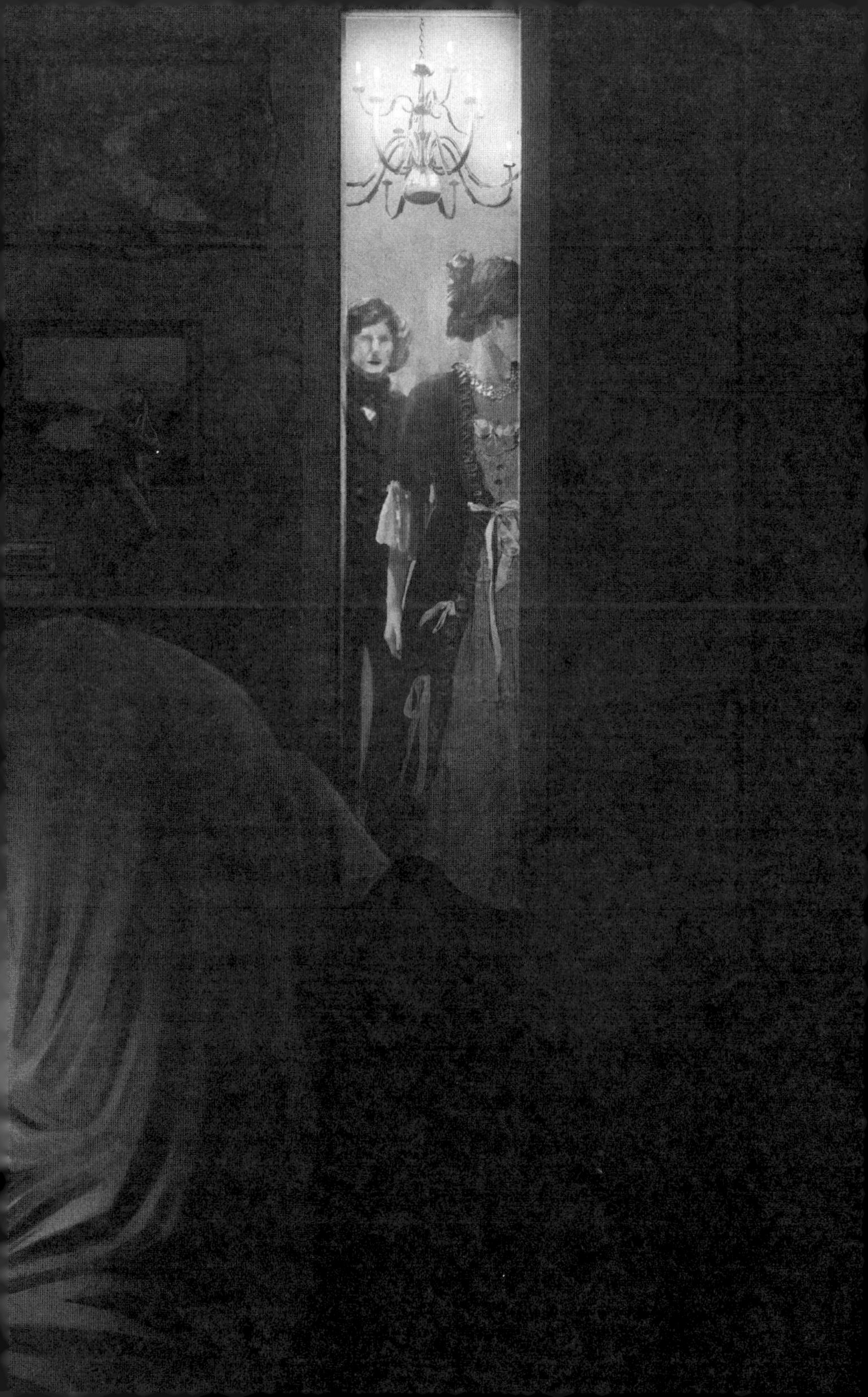

"什么？领圣餐吗？干什么？用不着！不过……"

她哭了起来。

"领吧，亲爱的，我去派人把咱们的神父请来，他是个挺好的人。"

"行，很好。"他喃喃地说。

神父来了，听了他的忏悔。这时，他变得温和了。他觉得仿佛摆脱了疑惑，感到一阵轻松，因此痛苦也好像减轻了，霎时间他心里升起了一线希望。他又开始想起阑尾，想着可能治愈它。他噙着泪领了圣餐。

领圣餐的仪式完毕后，人们扶他躺下，他感到一阵暂时的轻松，生的希望又苏醒了。他开始考虑人们建议过的动手术的事。他对自己说，活下去，我想活下去！妻子进屋来祝贺他领了圣餐，说了人们在这种情况下惯常说的话，并且问了一句："你觉得好点了吧？"

他看也没有看她，说了句："是的。"

她的装束、身影、面部表情，她说话的声音，这一切向他表明：你错了，你的生活不对头。你过去、现在的生活全都是虚伪的，都是向你隐瞒了生和死真谛的一场骗局。一想到这些，他的憎恨便油然而生，伴随着憎恨而来的是肉体上难忍的痛苦，继而他就想到自己所面临的、不可避免的死亡。这时他又有一种新的异样感：他感到一阵钻心的剧痛，疼得几乎窒息过去。

当他说"是"的时候，脸上的表情非常可怕。说完这话以后，他眼睛直瞪着她，然后迅速地（对他虚弱的病体来说这是异乎寻常的）翻过身去脸朝下大喊道："走开，走开，不要管我了！"

十二

从那刻起，他一连三天不停地喊叫，喊声凄厉可怕，隔着两道门听起来仍然使人毛骨悚然。在他回答妻子问话的那一瞬间，他就已经明白，自己完了，一切无可挽回了。末日，真正的末日，已经来临了，而他的疑惑始终没有解决，他心里仍然是一片疑云。

"哎哟……哎哟……哎哟！"他用各种声调喊叫。他又开始喊："我不想死！"他把"死"字拖得很长。

整整三天，他已经没有时间概念了，一种无形的、无法抵抗的力量，正把他塞进一只口袋，他就在那黑咕隆咚的口袋里挣扎，就像一个被判处死刑的人明知道没有生的希望，还在刽子手的手里苦苦挣扎一样。他尽管拼命挣扎，却随时都感到，离那个使他胆战心惊的地方越来越近了。使他极度痛苦的是他正在被塞进一个漆黑的洞穴，更使他痛苦难熬的是他塞不进去。他之所以进不去，是因为他认为他这一生为人是正派的。正是他为自己一生所做的开脱紧紧拽住了他，使他进不去，这最使他痛苦难熬。蓦然有一种力量朝他胸口和肋部推了一下，他的呼吸更困难了。他终于跌进了那个洞穴，在洞穴的尽头有个东西亮了起来。他觉得自己就像身处火车的车厢里那样，以为自己在向前移动,其实是在向后移动,蓦然间才辨明火车的实际方向。

"是的,一切都是不对头的!"他对自己说。"可是,这不要紧。可是到底怎样才是对头的呢?"他问自己,突然安静了下来。他觉得还可以补救。

这事发生在第三天末尾,他临终前两个小时。他上中学的儿子悄悄地溜了进来,走到他的床边。那个弥留的人仍然在绝望地叫喊,两只胳膊也随着乱挥。他的一只手落到了孩子的头上。孩子抓住了这只手,把它贴到嘴唇上,哭了起来。

伊凡·伊里奇就是在这个时候跌进了洞里,见到亮光的。这亮光使他恍然大悟,看清了自己的一生都不对头,但是还来得及补救。他问自己,究竟什么才是对头的,接着他便安静下来,凝神聆听。这时他觉得有人在吻他的手。他睁开眼,看着儿子。他觉得儿子可怜。妻子也走到身边。他望了她一眼。她张着嘴,鼻子上和腮帮上还留着没擦掉的泪痕,她神色绝望地注视着他,他也可怜起她来。

"是的,我给他们带来了痛苦。"他想,"他们感到难受,可是我死了以后他们就会好受些。"他想说这句话,已经没有力气说了。"其实,又何必说出来呢?我应当行动起来。"他这样想。他看了看儿子,对妻子说:"领他出去……我可怜他……也可怜你……"他还想说"原谅我",却说成了"放开我"。他由于没有力气,只是挥了挥手。他知道,上帝会理解他的,只有上帝的理解才是重要的。

他心里一下子豁亮了,以前使他苦恼、死死纠缠他的东西,现在从两面、从四面八方一下子都离开他了。既然他可怜他们，就应当不使他们难受，使他们，也使自己摆脱这些痛苦。"多么好！多么简单啊！"他想，"可是疼痛呢？"他问自己："疼痛到哪里去了？疼痛到底在哪儿呢？"

他开始寻觅。

"啊，疼痛在这儿，那有什么关系，让它去疼吧。

"可是死亡呢？它又在哪里？"

他寻找着过去所习惯的对死亡的恐惧，可是没有找到。它在哪儿？死是怎样的？任何恐惧都没有，因为死亡根本就不存在。

代替死亡的是一片光明。

"原来是这么回事！"他突然说出声来，"多么欢欣啊！"

对于他，所有这一切都是一瞬间发生的，而这一瞬间的意义已经不会变更了。守候在旁边的人后来说，他的弥留状态又持续了两小时。有什么东西在他的喉咙里呼哧呼哧地响，他那消瘦干瘪的身体在微微抽搐，然后喘气和呼哧声次数越来越少了。

"完了！"有人在他的近旁说。

他听到了这句话，并且在心里把这话重复了一遍："死亡结束了！"他对自己说："它再也不存在了。"

他吸了一口气，刚吸了半口就咽了气，肢体一伸，便死了。

（1886年）

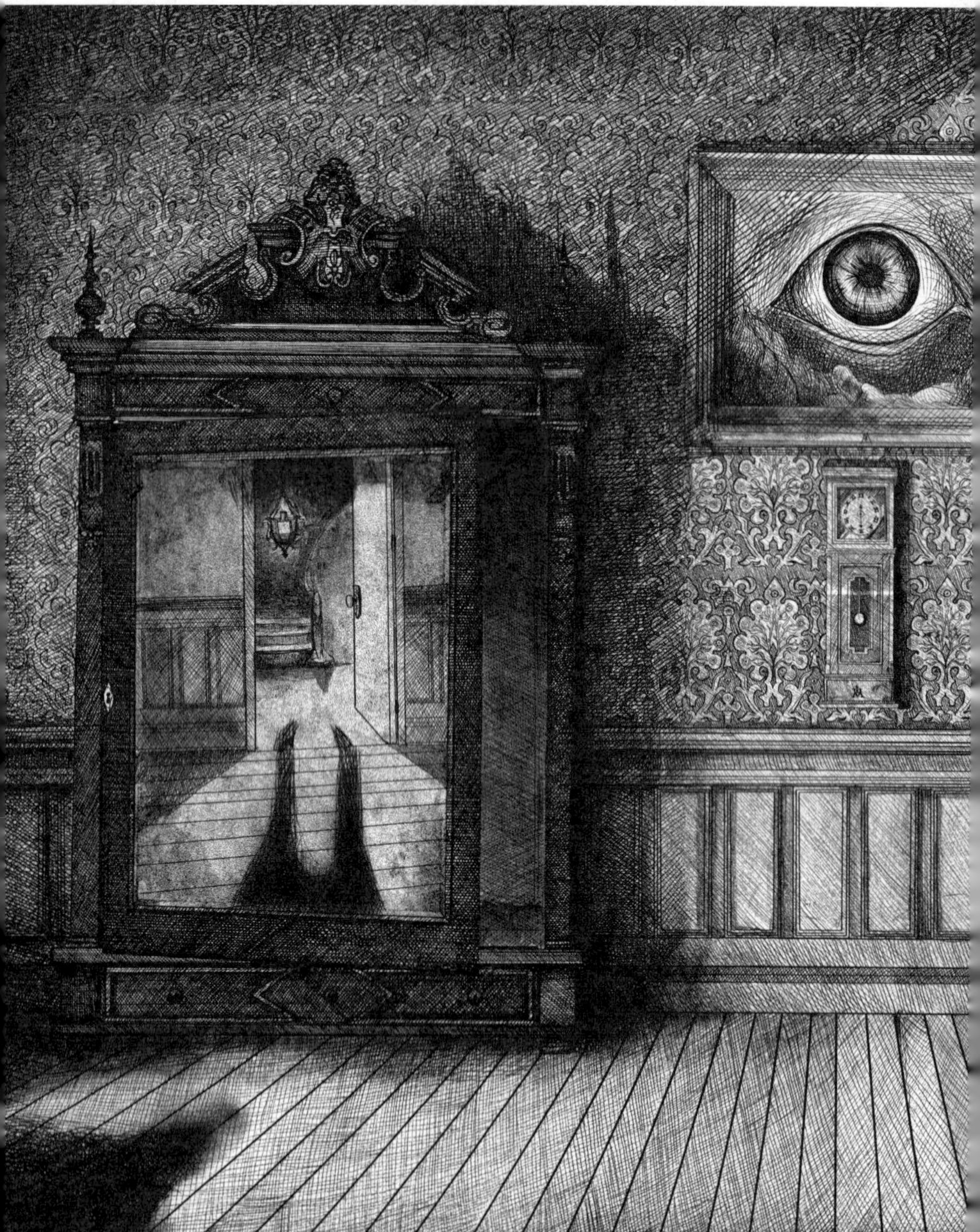

Secret
隐秘

信号员

查尔斯·狄更斯
（1812—1870）

英国批判现实主义文学家，英国最伟大的小说家之一。其作品主要关注社会底层中"小人物"的遭遇，借劳苦大众的抗争讴歌人性的真、善、美。著有《雾都孤儿》《大卫·科波菲尔》《双城记》等。

"喂——！下面那儿！"

他听到有个声音这样呼唤他。这时他正手拿卷紧的短柄信号旗，站在信号所门口。看这地势，你也许会认为，他绝对不会弄错声音是从哪儿来的。我就站在那陡峭的路堑顶，差不多就在他头顶上。可是他并没有抬头往上看，而是转过身体，向铁路那边望去。在他转身瞭望的动作里有一种引人注目的奇特，不过我却怎么也说不上那到底是什么。即便他站在下面深深的堑沟里，身影显得短小又暗淡。而我高高地站在他头顶上，沐浴在落日耀眼的霞光中，不得不手搭凉棚遮住眼睛，才能看见他。

我又喊了一声："喂——！下面那儿！"

这次他不顺着铁路看了，而是四下环顾。终于他抬起头来，看见我站在他头顶上的高处。

"我想和你谈谈，有没有下来的路？"

他仰望着我，没有搭腔，我俯视着他，也没有把这句问话再重复一遍。就在这一瞬间，大地和空气中起了阵隐约模糊的颤动，很快变成了强烈的震动。接着一列火车风驰电掣地迎面冲来，我不由得惊得向后退缩，好像这股巨大的力量要把我席卷下去似的。这疾驰列车的烟雾向上弥漫开来，升到我站立的高处。待它从我身边飘过，掠过大地，在暮霭中渐渐消散的时候，我又向下俯瞰，看见他已经把列车经过时扬起的信号旗卷起来了。

我又问了一遍，他好像用专注的目光凝视着我，踌躇了片刻，然后举起卷着的信号旗，向离我二三百码的地方指了一下。我朝下边喊了声："行！"就往那地方走去。在那里，我仔细察看，发现陡坡上凿有一条崎岖曲折、通往下边的小径，我就顺着这条小径下去。

路堑非常深，堑坡异常陡，小径是在冷湿滑腻的石头上凿成的。我越往下走，脚下的石径越是泥泞、潮湿。因而这条小径就显得很长，也让我有了充分的时间琢磨他给我指点小径时，流露出的那种迫不得已的奇特神色。

我顺着这条曲折的石径下去，在快到堑底的地方，看见他站在火车刚刚驶过的铁轨当中。看他那姿势，仿佛正在等待我的出现。他的左手支着下巴，右手横过胸前，托着左肘，完全是一副期待而戒备的神态。我不由得停住脚步，纳闷地想，这是什么缘故。

我继续往下走，到了和铁轨路基相平的地方，走到他的近旁，我才看清楚，他是个肤色灰暗、面有菜色的人，胡须很黑，眉毛相当浓。他的岗位可算是我生平见到的最偏僻、最凄凉的所在了。铁路两边都是粗糙的、凹凸不平的石墙，潮湿得直往下滴水。这两堵墙把人的视线都遮住了，除了头顶狭长的一线天空。向一端极目望去，只见铁轨通过弯弯曲曲的沟壑，不啻(chì)这个大地牢的延长部分；向另一端望去，不远处是一盏朦胧阴郁的红灯，照着更阴郁的隧道，这个隧道黑洞洞的，建筑沉重而厚实，模样粗犷，令人不寒而栗。这个深巷很少有阳光透入，因此，它散发出一股极其难闻的气味，像霉湿的泥土。而凛冽的冷风，却经常打这儿穿过，因此我在这里，竟好像离开了人世尘寰一般，感到严寒彻骨。

他没有动弹，一直目不转睛地盯着我。我已经走到他的近旁，一伸手就碰到他了，这时，他才退后一步，举起一只手，算是打招呼。

这真是一个荒凉寂寞的岗位（我是这么觉得的），当我居高临下俯视的时候，我完全被它吸引了。我想，这儿很少有人来，那么我这个稀客总不至于不受欢迎吧？可是他仅仅把我当成一个毕生禁闭在狭隘圈子里的人，终于获得了释放，见到这些雄伟的建筑就是大开眼界。我和他谈话，实在是想了解一下这里的情况。但是我对我的措辞毫无把握，也不喜欢和人交谈，何况这个人的举止神态有点使我胆怯。

他非常古怪地看了一眼隧道口附近的那盏红灯，把这盏灯周围的东西都环视了一圈，仿佛它缺少了件什么东西似的，然后他又望望我。我于是问他，这盏灯也该他管吗？

他低声回答："你不知道它该我管吗？"

我仔细审视着他凝注的眼神和忧郁的脸色，心里起了一个可怕荒谬的想法。我想和我讲话的是一个幽灵，不是一个活人。

后来我推测他是否受了我的影响，也产生了同样的想法。我向后退了一步，但是就在这当儿，我看见他的眼睛里也隐约流露出畏惧我的神色，于是我这个荒谬的想法也就随之消失了。

我强作笑颜说："你看着我的神情，好像害怕我似的。"

"我有点怀疑，"他回答说，"以前是不是见过你？"

"在哪儿？"我说。他指指他刚才看的那盏红灯。

"在那儿吗？"我说。

他目不转睛地盯着我，没有出声，用脸上的表情回答我："是的。"

"我的老兄，我在那儿干什么呢？不管你怎么说吧，我从来没有到过那里，你能对你说的话发誓吗？"

"我想我能。"他回答道，"是的，我肯定能发誓。"

我们阴沉的脸色渐渐变得开朗了。他很高兴，一字一句地回答我的问题。我问他事务繁重吗？他说是的，他担负的责任重大，不过，他需要的是发出准确无误的信号并保持高度警惕，至于实际的体力活儿，则简直等于零——变换一下信号，整齐有序地发出信号，不时地扳动一下铁手柄就行了。谈起这些漫长而孤独的日子，我觉得这未免太辛苦了。可他只能解嘲地说，他的日常生活已经定型了，久而久之，也就习惯成自然了。他在这儿已经自学了一种外语——如果说光会看书，而不会听、说，对于发音只有一种模糊的概念，也能算学会的话。他也做分数和小数的运算，并且试着学了一点代数，不过他从孩提时期起，在运算方面一直是不太得要领的。他值班时，是不是要寸步不离地待在这个潮湿的沟渠里？他能不能爬出这两道高高的石墙，到上面去享受一下和煦的阳光呢？呃，这就要看在什么时候，什么情况下了。在有些情况下，线路上的运输量要小些，在一昼夜的某几个小时内，运输量也比其他时候小些。在天气晴朗的日子，他总是找些机会，离开阴暗的沟底，爬到稍高一点的地方去。但是他随时要留神电铃的召唤，在这种时候，他总是要提心吊胆地加倍凝神谛听，并不能像我想象的那样轻松。

他领我到他的信号所里去。那儿有个火炉，一张办公桌，桌上面放着一本登记簿和一台装有控制盘底板、指针的针式电报器，还有他曾经提起的那个小电铃。我对他推心置腹地说："恕我冒昧地问一句，你受过良好的教育，我希望你不至于动气吧，按说你可以谋到一个比较高的职位，为什么要待在这个信号所呢？"对此他的答复是，在大的集团里，像这样大材小用的事例屡见不鲜，他听说在贫民习艺所里，在警察队伍里，甚至是在那个走投无路的人趋之若鹜(wù)的大本营——军队里，这种情况是相当普遍的。在庞大的铁道集团里，这种情况也难以避免、或多或少地存在着。别看他坐在这简陋的小屋里，是个一辈子无所作为的样子，他年轻时（如果我相信的话）曾经是个专科学生，攻读过自然哲学[1]，听过专题讲座。可是他放浪形骸，不走正路，错过了好多机会，就此沉沦，一蹶不振。他也没有什么可以抱怨的，这也是他自作自受，要重新振作起来已经太晚了。

他静静地介绍着自己的情况（以上我只是叙述了个大意），

---

[1] 自然哲学：以前人们把自然科学（特别是物理学）称为自然哲学。*

脸色严肃而阴沉，一会儿看看我，一会儿看看炉火。他在说话中，特别是回溯他青年时期的往事时，不时称呼我一声"先生"，好像请求我明白，他满足于目前的卑微处境，并不希冀我把他看成一个地位较高的人。

他几次被小电铃的鸣声打断，只得暂停谈话，译读收来的电报，并发出回电。有一次他不得不站在门外，扬着小旗，指挥列车通过，并且向火车司机口头传达信息。我发现他履行自己的职务时非常仔细，毫不松懈。有时他正和我说着话，一个字还没说完，就停下来，沉默不语，埋头办事，直到把该做的事做完为止。

总之，我觉得这个人当信号员是再可靠不过了。只是有一点使我不解：他在和我谈话时，有两次突然停止了讲话，脸色发白，扭过头去看那个并没有鸣响的小电铃，然后打开小屋的门（平时这扇门总是关闭着，防止对健康有害的潮气钻进来），探出头去张望隧道口的那盏红灯。回到火炉旁的时候，他总带有一种难以言喻的神态，这种神态，我觉察到了，但是由于相隔较远，也无法确切地说明。

我起身告辞的时候，对他说："我认为自己会见了一位淡泊名利、心满意足的人。"必须承认，我这样说，是想引出他的话来。"我想，我过去一向是心满意足的。"他像开始谈话时那样低声回答，"可是我现在感到苦恼，先生，我感到苦恼！"

他说了这话，感到自己过于直率，打算把话收回，可是已来不及了，我赶紧抓住了这个话柄，追问他："苦恼什么呢？你苦恼的到底是什么呢？"

"这很难对你说,先生,确实很难一下子说清楚,你下次来,我再告诉你吧。"

"我确实想再来拜访你。你说,什么时候比较合适呢?"

"我大清早下班,明天夜里十点再上班,先生。"

"那么我十一点来。"

他道了谢,陪我走到门口。"我用白灯照一照路,先生。"他用他特有的低声说,"让你找到上坡的路。你找到了路,不要喊,你到了顶上也不要喊出声来!"

他的态度使我感到这个地方变寒冷了,但我只说了句"那好吧"。

"明天夜里你下来的时候,不要喊嚷!噢,临别之前,我想问你句话。今夜,你喊'喂——!下面那儿!'这是什么缘故?"

"天晓得是什么,"我说,"我喊的大概是那么个意思。"

"不是大概是那么个意思,先生,这是你的原话,我记得很清楚。"

"我承认这是原话,我喊这话,当然是因为我瞧见你在下面。"

"没有别的原因吗?"

"哪里可能有什么别的原因呢?"

"你当时没有感到有什么超自然的力量让你这么喊吗?"

"没有。"

他向我道过晚安,举起灯来,我靠着线路的下行轨道一侧走(不知怎么的,当我身后开来一列火车时,我总有种不愉快的感觉),直到找到了那条上坡的小径为止。上坡倒是比下坡容易,我平安无事地回到我投宿的小客店里。

第二天夜晚，当远方的时钟敲响十一点时，我就照头天的约定，准时到了堑坡上弯曲小径的顶端。他在坡下擎着一盏白灯等待我。我们碰头的时候，我说："我没有喊出声来吧？我现在能不能说话呢？"

"当然可以，先生。"

"那么晚上好，握个手。"

"晚上好，先生，握个手。"

说完这话，我们并肩走向他的信号房，进去，关上门，坐在火炉旁边。

"我已经打定主意了，先生，"我们一坐下，他就向前俯着身体，用只比耳语略响的声音悄悄地说，"关于我烦恼什么，你不必问我两遍，昨天晚上我把你当成了另外一个人，那就是我烦恼的原因。"

"那么一个小小的误会也不值得烦恼。"

"不，使我烦恼的是那个人。"

"他是谁？"

"不知道。"

"面貌像我？"

"不知道。我从来没有见到他的脸，他左手遮住脸，右手挥舞着——猛烈地挥舞着，像这样。"

我目不转睛地盯着他的动作，这是一个挥舞臂膀的动作，热情、激烈，它的意思好像是"看在上帝的分上，离开铁路"。

"一个有月光的夜晚，"那个信号员说，"我正坐在这儿，忽然有个声音在叫喊：'喂——！下面那儿！'我蓦地一惊，向门外张望，看见那个人站在隧道口附近的那盏红灯旁，就像我刚才做给你看的那样挥舞着右手，嗓子好像都喊哑了，一个劲儿地喊：'当心！当心！'一会儿又喊：'喂——！下面那儿！当心！'我拿起信号灯，开亮红灯，向那个身影跑去，喊道：'出了什么岔子？发生了什么事情？在哪儿？'这个影子就站在黑咕隆咚的隧道外边。我跑到很近的地方，发现它的袖子蒙在眼睛上，我感到诧异，向它直奔过去，伸出手来，准备把它的袖子拉开，就在这时它突然消失不见了。"

"跑到隧道里面去了？"我问。

"不是的，我一直跑进了隧道，跑了五百码，停住脚步，把灯高高举在头顶上，向四下照看，只看见路标的影子、顺着隧道墙上流下的水迹和从拱顶渗出向下滴的水珠。我用比跑进去更快的速度赶快奔出来（因为我非常憎恶这个可怕的地方），借着自己的红灯，把那盏红信号灯上下左右仔细察看了一遍，并且顺着铁扶梯爬到那红信号灯顶端的眺望台上，也察看了一遍，接着我爬下来，跑回屋里。我向两边的车站都发了电报：'有人发出警报，出了什么事情吗？'两边的回电都说'一切安好'。"

好像有根冰冷的手指顺着我的脊梁骨向下摸，我感到毛骨悚然。但是我硬是壮起胆子，对他指出，这个人影也许是他视觉错乱而产生的幻象。我还说，据我所知有些病人因视神经脆弱，往往会看到这些幻象，因此感到非常苦恼。尽管他们当中有些人意识到了这种病折磨人的性质，甚至还通过实验证明了这种病的病根所在，但还是不顶用，还是会看到幻象。"至于想象中的叫喊，"我说，"你就在我们悄声说话的这当儿，听一会儿这个异乎寻常的山谷里风的呼啸声吧。你听，风吹过电线发出各种高低声音，就像弹起了一架狂乱的竖琴！"

我们坐着静听了一会儿，他承认我的话是合乎情理的。他当然知道，刮风时电线会发出各种响声——他经常独自一人，看守着这荒凉的路堑，度过了多少漫长的冬夜——但是他向我声明他还没有讲完。

我请他原谅，于是他碰碰我臂膀，慢悠悠地加了几句："人影出现六个小时以后，这条线路上就发生了那场难以忘却的车祸，十个小时之内，死伤的人都顺着这条隧道被抬出来，经过那个人影所伫立的地方。"

我不寒而栗地哆嗦起来，但是我尽量克制住自己的不快情绪。我答复他，不容否认，这只是一个巧合，当然对他心理影响很大，但是无可置疑的是，巧合时常会发生。在谈论这样一件奇事的时候，必须考虑到巧合的因素。我看到他打算反驳我的话，就补充了一句，当然我必须承认，一般人在处理日常生活问题的时候，总是根据常识来分析，很少考虑巧合的因素。

他又声明，他还没有讲完。

我再次请他原谅我无意中又打断了他的话。

"这件事，"他一边说一边把手放在我肩膀上，并且用空虚迷惘的目光，回过头去看了一下，"发生在一年以前。事后过了六七个月，我刚从惊恐中恢复过来，一天清早天刚破晓，我站在门口盯着红灯，看见那个鬼魂又出现了。"他停下来，直瞪瞪地盯着我看。

"它喊出声来了吗？"

"不,没有声音。"

"它又挥舞胳膊了吗?"

"不,它靠在灯柱上边,双手遮住面孔,就像这样。"

又一次,我的目光跟随着他的动作,这是个哀悼的动作,我看过有些坟墓上的石像就是这么个姿势。

"你走到它面前了吗?"

"我走进屋里,坐了下来,一半是使自己镇定,一半也是因为我困乏无力,差点晕厥过去。待我再到门口,天已经亮了,那个鬼魂却不见了。"

"可是这以后没有出什么事吗?没有什么后续吗?"

他用食指在我的臂膀上戳了两三次,每次都像鬼一样阴森森地点点头。

"就在同一天,当一列火车开出隧道的时候,我发现,在靠我这边的一个车窗口,好像有几个人摇头摆手,乱成一团,有样什么东西晃动了一下,我看见这情况赶紧向司机发出信号,停车!他关掉气门,立即刹车,可是惯性太大,列车又从这里滑行了一百五十多码才停住。我跟在列车后面跑,一边跑,一边听到可怕的尖叫和呼喊的声音,就在某节车厢的一个隔间里,有一位年轻的妇女突然暴卒,她被抬到这房间里来,就放在我们之间的这地板上。"

我看看他所指的几块地板,又抬头看看他本人,不由自主地把椅子向后挪了一下。

"千真万确,先生,千真万确,我告诉你的完全是当时的真实情况。"

我想不出什么有意义的话可说,我感到舌干口燥,只听到大风吹着电线,哀哭似的呼啸,久久不息,仿佛也参与了这个故事的叙述。

片刻后,他又接下去讲:"现在还有一件事,先生,你听着,想想我心里得有多苦恼。一个星期前,这个鬼魂又回来了,从那以后,它不时地在那里出现。"

"在那盏灯那儿?"

"在那盏危险信号灯那儿。"

"它看起来像是在干什么?"

他又尽可能地、更加热情猛烈地重复了以前做过的那个动作,好像在说:"看在上帝的分上,离开铁路!"

然后他继续说:"我为了这,心里老是忐忑不安,鬼魂接连好几分钟,极其痛苦地对我喊叫:'下面那儿!当心!当心!'它站在那儿,向我挥手,它还弄响了我的小电铃——"

我抓住这句话,问道:"昨天晚上,我在这儿的时候,你到门口去,是不是它弄响了你的电铃?"

"两次。"

"哎呀,你瞧,"我说,"你的幻想产生了什么错觉吧!我的眼睛一直盯着这电铃,我的耳朵也一直听着这电铃,我又不是死人,那两次你到门口去之前,这个电铃确确实实没有响过啊。不,这个电铃在其他任何时候也没有响过,除非哪个车站和你联系时,但那是正常的物理现象,得另当别论。"

他摇摇头说:"关于这件事,我从来没有出过错,先生,我从来没有把鬼魂按铃的声音和人按铃的声音混淆过。鬼魂按铃时,是一种奇怪的颤音,再没有任何东西会发出那样的声音。而我可以断言,这个铃看起来也没有一点振动的样子。你没有听见,我并不感到奇怪,可是我确实听到了。"

"你从门口张望,有没有看见那个鬼魂在那儿呢?"

"确实是在那儿!"

"两次都在?"

他一口咬定说:"两次都在。"

"现在你能不能陪我到门口,看看它在不在?"

他咬着下唇,看样子好像不太愿意,但是终究站起身来。我打开门,站在台阶上,他站在门口,只见那边是危险信号灯、阴沉凄凉的隧道口、路堑两旁高耸的、潮湿的石头墙,上面露出一片繁星。

"你看得见那个鬼魂吗?"我问他,尤其注意他脸上的表情。他眼睛鼓起,显得非常紧张,但是当我向那同一个地方热切地凝视时,紧张的程度也许和他不相上下吧。

"不,"他回答道,"它不在那儿。"

"我的看法和你一样。"我说。

我们又进去,关上门重新坐下。我正想因势利导(如果这也可以称为因势利导的话)来使他明白过来,就在这时候,他却想当然地拾起话来。听他那口气,好像认为我们俩思想上并不存在什么事实和虚妄的严重分歧,这使我感到处于极为不利的地位。

"现在你总完全明白了吧,先生,"他说,"我感到万分苦恼的就是这个问题,这个鬼魂究竟意味着什么?"

我对他说，我不太明白他的话。

"它要我提防的是什么？"他沉思地说，眼睛一直盯着炉火，只是偶尔瞥我一眼，"危险是什么？危险在哪里？危险威胁着铁路的某个地方。根据前两次的情况，毫无疑问第三次也会发生车祸，不过显然鬼魂附在我身上，我怎么办呢？"

他拿出手绢，擦掉发热的前额上渗出的汗珠。

"要是我向上边或下边，或者向两边发出危险警报，我拿不出任何理由。"他继续说下去，擦掉手心里的汗，"这样做于事无补，反而给自己惹下麻烦。他们会认为我是疯了。事情经过会是这样的，发电：'危险！小心！'回电：'什么危险？在哪里？'发电：'不知道，但是看在上帝的分上，小心！'他们会撤掉我的职务，他们还能有什么别的做法？"

他内心如此痛苦，看着真是可怜。一个凭天良办事的人，看到人命关天的事情就要发生，却又不知道灾祸的根源在哪里，焦急得五内俱焚、无法忍受，这真是精神酷刑。

"当鬼魂第一次站在危险信号灯下面的时候，"他继续说道——他似发热般苦恼到了极点，拉拽着深褐色头发，并且不断地揉搓太阳穴——"如果车祸一定要发生的话，它为什么不告诉我将要在哪儿发生呢？如果可以避免的话，为什么不告诉我怎样才能避免呢？它第二次来的时候把脸遮住，为什么不告诉我火车上那个女乘客会死于非命，为什么不关照她的亲属把她留在家里呢？如果它前两次来，只是为了告诉我它的警告是会灵验的，叫我提防，准备阻止第三次灾祸，那么为什么现在还不明白地告诉我呢？上帝保佑，我只是偏僻冷落的小站上一个可怜的信号员,为什么它不去找一个有声望、说话有人相信、有权力采取措施的人呢?"

看到他如此焦急,我明白为了这个可怜的人,也为了公共安全,当务之急就是使他镇静下来。所以,我把我们之间失于真实与虚妄的分歧暂时搁到一边,我向他解释,谁要是真的撤掉他的一切职务,倒是做了件好事。虽然这使人惊异的现象,他还弄不明白,但如此忠于职守,也就问心无愧了。我这样一解释,倒是使他心里宽慰不少,镇静下来了。夜深了,他要把更多的精力放到职务上了。于是,我在凌晨两点离开他。我本来要通宵陪着他,可是他怎么也不答应。

我顺着那条小径上坡的时候,曾不止一次回过头来,望向那盏红信号灯。我厌恶那盏红灯,如果我的床铺就放在它下面,我肯定会睡不好觉,我没有必要向大家隐瞒。我也厌恶这两起接连发生的灾祸和那位惨死的姑娘,这些我认为也没有理由加以隐瞒。

但是我心里考虑最多的却是,既然他向我透露了这件事,我应当怎么行动呢?我已经证明这个人有理解力,有警惕性,辛勤刻苦,办事一丝不苟,但是以他现在的心理状态,他能坚持多久呢?他虽然是一个小职员,担负的却是一个极其重要的职务,如果说他今后是否能继续精确地执行任务全要碰运气,那么大家(比如就拿我自己来说吧)能不能放心把自己的生命安全托付给他呢?如果事先不和他开诚布公地谈一谈,替他想个妥善的办法,就径直把他讲的话报告给铁路集团里他的上级听,我感到这简直就是背信弃义,出卖朋友。我最终决定暂时替他保守秘密，但向他提出，陪同他去看一位我们这一带最有能耐的医师，征求这位医师的意见。他曾经告知我，第二天夜晚的值班时间有变化——于日出后一两个小时下班，于日落后不久上班，我和他约定那时候见。

第二天傍晚——一个可爱的傍晚，我很早就走出去欣赏晚景。当我经过深邃路堑附近的那条小径时，太阳还没有落山。我打算再散步一个小时，我对自己说，半个小时去，半个小时回，这样到那个信号员屋里去正是时候。

在继续散步前，我信步走到路堑边缘，从我第一次看见他的那个地点，向下边机械地望了一下。我看见紧靠隧道口，有一个人影，左臂的袖子遮住眼睛，激动地挥着右臂，这时我突然有一种毛骨悚然的感觉，难以用言语形容。

可一会儿以后，我的无名恐惧消失了，因为我一会儿就看出这个人影确实是个人，在不远的地方还站着一小群人，他好像是在对他们演示他刚才做的那个动作。危险信号灯还没有点着，在灯柱旁边，有一个我以前没有见过的小棚屋，用几根木头支柱蒙上防水帆布搭成，看起来不过一张床那样大。

我不由得感觉到出了什么祸事——恐怖的幻影在我脑海里闪过。我谴责自己不该离开那信号员，也没有派人去监视他的行动，因而导致他惨遭不测——我边这样想着，边以最快的速度，走下那条在石头上凿成的小径。

"出了什么事？"我问那群人。

"今天早晨那个信号员被撞死了，先生。"

"是不是信号房里的那个人？"

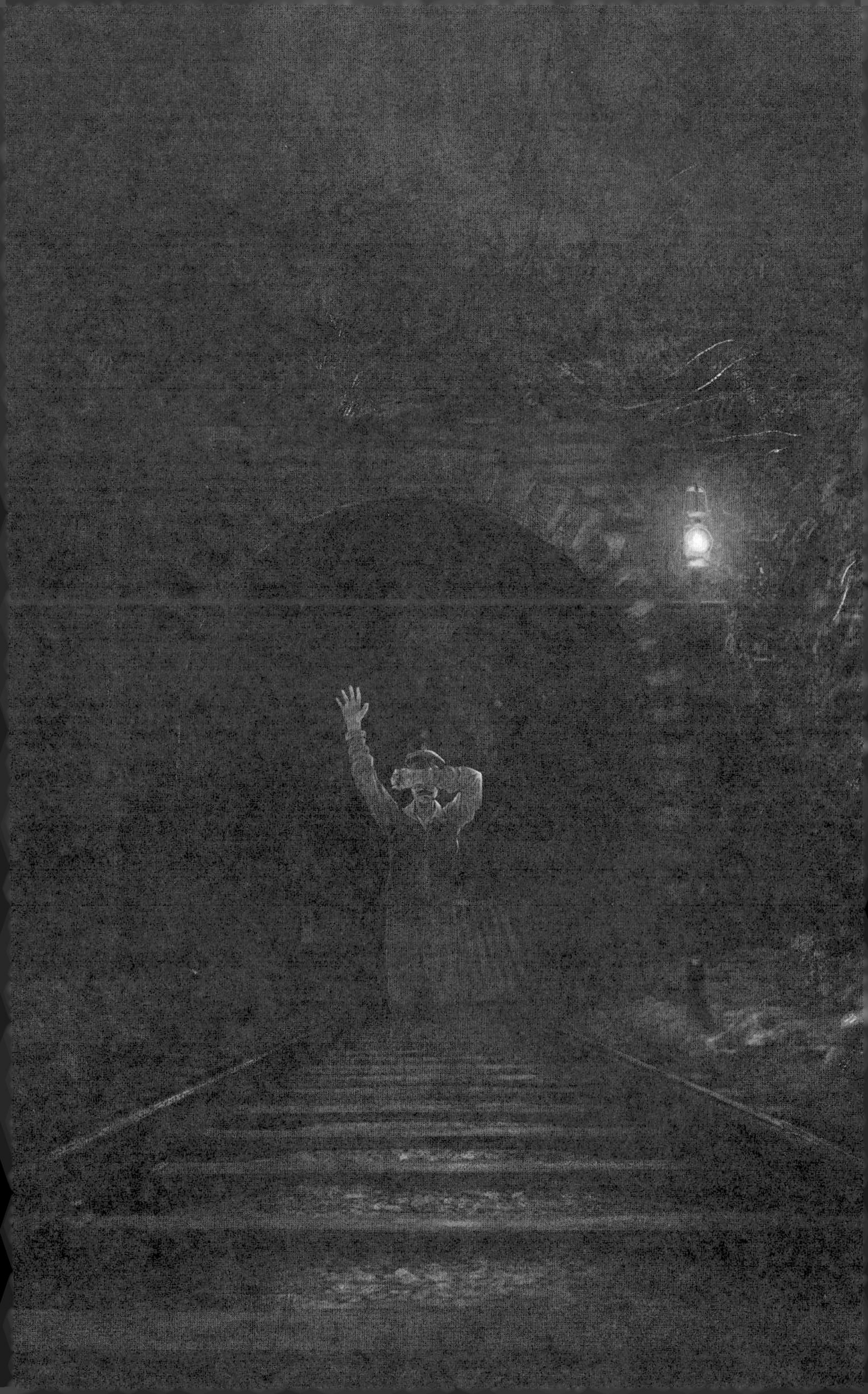

"是的,先生。"

"是不是我认识的那个人?"

"既然你认识他,你会辨认出来的,先生。"那个人替大伙儿回答。他严肃地脱下帽子,掀起防水帆布的一角,说:"他的面容是平静的。"

"哦,事情是怎么发生的?事情是怎么发生的?"帆布又盖上了,我轮番地望着大家问道。

"他是被机车碾死的,先生,全英国没有比他更精通本职业务的人了。可不知道怎么搞的,他竟没有离开外轨。那时天已经大亮了,他却点起了危险信号灯,手里还拿着提灯。当机车开出隧道的时候,他背朝着机车,一下子就被碾上了。那个人是开车的,刚才还在做给大家看车祸发生的情况,汤姆,做给这位先生看看。"

那个穿深色帆布衣服的人,走到隧道口,出事时他就在那个地点。

"我在隧道里开着机车,一拐弯,就看见他站在隧道尽头,就好像从望远镜里看到的一样清楚。当时实在来不及降低车速。我也知道他平常是很谨慎小心的,但我看见他好像没有注意到汽笛声。在机车向他冲过来的时候,我忙把气门关掉,扯开嗓子拼命喊。"

"你喊什么了?"

"我喊道:'下面那儿!当心!当心!看在上帝的分上,离开铁轨!'"我猛地一惊。

"啊!当时真是可怕极了,先生。我不停地呼喊,我用这条胳膊遮住眼睛,害怕看到这件惨事,这条胳膊不停地挥舞,但是怎么都不管用。"

对于这神秘事件里任何一个奇特的细节,我不打算专门抽出来详细讲了,以免篇幅太长。但是在快结束的时候,我不妨指出,这个机车司机所发出的警告,不仅与那个不幸的信号员向我复述的那些惊悚的话一致,也与我自己——不是他——猜想的关于信号员所模仿的动作含义一致。这真是巧合。

(1866年)

一个旅客关于恐怖床的故事

威尔基·柯林斯
（1824—1889）

英国侦探小说之父、剧作家，首创短篇侦探小说长篇化，极大地提高了侦探小说的文学性。其代表作《白衣女人》《月亮宝石》被认为是早期长篇推理小说的写作典范，此外还著有《可怜的芬奇小姐》《黑袍》等。

大学毕业后不久，我和一位英国朋友在巴黎待了一段时间。我们当时都还年轻，在那个灯红酒绿、寻欢作乐的城市里，过的生活恐怕是相当放荡的。有一个夜晚，我们在皇宫附近徜徉，不知道该往哪个娱乐场所去消遣时光。我的朋友建议到弗拉斯卡蒂赌场一游，我不赞成他的提议。我对弗拉斯卡蒂赌场，正如法国俗话所说的：心里有一本账。我在那里赢过也输过许多五法郎的银币，开头仅仅是为了消遣，后来却完全达不到消遣的目的。这个体面的赌场完全是纸醉金迷社会的畸形产物。说实话，我对它的一切体面而可怕的习俗腻烦透了。"看在老天的分上，"我对我的朋友说，"咱们还是到一个没有浮华外表的小赌场去，那儿才能够看到些真正的下流社会里，穷极无聊之人赌博的情景。咱们别去那上流社会时髦的弗拉斯卡蒂赌场，还是到一个不介意人们的衣着，一个穿破旧外衣的人甚至连破旧外衣也没有的人照样能进的赌场去吧。""很好。"我的朋友说，"咱们不用走出皇宫区就可以找到你想去的那种地方。咱们面前就有一家据说是要多低级就有多低级的地方。"一分钟以后，我们就来到那家赌场的门口，走了进去,你在那张速写画里,画的就是那家赌场的后景。[1]

我们把礼帽和手杖交给看门人,走上楼梯,就进入了主要的赌博间。我们一进去,赌客们都抬起头来看着我们,我们发现虽然在那儿聚赌的人不多,却都是他们所属阶层的典型人物——一些货真价实的典型悲剧人物。

以前我们曾见过一些下流社会的人,但是这些赌客还要差劲些。在所有下流社会里,还多少能看到一点喜剧的因素,而这里呈现的只是悲剧——一出缄(jiān)默而怪异的悲剧。赌博间里鸦雀无声,静寂得可怕。那个消瘦、枯槁、披着长发的年轻人,深陷的眼睛狂热地盯着即将翻起的牌,始终一言不发;那个肥胖而肌肉松弛、脸上满布丘疹的演员,顽固执拗地在纸板上刺孔,统计黑牌赢多少次,红牌又赢多少次,而且始终一言不发;那个老汉,肮脏、满脸皱纹、有着一对秃鹫(jiù)般锐利的眼睛,穿一件织补过的大衣,他输掉了最后一个苏,不能再赌下去了,却依然用极度渴望的眼光在一旁观战,也始终一言不发;连那个吃配赌注的人[2],他的嗓音在那个房间的气氛中也仿佛显得异常低沉而粗浊。我到这地方来是为了欢笑,可是我面前的景象却令人恨不得为它哭一场。我很快就发现必须找些刺激,否则,我也快

---

1 这篇小说有一个冗长而杂乱无章的开场白,讲故事的人福克纳在皇宫区,即他遇险的这家赌场后部,偶然碰到一个画家在画速写画,于是他就对这个画家讲起了这个故事。*
2 吃配赌注的人:赌场上雇佣的伙计,一般每个赌桌上有两个,一个管"吃",用长木耙把输家的筹码耙到庄家座位下的大箩里,另一个管"配",一注注地把筹码分配给赢家。小赌场则由一人兼管吃配。

不知不觉地感染上那种沮丧抑郁的情绪了。不幸的是我就在身旁寻找刺激，走到赌桌旁，开始赌起来。更不幸的是——下面就会表明——我赢了，而且赢得很多，多得不可思议，大量的筹码迅速地飞到我身边来，好些赌客都聚到我周围，用如饥似渴的、迷信的目光盯着我下赌注，一边互相窃窃私语——眼看这陌生的英国人就要把庄家赌本通吃啦。

我们赌的是"红与黑"。我在欧洲各个城市中都赌过这种牌，然而我从来没有留心过或是学过概率论——所有赌徒们的哲人石[1]，我也从来不是个货真价实的赌徒。多少人嗜赌成性，毁了一生，我却始终没有沉湎其中，只是逢场作戏消遣而已。我从来没有乞灵于赌博来解燃眉之急，因为我从来不知道缺钱是什么滋味。我从来没有昏天黑地地滥赌。输，也就是略输一点就适可而止，从来没有把生活费用输得精光。赢，也就是稍赢上几个钱，冷静地装进口袋就走，从来没有被财运弄得晕头转向。总之，以往我逛赌场，正像逛舞厅、逛歌剧院一样，纯粹是闲来无事，到那些地方散心解闷而已。

可是这一回却迥然不同——我一生中破天荒第一次尝到沉湎于赌博是什么滋味，我的好手气起初使我感到迷惑，后来简直可以不夸张地说，使我如痴如醉、欣喜若狂了。说来难以置信，却又是千真万确，我偶尔考虑好了下赌注反而会输钱，只要我相信自己的财运，放开手乱下赌注，那就稳赢。起初有几

---

[1] 哲人石：中世纪初时，欧洲的炼金术士幻想能发现一种点石成金的石头，他们称这种石头为哲人石。

个在场的人蛮放心地把钱押在我的宝上,可是我很快就加大赌注,使他们看了咋舌,不敢问津了,一个又一个相继退出赌局,连大气也不喘地观看我押注。

我一个劲儿加大赌注,一个劲儿赢,赌场里群情激动,到了狂热的程度。每逢金币扫到我这边,场内的沉寂就被划破了。大家以低沉的声音用各种语言窃窃私语,有发誓的,有失声惊叹的,乱哄哄地响成一片。连那个原来沉着不动声色的、吃配赌注的人,也为我的好财运惊讶愤怒,用法语喃喃地骂着,把钱耙掷到地上。可是有一个在场的人却始终保持冷静,那就是我的朋友。他走到我身旁,附在我耳边,用英语敦促我——赢的钱够多了,赶快离开这个赌窟吧。说句公道话,他连恳求带警告,说了好多遍,可我迷了心窍执意不听,很生硬地拒绝他,使他无法再开口,他才怏怏而去。

他走后不久,我身后一个嘶哑的声音喊道:"亲爱的先生——你丢落了两枚拿破仑金币[1],请允许我物归原主吧。真是好财气,先生!我以一个老军人的名义担保,我在赌场上阅历也够深的了,可也从来没有见过您这样好的财运,从来没有。赌下去,先生,放开手,大胆赌下去,把庄家的赌注连锅端!"

我转过身来,看见一个高个儿,穿着有盘花纽扣和镶边的法式大衣,带着习惯成自然的礼貌,朝着我又是点头,又是微笑。

如果我当时神志清醒的话,应当看出他这个老军人相当可疑,他生就一对充满血丝的眼睛骨碌骨碌地转动着,还有一脸污

---

[1] 拿破仑金币:法国以前的一种金币,上面铸有拿破仑像,值20法郎。

秒的胡髭和一个断了鼻梁的鼻子。他的噪声是营房里最坏的那号人的音调,他的手——甚至在法国——是我见到过最脏的手。

但是这些小小的特点,并没有引起我的反感。当时我兴奋得发疯,因为赢钱而得意忘形,对于任何鼓励我赢钱的人都打算称兄道弟。我接受了那个老军人递过来的一撮鼻烟,拍拍他的背脊,赌咒发誓地说,他是世界上最诚实的人,我所遇到的伟大的法国军队中最光荣的退伍军人。"赌下去!"我的军人朋友喊道,狂喜地打了个响指,"赌下去,赢它一大笔!把庄家赌本统统端来!我那有骑士风度的英国朋友,把庄家赌本统统端来。"

我真的发狠赌了下去。在一刻钟以后,吃配赌注的人喊道:"先生们,今晚庄家的赌本输完了。"所有的钞票,所有的金币,现在都在我手边堆成一摊;这个赌场的全部流动资金,眼看都要流进我的腰包。

我把手插到这堆金钱里大把地乱抓。"把这些钱都用手巾包起来,我可敬的先生!"那个老军人说,"包起来,就好像我们在军队里用手巾包晚餐一样,你赢的钱太多了,裤袋里盛不下。放在那儿!对了——钞票什么的,统统倒进去!多好的运气!停一下,地板上又是一枚拿破仑金币,啊,拿破仑的这个小顽皮货,我终于把你找到啦。那么,先生,如果你允许的话,让我在每边紧紧地打上两个双结,这笔钱就万无一失,丢不了啦。你摸一摸,摸一摸,交运的先生!圆圆的硬硬的一大包钱,像炮弹一样。啊,要是俄奥联军在奥斯特利茨[1]向我们放这样的炮弹就好

---

[1] 奥斯特利茨:捷克的小镇,1805年拿破仑率法军在此大胜俄奥联军。

了！要是这样就好了！现在我这个老掷弹兵，当年的法军勇士，还有什么可效劳的呢？请问，还有什么呢？啊，只剩下一件事了，邀请我高贵的英国朋友和我一起喝一瓶香槟酒，在咱们分手之前，满斟上一杯泛泡沫的美酒，为幸福女神干一杯！"

"当年的勇士！乐天的老掷弹兵！当然要喝香槟酒啰！向老军人做英国式的欢呼！好哇！好哇！再为幸运女神做英国式的欢呼！好哇！好哇！"

"妙极了！亲切的、通情达理的英国人，血管里流的是欢乐的法国人的血液！再来一杯？啊，酒瓶空了！没关系！*醇酒万岁*[1]！我这个老兵再叫上一瓶酒，买上半磅夹心糖！"

"不，不用了，当年的勇士。刚才那一瓶是你付账，这一瓶该是我付账了。瞧！干杯！为了法国军队！为了伟大的拿破仑！为了在座的朋友们！为了吃配赌注的先生！为了他的老婆和女儿们，如果他有的话！为了女士们！为了世界上的每个人，干杯！"

喝完第二瓶香槟酒，我感觉好像一直在喝液体的火焰——脑子热烘烘的，像着了火。以前我也常常饮酒过度，可从来没有醉得这么厉害，会不会是因为我高度兴奋，所以酒对我身体的刺激特别厉害呢？还是我的胃功能完全失调了呢？还是这香槟酒惊人的浓烈呢？

"当年的法军勇士！"我兴奋得发狂地喊道，"我好像浑身着火了！你怎么样了？你使我浑身着了火！你听见了吗，我的奥斯特利茨的英雄？咱们再喝一瓶香槟酒，来把火焰浇灭吧！"

---

1 原文为法语。*

那个军人摇摇头,眼睛骨碌骨碌地直转——我真担心他的眼球会从眼眶里掉下来——把肮脏的食指,放到断鼻梁的旁边,突然庄重地喊了声"咖啡",立刻跑到屋里去了。这个古怪的老军人的这声叫唤对其余在场的人产生了神奇的魔力,他们都不约而同地起身离开。他们也许想借着我醉酒捞点好处,可是发现我这位好心的新朋友不肯让我喝得烂醉,只好放弃了在我赢的钱中捞一票的如意算盘。不管他们原来的动机如何吧,反正他们都走了。当老军人回来,和我隔着桌子坐下的时候,房间里只剩下我们两个。通过敞开的门我能看见那个吃配赌注的人在前厅里独自吃着晚饭,现在这屋子显得格外寂静了。

当年的勇士也突然起了变化,他的脸色变得出奇的庄重。他打破沉寂,再和我说话时,他的话里再也不夹杂着赌咒发誓,再也不用打响指来加强语气,再也没有那么多大惊小怪的感叹词了。

"亲爱的先生,"他用一种神秘而知心的声音说,"你得听一个老军人的劝告。我刚才到女主人那儿去(她是个可爱的女人,对于烹调很有两下),对她说,咱们很需要喝点特别浓烈且芳香的咖啡。你已经有点醉醺醺了,必须喝杯咖啡醒醒酒才能回去。你必须喝咖啡,我通情达理的好朋友!今天夜晚,你带这么多钱回家,保持警惕可是你对自己的神圣职责啰!今夜在场的这些先生们都知道你是个大赢家,他们,从某种观点来看,都是可敬的君子,可是亲爱的先生,他们到底不是圣贤,哪能没有一些可爱的缺点!还用得着我多说吗?啊,不用多说了,你也明白我的意思!等你酒醒了,你得派人叫一辆轻便马车,上了马车把窗帘都拉上,叫赶马车的只走灯火辉煌的通衢大道。照我的话做，你和你的钱就会安然无恙。照我的话做，明天你会感谢我这个老军人的忠告的。"

这位当年的勇士，说的这番话诚挚得令我感动。他的话音刚落，咖啡就来了，斟在两只杯子里。我那殷勤的朋友鞠了一躬，递给我一杯。我唇干口燥，端起来一饮而尽。几乎是顷刻之间，我感到一阵头晕目眩，比以前醉得更厉害了。房间剧烈地摇晃转动起来，我看见站在我面前的老军人好像蒸汽机的活塞一样，有规则地一上一下跳动。耳鸣非常厉害，几乎使我失聪。我感到像白痴一样，迷迷糊糊啥也不知道，身不由己，行动困难。我从椅子上站起来，拼命抓住桌子保持身体平衡，结结巴巴地说了句："我非常不舒服——不知道该怎样回去。"

"亲爱的朋友，"那个老军人回答——连他说话的声调也好像在上下跳动——"亲爱的朋友，你醉成这样，还想回去，莫非是疯了。你肯定会把钱丢失的。要谋你的财，害你的命，真是再容易不过了。我打算在这里睡，你也在这里睡吧，这里的床铺挺不错，睡一觉，酒就醒了。明天，在大白天带着钱回家就没有什么危险了。"

我只剩下两个念头：一个是，我绝对不能放松装满钱的手巾包；另一个是，我必须马上找个地方躺下，舒舒服服地睡一觉。于是我同意了在赌场宿夜的建议，一只手抓住老军人搀扶我的臂膀，另一只手紧握住手巾包，吃配赌注的人在前面带路，我和老军人经过一条过道，上了一节楼梯，进入给我安排的房间。这个当年的勇士，亲热地摇撼着我的手，提议第二天和他一起吃早饭。然后就领着吃配赌注的人一起走了，留下我一个人在这房间里过夜。

我跑到洗脸架面前，端起茶缸喝了点水，把多余的水倒在面盆里，把脸浸在里面，然后我坐在椅子上，竭力使自己镇定下来。不久我就感到好些了。从赌博间腐臭的氛围里出来，吸进了我住屋里的凉爽空气，我顿时感到神清气爽；从煤气灯灯光刺目的大厅里出来，看到卧室里柔和而摇曳不定的烛光，我的眼目为之一新，加上冷水洗面，有恢复健康的奇特功效。我的眩晕消失了，我开始感到有点儿恢复了理智。我的第一个想法便是在一个赌场里过夜实在冒险，第二个想法是在赌场关门以后想溜出去，在黑夜里一个人带着大宗钱财回家，经过巴黎的大街小巷，更加危险。以前我出外旅行，曾在更恶劣的环境过夜，所以我决定还是住下，把门锁上，插上插销，用东西顶住门，挨到明天天亮便可以太平无事了。

我就照这样把房门关紧，保证歹徒不能闯入；然后我又把床下和碗碟橱里检查了一通，试试窗户，看是否关严，感到万无一失了，才脱掉外衣，把壁炉（炉子只剩下一层松软的灰烬）上边暗淡的蜡烛吹灭，把装满钱钞的手巾包放在枕头下面，上床睡觉。

不久我感到非但不能入睡，而且连眼睛都合不上。我完全清醒可又发着高烧。我身体里的每一根神经都颤抖着，我的各种感觉都敏锐到不可思议的地步。我在床上辗转反侧，改变各种睡姿，翻来滚去寻找床上凉爽的角落，都是徒劳无益。我一会儿把胳膊搁在衣服上面，一会儿又把胳膊伸到衣服下面；一会儿把脚蹬直，碰到床尾；一会儿又把身体蜷缩起来，膝盖几乎碰到下巴；一会儿把弄皱的枕头抖开，把它放到凉爽的一边，拍平，静悄悄地仰卧着；一会儿又狠狠地把它折叠起来，搁在床头板上,斜靠着它试图坐起来。所有的办法都是白费工夫,我恼火地呻吟着,感到自己要通宵失眠了。

我能干些什么呢?我没有书阅读。但是我感到,除非我找出什么遣愁解闷的方法,否则肯定会产生各种可怕的幻想,胡乱猜测各种可能的和不可能的危险,总之,通宵胆战心惊,忍受各种无奇不有的恐怖。

我撑着臂肘抬起身来,现在月光如水般从窗外直泻进来,把一切都照得通明。我把整个房间环顾了一下,看看有没有什么能辨识清楚的图画或是装饰品。我的目光从墙壁上扫掠过去,这时德·梅斯特可爱的小书《室内游记》浮上了我的心头。我决定模仿这个法国作家,在房间里寻找些可以赏心悦目的东西来消除失眠的苦闷,我决定在心里给每件家具做一份盘存清单,并穷本溯源地对椅子、桌子、脸盆架做出丰富的联想。

在当时紧张不安的心境中,我感到拟一份盘存清单要比联想容易得多,因此,不久我就无法跟随德·梅斯特的思路想下去了——或者说,根本无法思考了。我环顾了这个房间,细看每件家具,其他什么也没有干。

首先注意到的是我睡的床,这是张有四根帐柱的床。想不到在巴黎偏偏会遇到这样的床——是的,这是一张异常笨拙的、有四根帐柱的英式床——床顶使用有光印花布衬里,四周整齐地挂着流苏帷幔——这种令人窒息的垂帘,不利于健康。我记得刚走进房时,并没有特别注意床的形状,就不由自主地把帷幔撩到帐柱上。其次我注意到大理石台面的洗脸架,我因为倒水过于急促,泼了一点水在外边,现在水还在越来越缓慢地滴落到砖头地上。洗脸架过去是两把小椅子，我的外衣、背心和裤子都扔在上面。旁边是一把大扶手椅，上面蒙着肮脏的白色凸纹条子细布。我的老式领带和衬衣领都搁在椅背上，再过去一点是一张五斗橱，有两个铜把手已经脱落，顶上放着一个有点破裂的、花哨俗气的瓷墨水台作为装饰。稍远一点有一张梳妆台，装有一面小镜子和一只大的针插。再过去一点便是窗户了，这个窗户大得出奇。微弱的灯光还隐隐约约地照出一幅颜色黯淡的古老图画。上面画着一个人，戴着一顶西班牙式的高帽子，帽顶上有一簇高耸的羽饰。这是一个皮肤黝黑、阴险邪恶的无赖，他用手搭了个凉棚，凝神地向上瞅着，也许是在看那座将要把他吊死的高绞刑架。无论如何，从他邪恶的相貌来看，这人完全是罪不容诛的恶棍。

这幅图画给我深刻的印象，使我也不由自主地向上看——仰视床顶。这是个阴暗的物体，不能引起我的兴趣，我又回过头来看那幅图画。我数了一下那人帽子上羽毛的根数，这些羽毛色彩很是分明，三根白的，两根绿的，我观察了他的圆锥形帽顶，圭多·福克斯[1]一定喜欢戴这种式样的帽子。我不知道他在仰望什么。他不可能在仰望星星，这样一个亡命之徒既不是占星家，也不是天文学家，他一定是在仰望那个高高的绞刑架，一会儿以后他就要被绞死了。刽子手会不会拿走他的圆锥顶帽子和那簇羽毛？我又把羽毛数了一下——三根白的，两根绿的。

---

[1] 圭多·福克斯（1570—1606）：1605年英国火药案件的主犯，密谋炸死英国国王和上、下议院的成员。

我还在津津有味地做这个很有裨益的益智游戏，不知不觉地思想岔开了。照进房间的月光使我想起了英国的某个月明之夜——那是在威尔士的一个峡谷中举行野餐会后的一个夜晚，在驱车回家的路上，月光使可爱的景色比平时更加幽美了。时隔多年，我一直没有想起过这次野餐会，而且我即使存心要回忆这个久已成为过眼烟云的场景，也只能记起一鳞半爪，甚至一点也记不起。可是说来奇怪，现在这个幽美的夜景竟清晰地浮上我的心头。人类之所以不朽，之所以成为万物之灵，多亏有各种奇妙的官能。在这些官能中，还有什么比记忆更雄辩、更能显示出崇高的真理呢？如今我处在一个十分可疑的怪屋里，吉凶未卜，甚至有生命危险，看起来是根本不可能冷静地回忆的。然而，我以为永远忘却了的，哪怕在最顺利的条件下也绝对无法回忆起的那些关于场所、人物、会话、环境的每一个细节，都纤悉无遗地、清清楚楚地浮现在我心头。是什么东西在一瞬间产生了这个复杂而神秘的奇妙作用呢？不是别的，正是这照进我卧室的几缕月光。

我还在想着那野餐会——想着我们驱车回家时的欢乐情景，想着那位多愁善感的少妇，她为月光催发了诗兴，执意要吟诵《恰尔德·哈洛尔德游记》[1]。我正沉湎于这些过去的场景和赏心乐事之中，一刹那间，我的记忆之线猝然中断，我的注意力立刻回到眼前的事物上，感到它们比以前越发鲜明了。我发现自己，不

---

[1]《恰尔德·哈洛尔德游记》：英国浪漫主义诗人拜伦的长诗。作者在这部伟大作品中，歌颂西班牙人民反抗拿破仑的斗争，并祝愿意大利收复主权，逐出侵略军。

知什么缘故，也不知为了什么目的，又在盯着那幅图画了。

我在寻找什么？

仁慈的上帝啊！画上的那个人把帽子压到眉毛上了！不，帽子不翼而飞了！那个圆锥形的帽顶哪里去了？那些羽饰——三根白的，两根绿的，哪里去了？不在那里了！代替帽子和羽毛的是一个黑黝黝的东西。这东西把他的额头、眼睛和搭凉棚的手都遮住了，到底是什么呢？

床在移动吗？

我翻了个身，向上凝视。是我疯了？醉了？在做梦？又在头晕目眩？还是那个床顶真的在向下移动呢？——整个床顶缓慢地、均匀地、悄悄地、可怕地向下沉落，一直向下，向在下面躺卧的我身上压过来。

我的血好像凝结不流了。我在枕头上转过头来，决定盯住图画上那个人看，来检查床顶是否真的在向下移动。就在这时，一股致命的、令人麻痹的寒气，传遍我全身。

我朝那个方向只看了一眼便够了。我头上黑不溜秋的、肮脏的床顶挂布，再差一英寸就齐到他的腰部了。我还是屏息凝望着，只见床顶挂布稳定地、缓慢地向下移动，逐渐把整个人像和下面的镜框遮没了。

从本质上来说，我绝不是个怯懦的人。我曾不止一次遇到生命危险，但从来没有一秒钟丧失自制能力，可是当我开始确信床顶真的在移动，真的是在不断地向我身上沉落的时候，我眼巴巴地望着床顶，浑身颤抖，感到无能为力，而又惊恐万状。只见那个阴险可怕的杀人机械正越来越近地向我逼来，眼看就要压到我身上,要把我在床上闷死。

我丝毫不动,一声不吭,大气也不出地向上惊恐地盯着。蜡烛点完了,熄灭了,但是月光如水,照明了整个房间。床顶毫不停顿,毫无声息,一直在下降,下降。而惊慌恐怖则好像把我越来越紧地捆缚在床褥上。床顶一直在下降,下降,直到床顶衬套的尘土气味钻到我鼻孔里。

在这最后关头,自卫的本能使我从昏迷状态中惊醒过来,我终于行动起来了。就在床顶快压到我身上的一刹那,我一个侧滚翻,滚下床铺,就在我无声地落到地板上的一刹那,那个杀人的床顶正好碰到我肩膀,好险!

我来不及透气,顾不上擦掉脸上的冷汗,立即跪起来看床顶。毫不夸张,我好像被符咒镇住了,一点也不能动弹,哪怕我听到背后有脚步声,我也不能转过身来;哪怕奇迹般地出现了脱逃的机会,我也无法利用。在那一瞬间,我的全部生命都集中在两只眼睛上。

床顶下降了,整个的顶篷和周围的流苏向下、向下移动,直到和床面贴紧,当中连一根指头也插不进去。我摸摸床顶的四边,发现它从下面看起来是普通的四柱床那种轻巧的帐顶,实际上却是一个很厚很宽的褥垫,藏在床沿挂布和流苏的里边。我抬头一看,只见光秃秃的四根柱子矗立在那儿,显得异常丑陋。床顶的中心是个巨大的木质螺柱,一直通向天花板,正是它在天花板上的螺孔里转动,逼使床顶向下挤压,其原理和普通的压榨机向下挤压东西一样。这个可怕的机械移动起来一点声音也没有。它下降时没有发出丝毫吱吱嘎嘎的声响,现在上面的房间里也没有丁点声音。在一片令人畏惧的死寂中，我亲眼看到——在十九世纪，法国的文明首都——摆在我面前的竟是一架以窒息方式秘密杀人的机器。只有在中世纪审判异端的宗教法庭上，在哈茨山里孤零零的黑店里，在威斯特伐利亚神秘的特种法庭里才会出现这种秘密杀人的机器。我看着它，感到一阵寒悚，全身不能动弹，连大气也透不过来，但是我恢复了思考力，在一瞬间，蓦然悟出了这个精心策划的残忍命案里全部可怕的细节。

我喝的咖啡里掺了麻醉剂，过多的麻醉剂。正因麻醉剂过量了，我反而睡不着，才死里逃生。好像得了热病，当时我为此而烦躁恼怒，其实正因为睡不着，辗转反侧，才保全了生命！我实在太粗心大意了，居然相信这两个恶棍，他们把我引进这个房间，正是为了用这个万无一失的可怕杀人机器，将我在睡觉时秘密处死，以达到谋财害命的目的。有多少人，多少个像我这样的赢家，正如我今晚一样睡在这张床上，从此无影无踪地在人世间消失了，我一想到这点，就不寒而栗。

但是不久我的思路又被打断了，我看见这个杀人的床顶再次向上升起。据我估计，它在床面上停留了约莫十分钟以后，才开始上升的。在楼上操纵"压榨机"的恶棍，显然相信，他们已经达到了罪恶的目的。这个可怕的床顶，和它下降时一样缓慢而静寂无声地上升到原来的位置。当它到达四根床柱的顶端时也就碰到了天花板，天花板上的螺孔和床顶上的螺柱都看不见了。床的外表又和普通的床一模一样，床顶也和普通的床顶一样——即使最会猜疑的人，也看不出丝毫破绽。

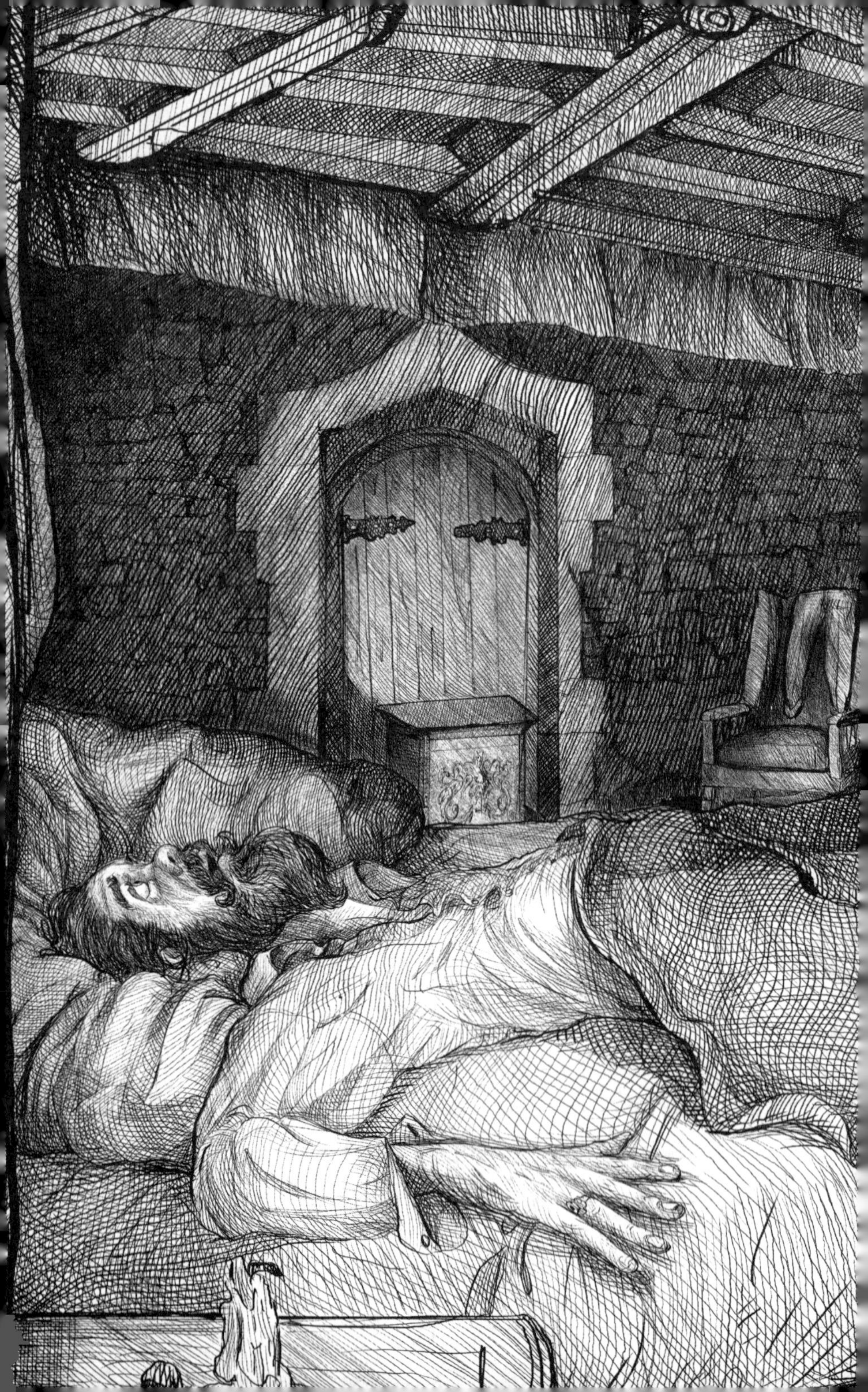

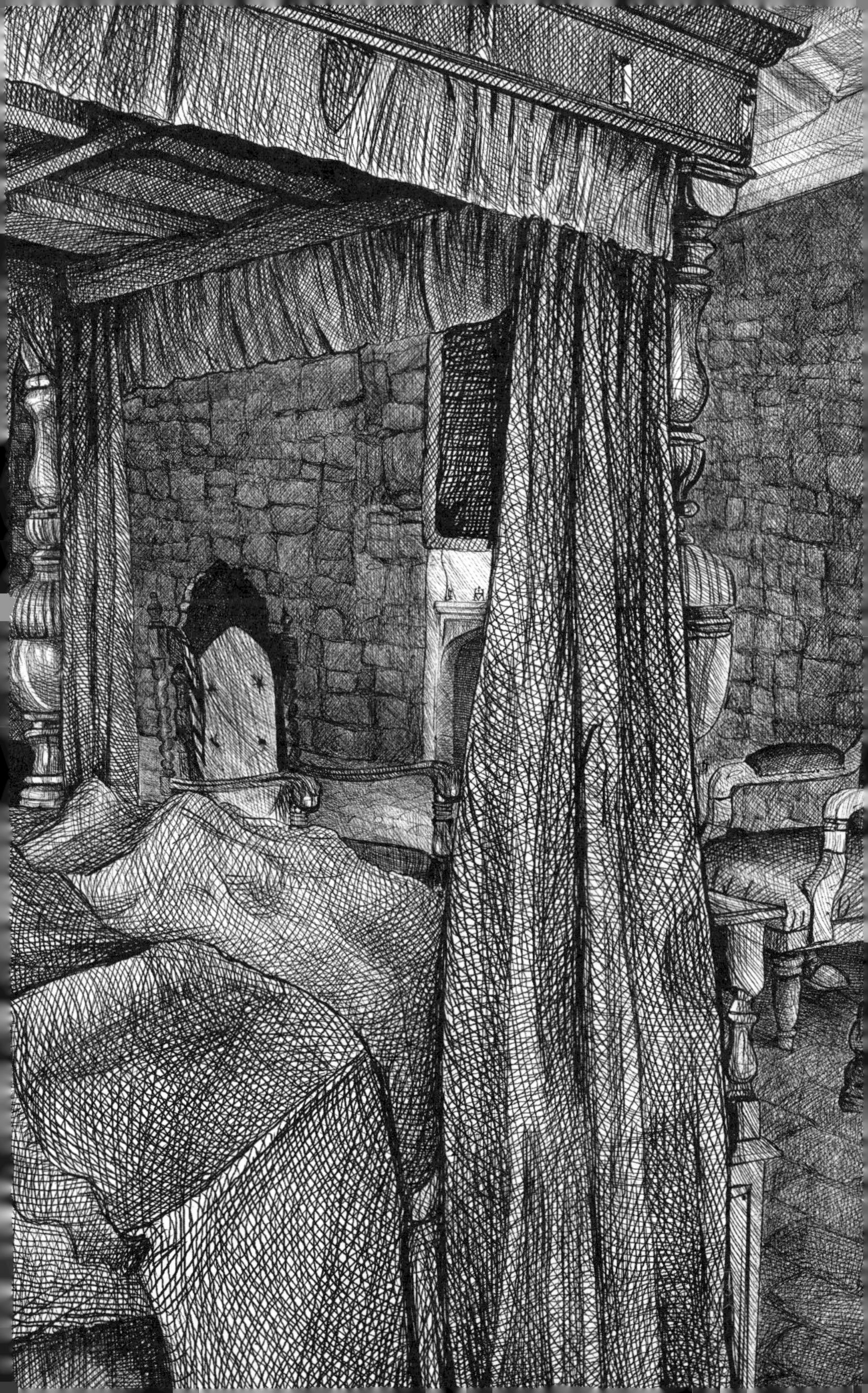

现在，我才第一次开始能够移动，我从跪的姿势起立，穿上外衣，考虑如何逃走。哪怕我发出一点点响声，楼上的人就会知道闷死我的阴谋已经失败，就一定要置我于死地。我有没有发出响声呢？我竖起耳朵谛听着，凝神地向房门张望着。

没有！外边走道里没有脚步声，楼上也没有轻的、重的走动声响，到处一片死寂。我除了把房门上锁、插销以外，还用一只在床下找到的大木箱把房门顶住，现在我一想到箱里装的东西，不禁毛骨悚然。要挪开这只木箱，是不可能不发出一点声响的，何况大门也在夜里闩上了，要从屋内逃走，完全是痴心妄想，我只有一条生路，那就是从窗户逃逸。我踮着脚尖，悄悄走到窗前。

我睡觉的那个房间在二楼，在一个阁楼的上边，俯临着一条后街——就是你在那幅速写画里描绘的那条街。我抬起手来打开窗户，知道我的生命岌岌可危，全维系在这个千钧一发的行动上了。一所谋杀人的黑屋总是戒备森严的，只要窗框的任何部分发出一点响声，只要铰链吱嘎一响，我就彻底完了！从时间上来计算，开启窗户至少花了五分钟——而从我的悬心吊胆、忧心忡忡来计算，则好像花了五个小时！我终于像侵入住宅的盗贼一样悄无声息地开启了窗户，俯视着下面的街道。向下纵跳，肯定会摔死！于是我把房屋的墙边观察了一遍，发现我左边安着你所画的那根粗水管，它紧靠着窗户的外沿。我一看到这根水管，就知道有救了。从我看到床顶向我压来的时刻起，如今是我第一次能够自由呼吸！

我所发现的逃脱方法，有些人可能会感到既困难又危险——但是当时我可觉得顺着水管滑到街上一点也不危险。我一直做体操，始终保持着求学时期那种熟练的攀缘练习，深知在任何危险的地方，我的头、手、脚都能够很好地配合，攀缘上下，履险如夷。我的一条腿已经跨过窗棂，突然想起放在枕头下的装满钱币的手巾包。我本也不在乎这笔钱，丢下也无所谓，可我的报仇心理占了上风，我绝不能便宜了这个赌场的歹徒们，我打定主意叫他们既害不了我的命，也谋不了我的财。于是我回到床前，把这个沉重的手巾包，用老式领带捆在背上。

我收紧领带，把手巾包捆得贴身一些，就在这时，我恍惚听到房门外有呼吸的声音。我谛听着恐惧起来，感到一阵冷飕飕的寒气传遍了全身。不！走道里一片死寂，我听到的只是一阵夜风轻轻地吹进房间。瞬息间我已经到了窗台上，下一个瞬间，我用双手和双膝紧紧地扒住了水管。

正如预料的那样，我轻而易举地、悄悄地顺着水管滑到街上，然后立刻拔起脚来没命地飞奔，跑到附近我所知道的警察分局去。这时分局长和他手下几个精选的干员恰巧没有睡，我想，他们已在为巴黎人纷纷谈论的一件神秘谋杀案拟订破案计划。我上气不接下气地用蹩脚的法语向他们诉说我的历险经过。可以看出，分局长起初怀疑我是个酗酒行劫的英国人，但是听了一会儿后就改变了看法。没有等我说完，他就把所有文件塞进抽屉，戴上帽子，也递给我一顶帽子（我当时光着头），命令一小队精明强干的警士，带上各种撬门和凿开砖地的工具，整队出发。然后他非常亲切地拉住我的臂膀，领我走到街上。我敢说，当分局长小时候第一次被带去游戏的时候，也不会像他现在去破获赌场的命案那样高兴。

我们领着这一支治安队伍走过几条街道。一路上分局长详细地盘问我事情经过，同时又祝贺我幸运地脱险。我们一到那家赌窟，立即在房前屋后布上岗哨，然后猛烈地砰砰砰砰连续敲门。一个窗口亮起了一线灯光。分局长叫我藏在警察们背后，接着他们又砰砰地敲了几下。在这阵严厉的命令下，门里一只看不见的手，拔销启锁，门吱呀一声开了。分局长走进过道，只见一个赌场伙计站在他面前。衣服仓促地披在肩上，脸色惨白。他们之间立刻开始了如下一段简短的对话：

"我们来看在这幢屋里宿夜的那个英国人。"

"几个小时之前他就走了。"

"没有这回事。他的朋友走了，他留下了，领我们到他的卧室去！"

"我向你发誓，分局长先生，他不在这里！他——"

"我向你发誓，伙计，他在这儿。他在这儿睡了一会儿，觉得你们的床不舒服，于是到我们那儿去申诉——喏，他就在我们的人当中。我到这儿来，要搜寻一下他床上的跳蚤。雷诺丁！"他喊一位属员，并指着那个伙计，"逮住他，把他的手反绑起来。现在，先生们，咱们上楼！"

屋里的男男女女都被逮住——头一个就是那个老军人。接着我辨认出我睡过的那张床，于是我们到它上面的房间去。

这间屋子里的任何东西看起来都没有什么异常。分局长顾盼四周后，命令大家肃静下来。于是在一处地板上重重地踩了几脚，喊人拿支蜡烛来，把他所踩的地方仔细察看一下，然后命令把那里的地面小心地撬开，警士们立即拿来几盏灯遵命照办。我们看见在这个房间的地板和下面的天花板之间有一个橡木搭成的夹层。这个夹层里竖立着一个上了润滑油的铁箱。铁箱里有一根螺杆连接下面的床顶。后来又陆续发现了几节新近上了油的螺杆，蒙了毡片的杠杆，重型机器上部的全套机械零件——设计得异常精巧，可以迅速和下面的装置连接起来，而拆开时，又不占地方。警士们把这些东西都拖到地板上来。分局长稍微费了点事，就把这台机器重新安装好，叫几个警察操纵，接着便和我到下面的卧室里去。我们看见那个闷死人的床顶向下降落了，但这一次发出点声音，不像上次那样一点声音也没有。我对分局长提出了这个看法，他的回答很简短，但意味深长，使我汗毛竖立。"我的警察们，"他说，"是第一次操纵床顶下降，而赢钱给你的那些人都是操纵多次的老手了。"

我们离开这幢房屋，只留下两个警察看守，屋里的人都被当场逮捕，立即押送监狱。分局长在办公室把我历险的经过做了书面记录以后，跟我到我下榻的那家旅馆去拿我的护照。"你认为，"我把护照交给他记录时，问道，"他们谋杀我未遂，可是以前有没有真的把人在那张床上闷死过呢？"

"我在陈尸所见过几十个被淹死的人，"分局长回答，"他们的笔记本里都有遗书，说他们在塞纳河自杀，是因为在赌台上输得倾家荡产了。到底有多少人走进你所走进的那家赌场，像你那样赌赢了钱，睡上了你睡的那张床，在床上被闷死，被偷偷地扔进河里，被谋杀犯假造一封遗书放在笔记本里，我是无从了解了。谁也说不出有多少人遭到了你所逃脱的厄运。这家赌场的人保守了这个杀人床的秘密（连我们警察都没能知道），而死者们则替他们保守了其余的秘密。晚安，哦，我还不如说早安，福克纳先生！九点钟再到我办公室里来一次。回头见！"

剩下的事情，一会儿便可讲完。我受到再三盘问，那个赌场从上到下受到彻底搜查。犯人们被分别审讯，其中两个罪状较轻的从犯供认不讳。我发现那个老军人原来是赌场的主人——高等法院法官查出他在多年之前，曾因流氓习气而被开除军籍，以后又犯过各种罪行，现在仍窝藏赃物，这些赃物现都交由原主认领。另外，那个吃配赌注的人——另一帮凶，以及为我煮咖啡的那个妇女，都是知道杀人床秘密的同谋犯。至于赌场所雇用的仆人，我们有理由怀疑，他们未必知道杀人机器的内情，在证据不足的情况下姑且假定他们是无辜的，只是把他们作为一般的窃贼和流氓处理。老军人和他的两个主要从犯都上了绞刑台。在我的咖啡里掺麻醉剂的妇女被判处徒刑（多少年我已忘掉了）。赌场里的一般伙计都作为嫌疑犯处理，受到监视。而我，在整整一个星期之内成了巴黎的头号名人。我的历险经过由三位闻名的剧作家编成剧本，可惜并没有上演，因为审查官绝不允许将那个赌场的杀人床搬上舞台。

我的历险产生了一个好结果，任何审查官都一定会赞成的：那就是我戒赌了，我再也不参加什么"红与黑"的赌博作为消遣了。我一看到绿色的台布上放着纸牌和大堆金钱，那个在寂静昏暗的夜色里缓缓下降、要将我闷死的床顶，就又会在我的脑海里浮现。

（1852年）

一桶阿蒙蒂拉白葡萄酒

埃德加·爱伦·坡

(1809—1849)

美国诗人、短篇小说家、文学评论家、三大恐怖小说家之一。打破严肃小说和通俗小说的界限,在更广阔的审美空间上深化了与读者的沟通。柯南·道尔受其影响颇深。著有《黑猫》《乌鸦》《厄谢尔府邸的崩塌》等。

福图纳多伤害了我一千次，我都咬紧牙关忍受了，可是他竟然侮辱起我来了，我发誓要报仇。你对我内心是非常熟悉的，你可别认为我是在虚言恫吓，我终究会报仇的，这一点是确切不移的。但是正因为我确切不移地下了决心，我才不敢轻易冒险。我不仅铁了心要惩罚他，而且我还得保证自己不至受到伤害。要是申冤者也受到伤害，那还算什么报仇雪恨。同样，要是不让仇家明显地感到我在报复，那也同样不算报仇雪恨。

你们必须明白，在这以前，无论是言语上还是举动上，我都丝毫没有让福图纳多怀疑我的善意。现在我还要像往常那样，继续对他笑脸相迎，使他做梦也想不到，我是笑里藏刀，暗藏杀机的。

这位福图纳多，虽然在其他方面是个受人尊敬甚至让人畏惧的人，却有一个弱点：他自命为品酒的行家，以这方面的鉴定能力而感到自豪。真正有艺术鉴定能力的意大利人太少了，他们十有八九是在迎合时尚，附庸风雅，欺骗那些英国和奥地利的百万富翁。在名画和宝石的鉴定方面，福图纳多和他的同胞一样是江湖骗子，可是谈到鉴定陈酒，他却是很认真的。在这方面我跟他没有实质上的区别——我本人也是品评意大利佳酿的行家，每逢经济许可，我总是大量添购。

一天薄暮时分，正是在狂欢节期间，人们的欢欣心情达到高潮的时候，我遇见了我的朋友。他过分热情地招呼我，因为他多喝了几杯。这家伙的装束不伦不类：身穿一件杂色条纹紧身衣，头戴一顶有铃铛的圆锥形帽子。我看见他非常高兴，紧抓住他的手，握个没完。

我对他说："我亲爱的福图纳多，我真运气，碰上了你。你今天模样儿真不赖。我弄到一大桶酒，有人说是上好的阿蒙蒂拉白葡萄酒，可我有点怀疑。"

"怎么会？"他说，"阿蒙蒂拉白葡萄酒？一大桶酒？不可能！何况是在狂欢节期间名酒脱销的时候！"

"我是有些怀疑。"我答道，"我太傻了，没有和你商量就照时价付了款，一个子儿也不少。当时我到处找你找不到，却又害怕丢失一宗好买卖。"

"阿蒙蒂拉白葡萄酒！"

"我有些怀疑。"

"阿蒙蒂拉白葡萄酒！"

"我必须满足他们。"

"阿蒙蒂拉白葡萄酒！"

"你很忙，我去找鲁契雷西吧。要讲鉴别好酒，还真数他行。他会告诉我……"

"鲁契雷西懂什么，他连阿蒙蒂拉白葡萄酒和雪利酒都分辨不出。"

"然而有些笨蛋相信他的鉴别能力和你不相上下。"

"走,咱们去吧。"

"往哪儿去?"

"到你的酒窖里去。"

"朋友,不行,我不能利用你的好心肠。我看出你有约会。鲁契雷西……"

"我没有约会……走吧。"

"朋友,不行。倒不是因为你有约会,而是因为我看出你患了重感冒。酒窖里太潮湿,你受不住。窖里墙壁上蒙了一层硝石。"

"咱们还是走吧,感冒打什么紧!阿蒙蒂拉白葡萄酒!你上当受骗了。至于鲁契雷西,他连阿蒙蒂拉白葡萄酒和雪利酒都分辨不出。"

福图纳多边说边抓住我的胳膊,戴上一块黑绸面罩,把大氅紧紧裹在我身上,便匆匆忙忙挟着我回家。

用人们都不在家,为了庆祝狂欢节,他们都溜到外面寻欢作乐去了。我曾经告诉他们我要到第二天早晨才回来,并且明确地命令他们别离开家门一步。我很明白,他们听到这道命令,在我刚刚转身的一瞬间,就会马上消失得无影无踪。

我从壁龛中拿了两只装饰用的大烛台,递了一只给福图纳多,恭敬地陪他走过好几套房间,来到通往酒窖的拱廊。我经过一道长长的、弯弯曲曲的楼梯,请他小心翼翼地跟我走。我们终于走到楼梯脚下,一起站在蒙特莱索家族地下墓穴潮湿的地上。

我那朋友跟跟跄跄，趑趄而行，每走一步，帽子上的小铃铛就叮叮当当地乱响。

"大酒桶呢？"他问。

"还在前头，"我说，"你要小心，别碰上墙壁上的白色蛛网。"

他转身朝着我，用一双醉醺醺的、含着泪水的蒙眬眼睛正视着我。

"是硝石吗？"过了半天，他问道。

"是硝石。"我回答道，"你得这咳嗽毛病有多长时间了？"

"呃嘿！呃嘿！——呃嘿！呃嘿——呃嘿呃嘿！——呃嘿！呃嘿——呃嘿！呃嘿！"

有好几分钟我那可怜的朋友咳得无法讲话。

"不要紧。"他终于说了出来。

"来"，我打定主意说，"咱们往回走吧。你是千金之躯，有钱，受人尊敬、受人钦佩、受人爱戴。想当年，我也曾享过福，你现在和我当年同样幸福。你是个被人惦念的人。我是个无足轻重的人。咱们还是往回走吧。在这里你会得病，我可担待不起。何况，我可以请教鲁契雷西……"

"够了，"他说，"咳嗽不是什么大毛病，死不了，我不会因感冒而送命。"

"实话……实话，"我回答他，"说真的，我不想无故惊动你……可是你应当多加保重，咱们喝一点这种梅多酒，去去风寒。"

我从发霉的地上的一长溜酒瓶当中拿出一瓶，把瓶颈敲断。

"喝吧。"我说着把酒递给他。

他斜着眼睛把酒瓶放到唇边，稍停片刻，熟不拘礼地向我点点头,帽子上的小铃铛叮当叮当响。

"我为那些在我们周围安眠的死者,"他说,"干杯。"

"我为你长命百岁干杯。"

他又抓住我的胳膊,我们继续往前走。

"这些墓穴真大。"他说。

"蒙特莱索是一个人丁兴旺的大族。"我答道。

"我忘记府上的纹章了。"

"天蓝的底色上,绘有一只很大的金足,正在踩碎一条昂起头咬噬脚踵的蛇。"

"纹章上的箴言是什么?"

"攻击我的人,必遭还击。"

"好!"他说。

酒在他眼里发光,小铃铛叮当叮当响。我喝了梅多酒,身体暖洋洋的,于是想象力驰骋开了。我们在骸骨堆成的两道长墙之间,经过间杂在骸骨之间、盛着酒的大桶小桶,一直走到墓穴深处。我又停顿了一会儿,然后冒昧地一把抓住福图纳多的上臂。

"硝石!"我说,"瞧,它越来越多,挂在拱顶上像苔藓一样。咱们现在在河床下边。一滴一滴的水渗透进来,在骸骨之间流淌。来,趁现在还不太晚,咱们赶紧往回走。你的咳嗽……"

"没关系,"他说,"继续往前走吧。不过,咱们首先得再喝两口梅多酒。"

我又砸断一个大肚子酒瓶的瓶颈,把德格拉乌酒递给他。他一口气喝完,目露凶光,哈哈大笑,做了一个我不理解的手势,把酒瓶往上扔。

我诧异地望着他。他又把这个怪诞的动作重复了一遍。

"你不理解吗?"他问。

"我不理解。"我回答道。

"那么你不是兄弟会的啰。"

"怎么?"

"你不是共济会的成员。"

"我是,我是。"我说,"我是,我是。"

"你?不可能!你是共济会员?"

"是共济会员。"我重申了一遍。

"标记,"他说,"你说说标记。"

"是这个。"我回答道,从大氅的底下拿出一把镘刀。

"你在开玩笑。"他喊道,向后退缩了好几步,"……咱们还是往前走,找那一大桶阿蒙蒂拉白葡萄酒去吧。"

"好吧。"我说,仍把镘刀藏在大氅下面,向他伸出胳膊。他身体沉重地伏在我臂膀上。我们继续往前走,去找那一桶阿蒙蒂拉白葡萄酒。我们经过一连串低低的拱门往下走,往前走了一段,又往下走,走入一个很深的洞窟。洞内空气污浊,使我们手里的烛台冒不出火焰,只发出一点微弱的红光。

在这个大洞窟最远的一个角落,出现了一个较小的洞窟。大洞窟的四壁都堆满了人的遗骸,一直堆到头上的拱顶,和巴黎那些大型墓穴的构造相仿。里面这个较小洞窟的三边墙上也是用尸骨装饰的,第四堵墙前面的尸骨都被扔了下来,满地狼藉。有的地方堆了好大一堆,在露出的墙壁上我们还看到一个小洞穴,或者说小壁龛,深约四英尺,宽三英尺,高六七英尺。建造这个小洞穴好像并没有什么专门用途,只是把这个墓穴的两根庞大支柱之间的空间用墙圈了起来,它的后边是坚固的花岗岩墙壁。

福图纳多高举着烛炬,想窥探个究竟。可是光线太微弱了,根本看不清楚,连龛底也看不见。

"向前走吧,那桶阿蒙蒂拉白葡萄酒就在里面。至于鲁契雷西……"

"他也是外行。"我的朋友岔了一句。他跟跟跄跄地往前走,我紧紧跟在后面。一刹那间他已经到达壁龛的底部,发现那块大石头挡住去路,手足无措地呆站在那儿。眼睛一眨的工夫,我已经迅雷不及掩耳地把他锁在花岗岩墙上。墙面上有两个相距约莫两英尺的铁环。一只铁环上悬垂着一根短短的铁链,另一只铁环上吊着一把大锁。我把铁链围在他腰部,不消几秒钟就把他牢牢地拴在墙上。他惊吓过度,连反抗都没有反抗。我把钥匙拿掉,就退出了这个壁龛。

"伸出手来,"我说,"摸摸墙,你不会摸不到硝石。它实在潮湿得很啦。我再一次恳求你往回走。不成?那么我只好把你撇在这里了,可是首先我得略尽绵薄,向你献一点小小的殷勤。"

"阿蒙蒂拉白葡萄酒!"我的朋友突然喊道。他还没有从惊愕中清醒过来。

"不错。"我应答道,"阿蒙蒂拉白葡萄酒。"

我说了这一句,就在上面提到的那堆白骨之间忙碌起来。我把骨头扔到一边,不久就找到不少建筑用的石块和砂浆。我

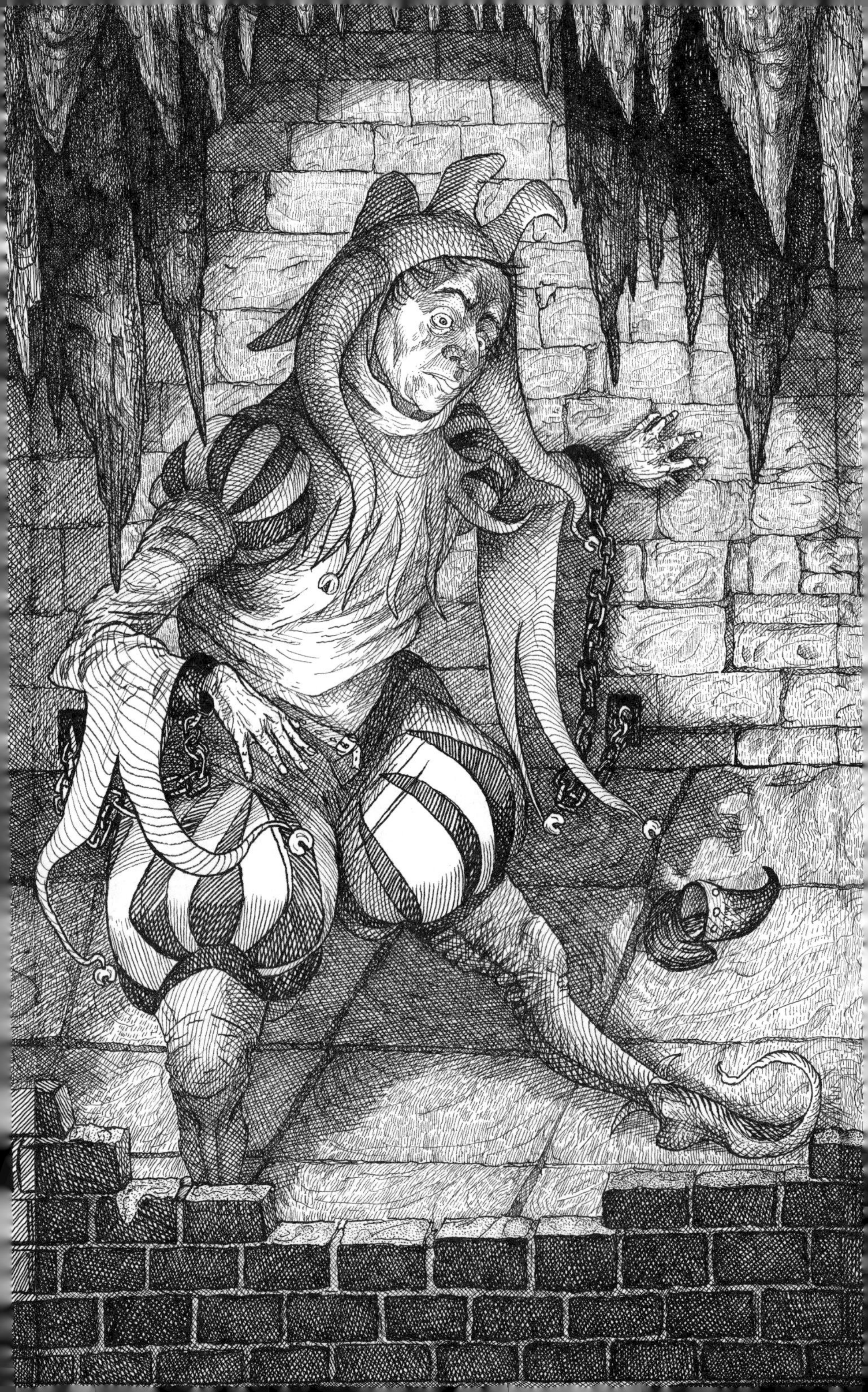

起劲地使用镘刀，用这些材料砌墙，打算把壁龛的入口堵死。我刚刚砌了第一层石块，就发现福图纳多差不多酒醒了。我得到的最早迹象是壁龛深处的一声低吟般的哭声。这可不是醉汉的哭声。接着是长久的、固执的沉默。我砌了第二层、第三层、第四层。接着便听见铁链猛烈地震动起来，当啷当啷地响了好几分钟。我为了听得更真切，更满意些，便停止砌墙，坐到白骨堆上。当啷当啷的声音终于平静下来，我又拿起镘刀，毫不犹豫地接连砌了第五层、第六层和第七层，这时墙壁砌得差不多齐胸高了，我又暂停片刻，把烛台举到砌好的墙壁上面，微弱的烛光依稀照出里面的那个人影。

一连串高亢尖锐的喊声突然从那个被锁住的形体的喉咙里爆发出来。我惊吓得猛然向后退，犹豫了片刻，哆嗦起来。然后我便把短剑拔出鞘，开始仗剑在洞穴里刺探了一圈，转念一想，便又消除了疑虑。我摸摸墓穴坚固的墙，感到满意，便又走到墙前，我应和着那个吵闹的人的喊声，和他一起喊，喊得比他更响，更有力。我这样喊了以后，那个喧嚷的人便静了下来。

这会儿已是子夜了，我的任务即将完成。我已经砌完第八层、第九层、第十层。接着最后一层，第十一层也快砌完，只待填上一块石头，抹上灰泥，便大功告成了。我用劲把那块沉重的石头搬起来，正把半块石头搁到预定的位置上，就在这时壁龛里传来一声低沉的笑声，阴森森的，使我汗毛都竖了起来。接着一个悲伤的声音在哀诉了，我好不容易才听出是那位高贵的福图纳多的声音。那声音说道："哈！哈！哈！……嘿！嘿！嘿！……这个玩笑开得很好，实在是……妙极了。将来咱们会在府邸里一边喝着酒……嘿！嘿！嘿！……一边笑个痛快的。嘿！嘿！嘿！"

"阿蒙蒂拉白葡萄酒！"我说。

"嘿！嘿！嘿！……嘿！嘿！嘿！……是的，是阿蒙蒂拉白葡萄酒。不过，时间是不是太晚了？府邸里的人，福图纳多夫人和其他人在等我们。咱们快去吧。"

"对，"我说，"咱们去吧。"

"看在仁慈上帝的分上，蒙特莱索！"

"对，"我说，"看在仁慈上帝的分上。"

我想他会回应，可是他没有应声。我不耐烦了，大声地呼唤："福图纳多！"

没有回应。我又呼唤："福图纳多！"

还是没有回应。我把一个火炬塞进剩下的那个孔里，让它落到壁龛里。回应我的只有一阵铃铛声。我感到一阵恶心，这是墓穴里的湿气引起的。我赶忙把最后一块石头塞进那个孔里，抹上灰泥把墙统统砌好。然后我又在新砌的墙前面用白骨重新堆成一道壁垒，此后半个世纪里再也没有碰过它。愿他在地下安眠！

（1846年）

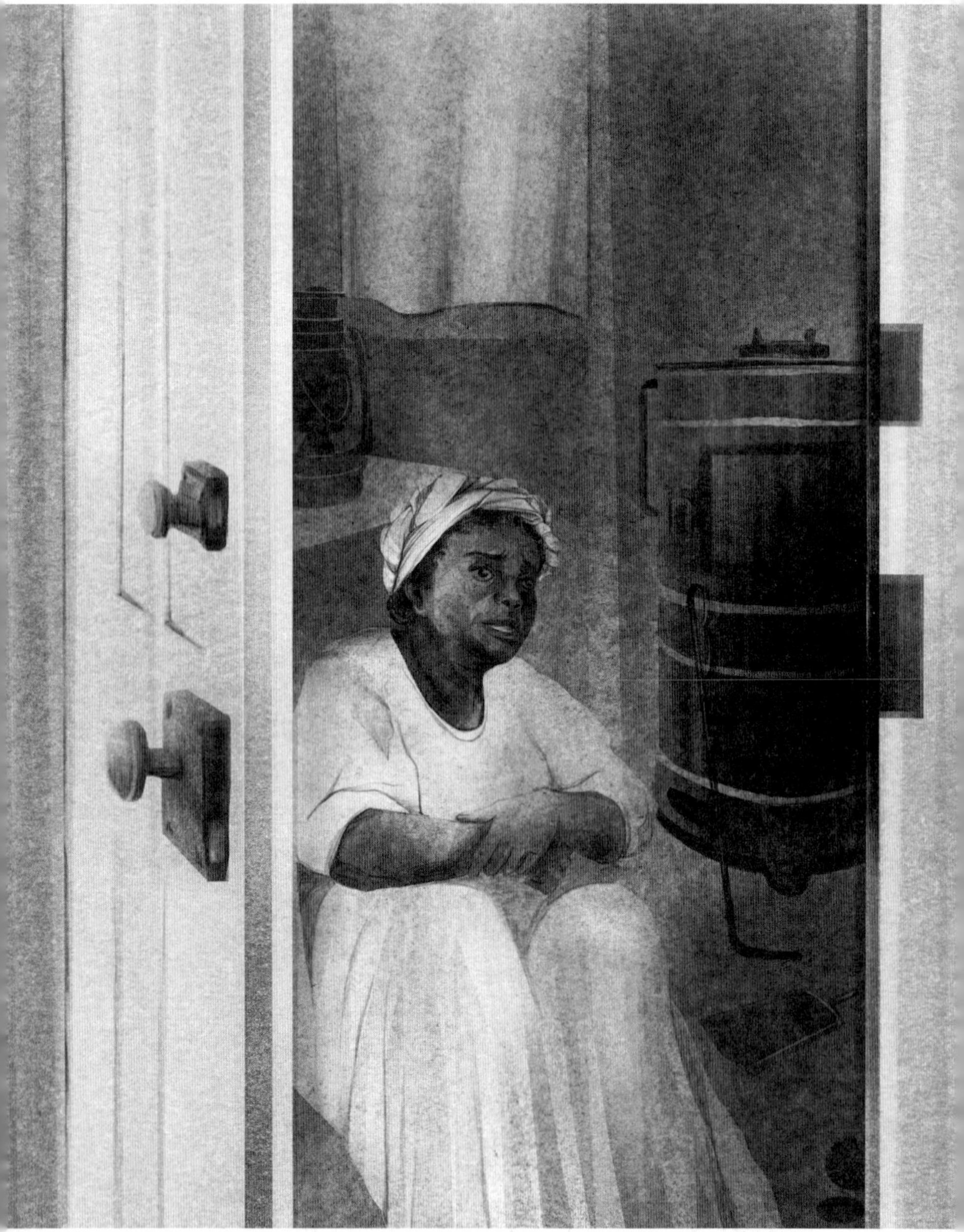

Difference
分歧

发电机之神

赫伯特·乔治·威尔斯
（1866—1946）

英国小说家、新闻记者、社会学家。有"科幻小说界的莎士比亚"之名。一生中创作了超百部作品，内容涵盖科学、文学、历史、政治等领域。著有《时间机器》《莫洛博士岛》《星际战争》《隐身人》等。

坎伯威尔机房里的三台发电机嗡嗡地响着，不时发出咯咯的声音，给电气列车供电。机长是约克郡人，叫詹姆斯·霍尔罗伊德。他是个经验丰富的电工，可是他嗜酒贪杯，性情蛮横，像一头长着红发，牙齿不整齐的野兽。他不信神鬼，只相信卡诺循环理论。他读莎士比亚著作，倒发现莎翁的化学很差。他的助手来自神秘的东方，名叫阿祖马济。可是霍尔罗伊德管他叫普巴。霍尔罗伊德喜欢黑人助手，因为黑人能忍受他的拳打脚踢（踢人是霍尔罗伊德的老习惯了），不会盯着看那些机器，也不想研究它们为什么会运转。一个黑人突然接触到西方文明的顶峰，会发生哪些古怪的事情，霍尔罗伊德虽然知道了一点，却从来没有完全弄清楚。

连人类学家也无法定义阿祖马济到底是个什么样的人。他黑人的血液成分也许高于其他血液的成分。可他的头发是微鬈的，而不是羔皮般蜷缩成一个个小圆圈。他有一个直挺挺的鼻梁，不仅如此，他的肤色是深褐而非黑色，他的眼白是黄的。他颧骨很宽，下巴很窄，脸型呈三角形，有点像毒蛇的头部。

他的头型也是后面宽，脑门低窄，仿佛他的脑子被扭转过。他身材短小，这是他的短板，英语更是。他和英国人讲话的时候，叽叽喳喳发出许多没有任何意思的古怪声音，即便有少数几个有意义的字眼，也给他弄得像纹章上的图案那样奇怪。霍尔罗伊德试图弄清楚他的宗教信仰，特别是在喝了点威士忌以后，总要对他发一通反对迷信和传教士的议论。可是阿祖马济却避而不谈他所信奉的神道，哪怕被霍尔罗伊德拳打脚踢，他也闭口不谈。

阿祖马济来时，穿着白色的单薄衣衫，藏在"克莱夫勋爵号"轮船的生火间里，从海峡殖民地一路航行到伦敦。他年轻时就听说伦敦是个富饶的花花世界，那里所有的女人都是白皮肤金头发，连街头的乞丐都是白种人。他在口袋里装上新近挣来的几个金币前往伦敦，打算在这个文明圣殿面前顶礼膜拜。他上岸那天天气阴沉沉的，天空呈暗褐色，被风扯成细丝的毛毛雨洒到滑腻腻的街道上。他一头扎进了沙德韦尔[1]书里那些寻欢作乐的场所，但不久就像垃圾一样被扔了出来，精神也受到了很大打击。他虽然穿得像个文明人，却身无分文。而他除了最简单的杂务活以外，什么也干不了，简直是一头哑口畜生，只好到坎伯威尔电机房为詹姆斯·霍尔罗伊德做牛做马，受他的欺凌。欺负弱小是詹姆斯·霍尔罗伊德最爱做的事。

坎伯威尔的机房里有三台发电机及与其相连的引擎：两台小

---

[1] 沙德韦尔：即托马斯·沙德韦尔（1642—1692），17世纪英国剧作家、桂冠诗人。

型发电机是机房刚建成时安装的，另一台大型发电机则是新近安装的。两台小机器噪音相当大，它们的传动皮带在滚筒上营营地响，电刷不时嘶嘶地冒出火花，空气也不断被搅动着，在电极之间发出呼呼的声音。其中一台发电机的机座松动了，使机房老是咯咯地震颤。可是那台大发电机的铁芯发出的轰鸣深沉且连绵不断（部分的铁壳也随之哼鸣），更是声震屋宇，竟把这两台小电机的声音全部淹没了。机房里，三台引擎嘭嘭地震动，庞大的机轮呼呼地转动，球阀啪啪地旋转，偶尔噗噗地喷吐出一股股蒸汽。盖住这些声音的还有那台大发电机像汹涌的波涛般不停歇的深沉轰鸣。从机械设计的角度来看，发出这噪音是一种缺点，可是阿祖马济却认为这是这庞然大物强大和骄傲的表现。

要是可能的话，希望读者在看这篇小说的时候，想象一下这种轰轰隆隆的声音始终萦绕在耳边，并在这种伴奏下听我讲述这个故事。这是一种接连不断的喧嚣，耳朵可以从中辨别出一声又一声的威胁，其中有蒸汽机的喷鼻声、喘气声，锅炉里水的沸腾声，活塞的吮吸声和撞击声，大驱动轮回转时辐条沉闷的拍击空气声，皮带忽紧忽松所发出的啪啪声。而在这一切声音之上还有这台大发电机像长号一样的轰鸣声。人们有时因耳朵疲倦而听不见这声音，可过一会儿它又会爬回人们的耳鼓里。脚下的地板没有一刻安稳的时候，它老是在颤动，老是嘎嘎地响。这是个令人心烦意躁的地方，足以使人思路混乱，想入非非。

机械师大罢工期间，由于霍尔罗伊德是个工贼，阿祖马济只是个黑人，他们都没有参加罢工。三个月来，他们始终没有离开过发电机组喧嚣的旋涡，除了在机房和大门之间的那座小木棚里睡觉和吃饭的时候。

阿祖马济来后不久，霍尔罗伊德就对他做了一次关于这台大机组的说教。机房里太嘈杂，霍尔罗伊德得拉开嗓子才能使阿祖马济听见。他喊道："你瞧瞧这机器，你们那种异教的神怎能比得上它呢？"于是阿祖马济抬起头来看了看。他听见霍尔罗伊德断断续续地说："它能杀死一百个人，也能使人发财，这次普通股又涨了百分之十二，它简直像神道一样！"

霍尔罗伊德为他的发电机感到自豪，对阿祖马济详述了它的体积和功率。天知道他天花乱坠的叙述，以及发电机不停地旋转和喧嚣在那个褐色鬈发的脑壳里引起了什么古怪的思潮。他绘声绘色、生动逼真地叙述这台发电机十来种致人丧命的方式。有一次他还故意使阿祖马济触了一次电，让他尝尝电机的厉害。打这以后，阿祖马济虽然活儿非常重（他不仅要干自己的活，还要干霍尔罗伊德的大部分活儿），但只要有一点喘息的工夫，他就要坐下来仔细端详这部大机器。偶尔，电刷迸出灿烂的火花，喷吐出蓝色的光焰（霍尔罗伊德遇到这种情况就骂骂咧咧的），但总的来说，机器的运转一直像呼吸那么平稳而有节奏。传动带在轴上飞驰，大声喊叫，在你观看的时候，你身后总是有活塞得意的砰砰重击声。这台发电机整天供在这座空气流通的大机房里，由他和霍尔罗伊德侍候，完全不像他所知道的其他引擎那样，被囚禁起来做苦役，以推动轮船航行。那些引擎只不过是英国的所罗门俘虏的魔鬼罢了。可它却是高踞在宝座之上的机器之神。对比之下，阿祖马济有点鄙视那两部小发电机了。他私下尊称这部大机器为发电机之神。两台小机器躁动不安，运转不稳，可是那台大发电机却安然如山。它多么伟大啊！它运转起来是多么安详从容啊！甚至它比他在仰光瞻仰的大佛还要伟大，还要安详。何况它不像佛像那样静止不动，而是真的有生命！巨大的电枢转呀，转呀，转，滑环在电刷下面呼呼地飞旋，在线圈深沉的嗡鸣中，整个机身宛如庄严的殿堂，使阿祖马济产生一种奇怪的敬畏感。

阿祖马济不喜欢干活。每逢霍尔罗伊德走开一会儿，叫看院子的勤杂工去买威士忌的时候，他总是从引擎的后面溜到电机房来，坐在一旁瞻望这尊电机之神（要是他这样磨洋工被霍尔罗伊德抓住了，就少不了挨一顿钢丝鞭子的毒打）。他还常常走到这尊巨神的近旁，抬头看那条硕大的皮带在头顶飞驰。皮带上有一块黑色的补丁，他非常喜欢在咔嚓咔嚓声中观看这补丁一次又一次出现。随着机器的旋转，古怪的思想也在他脑海里旋转起来。科学家们告诉我们，未开化的民族认为石头和树木都有灵魂。一台机器的活动量要比石头和树木大一千倍。阿祖马济实际上还是个未开化的人，文明在他身上仅是薄薄的一层虚饰，只有他的工作服、青紫伤痕以及脸上、手上的煤灰污垢那么浅。而他父亲曾经膜拜过一块陨石。而他祖先的血也许曾经溅洒在神像的巨轮上吧。

他不放过霍尔罗伊德给他的任何一个机会来挨一挨或摸一摸这台使他心荡神迷的发电机。他揩擦它，清洗它，使金属的部件在太阳光下发出炫目的光泽。这样做的时候，他有一种礼拜天神的神秘感。他往往走到发电机面前，轻轻碰一下它那旋转的电枢。他以前崇拜的那些神都很遥远，伦敦人把他们的神都藏了起来。

他模糊的感受终于变得越来越清晰，化为具体的思想和行动了。一天早晨，他走进吼叫的机房时，向发电机之神行了个额手礼[1]。接着，等霍尔罗伊德出去，他凑到这台轰鸣的机器前耳语，说自己是它的奴仆，并且祈祷神明垂怜他，救他逃脱霍尔罗伊德的魔掌。就在他这样做的时候，一道罕见的光从敞开的拱廊射进震颤的机房里来，旋转吼叫的发电机之神顿时散发出了淡淡的金色光辉。于是阿祖马济知道自己的祈祷被神明垂允了。这以后，他再也不像以前那样感到孤独了（以前他在伦敦确实非常孤独寂寞），甚至在难得的休息时间他也在机房里徘徊流连。

下一次遭到霍尔罗伊德虐待时，阿祖马济便立即到发电机之神的面前低声耳语："啊，我的神啊，你看见了吧！"机器发出愤怒的嗡嗡声，好像在应答他的祈祷。从此以后，他总觉得，每逢霍尔罗伊德走到机房里来，发电机的嗡鸣声就有了一种不同的音调。"我的神是在等待时机。"阿祖马济心里说，"不是不报，时候未到。"于是他等待着，守候着清算的日子到来。一天机器出现了短路的迹象，下午霍尔罗伊德检查机器时，他太粗心大意，猛地触了一下电。阿祖马济在引擎后面看见他迅速跳开，嘴里骂骂咧咧，诅咒那出毛病的线圈。

---

[1] 额手礼：印度等民族把右手举到前额处，鞠躬的礼节。

"他受到警告了,"阿祖马济心里说,"我的神道确实耐心,在伺机惩罚他呢!"

起先,霍尔罗伊德为了在自己离开机房时阿祖马济能暂时看管机器,曾经把一些有关发电机运转的基本概念教给了这个"黑鬼"。可是他注意到阿祖马济老在这巨大的怪物周围打转,便起了疑心。他隐约看出自己的助手在搞什么名堂,于是就怀疑是阿祖马济把机油抹到线圈上,才致使绝缘漆腐蚀而引起短路。于是他就拉开嗓子,在机器的喧嚣声中大喊道:"普巴,以后再不许你挨近那台大发电机,要不我就剥掉你的皮!"他的考虑也对,既然阿祖马济喜欢靠近那台大机器,根据普通的安全常识,当然是警告他离远些比较妥当。

阿祖马济当时是服从了,可过了一段时间霍尔罗伊德又发现他在发电机之神面前鞠躬,便扭过他的臂膀,临走时还踢了他几脚。阿祖马济立即藏到引擎后面,瞪着霍尔罗伊德的背影。这个可恨的人!这时机器的嗓音有了一种新的节奏,好像变成了他本族语言的四个字。

到底什么是疯狂?这很难解释得准确。我想阿祖马济是疯了。机器不断的喧嚣声和不停地旋转可能已经把他那只知识贫乏、满是迷信的脑袋搅浑了,他终于进入了几近狂乱的状态。直截了当地说,反正他起了个杀死霍尔罗伊德、向发电机之神祭祀的念头。这激起了他一阵奇异的狂喜。那天夜晚机房里没有别人,只有这两个人和他们的影子。机房里亮着一盏大弧光灯,发出闪烁的紫光。三台发电机后面是一片黑暗,引擎的球状调速器不停地从光明转入黑暗,又从黑暗转入光明。引擎的

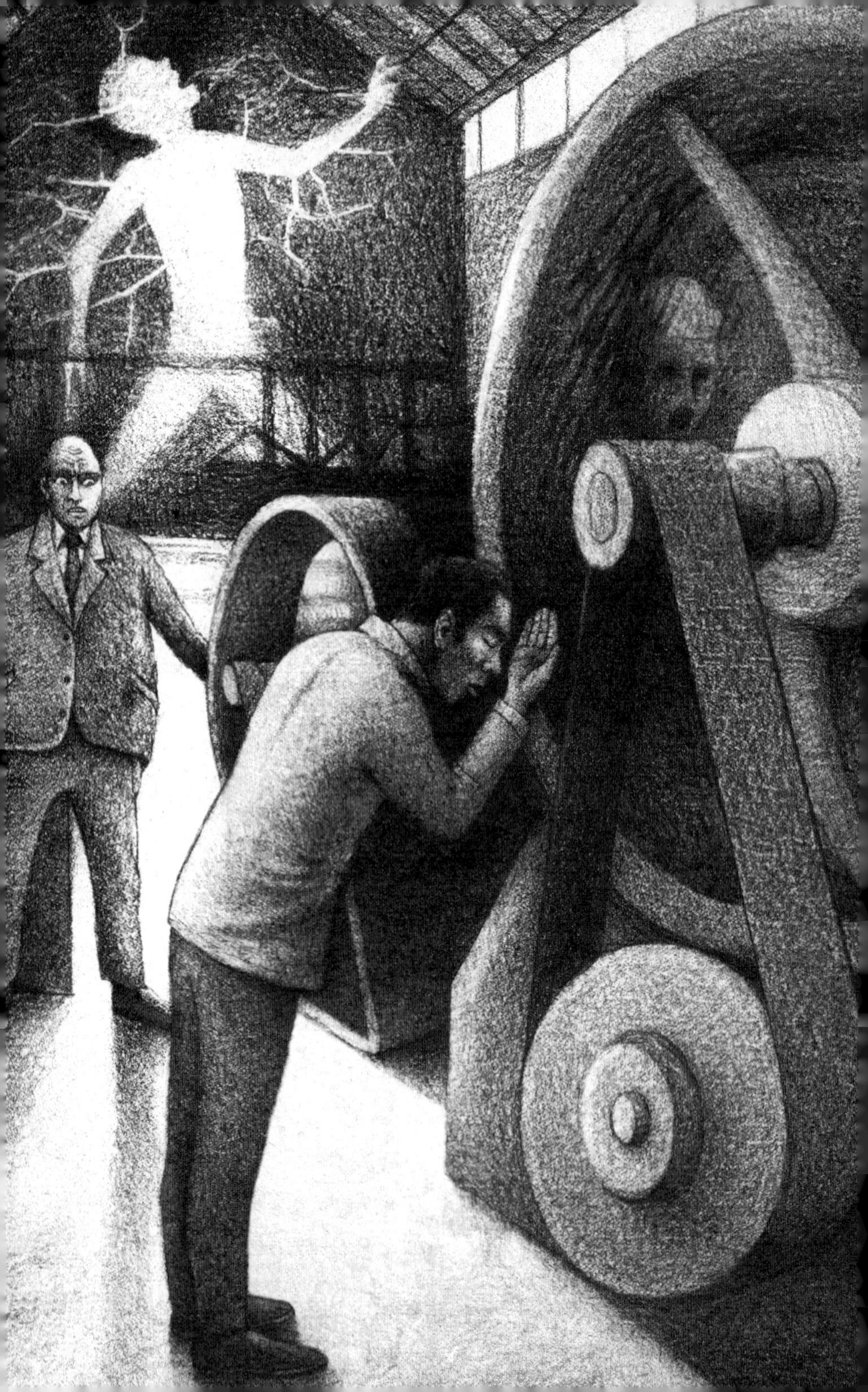

活塞响亮而平稳地砰砰响着。从机房开敞的一端望出去,外面的世界显得模糊遥远,令人难以置信,也显得出奇的寂静,因为外界的每一个声响都淹没在机器的隆隆声里了。远处有一道黑色的院篱,它后面是影影绰绰的灰色房屋,上面是深蓝色的苍穹和淡淡的星星。阿祖马济突然越过上空几条飞驰的皮带那中线的位置,走进大发电机旁的阴影里。霍尔罗伊德听见咔嚓一声,紧接着电枢转动的方向改变了。

"你把开关怎么了?"他诧异地喊道,"我没有告诉你吗?……"

接着他看见那个黑人从黑影里向他走来,眼睛直瞪瞪的。

刹那间两个人便在那台大发电机前面狠狠地扭打起来了。

"你这个长着黑脑袋的笨蛋!"霍尔罗伊德气喘吁吁地说(一只棕色的手卡住他喉咙),"快离开接触环。"就在这一瞬间他绊了个趔趄,跟跟跄跄地倒在发电机之神的身上。他本能地松开对手,拼命想挣脱发电机。

车站上派人火速赶来,调查发电机房究竟出了什么事,正好在大门旁看门人的小屋里遇见了阿祖马济。阿祖马济打算解释,可是派来的人完全听不懂这个黑人语无伦次的英语,只好赶往机房现场。几台机器都在轰轰隆隆地运转着,好像没有出什么毛病,可是空气中有一股奇怪的臭味——像烤焦头发的味道。接着他看见一堆怪模怪样的、扭曲的东西,紧紧靠在大发电机的前面,走到近前仔细一看,才辨认出是霍尔罗伊德变了形的遗体。

那人目瞪口呆,踌躇了一会儿,不知怎么办才好。突然他看见了死者的脸,吓得全身痉挛起来。他赶紧闭上眼睛,转过身来才重新睁开，免得再看见这副惨状，接着他奔出机房，找人帮忙。

阿祖马济看见霍尔罗伊德死在发电机之神的手掌里时，心里有点害怕，唯恐自己的行为引起什么严重后果。可说也奇怪，他同时又很高兴，因为他知道这是发电机之神在庇佑他。他遇到车站派来的人时，就打定了主意。技术处长迅速赶到现场，很快便下了结论，认为死者显然是自杀。这位专家对阿祖马济没太注意，只问了他几个问题——他看见霍尔罗伊德自杀了吗？阿祖马济回答，当时他到蒸汽机的锅炉那儿去了，没有看见，只是听到发电机的声音有点怪。不过检查很顺当，没有一点可疑之处。

电工把霍尔罗伊德变得不像人形的遗骸从发电机那儿搬走，看门人匆促地给它盖上一块染有咖啡污渍的台布。电气专家主要关心的是使机器重新运转起来，因为已经有七八部列车停在闷热的电气铁轨隧道里了。机房里来了不少人，有些是蒙许可有权力进来的，也有的是擅自闯进来的，他们向阿祖马济提出问题，他或是回答，或是故意曲解别人的意思，答非所问。不久技术处长就把他遣回生火间。院门外面似是理所当然地聚集了一大群人——不知什么缘故，每当伦敦发生一起暴死事件，一两天内总是有一大群人逗留在出事现场附近。两三个记者不知用什么方法进了机房，其中有一个甚至还钻到阿祖马济面前，可是那位电气专家（他本人是个业余记者）却把他们都劝走了。

不久，尸体便被搬走了，社会上对这起案子的兴趣也随之淡下来，阿祖马济还是安静地守在锅炉前，可是他在炉火中一次又一次看见霍尔罗伊德的形体，先是猛烈扭动、挣扎，然后静止下来，再也不动了。谋杀案发生一小时之后，任何来机房的人，都会以为什么异常的事也没有发生。那个黑人从引擎房里向外张望，看见发电机之神照常在两个小兄弟旁飞速运转，驱动轮仍在啪啪地转动，活塞里照常突突地冒出蒸汽，和傍晚时分一模一样。从机械的角度来看，发电机仅仅是出了点微不足道的故障，只是电流暂时有点偏差而已。不过，这会儿在颤抖的地板上，在引擎和发电机之间的几条传动皮带下，沿着亮堂堂的弄堂走来走去的，已经不是霍尔罗伊德健壮的身影，而是那个电气专家瘦高的身段和细长的影子了。

"我这就算敬奉了我的神了吗？"阿祖马济在藏身的阴影中暗暗思忖。那台大发电机声音洪亮而清晰，他瞅着那飞速运转的庞大机器，它那神奇的魅力又使他着迷了。

阿祖马济从来没有见过如此迅速而冷酷的杀人方式，那台嗡嗡响的大机器在杀死霍尔罗伊德的过程中，一秒钟也没有停止它那稳定的脉搏，真是神通广大。技术处长背朝他站着，正往一张纸上写着什么呢，他一点没有察觉阿祖马济的心理活动，他的影子横在那个庞然大物的脚下。

"发电机之神，你没有吃饱吗？你的仆人准备供你差遣。"

阿祖马济偷偷向前迈了一步，接着又停下了。技术处长突然停止书写，走到发电机的末端，开始检查电刷。

阿祖马济犹豫了一下，接着便蹑着脚步悄没声地溜进了电闸旁的阴影中，在那儿等待着。不久，他听见技术处长往回走了，便在老位置上停了下来，没有察觉到那个烧火工人正蹲伏在十英尺外。接着大发电机突然嘶嘶响起来，说时迟，那时快，阿祖马济一下子从暗处蹿出来，扑到他身上。

起先，阿祖马济抱住他身体，就往发电机上摔。技术处长用膝盖一顶，两手把攻击者的头往下按，把腰部挣开，猛地一转，离开了发电机。接着那个黑人又抓住他，用鬈发的头顶住他胸部，两个人扭打着，摇摇晃晃喘着气，仿佛过了好长时间，技术处长无可奈何，只好咬住黑人的一只耳朵，狠命一咬。黑人发出可怕的叫喊。

他们滚到地板上。黑人的耳朵被咬掉了一只（慌乱中处长也不知咬的是哪一只），但他也从对方的牙齿中挣脱出，于是双手卡住处长的脖子，打算掐死他。技术处长拼命挣扎，想抓没抓住，想踢也没踢上。正在这危急时刻，幸而地板上响起了急促的脚步声。霎时间，阿祖马济放开他，就向大发电机蹿去。在机器的吼叫声中只听得噼啪一声。

电气铁道公司的一个职员刚刚跑进来，就瞠目结舌地站住了，眼看着阿祖马济双手抓住裸露的发电机一端，异常吓人地痉挛了一下，接着便一动不动地悬在发电机上，脸部完全变了形。

"好在你及时赶到，我太高兴了。"说话的是技术处长，他还坐在地上。

他瞅着那个还在颤抖的形体，说："这种死法显然很难受，好在很快。"

那个职员还在凝视着那具尸体，他是个脑筋迟钝的人，还没有反应过来。

一阵沉默。

技术处长很尴尬地站起来，他沉思地抚摸着衣领，并且把头来回地摆了几下。

"可怜的霍尔罗伊德！我现在明白了。"接着他几乎是机械地走向阴影中的电闸,把电流导向铁道的线路。在他这样做的时候,那具烧焦的尸体松开它所抓的发电机,扑倒在地上。发电机的锥形轴承发出洪亮清晰的吼声,电枢啪啪地扇着空气。

阿祖马济对发电机之神的膜拜就此夭折了,在这世上所有的宗教当中,它也许是最短命的,然而它总算有了一个殉道者,和一个活人作为牺牲品。

(1895年)

夕阳

William Faulkner

威廉·福克纳
(1897—1962)

美国小说家、诗人、剧作家。美国文学史上最具影响力的作家之一。诺贝尔文学奖、美国普利策奖得主。其作品标志"约克纳帕塔法"是文学史上有名的虚构地点之一。著有《喧哗与骚动》《押沙龙，押沙龙！》等。

一

现在的杰斐逊城[1]，星期一和其他工作日没有什么区别了。现在，街道上都铺上了沥青，电话公司和电器公司正在大肆砍伐遮阴的树木，栎树、枫树、刺玫瑰树和榆树，都被砍得光光的，来给结着一串串肿胀的、没有汁水的、丑陋的葡萄的铁杆让出地方。现在我们城市里有一家洗衣公司，每个星期一早晨派出许多色彩鲜艳、样子特别的汽车驰遍大街小巷，去收集待洗涤的衣服。于是一星期中穿脏的衣服现在像幽灵似的满城飞跑，机灵而易怒的电喇叭嘟嘟地乱响，橡胶轮胎和沥青路面相互摩擦，发出长长的、渐渐减弱的、好像撕裂绸缎的声音；连那些按老规矩上门收取白人待洗的衣服、被褥的黑人妇女，也用汽车取送了。

可是十五年以前，在星期一早晨，由静谧的树荫覆盖的、布满尘土的街道上到处都是黑人妇女，她们包着头巾的头上，

---

[1] 杰斐逊城：美国密苏里州州府，位于该州中部、密苏里河南岸。*

稳稳地顶着用被单扎住的大捆大捆的衣服，几乎像棉花包一样大，一样沉重，可是她们却不用手扶，从白人住宅的厨房门口，一直走到洼地黑人区的简陋小屋旁发黑的洗衣盆面前。

南希总是把大捆衣服顶在头上，在衣服上放上她无论冬夏经常戴的那顶黑色扁平的硬边草帽。她身材高高的，有一副愁苦的面容，在掉落了几颗牙齿的地方，她的脸颊有点瘪下去了。有时我们跟着她走过我们家附近那条巷子，走过牧场，看着她头上顶的大捆衣服和草帽从不上下跳动或左右摇晃，哪怕她在沟里走下、爬上、弯腰钻过篱笆的时候，也是纹丝不动，这情景使我们感到有趣。她总是手和膝盖着地，匍匐着从篱笆的缺口里爬过去，笔直地昂着头，那捆衣服像磐石或气球一样稳，钻出缺口以后她站起来又向前走。

有时洗衣妇们的丈夫来为自己的老婆取送衣服，可是南希的丈夫杰西从来不为她取送。即使在我父亲吩咐他别上我们家来以前，当迪尔西病了，南希来给我们做饭的时候，杰西也从来没有上我们家来过。

可是我们十回里有五回得顺着房子到南希那幢简陋小屋去叫她来做早饭，我们总是待在那条沟前边，因为父亲叫我们不要和杰西打交道——他是个五短身材的黑人，脸上有一块刀疤。我们总是向南希的屋子上扔石头，直到她到门口，把一丝不挂的身体藏在门板后，只将头探出来。

"你们干啥砸我的门？"南希喊道，"你们这些小鬼要干啥？"

"父亲叫你过来给我们做早饭。"卡迪说，"父亲说，现在已经过了半个小时了，你这时候该来了。"

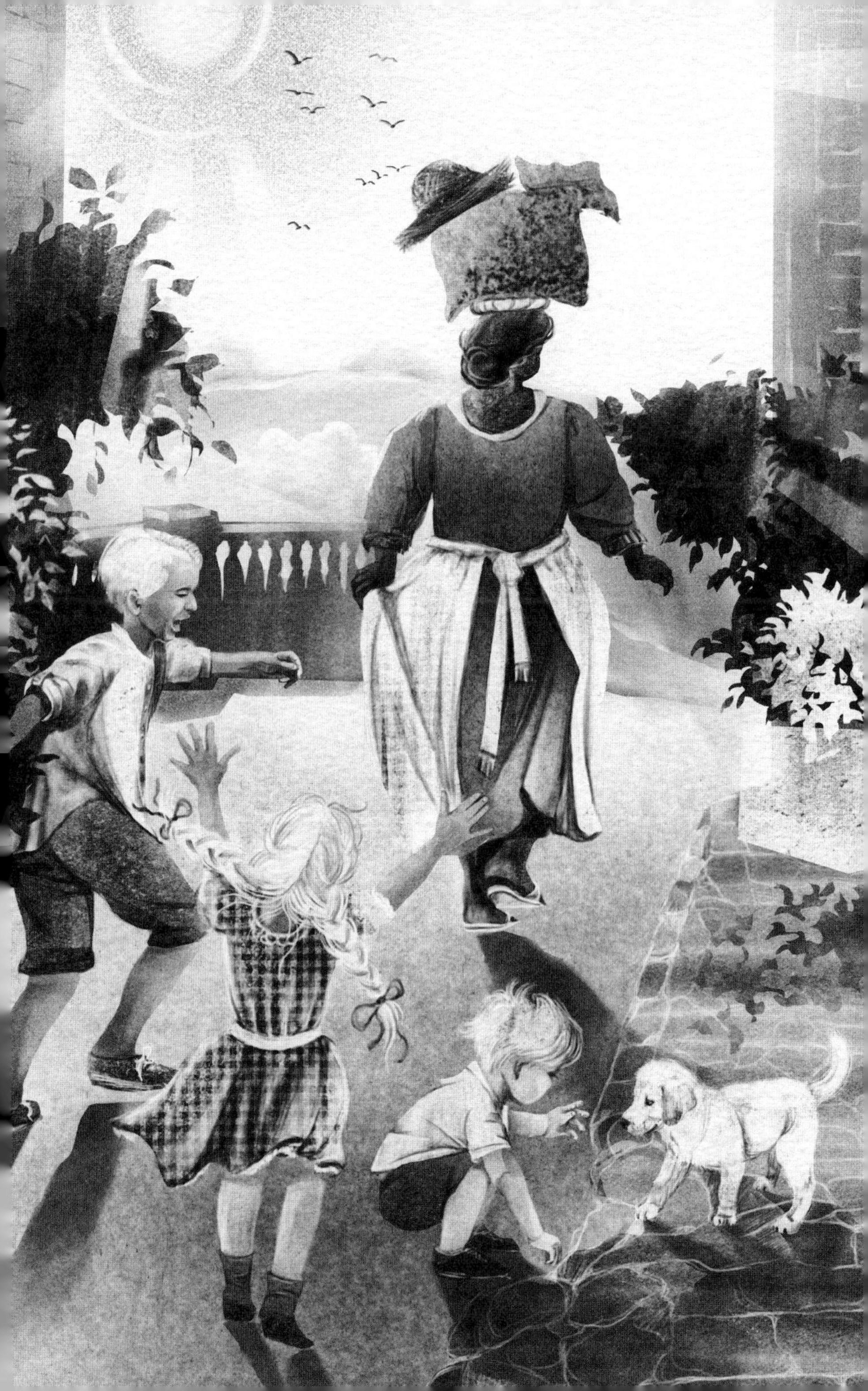

"我没学过做早饭,"南希说,"我要美美睡一觉。"

"我敢打赌你是喝醉了——"贾森说,"爸爸说你醉了,你是醉了吧,南希?"

"谁说我醉啦?"南希说,"我要美美睡一觉。我没学过做早饭。"

我们不再向她的小屋扔石头,过了一会儿就回家了。最后她来我们家,做饭太晚了,害得我上学迟到。我们起先以为她是喝威士忌喝醉了,直到有一天才知道咋回事。他们又把她抓起来送进监牢去,路上遇见斯托瓦尔先生(他是银行的出纳,也是洗礼会教堂的执事,是个体面人),南希开口就说:"你啥时候付我钱啦,白人先生?你啥时候付我钱,白人先生?到这会儿你有三次一个子儿没有给我了——"斯托瓦尔先生把她一拳打倒,可是她还是继续说,"你啥时候付我钱,白人先生?到这会儿已经三次——"斯托瓦尔先生火了,把她揉到地上,用鞋子后跟蹬她嘴巴,市执法官忙把他拖住。南希躺在街上哈哈大笑,她把头侧转过来,把几颗被打落的牙齿和着血吐出来,还在说:"他已经有三次没付我一个子儿了。"

她的牙齿就是这样落掉的,那天整整一天,大家都在谈论南希和斯托瓦尔先生的事。整整一夜,凡是经过监狱的人都听得见南希在里面又唱又喊。他们看见她双手抓住铁窗上的铁条,好多人都停在栅栏外面,听她喊唱,监狱看守打算叫她住口。她不停地唱了又喊。直到快天亮的时候,监狱看守开始听到楼上传来一阵撞击和刮擦的声音,赶紧上去察看,发现南希吊在窗子横档下面。他说,她不是喝酒,是服了可卡因。因为黑人只有服了过量可卡因才会自杀,黑人一般是不会自杀的,而他们服了过量的可卡因，就不再是黑人了。

监狱看守把她放下，使她苏醒过来，接着便用拳头揍她，用鞭子抽她。她是用自己的衣服悬梁自尽的。可是当他们逮捕她的时候，她只穿了一条裙子，身上什么也没有带，没有东西把手捆住，因此上吊之后两手就抓住了窗框不放。所以监狱看守听到撞击和刮擦的声音，跑到上面一看，发现南希吊在窗子横档下面，浑身精赤条条，肚子已经有点鼓出来，像个小气球。

当迪尔西在自己的小屋里生病，南希为我们家做饭的时候，我们就看得出她的围裙向外鼓起，那是在父亲叫杰西别上我们家来之前。杰西当时在厨房里，坐在炉子后面，黑脸膛上的刀疤就像一条肮脏的绳子。他说南希衣服下面藏的是西瓜。

"反正不是你藤上结的瓜。"南希说。

"什么藤上结的？"卡迪问。

"我能把那根结瓜的藤一刀割掉。"杰西说。

"你怎么能在孩子面前乱说？"南希说，"你为啥不去干活？都是你作孽。你赖在厨房里在这些孩子面前胡说，你是想让贾森先生逮住你咋的？"

"什么胡说？"卡迪问，"什么藤？"

"我不能赖在白人的厨房里，"杰西说，"可是白人可以赖在我厨房里。白人可以进我屋里来，我拦不住他。白人想进我屋里来，我倒没有屋子住了。我拦不住他，但他也不可以一脚把我踢出去。他不能那样做。"

迪尔西还在她的小屋里养病，父亲叫杰西别上我们家来。迪尔西还在生病，她病了很长一段时间。有一天我们吃过晚饭待在书房里。

"南希在厨房里忙完了吗？"母亲说，"我觉得这么长时间她早就该洗完碟子了。"

"叫昆廷去看看。"父亲说，"昆廷，你去看看南希忙完没有。告诉她可以回家了。"

我到厨房里去，南希已经忙完了。碟子放在一边，灶火已经灭了。南希坐在一把椅子上，紧靠着凉掉的炉子。她瞧着我。

"你怎么啦？"我说，"你怎么啦？"

"我不过是个黑人。"南希说，"这不是我的过失。"

她坐在冰冷的炉子前，扁平草帽戴在头上，冷冷地瞅着我。我回到书房里。你设想的厨房总是暖暖和和的，呈现出一片欢快忙碌的气象，可是炉子灭掉了，碟子都放到一边了，什么都是冷冷清清的。而且在这时候，谁也不想吃饭。

"她忙完了吗？"母亲问。

"是的，妈妈。"我说。

"她在忙啥？"母亲说。

"啥也没忙。她已经忙完了。"

"我去看看。"父亲说。

"也许她在等杰西接她回家吧。"卡迪说。

"杰西走了。"我说，南希告诉我有一天早晨她醒来就发现杰西走了。

"他撇下我，"南希说，"到孟菲斯去了，我估计，他想躲避城里的警察一段时间，我估计。"

"走了倒也清净，"父亲说，"我希望他待在那儿。"

"南希害怕天黑。"贾森说。

"你也怕。"卡迪说。

"我不怕。"贾森说。

"你别胡说,卡迪!"母亲说。这时父亲回来了。

"我要送南希走出巷子,"父亲说,"她说杰西回来了。"

"她看见他了吗?"母亲说。

"没有。有个黑人给她捎信,说他回到镇上了。我一会儿就回来。"

"你撇下我在家里,倒要陪南希回去?"母亲说,"你觉得她的安全比我还要紧?"

"我一会儿就回来。"父亲说。

"有这么个黑人藏在附近,你放心走开,撇下孩子没人保护?"

"我也要去。"卡迪说,"让我去吧,爸爸。"

"要是不巧,他碰上他们,他会对他们做什么?"父亲说。

"我也要去。"贾森说。

"贾森!"母亲说。她是在对父亲说话[1],你可以根据她喊这名字的腔调分辨清楚。她好像相信父亲这一整天都想着干她最不愿意他干的事情,她始终都明白,在所有时间里,他不断地在想这件事。我没有吱声,因为父亲和我都明白,如果母亲及时想起这件事的话,她一定会让我留在家里陪她,所以父亲也没有看我,我是老大。我九岁,卡迪七岁,贾森五岁。

"别说了!"父亲说,"我们一会儿就回来。"

---

[1] 父子两人都姓贾森。

南希戴上了帽子,我们走到巷子里。"杰西一直待我挺好。"南希说,"他什么时候有两块钱,总给我一块。"我们在巷子里走着。"我要是能走出这条巷子,"南希说,"那就安全了。"

那条巷子总是黑漆漆的。"万圣节的时候,贾森就是在这儿被吓坏的。"卡迪说。

"我不会。"贾森说。

"雷切尔大娘拿他没有办法吗?"父亲说。雷切尔大娘是个老太婆,她孤零零地住在南希家过去一点的小屋里,她头发白了,整天坐在门口抽烟。她再也不干活了。大家都说她是杰西的母亲,她有时承认是的,有时却又说和杰西不沾一点亲。

"你就是害怕,"卡迪说,"你比弗罗尼还胆小。你胆子小得像老鼠。你比黑人还要胆小。"

"谁也拿他没有办法。"南希说,"他说我引起了他心里的魔鬼,没有一样东西能熄掉他心里的怒火。"

"好了,现在他走了。"父亲说,"你没有什么可害怕的了,只要别再和那些白人勾勾搭搭。"

"和什么白人勾勾搭搭?"卡迪问,"怎么去勾勾搭搭?"

"他哪儿也没有去,"南希说,"我感到他没走,我感到他现在就藏在这条巷子里。他在听我们说话,每个字都听见了,他藏在什么地方等着。我没有看见他,我也不想见他,一次也不想见。他嘴巴衔着那把剃刀。他把刀藏在衬衣里面,用绳子挂在背上,我要是看见他拔出刀来,甚至不会感到惊奇。"

"我不会害怕。"贾森说。

"你要是行为检点一些,就不会这么提心吊胆了。"父亲说,

"不过现在不要紧了,现在他很可能在圣路易斯。很可能现在另娶了老婆,把你给忘了。"

"要是他另娶了老婆,最好别让我发现。"南希说,"我要去捉奸,他只要搂抱她,我就把他胳膊砍掉。我要把他头砍掉,我要把她肚子剖开,我要往里塞——"

"嘘。"父亲说。

"剖开谁的肚子,南希?"卡迪问。

"我不害怕。"贾森说,"我会一个人走过这条巷子。"

"哼。"卡迪说,"要不是我们也在巷子里,你都不敢跨进一步。"

二

迪尔西病还没痊愈,所以我们每天晚上陪南希回家。母亲终于发话了:"这样没完没了地还得多长时间?你们倒去陪一个受惊的黑人回家,把我一个人撇在这空荡荡的大屋子里。"

我们在厨房里给南希安了张地铺。一天夜里我们醒来听见了她的声音,不是唱,也不是哭,顺着黑暗的楼梯传过来。母亲的房间里亮起了一盏灯。我们听见父亲穿过走廊打后楼梯下去。卡迪和我也出来到了走廊上。地板很冷,我们都把脚趾向上弯,不敢挨地,站在那儿听她的声音。这声音既像唱歌,又不像唱歌,黑人们往往能发出这种声音。

接着声音停止了,我们听到父亲在后楼梯上的脚步声。我们走到楼梯口,一会儿这声音又开始了,在楼梯上,不是很响。

我们能看见南希的眼睛从楼梯半腰露出来,她靠着墙。她的眼睛就像猫眼睛,她像一只大猫靠着墙盯着我们看。我们顺着楼梯走到她面前,她不再发出那声音了,我们就站在那儿。一会儿父亲从厨房里回到楼梯上,手里拿着手枪,他和南希一起下去,又拿着南希的铺盖卷回到楼上。

我们把铺盖铺在我们房间里。母亲房间里灯熄掉以后,我们又看得见南希的眼睛了。"南希。"卡迪轻声悄语地说,"你睡了吗,南希?"

南希轻轻地说了句什么,不知道是"唔"还是"没"。好像谁也没有说话,好像这字不知打哪儿飘来,也不知往哪儿飘去,好像南希这个人根本不在那儿。好像是因为我在楼梯上看她的眼睛看得太久了,因此她眼睛的影子印在我眼膜上,就好像看了太阳以后,闭了眼睛还有太阳的影子一样。"杰西,"南希低声地说,"杰西。"

"是杰西吗?"卡迪问,"他打算到厨房里来吗?"

"杰西。"南希说。她的声音是这样的:"杰——杰——杰——杰——杰——杰——杰——西。"这声音越来越低,像一支火柴,或一根蜡烛一样慢慢熄灭。

"她是不是在喊耶稣[1]基督啊!"我说。

"你能看见我们吗,南希?"卡迪轻轻说道,"你也能看见我们的眼睛吗?"

"我不过是个黑人。"南希说,"上帝明白,上帝明白。"

---

[1] 在英文中,"耶稣"和"杰西"是同一个词,即 Jesus。*

"你在下边厨房里看见了什么?"卡迪低声说,"什么东西打算进来?"

"上帝明白。"南希说,我们能看见她的眼睛,"上帝明白。"

迪尔西身体复原了,她又来做饭了。"你最好躺在床上歇一两天。"父亲说。

"为啥?"迪尔西说,"我要是再晚一天来,这地方会糟得不像样子,现在你们出去,让我把厨房收拾干净。"

迪尔西也烧了晚饭。那天晚上天黑以前,南希走进厨房。

"你怎么知道他回来了?"迪尔西说,"你又没见到他。"

"杰西是黑人。"贾森说。

"我能感觉到,"南希说,"我能感觉到他埋伏在前面那道沟里。"

"今天晚上?"迪尔西说,"他今天晚上在那儿吗?"

"迪尔西也是黑人。"贾森说。

"你得吃点东西。"迪尔西说。

"我什么也不想吃。"南希说。

"我不是黑人。"贾森说。

"喝点咖啡吧。"迪尔西说,她给南希倒了杯咖啡,"你知道今天晚上他就在那儿?你怎么知道就是今天晚上呢?"

"我知道,"南希说,"他就在那儿等着。我知道,我和他待在一起的时间太长了。我知道,他自己也不知咋回事就会那么做。"

"喝点咖啡吧。"迪尔西说。南希捧起杯子放到嘴边吹气,她的嘴巴噘起来,像鼓胀的蝰(kuí)蛇,又像是橡皮嘴巴,她一个劲儿地吹咖啡,一直吹到嘴唇发白。

"我不是黑人。"贾森说,"你是黑人吗,南希?"

"我是地狱里生的,孩子。"南希说,"我很快就会化为尘土了,很快就要往我来的地方去了。"

三

她喝起咖啡来。当她双手捧着杯子喝咖啡的时候,她又发出那声音来。她对着杯子发出声音,咖啡都泼溅到她手上和衣服上。她直勾勾地瞅着我们,坐在那儿,臂肘支在膝盖上,双手捧着杯子,就那么隔着那冒热气的杯子,直勾勾地瞅着我们,发出又唱又哭的声音。"瞧南希,"贾森说,"南希现在不能为我们做饭了。迪尔西病好了。"

"你别吭声。"迪尔西说。南希双手捧着那杯子,直勾勾地瞅着我们,发出那声音。好像有两个南希:一个瞅着我们,另一个发出那声音。

"你干吗不请贾森先生打电话给执法官?"迪尔西说。南希停了下来,她两只长长的、褐色的手捧着杯子。她又试图喝点咖啡,可是咖啡又从杯子里泼出来,溅到她手上和衣服上,于是她又把杯子放下。贾森观察着她。

"我咽不下去,"南希说,"我想咽,可就是下不去。"

"你到我的小屋去,"迪尔西说,"弗罗尼会给你打个地铺的,我马上就去。"

"哪个黑人也挡不住他。"南希说。

"我不是黑人。"贾森说,"我是吗,迪尔西?"

"我想不至于吧，"迪尔西说，她看看南希，"我认为不至于。那么你打算咋办呢？"

南希瞅着我们。她脸一点也没有转动，目光忽闪忽闪地移动得很快，她好像害怕再没有时间看我们了。她瞅着我们，目光同时在我们三个脸上移来移去。"你还记得我待在你们房间里的那个晚上吗？"她说。她谈起第二天大清早我们起来，在一起玩耍的事情，我们静悄悄地不出声音，在她的地铺上玩耍，一直玩到父亲醒来，大家吃早饭的时候。"去请求你妈让我在这儿过夜。"南希说，"我不需要地铺。我们可以好好玩玩。"

卡迪请求母亲，贾森也去了。"我不能让黑人睡在卧室里。"母亲说。贾森哭起来，母亲烦了，说他要是再哭下去，就三天吃不上糖果点心。于是贾森说，要是迪尔西给他做一块巧克力蛋糕，他就不哭。当时父亲也在场。

"你为啥不想想办法呢？"母亲说，"咱们要警官干什么呢？"

"南希为啥害怕杰西呢？"卡迪说，"妈，你害怕爸爸吗？"

"警官能有啥办法？"父亲说，"要是南希没有看见他，警官往哪儿找他去？"

"那么她为什么害怕呢？"母亲说。

"她说他在那儿。她说她知道他今晚就在那儿。"

"可是咱们缴了税。"母亲说，"你陪一个黑人女人回家，就要把我孤零零地撇在这座大房子里。"

"你知道，我不会带着剃刀埋伏在外面的。"父亲说。

"要是迪尔西给我做一块巧克力蛋糕，我就不哭。"贾森说。母亲叫我们出去。父亲说他不知道贾森会不会吃上巧克力蛋糕，可是他知道大约一分钟以后,贾森会吃到什么。我们回到厨房,把经过情况对南希说了。

"爸爸叫你回家后锁上门,就不要紧了。"卡迪说,"啥不要紧,南希?是杰西对你恼火吗?"南希用双手捧起杯子。她的臂肘支在膝盖上,手捧着杯子放在膝盖间,两眼直勾勾地看着杯子。"你干了什么叫杰西这么恼火呢?"卡迪说。南希一失手,杯子掉在了地上。杯子掉在地板上没有碎,可是咖啡都泼了出来。而南希一点也没有察觉,仍旧坐在那儿,双手做出捧住杯子的样子。她又开始发出那声音了,静幽幽地,又像唱,又不像唱。我们都看着她。"哎,"迪尔西说,"现在你别哼了,你要管住自己。你在这儿等着,我去喊维尔希陪你回家。"说着,迪尔西就走了出去。

我们瞧着南希。她的肩膀还在颤抖,可是她那声音停止了。我们看着她。"杰西要对你干什么?"卡迪说,"他不是走了吗?"

南希瞅着我们说:"那天晚上我待在你们房间里,咱们玩得很开心,是不?"

"我没有,"贾森说,"我一点也不觉得开心。"

"你在妈房间里睡着了。"卡迪说,"你不在那儿。"

"咱们到我家里去,再好好玩玩。"南希说。

"妈不让去。"我说,"现在天太晚了。"

"别惊动她。"南希说,"咱们明天早上再告诉她。她不会介意的。"

"她不让我们去。"我说。

"现在别问她,"南希说,"现在别惊动她。"

"她没有说咱们不能去。"卡迪说。

"咱们没有问她。"我说。

"你要去,我就告状。"贾森说。

"咱们好好说说,"南希说,"你们到我家去,他们不会介意的。我给你们干了好几年活,他们不会介意的。"

"我不害怕去你家。"卡迪说,"贾森才害怕呢,他要去告状。"

"我不会。"贾森说。

"不,你会。"卡迪说,"你会告状。"

"我不告状,"贾森说,"我也不害怕。"

"贾森跟我一起去就不害怕了。"南希说,"你害怕不,贾森?"

"贾森会告状的。"卡迪说。巷子里一片漆黑,我们经过牧场门口。"我敢打赌,要是大门后面跳出啥东西来,贾森准会叫唤。"

"我不会。"贾森说。我们顺着巷子走去。

南希大声说着话。

"你干吗要说这么响,南希?"卡迪问。

"谁,我?"南希说,"你听听,昆廷、卡迪和贾森说我大声讲话。"

"听你的口气,好像我们一共有五个人似的。"卡迪说,"听你的口气,好像爸爸也在这儿似的。"

"谁,我大声讲话了吗,贾森先生?"南希说。

"嘻,南希管贾森叫'先生'。"卡迪说。

"您听听,卡迪、昆廷和贾森讲的啥话。"南希说。

"我们没有大声讲话。"卡迪说,"倒是你在说胡话,好像爸爸也在似的……"

"嘘。"南希说,"嘘,贾森先生。"

"南希又叫贾森'先生'。"

"嘘。"南希说。当我们越过那条沟,弯腰钻过她往常顶着大捆衣服爬过的大道篱笆缺口时,南希一直在大声讲话。接着我们到了她屋前。看来我们走得还挺快。她把门打开。南希屋子里有一股灯的气味,南希的气味好像灯芯,好像专等她进了屋,人和房屋才开始一齐发出气味。她点上灯,关上门,并且上了门闩。接着她就不再大声说话了,她又瞅着我们。

"咱们干什么?"卡迪说。

"你们想干什么?"南希说。

"你说咱们要好好玩玩。"卡迪说。

南希屋里有股气味,好像除了南希和屋子以外,还有什么东西发出异样的气味,连贾森也闻到了。"我不想待在这儿,"他说,"我想回家。"

"那就回吧。"卡迪说。

"我不想自个儿回。"贾森说。

"咱们好好玩玩。"南希说。

"怎么个玩法?"卡迪说。

南希站在门口。她瞅着我们,可是她的眼睛好像空瞪着,好像她的眼珠子再也不管用了。"你们想干什么呢?"她说。

"给我们讲个故事,"卡迪说,"你会讲故事吗?"

"会。"南希说。

"讲吧。"卡迪说。我们望着南希。"你根本不知道任何故事。"

"我知道的。"南希说,"我知道的。"

她过来坐在炉前的椅子上。炉子里有点儿火。南希等炉子里面热起来,把火生得旺旺的,然后讲起一个故事来。她讲故事和她看人一样恍恍惚惚的,好像她用来瞅着我们的眼睛和她对我们讲故事的声音,都不属于她本人。她仿佛生活在另外一个地方,在另外一个地方等待着什么。她的声音在里边,而她的形体,那个能够顶着一捆衣服、若无其事地俯身钻过铁丝网篱笆的南希,却在外边什么地方。"于是这个王后,走到那道沟面前,坏人藏在沟里。她正向那道沟走去,她说,'我要是能走过这道沟'。她就这么说着……"

"什么沟?"卡迪说,"是不是像那边的那道沟?一个王后走到沟里去干啥呢?"

"她要到她家里去。"南希说,她瞅着我们,"她得过那道沟,赶快回去,插上门。"

"她为啥要回去插上门呢?"卡迪说。

四

南希瞅着我们。她停止讲故事,瞅着我们。贾森坐在南希怀里,他的双腿从裤管里直直地伸出来,"这个故事不好,"他说,"我想回家去。"

"现在我们还是回家的好。"卡迪从地板上站起来说,"我敢打赌,家里人这会儿已在找我们了。"说完,她向门口走去。

"不。"南希说,"别开门。"她赶快站起来,抢到卡迪的前边。她没有碰门和木闩。

"为啥?"卡迪问。

"回到灯底下,"南希说,"咱们会玩得很开心的,你们不要回去。"

"我们偏要回,"卡迪说,"除非玩得特别开心。"她和南希回到火炉旁边的灯下面。

"我想回家,"贾森说,"我要告状。"

"我知道另外一个故事。"南希说。她站在灯的旁边看着卡迪,可是眼睛向上翻,就像抬起头来看竖在鼻子上的一根棍子似的。她得向下看,才能看到卡迪,可是她的眼睛却像看鼻子上竖着的棍子似的。

"我不听。"贾森说,"我要蹬地板。"

"这个故事好。"南希说,"比刚才那个好。"

"是讲什么的?"卡迪说。南希站在灯旁。她的手放在灯上边,褐色的、长长的手就在灯光上面。

"你的手放在发烫的灯罩上。"卡迪说,"你的手不怕烫吗?"

南希看看自己搁在灯罩上的手,缓缓地把手挪开。她站在那儿,瞅着卡迪,绞着自己长长的手指,仿佛她的手是用一根绳子系在手腕上似的。

"咱们干些别的吧。"卡迪说。

"我想回家。"贾森说。

"我有一些爆米花。"南希说。她看看卡迪,看看贾森,看看我,然后又看看卡迪,说:"我有一点爆米花。"

"我不喜欢爆米花。"贾森说,"我倒是喜欢糖果。"

南希看看贾森,问道:"你可以拿住爆米花机吗?"她还在绞自己的手——长长的、柔软的、褐色的手。

"行。"贾森说,"要是我能拿住的话,我就再待一会儿,卡迪拿不住。要是卡迪拿了,我就要回家。"

南希把火加得旺旺的。"瞧,南希把手放在火里。"卡迪说,"你怎么啦,南希?"

"我拿爆米花。"南希说,"我有一些。"她把爆米花机从床底拿出来,机子已经破裂了,贾森哭开了。

"咱们吃不成爆米花啦。"他说。

"我们不管怎样都该回家了。"卡迪说,"走吧,昆廷。"

"等一下。"南希说,"等一下。我能把它装好,你们帮我装,行不行?"

"我不想吃什么爆米花了,"卡迪说,"现在太晚了。"

"你来帮我吧。"南希说,"你不想帮我吗?"

"不!"贾森说,"我想回家。"

"嘘,"南希说,"嘘,看着,看着我。我能把它装好,贾森可以拿住它爆玉米粒。"她拿出一根铁丝,把爆米花机固定住。

"固定不牢的。"卡迪说。

"不,能固定住,"南希说,"你们看着。你们帮我剥玉米粒吧。"玉米还在床底下,我们剥玉米粒放在爆米花机里,南希帮贾森拿住机子放在火上。

"它们没爆开,"贾森说,"我想回家了。"

"你等一等,"南希说,"它们就要爆了。爆起来可好玩了。"

她坐在火炉旁边,把油灯调得很大,开始冒乌黑的煤烟。

"你为啥不把灯捻小一点?"我说。

"行了。"南希说,"我会擦干净的。你等着,爆米花一会儿就开始爆了。"

"我不信它们就要爆了。"卡迪说,"不管怎样我们都该回家了,家里人会担心的。"

"不会,"南希说,"它们就要爆了。迪尔西会告诉他们,你们在我这儿。我给你们家干了好几年活。你们在这儿,他们不会介意的。你们现在等一等,玉米随时会爆起来。"

黑烟钻进贾森的眼睛里,他哇哇地哭开了,一失手把爆米花机扔在火里了。南希拿一块湿抹布给贾森擦脸,可他还是不停地哭。

"别哭,"她说,"别哭。"可他偏要哭。卡迪把爆米花机从火里拿出来。

"你要重放一些玉米进去,南希。"

"都烧煳了。"她说。

"你不是都放进去了?"南希说。

"是的。"卡迪说。南希看看卡迪,接着拿过爆米花机把烧成焦炭的玉米倒进自己的围裙,开始用长长的、褐色的双手捡没有烧焦的玉米粒,我们在一旁观看。

"你还有玉米吗?"卡迪问。

"哎,"南希说,"哎,你们瞧,这儿这些没有焦,咱们只要——"

"我想回家,"贾森说,"我要告状——"

"嘘。"卡迪说。我们都凝神静听,南希已经转过脸去看插上的门,红色的灯光在她眼睛里闪亮着。"有人来了。"卡迪说。

于是南希又开始轻轻地发出那声音。她坐在火炉旁边,一双长长的手在膝盖之间悬垂着,突然大颗大颗的泪珠淌到她脸上,每一颗里都映着一个转动的小火球,好像一颗火星淌到下巴颏掉下来。"她没有哭。"我说。

"我没有哭。"南希闭着眼睛说,"我没有哭,谁来了?"

"我不知道。"卡迪说,她走到门口向外面张望。"这会儿我们非回不可了,"她说,"父亲来了。"

"我要告状。"贾森说,"你叫我来的。"

泪水还在顺着南希的脸淌下来,她在椅子上转动了一下说:"听着,告诉他,告诉他咱们玩得很痛快。告诉他我要好好照料你们直到明儿早晨,叫他让我跟你们一齐回家,睡在地板上。告诉他我不需要地铺,咱们好好玩玩。你们还记得上回咱们玩得多开心?"

"我不觉得开心,"贾森说,"你把我弄痛了。你把烟弄到我眼睛里了,我要告状。"

五

父亲走了进来,瞧瞧我们。南希没有站起来。

"告诉他。"她说。

"卡迪叫我们到这儿来,"贾森说,"我不想来。"

父亲走到火炉旁边,南希抬头看他。"你就不能暂时住到雷切尔大娘家里?"他说。南希抬头看看父亲,她的手在膝盖间悬垂着。"他不在这里,"父亲说,"要是在,我早就看见了,周围一个鬼影也没有。"

"他藏在沟里。"南希说,"他在前面沟里等着。"

"胡说。"父亲说,他看看南希,"你怎么知道他在那儿?"

"我得到了信号。"南希说。

"什么信号?"

"我得到了信号,我进来的时候,桌子上有一块猪骨头,上面还有带血的肉,就在灯旁边。他就在外边,你们一出门,我就去了。"

"到哪儿去了,南希?"卡迪说。

"我不会传闲话。"贾森说。

"胡扯。"父亲说。

"他就在外边。"南希说,"这会儿他正往窗子里张望,你们一走我就完了。"

"胡说。"父亲说,"锁上门,我们带你到雷切尔大娘家里去。"

"没用的。"南希说。她现在没有看父亲,父亲却俯看着她,看着她长长的手柔弱无力地悬荡着,她说:"拖下去没有什么用。"

"那么你打算怎么办呢?"父亲说。

"我不知道。"南希说,"我啥办法也没有,只好拖着吧。可是拖是没有用的。我想这是我应得的,我想这大概就是我的报应。"

"报应什么?"卡迪说,"什么是你应得的?"

"没有什么。"父亲说,"你们都该回去睡觉了。"

"卡迪叫我来的。"贾森说。

"到雷切尔大娘那儿去吧。"父亲说。

"没用的。"南希说,她坐在火炉跟前,臂肘搁在膝盖上,长长的手在膝盖之间悬垂着,"连你自个儿的厨房都没有用。哪怕我睡在你孩子房间的地板上,第二天早晨,我也会浑身是血——"

"嘘,"父亲说,"把门锁上,灯吹灭,上床睡觉吧。"

"我害怕黑暗。"南希说,"我害怕在黑暗里出事。"

"你的意思是要点着灯一直坐在这儿?"父亲说。于是南希又开始发出那声音,坐在火炉前,长长的手在膝盖间悬垂着。"啊,该死,"父亲说,"走吧,孩子们。早过了睡觉的时间了。"

"你们回家我就完了,"南希说,她现在声音平静些了,脸色也平静了,像她的手一样,"反正,我在洛夫莱迪先生那儿存的钱也够买棺材了。"洛夫莱迪先生是一个在黑人当中收保险费的小个儿,每个星期六早晨到黑人住的小屋里,或是到他们帮佣人家的厨房里,向他们每人收十五美分。本来他和他妻子住在旅馆里,一天早晨他的妻子自杀了。他们有一个孩子,是个小女孩。他领着这孩子走了,过了一两个星期,他单独回来了。星期日早晨我们总看见他在小巷里和后街上转来转去。

"胡说。"父亲说,"明天清早,我就会看见你到我们厨房里来。"

"你要看到的事总会看到,我想,"南希说,"可是到底怎么回事只有主才会安排。"

六

我们走了,撇下她坐在火炉旁。

"来把门插上。"父亲说,可是她没有动弹。她没有再看我们一眼,在灯和火炉之间静悄悄地坐着。我们顺着巷子走了一段路,回头一看,她仍然在敞开的门里坐着。

"什么事,父亲?"卡迪说,"会有什么事发生吗?"

"没有什么。"父亲说,他背着贾森,于是贾森成了我们当中个儿最高的,我们走到沟里面,我看看沟,静悄悄的没动静。在月光和阴影交错的地方,我看不清有什么东西。

"要是杰西藏在这儿,他能看见我们,是吗?"卡迪说。

"他不在这儿。"父亲说,"他早就走了。"

"你们叫我来的。"贾森在高高的地方说,衬着夜空,看起来父亲有两个头,一个小头,一个大头,"我不想来的。"

我们从沟里走上来。我们还能看见南希的小屋和敞着的门,可是我们现在看不见南希坐在门口的火炉前了,因为她困乏了。"我困乏极了。"她好像说,"我只是个黑人,这不是我的过失。"可是我们能听见她的声音,因为我们刚走出那道沟,她又开始发出似唱非唱的声音了。"爸,现在谁来给我们洗衣服呢?"我说。

"我不是黑人。"贾森说,他高踞在父亲的头顶上。

"你变得更坏了。"卡迪说,"你是个爱打小报告的人,要是出了什么事,你只会比黑人更害怕。"

"我不会。"贾森说。

"你会哭。"卡迪说。

"卡迪!"父亲说。

"我不会!"贾森说。

"胆小的猫咪。"卡迪说。

"卡迪!"父亲说。

(1931年)

老人

威廉·福克纳
(1897—1962)

美国小说家、诗人、剧作家。美国文学史上最具影响力的作家之一。诺贝尔文学奖、美国普利策奖得主。其作品标志"约克纳帕塔法"是文学史上有名的虚构地点之一。著有《喧哗与骚动》《押沙龙，押沙龙！》等。

一

　　起初猎物无踪无影，唯有寒冷的毛毛雨淅淅沥沥连绵不停。突然在十一月下旬，灰蒙蒙熹微的曙光中，什么地方响起了一片密集的狺狺(yín)吠声，越来越近。萨姆·法瑟就站在这孩子的身后（自从这孩子用他的第一支枪，而且差不多是用第一发子弹击中第一只兔子以来，这老人就一直站在他身后），碰碰他的肩膀，他不寒而栗地哆嗦起来。就在那时，公鹿出现了。起初它并没有进入他们的视野，就像一个鬼魂似的隐匿在那儿。可是一旦出现，好像所有的光都凝聚在它身上，它就是光源，不仅在光里移动，而是发出光来。呵，它已经在奔跑了。像所有的鹿一样，在它已经看见你的几分之一秒之内突然出现，一下腾跃起来，接着往斜刺里飞蹿而去。就在朦胧的曙光中也可清楚地看出，它的鹿角像个小摇椅似的平稳地安在头上。
　　"嘿，"萨姆说，"快开枪，稳住。"
　　孩子根本记不清这一枪是怎么放的。这孩子像他的父亲、叔父这对孪生兄弟以及他们的父亲一样,将来可以活到八十岁,可是他永远也听不到这一枪的枪声,永远也记不起射击时,枪托后坐力那一下冲击。他甚至也记不清,自己放枪以后把这支枪怎么摆弄了。他朝公鹿跑去,接着他站在这头公鹿面前俯视着——公鹿安静地躺在潮湿的大地上,还是活生生的在疾跑的样子,根本不像已经死去。孩子站着,不住地哆嗦,浑身好像痉挛了。这时萨姆又站在他身旁了,伸出一把刀子。"别走到它前面。"萨姆说,"要是它没有断气,它会跳起来用蹄子把你踩烂的。从后面挨近它,先抓住它的角,把它头向下扳,一遇危险,你可以马上跳开。然后另一只手悄悄地放下来,用手指塞进它的鼻孔。"

孩子照他的话做了——把它的头往后扳直,使它喉咙绷紧,拿过萨姆的刀子,在它喉咙上拉了一刀。萨姆俯身用双手在热气腾腾的血液里蘸了一下,把血反复地涂抹在孩子的脸上。于是萨姆的号角在被雨淋湿的灰蒙蒙的树林里一次又一次地响起了。许多狗像汹涌的波涛一样穿过树林奔来。坦尼的吉姆和布恩·霍根贝克等到每只狗都尝到一点血后,就鞭策它们回去。接着几个真正的猎人——百发百中的沃尔特·尤厄尔、德斯潘少校、老将军康普森和这孩子的表兄麦卡斯林·埃德蒙兹出现了。麦卡斯林是他姑妈的儿子,比他大十六岁。这孩子出生的时候,他父亲将近七十岁了,他一直是由麦卡斯林抚养大的,所以麦卡斯林与其说是他的表兄,倒不如说是他的兄长;与其说是他兄长,倒不如说更像是他的父辈。这几个成年人骑在骏马上,俯视着他们俩——这个七十岁的老人,现在已经有两代的黑人血统了，但是他的容貌和举止还是他父亲那个奇卡索部落酋长的容貌和举止；那个十二岁的白种小孩，脸上还涂着鹿血，现在直挺挺地站立着，什么也没有干，只是努力掩盖着自己的颤抖。

"他还行吗，萨姆？"他的表兄麦卡斯林问。

"他挺行。"萨姆说。

老黑人（他的父辈母辈都有野蛮国王的血统）用沾满鲜血的手给这白种小孩打上了永恒的勇士标记。实际上这个白种小孩早就带着自豪的心情，谦卑而喜悦地接受了老黑人所灌输给他的勇士品德了，现在给他脸上涂上鲜血只不过是一种庄严神圣的仪式而已。这小孩终于被认为有资格进入猎人的行列了。随着这野兽的鲜血涂在他脸上，老黑人和小孩的心灵从此将永远结合在一起。将来，在这小孩活了七十年或八十年以后，在这老人像酋长和国王一样早就入土好多年以后，这老人的气质仍将永世长存。现在这孩子还没有成人——将来，他长大以后会在他祖父所生长的国土上，过着差不多的生活，也像他的祖父一样在这国土上繁衍后代。这个年过七旬的老人，他的祖先早在白种人发现这块土地多年以前就拥有这片土地了，可是他本人和他所有的同族人一样，就要从这块土地上消失了。现在，他们的血液在另一个种族身上流动，已经成为而且在很长一段时期内将一直是被奴役者的血液。至于萨姆，他身上流动的血液则会不可挽回地流向尽头，再也流不到他后代的身上了，因为萨姆没有子女。

萨姆的生父就是自称"厄运"的伊克莫土贝本人。萨姆对这孩子谈起过去有关"厄运"的神奇传说——伊克莫土贝是伊塞蒂贝哈老酋长的外甥。他年轻时跑到新奥尔良去，七年以后和一个自称"维特利的金发修女骑士"的法国伙伴（此人一定也是和伊克莫土贝一样的浪子，她口口声声称伊克莫土贝为酋长大人）以及与他姘居的一个有四分之一黑人血统的女奴，一齐回到家乡来。他戴了一顶有金边的帽子，穿着一件有金边的外衣，带了一只用柳条编织的有盖大篮。大篮里面盛着一窝刚满月的小狗和一只黄金制的鼻烟盒，烟盒里装满了一种好像绵白糖的白色火药。有三四个他未婚前的伙伴到码头上迎接他。他把帽子和外衣丢在几个伙伴的附近，金边上冒起烟来，他蹲在泥土地里，从大篮里拿出一只小狗，放一撮白火药在它的舌头上。有个伙伴不知道内情，把小狗抱在怀里，火药突然爆炸起来，几个伙伴都被炸得粉身碎骨。他们回到伊塞蒂贝哈的大种植场上，这时老酋长已死，由他肥胖的儿子莫凯土贝（"厄运"的表兄）继位。翌晨，莫凯土贝八岁的儿子突然暴卒，当天下午，"厄运"在莫凯土贝和大多数人的面前又从有盖大篮里拿出一只小狗，在它舌头上放一撮白火药。莫凯土贝吓得赶忙逊位，于是"厄运"真的成为他法国朋友所尊称的酋长大人了。第三天，在就任酋长典礼的大会上，"厄运"宣布把那个怀孕的混血女奴许配给一个他刚刚从莫凯土贝手里接收过来的奴隶。萨姆·法瑟这个名字就是由此而来的，在奇卡索部落的语言里，萨姆·法瑟就是"有两个父亲"的意思。两年以后"厄运"又把这对奴隶夫妇和婴儿（其实这婴儿就是他的亲骨肉）卖给了他的白人邻居卡罗瑟·麦卡斯林。

这是七十年前的事情了。这白种男孩很小时所知道的萨姆也已经六十开外了——他身材不高,矮矮胖胖的,看起来肌肉松软,不像是干惯体力活的(实际上并非如此)。他的头发像马鬃一样,到了七十岁还没有斑白,只有笑的时候,才显出些老相。他也不像黑人。他身上黑人血统的唯一表征,就是头发和指甲的颜色比较暗淡,再就是眼睛有点异样,倒不是眼睛的形状或颜色像黑人,而是有种难以形容的眼神(平时隐藏不露,偶尔才显现出来)。孩子的表兄麦卡斯林告诉他,这并非他的生母汉姆遗传给他的,也不是苦役造成的,而是他心中的奴役烙印造成的。因为他知道,自己的部分血液曾经是奴隶的血液。"好像一只被关在笼子里的老狮或是老熊,"麦卡斯林说,"他生在这笼子里,一辈子在笼子里度过。他不知道其他的东西。后来他却嗅到了什么,一阵微风吹过,把什么东西——不管是什么东西,热沙或是藤丛的气味吹进他的鼻孔。这东西他从来没有见过,即使见了也不认识,即使他认识这些,如果回到他出生的丛莽,他也不能适应。不过他当时嗅到的实际并不是风刮来的气味,因为热沙或藤丛的气味留在他的鼻孔里只有一会儿工夫,就又被风吹走了。他嗅到的实际是牢笼。他能嗅到的只有牢笼,所以他的眼睛里会有这样的神色。"

"那就让他走呀!"孩子嚷道,"让他走呀!"

他的表兄干笑了一声,马上停止了,说准确些,他根本就没有笑,只是发出干笑的声音。"他的牢笼并不是麦卡斯林。"他说,"他是野性的人。他出生的时候,除了一小部分白人的血液以外,全身都是印第安人和黑人的野性血液。我们的血液早就被驯化了，我们不仅忘记了野性的东西，我们还得群居，保护自己不受我们原始野性的侵扰。他不仅是武士的儿子，而且是酋长的嫡子。他长大成人，开始懂得事理以后，终于有一天发现自己被出卖了，他的武士和酋长的血液被出卖了，不过并不是被他父亲出卖的。"麦卡斯林很快地加了几句："'厄运'把他母亲和他卖为奴隶，他可能对这一点从来没有怀恨过。因为他可能相信，早在这以前，他就遭到损害了。他身上和'厄运'身上所流的相同血液，都因为他母亲给他的黑人血液被出卖了。当然他母亲并没有存心要出卖他，但归根结底他是被她出卖的。她遗传给他的不仅是奴隶的血液，而且也有一部分是奴隶主的血液。他的躯体乃是他自己的战场，是他取胜的场地，也是他败亡的陵墓，他的牢笼并非我们。你可曾知道有任何人，甚至你的父亲和巴迪叔叔曾经吩咐他干或禁止他干什么事情吗？"

确实如此，这孩子刚记事的时候，就记得萨姆要么到树林里去，要么就坐在种植场的铁工间门口。有时他磨犁铧、修农具，间或也干些安农具把的木工粗活。可是有时即便树林也没能吸引他的兴趣，甚至当铁工间里堆满了农场急需的农具时，萨姆却呆坐在那儿，半天或整整一天，啥事也不干。任何人，连他父亲和叔父在世时，或者当他表兄麦卡斯林当上了实际的主人（虽然名义上还不是）时，也从来没有吩咐他"限你傍晚前把这件活完成"，从来没有问过他"这个活为什么昨天没有干完"。

每年一度，在秋末冬初的十一月份，这孩子看见大马车上支起了帆布篷顶，车上装着满满当当的食物——熏制厂熏好的火腿和香肠，粮库里拿出的咖啡、面粉和糖浆，隔夜刚宰的以备在猎获野牲之前供猎狗充饥的牛肉，装满猎狗的柳条箱，还有被褥、猎枪、号角、提灯和斧头。他的表兄麦卡斯林和萨姆穿着猎装爬上马车就座，坦尼的吉姆坐到装猎狗的柳条箱上边。于是马车就出发了。到了杰斐逊，这一行人和德斯潘少校、康普森将军、布恩、沃尔特会合后，继续向塔拉哈契大洼地驶去，在那里逗留两个星期，猎获野鹿和大熊。可是在还未装车之前，这孩子就难受得再也观看不下去了。他忍不住奔跑着离开大车，藏到一个他既看不见大车、别人也看不见他的角落，硬克制自己不哭出声来，可是仍禁不住浑身瑟瑟发抖。他一个劲儿对自己低声说："就快了，快了，只要再等三年（两年，一年），那时我就满十岁，麦卡斯林表兄就会让我去了。"

萨姆干起活来，总是干白人的活，因为他再没有别的活干——他既不像卡罗瑟的其他已被释放的奴隶那样耕种分配的份地，也不像年轻的或新来的黑人那样打短工，按日领取工资。这孩子不知道当年萨姆是怎么和老地主卡罗瑟或是老卡罗瑟的两个孪生儿子商定的。因为，虽然萨姆住在黑人聚居的村落，居住的小屋和其他黑人的住所没有什么区别，平时也和其他黑人来往（这孩子能够单独在住宅和铁工间之间来回走动，并能扛枪之后，萨姆才和别人来往），衣着和他们相似，说话也和他们相仿，甚至也和他们一起到黑人教堂去做礼拜。可是归根结底，他是那个奇尔索酋长的儿子，而且黑人们（这孩子觉得还不光是黑人们）都知道这一点。布恩·霍根贝克的祖母是奇卡索部落人（除此以外，布恩的血统是白种的），她的血统毕竟不是酋长的血统。如果布恩和萨姆站在一起，他们之间的差别，至少在这孩子心目中是一目了然的。布恩一向以出身自豪，认为哪个佣仆的出身也比不上他自己。他也许会承认某人比他精明，或比他有钱（照他的说法，就是比他幸运），而论起出身来，他总以为远在别人之上。但是连这个骄傲的布恩也好像知道萨姆的出身比自己高贵。布恩是头绝对忠实的猛犬，他对德斯潘少校和这孩子的表兄麦卡斯林同样忠心耿耿，他也同样程度地依赖他们来安身立命。他吃苦耐劳、大方、勇敢，差不多算得上是不用头脑思索便能迎合主人任何意旨的忠心奴仆。而黑人萨姆，至少在这孩子的心目中，却完全相反，他不仅对于麦卡斯林和德斯潘少校，而且对于所有的白人都保持着尊严高贵的身份，没有半点奴颜婢膝，不像一般黑人那样对白人笑脸相迎，以为自己和白人之间存在一道不可逾越的鸿沟。他对麦卡斯林的言谈举止，不仅显露出平起平坐的身份，而且显露出长辈的身份。

他教这孩子该到哪些树林去打猎，什么时候要开枪射击，什么时候不能射击，在什么情况下要杀死猎物，什么情况下不能杀。夏夜，他和这孩子坐在小山顶上，在灿烂的星光下等待猎狗把狐狸追赶到听力所及的范围；十冬腊月，他们坐在森林的篝火旁，看猎狗沿着小河滨追踪浣熊；在漆黑四月的黎明，他们蹲踞在火鸡栖息的树枝下面凝着露珠的草地上，他对这孩子娓娓而谈。这孩子从来不向他提问，萨姆也从不回答问题。孩子总是凝神静待，于是萨姆开始讲起往昔印第安人的事情，实际上他没有时间结识印第安人，也记不清他们的模样（他甚至记不起来是否见过他父亲的面），但他对印第安人是极其依恋的，因为印第安人，是他的血液里的另一个种族——尼格罗民族所无法代替的。

他谈到这些久远的年代，谈到和这孩子所知道的白人和黑人都不相同的、已经死亡和消失的那个民族。渐渐地，这孩子觉得这些久远的年代已不再是久远的年代，而成为自己现实生活的一部分；这些久远的事情好像不仅是昨天发生的，而且好像正在进行；那些在古老年代里活动的人好像并没有离开大地，他们还在空间里走动，而且阳光确实在把他们的影子投到大地上。不仅如此，有些事情好像还没有发生，要到明天才会发生。最近这孩子竟觉得自己还没有出世，他所属的白种人以及白人带到新大陆来加以奴役的黑人，都还没有来。虽然他和萨姆在上面奔跑狩猎的那片土地，先后属于他祖父、他父亲、他叔父、他表兄，将来有朝一日也会属于他自己，可是他觉得，他们对土地的所有权是毫无现实意义的，正好像杰斐逊的衡平法院档案簿里他们古老褪色的地契记录，同样没有现实意义。这孩子认为自己实际上是这片土地上的客人，而萨姆的声音才是真正主人的声音。

三年以前，这一带曾经有两个印第安人，一个是萨姆，另一个是在某种意义上比萨姆更绝望的纯种奇卡索人。他自称乔巴克（他的名字似乎仅此而已），没有人知道他的身世。他是个隐士，隐居在离种植场五英里的河岔附近一座污秽的小屋里，离其他聚居地至少有五英里左右。他以打猎捕鱼为生，他和任何人，无论是白人或是黑人，都没有来往。没有一个黑人接近他，除了萨姆以外，没有一个人敢到他的房屋附近去。也许每月有一次，这孩子会在萨姆的铁工间里遇见他。两位老人蹲踞在泥土地上，用黑人英语和音调平板的山区方言的混合语交谈，有时也偶尔间杂一句古老的印第安语。那孩子蹲在地上倾听，久而久之，也学到了一点。后来乔巴克去世了，也就是说有一段时间没有人见过他。接着，某个早晨，萨姆也失踪了。没有人知道，连这孩子也不知道他是什么时候走或是往哪儿去了。直到一天夜晚，几个在溪谷里打猎的黑人看见烈焰突然腾空而起，连忙往火场赶去。他们发现起火的乃是乔巴克的茅屋，但是他们还没有赶到近旁，就有人在前面的阴影里开枪射击，开枪的就是萨姆。以后谁也没有找见过乔巴克的葬身之处。

翌晨，这孩子正和他表兄用早餐，看见萨姆打餐室的窗外经过。孩子记起他一生中从来没有见过萨姆挨近他们住宅。他诧异得连饭也不想吃了。他和表兄都听见餐具室门外传来讲话的声音，接着门打开，萨姆走了进来，手里拿着帽子（一般除了住宅里的佣仆以外，谁进来之前都得预先敲门，但是萨姆没有敲门就径直走了进来），他随手把门带上以后就站在门口。那个穿黑人服装却有着印第安人容貌的老人，不看他们两个，而是凝视着他们上方的或者说房间以外的某个东西。

"我想离开这里。"他说，"我想到大洼地去住。"

"去住？"孩子的表兄说。

"就到德斯潘少校和你经常去打猎的野营去住。要是你不愿叫我待在原来的大屋里，我打算在树林里自己盖一间小屋。"

"艾萨克在这里怎么办呢？"孩子的表兄说，"你怎么能离开他呢？你是不是打算带他去呢？"可是萨姆还是不看他们，站在房间里,只有笑的时候才显出老年人布满皱纹的脸上,此刻没有任何表情。

"我想去。"他说,"让我去吧。"

"好吧,"麦卡斯林安详地说,"当然我还得和德斯潘少校商量一下。你很快就要去吗?"

"我现在就去。"萨姆说完就走了出去,好像理所当然地,包括这孩子的表兄麦卡斯林在内,谁也无法和他争辩。孩子当时九岁,他懂得萨姆以后不能再每日每夜和他一起在树林里徜徉了,但他也懂得萨姆离开他并不悲伤。他相信,他和萨姆都知道这次离别只是暂时的,而且为了使他早日成熟,为了使他能献身于萨姆一直教导他要从事的事业,这次离别也是必要的。去年夏天的某个夜晚,当他们谛听猎狗沿着河谷追逐一只狐狸的时候,他们就已经把这件事商量妥当了。现在这孩子觉得去年八月那个夜晚,他们在灿烂星空下那番谈话乃是今天萨姆离去的预兆。"我已经把在这块土地上狩猎应具有的本领都教给你了。"萨姆说,"你现在打猎的本领和我一样了,可以准备往大洼地去猎取熊和鹿了。明年你就满十岁了。你的岁数将是两位数了,你就快长大成人了,你'爸'(萨姆早在这孩子父母双亡之前就称这孩子的表兄为他'爸',他认为孩子与孩子的表兄的关系不是一般受监护者和监护人或亲属和家长的关系,而是真正的父子骨肉关系)答应,到那时候你就能和我们一起去。"所以萨姆到大洼地去的用意,这孩子是能理解的。他弄不懂的只有一点——现在才三月份,离打猎期还有六个月,为什么萨姆这么早就去呢。

"要是乔巴克真像大家所传说的那样去世了,"他说,"萨姆除了咱们再也没有亲人了,为什么他在咱们去打猎之前六个月,就急于到大洼地去呢?"

"也许他是故意这样做的,"麦卡斯林说,"他是存心离开你一段时间吧。"

麦卡斯林和其他成年人经常说这样的话,他并不介意,正好像他对萨姆到大洼地这件事并不介意一样。萨姆一定会在那里住上六个月的,因为要是他去了马上回来,那就未免多此一举了。这样也好,可以充分准备一下,而且正如萨姆亲自告诉他的,凡是萨姆或别人所能教他的在这地区打猎的本领,他都已学会了。所以看起来事情已妥当了,过了夏天,过了秋高气爽的日子,等到下霜后,天气渐渐寒冷了,他就可以和麦卡斯林表兄一起乘上马车去打猎了。这一回他准会打到野鹿,成为猎人。然后,萨姆和他们一起回来,他的打野兔和负鼠的生涯就此结束。将来他就可以自己去打猎,像真正的猎人那样,在冬天的篝火旁,高谈阔论过去和将来的狩猎情况了。

萨姆就这样离开了。他的财产很少,可以全部带在身边。他是步行去的,麦卡斯林要派马车送他,他不要;叫他骑骡子,他也拒绝了,甚至谁也没看见他是怎么走的。一个早晨,大家发现他已经走了,人一走,屋里就空空荡荡。至于铁工间,他本来就没有在那儿干过多少活,他一走,干脆就关上了。

终于,十一月来临了。这次孩子跟大人们一起去打猎了——他和他表兄麦卡斯林、坦尼的吉姆上了车。德斯潘少校、康普森将军、沃尔特和布恩,还有做饭的阿什老伯,都在杰斐逊另一辆车里等他们。到了那里,他将和麦卡斯林、康普森将军和德斯潘少校共乘那辆四轮游览马车。

萨姆在打猎的营地等待他们。他向来喜怒不形于色。如果他看见他们感到高兴,也不会显露出来;两个星期后他们撤营回去时,如果他感到难受,同样不会显露出来。他并没有和他们一起回来,孩子单独回来了——孩子孤零零地回到自己的种植场,在十一个月的等待期间,只好打打野兔什么的。不过就在这一次短短半个月的逗留中,大森林已给这孩子留下了难以磨灭的印象,他并没有感到苍莽森林特别危险或是怀有敌意。他只觉得树木幽邃,深不可测,像一个有知觉的、在郁闷地沉思的巨人。大人们容许他在大森林里自由来去,不知怎的他竟没有受到伤害,可他总是感到在大森林中自己显得分外渺小,分外陌生,直到他光荣地猎获了那只野鹿以后,情况才有些改变。

到了十一月,他们又回到大森林打猎,每天早晨萨姆要带领孩子到分配给他的射击岗位去。当然这是一个最差的射击岗,因为他只有十一二岁,还没有见过鹿是怎样奔跑的。他们在十一月的晨曦里站在射击岗位上,一会儿便听见狗叫的声音。偶尔一只被追猎的动物会逃窜过来,在很近的地方奔驰而过,可以听见它吼叫的声音,却看不见它的踪影。他们听到布恩·霍根贝克的旧猎枪沉重地响了一声(他用这支枪最多打死过一只松鼠,而且是一只坐着的松鼠)。接着沃尔特低而闷的、没有回声的枪响了两声,你不用等待,几乎立刻就能听到他的号角呜呜地吹起。

"我自己打不中,"孩子说,"我自己是射不死野兽的。"

"你会的,"萨姆说,"总有一天,你会成为男子汉,成为真正的猎人。"

萨姆不准备离开大洼地，他们只好把他留在那里。他只把他们送到四轮游览马车所停的路口，去把成人们骑的马牵回来。成人们在前面骑马，阿什老伯、坦尼的吉姆和孩子跟萨姆乘车殿后，马车里装载着宿营用的设备和猎获的兽肉、兽头、鹿角，还有猎狗。马车在高可参天的桉树、柏树和橡树之间，弯弯曲曲地缓行着。这些大树除了猎人以外，从未被任何人砍伐过。马车出了大森林，穿过葛藤和欧石楠这两道难以逾越、略有变化却又万古如斯的围墙。

这道围墙那边的荒野森林，就在这最初的两个星期中已经在他心灵上打下了永久的烙印。这些树木好像略微俯下身体，在观看、谛听这些打猎的人。因为他们，连猎获了许多鹿和熊的沃尔特、德斯潘少校和康普森将军在内，都显得太渺小了，他们逗留的时间太短了，所做的伤害太微不足道了，所以大森林只是神秘地、深不可测地独自沉思，简直没有把他们放在心上，更谈不上怀有敌意。

接着他们走出了界线异常分明的、荒凉的大森林，就好像从围墙的门走了出去。突然，稀稀拉拉的棉花地和苞谷地在马车两边掠过，在灰色的绵绵冬雨中显得那样冷落而静谧。过了一段时间，出现了一座房屋、几座谷仓和几道栅栏，出现了人类在永恒的大自然中开辟出的临时居住地。现在森林的围墙落到身后了。回首顾盼，大森林在消退的灰暗光线中显得那样深邃、沉寂而难以进入，他们所经过的那个围墙口已经隐匿不见，好像被大森林所吞没了。四轮游览马车在路口等待他们。他的表兄麦卡斯林、德斯潘少校、康普森将军、沃尔特和布恩在马车旁边下了马。于是萨姆从大车上下来，骑上一匹马，牵上其余几匹，回去了。孩子目送着他向高大而神秘的围墙驰去，只见他的身影越来越小。他一次也没有转身回顾，钻进围墙，回到（孩子相信并且以为他表兄麦卡斯林也相信）只有他一个人居住的寂寞而与世隔绝的隐居地去了。

二

望眼欲穿的时刻终于来到了。他扣动扳机，萨姆用他所杀死的野兽所流的热血涂在他脸上，他不再是一个孩子了，他成为猎人，成为男子汉了。这是狩猎的最后一天，当天下午他们撤营离去。他的表兄、德斯潘少校、康普森将军和布恩骑马，沃尔特和几个黑人跟他和萨姆坐在大车里，车上装着他所射杀的那头鹿的皮革和鹿角。车上可能也确实还装着其他猎获物，可是对他来说那些东西都没有存在感。和这天早晨一样，他还是和萨姆单独在一起。大车缓缓地在略有变化而又万古如斯的葛藤和欧石楠墙壁间曲折、颠簸地前进。在墙的后面，高大的森林俯视着他们离去。现在，这荒凉的大森林不再敌视他，而且永远不会敌视他了。因为那头公鹿还在跳跃着，且将永远跳跃着，颤动的枪管终于永久地稳定住了，那只公鹿在枪响的永恒瞬间里跳跃着，永远不会死去。

马车摇晃着、颠簸着前进，他沉浸在遐想里，想着这头公

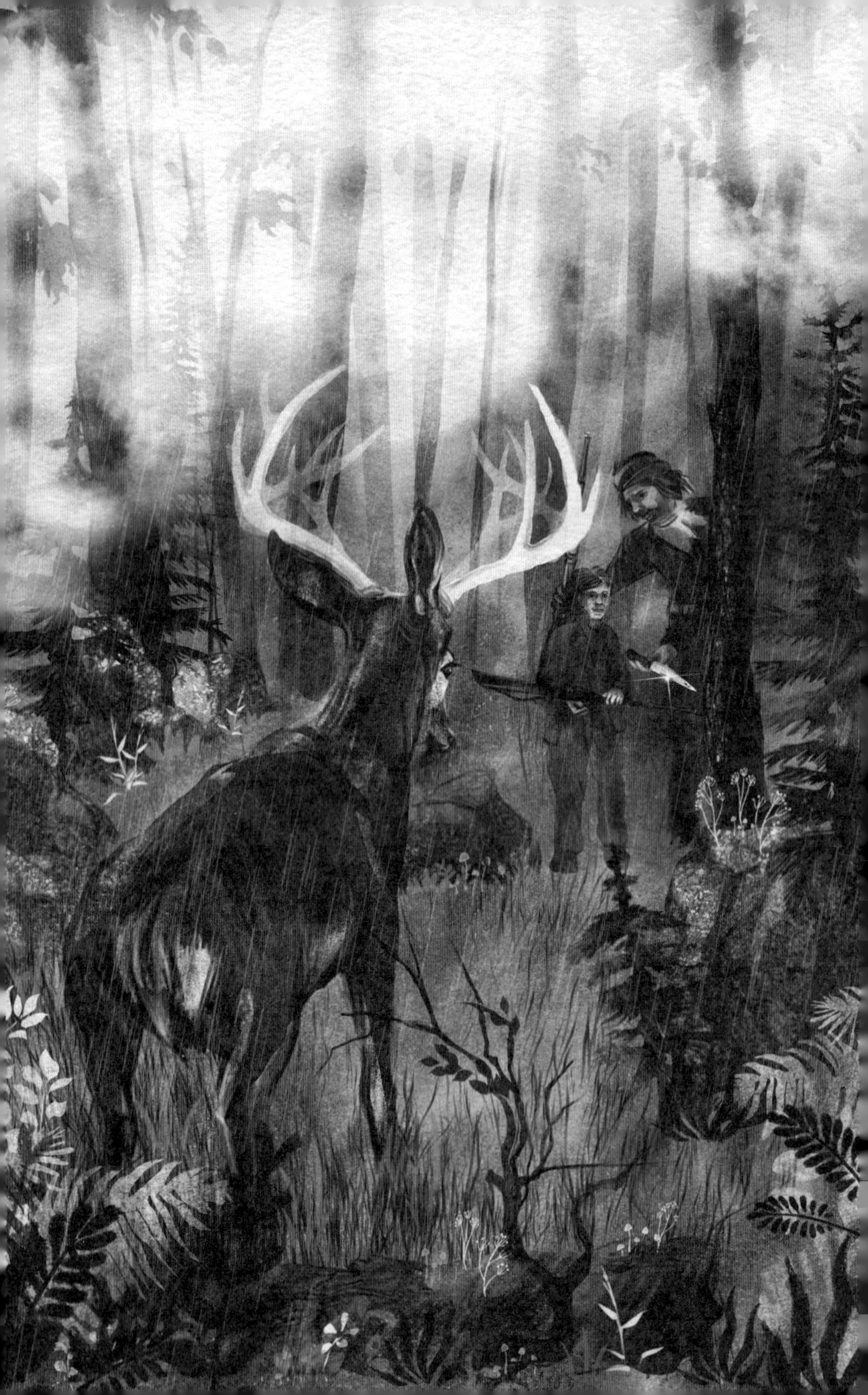

鹿跳跃的瞬间,想着那一枪射击,想着萨姆和他自己,想着萨姆在他脸上涂血,使他永远和荒凉的大森林合而为一,大森林接受了他,因为萨姆说他干得不错。就在这时,萨姆突然勒住缰绳,使车停下。他们都听到了一头鹿从隐藏处出来的声音,这是绝对不会错的,也是他们绝对忘不了的。

接着布恩从路弯的那边喊叫起来。停下的大车里,所有人都静止不动,沃尔特和孩子已经伸手去取枪支了。就在这时,布恩用帽子鞭策着他所骑的骡子,疾驰而来,向他们大声喊嚷,脸上露出狂热而惊奇的神色。紧接着其他骑士也用踢马刺策着坐骑疾驰到了路弯周围。

"放出猎狗!"布恩喊道,"放出猎狗!这是一头有八叉角的大鹿!它就隐藏在路旁的番木瓜树丛里!我要是早知道它在里面,就会用小刀把它脖子割开!"

"也许这就是它奔跑的原因吧,"沃尔特说,"它看见你没有带枪。"沃尔特已经带着来复枪下了车。孩子也持枪下了车,其他的骑士们也赶到了。布恩下了骡子,一边在大车上翻来翻去寻找,一边还在喊嚷:"放出猎狗!放出猎狗!"孩子也觉得,他们这样乱腾腾的恐怕一辈子也决定不了到底该怎么干。至于那个老人,他的血是冷静而迟缓的,他的年龄比他们大得多,这许多年以来,他的血已经变得非但比那孩子的,而且比布恩和沃尔特的血都冷静得多了。

"怎么办,萨姆?"德斯潘少校说,"猎狗能把它赶回来吗?"

"咱们不需要猎狗。"萨姆说,"要是它察觉没有猎狗跟踪,大约日落时分便会兜圈子回到这儿来睡觉的。"

"好吧。"德斯潘少校说,"伙计们,你们骑上马,我们上车继续往大路上去,在那儿等着。"他和康普森将军、麦卡斯林上了车,布恩、沃尔特、萨姆和孩子骑上骡子回转过来离开小路。萨姆领他们在下午灰蒙蒙的、没有标记的旷野里走了一个小时——下午的光线也是迷迷蒙蒙的,和黎明时的光线没有多大区别,不经过渐变,一下子就可以昏暗下来。接着萨姆叫大家停住。

"不能骑着骡子往前去。"他说,"它要是迎着风回来,闻到骡子的气味,就会停步。"大家把坐骑拴在树丛里,现在萨姆领大家在下午昏暗不清的光线中、在没有路径的地方步行。孩子紧跟着他,另外两个人布恩和沃尔特也尾随在他后面。萨姆两次略微回过头来,一边走一边和孩子讲话:"咱们还来得及在它前边赶到。"

不知怎的,他打算放慢脚步。他好像故意使时间延缓下来,从而使那头他没有看见的鹿那快得使人眩晕的奔跑速度,也延缓下来。虽然根据萨姆的看法,这头鹿已经兜了个圈子,正往回向他们走来。孩子却害怕那鹿虽然现在没有被狗追赶,不用奔跑,但毕竟走得越来越远,一去不回了。他们继续向前走——孩子说不准到底是走了一个小时,两个小时,还是不到半个小时——登上了一座山岭。孩子以前从来没有到这儿来过,他看不出这是一座山岭,只是根据下层矮树丛比刚才稀少来判断地势是上升了。山坡微微向上倾斜,远处有许多稠密的藤类植物,它们好像一道围墙。萨姆忽然停住脚步。"就是它。"他说。他吩咐沃尔特和布恩:"你们顺这山坡上去,在前面的三岔路口上你们会看到鹿的足迹，它肯定是顺着这三条路当中的一条过去的。"

沃尔特四下环顾了一会儿，"我知道。"他说，"我甚至都见到你的鹿了，上星期一我到这儿来过，它不过是只一岁的小鹿。"

"一岁的小鹿？"布恩说，他走得气喘吁吁，脸上还露出狂热的表情，"要是我看到是只一岁的小鹿，那我就算是幼儿园的小朋友。"

"那我看到的难道是一只兔子？"沃尔特说，"我一直听说，你上一年级的前两年就退学了。"

布恩愤怒地瞪着沃尔特，然后他说："你要是不想打，就请便，到哪个地方休息去吧。老天爷作证，我——"

"咱们不能在这儿射击。"萨姆安详地说。

"萨姆说得对。"沃尔特说，他把来复枪磨损了的银色枪托朝下，把它当作拐棍拄着走，"安静下来，往前走吧，再走五英里还是霍根贝克山，何况还是逆风。"他们继续向前走，孩子又听布恩讲了一会儿，但不久便听不见他的声音了。接着孩子和萨姆钻进树丛，静悄悄地站在一棵大栎树下面，于是什么也没有了。在昏暗的光线中，看到的只是暗淡、忧郁而孤寂的树木高耸着，听到的只是细微的、淅淅沥沥的、连绵不断下了一天的冷雨声。接着荒野好像是专等他们站好似的，又开始喊喊喳喳地絮语了。荒野好像凌驾在他们（他和萨姆、沃尔特、布恩）隐匿处的上空，硕大无朋，凝神观察，公正无私，无所不知。这时，那只鹿正在荒野的什么地方走动着，因为没有人追赶它，没有东西惊动它，所以它没有奔跑，也没有惧怕，只是像他们一样凝神戒备着。也许它正在兜圈子回来,也许已经走到很近的地方,也许已经察觉到那古老的、道德败坏的裁判在盯着它了。当时孩子刚满十二岁,那天早晨发生的事情,使他眨眼之间就不再是昨天那个蒙昧无知的小孩了。一个在城市里生长的大人(更不用说一个小孩了),也许是无法理解的,也许只有一个在农村生长的人能懂得这一点——爱他所杀死的生命。他又开始哆嗦了。

"我很高兴,又开始了。"他低语道,他说话时没有动弹,只是嘴唇在翕动着,吐出所说的字,"我一举枪,它就去了——"

萨姆也没有动弹。"嘘——"他说。

"它这么近吗?"孩子低语道,"你觉得——"

"嘘——"萨姆说。他静了下来,可是他的哆嗦仍旧没有停止,他也不打算制止,因为他知道,到需要镇静的时候,哆嗦自然就会消失。萨姆不是已经对他施行了神圣的仪式,使他免除软弱和懊恨吗?萨姆并不是叫他对那些在自然界里生存、迅捷奔跑、在青春的光彩最焕发的一瞬间,却被结束了生命的所有动物,不去爱,不去怜悯,而是使他免除软弱的懊恨。他们俩就这样悄悄地冷静、沉着地伫立着,深深地呼吸着。要是天晴有太阳的话,现在太阳一定快落山了。他本来以为不变的灰色光线,正在变得越来越暗淡。他突然明白了,他所感觉到的大自然是和他自己的呼吸、自己的心、自己的血液息息相关的——所有的东西都和他结合在一起了。他突然明白了,萨姆不光使他成了猎人,还把自己灵魂里正在消失、将被遗忘的印第安人的民族魂灌输给他了。于是他停止了呼吸，好像除了他的心和血以外，他的一切都不存在了。在接踵而来的沉寂中，荒林也停止了呼吸，它高高地俯视着，屏住声息，硕大无朋，公正无私地等待着。接着，正如他所预料的，他停止了哆嗦，扳起了枪支上的两个沉重的击铁。紧张的时间过去了，结束了。然而荒凉的森林还没有缓过气来，它只是停止观看他，甚至转过身背着他，顺着山坡凝望着上面的另一处地方。于是孩子明白，就好像亲眼看见一样明白，那只鹿已经来到葛藤丛的边缘，可能是见到他们或是嗅到了他们的气味，又悄悄地隐没到葛藤里去了。荒凉的原野屏声敛息，还在朝前看，观看着它一直在观看的东西，而从他和萨姆所站立的地方却看不见那东西了。他僵滞着，屏住呼吸，暗自在心里喊着："不妙！不妙！"他知道自己来不及了，他像两三年前一样绝望地想着："我永远也不会打中了。"接着他听到砰的一声——那是百发百中的沃尔特的枪声，接着圆润柔和的"呜——呜——"的号角声顺着山坡传来，他感到怅然若失，他打中这头鹿的希望完全落空了。

"我估计就是这么回事，"他说，"沃尔特打中它了。"他不知不觉地把枪略微抬起一点，接着把枪放下，并且把一块击铁也扳下来，已经抬起脚，打算走出树丛了。就在这时，萨姆说话了。

"等一下。"

"等一下？"孩子喊道。多年以后他还记得当时他为了失掉打鹿的好机会多么伤心、多么凶狠地朝萨姆喊嚷："为什么？你没听见号角声吗？"

他也记得萨姆是怎样一动不动地站着。萨姆身材不高，矮矮胖胖，腰粗背宽，而这孩子最近一两年长得很快，因此他和萨姆的身材相差不了多少。可是萨姆的视线却越过他头顶，顺着山坡向号角传来的地方望去，于是孩子知道萨姆根本就没有看见自己。萨姆知道孩子还在身边，可是他竟好像没有看见。接着孩子看见那头公鹿了。它顺着山坡走来，好像就是从和它死亡有关的号角声里走出来的。它不是在跑，而是移动着庞大的身躯，不慌不忙地走着，有时偏侧着身躯，并且翘起头，以便让鹿角钻过下层林丛。孩子和萨姆站着，萨姆现在站在他旁边，而不是像往常那样站在他后边了。孩子举起了一支击铁仍旧扳起的枪。

接着那头鹿看见他们了。它仍旧没有撒腿飞奔，却停住比任何人都高的身躯，凝神看了他们一会儿。然后它柔韧地鼓起肌肉来，既没有飞奔脱逃，也没有跑，甚至没有改变路线，只是像一般的鹿行走一样，轻松迅捷地向前走去。经过离他们二十英尺的地方，它的头高高昂起，眼睛里并没有傲慢轻蔑的神色，只是射出一种坦然无惧、热烈的眼光。萨姆站在孩子的旁边，右手完全举了起来，掌心向外，用孩子以前在铁工间听他和乔巴克讲话时学会的那种语言说道（这时沃尔特的号角还在通知大家一只鹿被打死了，召唤大家快去）："噢呵，酋长。祖父。"

他们走到沃尔特面前的时候，他背朝着他们，静悄悄地站着，甚至有些茫然若失的样子，低垂目光看自己的脚下。他根本没有抬起头来。

"到这儿来，萨姆。"他安静地说。他们走到他跟前的时候，他仍然没有抬起头来,他的脚下是一头去年春天还是鹿崽的幼小公鹿。"它太小了,我几乎放了它一条生路。"沃尔特说,"可是你瞧这脚印,几乎像母牛的脚印一样大。要是除了它所在的地方以外,还有更多线索的话,我可以发誓说,这里还有一只我生平从没有见过的大公鹿。"

三

他们到达路边,四轮游览马车已在那儿等待他们。这时天色已经昏黑了,天气正在转冷,雨已经停了,天空中的乌云开始被吹散。他的表兄、德斯潘少校和康普森将军围着篝火。"你打到鹿了吗?"德斯潘少校问。

"打到了一只单角的大号沼鹿。"沃尔特说着,把那只小公鹿从骡子上拖下来。小孩的表兄麦卡斯林朝它瞥了一眼。

"没有人看见那只大公鹿吗?"他说。

"我甚至不相信布恩见到了它,"沃尔特说,"他大概在树丛里惊动了谁家迷路的母牛吧。"布恩赌咒发誓地骂开了,他首先怪沃尔特和萨姆没有放出猎狗,然后又骂那只公鹿,骂大家。

"没关系,"德斯潘少校说,"明年晚秋它还会来这儿,咱们迟早会找到它的,咱们动身回去吧。"

半夜以后,大车在离杰斐逊两英里的沃尔特屋前暂时停下,让沃尔特下车,后来把康普森将军送到家,又拐回到德斯潘少校寓所前停住。因为这里离麦卡斯林家还有十七英里,所以他要在少校这儿住一宿。这时天冷了，天空里的阴云渐散，到明天日出时，一定会有严霜。马车从德斯潘少校的院里经过时，马蹄下、车轮下和脚下的土地都已冻上了。他们进入黑暗而温暖的屋子，顺着黑暗的楼梯摸索着上楼。后来德斯潘少校找到一根蜡烛，点燃后，在烛光照耀下，他们进入陌生的房间，上了一张很宽很深的大床。刚睡下时被褥是凉的，过了一会儿才暖和起来。孩子的哆嗦终于停止了，他突然把遇见那头大公鹿的事情向麦卡斯林讲开了。麦卡斯林安静地听他讲完。"你不会相信的，"孩子说，"我知道，你不会……"

"为什么不信？"麦卡斯林说，"想想这里，大地上发生的所有事情吧，想想有多少欢蹦乱跳的、强健的动物，它们热乎乎的鲜血又浸润到土地里。当然生命中也有悲伤和痛苦，但是生命毕竟从大地中索取了一些东西，索取了很多的东西，因为当你不愿再忍受你所认为痛苦的生命时，你随时可以结束它。即使是痛苦和悲伤吧，也比空虚强得多。只有一件东西比失去生命更坏，那就是耻辱。可是一个人不能永远活下去，总是要在尝尽生活一切可能的遭遇之前就死去。所有死去的生命一定还在什么地方。大自然创造出生命并不是为了把它虚掷掉。大地很浅，挖不了多深就会遇到岩层。大地并不想把东西保存起来，藏起来，大地想再使用它的。你瞧那种子、橡实……就说那动物尸体的腐肉吧，当你把它埋到土里去的时候，它也拒绝留在土里，它会沸腾着，挣扎着，要再见到光线和空气，再度寻求阳光，而它们——"有一会儿，孩子看见他的手在窗户上留下了黑色的剪影（孩子的眼睛已经习惯于黑暗，能看见窗外天空中经过洗涤的寒星在熠熠发光），他继续说道："它们也不想留在地里。而那只鹿，既然它在大地上的时候，从来都感到时间不够，大地上有的是地方，既然许许多多地方都和它生前，和它身体里欢愉的血液还是血液的时候没有多大变化，它为什么要留在地里呢？"

"但是我们需要它们，"孩子说，"我们希望它们也生存下去。大地上有足够的地方供我们和它们生存。"

"你说得对，"麦卡斯林说，"假定它们没有实在的形体，不能在大地上投下影子……"

"但是我看见它了！"孩子喊道，"我看见它了！"

"镇静些。"麦卡斯林说，他的手碰了碰被子下孩子的肋部，"镇静些，我知道你看见了，我也看见了。当我射死第一只鹿以后，萨姆也带我到那儿去了。"

（1940年）

新兴者必相会

Flannery O'Connor

弗兰纳里·奥康纳
（1925—1964）

美国短篇小说家、评论家。欧·亨利短篇小说奖、美国国家图书奖得主。其作品极具"南方哥特式小说"的风格，且更多关注种族歧视、贫困、愚昧、暴力等现实问题。著有《智血》《暴力夺取》等。

大夫说朱利安的母亲血压太高,必须减掉二十磅体重。于是朱利安只好采取措施——每星期三晚上领老人家乘公共汽车到Y楼,去一个减重讲习班上课。这个讲习班是专为五十岁以上、体重达到一百六十五至两百磅的职业妇女设立的。朱利安的母亲在班上还算身段比较苗条的,其他学员都肥硕不堪,可是她说这些夫人们都不肯说出自己的真实年龄和姓名。自从公共汽车允许黑人白人合乘以来,她就不愿晚上一个人出去乘车,可是上这个减重讲习班听课是她晚年难得的娱乐,不仅有益于健康,而且是免费的,她觉得非去不可。于是她对儿子说,应当想想母亲的养育之恩,别的方面无法补报,至少也得陪陪她去上课呀!朱利安不愿多想她的养育之恩,可是每个星期三晚上还是会打起精神领她去上课。

老夫人差不多装束停当,准备走了,她站在门廊的镜子前,戴上帽子。做儿子的则背着双手站立在门前,好像被钉在门框上了,那模样儿活脱是受难的圣塞巴斯蒂安,被钉在十字架上,等待乱箭穿身。这顶帽子还是崭新的,花了她七块半美元,她一个劲儿地唠叨:"也许我不该付这么多钱。嗯,我实在不应该。我要把它脱下,明天拿到店里退掉。我实在不应当买它。"

朱利安抬起眼睛看看空中。"不,你应当买。"他说,"戴上它,咱们去吧。"这顶帽子实在难看,它两侧各有一只紫色天鹅绒的帽边,一只垂下去,另一只却翘起来,其余部分是绿的,活像一只填料里翻出来的垫子。他觉得这帽子虽然式样时髦,却怪里怪气、乱糟糟的,使戴上的人显出一副可怜相。她所喜欢的、感到满意的东西都是那么小家子气,使他看了不顺眼。

她再一次把帽子拿起来,然后慢条斯理地戴到头上,两绺头发溜出来,垂在她气血很旺的脸庞两侧。她的头发已经灰白了,可是她湛蓝的眼睛却还是像她十岁时那样天真无邪。她很早就守寡,含辛茹苦把儿子拉扯大,让他上学,直到现在还在抚养他。她常说:"要养我儿子到他能自立为止。"她也许本该像一个出门进城都需要他带领的小女孩。

"挺不错,挺不错,咱们走吧。"说着,他自顾自地打开门,沿着人行道走开了,她也只好跟着走了。天空是一片紫罗兰色,正在暗淡下去,衬在天空背景之下,房屋呈猪肝色,显得阴郁模糊,像鳞茎那样奇形怪状,都很丑陋,却又互不相同。这一带在四十年前算是时髦的上流人士的住宅区,所以他母亲还固执地认为这地方挺不错,觉得能住在这里挺荣幸。每座房屋周围都有一块狭小的泥土地,通常总有一个圆脸蛋、胖乎乎的儿童坐在地上玩耍。朱利安双手插在口袋里,俯着头,身体向前倾,匆匆走过,眼睛发着迟钝的光,仿佛打定主意,既然牺牲了时间陪母亲散心,那就奉陪到底,对什么都来个视而不见,充耳不闻。

门关上了,他转过脸去,看见母亲矮胖的身影,戴着那顶糟糕的帽子,向自己走来。

"嗯,你也不会老是靠我生活的,我再养你一段时期有啥不合适?至少我不用一个人来来去去了。"

"总有一天我会开始挣钱的。"朱利安心情抑郁地说,他明白自己这一辈子也挣不上钱,"到那时候你喜欢开玩笑尽管开好了。"可是他们首先要搬家,他想象着有这么个三英里以内没邻居的清静地方。

"我认为你干得挺不错。"她戴上手套,"你离开学校才一年。罗马也不是一天之内建成的。"

她是 Y 楼减重班上的学员,班上像她这样衣冠齐整,并且有一个上过大学的儿子的实在少有。

"找工作得慢慢来。"她说,"这世道,什么都是乱糟糟的……这顶帽子戴在我头上比戴谁头上都更合适。可是店员把它拿出来的时候,我还嫌它不好,叫她拿回去呢。她说:'别急,先戴上试试看吧。'就给我戴上了。我一瞧,嗯,还真是不错。'依我说啊,你戴这帽子再般配不过了,你越发漂亮了,帽子也显得越发好看了,再说,'她说,'有了这顶好帽子,你以后就不会和别人撞衫了。'"

朱利安腻烦透了,心想哪怕她变成个自私自利、爱喝酒、动不动拉开嗓门骂人的老巫婆,也比现在令人好受些。他闷着头往前走,心情消沉到了极点,仿佛一个殉难的教徒突然失去了信仰。老夫人瞅见儿子拉长了脸,一副无可奈何生闷气的样子,她感到有些悲伤,便突然停住脚步,拉拉他的胳膊。"等一下,"她说,"我要回到屋子里把这劳什子帽子脱下来,明天拿到店里退掉。我昏头了,我可以用这七十五美分付煤气费。"

他狠狠地抓住她的胳膊。"你别去退了。"他说,"我喜欢这帽子。"

"唉,"她说,"我想我实在不该……"

"别叨叨了,欣赏你的帽子去吧。"他嘀嘀咕咕地说,比以前更消沉了。

"这世道也乱糟糟的,"她说,"哪里还能欣赏什么?告诉你,下三烂都爬到顶上去了。"

朱利安叹了口气。

"当然,"老夫人说,"只要你知道自己的身份,你哪儿都能去。"每当儿子陪她到减重讲习班去,她都要说这句话。"这个世界上大多数人和咱们都不是一路的,"她说,"可是我对任何人都可以做到谦恭有礼。我知道自己的身份。"

"他们根本不在乎你的谦恭有礼。"朱利安粗鲁地说,"知道自己的身份又怎么样?身份只对一代人有效。你一点也不清楚你现在的地位和身份。"

她停了下来,眼睛里向他闪出怒火。"我当然知道自己的身份。"她说,"要是你不知道自己的身份,我真替你害臊。"

"见鬼!"朱利安说。

"你的曾祖原先是这个州的统治者。"她说,"你的曾祖父原先是一个富裕的地主。你的祖母是戈德海名门望族的人。"

"你能不能向四周望一望,看看自己现在在什么地方?"说着他把胳膊猛地向外一挥,指着邻近的街道。这一带很肮脏,但是在渐浓的暮色笼罩下,至少显得不太脏了。

"你的身份是不会改变的。"她说,"你的曾祖父早先有一个种植园和两个黑奴。"

"这会儿再也没有什么黑奴了。"他烦躁地说。

"他们还是当奴隶的好,那时候过得比现在强。"她说。他看到母亲在这个题目上讲开了,不禁暗暗叫苦。她每隔几天就要重讲一遍这个话题,就好像一列火车开上了一条畅通无阻的轨道。他知道沿途每一个停车站,每一个联轨点和每一片沼泽地,并且确切地知道,在什么地点她的结论会像火车一样威严地开进车站。最后她总是这样说:"这太可笑了,这简直不现实。是的,他们是新兴者,他们会起来的,可是跳不过这篱笆,到头来还是留在他们那一边。"

"咱们别提它了。"朱利安说。

"我感到惋惜的,"她说,"就是那些黑白混血儿。他们太悲惨了。"

"别说了,行不行?"

"假定咱们是黑白混血儿的话,心里肯定也五味杂陈啊。"

"我现在心里就五味杂陈。"他呻吟了一声。

"好啦,咱们还是谈谈开心的事情吧。"她说,"我记得小时候常到祖父那儿去。当时那座房屋有两道楼梯通往二楼——烧饭做菜都是在底层。我喜欢待在楼下厨房里,因为那儿墙上的味儿好闻。我总是坐在墙跟前,鼻子紧挨着墙上的灰泥,深深地吸着,实际上这地方是属于戈德海家的,可是你的祖父切斯尼付清了抵押借款,为他们挽留下了这座房子。当时,他们家已经败落了。不过,败落也罢,没有败落也罢,他们从来没有忘却自己的身份。"

"无疑是那座颓圮的宅邸提醒他们的。"朱利安咕咕哝哝地说,他一提到这座宅邸总是带着轻蔑的口吻,而想起它却又带着依恋的感情。他小时候在宅邸出售之前曾见过它一次,对称的楼梯已经腐烂,拆了下来。那会儿是黑人住在里面。可是这座宅邸在他的心目中还是母亲当初见到的样子,并且频频入他的梦。他常常站在宽阔的走廊上,倾听栎树叶的沙沙声,然后沿着距离天花板很高的过道走进客厅,凝视着破旧的地毯和褪色的帷幕。他想,是他自己,而不是他母亲能赏识它。他喜爱它那种陈旧而雅致的格调。

她噘起嘴唇,说:"也罢。你准是心情不好吧,我再不和你说话了。"

这时他们已到达汽车站。望不见公共汽车,朱利安两手仍插在口袋里,头仍旧往前伸,皱着眉头怒视着空荡荡的街道。他不但要等候公共汽车,而且要挤公共汽车,这份罪真不好受。一股怒气就好像一只火热的手开始沿着他的脖子往上升。他母亲痛苦地叹了口气,使他想起母亲就在身旁,他凄惶地朝她看了一眼。她戴着那顶怪里怪气的帽子,却偏偏昂首挺胸,装成一副高贵的模样,好像这帽子是一面胜利的旗帜。他起了个促狭的念头,想故意给她个没趣儿,于是他突然把领带松开,扯下,塞进口袋。

她态度变得强硬起来。"为什么你每次领我到镇上去,总要摆这副脸色?"她问道,"你为什么故意使我难堪?"

"要是你一辈子不想弄清楚自己的处境,"他说,"你至少也得弄清楚我的处境。"

"你这副腔调就像……就像个恶棍。"她说。

"那么我准是个恶棍了。"他咕哝着说。

"我回家了,"她说,"我不想麻烦你,要是你连这么件小事都不肯为我做……"

他眼睛向上翻,重新把领带系上,咕咕哝哝地抱怨:"系上领带就有身份了?"然后把脸冲到她面前,嘘了一声。"真正的教养是在头脑里,在头脑里,"他一边说,一边轻轻拍拍脑袋,"在头脑里。"

"真正的教养是在心灵里,"她说,"在于你怎样待人接物,而你怎样待人接物又取决于你的为人。"

"在这辆倒霉的公共汽车里谁也不会关心你是个什么样的人。"

"我可关心自己是个什么样的人。"她冷冰冰地说。

亮着灯的公共汽车在前面一个山头上出现了。当它驶近的时候,母子俩都走到街上去迎接它。他搀着她的臂肘,把她扶上那吱吱嘎嘎响的踏板。她走进车厢时微微一笑,仿佛她正在进入一间客厅,每个人都在恭候她光临。当她儿子把公共汽车的专用辅币投进售票机时,她在走道旁一个宽敞的前排三人座上坐下。一个披着黄色长发、龅(bāo)牙的瘦女人坐在座椅的一端,母亲挪到她身边,腾出位子来让朱利安坐。他坐下来,望着走道对面有一双纤瘦的脚搁在地板上,穿着一双红白双色帆布便鞋。

他母亲立刻面向大家打开了话匣子,想吸引住每一个愿意谈话的人的注意力。"天气还会变得更热些吗?"她边问边从手提包里拿出一把绘有日本风景的黑色折扇,开始在胸前吧嗒吧嗒扇开了。

"我想,可能吧。"那个龅牙女人说,"不过,我确实觉得我的住所热到顶了。"

"它准是朝西,下午的阳光能直射进去。"他的母亲说。她身体向前倾,把车厢上下打量了一遍,只见有一半座位是空的,每个乘客都是白种人,便说:"我看见这辆车都是自己人,够舒坦的。"

走道对面那个穿红白双色帆布便鞋的女人说:"几天前我想图个新鲜,乘了一辆黑白人混杂的公共汽车,前前后后挤满了人,像跳蚤一样亲密。"

"这世道,到处都是一团糟。"母亲说,"我不懂,咱们怎么会让它变得这么乌烟瘴气。"

"最让我恼火的是,那些好人家出身的男孩子也偷起汽车轮胎来了。"龅牙女人说,"我关照我儿子,我说:'你虽然不是有钱人家出身的,到底是有家教的,我要是哪天碰见你搞这些乌七八糟的事,就要叫人送你进少年罪犯教养院去。记住,你要安分守己。'"

"有没有家教,一看就知道。"母亲说,"你的儿子上中学了吗?"

"九年级。"龅牙女人说。

"我的儿子去年大学刚毕业。他想搞写作,不过目前还不具备条件，暂时卖卖打字机。"母亲说。

那个女人身体向前俯，盯着朱利安看。他恶狠狠地回瞪了一眼，使她不由得靠到座位上。走道对面地板上有一张被人丢掉的报纸，他站起身，把报纸捡起来，摊在面前看。母亲谨慎地压低了嗓子，可是走道对面那个女人却大声地说："嗯，那敢情好哇！出售打字机和写作也沾点边儿，将来他可以直接走上写作这条路。"

"我告诉你，"母亲说，"罗马不是一天建成的。"

朱利安假装在看报，实际上却退缩到内心一个隐秘的角落里去。他的大部分时间都是在那里度过的。这是他为自己创造的一种精神气泡，每当他不愿随波逐流，想逃避周围环境的时候，他就躲到这个气泡里去。他在那里能够窥望外界的事物，而又不受到外界事物的侵犯，这是他感到能摆脱愚昧俗人的唯一场所。他母亲从来没有闯进过这间密室，而他却能够从密室里洞若观火地、清楚地看见她。

老夫人是相当机敏的。他想，既然她能从某个正确的前提出发，很可能就会一路讲下去，她是按照自己幻想世界里的规律生活的。他从来没有看见过母亲走出这个幻想世界，它的规律就是"为儿子而牺牲自己"。至于为什么要牺牲呢，那就是她首先把事情搞得一团糟，因而非做出牺牲不行。他之所以忍心让母亲做出牺牲，也正是因为她缺乏先见之明，把事情弄糟了，不做出牺牲就无法收拾。她的一生都在奋争——她并没有切斯尼家族当年的财产，却偏偏要假充切斯尼家族的门面，凡是她认为切斯尼家的人应当有的东西，她总要千方百计弄来给儿子。她说，既然斗争是乐趣，那又何必埋怨呢？一旦像她那样获得了胜利，回顾以往艰苦奋斗的历程，才分外来劲呢！她以这场斗争为乐，并以为自己赢了这场斗争。他不能原谅她这一点。

她说她已经赢得了胜利，这句话的意思是她已经把儿子抚养成人，送他进了大学，而且使他出落得一表人才——样子英俊（她不补蛀牙，他才能去矫正牙齿），头脑聪明（不过他明白自己是聪明反被聪明误），前程远大（他明白自己当然没有什么远大前程）。她原谅儿子阴郁忧闷，说这是由于他思想尚未成熟。她原谅他思想过激，说这是由于他缺少实际经验。她说他对人生还一无所知，说他还没有进入真正的世界。而实际上，他自己明白，他已经像一个五十岁的老人一样，看破红尘。

更有讽刺意味的是，尽管有她从中作梗，他还是出落得一表人才；尽管他上的是第三流的学院，却通过自己的努力获得了头等教育；尽管他是由一个心胸狭窄的女人管束的，他却终于成长为一个襟怀宽广的人；尽管她有许多愚蠢的看法，他却摆脱了偏见，敢于面对现实。最奇妙的是，他并没有像她那样为婆婆妈妈的爱所蒙蔽，而是能摆脱母子感情的影响，完全客观地评价她。总之，他没有受母亲支配。

公共汽车猛地一震停下了，把他从沉思冥想中震醒过来。一个女人从后面跟跟跄跄地碎步往前走来，差点儿栽倒在他的报纸上，好不容易才稳住身体。她走下车去，一个大块头黑人走上车来。朱利安把报纸放低些，观看上来的人。他看到日常生活中的不公正现象总感到有些满意，因为这证实了他的看法——方圆三百英里以内，很少有值得认识的人。这个黑人衣冠齐整，拿着一只公事皮包。他环顾四周，然后在那个穿红白双色便鞋的妇女座位的另一端坐下，之后立即打开一张报纸遮住脸和身体。母亲马上用臂肘一再地戳朱利安的肋部，低声说："现在你明白了吧，为什么我不肯单独乘这些公共汽车。"

黑人刚一坐下，那个穿红白双色便鞋的妇女就马上站起来，走到车厢里面，在那个已经下车的女人的空位上坐下。母亲身体向前俯，向她投去赞许的目光。

朱利安站起来，跨过走道，在那个穿便鞋的妇女原先的座位上坐下。他从这个位置，安详地望着母亲，只见她很生气，面孔涨得通红。他用一个陌生人的眼光凝视着母亲，仿佛已经向她宣战似的，紧张的心情突然消除了。

他很想跟那个黑人聊聊天，谈谈艺术、政治或是高于周围人理解水平的任何一个话题，可是那个人却一直深藏在报纸后面。他要么是故意不去理会换座位的事，要么就是根本没有注意到，朱利安无从表示自己的同情。

母亲谴责的目光盯住他的脸。龅牙女人也狠巴巴地瞅着他，仿佛他是自己从来没见过的怪物。

"借个火，行吗？"他问那个黑人。

那个黑人眼睛没有离开报纸，从口袋里掏出一盒火柴递给他。

"谢谢。"朱利安说。他拿着这盒火柴，傻乎乎地愣了一会儿。车门上方挂着一张"禁止吸烟"的牌子，赫然映入他的眼帘。光是这张牌子倒也不至于能阻止他，可惜的是他身边没有带烟卷,几个月以前,他就因为抽不起而戒烟了。他喃喃地说了声"对不起",就把火柴还给人家,那个黑人放下报纸,恼火地瞅了他一眼,接过火柴,又拿起报纸。

母亲继续盯住他看,可是她并没有利用儿子暂时的困窘羞辱他一番。她的眼睛仍然现出颓丧的神情,她脸上泛出不自然的红晕,仿佛血压升高了。朱利安没有对她显出一点同情的神色。他占了上风,很想继续保持这种优势。他本来还想给她一顿难以忘却的教训,可是一时好像还接不上茬儿。那个黑人却始终躲在报纸后面,不肯露脸。

朱利安抱着双臂,感觉迟钝地向前看着,仿佛没有觉察到母亲就在面前。他在设想一个场面——公共汽车已经到站,他却赖在座位上不下车,母亲问他:"你不打算下车吗?"他就茫然地看着她,仿佛她是一个素不相识的陌生人,突然冒失地向自己打招呼。他们下车的地方冷冷清清,没有什么行人来往,不过街灯还比较亮,让母亲单独走四个街区,到达Y楼,并不碍事。他打定主意,等这个时刻到来后,再决定是否让她单独下车。他得在十点钟到讲习班去接她回家,可是他故意要让她纳闷,不知道儿子是否会来接她。没有理由让她认为总是可以依赖儿子。

他又幻想开了,又退入那个天花板很高、稀稀拉拉地放着几件笨重且古老家具的房间。刹那间他的心情舒畅起来。可是接着他又觉察到母亲就在走道对面,于是幻景在他眼里消失了。他冷冷地仔细察看她,她的双脚穿着小小的浅口无带皮鞋,像个小姑娘的脚似的悬垂着,够不到地板,她正在故意用一种夸张的、谴责的眼光瞅着他。他感到自己在精神上完全和她脱离了。在那一瞬间他恨不得用手掌掴她两下，就好像掴一个由他看管的、特别讨厌的儿童一样。

他开始想象自己以各种各样不太可能的方式教训她。他可以和某个有名的黑人教授或律师交朋友，把这个名人带回家来欢度一个晚上。这件事完全是名正言顺的，她无法反对，可是血压会升高到三百，当然他也不会做得太过分，做到使她中风的程度。再说，他好几次交黑人朋友，总是没有成功，他好几次在公共汽车上试图和某些看起来像是教授、牧师或是律师的、比较高级的黑人交朋友。一天早晨他在一个看起来社会地位较高的、暗褐色皮肤的人身旁坐下。这人态度庄重，回答问题时声音洪亮，可是朱利安一打听，这个人却原来是个丧葬承办人。还有一天，他坐在一个抽雪茄烟、戴钻石戒指的黑人身旁。他们怪不自然地开了些玩笑，一会儿这黑人按响了嗡鸣器，站起身，越过朱利安身边下车时，却把两张彩票塞到他手里。

他想象母亲患了绝症缠绵病榻，而他只能请到一位黑人医生为她看病。他胡思乱想了几分钟以后，另一个幻象又在他脑海里浮现，代替了前一个：他看见自己以同情者的身份参加某些黑人的静坐示威，这是完全可能发生的。可他并不多想，这个幻象一瞬间就消失了。他却又在头脑里虚构出一幕极其可怕的情景，他把一位有黑人血统嫌疑的美貌姑娘带到家里来，他对母亲说："认命吧，你是毫无办法的。这女人是我看中的，她聪明、高贵，甚至也颇为善良，她也受过苦，她不认为嫁到我家来是什么闹着玩的事。迫害我们吧。你尽管迫害我们吧。你可以把她赶出家门，不过你要记住，这样做等于把我也驱赶出去。"他的眼睛眯起来，在自己引起的愤慨心情中，看见母亲坐在走道对面，她面孔紫胀，缩小得像个侏儒（这倒也和她渺小的心灵相称），像一具木乃伊似的静坐着，那顶可笑的帽子像一面招魂幡似的在她头上飘着。

公共汽车猛地一震停下了，把他从幻想中震醒过来。车门发出一种吮吸般的吱吱声后，突然打开了，在黑暗里出现了一个服饰鲜艳、闷闷不乐地绷着脸的混血妇女，她带着一个小男孩走上车来。那孩子约莫四岁，穿一套短短的方格呢衣服，戴一顶蒂罗尔式的帽子，上面插了根蓝色羽毛。朱利安希望这孩子坐到自己旁边，而那个妇女挤到他母亲身旁。他想不出比这更好的安排了。

那个妇女一边等着拿公共汽车的专用辅币，一边估量着该坐在哪里。他希望她坐到一个最不欢迎她的人旁边。她看起来有些面熟，可是朱利安想不起来在哪儿遇见过她。她是个肥硕无比的女人，她的脸上有种不仅敢于应战，而且敢于公开挑衅的傲然神气。她那厚厚的下唇往下耷拉着，好像是块招牌，在警告大家"别碰我一下"。她那鼓鼓胀胀的肥大身躯包在一件绿色的绉绸裙子里，她的一双肥脚好像要从红皮鞋里溢出来。她戴着一顶丑陋的帽子，一侧的紫红天鹅绒帽边垂下来，另一侧的帽边却翘上去。帽子的其余部分是绿色的，活像是一只里面的填塞料都翻了出来的垫子。她拎着一只庞大的红色手袋，鼓鼓囊囊的，似乎装满了石头。

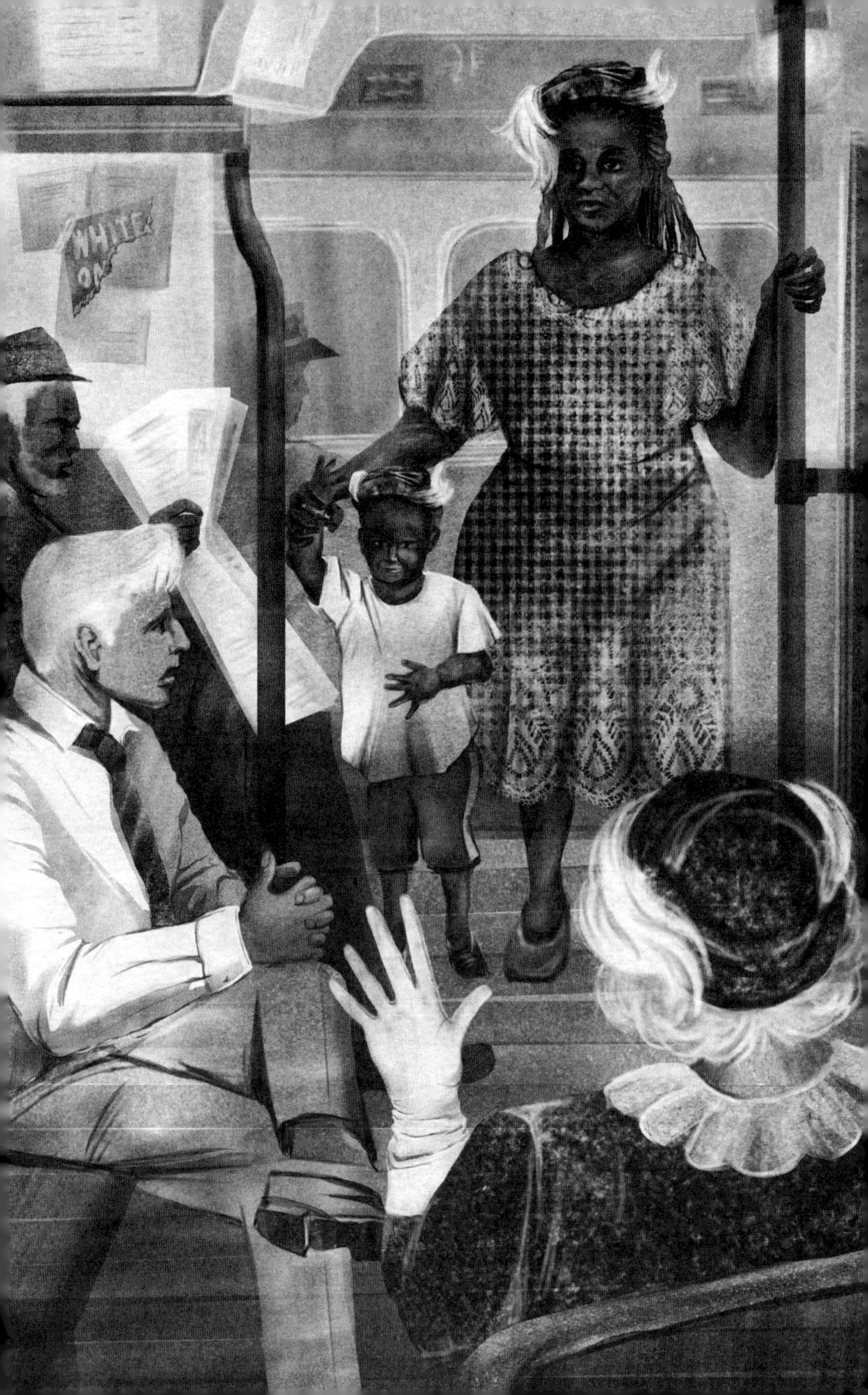

朱利安非常失望,那小男孩竟爬到母亲身旁的空位子上,母亲把所有的孩子,不管是黑人的还是白人的,一律称为"逗人喜爱的小伢儿"。她认为总的来说,黑人的小孩要比白种小孩更逗人喜爱。当那个小男孩爬到座位上的时候,她朝着他微笑。

同时,那个女人一屁股坐到朱利安身旁的空位上。她身体太大,是硬挤进座位的,这使他有些厌烦。他看见当那个女人在他身旁坐下的时候,母亲的脸色变了。他很满意地看到,母亲比自己更讨厌这件事。她似乎气得脸都发灰了,她眼睛里发出迟钝的光,仿佛她依稀模糊地认出了这个女人,仿佛她突然碰到了什么糟心的东西,恶心得难受。朱利安看出,这是因为,从某种意义上来说,她和那个女人交换了儿子,母亲虽然不明白这件事的象征意义,却感觉到这一点了。他脸上明摆着一副感到有趣的表情。

坐在他身边的那个女人喃喃自语,话语令人难以理解。他觉察到身旁的这个女人怒气冲冲,喉咙里咕噜咕噜地响,好像一只发怒的猫。他能看到的只有那只竖立在胖鼓鼓、绿色大腿上的那只红色手袋。他心里描摹着那个女人站在那儿等人找回辅币的情景——硕大的身躯,从红色皮鞋往上耸起,经过结实的臀部、肥大的乳房、傲慢无礼的脸,一直到绿色和紫红色间杂的帽子。

想到这里,他睁大了眼睛。

这两顶完全相同的帽子像光芒四射的旭日一样照亮了他的心。他的脸突然焕发出喜悦的神采。命运居然给母亲上了这样意义深刻的一课,他简直难以相信。他大声地咯咯笑起来,使她瞅了他一眼。她明白他笑的用意了，慢慢地把目光移到他身上，湛蓝的眼睛好像变成了瘀青般的紫色。霎时间他有一种不舒服的感觉，认为她天真单纯，不该取笑她。可是这种感觉只持续了一分钟，正义的原则就来拯救他了。正义感使他大声笑起来，他脸上的狞笑越来越凶狠，等于明白地告诉她："你气量小，活该受到惩罚，这件事会给你上一堂一辈子忘不了的课。"

母亲的目光移到那个女人身上，她好像再也忍受不了儿子那副凶相，看看那个女人倒比较好受些。她又感觉到有一股怒气勃发，那个女人像将要爆发的火山似的怒火翻腾，隆隆作响。母亲的一个嘴角微微扯动了一下。朱利安看见母亲脸上隐隐有一些心情恢复平静的征象，不由心一沉。他明白母亲突然意识到这件事的滑稽可笑，那就根本不会从中吸取教训了。她定睛凝视着那个女人，脸上泛出了笑容，她仿佛颇感兴趣，仿佛认为那个女人是只猴子，偷走了自己的帽子。那个黑人小孩抬起头来，着了迷似的用一双大眼睛瞅着母亲，已经有好一会儿，他试图吸引她的注意了。

"卡弗！"那个女人突然说，"到这儿来！"

卡弗明白聚光灯终于照到自己身上了，便把脚抬起来，转过身体，朝着朱利安的母亲嗤嗤地笑。

"卡弗！"那个女人说，"你听见了吗？到这儿来！"

卡弗从座位上滑下来，但是并没有往他妈那儿去，而是背靠着坐垫蹲在地上，顽皮地转过头来朝着朱利安的母亲笑。她也朝着他微笑。那个女人伸出手来越过通道，将孩子一把拽到身边。那孩子把身体坐直，在她膝上往后挣扎，并且扭过头来，望着朱利安的母亲,咧开嘴笑。"怪逗人喜爱的,对不?"朱利安的母亲对那个龅牙女人说。

"想必是吧。"那个女人勉强说。她不太同意母亲的看法。

黑人女人使劲扭过孩子的身体,不料他从她的手掌里滑出来,飞一般地跑过走道,嘻嘻地疯笑着,爬到他所喜爱的那个人身旁的座位上去。

"我想他是喜欢我的。"朱利安的母亲朝着那个女人微笑着说。每当她特意要对一个社会地位低下的人表示温和,总是用这种笑容。朱利安明白一切都完了。他本来想使她上的这堂课,像雨点从屋顶上滚落下来,一点也不起作用了。

那个女人站起身来使劲把小男孩从座位上拽下来,仿佛是要他避免和传染病人接触似的。朱利安感觉得出来,她因为缺乏像母亲的微笑那样有力的武器而万分恼火。她抡起手来在孩子的腿上重重地打了一下,他号哭了一声,然后用头撞她的肚子,用脚踢她的腿部。"放规矩些!"她狠狠地喝道。

公共汽车停下来,那个一直在看报的黑人下车了。那个女人走了过来,把孩子砰的一下放到自己和朱利安之间,用膝部紧紧夹住他。一会儿后,孩子双手蒙在脸上,从指缝里偷偷瞧着朱利安的母亲。

"我看见你——咿——!"母亲认真说着,也把一只手蒙在脸上觑望着他。

那个女人啪的一巴掌把他的手打下来,"别干这些傻事。"她说,"当心我把你灵魂打出窍!"

朱利安很尴尬,幸好下一站他们就要下车,他才宽下心,抬起手来拉绳子。那个女人也在同一时间伸出手去拉绳子。"啊,我的上帝!"他心里暗暗叫苦。他凭直觉,预感到一件可怕的事即将发生,那就是当他们一起下车时,母亲会打开钱袋,掏出一枚五分镍币给那小男孩。对她来说,做出这种姿态,犹如呼吸一样自然。公共汽车停住了,那个女人抬起身来,拽着孩子(他还想留在汽车里)猛冲到前面,朱利安和他母亲也站起身来跟在她后面。快到门口的时候,朱利安想拿走她的手袋。

"不。"她喃喃地说,"我想给那个小男孩一枚五分镍币。"

"不行!"朱利安嘘声表示反对,"不行!"

她俯下身体朝孩子微笑,打开手提包。车门开了,那女人拎起孩子的胳膊,把他提到胯边下了车。一到街上,她就让他站在地上,摇晃他。

朱利安的母亲在走下汽车踏板时,只好合上钱袋,可是一踏到地上,就又打开钱袋,开始在里面摸索。"我只找到了一枚便士,"她低声说,"不过它像是崭新的。"

"别来这一套!"朱利安咬着牙齿狠狠地说。他们所去的街角有一盏街灯,她慌忙走到街灯下面,好借着灯光,把手袋里的东西看得更清楚些。那个女人已经顺着街道快步往前走,孩子吊在她手上拼命往后挣扎。

"唉,小伢子!"朱利安的母亲喊道,赶快抢前几步,在灯柱前面一点的地方赶上他们,"这里有一枚崭新锃亮的便士给你。"说着便把这枚铜币拿出来,暗淡的灯光下,铜币闪闪发光。

那个肥硕的女人转过身来，站立了一会儿，肩膀往上耸，面孔铁青。她闷了一肚子的火，瞪着朱利安的母亲。这时她好像一台负荷已达到饱和点的机器，又受到一点压力，一下子爆炸了。朱利安只见她握着红手袋的黑拳头挥了出来。他闭上眼睛缩成一团，只听得那个女人喊道："谁的便士他也不拿！"等到他睁开眼睛，那个女人已经顺着街道远去了，那个小男孩睁大眼睛，从她肩膀上朝后望。朱利安的母亲坐在人行道上。

"我关照过你别这样做。"朱利安怒气冲冲地说，"我关照过你别这样做！"他在她身旁站了一会儿，牙齿咬得咯崩咯崩响。她双腿叉开往前伸，帽子落到膝盖上。他蹲下来，正视着母亲的脸，只见她的脸已经麻木了，半点表情也没有。"你活该，挨这一拳，该！"他说，"站起来吧。"

他捡起母亲的手袋，把散落到地上的东西放回原处，然后又把帽子从她膝上拾起来。他瞥见了人行道上的那枚便士，把它捡起来，当着她的面投进了钱袋，然后站起来，俯着身体，伸出双手想把她拉起来，她却纹丝不动。他叹了口气。他们头顶上两边都高耸着一座座黑色的公寓大楼，亮着一块块不规则矩形的灯光。在这个街区的末端，有一个男人从门里出来，朝和他们相反的方向走了。"好了，"儿子说，"要是正好有人打这儿过，想了解一下你为什么坐在人行道上，那可怎么办？"

她抓住儿子的手，呼哧呼哧喘着气，用力一拉站了起来。她站了一会儿，晕晕乎乎地摇晃着身体，仿佛黑暗里的那些光点围着她旋转。她两眼发黑，迷迷糊糊，最后才将目光锁定在他脸上。他不想掩藏自己的恼怒。"我希望你从中得到一次教训。"他说。她身体向前俯,目光在他脸上扫来扫去,好像想探究他到底是什么人,然后仿佛觉得他是个完全陌生的人,开始头也不回地朝和讲习班相反的方向匆匆走去。

"你不打算往讲习班去吗?"他问道。

"回家。"她咕哝着说。

"好吧,咱们步行吗?"

她不吭声,继续往前走,作为回答。朱利安背着手跟随她走,他觉得不能让她刚才上的一课白白过去,觉得有必要说明一下它的意义,以加强它的效果,以使她懂得刚才发生的事情的深刻含义。"别以为这只是一个傲慢无礼的黑人妇女,这是全体黑人觉醒过来了,他们再也不会低声下气地接受你恩赐的便士了。那个黑人女人和你一模一样。她能够戴你所戴的那种帽子,而且,说实话,"他无缘无故地加了一句讽刺的话(因为他感到这事很滑稽),"帽子戴在她头上比戴在你头上还好看些。这一切的含义是,旧世界已经一去不复返了,古老的生活方式已经过时了,你的文雅谦和已经不值半文钱。"他不无痛心地想起了那幢对他来说已经失去的房屋。"你并不是你所想象的那种完美的人。"他说。

她继续步履维艰地往前走,没有注意他的话。她一边的头发散乱了,手袋掉到地上,她也没有觉察。他弯下腰把它捡起来交给她,她都没有接。

"你不必这么灰心丧气,仿佛世界已经到了末日,其实并非如此。从现在开始,你必须生活在新世界里,你要面对一些以前你没有想到的现实问题。振作起来吧。"他说,"这不会要你的命。"

她的呼吸很急促。

"咱们等公共汽车吧。"他说。

"回家。"她口齿不清地说。

"我不喜欢你这样。"他说,"就像个孩子。我原本对你还有更多期待的。"他决心停住脚步,叫她也停下来等待公共汽车。"我不打算再往前走了。"他说着就停了下来,"咱们乘公共汽车吧。"

她继续往前走,仿佛对他的话充耳不闻。他抢前几步,抓住她胳膊,使她停下来。可是他朝她的脸一望,却不由得屏住呼吸,他所看到的是一张他从来没有看到过的脸。"叫祖父来接我。"她说。

他吓得目瞪口呆。

"叫卡罗琳来接我。"她说。

他大吃一惊,松开手,让她蹒跚着往前走。她东倒西歪,好像一条腿比另一条短了一截,好像有一股黑暗的浪潮要把她从他身边卷走。"母亲!"他喊道,"亲爱的妈妈,等一下!"她仿佛崩溃了似的倒在人行道上。他往前冲了几步,扑倒在她身旁,哭喊着:"妈妈,妈妈!"他把她的身体翻转过来。她的脸完全扭歪了,样子很可怕,一只眼睛睁得大大地呆视着,仿佛离开了本位,微微向左移动。另一只眼睛死死地盯住他,在他脸上又搜索了一遍,没有找到熟悉的东西,于是闭上了。

"在这里等着,在这里等着!"他喊着跳起来,开始向前面一片密集的灯光跑去,想找人帮助。"救人!救人!"他放声喊起来，可是他的声音细弱得像一条线。他跑得越快，远方的灯光就飘得越远。他的双脚麻木地移动着，仿佛无法把他带到任何地方去。黑暗的浪潮好像不时地又把他卷回到母亲身边，不让他进入这个充满悔恨与悲哀的世界。

（1961年）

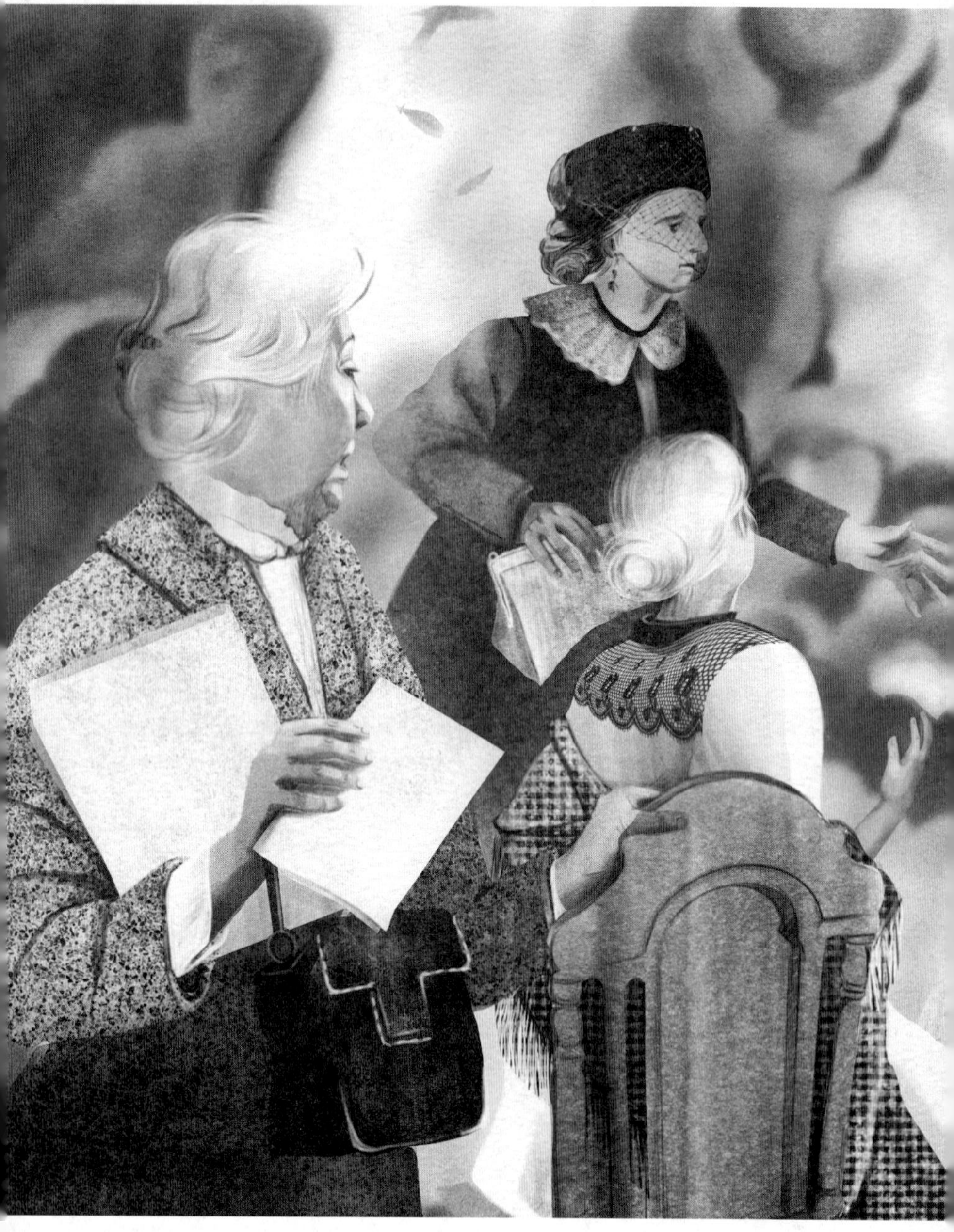

Scar
伤痕

好人难寻

Flannery O'Connor

弗兰纳里·奥康纳
（1925—1964）

美国短篇小说家、评论家。欧·亨利短篇小说奖、美国国家图书奖得主。其作品极具"南方哥特式小说"的风格，且更多关注种族歧视、贫困、愚昧、暴力等现实问题。著有《智血》《暴力夺取》等。

奶奶不愿去佛罗里达州，她想到田纳西州东部去探望几家亲戚，因此她挖空心思要贝利改变主意。贝利是她的独生子，老奶奶如今跟他在一起过。这当儿，贝利正坐在桌子旁边的椅子上，全神贯注地看报纸上橘红色版面的体育新闻。"贝利，你看，"她说，"你把这一条消息念一下吧！"她站在那儿，一只手叉着瘦削的腰胯，另一只手对着贝利的秃脑门儿把报纸摇得沙沙响。"那个自称背时的人，从联邦监狱里越狱逃跑，正往佛罗里达州流窜呢。看，报纸上说他犯下了什么罪行。你就看一看吧。有这么个逃犯在那里流窜，我还能领孩子往那儿去送死？这么做可对不起我的良心！"

贝利看报看得出神，连头都没抬一下，于是，老奶奶转过身来对着孩子的妈。她年纪还轻，穿一条宽松裤，脸膛宽宽的像棵白菜，神情怪天真的，头上包着一块两角扎得像兔子耳朵似的绿头巾。她抱着娃娃坐在沙发上，从罐里舀杏儿喂他。老奶奶说："孩子们已经去过佛罗里达州了，该带他们到别处去玩玩换换新鲜，让他们看看各地的景致，开开眼界嘛，他们还没去过田纳西州东部呢。"孩子的妈妈像没听见她的话。戴眼镜的、胖墩墩的八岁儿子约翰·韦斯利却插嘴说:"您要是不愿去佛罗里达州,待在家里不行吗?"他跟妹妹琼·斯塔尔正蹲在地上看报纸上的连环漫画。

"就是让她当女王,她也不愿在家里待一天。"琼·斯塔尔说,长着亚麻头发的脑袋抬也没抬。

"哟,要是那个家伙,那个背时的人把你们都逮住,该怎么办?"

"我打烂他的脸。"约翰·韦斯利说。

"就是给她一百万块钱,她也不愿待在家里。"琼·斯塔尔又说,"她总怕赶不上趟,错过了什么。咱们上哪儿,她都非要跟上。"

"好咧,小姐。"奶奶说,"下回你要我给你卷头发,你可记住这话啊!"琼·斯塔尔说她的头发天生就是卷曲的。

第二天一早,老奶奶头一个上了汽车,准备出发。她把那个看起来活像河马脑袋的黑色大旅行袋往角落里一放,袋子下面藏着一只篮子,里面放着她那只叫皮蒂·辛的猫咪,她可舍不得把猫孤零零地关在家里三天。它想她会想出病来的。她也担心它会蹭开煤气炉的开关,发生意外,让煤气闷死。可她的儿子贝利却不愿带一只猫到汽车旅馆里出乖露丑。

老奶奶坐在后座正当中,夹在约翰·韦斯利和琼·斯塔尔中间。贝利和孩子妈带着娃娃坐在前边。他们八点四十五分离开亚特兰大。当时里程表的数码是55890,老奶奶把它记了下来,因为她感到等旅行回来,能说出总共跑了多少英里,怪有

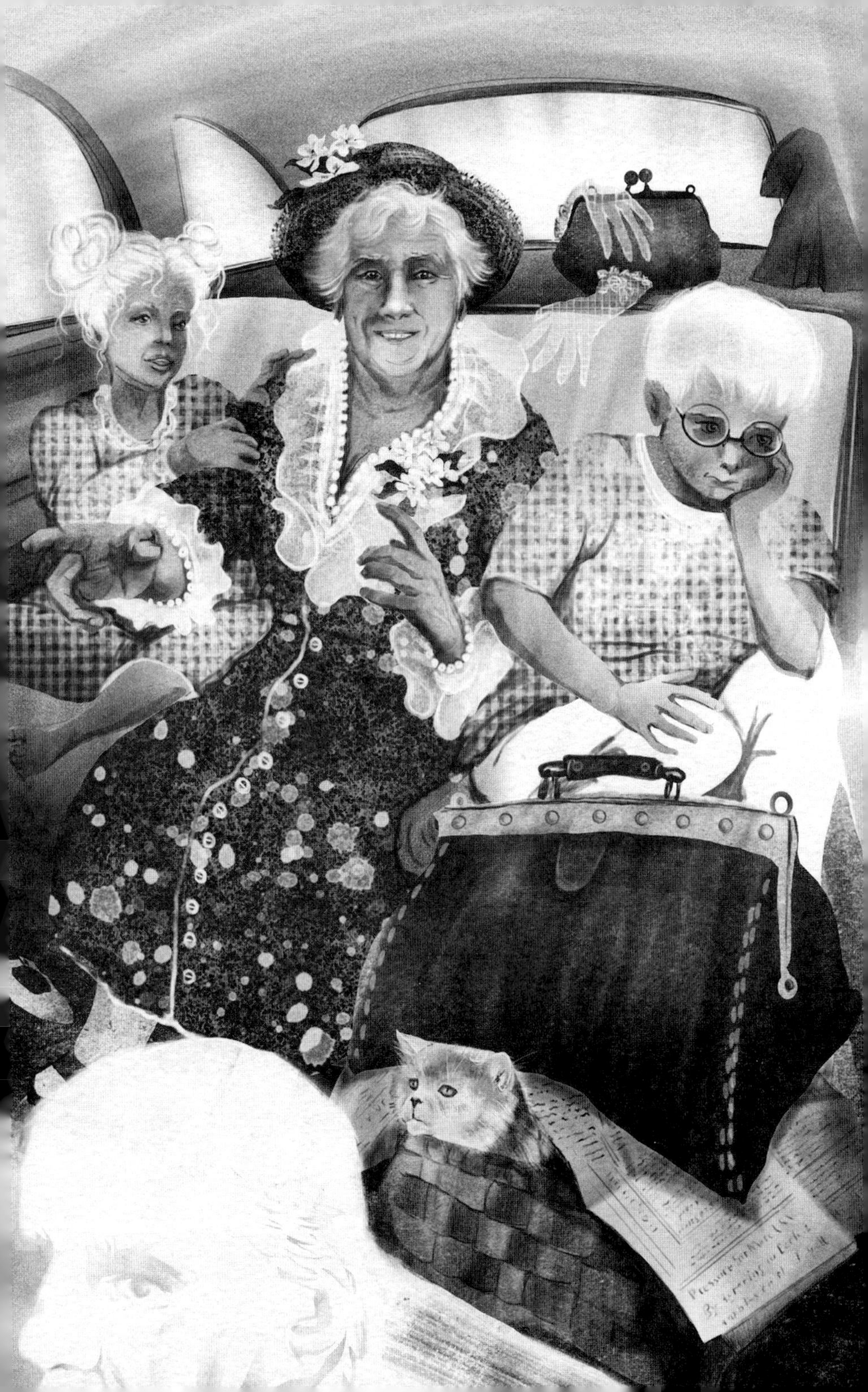

趣的。车开了二十分钟,来到郊区。

于是老夫人惬意地安顿下来,脱下白棉线手套,连同手提包一起放在后窗架上。孩子妈没有换衣服,还是穿着家常的宽松裤,包着绿头巾。老奶奶却刻意打扮过,戴着一顶海军蓝的扁平硬边水手式草帽,帽檐上有一束白色的紫罗兰。她穿一件海军蓝带小白点的印花布裙子,领子和袖口是白蝉翼纱绲(gǔn)花边,领口上还别了一枝带香囊的布制紫罗兰。万一出了事故,谁看见她暴死在公路上,都能一眼就看出她是一位贵妇人。

她说早就料到今天既不太热,也不太凉,是开车兜风的好日子。她提醒贝利,这儿的限速是五十五英里每小时,巡警往往躲在布告栏和小树丛后面,趁你还来不及挂慢挡就冷不防飞速追你。一路上老奶奶把风景和有趣的事物都起劲儿地指出来,什么石山啦,公路两旁时时出现的蓝色花岗岩啦,微带紫纹而闪闪发光的红黏土斜坡啦,还有地里一排排绿花边似的各种庄稼啦,历历如数家珍。银色的阳光普照树丛,连最难看的树也光彩焕发。孩子们在看连环漫画杂志,没有理会奶奶,而妈妈却睡着了。

"咱们快点穿过佐治亚州吧,省得老是看见它。"约翰·韦斯利说。

"我要是你这么个小男孩,"奶奶说,"绝不会这样编派自己的家乡。田纳西有大山,佐治亚也有小山嘛!"

"田纳西不过是一片有土堆和坑洼的垃圾场罢了,"约翰·韦斯利说,"佐治亚也是个糟糕的地方。"

"你说得对。"琼·斯塔尔给她哥帮腔。

"当年啊,"老奶奶合拢青筋暴突的瘦削指头,说道,"孩子对自己的家啦,父母啦,什么什么的,都比现在尊重多啰。那阵子,大伙儿都行得正做得正。哎,快瞧那个怪逗人的黑娃子!"她边说边指着一个站在一间小茅屋门口的黑孩子。

"可真是一幅画呀!"她说道。大家都转过脸从后窗户瞅那黑孩子,他向他们招招手。

"他没穿裤子!"琼·斯塔尔说。

"说不定他根本就没有裤子穿。"老奶奶解释道,"乡下的黑小孩哪像咱们这么样样齐全。我要是会画画,就要画这么幅画。"

两个孩子把连环画换着看。

奶奶提出要抱娃娃,孩子妈从前座靠垫上把他递过来。奶奶把娃娃放在怀里颠着,给他讲沿途的风景。她转转眼珠,努努嘴唇逗他玩,把干瘦起皱的老脸贴到他光润的、无动于衷的小脸蛋儿上。

娃娃偶尔神情恍惚地朝她微微一笑。他们路过一大片棉花地,当中有道栅栏围着五六个坟墓,好像绿海中的一个小岛。"看那块坟地!"老奶奶指着说,"就是这个种植园主的老坟地。"

"种植园在哪儿?"约翰·韦斯利问。

"飘[1]啰!"老奶奶说,"呵呵!"

孩子们把带的连环画都看完了,就打开饭盒吃起来。奶奶吃了一块花生酱三明治和一枚橄榄;她不准孩子们把饭盒和擦嘴的纸巾往窗外扔。他们伫无事可干,就玩起猜云彩的游戏

---

[1] 这里指美国20世纪40年代的一部畅销小说《飘》的书名,这是一句俏皮话。

来。每人选定一朵云彩,让另外两个人猜它的样子像什么。约翰·韦斯利挑了一块像头牛的云彩,琼·斯塔尔猜它像牛,可是约翰·韦斯利硬说不对,说它像汽车。琼·斯塔尔说他使坏,俩人就隔着老奶奶,啪啪地掴起巴掌来。

奶奶说要是他们肯安静下来,就给他们讲个故事。她一讲故事,眼睛就转来转去,摇头晃脑的,很像在演戏。

她说,以前啊,当她还是姑娘家的时候,有一位埃德加·阿特金斯·蒂加登先生从佐治亚州的贾斯珀来,向她求爱。她说他长得仪表堂堂,挺神气的,是个绅士。每星期六下午来看她,他总带来一只大西瓜,上面刻着他姓名的首字母——"E.A.T."。

嗯,她说一个星期六,蒂加登先生又带着西瓜来了,恰好没有人在家,他就把西瓜留在屋前门廊上,然后乘他那轻便马车回贾斯珀了。可她从来没收到那个西瓜,因为有个黑娃子看到西瓜上刻的"E.A.T.",就把它吃掉了!这个故事碰到了约翰·韦斯利的痒骨,使他咯咯咯地傻笑个没完。

琼·斯塔尔却觉得这个故事没意思。她说每星期六给她带个西瓜的傻男人,她才看不上呢。老奶奶说当初她要是嫁给蒂加登先生,那就对了,因为他是一位绅士,"可口可乐"刚创牌子,他就买下它的股票,前几年他才去世,死的时候腰缠万贯。

他们在塔楼门前停车,进去吃烤肉三明治。这座塔楼坐落在蒂莫西郊外的一块林中空地上,是用灰泥和木料盖的,外边是加油站,里面是舞厅。老板名叫雷德·塞米·巴茨,是个大胖子。房子里里外外,连沿途好几英里以外的公路上都张贴着招揽生意的广告：

> 尝尝雷德·塞米的名牌烤肉！雷德·塞米的美味烤肉举世无双！雷德·塞米！那个乐呵呵的胖子！烤肉专家！雷德，塞米为您效劳！

雷德·塞米正躺在塔楼外面光秃秃的地上，钻在一辆卡车底下修车。附近有只一英尺来高的灰色猴子，被铁链拴在一棵小栎树上，叽里呱啦直叫唤。小猴子瞅见孩子们跳下汽车朝它跑来，马上往回一蹿上了树，爬到树梢上去了。

塔楼里面是间窄而深的屋子，挺暗的，一头安了个柜台，另一头放着几张桌子，中间留出空处当舞池。贝利一家在自动电唱机旁边挑了一张桌子坐下。雷德·塞米的老婆，一个晒得黝黑，肤色比眼睛和头发的颜色还要深的高个婆娘，走过来招呼，问他们想吃点儿什么。孩子妈往电唱机里投进一枚十美分的硬币，于是它放送出《田纳西圆舞曲》。

奶奶说不知怎的，这支曲子总叫她想跳舞。她问贝利可愿意跳支舞，他冷冷地瞪了她一眼。他可不像她那样好兴致，旅行使他腻烦。老奶奶褐色的眼睛发亮，脑袋摇来晃去，摆出一副坐着跳舞的架势。琼·斯塔尔要放另一首好跟着跳踢踏舞的曲子，于是孩子妈又往电唱机孔里投进十美分硬币，放了一支节拍轻快的曲子。琼·斯塔尔便走进舞池，跳起踢踏舞。

"怪招人喜欢的！"雷德·塞米的老婆俯在柜台上说，"你愿不愿意做我的小闺女？"

"嗯,我才不愿意呢。"琼·斯塔尔说,"就算给我一百万,我也不愿意待在这么个烂地方!"说完跑回自己的座位上去了。

"怪招人喜欢的!"那女人又重复了一句,有礼貌地咧嘴笑了笑。

"你不觉得难为情吗?"老奶奶用嘘声责备琼·斯塔尔。

雷德·塞米进来了,叫他的老婆别在柜台那儿磨蹭,赶紧招呼顾客点菜。他穿的那条卡其裤子只系到胯骨那儿,大肚子像袋面粉似的耷拉在裤腰上,在衬衫底下乱晃荡。他走过来,在附近一张桌子旁坐下,用正常声和假声一连叹了几口气,嘴里嘟囔道:"简直没法治!没法治!"他用一块灰不溜秋的手帕擦了擦红彤彤的脸上的汗。"这年头,谁也靠不住,信不过。"他说,"是不是这么个理儿?"

"是啊,人确实没有往年好啦。"老奶奶说。

"上星期有两个家伙闯进来,"雷德·塞米说,"他们开一辆克莱斯勒牌汽车,一辆破破烂烂的旧车,不过凑合着还能开。这两个小伙子,依我看,也还不错,说是在哪个厂里干活的。于是我就让他们赊了账,灌满了汽油。唉,我干吗要那样做呢?"

"就因为你是个老好人!"老奶奶立刻答道。

"是啊,老夫人,我也这么想。"雷德·塞米说,好像为这句话感动了。

他的老婆端来点的菜,不用托盘,胳膊肘上还搁了一盘。"在上帝的这个花花世界里,就没有一个你能信得过的人。"她说,"我看哪个人还不都一样,哪个还不都一样!"她瞅着雷德·塞米,又重说了一遍。

"报上登的那个逃犯,背时人的消息,你们看了吗?"老奶奶问。

"他没有来这儿抢劫,我一点也不奇怪,"那女人说,"他要是听说这儿有油水,不来才怪呢。可是他要是听说钱柜里只有两个子儿,当然不会来啰。"

"行啦,行啦。"雷德·塞米说,"快把可口可乐给客人拿来吧。"那女人走开了,去端别的东西。

"好人难寻哟。"雷德·塞米说,"样样事情都变得糟透了。我记得往年出门,纱门都不用锁。那种好日子不会再来喽。"

他跟老奶奶谈论过去的好日子,老奶奶说依她看来,如今事情到这种地步,完全要怪欧洲。她说欧洲那种做法,叫人都以为咱们成了财神爷咧。雷德·塞米认为老奶奶说的都是大实话,不过说了也白搭。孩子跑到明晃晃的阳光底下,看斑驳的楝树上那只猴子去了。它正忙着捉身上的跳蚤,捉到一只就送到嘴里,小心地用牙嗑着,好像在吃什么美味似的。

酷热的下午,他们继续驱车前进。老奶奶打起盹儿来,每隔几分钟就被自己的打鼾声惊醒一次。到达图斯博罗郊外时,她醒来了,想起当年她做姑娘的时候参观过附近一个古老的种植园。她说那幢房子前边矗立着六根洁白的大柱子,有一条两旁种栎树的林荫路,一直通到大门口。屋前边各有一个带木棚架的小凉亭,跟情人在花园里溜达累了,可以坐在凉亭里憩息。她明明知道贝利不愿意浪费时间去看一所老屋,可是她越说越想再看它一次,瞧瞧那对小凉亭是否还在那里。"这房子里还有一道秘密的墙呢！"她狡黠地扯了个谎，却又希望实有其事，"传说当年谢尔曼将军过来的时候，这家人把银子都藏在里面了，可后来再也找不见咧。"

"嘿！"约翰·韦斯利说，"咱们去看看，会找到的！咱们把木板全都揭开，准能找见！现在谁住在那儿，该往哪儿拐弯？嗨，爸爸，咱们去转一下不行吗？"

"咱们还没有见过带夹墙的房子咧！"琼·斯塔尔失声喊道，"咱们到那座带夹墙的房子去吧！嗨，爸爸，为什么不去看看那带夹墙的房子呀！"

"离这儿也不远，我知道。"老奶奶说，"不消二十分钟就到了。"

贝利直瞪瞪地瞅着前方，板着脸，下巴像马蹄铁一般僵硬。"不去。"他说。

两个孩子尖声乱嚷起来，非要去看那座带夹墙的房子不成。约翰·韦斯利踢汽车前座的靠背。琼·斯塔尔伏在妈妈的肩膀上，嘀嘀咕咕地发牢骚，说他们连假期也过得没意思，从来不能称心地干自己想干的事。娃娃也尖声哭开了。约翰·韦斯利踢靠背的劲头更大了，靠背砰砰地直往他父亲腰眼上撞。

"好了，好了！"他喊道，在路边刹住车，"都给我住嘴，行不行？住嘴一秒钟，行不行？你们要是不静下来，干脆哪儿也不去了。"

"看看那房子对他们也有教育意义。"老奶奶咕咕哝哝地说。

"好吧，"贝利说，"可得打个招呼，停车看这一类玩意儿，就这一次，下次可不行。"

"到那条该转弯的泥土路,你差不多要倒回去一英里。"老奶奶指挥道,"刚才路过那儿,我记下了。"

"一条泥土路!"贝利哼了一声。

于是,他们掉过车头往那条泥土路驶去。老奶奶又想起那座房子的其他特征,像前门廊上边漂亮的玻璃啦,大厅里的烛灯啦等等。约翰·韦斯利说夹墙说不定就在壁炉里头。

"那房子,你们就进不去,"贝利说,"你们不认识屋主人。"

"趁你在前边跟人说话,我跑到屋后跳窗户进去。"约翰·韦斯利出主意说。

"我们还是待在汽车里的好。"孩子妈说。

他们往那条泥路转弯,汽车七高八低晃晃悠悠地驶了进去,扬起一阵打旋的粉红色尘土。老奶奶想起当年没有铺路,一天至多能走二十英里。这条泥土路,有好多上坡下坡,不少地方还突然出现积水。有时来个急转弯,底下就是陡峭的路堤,实在危险。只一刹那,他们的车子已经行驶在山坡上,极目四望,数里内都是郁郁苍苍的树梢。转瞬间,他们又陷到一个红土洼地里,蒙着尘土的树都在俯瞰他们。

"那地方最好马上出现,"贝利说,"要不我就拐回去。"

这条泥路好像成年累月没有人走过似的。

"再没多远啦!"老奶奶说,话音刚落,她蓦地想起一件糟糕的事,窘得满脸通红,两眼圆睁,两只脚一踢腾,把角落里的那个旅行袋碰翻了。旅行袋一倒,从它下边报纸遮盖的篮子里喵呜一声蹿出来一只猫——它嗖的一下跳到贝利肩膀上。

孩子们从座位上摔倒,孩子妈紧抱娃娃从车门里摔了出去,跌到路上，老奶奶也给摔到前座上去了。汽车翻了跟头，掉进路边的沟壑里，还算好，总算四轮着地，贝利仍然坐在驾驶座上。那只猫——一只宽白脸、橘红鼻子、灰条纹的花猫——像条毛虫似的紧缠在他的脖子上。

孩子们一发现胳膊腿还能动弹，便一骨碌从车里爬出来，一个劲儿嚷："出车祸啰！"老奶奶蜷缩在仪表板底下，但愿自己受了点伤，免得贝利的怒火不打一处全冲着她来。车祸发生前她蓦地想起那件糟糕的事，原来她发现记得那么清楚的房子并不是在佐治亚州，而是在田纳西州。

贝利用两只手把猫从脖子上拽下来，往窗外一棵松树干狠狠地砸去。接着他下了汽车去找孩子妈。她抱着尖声啼哭的娃娃，背靠着红土沟壁呆坐着，幸亏只是脸上划了一道口子，肩膀有点拧伤。"咱们出车祸喽！"孩子们高兴得尖声狂喊着。

看见老奶奶从车里一瘸一拐地出来，琼·斯塔尔失望地说："可谁也没死！"老奶奶的帽子仍然别在脑袋上，可是前帽檐裂开了，往上高高翘起来，样子还真潇洒。而那束紫罗兰却掉下来在边上耷拉着。除了两个孩子，他们都在沟里坐下，渐渐从惊惧中恢复过来，还是心有余悸，浑身直哆嗦。

"也许会来一辆路过的汽车吧。"孩子妈嘶哑地说。

"我肯定哪儿受了内伤。"老奶奶手按着肋骨说，可是谁也没有理她。贝利上下牙碰得嗒嗒响。他穿一件印着鲜蓝鹦鹉的黄色运动衫，脸色跟运动衫一样黄。老奶奶不敢提那座房子是在田纳西州了。

路面比沟底高十英尺，他们只能望见路那边的树梢。在他们所坐的沟后边还有好多树林，挺拔，葱郁，深邃。几分钟后，他们看见远方一座山顶上出现了一辆汽车，朝他们缓缓驶来，车里的人好像在看他们。老奶奶站起来，用戏剧性的动作双臂挥舞，来引起人家的注意。汽车继续缓缓驶过来，一会儿在拐角处隐没了，一会儿又出现了，开到他们刚过去的山坡时，爬得越发慢腾腾了。这辆汽车又黑又大，破破烂烂的，好像一辆灵车，里面坐着三个男人。

车在他们上方的泥土路上停下来。开车的人毫无表情地泰然凝视着他们坐的地方，一声不吭。接着，他回过头来跟另外两个人轻声咕哝了几句，三人便一起从汽车里下来。一个胖小伙子，穿着一条黑裤子和一件圆领长袖红运动衫，胸前有一块凸起的银色骏马图案。他蹭到这家人的右边，站在那里，微微咧着嘴，满不在意地狞笑着，盯着他们。另一个穿条卡其裤子和一件蓝条纹外衣，戴着一顶灰色礼帽，帽檐压得低低的，遮住了大半张脸。他慢吞吞地蹭到这家的左边。两个人一声不吭。

开车的下了车，站在车旁低头瞅着他们。他比另外两个人年纪大些，头发有点斑白了，戴着副银丝边眼镜，显出一副学者的风度。他生着一张皱纹密布的长脸，没穿衬衣，也没穿汗衫，下身是条绷得过紧的蓝布工装裤，手里拿一顶黑帽子和一管枪。两个小伙子手里也拿着枪。

"我们出车祸啦！"孩子们乱哄哄地喊着。

老奶奶有种奇怪的感觉，好像认识那个戴眼镜的人，和他面熟得很，好像已经跟他打过一辈子交道了，可就是记不清他是谁。那人离开汽车，顺着沟坡走下来，小心翼翼地探着脚步，害怕滑倒。他穿一双棕白双色皮鞋,没穿袜子,脚踝又红又瘦。"你们好,"他说,"我看见你们从车上摔下来了。"

"翻了两个滚儿。"老奶奶答道。

"不,翻了一个滚儿,"他纠正道,"我们看见的。海勒姆,你去试试他们的车,看还能不能开。"他轻声对戴灰帽子的小伙子说。

"你干吗拿枪?"约翰·韦斯利问,"你拿枪想干什么?"

"夫人,"那人对孩子妈说,"能不能劳驾你叫两个孩子在你旁边坐下?我一见孩子就烦。我要你们一块儿原地坐下,别动。"

"你凭什么命令我们?"琼·斯塔尔问。

他们身后的树林黑洞洞地张开要吞噬人的大嘴。"过来!"孩子妈说。

"你们瞧,"贝利突然开口了,"我们现在处境很为难,我们……"

老奶奶蓦地尖叫一声,一骨碌爬起来,直瞪瞪地盯着他。"原来你就是那个背时的人!"她说,"我一眼就把你认出来了!"

"是的,老夫人。"那人说,微微一笑,仿佛被认出来后不由得感到高兴,"不过,老夫人,要是你没认出我来,兴许对您全家倒更好些。"

贝利很快转过头来,跟他妈嘀咕了几句,连孩子们听见这事都大为震惊。老奶奶哭泣起来。那背时的人脸涨红了。

"老夫人,"他说,"别难受。有时一个人说的并不是他心里想的。我想他本来没有打算对你说这样的话。"

"你不会枪杀一个好人家的妇女吧?"老奶奶边说边从袖口里掏出一块干净的手帕,揩揩眼睛。

那个背时的人用鞋尖在地上挖了个洞,又把它抹平。"不到万不得已,我也不愿那么做。"他说。

"听我说,"老奶奶几乎在号叫,"我知道你是个好人。你看上去一点也不像粗俗的人。我知道你准是正派人家出身!"

"对,老夫人,"他说,"世界上最正派的人家。"他笑了,露出一排结实的白牙齿。"上帝再也没有造出比我妈更正派的女人了。我父亲的心也跟金子一样纯。"他说。那个穿圆领长袖红运动衫的家伙绕到这家人的背后站住,手枪别在腰胯上。背时的人蹲到地上。"博比·李,看住这俩孩子。"他说,"你明白,他俩搅得我心烦。"他瞧着面前挤成一堆的六口人,样子有点发窘,好像不知道说什么好。"天上没有一点云彩,"他抬头看了看天说,"看不见太阳,可也看不见云彩。"

"是啊,今天天气挺美。"老奶奶说,"听我说,你不该叫自己背时的人,因为我知道你内心是好人,只要看一眼就明白。"

"嘘,别说了!"贝利叫喊起来,"都别说了,都给我闭上嘴,让我一个人来应付。"他蹲伏在地上,仿佛一个短跑运动员就要起跑,可是并没挪窝。

"感谢你的恭维,老夫人。"背时的人用枪托在地上画了个小圈。

"这辆车修好,起码得半个小时。"海勒姆望着汽车翘起来的发动机罩,打了个招呼。

"那你跟博比·李先把他和那个男孩带过去吧!"背时的人

指着贝利和约翰·韦斯利说。他又对贝利说:"这两个小伙子要问一件事,劳驾跟他们到那边树林里去一趟。"

"你听我说,"贝利说,"我们现在遇到了大麻烦,我们也弄不清是怎么回事!"他的声音变得沙哑了,两眼跟他运动衫上的鹦鹉一样蓝而热切,但他竭力保持平静的神态。

老奶奶抬起手来整理了一下帽檐,她好像也打算跟儿子一块走进树林,可是帽檐从帽子上脱落下来。她愣在那儿,盯着手里拎着的帽檐,一会儿才松手让它掉到地上。海勒姆挽住贝利的胳膊,像扶老头儿似的把他搀扶起来。约翰·韦斯利紧紧抓住他父亲的手,博比·李跟在后头,他们朝树林走去。刚走到阴森的树林边上,贝利转过身来,倚在一棵光秃秃的灰色松树上,喊道:"妈妈,我马上就回来,等着我!"

"现在就回来吧!"老奶奶尖声喊道,但是他们消失在树林里了。

"贝利,儿啊!"老奶奶悲惨地喊道。可是她发现自己正瞧着蹲在她面前的那个背时的人,便做最后努力地对他恳求:"我知道您是好人,您一点也不像粗俗的人……"

"不,我不是好人,"背时的人好像仔细考虑了她的话,然后说,"可我也不算世界上最坏的人。我父亲说我是跟兄弟姐妹都不一样的孬种。'你知道,'我父亲说,'有的人一辈子从来没问过为啥生活是这样子,可是也有人总要问。这孩子是第二种人。他将来准会到处闯祸!'"他戴上黑帽子,突然抬头看看天,又朝树林深处窥视了一下,好像又有点发窘。"请原谅,我在你们夫人面前没穿衬衣。"他说,稍微耸动了一下肩膀。"我们一逃出来,就把身上穿的囚衣埋掉了。没时来运转之前,只好凑合着。这几件衣服也是向遇到的人借的。"他解释道。

"没关系,"老奶奶说,"贝利的箱子里也许还有件可替换的衬衣。""我马上去看看。"背时的人说。

"他们把他带哪儿去啦?"孩子妈喊道。

"我父亲是个怪人,"背时的人说,"你怎么也治不了他,不过他从来没跟官方机构有过什么纠葛,对付他们就是有两下。"

"只要你肯,你也可以成为一个正派的人。"老奶奶说,"想想看,要是你能有个固定的职业,过舒坦日子,不用成天担心有人要追捕你,那该多美啊!"

背时的人一直用枪托在地上刮来刮去,好像在考虑她讲的话。"是啊,老夫人,总是有人在追捕我。"他咕哝着。

老奶奶站着从他帽子后面往下瞧他,发现他肩胛挺瘦。"你祷告吗?"她问。

他摇头。老奶奶只看见那顶黑帽子在他的肩胛之间扭来摆去。"从来不。"他说。

树林里传来砰的一声枪响,紧跟着又是一声,然后一片死寂。老奶奶猛然扭过头去。只听得风从树梢呼呼地吹过,仿佛是称心如意地吸了口长气似的。"贝利,儿呀!"她叫唤道。

"我唱过一阵子赞美诗,"背时的人说,"差不多什么行当都干过。当过兵——陆军、海军,国内国外都去过。结过两次婚。殡仪馆里混过,铁路上也干过,干过农活,遇到过龙卷风,还见过一个男人给活活烧死。"他抬头看看孩子妈和小姑娘,她俩紧紧依偎在一起,脸色惨白,目光呆滞。"我还见过有人用鞭子抽一个女人！"他说。

"祷告吧，祷告吧，"老奶奶一个劲儿地说，"祷告吧……"

"我记得我小时候从来不是个坏孩子，"背时的人用一种几乎是梦幻一般的声音说，"可不知在哪儿做了点错事，就被送进教养所，一生给活活葬送了。"他抬头直瞪瞪地凝视着她，好使她注意听。

"你那会儿就应当开始祷告呀。"她说，"你头一回被送进教养所，是犯了什么法呀？"

"向右转是堵墙，"背时的人又抬起头来，凝视着无云的天空，说道，"向左转，还是堵墙。抬头看是天花板。坐在那儿，一个劲儿想，自己到底犯了什么法。可是，直到今天也没想出来。有时觉得有点眉目，可总是想不出来。"

"可能他们把你关错了吧？"老奶奶含糊地问。

"没有，"他说，"没关错。他们有我犯罪的案卷。"

"你定是偷了什么吧？"她问道。

背时的人冷笑一声。"谁的东西我都不想要，"他说，"教养所的主任大夫说我犯的罪是杀死了生父，可我知道那是诬陷。我父亲是在1919年那场流行性感冒当中死的，跟我一点干系也没有。他葬在霍普韦尔山浸礼会教堂的墓地，你不信可以自己去看。"

"你要是祷告，"老奶奶说，"耶稣会挽救你的。"

"说得对。"背时的人说。

"那你干吗不祷告呢？"她问道，突然高兴得哆嗦起来。

"我什么挽救也不要，"他说，"我自己混得蛮好。"

博比·李和海勒姆从树林里从容轻松地走出来,博比·李手里还拖着一件黄色运动衫,上面印着鲜艳的蓝鹦鹉。

"博比·李,把那件运动衫扔过来。"背时的人说。运动衫朝他飞过来,落到他肩膀上,他就穿上了。老奶奶看到这件运动衫心里说不出是什么滋味。"不,老夫人,"背时的人边说边扣上纽扣,"我发现犯什么罪都无关紧要。你可以干这,也可以干那,杀一个人和从他的车上拆下一个轮胎都一个样,因为迟早你会忘掉自己干的事,也迟早会受到惩罚。"

孩子妈开始剧烈地喘息,好像气透不过来似的。

"夫人,"他问道,"你和小姑娘愿不愿意跟博比·李和海勒姆到那边,同你丈夫一起?"

"好的,谢谢。"孩子妈虚弱地说。她的左胳膊无力地悬垂着,右胳膊抱着睡熟了的婴儿。她挣扎着往沟坡上爬,背时的人说:"海勒姆,搀那女人上去。博比·李,你拉住小姑娘的手。"

"我不要他拉,"琼·斯塔尔说,"他那模样就像一头猪。"

胖小子脸红了,笑出声来,抓住小姑娘的胳膊,跟在她妈妈和海勒姆后边,把她拖进树林。

如今只剩下老奶奶和背时的人在一起,她发现自己嗓子嘶哑了,说不出话。天上既没有云,也没有太阳。她四周净是树林、树林。她想告诉他应该祈祷,可是嘴巴翕动了几次都发不出声音。最后,她发觉自己在喃喃地嘟囔"耶稣啊!耶稣啊!"她本意想说耶稣会搭救你,可是从她的口气里听来,倒像是在咒骂耶稣。

"是的,老夫人,"背时的人好像同意似的说,"耶稣把什么都搅乱了。他的情况跟我一样,只不过他没有犯过罪,而他们却能证明我犯过罪,因为他们有我的罪证。当然啰,他们从来也没有让我看过我的罪证,所以我现在要求自己签字。我老早就要求过在自己的罪行材料上签字,然后自己保存一份。这样你就知道自己干过的事,可以衡量自己受的惩罚跟所犯的罪是否相当,到头来,你可以拿出点东西来证明自己受的惩罚不公平。我管自己叫背时的人,因为我认为自己被判的刑和所犯的罪并不符合。"

树林里传来一声刺心的惨叫,紧接着是声枪响。背时的人问道:"老夫人,有的人没完没了地判刑受罚,有人从来没有,您认为这合理吗?"

"耶稣啊!"老奶奶喊道,"你是好人家出身的,我知道你不会枪杀一个好人家妇女的!我知道你是好人家出身的!求求你!耶稣啊!你不该枪杀一个好人家的妇女。我把我身上的钱都给你。"

"老夫人,"背时的人说,望着她后面的森林,"从来没听说过死人给抬棺材的赏钱的。"

又传来两声枪响,老奶奶像一只烤得干燥的老火鸡讨水喝似的抬起头来喊叫了,"贝利,儿啊,贝利,儿啊!"她的心好像快碎了。

"叫死人复活的只有耶稣一个,"背时的人接着说,"他不应该那样做。他把什么都搅乱了。要是他真能说到做到,那你就把什么都扔下跟随他去吧。要是他不能,那你最好还是在死前的几分钟痛痛快快地享受一下吧——杀个把人,放火烧房子,要不然干些其他丧尽良心的事。除了丧尽良心，再没有什么乐趣。"他说着说着，声音几乎变成狼嗥。

"也许耶稣没有叫死人复活过。"老奶奶咕咕噜噜不知所云地说。她头晕目眩，扑的一下倒在沟里，两腿盘在身体下面。

"我没在场，所以不能说他真的没有叫死人复活。"背时的人说，"我多么想当时在场啊。"他边说边握紧拳头擂地。"我没在场真遗憾啊，要不然就会明白事情的真相了。听着，老夫人，"他高声嚷道，"我要是在场就会明白啦，我也不会落到现在这个地步了。"他的嗓门好像快喊炸了。刹那间，老奶奶头脑清醒了。她看见那家伙的脸靠近她自己的脸，龇牙咧嘴好像就要哭出来似的，她便喃喃说道："唉，你也是我的孩子，我的一个亲生孩子啊！"她伸出手来抚摸他的肩膀。背时的人好像让毒蛇噬了一口似的，猛地向后躲闪，拔出枪来朝她胸口连放三枪。然后，他把枪放到地上，摘下眼镜擦擦干净。

海勒姆和博比·李从树林里回来，站在沟壑上边俯视着老奶奶。她半躺在血泊里，像孩子那样盘着腿，脸上带着微笑，仰视着无云的晴空。

背时的人没戴眼镜，眼圈红红的，目光显得呆滞无神。"把她抬走，跟其他几个扔到一堆！"他边说边把那只在他腿上磨蹭的猫拎起来。

"这位老夫人嘴真够碎的，是不？"博比·李说，用假嗓子哼着小调从沟坡上滑下来。

"要是这一辈子每分钟都有人朝她开枪，"背时的人说，"她也会变好的。"

"真有趣！"博比·李说。

"住嘴，博比·李。"背时的人说，"人生压根儿就没有真正的乐趣。"

（1955年）

杀人者

Ernest Hemingway

欧内斯特·海明威
（1899—1961）

美国 20 世纪最著名的小说家之一，硬汉派作家代表。其作品《老人与海》先后获得美国普利策奖、诺贝尔文学奖，《太阳照常升起》和《永别了，武器》被美国现代图书馆列为"20 世纪 100 部最佳英文小说"。

亨利快餐店刚开门,就进来两个汉子。他们在柜台前面的高脚凳上坐下。

"两位吃啥?"乔治问他们。

"还没有定。"其中一个说,"你吃啥,埃勒?"

"我也没有定,"埃勒说,"不知道吃啥好。"

外面天色黑了下来。窗外那盏街灯亮了。柜台前面的这两人拿起菜单看。尼克·亚当斯从柜台那一头打量着他们。这两人进来的时候,他一直在和乔治闲聊。第一个人说:"来一份烤里脊,浇上苹果酱,配一碟马铃薯泥。"

"现在还没有做好。"

"扯淡,那写上菜单干啥?"

"那是晚餐,"乔治解释道,"六点才能吃上。"说完向柜台后的壁钟瞅了一眼说:"现在才五点。"

"钟上五点二十啦。"第二个人说。

"这钟快二十分钟。"

"甭扯了,"第一个人说,"你们到底有啥吃的?"

"有各种三明治,"乔治说,"你们可以吃上火腿蛋、熏肉蛋、熏肉加猪肝、牛排。"

"来一份炸鸡肉丸子,浇上奶油酱,配一碟马铃薯泥。"

"这是晚餐。"

"要什么都成晚餐了,唔?你们就是这么做生意的?"

"我可以给你们端火腿蛋、熏肉蛋、肝——"

"我来一份火腿蛋吧。"叫埃勒的那个人说。他戴圆顶礼帽,穿一件扣得严严实实的黑大衣。他的脸庞小,肤色白净,紧闭着嘴,脖子上围一条丝绸围巾,戴着手套。"我来一份熏肉蛋。"另一个顾客说。他的身材和埃勒相仿,他们面貌不一样,衣着却像一对孪生兄弟。他们俩穿的大衣都是紧绷绷的,他们向前倾着身体,臂肘搁在柜台上。

"有什么喝的?"埃勒问。

"白啤酒、葡萄酒、姜汁啤酒。"乔治说。

"我问你有什么喝的?"

"就是我刚才说的那几样。"

"这鬼地方怪逗的。"另一个人说,"这儿叫什么来着?"

"顶呱呱。"

"听说过吗?"埃勒问他的朋友。

"没听说过。"那个朋友说。

"你们这几个晚上都打算干些什么?"埃勒问道。

"上馆子吃饭,"他的朋友说,"到这儿来打牙祭。"

"对头。"乔治说。

"所以你认为那对吗?"埃勒问乔治。

"可不。"

"你倒是个机灵的小伙子,是吧?"

"可不。"

"唔,你还算不上。"另一个小个儿说,"你看呢,埃勒?"

"他不爱吭声。"埃勒说。他转向尼克:"你叫啥?"

"亚当斯。"

"又是个机灵鬼。"埃勒说,"对不,迈克斯?"

"这地方机灵的小伙子有的是。"迈克斯说。

乔治把两份菜,一份是火腿蛋,一份是熏肉蛋,放在柜台上,又放下两碟炸马铃薯泥的配菜,关上通往厨房的小门。

"你叫的哪一盘?"他问埃勒。

"你忘啦?"

"火腿蛋。"

"嘀,这小子可真机灵。"迈克斯说。他向前俯身拿上那盘火腿蛋,他们俩吃饭时都没有脱手套。乔治瞧着他们吃饭。

"你看啥?"迈克斯望着乔治说。

"没看啥。"

"没看啥才见鬼。你刚才是在看我。"

"也许这孩子和你闹着玩呢,迈克斯。"埃勒说。

乔治扑哧一笑。

"你甭笑。"迈克斯对他说,"压根儿没啥可笑的,明白吗?"

"明白。"乔治说。

"他说明白。"迈克斯转向埃勒说,"他说他明白,他还算好样的。"

"唔,他是有些头脑的。"埃勒说。

他们继续吃。

"柜台那头那个机灵的小伙子叫啥?"埃勒问迈克斯。

"嗨,小机灵,你跟你的伙伴到柜台那边去。"

"干吗?"尼克说。

"不干吗!"

"你还是过去吧,小机灵。"埃勒说。于是尼克走到柜台后面去。

"这是干吗?"乔治问道。

"你少管。"埃勒说,"厨房里是谁?"

"一个黑人。"

"他干什么的?"

"是个厨子。"

"叫他进来。"

"干吗?"

"叫他进来。"

"干吗?"

"叫他进来。"

"你们以为在哪儿呀?"

"我们在哪儿,我们清楚得很。"那个叫迈克斯的人说,"我们像是蠢人吗?"

"别说蠢话了。"埃勒对他说。"跟这孩子辩什么呀?听着,"他对乔治说,"叫那黑人到这儿来。"

"你们要把他怎么着?"

"不怎么着。你动动脑子嘛,小机灵。我们会把一个黑人怎么着?"

乔治打开通往厨房的小窗洞。"萨姆,"他喊道,"来一下。"

厨房门开了,那黑人走进店堂问道:"咋回事?"柜台旁边的两个人瞅了他一眼。

"好吧,黑鬼,就在那儿站着。"埃勒说。

那个黑人,萨姆,系着围裙,傻不愣登地站在那儿,盯着那两个坐在柜台旁边的人。"是,先生。"他说。埃勒从高脚凳上下来。

"我押这黑人和小机灵回厨房里去。"他说,"回厨房吧,黑鬼。跟他走,小机灵。"小个子跟在尼克和厨子萨姆后面,走进厨房,顺手把门带上。那个叫迈克斯的隔着柜台坐在乔治对面,他的目光越过乔治,看着柜台后面的一溜镜子。亨利快餐店是由酒吧间改装的。

"唉,小机灵,"迈克斯看着镜子说,"你怎么不说话呀?"

"到底是咋回事?"

"嗨,埃勒,"迈克斯喊道,"小机灵想知道到底咋回事。"

"你干吗不告诉他?"埃勒的声音从厨房里传出来。

"你看是咋回事呢?"

"不明白。"

"你是咋想的?"

迈克斯说话时,目不转睛地瞅着镜子。

"说不来。"

"嗨,埃勒,小机灵说,他说不来是咋回事呢。"

"我听清了,好吧。"埃勒从厨房里说。他用一只番茄酱的瓶子把递送盘子的小窗户捅开,"听着,小机灵。"他从厨房里吩咐乔治,往柜台那边站过去点。"你向左边挪一挪,迈克斯。"他像是摄影师在安排拍团体照。

"谈谈吧,小机灵,"迈克斯说,"你觉得将要发生什么事?"

乔治一声不吭。

"告诉你吧,"迈克斯说,"我们打算干掉一个瑞典人。你可认识一个叫奥利·安德烈森的大个儿瑞典人?"

"认识。"

"他每天晚上来这儿吃饭,对吗?"

"有时候来。"

"他是在六点钟来吗?"

"要是来的话,就这时间。"

"我们都清楚,小机灵。"迈克斯说,"谈谈别的吧,平时看电影吗?"

"难得去。"

"应该多看看。像你这么个小机灵,多看电影有好处。"

"你们为啥要干掉奥利·安德烈森,他哪儿得罪了你们?"

"他哪能得罪我们,他连我们的面都没见过。"

"他跟我们见面也就这么一次了。"埃勒从厨房里插话。

"那你们何苦要干掉他呢?"乔治问。

"我们是为了朋友干掉他的,为了哥儿们义气,小机灵。"

"别说了,"埃勒从厨房里说,"你真多话。"

"唉,我是逗小机灵玩的,对不,小机灵?"

"你真多话。"埃勒说,"这个黑人和这儿的小机灵就不用逗,我把他们捆起来,他们就像修女在修道院里那样老实了。"

"我看你在修道院里待过吧?"

"你懂什么?"

"你是在一个教规很严的修道院里待过,准没错。"

乔治抬头望望钟。

"要是有人进来,你告诉他们,厨子出去了,要是他们还不走,你就对他们说,你进去自己做。明白我的意思吗,小机灵?"

"明白。"乔治说,"你们下一步打算把我们咋办呢?"

"走着瞧吧,"迈克斯说,"好多事料不准,这也是一桩。"

乔治又抬头望望钟,六点一刻,临街的门开了,一个有轨电车司机走了进来。

"你好,乔治,"他说,"有晚饭吗?"

"萨姆出去了,"乔治说,"得半个小时才能回来。"

"我还是上别的饭馆去吧。"电车司机说。乔治又看看钟:六点二十分。

"真是个机灵的小伙子,"迈克斯说,"你真是个有教养的小家伙。"

"他害怕我崩了他脑袋。"埃勒从厨房里说。

"不,"迈克斯说,"可不能那么说。这小机灵真不错,挺好的小伙子,我喜欢他。"

到了六点五十五分,乔治说:"看样子他不会来了。"

这之前快餐店里又来过两个人,其中一个要买一份火腿蛋三明治带走。

乔治趁到厨房里去做三明治的机会瞅了一眼,看见埃勒把圆顶礼帽搭在后脑勺上,坐在门口的一张凳子上,托着一根锯短了的滑膛枪,枪口搁在壁架上,尼克和厨子背靠背蜷在角落里,嘴里塞着毛巾。乔治做好三明治,用油纸包上放到纸袋里,拿到店堂上。那人付了钱,带上三明治走了。

"小机灵什么都行,"迈克斯说,"做饭也会,什么都会。你娶个姑娘,准会把她变成贤妻良母的,小机灵。"

"是吗?"乔治说,"你们的朋友奥利·安德烈森不会来了。"

"再等十分钟。"迈克斯说。

迈克斯看着镜子和时钟。时针和分针走到七点,接着又走到七点零五分。

"出来吧,埃勒。"迈克斯说,"咱们还是走吧,他不会来了。"

"再等五分钟吧。"埃勒从厨房里说。

在这五分钟内,一个顾客走了进来,乔治说厨子病了。

"见鬼,你们为啥不找个替工?"那人问,"你们这还开什么快餐店呢?"他说完走了出去。

"出来吧,埃勒。"迈克斯说。

"这两个小机灵和黑人咋办?"

"他们没问题。"

"你能肯定吗?"

"肯定。咱们丢手吧。"

"我不喜欢这样,"埃勒说,"这事干得太草率。你太多话了。"

"啊,有啥了不起的?"迈克斯说,"寻寻开心嘛!"

"不管怎样,你太多话了。"埃勒说着,从厨房里出来。那支锯短了的滑膛枪塞在腰带里,在紧绷绷的大衣底下微微鼓了出来。他用戴手套的双手把上衣扯扯平。

"再见,小机灵。"他对乔治说,"你运气还真不错。"

"这可是一点不假。"迈克斯说,"你该去买赛马票,小机灵。"

这两个家伙走出门去,乔治从窗子里目送他们从弧光灯底下过去,穿过马路,穿着紧绷绷的大衣,戴着圆顶礼帽,活像两个杂耍演员。

乔治穿过弹簧转门回到厨房,为尼克和厨子松绑。

"我可实在受不了啦!"厨子萨姆说,"我实在受不了啦!"

尼克站起来。他嘴里从来没有塞过毛巾。

"快说,"他说,"到底怎么回事?"他想充好汉装得满不在乎。

"他们打算干掉奥利·安德烈森。"乔治说,"他们打算趁他进来吃饭,崩了他。"

"奥利·安德烈森?"

"没错。"

厨子用两只拇指摩挲着嘴问:"他们都走了吧?"

"唔,"乔治说,"他们现在都走了。"

"我可受不了这些,"厨子说,"我实在受不了这些。"

"你听着,"乔治对尼克说,"你最好去看看奥利·安德烈森。"

"好吧。"

"你还是别插手的好,"厨子萨姆说,"你最好躲得远远的。"

"你要是不想去,就别去了。"乔治说。

"卷到这号事里去没有什么好处。"厨子说,"你就别管这闲事了。"

"我去看看他。"尼克对乔治说,"他住哪儿?"

厨子见他不听劝告,赌气走了。

"小毛孩总是知道啥就想逞啥能。"他说。

"他住在赫尔希的寄宿公寓里。"乔治对尼克说。

"我这就去。"

店外,那盏弧光灯透过光秃秃的树枝照到街上。尼克沿着电车轨道向街上走去,在前面一盏弧光灯下拐弯,顺一条小街走过三幢房子便是赫尔希的公寓。尼克走上两级台阶,按了下电铃,一个妇女应声开门。

"奥利·安德烈森住在这里吗?"

"你想见他?"

"是,要是他在家的话。"

尼克跟那个妇女走上一段楼梯,又折回来走到过道尽头,她敲敲门。

"谁呀?"

"有人来看你,安德烈森先生。"那妇女说。

"我是尼克·亚当斯。"

"请进。"

尼克推门进屋。奥利·安德烈森正和衣躺在床上。他原先是重量级职业拳击家,个头很大,显得床很短,只好在头下垫两个枕头,靠躺着。他没有看尼克。

"有什么事?"他问。

"我是亨利快餐店的。"尼克说,"有两个家伙进来,把我和厨师捆起来,他们说,要干掉你。"

根据他说话的口气,这像是件傻事。奥利·安德烈森一声不吭。

"他们把我们关在厨房里。"尼克说下去,"他们打算趁你进去吃饭,干掉你。"

奥利·安德烈森盯着墙壁,一言不发。

"乔治认为我还是把这事告诉你比较好。"

"我对这事毫无办法。"奥利·安德烈森说。

"我告诉你,他们是啥模样。"

"我不想知道。"奥利·安德烈森说,仍旧望着墙壁,"谢谢你来通知。"

"这没啥。"

尼克望着躺在床上的这个彪形大汉。

"要我报案吗?"

"不用了。"奥利·安德烈森说,"报了也没用。"

"有什么事要我办吗?"

"没有,没什么事要办。"

"兴许这只是一种吓唬吧。"

"不,这不只是吓唬。"奥利·安德烈森翻了个身,面朝墙壁。

"问题是,"他对着墙壁说,"我还拿不定主意,是到外面去还是留在这儿。"

"你不能到外地去吗?"

"不,"奥利·安德烈森说,"我已经东跑西颠够了。"他看着墙壁说:"现在没有什么法子了。"

"你不能想个办法解决吗?"

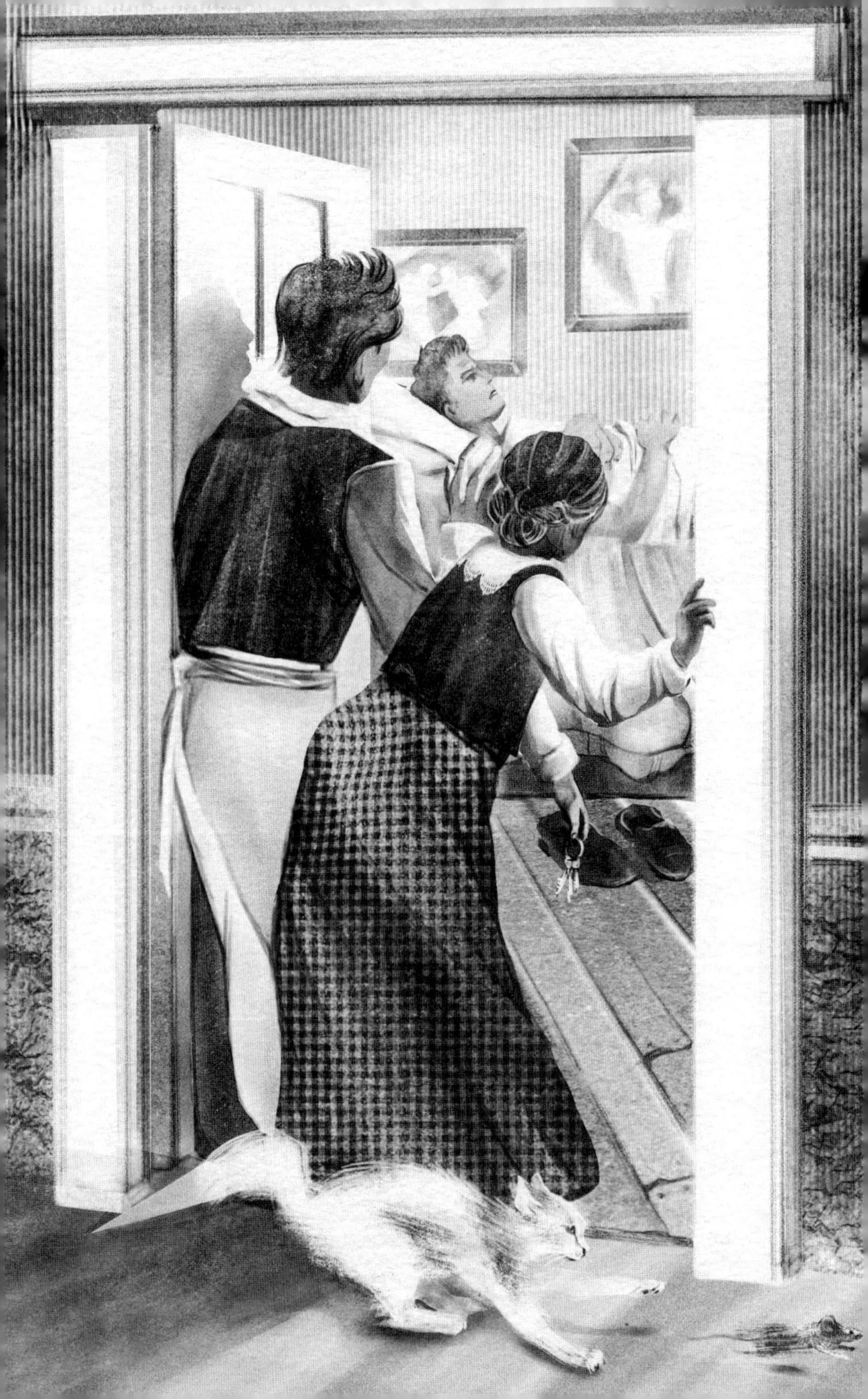

"不，我已经把人得罪了。"他仍旧用那种平板的声音说，"没有什么办法。过一阵，我得打定主意出去一趟。"

"那我还是回去看看乔治吧。"尼克说。

"再见。"奥利·安德烈森说。他还是没有朝尼克看。

"谢谢你来通知。"

尼克出去了，他把门带上的时候，看见奥利·安德烈森还是和衣躺在床上，望着墙壁。

"他成天待在屋里。"女房东在楼下说，"我猜想，他是不舒服吧。我对他说：'安德烈森先生，在这么个秋高气爽的日子，你该出门去散散心。'可是他不高兴出去。"

"他不想出去。"

"他身体不舒服，真叫我揪心。"那个妇女说，"他是个挺好的人。他以前是搞拳击的，你知道吧。"

"我知道。"

"你只有从他的脸才看得出他是搞拳击的，要不，真看不出。"那女人说。他们就站在临街的门廊里谈话，"他可真文气。"

"好啦，晚安，赫尔希夫人。"尼克说。

"我不是赫尔希夫人。"那个妇女说，"她是房主人，我不过是给她照看房子的。我是贝尔家的。"

"噢，那么，晚安，贝尔夫人。"尼克说。

"晚安。"那个妇女说。

尼克顺着黑魆魆(xū)的街道走到弧光灯下的拐角，然后沿着电车轨道走进亨利快餐店。乔治在店里柜台后面。

"你见到奥利啦？"

"见到了。"尼克说,"他待在屋里,他不想出去。"

那厨子一听到尼克讲话的声音就打开厨房门。"这种话我连听也不想听。"他说完就把门关上了。

"你告诉他经过情况了吗?"乔治问。

"我当然告诉他了。不过他啥都知道了。"

"他打算咋办?"

"什么打算也没有。"

"可他们要干掉他呀!"

"唔,他们会的。"

"他准是在芝加哥和什么事牵连上了。"

"我看也是这样。"尼克说。

"这事真糟糕,真是件可怕的事情。"尼克说。

他们沉默了一会儿。乔治俯身拿了一条抹布,开始擦柜台。

"我感到奇怪,他到底干了什么?"尼克说。

"可能是出卖了谁。这就是他们要干掉他的原因。"

"我打算离开这个镇子。"尼克说。

"好。"乔治说,"这样做好。"

"他明知道就要大祸临头,可什么办法也没有,只能在屋子里等死,真令人不忍去想。这太可怕了。"

"得啦,"乔治说,"你还是甭想了。"

(1927 年)

国家的宾客

弗兰克·奥康纳
（1903—1966）

爱尔兰著名作家。其短篇小说结合了欧洲现实主义与爱尔兰本地口头文学的传统，被誉为"20世纪中叶爱尔兰的文化史"。一生出版了近三百部作品，包括短篇小说、长篇小说、回忆录、戏剧、诗歌等。

一

薄暮时分,那个大块头的英国人贝尔彻总是把他那长腿移到炭烬外面,说:"喂,哥儿们,来一局怎么样?"于是我或者诺布尔就说:"行啊,哥儿们。"(我们无意中已经学会了他们的一些古怪话语)接着那个小个儿英国人霍金斯就把灯点着,拿出扑克牌。有时杰里迈亚·多诺万也走来观战,为霍金斯的打法(霍金斯的牌总是打得很糟)着急,对他直嚷嚷,好像他也是我们当中的一员。"啊,你这个该死行瘟的,你为什么不打方块?"杰里迈亚骂道。

不过杰里迈亚平时也像那个大块头的英国人贝尔彻一样,是个黏糊而又知足的可怜虫,大家之所以尊重他,只是因为他起草公文尽管慢些,却也算一把好手。他戴一顶小布帽子,长裤上面扎着绑腿套,两只手总是插在口袋里,难得看见他把手拿出来。你和他谈话,他老是脸红,身体前后摇摆,一直瞅着自己那双庄稼汉的大脚。我和诺布尔都是城里人,经常拿他那土腔土调的乡音开玩笑。

当时我根本不明白我和诺布尔看守贝尔彻和霍金斯有什么意义，因为我相信那两个人就像顽强的野草一样，不管你把他们种植在哪个地方，他们总能像当地的草一样扎根生长。在我简短的阅历中，我还从来没有见过哪些外国人像他们那样亲近我们的国家。

他们是在敌人加紧搜索时由第二营转交给我们的。我和诺布尔都很年轻，带着天然的责任感把看管的任务接过来。可是霍金斯渐渐显露出他对这儿的情况比我们俩还熟悉，弄得我们像傻瓜似的面面相觑。

"你就是那个外号叫波拿巴的家伙吧？"他对我说，"玛丽·布里吉德·奥康奈尔叫我问你，你借了她兄弟一双袜子，搞什么鬼名堂？"

据他们说，第二营经常开一些晚会，邻近的一些姑娘们也去参加，部队的弟兄们看到这两个英国人都是正派人，也不好意思把他们关在门外，便友好地邀请他们加入。霍金斯告诉我他只花了一两个晚上就学会了跳《利默瑞克城墙》《包围鄂尼斯》《特洛伊之波》等舞蹈，不过他没有称赞我们的弟兄，因为在当时，我们这些人原则上是不跳外国舞的。

贝尔彻和霍金斯在第二营享受的特权，在我们这里自然也能享受到。开头两天我们还装模作样地密切注视他们的行动，后来我们就完全放松对他们的监视了。即使让他们逃跑，他们也跑不远，因为他们的英国口音太有辨识度，而且他们尽管下身穿着老百姓的裤子和靴子，上身都是罩着土黄色的短上衣和大衣，跑到哪儿都会被一眼识破。何况，我相信他们从来没有打过逃跑的主意，对自己的处境已经安之若素了。

贝尔彻居然和我们驻屯的这家老夫人打得火热，我们看到这情形都乐坏了。这位老夫人脾气很坏，爱骂街，连我们也不饶过，但是她还没有机会让我们的客人（我可以这样称呼他们）领教一下她唇枪舌剑的厉害。贝尔彻和她成了莫逆之交了。贝尔彻来到屋里至多不过十分钟，看见她在劈木柴，就从座位上跳起来，跑到她跟前。

"夫人，"他古怪地微微一笑，"让我效劳效劳。"说着就抡起了那柄该死的斧头，她诧异得呆若木鸡。从此以后，贝尔彻总是跟着她的脚后跟转，给她拎水桶，提篮子或是挑泥灰。正如诺布尔说的俏皮话那般，老妇人抬腿前，贝尔彻已经先替她打点好了一切，无论她想要热水啦或是什么其他微不足道的物件，不用开口，贝尔彻就为她准备好了。他身躯硕大（虽然我身高五英尺十英寸，可和他面对面讲话，也还得抬头），讲起话来却异常简短，或者也可以这样说，他简直是锯了口的葫芦，走进走出，像个鬼魂似的静悄悄的，一句话也不说。我们过了一段时间才习惯他这样。特别是因为霍金斯爱唠嗑，一个排的人也说不了他那么多的话，相比之下，贝尔彻就更显得话少了。你看到大块头贝尔彻将脚趾埋在热灰里，听他没头没脑地说一句"原谅我，伙计"或是"对的，伙计"，确实是挺奇怪的。他的唯一爱好就是打牌。这里我得恭维他一句，他确是个打牌的好手，他能够使我和诺布尔输得精光。可是我们输给他的钱，又从霍金斯身上捞回来，而霍金斯下的赌注都是贝尔彻给他的。

霍金斯输给我们是因为他太饶舌了，而我们输给贝尔彻大概也是由于同样的原因。霍金斯和诺布尔常常为了宗教辩论得飞沫四溅，可以一直辩论到第二天凌晨。霍金斯使诺布尔（后者有个当神父的哥哥）伤透脑筋，他提出一连串连珠炮似的问题，哪怕红衣主教也会给他难住。更糟糕的是，霍金斯在谈论神圣的事物时嘴里也是不干不净的。我在社会上混事这些年，还没有遇到一个像他那样在辩论的时候用那么多脏话骂骂咧咧的。他是个厉害角色，辩论起来真令人招架不住。他从来不干一点活儿，成天嘴呱呱地说废话，实在没有人攀谈了，就找那个老夫人斗嘴。

他跟这位老夫人斗嘴，可真是棋逢对手了。一天，他用亵渎的话埋怨上帝不下雨，想叫她同意自己的看法。她美美地训斥了他一顿，并且说天不下雨，完全是朱庇特雨神（我和霍金斯都从来没有听说过有这么个神道，不过诺布尔说，异教徒们相信这个神道和下雨有关）的过失。还有一天他咒骂资本家，说德国的这场战争都是他们发动的，这时老夫人放下熨斗，皱起她那螃蟹般的小嘴巴，说道："霍金斯先生，关于战争你爱咋说就咋说，你以为我只是个头脑简单的乡下穷婆娘，可以随便给你唬住。可是我知道这场战争的起因是什么。这场战争是因为那位意大利伯爵偷了日本神殿里的异教神像才打起来的。相信我，霍金斯先生，人要是触犯了冥冥中的神明，降临到他们头上的就只有灾难和饥饿。"

她是个古怪的婆娘，一点不错。

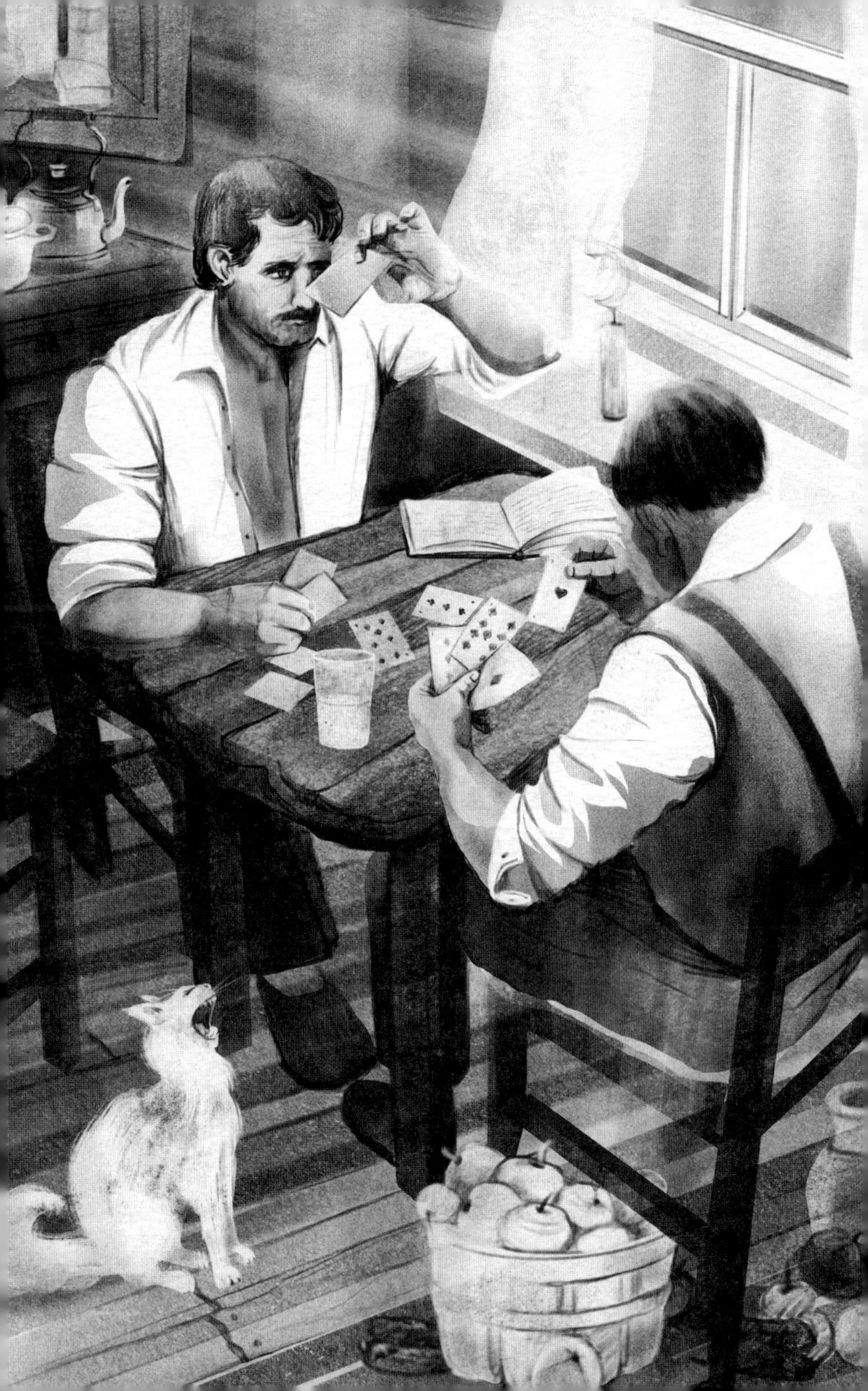

二

一天晚上我们在喝茶,霍金斯把灯点亮,于是我们都坐下打牌了,杰里迈亚·多诺万也进来,坐在一旁看了一会儿。我突然觉得他不那么喜欢那两个英国人。我感到非常诧异,因为以前我从来没有注意过他的情况。

深更半夜时分,霍金斯和诺布尔之间突然展开了一场关于资本家、神父和爱国之心的辩论,为此吵得不可开交。

"资本家,"霍金斯生气地喝了一大口茶,"买通了神父们编造来世的鬼话,好让大家不去注意这些杂种在今世搞的鬼名堂。"

"废话,伙计!"诺布尔发开脾气了,"大家根本没有想到什么资本家,他们早就相信来世了。"

霍金斯好像牧师讲道似的站了起来。

"哦,他们相信来世,对吗?"他轻蔑地嗤笑起来,"你们相信的事情他们都信,你是不是这个意思?你们相信上帝创造亚当,亚当创造夏娃,夏娃创造约沙王[1]。你们相信关于夏娃、伊甸园苹果的愚蠢又古老的神话。喂,伙计,你听着,既然你有权利信仰这些愚蠢的鬼话,我也有权利维护我的信仰——上帝首先创造的是喝人血的资本家和他那一套完整的道德说教,以及高级豪华轿车。我说得对不对,伙计?"他问贝尔彻。

"你说得对,伙计。"贝尔彻感到有趣地露出笑容,在桌旁站起来,把他的那双长腿伸到火堆旁边,抚摸着胡须。我

---

[1] 约沙王:《圣经·历代志》下卷中公元前9世纪时的犹大国王。*

看见杰里迈亚·多诺万拔脚走了。我不知道这场关于宗教的辩论什么时候才能了结,就跟他一起走出去。我们一起溜达到村外,于是他停住脚步开始面红耳赤地咕哝起来。他含糊地说了句,我该留下看守那两个战俘。我不喜欢他那语调,而且我对这座村舍里的看守生活实在有点厌烦了,就反问他我们看守他们到底有什么意思。我告诉他,我已经和诺布尔谈过了,认为与其干这看守的蠢事,倒不如跟随战斗纵队去打仗,那要有意思得多。

"这两个家伙对咱们有什么用?"我问他。

他诧异地望着我说:"我还以为你是明白的,咱们是把他们作为人质看押起来的。"

"人质?"我问。

"敌人那边也看押了咱们这儿的战俘。"他说,"现在他们在谈什么处决战俘。要是他们处决了咱们的战俘,咱们就要处决他们的。"

"处决他们?"我问。

"要不然你以为咱们留着他们干什么?"他说。

"你一开始并没有关照我和诺布尔这些,岂不是太欠考虑了?"我说。

"怎么着?"他说,"你们该知道这一点的。"

"我们咋会知道呢,杰里迈亚·多诺万?"我说,"我们看押他们这么长时间也没啥动静。"

"敌人看押咱们的战俘也有同样长的时间,也许更长些。"他说。

"根本不是一码事。"我说。

"有什么区别呢？"他问。

我无法告诉他，因为我知道他不会理解。即使是一只要到兽医那儿治疗的老狗，你也会对它有恻隐之心的。可是杰里迈亚·多诺万不是个软心肠的人。

"那么这件事什么时候决定呢？"我问他。

"也许今儿晚上会听到准信儿吧。"他说，"也许明天，至迟不超过后天。所以要是你在这儿待得太久，闷得慌，甭着急，你很快就要自由了。"

这时候我着急的根本不是什么在这儿待得太久，我有更糟糕的事要担心。我回到村舍的时候，辩论还在进行。霍金斯正在使用最雄辩的词语高谈阔论。他咬定了没有来世，而诺布尔则硬说有来世。可是我看得出霍金斯已经占了上风。

"告诉你，伙计，"他说时无礼地一笑，"我认为，你跟我一样，根本就不信什么宗教。你说，你相信来世，可是你和我一样，对来世知道些什么呢，无非是都下地狱。天堂是什么，你不知道。天堂在哪儿，你不知道。你知道的就是都下地狱！我再问你一回，来世的人都有翅膀吗？"

"问得很好。"诺布尔说，"他们都有。你觉得我的回答还不充分吗？他们就是有翅膀。"

"那么，请问，他们是从哪儿弄到翅膀的呢？谁制造这些翅膀的？难道他们有一家翅膀工厂？难道他们有一处仓库，大家在那儿交上收条，便可以领到一对该死的翅膀？"

"你这人歪理十八条，没法跟你辩。"诺布尔说，"好了，你听我讲……"于是他们又辩论开了。

直到深更半夜,我们才锁上门上床睡觉。我在吹灭蜡烛的时候,把杰里迈亚·多诺万的话转告了诺布尔。诺布尔对此很冷静。我们在床上躺了约莫一小时,他问我是不是该把这个消息透露给那两个英国人听。我认为还是别这样做,因为,英国人十有八九未必会处决我们的战俘,而且即使他们处决了,我们旅部的那些军官,在第二营常来常往,和这两个英国人很熟,想来也不会请他们吃枪子吧。"我也是这么想的。"诺布尔说,"现在就使他们惊恐不安,未免太残忍了。"

"不管怎么说,杰里迈亚·多诺万太欠考虑了。"我说。

第二天早晨,我们觉得没有脸面见贝尔彻和霍金斯。我们一整天在屋里走来走去,却几乎没有和他们说上一句话。贝尔彻好像什么也没有注意到,他还是像往常一样把双脚伸进炉灰,还是像往常那样静静地等待着某件意外的发生。可是霍金斯却注意到情形有些异样,不过他认为原因在于头天晚上诺布尔辩论输了,情绪不好。

"你为什么不能正确地对待讨论呢?"他正经八百地说,"你信你的亚当夏娃去吧!我是共产主义者,我就是这号人,共产主义者或是无政府主义者,对,就是无政府共产主义者。"于是他连续几个小时在屋子里走来走去,兴致上来的时候就喃喃自语几句:"亚当和夏娃!亚当夏娃!闲着没有事情干了,摘什么该死的苹果!"

三

我不知道我们是怎样挨过那一天的,但那一天终于结束了。茶具都被收拾掉了,贝尔彻以他息事宁人的语调说:"好啦,伙计们,来一局怎么样?"我们围着桌子坐下来,霍金斯拿出纸牌。就在这时,我听见屋外小径上响起了杰里迈亚·多诺万的脚步声,于是一种不祥的征兆掠过我的心头。我从桌旁站起来,没等他走到门口,就在外面截住他。

"你要干什么?"我问他。

"我要叫你那两位当英国兵的朋友。"他说着脸红了。

"是那件事吗,杰里迈亚·多诺万?"我问道。

"是那件事。今天早晨咱们这边的四个弟兄被英国人枪决了,其中有个小伙子只有十六岁。"

"真是糟糕,杰里迈亚!"我说。

这时,诺布尔跟随我走到屋外,我们仨一起顺着小径往前走,一边悄声谈话。管谍报的本地军官菲尼站在院门口。

"你打算怎么办?"我问杰里迈亚·多诺万。

"我希望你和诺布尔把他们带出来,告诉他们又要转移了。这是不惊动他们的最好办法。"

"我不干,叫别人干吧。"诺布尔轻声说。

杰里迈亚·多诺万狠狠盯了他一会儿。

"好吧,"他说,"你和菲尼从棚屋里找几把工具来,去泥塘那一头挖个洞,我和波拿巴随后就来,不要让别人看见你们带着工具,我不想把事情泄露出去。"

我们看见菲尼和诺布尔绕了个弯,到棚屋去了,我们自己也走进屋子。我让杰里迈亚·多诺万做解释工作。他告诉那两个英国人,他接到命令要把他们送回第二营。霍金斯满口脏话,骂骂咧咧,贝尔彻虽然没有说什么,但看得出也有点心烦意乱。老夫人不听我们的,执意要他们留下,对他们咕咕哝哝劝告个没完。杰里迈亚·多诺万终于发起脾气,向她翻脸了。我看出他脾气很暴。这时屋里已是漆黑一片,可是谁也没有想到点灯。两个英国人摸黑找到了轻便大衣,向老夫人道别。

"就在我在这个陌生地方刚刚待熟,把它当成自己家的时候,就在这个节骨眼上,司令部不知哪个杂种却以为我太舒坦了,偏偏要把我弄走。"霍金斯握握她的手说。

"我要说一千声感谢,老夫人!"贝尔彻说,"为了你对我们的种种照顾,我要说一千声感谢!"这一回他说得挺顺溜,仿佛先打了腹稿。

我们绕到房屋后面,一直向泥塘走去。到了这时,杰里迈亚·多诺万才透露出这个不幸的消息。他说话时很激动,浑身都在颤抖。

"今天早晨英国人在科克枪决了我们的四个弟兄。现在我们要枪决你们俩,作为一种报复。"

"你胡说什么?"霍金斯怒气冲冲地说,"我们被你们这样拖来拖去已经够倒霉的了,谁还耐烦听你这些荒唐的玩笑。"

"这不是玩笑。"多诺万说,"我很痛心,霍金斯,可是我说的是真话。"于是他开始啰里啰唆地讲起职责攸关,不愿意执行也没有办法,以及诸如此类的废话。

其实大讲职责的人，从没有一个会觉得履行职责有什么麻烦。

"咳，你在胡编！"霍金斯说。

"你问波拿巴好了。"多诺万看见霍金斯以为他在开玩笑，便说："波拿巴，我说的是不是真话？"

"是的。"我说。于是霍金斯停住脚步。

"啊，看在基督的分上，别开玩笑，伙计！"

"我说的是实话，伙计。"我说。

"你的口气不像是实话。"

"要是他没有说实话，那我说的可是实话。"多诺万激动起来。

"你对我有什么不满呢，杰里迈亚·多诺万？"

"我从来没有说过我对你有什么不满，可是你们那边的人为什么残忍地把我们的四个战俘拉到营房广场上枪决呢？"我意识到杰里迈亚·多诺万是在用激烈的言辞为自己打气。

不管怎样，多诺万架住霍金斯的胳膊把他拽走了。可是我们无法使他懂得我们为什么当真要枪决他。我口袋里有一把史密斯·威森牌手枪。我一直抚摸着它，心里纳闷，要是他们和我们干起来或是拔脚逃跑了，那可怎么办，可是又诚心希望他们这样做。我知道，要是他们真的逃跑了，我是绝不会朝他们开枪的。霍金斯问我，诺布尔是不是也参与了，我们说是的，他又问为什么诺布尔想枪决他，为什么我们大伙儿都想枪决他。咱们不都是朋友吗？难道我们还不理解他？难道他不理解我们？是否有一瞬间我们双方都设想过，如果英国军队的全体军官都对他施加压力，他会不会枪决我们？

这时我们已经走到那个泥塘跟前。我心里很懊丧，连回答也无法做到。我们摸着黑沿着泥塘的边缘往前走。霍金斯不时地叫大家停下来,仿佛入了魔似的一再问大家,既然咱们都是朋友,为什么要枪决他?我知道,除非让他见到坟墓,我们是无法使他相信,我们非这样做不可。我一直希望会发生什么事,希望他们俩逃跑,希望诺布尔来接替我,好卸下我的责任。可是我又感觉到,诺布尔心里比我更难受,执行任务更加棘手。

四

我们终于看见远处的灯光,便向那儿走去。诺布尔提着灯,菲尼站在他后面的黑暗之中。他们静悄悄地站在泥塘旁的图景,深深地印入我的脑海,使我深切地感到我们当真是要执行这可怕的任务,最后的一星半点儿希望也烟消云散了。

贝尔彻认出了诺布尔,便以他惯常的安静语调说:"你好,伙计。"可是霍金斯却万分激动,立即扑到诺布尔面前,于是一场辩论又从头开始,只不过这一回诺布尔并没有为自己辩护,只是俯头站立着,拎着的灯低低地垂在两腿之间。

代替他回答的是杰里迈亚·多诺万。霍金斯仿佛着了魔似的,第二十次问大家,要是诺布尔被英国军队俘虏,他会枪决诺布尔吗?

"你会枪决他的。"杰里迈亚·多诺万说。

"不,我不会,你这该死的!"

"你会的,因为你要知道,你不枪决诺布尔,他们就要枪毙你。"

"我不会，哪怕我被判处死刑，被枪毙二十次，我也绝不会开枪打我的好朋友。贝尔彻也不会，贝尔彻，对不对？"

"你说得对，伙计。"贝尔彻说，不过他语气很平静，只是简单地回答问题，并不想加入这场辩论。听贝尔彻的口气，好像某些别人始料未及而他却一直在等待的事情终于发生了。

"不管怎么样，谁说诺布尔要是不枪决我，就会被枪毙呢？你们以为我要是处在他的位置，在这片该死的沼泽中间会做什么？"

"你会做什么？"多诺万问。

"我当然会跟他走，他到哪里，我就到哪里。我要分给他最后一个先令，我要和他共患难，不管遇到什么艰难险阻，我也要跟他在一起。谁也不能说我丢下好朋友不管。"

"你这一套我们听得够了。"杰里迈亚·多诺万说着扳起了手枪的击铁，"你有什么遗言吗？"

"没有。"

"你想对上帝祈祷吗？"

霍金斯说出一句使我都吃惊的冷酷无情的话，又朝着诺布尔说开了。

"听着，诺布尔。"他说，"你跟我是好朋友，你不能到我这边来，我只好到你那边去。这还算公平吧？给我一支步枪，我要跟你的弟兄们一起混。"

谁也没有搭腔。我们知道前面没有出路。

"你明白吗？"他问，"我豁出去了。大不了当个逃兵、叛国者。你们爱怎么称呼我都行。但是这一刻起我就是你们的一分子，这样能证明我说话算数吗？"

诺布尔抬起头来，可是多诺万开始讲话了，于是他没有搭腔就又把头低下去。"我最后问你一遍，你有什么遗言吗？"多诺万压抑住激动的心情冷冷地问。"住口，多诺万！你不了解我，可是这些小伙子了解我。他们不是那种交上朋友又杀死朋友的人。他们不是哪个资本家的工具。"

这群人当中只有我看见多诺万举起他的韦伯利手枪对准霍金斯的后颈，我连忙闭上眼睛，打算祈祷。霍金斯正要说什么，多诺万开枪了。我听到砰的一声，睁开眼睛，只见霍金斯膝部发软，摇晃起来，慢慢地、直挺挺地倒在诺布尔的脚下，像一个入睡的婴儿一样安静地躺着。诺布尔的提灯的光照在他细瘦的腿上和庄稼汉的靴子上。我们静静地站着，眼看着他在临终的极度痛苦中渐渐不动了。

这时贝尔彻拿出一块手绢，系到自己的眼睛上（我们心情过于激动，忘记在霍金斯的眼睛上蒙手绢了），由于它不够大，他便请求我把自己的借给他。我给了他，他把两条手绢系在一起，用脚指指霍金斯。

"他还没有死透，"他说，"最好给他补一枪。"

果真，霍金斯的左膝开始抬起来了。我弯下腰，把枪口对准他的耳朵。接着我想起往日的友情，又挺身站起来，贝尔彻懂得我的心思。

"让他先走吧，"他说，"我不会介意的。可怜的家伙，咱们不知道他这会儿在受什么样的罪。"

我的大脑一片空白，再次跪下来熟练地给了霍金斯最后一枪，使他永远地结束了痛苦。贝尔彻正在笨拙地系着手帕，听见枪响笑了一声。这是我第一次听见他笑，笑声是那么奇怪而不自然，使我毛骨悚然。

"可怜的家伙！"他轻轻地说，"昨天晚上他还很好奇地想知道死是怎么回事。伙计们，我总是想，这是很奇怪的。现在他知道了死亡的全部奥秘了，就在昨天晚上他还一点也不知道。"

多诺万帮助贝尔彻把手绢系在眼睛上。"谢谢你，伙计。"他说。多诺万问他有什么遗言。

"没有，伙计。"他说，"我没有什么遗言。要是你们当中谁想写信给霍金斯的母亲，你们可以在他口袋里找到一封他母亲的来信。他们母子俩是相依为命的。可是我的老婆八年前抛下我走了。她跟野汉子溜了，把孩子也带走了。我喜欢家庭的温暖，你们可能也看出这一点了，可是打那以后我一直没有能够重建一个家庭。"

说也奇怪，在这短短的几分钟里，贝尔彻说的话比他以往许多星期中说的还多，仿佛一声枪响使他嘴巴开了闸，把肚子里的话滔滔不绝地倒了出来。他相当高兴地谈着自己的事，看样子能谈个通宵。我们像傻子一样站在他周围——反正他现在再也看不见我们了。多诺万瞅瞅诺布尔，诺布尔摇摇头。接着多诺万举起了他的韦伯利手枪。就在这个当儿，贝尔彻发出他那古怪的笑声。他一定以为我们是在谈论他；无论如何，多诺万放下了他的枪。

"请原谅，伙计们。"他说，"我感觉到，自己讲了一大箩筐的话，都是讲我干家务活多么利索啦这一类的蠢话。可是我是突然心血来潮,我相信,你们会原谅我的。"

"你不想祈祷吗?"多诺万问他。

"不想,伙计。"他说,"我以为祈祷不起什么作用,我准备好了,你们弟兄们赶快把这件事了结了吧。"

"我们只是执行自己的职责,你可明白?"多诺万说。

贝尔彻像瞎子一样把头抬得高高的,在灯光里我们只能看见他的下巴和鼻尖。"我自己从来弄不清什么是职责。"他说,"我认为你们都是好人,要是你的意思是请我谅解的话。我不埋怨谁。"

诺布尔好像再也忍受不住了,朝多诺万晃着拳头,就在这一瞬间,多诺万闪电般地举起手枪就放,那个身躯硕大的人像一袋面粉似的翻倒了,他立即咽了气,这一回我们不需要再补上一枪了。

我记不清埋葬的详细情况了,不过我记得这是最难受的一部分。因为我们不得不把他们的尸体抬到坟墓。四周凄凉得使人发狂,放眼望去什么也没有。无边的黑暗和我们之间只隔了一小片灯光,四面不时传来猫头鹰和其他夜鸟的刺耳叫声,偶尔间杂着一两声枪响。诺布尔搜查霍金斯的遗物,想找到他妈妈的信,接着又把他的双手合在一起。他对贝尔彻的尸体也这么处理。然后我们填平了墓穴,跟杰里迈亚·多诺万及菲尼分手,拿着工具回到棚屋。一路上我们俩没有说一句话。厨房里和我们离开时一样又暗又冷,老夫人正坐在炉边数着念珠祷告。我们从她身边经过,走进房间。诺布尔划燃了一根火柴打算点灯,她悄悄地站起身来走到房门口,她平素那种爱争吵的坏脾气,这会儿都不见了。

"你们把他们怎么了?"她以耳语般的声音悄悄问道。诺布尔吃了一惊,火柴在他手里灭了。

"你说什么?"他没有回过头来,问了句。

"我听见了。"她说。

"你听见什么了?"诺布尔问。

"我听见了。你们以为我没有听见你们把铁锹放回棚屋?"

诺布尔又划燃了一根火柴,这一次把灯点着了。

"你们对他们干了那件事了?"她问。

说完,上帝作证,她就在屋门口跪下来开始祈祷。诺布尔望了她一两分钟,便也在壁炉旁边跪下来开始祈祷。我从她身边挤过,撇开他俩到屋外去了。我站在大门口,仰视天上的星星,听着该死的鸟儿的尖啸声。在这种时刻,我们的感觉是非常奇妙的,简直无法形容。诺布尔说,在他眼睛里所有的东西都放大了十倍,他只看见那一小片泥塘和那两个英国人变僵硬的尸体沉了下去,仿佛全世界除此以外什么东西也没有了。可是对我来说,好像那两个英国人葬身的泥塘远在一百万英里之外,甚至在我身后咕咕哝哝祈祷的诺布尔和那个老妇人、夜鸟还有天上该死的星星都非常非常遥远。我不知怎的,身体缩得很小,像一个在雪野里迷了路的小孩一样茫然失措,孤苦无依。以后我无论遇到什么事,再也没有体验过这种凄凉孤寂的心情。

(1931年)

刽子手

奥诺雷·德·巴尔扎克
（1799—1850）

"法国现代小说之父"。擅长塑造丰满的、有血有肉的人物。语言简洁明快，情节戏剧性极强。其作品《人间喜剧》被誉为"法国社会的百科全书"，收录的作品《驴皮记》《高老头》等亦是人类文学史上罕见的丰碑。

罗达小镇的悠悠钟声正在宣告午夜的来临。镇上有一座园林幽深的巨大宅邸，花园四周长廊环绕。这时一位年轻的军官正在走廊上倚栏伫立，宛如沉浸在深思冥想之中。军队中一般是戎马倥偬（kǒngzǒng）、无暇深思的，他如此举动实为反常现象。然而必须承认，再没有比此夕此境更宜深思的了。在他头顶上，西班牙的美丽天空铺展开来，墨蓝色的穹隆上镶嵌着灿烂的群星，柔和的月光照耀着可爱的山谷。脚下，幽美宜人的景色尽收眼底。他倚在一棵开花的橙树上，俯瞰一百尺之下的曼达镇。宅邸建在石山之巅，而曼达镇似乎是为了躲避朔风，却坐落在山麓（lù）。军官回首顾盼，只见茫茫大海，微波粼粼，闪耀着银光，镶在陆地景色周围。宅邸中此时灯火辉煌，如同白昼，跳舞的人们兴致正酣，舞厅里洋溢着欢乐的气氛，乐队的音乐声、军官和他们舞伴的朗朗笑声，和着远方大海的微波起伏声一阵阵送入他的耳际。白天的溽（rù）热使他肢疲体乏，此时，清新的夜晚空气却使他神清气爽，体力平添。加之园内树木散发出一派清芬，鲜花吐出阵阵芳香，更使他心旷神怡，恍如浴于香雾之中。

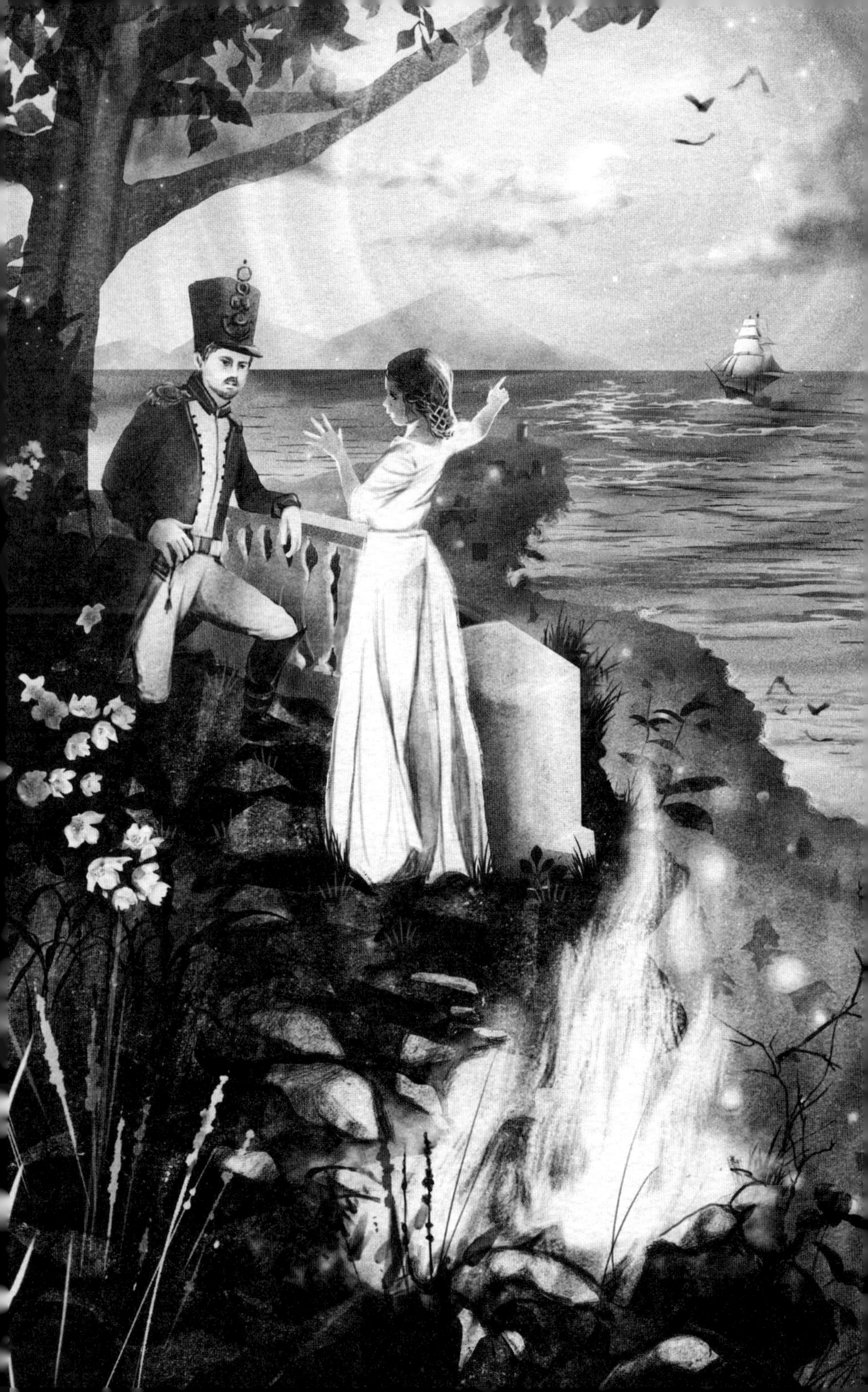

曼达镇的这座宅邸是一位西班牙显贵的产业，当时他正携眷住在那里。整个晚上，贵族的长女，频频举目，玉容含悲地望着这个军官，这位西班牙女郎所流露的矜悯神色该引起这个法国军官的深思了。

克拉拉容貌美艳。虽然她有三个兄弟，一个妹妹，但莱加奈斯侯爵富埒王公，维克托·马尔尚自信这位小姐一定有丰盛的妆奁。然而，他只不过是巴黎一个杂货铺主的儿子，他怎么敢奢望，这位全西班牙最顽固的老贵族会把女儿许给他呢？西班牙人仇恨法国人。统治该省的戈蒂埃将军，怀疑侯爵准备响应斐迪南七世策划叛变。因此他派马尔尚统率一营人驻屯曼达镇，以威慑那些听命于侯爵、准备叛变的邻近各村。据内伊最近发来的公文急报，英军恐怕不久会在海岸登陆，急报上还指出侯爵一直和伦敦内阁暗通消息，形迹可疑。

所以，虽然这个西班牙人对马尔尚和他部下士兵竭诚欢迎款待，这位年轻军官却时刻提防着有人叛变。他移步走向平台，视察他奉命镇守的曼达镇和四周乡村的动静，不时考虑侯爵对他频频表示友好，究系何意，且村镇形势平静，长官却惴惴不安，又该作何解释。可一会儿后他的这些念头全部冰释了，代之而起的是审慎和好奇。这天是圣杰姆斯节，他当天早晨下令，一到规定时间，所有灯火必须熄灭，只有侯爵宅邸例外。而刚才他看到镇上灯火甚多，却是何故？

他能够清晰地看见各处有士兵站岗，刺刀发出冷森森的光芒，平静中带有肃杀气氛。没有任何迹象表明，西班牙人因过节而格外兴奋，忘其所以。然而居民们违禁点灯究系何故？他已派军官通知值夜警察进行巡查，而居民仍然以身试法，更使他百思不得其解。年轻人的浮躁性格使他打算从石隙间跳出去，攀缘巉岩下去，到镇口离宅邸最近的一处哨所，因为这样比走大路快一些。就在这时，一个微弱的声音使他停住了脚步，他以为是一位妇女在石子路上轻轻行走，可对方转过脸来，他却什么也看不见，而在月光下粼粼泛光的海波，倒吸引了他的视线。突然他看到异常凶险的景象，不禁目瞪口呆。他起初还以为是看错了，定睛凝视，远远的地方果然有许多帆樯在月光下泛着白光，历历可辨。他害怕得战栗起来，竭力要使自己相信，这个景象是错觉造成的，这些白帆只不过是月光照在海波上的幻影。这时只听到一个沙哑的声音在呼唤他的名字，他向石隙望去，只见一个人头从岩石的隙缝中慢慢升起，他认出那人正是自己命令陪同前往宅邸的士兵。

"是您吗，防区司令？"

"是我，你想干什么？"年轻人低声回答。他预感到风云有变，立刻拎起心来加意提防。

"山下边那些恶棍像虫子似的蠢动起来咧，我看到了一些情况，特意赶来。如果您允许的话，我要向您禀报。"

"说吧！"维克托·马尔尚说。

"不久前宅邸里有一个人提着灯笼向山下走，我连忙跟住他，他形迹非常可疑，我以为天主教徒在这样的深夜是不会点蜡烛的。他们想把我们连肉带骨一齐吞下去，我暗暗想，连忙跟踪侦察。就在离这儿三五步远的一道岩石上，我发现一大堆柴火……"刚说到这儿，突然一阵可怕的尖叫声响彻全镇，把这个士兵的话打断了。就在同一瞬间,这位防区司令只觉得眼前一道亮光闪烁了一下,这个可怜的掷弹员头部中弹,倒地殒命。在离年轻人不到十步远的地方,一堆麦秸和干柴熊熊燃烧起来,像房屋着火一样。舞厅内的乐队声和欢笑声戛然而止,节日里喧闹的欢声笑语和美妙音乐突然被死一般的沉寂所代替,静默之中唯闻远处传来负伤士兵的呻吟。顷刻,炮声隆隆从海上传来。年轻军官冷汗涔涔地从额上淌下,他未带佩剑,不能自刎,他明白他的部属正在被屠杀,英国人即将大举登陆,如果活着一定会受辱,会在军事法庭上受到审判。于是他目测着山谷的深度,正打算纵身前跃,就在这刹那间,他的手被克拉拉抓住了。

"快跑!"她说,"我的兄弟们赶来杀你咧!在石山脚下,你会找到胡安尼托的骏马,快!"

年轻人失魂落魄地看了她一会儿。她猛推他走。于是他为求生的本能所驱使(哪怕最勇敢的人,也有求生的本能),奔过花园,朝她所指的方向疾速跑去,在那只有山羊踩过的山坡上,连爬带滚地从一块石头窜往另一块石头,耳边只听得克拉拉佯呼她兄弟追赶的声音、暗杀者们的脚步声和就在他身旁掠过的子弹呼啸声。他好不容易到了山谷,找到了那匹坐骑,一跃而上,闪电般地疾驰而去。几小时后他到达戈蒂埃将军的驻地,将军正在和部属们用膳。

"我是九死一生只身逃出的!"防区指挥官放声哭喊,他的脸色苍白而憔悴。

他坐下来,把遇险的可怕经过叙述了一遍,听者大惊失色,席间一片沉默。

"依我看,你比罪犯更不幸。"惊魂未定的将军终于说话了,"不过,西班牙人的滔天罪行,你无须负责,除非元帅阁下另有裁决,否则我对你不予追究。"

对那个不幸的军官来说,这些话没有多少慰藉的作用。

"可是皇帝陛下说不定会听闻此事!"他惊呼道。

"嗯,皇帝陛下说不定会下令枪毙你。"将军说,"不过——咱们不用再谈此事了。"他神态肃穆地加了一句:"西班牙人打起仗来不啻野蛮人,咱们还是谈谈该采取怎样的报复行动,才能使他们举国震慑。"

一小时后,整整一个步兵团,与骑兵支队和炮兵掩护队一起,浩浩荡荡出发了。将军和维克托策马行进在队伍的前边。士兵们听到自己的同胞被屠杀,都义愤填膺,以奇迹般的速度兼程行进,从司令部急趋曼达镇。沿途,将军发现好多村庄的居民都武装起来了,于是下令包围,大批杀戮。

冥冥天意,殊不可解。英国船队在此危急关头,竟按兵不动,迟迟没有登陆。后来才知道,英军的运输船尚未赶到,而这些战舰上只有大炮,士卒又甚少,因此,尽管英国战船已经在望,援兵好像顷刻可至,曼达镇的居民却没有盼到他们的救星。法国军队几乎未放一枪就包围了曼达镇。居民们如惊弓之鸟,愿无条件投降。伊比利亚半岛上的人为国杀敌乃常有之事,这次也不例外,那些杀死法国兵的人知道将军盛怒之下很可能要使全镇付之一炬,并血洗全体居民,靡有孑遗,于是这些居民计划自首请罪。将军接受了他们的请罪,答应了不追究其余的人,但是加了一项条件,即宅邸里的人,从地位卑微的仆役直到侯爵本人,必须由他处置。投降条款既已议妥,将军答应不诛灭无辜居民,并禁止士兵劫掠纵火。但是他勒索了巨额赔款,将镇上最富有的居民统统拘为人质,并勒令其家属们于二十四小时内付清赎金。

将军采取了一些必要的预防措施,以策万全。他在郊外重兵布防,禁止士兵在民宅驻屯。扎营已成,乃登山占领宅邸。莱加奈斯侯爵一家和仆人们均被看管,禁闭在举行舞会的那间大厅里,受到严密监视。由这间大厅的窗口可以望见能俯瞰全镇的那条长廊,司令部设在隔壁的一间狭长厅室里。将军立即召开了军事会议,讨论抵御英军登陆的措施。他们决定派遣一位副官——米歇尔·内伊元帅,并请求立即在海岸上增设一些炮台。接着将军和他的参谋转而讨论处决战俘,决定将居民交出的两百个西班牙起义者立即在长廊上枪杀。执刑完毕后,将军又下令按宅邸里囚禁的人数,在长廊上设绞刑架,并召集镇上的刽子手来准备膳后执行。维克托利用这一段时间探望了一下被囚禁的人,旋即返回拜见将军。

"我来见您,"他情绪激动,哽咽几不成声,"是为了求您施恩。"

"你求我什么?"将军用一种辛辣的讽刺语调说。

"哎,"维克托回禀,"我碰到的是一桩伤心的差事。侯爵看到他们竖起绞刑架,他希望你改变对他一家的处决方式,他恳请你对他们这些贵族改处斩刑。"

"那就这样吧!"将军说。

"他们还请求您让他们在临刑前得到宗教上的慰藉,并将其松绑,他们保证绝不逃跑。"

"准其所请,"将军说,"但你必须负起全部责任。"

"老侯爵还说如果将军能赦免他的幼子的话,他愿将全部财产呈献。"

"真是荒谬!"将军说,"他的财产已经属于约瑟夫国王了,阶下之囚,何云献产?"他轻蔑地皱了一下眉头,沉吟片刻,又加了一句:"我对他们额外施恩。好,就让他这一姓不至断绝香火吧!不过西班牙必须永远记住他的叛变,记住法兰西对他的惩处。如果他的任何一个儿子肯担任刽子手,我将免其一死,并发还全部财产。去吧,不用再向我提及这件事了。"

晚餐已摆在桌上,军官们疲劳了一天,饥肠辘辘,纷纷就座用膳。

宴席上只有一人缺席,即维克托·马尔尚。他在外面踌躇良久,方才进入厅堂,高傲的莱加奈斯一家正在痛苦中煎熬。他凄苦地望着这悲惨的情景,不禁黯然神伤。就在这间大厅里,前一天晚上,他还看到这两位姑娘和这三位青年在兴高采烈地翩翩起舞,不久,他们的姣美头颅即将在刽子手刀下落地了。想到这儿他猝然一惊,不寒而栗。他们一家,老夫妇、三个儿子和两个闺女都被缚在金色扶手椅上,兀坐不动,八个仆人都双手反缚着立在他们面前。这十五个人肃穆的、坦然相视的眼睛中并没有流露出心中汹涌澎湃的思潮,只有少数几个人的脸上露出了一点听天由命的神态和对这次义举失败的惋惜之情。看守的士兵也同样地兀立不动,凝视着他们。这些人虽然是残酷的敌人,但为国慷慨成仁,士兵们也不禁为之肃然起敬。

维克托进入厅堂时，看守的士兵都露出好奇的神色。他命令给囚禁的人松绑并亲自解开克拉拉缚在坐椅上的绳索。她露出一丝凄惨的笑容。马尔尚情不自禁地抚摸她的臂膀，以爱慕的眼光凝视着她乌油油的鬓发和婀娜的身段。她是纯粹的西班牙人，她的肤色是西班牙的，她的明眸也是西班牙的，睫毛弯弯的、长长的，乌溜溜的眼珠比乌鸦的翅膀还要黑。

"你成功了吗？"她说时对他悲哀苦笑了一下，然而眼角眉梢间仍然微露出一点少女的娇媚之态。

维克托不由得呻吟了一声，他逐一察看克拉拉和她的三个兄弟。她的长兄年岁三十，身材瘦小，有些发育不良，带着骄傲和蔑视一切的神情，仪容举止自有一种高贵的气度。西班牙人的骑士精神凭借其敏锐的同情心而闻名于世，他好像正是这样的人，他名胡安尼托；弟名菲利普，年约二十，酷似克拉拉；小弟仅八岁，名曼纽尔。以前著名画家大卫在他所绘的罗马共和国风情画中，凡儿童面容均有一种坚毅的神色，善于丹青的人在曼纽尔面容上也定能发现这种坚毅的神色。老侯爵头上披着银色的鬓发，好像是穆里略画中的人物。年轻的军官摇摇头，他细察这四个人，觉得没有一个肯接受将军所提出的条件，然而他还是鼓起勇气向克拉拉提出。起初她——尽管是西班牙人——还是震颤了一下，接着镇静了下来，扑到他父亲面前双膝跪下。

"父亲，"她说，"快喊胡安尼托发誓，坚决服从您的一切命令，我们就能遂愿了。"

侯爵夫人顿萌希望，浑身战栗，但是当她凑到丈夫的身边，听清了克拉拉吐露的那骇人听闻的秘密,她——为人之母的她,立即昏厥了过去。胡安尼托什么都明白了,他像笼里的狮子一样,暴跳了起来。然而侯爵向维克托保证,会使胡安尼托完全服从。维克托得到这个保证以后,即令看守的士兵全部退出,并将仆人交由刽子手处以绞刑。侯爵见看守士兵已撤退,大厅里只有维克托,就站起来呼唤:"胡安尼托。"

胡安尼托没有回答,仅仅摇着头表示拒绝,接着他跌坐在椅子上,直勾勾地瞪着他的父母,欲哭无泪,神态异常可怕。克拉拉走了过去,坐在他膝上,搂着他的脖颈,吻他的眼睑。

"亲爱的胡安尼托,"她强颜欢笑地说,"但愿你知道,妹妹死在你手里会感到多么甜蜜,我可以不被那可恶的刽子手玷污我的身体了,只有你能解脱我面临的苦难——亲爱的胡安尼托,你不能忍受我属身他人……"说到这儿,她望着维克托,柔和的明眸里突然射出一股怒火,好像要唤起她哥哥对于法国人的憎恨。

"拿出勇气来,"他的弟弟菲利普说,"否则我们这个拥立西班牙国王的家族就要灭种了。"

克拉拉突然站起身来,围绕在胡安尼托身边的一些人也都分开了。这个为了孝道而不服从父命的儿子,抬眼一看,只见他的老父站在他的面前,以庄严的声音喊道:"胡安尼托,我命令你!"

年轻的侯爵仍兀然不动。他的父亲双膝下跪,克拉拉、曼纽尔和菲利普也出于天性,跟着跪下。他们都伸出手来,向这个能救全家免于灭种之祸的人呼吁，他们也好像重复着父亲的话："我儿，难道你丧失了勇气，丧失了纯种西班牙人的侠义气质了吗？你要你的父亲跪多长时间呢？你有什么权力只想到你个人的生之痛苦？夫人，这难道是我的儿子吗？"

"他答应了。"克拉拉在绝望中，忽然呼喊起来。她看到胡安尼托眼睑微动，只有她一个人懂得它的意义。

次女玛丽吉塔仍旧跪着，张开纤弱的双臂抱住她的母亲。她的幼弟曼纽尔看到她热泪盈眶，开始呵斥她。这时宅邸的施赈神父来了。全家人立刻簇拥着他来到胡安尼托身前。维克托再也不忍见此惨状，他向克拉拉做了个手势，就急忙到将军那儿去，做最后一次求情。他看见将军正兴致勃勃地在宴席上和军官们开怀畅饮，军官们也开始摆脱拘束，尽情欢乐。

一小时后，曼达镇的一百士绅，遵照将军的命令来到宅邸的长廊上观看莱加奈斯全家受刑。绞刑架上还悬挂着侯爵的仆人们的尸体，镇上的这些西班牙人就站在绞刑架的下面，一小队士兵一字排开，禁止他们上前。受难者尸体的脚垂荡着，几乎碰到他们头顶。在离他们三十码的地方，安上了一块木砧(zhēn)，旁边放着一把闪闪发亮的弯刀，刽子手也在场，以防胡安尼托拒绝执刑。突然，在万籁俱寂之中，这些西班牙人听到几个人走来的脚步声，一连士兵的整齐步伐声和毛瑟枪的轻微撞击声，这些声音和厅室里军官们饮宴作乐的声音混合在一起，正好像昨天舞会上美妙的音乐里包藏着阴险屠戮的杀机一样。所有的目光都投向那座宅邸，只见侯爵一家以难以置信的尊严气度走向前来，每张脸都是镇定而安详的，只有一个人容颜憔悴，倚在神父的臂上踉跄而行。神父对这个人——对这一家中唯一一个注定要承受生之厄运的人,讲了许多宗教上的宽慰话。刽子手看一眼就明白了,所有其他在场的人也明白了:将由胡安尼托执刑。年迈的侯爵夫妇,克拉拉、玛丽吉塔和她们的兄弟走上前来,跪在离受刑处不远的地方。胡安尼托由神父引向受刑处。当他走到木砧旁边时,刽子手扯扯他的衣袖,把他拉到一边,大概是告诉他一些要领。忏悔神父重整了一下受难者的位置,使他们望不见执刑的人,但是他们都显示出西班牙人真正的英勇气概,端直地跪着,毫无忧惧之色。

克拉拉首先跳到她哥哥的面前,"胡安尼托,"她说,"怜悯我的怯懦,从我开始吧。"

这时,大家听到一阵拼命奔跑的脚步声——原来是维克托赶到了悲惨的行刑处。克拉拉已双膝跪下,伸出雪白的脖颈,以饮刃为快。军官的脸色唰地变得像死人一样惨白,但他还是鼓起余勇跑到她面前。

"将军已恩准了,如果你肯嫁给我,可以免你一死。"他低声对她说。

这西班牙女郎傲然而轻蔑地瞥了他一眼。"胡安尼托,举刀吧!"她的声音里满含着深切的情义。

她的头颅滚到维克托的脚上,侯爵夫人听到声音,不由得惊悸起来,这是她内心悲痛的唯一流露。

下一个是小曼纽尔,他问哥哥:"亲爱的胡安尼托,我跪的地方对吗?"

接着就轮到玛丽吉塔。

"你哭了,玛丽吉塔。"胡安尼托对他的妹妹说。

"嗯,我想到你,我可怜的胡安尼托,没有了我们,你多么苦啊!"

侯爵的高贵身影终于出现了,他垂下眼睑望着子女的血迹,然后转身望望观看行刑的人们——众人都悄然无语,伫立不动。

他向胡安尼托伸出双臂,以坚定的声音说:"西班牙人,我当着你们的面为我的儿子祝福,现在,'侯爵',举刀吧!不要惧怕,这不是你的过错。"

但是当胡安尼托看见神父搀扶着他的母亲走上前来的时候,他忍不住内心的悲痛,大声呻吟道:"她是以乳汁喂我的母亲啊!"他的呼喊好像是一声信号,激起了群众恐怖的狂呼,声音响成一片。宴会的喧闹声、众军官的欢笑作乐声都在狂呼声中淹没消失了。侯爵夫人了解,胡安尼托的勇气已经耗尽了,她奋身一跃,从栏杆上往山下摔去,她的头在石头上迸裂成碎片,群众又发出了钦敬的呼声,响彻山谷。胡安尼托晕倒在地。

"马尔尚刚才告诉我行刑的情况,"一位微醒的军官说,"我敢担保,将军大人,这不是您下的命令吧……"

"先生,你忘了吗?"将军扬声呼道,"下个月法国将有五百户人家举哀流泪,你忘了吗?我们还在西班牙,你们想把骸骨留在这异国的黄土里吗?"

他说完这番话后,席间肃然,没有一个人,甚至没有一个海军中尉敢喝干杯里的酒。

尽管侯爵身边的每一个人都很尊敬他,尽管西班牙国王封他为刽子手——作为贵族头衔,他依然深感悲伤。他孤独地活着,很少露面。他那令人钦佩的罪行像沉重的负担压在他身上,他似乎迫不及待地等待着他的第二个儿子出生,这样他就有权去和那些阴魂不散的亡灵团聚了。

(1830年)

园丁

Rudyard Kipling

约瑟夫·拉迪亚德·吉卜林

（1865—1936）

英国小说家、诗人。英国首位、史上最年轻的诺贝尔文学奖得主。荣获英国皇家文学会的金质奖章。擅长通过寓言暗示人与自然的融合是人类不断奋斗的结果。著有《老虎！老虎！》《丛林历险记》等。

村子里谁都知道，海伦·特里尔为人厚道，对周围的人都很不错，尤其是对待自己唯一的兄弟那不幸的孩子，照顾得更是无微不至，为人称道。村子里尽人皆知，她的兄弟乔治·特里尔是个浪荡公子，从年轻时起一直给家里增添麻烦，到处拈花惹草，动不动就谈情说爱，又动不动就薄情地抛弃对方。因此当他在印度勾搭上一个退休军士的女儿时，谁也没有感到诧异。在私生子快要出生的几个星期之前，乔治不幸坠马身亡。多亏上帝仁慈，他双亲均已亡故，免于丧子之痛。这一年海伦三十五岁，独自生活，而且当时因有肺病征兆，已到法国南方去疗养。对她兄弟这丢脸的姘居所招致的麻烦，她完全可以撒手不管，但由于她秉性高贵，毅然担起了抚养侄儿的责任。她为这孩子雇了个奶妈，安排他们从孟买远渡重洋来到法国，并亲自到马赛接他们。后来由于奶妈粗心大意，这孩子患了婴儿痢疾，她只得辞退奶妈，亲自护理，好不容易才使孩子死里逃生。她虽然熬瘦了，却为孩子的痊愈感到高兴，在这年秋天，她把恢复健康的孩子送到了老家汉普郡。

人人都知道这些事的始末。因为海伦生性光明磊落，一向认为凡事与其欲盖弥彰，不如说出事情的真相。因此，乔治伤风败俗的事情，她无不承认。不过，如果那个当母亲的坚持保留婴儿的权利，事情就可能难办得多。幸好钱能通神，看起来那种出身寒微的人只要有钱到手，几乎什么事都肯答应。由于乔治在窘困时，一再向她告贷，她认为——她的朋友们也是同样想法——完全有权利把孩子抱过来，和军士那方面断绝一切关系。她的第一着棋便是请教区长为这孩子施洗，取名为迈克尔。她颇有自知之明，扬言自己并不喜爱儿童，可是既然她与自己的兄弟（尽管他有那么多过错）手足情深，自然也就爱上了这孩子。她指出，小迈克尔的嘴巴生得和他父亲的一模一样，这虽是件小事，却提供了建立感情的基础。

事实上这孩子最酷似他父亲的乃是额头，阔阔的、低低的，堪称天庭饱满。双眼也隔得开开的，跟他父亲完全是一个模子里造出来的。嘴巴呢，不太像特里尔家族的嘴巴，模样儿要俊俏些，不过海伦不承认这点，她不承认这孩子从他母亲那儿继承了任何优点。她赌咒发誓，说这孩子从头到脚没有一点不像特里尔家族的人。既然没有一个人反驳她，这一点也就被大家公认了。

若干年后，迈克尔正如海伦所一直期望的，出落为一个无畏的、达观的、英俊的青年。他六岁那年，很想知道为什么别的孩子都管自己的母亲叫妈妈，唯独他不能叫。海伦向他解释说，她只是他的姑妈，姑妈和妈妈是不一样的，不过，他要是高兴这样做的话，尽可以在睡觉之前叫她"妈妈"，作为他们之间的爱称。

迈克尔很忠诚地严守这个秘密,可是海伦却和以往一样,很坦率地把这件事告诉朋友了。迈克尔听到后,大发脾气。在这场风暴的末尾,他躺在儿童床上,浑身哆嗦地喊道:"你为什么要告诉他们?你为什么要告诉他们?"

"因为在任何时候,总是说真话的好。"海伦搂着他,好言相慰。

"我可不管这些。我认为,如果真话是丑恶的,还是别说的好。"

"你这样认为吗,亲爱的?"

"是的,我这样认为,而且——"她觉得他小小的身体变得僵硬了,"既然你已经说了,我再也不叫你妈妈了——连在睡觉的时候我也不叫。"

"这不是太不体谅人了吗?"海伦柔和地说。

"我不管!我不管!你伤了我的心,我也要伤你的心。我活一天就伤你的心一天!"

"别这样,啊!亲爱的,别这么说!你不知道……"

"我偏要说!哪天我死了,会叫你伤心得更厉害!"

"谢天谢地,我要比你死得早得多,宝贝儿。"

"哼!艾玛常说命运是不可知的。"艾玛是海伦雇用的一个上了年纪的扁脸女仆,迈克尔常常和她谈话,"我们家族里多少小男孩都是短命的,我也会短命,你瞧着吧!"

海伦喘着气向门口走去,可是"妈妈!妈妈"的喊声使她又返回屋内,两个人抱着哭成一团。

迈克尔十岁那年，在预备学校读了两学期书以后，不知看了什么书还是听了别人什么话，忽然知道了自己没有充分合法的地位。他向海伦提出了这个问题，当她期期艾艾地辩解时，他打断她的话，说自己是这个家族的直系子孙。

最后他高兴地说："别人的闲话你一句也别信，如果我父母结过婚，别人就不会这样说了。不过你别烦心，姑妈。为了找到像我这样的人，我翻阅过英国历史和莎士比亚的戏剧。我第一个找到的就是征服者威廉[1]，此外，还有许许多多像我这样没有完全合法地位的人，他们都混得很好。你不会因为我是私生子就对我另眼看待吧？"

她刚说了句"哪能呢……"就被他打断了。

"好了，既然你一谈起这事便哭，咱们别再提它了。"果然他以后再也没有主动提起这事。可是两年后，放假的时候，他不知怎么出了麻疹，体温达到104华氏度，他在病床上尽是喃喃地说着这件事。海伦实在忍不住了，终于压倒他的胡言乱语尖声喊起来，要他明白，不管是在阳世还是阴府，她绝不会因他是私生子而另眼看待他。

迈克尔在公学上课的日子、美好的圣诞节、复活节、暑假一年又一年地相继而来，犹如一串珠宝那样多姿多彩，璀璨夺目。海伦珍爱这些日子。迈克尔顺其自然地发展自己的兴趣，过一阵子兴趣又会变化，但他对海伦的兴趣非但恒定不变，而且与日俱增。她回报他的是百般疼爱、苦口婆心的劝告和大量

---

[1] 威廉：这里指英王威廉一世（1797—1888）。

的金钱。迈克尔颇有天赋，看起来前途无可限量。谁料，就在这时战争突然爆发了。

他原来计划于十月份拿到奖学金，入牛津大学攻读。偏偏就在八月底，第一批公学男生应征入伍了。他在军官训练队里当中士将近一年时，队长忽然将他直接调到一个新编营。这个营由于时间仓促，装备极差，有一半人仍然穿旧的红色军衣，还有一半人住在非常拥挤的、潮湿的帐篷里，随时有患脑膜炎的危险。

海伦听到他直接下兵营服役，惊恐万状。

"不过这是我们家族注定的命运。"迈克尔笑出声来。

"难道说，你还一直相信那个古老的传说？"海伦问道（她的女仆艾玛已去世数年了），"我曾用名誉担保，现在我再次向你担保，没有那么回事，说实在的。"

"啊，我并不担心那件事。我从来没有担心过。"他勇敢地回答，"我的意思是说，要是我像祖父当年那样应募入伍，我就会有更早显露身手的机会了。"

"别说这样的话！这么说你是唯恐战争早点结束了？"

"没有这么好的运气。你知道 K 先生是怎么说的。"

"是的。不过上星期一银行经理告诉我由于国家财政拮据，战争不可能拖延到圣诞节以后。"

"但愿如此，不过我们的上校——他是正规军人——说战争将是漫长的。"

迈克尔的那个营很幸运，先是被调到诺福克，在挖得很浅的壕沟里防守海岸线，接着又调防北上，守卫苏格兰的某个港湾。

后来人们又纷纷传说这个营要调往远方。一连几个星期不见动静，大家都以为是谣传了，谁料就在迈克尔按照规定要到某个枢纽站和海伦见面四小时的那天，这个营突然被紧急调往法国去补充卢斯战役的损耗。他仅仅来得及发个电报向姑妈告别。

在法国，这个营又交了运，被安顿在萨连特附近（该地属阿尔芒蒂耶尔和拉瓦蒂防区，战役开始时这里比较安静），过着太平无事的生活并因此受到嘉奖。一个老谋深算的司令官鉴于这个营能挖堑沟以保护侧翼，就不动声色地把它调出它所属那个师的防区，名义上是帮助安装电报杆，实际上是利用它在伊普尔一带挖堑沟。

一个月后一个阴雨的黎明，迈克尔写信给海伦，说没有什么特殊的事情，请她别担心。刚写完信，一颗炮弹在附近爆炸。他被弹片击中，立刻毙命。接着又一颗炮弹飞来，将一座谷仓的墙基炸塌，倾覆在他的尸体上面。除非是专家，谁也猜想不到刚才发生了一出惨剧。

这时村庄里的居民对于战争已经司空见惯了，按照英国人的方式渐渐形成了一种报丧仪式。一天，邮政所的女所长将一封公务电报交给她七岁的女儿，叫她送给特里尔小姐。她对教区长的园丁说："现在轮到海伦小姐了。"园丁想起自己阵亡的儿子，回答说："唉，他总算比某些人活得长些。"那七岁的女孩来到特里尔家门前，哭得怪伤心的，因为迈克尔过去常常给她糖吃。海伦收到电报，一会儿后便不知不觉地、小心翼翼地把窗帘逐一放下，对每个人严肃认真地说："失踪总是意味着死亡。"接着她便默默地加入了阵亡战士家属的沮丧行列，经历了一连串不可避免的悼亡伤逝的苦境。当然，教区长还在劝她放乐观些，预言某个俘虏营不久就会来信。好几个朋友也告诉她一些关于别的妇女千真万确的事情，说失踪的亲人在好几个月音讯杳然之后，却奇迹般地回到她们身边。还有些人敦促她向某些可靠团体的秘书求情，他们能够和中立国的慈善人士联系。这些人士能够从哪怕是守口如瓶的德国侵略者的监狱长那里探听到确切的情报。所有这些人建议海伦做的事，她都一一照办了，该写的信都写了，该签名的文件都签了。

在某次休假期间，迈克尔曾领姑妈去参观过一座军火厂。她在那里目睹了一颗炮弹从铁坯到制成的全部过程。当时她感受最深的便是这个倒霉的东西几乎每一秒钟都在受折腾。现在她在填写文件时也有类似的感觉，暗自思量："我也是每秒钟受折腾，被制造为阵亡将士的最亲家属啊！"

后来，所有这些团体都为无法查明迈克尔的下落而深表遗憾。至此她意志消沉，万念俱灰了。不过这样倒好，她干脆死了这份心，免得日夜悬心吊胆。迈克尔已经阵亡了，她心如枯井，没有一点波澜。世界在前进，但已和她无关了，在任何方面都和她没有丝毫瓜葛了。她完全明白这一点，因为她可以在谈话的时候轻易地提到迈克尔的名字，而在听到别人低声说出得体的同情话语时，她也会得体地、恰如其分地俯下头来。

就在她托上帝的福，稍稍宽下心来的时候，钟声齐鸣，停战突然实现了，但她却充耳不闻。她对活着的、从战场上生还的年轻人有种近乎恶心般的厌恶。到停战第二年年底，她克服了这种厌恶心情，可以和他们握手，并真诚地希望他们百事顺遂。她对这场战争为国家或个人带来的灾难丝毫不感兴趣,却在遥遥的远处为战争善后问题奔走——她参加各种各样的救济委员会,她就本村战争纪念碑的地点问题发表宏论。

接着她以阵亡将士的最亲家属这一资格接到了一份官方通知、一块证明迈克尔身份的银质圆牌和一块表,还有一页用笔迹难以擦掉的铅笔写的信函。信中通知她,迈克尔·特里尔中尉的尸体已经被发现并验明身份,并在哈根柴勒的第三军人墓地重新埋葬,信上还详细注明了他的坟墓在哪一排第几号。

于是海伦发现自己进入被制造为阵亡将士亲属的另一道工序了——她发现自己进入了一个充满悲喜交集或是黯然神伤的亲属们的世界,他们现在坚信,地球上终于有一座祭坛可以献上自己的爱了。这些人不久便告诉她,并且用舟车时刻表明白地表示,去看看自己亲人的坟墓是多么容易,几乎一点也不妨碍日常生活事务。

正像教区长的妻子所说的:"要是他是在美索不达米亚甚至是在加里波里阵亡的,情形就大不一样了。"

海伦好像如梦初醒,重投人世。内心的剧痛驱使她渡过英吉利海峡。在那里,那个充满阵亡者简短头衔的新世界中,她打听到乘下午的列车,正好能衔接上第二天上午的轮船,可以不费事地到达哈根柴勒。而离哈根柴勒城不到三公里有一家很舒适的小旅馆,在那里惬意地住上一宿,翌日清晨便可以去第二墓地给亲人上坟。这些她都是从一个城市区政府的某个小官员那儿打听到的。此人住在被夷为平地的那座城市郊区里的一座糊了柏油纸的板棚里,周围石灰尘雾漫空回旋,文件纸张满地飞舞。

"顺便提一句,"他说,"你想必知道你亲人坟墓的地点了?"

"知道,谢谢你的关心。"海伦边说边递上记着坟墓行列和号码的白纸片(这号码是用迈克尔自己的小打字机打出来的)给他看。那人从许多簿册中翻出一本来,正打算和纸片核对,一个身材高大的兰开夏郡妇女插到他们中间,请那个官员告诉她,哪里才能找到她曾在陆军后勤部队当过下士的儿子。她抽抽噎噎地说,他本名是安德森,可是由于来自有社会地位的家庭,他在应征入伍时自然用的是化名,是以史密斯的名字登记的。他早在1915年就于迪基布什牺牲。她没有儿子的号码,也不知道他在化名时到底用了两个教名中的哪一个,可是她的库克旅行优待券到复活节周结束时便要过期,如果到那个时候,她还找不到儿子的坟墓,她就要急疯了。说到这儿她晕厥过去,倒在海伦的怀里。那个官员的妻子忙从办公室后面的小卧室里走出来。他们仨把那个妇女抬到帆布床上。

"他们往往是这样的,"官员的妻子把那个妇女系得太紧的女帽系带解开,"昨天她还说她儿子是在霍奇阵亡的。你能肯定没有记错亲人的坟墓吗?这关系相当大呢。"

"没有记错,谢谢。"海伦说,趁床上妇女神志昏迷之际急忙跑出来,免得再听到她恸哭。

她在一座拥挤的紫红和蓝色条纹的木头房屋里喝茶,更深地沉入噩梦。她在一个相貌平常、举动迟钝的英国妇女旁边付了账。这位妇女听到她询问开往哈根柴勒的列车,便自告奋勇要和她结伴同行。

"我自己也打算往哈根柴勒去。"她解释道,"不是到哈根柴勒的第三墓地,我要去的地方是糖厂,现在改称为拉罗西埃,就在哈根柴勒第三墓地的南边。你在那里的旅馆预订了房间吗?"

"唔,是的,谢谢。我是打电报预订的。"

"那就好。这个旅馆有时候挤得满满的,有时候却不见人影。不过现在幸亏金狮旅社——就是在糖厂西边的那家——把好多浴间腾出来给人住,接纳了不少旅客。"

"我对这些都很陌生,这是我头一次渡海峡。"

"真的吗!这是我停战后第九次渡海峡了。不是为我自己的事,谢天谢地,我并没有丧失亲人。可是,老家有许多朋友失去了亲人。我常常渡海来这里,我发现,如果有人帮他们看看那些墓地,事后再向他们叙述一下,是很有好处的,也可以为他们拍拍照片。好多人委托我办事,我都记在这张单子上。"她神经质地笑了一声,轻轻拍了一下挂在身上的柯达小型照相机,"这一次我去看糖厂那边的两三个坟墓。附近各个公墓也有不少。你知道,我的办法是把委托的事集中起来分批办理。委托办的事情,积得多了,就值得到某个地方跑一趟了,我就到那儿去一趟,集中办理一下。这确能起安慰死者亲属的作用。"

"我看是这样的。"海伦回答道。搭上小火车时,她哆嗦了一下。

"当然是这样,咱们真走运,弄到了靠窗口的座位。这是必须要做的事,要不他们干吗委托我呢?在这里我有十二或十五个人委托我上坟。"说到这儿她又轻拍了一下柯达照相机,"我必须在今天晚上把这些事归归类。哦,我忘记问你了,他是你的什么人?"

"我的侄儿,"海伦说,"我非常喜欢他。"

"啊,是的!我有时感到奇怪,人死后是否有知觉?你是怎么想的?"

海伦连忙说:"噢,我没有想过,我不敢多想这样的事情。"她一边说,一边摆着双手,不让她讲下去。

"不想这些事也许好些,"那个女人回答,"丧失亲人就够悲痛的了。好吧,我不再打扰你了。"

海伦巴不得她别打扰,可是当她们到达旅馆的时候,斯卡斯沃思夫人(她们已经彼此交换了姓名)坚持要和海伦同桌进餐。饭后在那间又小又丑的休息厅里,在那些低言悄语的阵亡将士亲属间,她又向海伦絮絮叨叨地介绍她要办的事情、死者的生平、她是在哪里碰巧遇见他们的,还把死者最亲家属的情况描摹了一番。海伦实在听得厌烦极了,可又脱不了身,直到九点半光景,才溜回自己房间里去。

几乎是她刚到房门的那一刻,就有人敲门,斯卡斯沃思夫人走了进来,她拿着那张可怕的死者名单,紧握十指放在胸前。

"是的——是的——我知道,"她又说起来,"你讨厌我,可是我想告诉你一件事。你——你没有结过婚,是吗?那么,也许你不会……不过这不要紧。我不得不对人说。我不能再忍受这样的煎熬了。"

"请你……"斯卡斯沃思夫人向后退了两步,用身体抵住房门,她干燥的嘴唇痛苦地扭动着。

"就谈一分钟,"她说,"你……你已经知道我要去看那些坟墓了,刚才在楼下,我对你谈得够多了。这些确实都是别人委托我看的。至少其中有些是的。"她用游移不定的目光把这房间扫视了一周,"比利时的糊墙纸多别致啊!你认为呢?……是的,我发誓,这些都是。可是有一个死者,你要知道,他,他在我心目中比世界上任何东西都宝贵。你明白吗?"

海伦点点头。

"比世界上任何人都宝贵。当然我不该有这样的感觉。我该把他忘掉。可是他过去在我心里,现在也是。你要知道我替别人上坟也是为了他。我的话说完了。"

"可是你告诉我这些,是为了什么呢?"海伦热切地问她。

"因为我对说谎厌烦极了,我对说谎厌烦了——永远在说谎——一年又一年,始终不间断。当我不说谎的时候我所做的、我所想的也都是谎言。你是不知道这意味着什么。他是我的一切,可是又不该是我的,他是我一生中唯一的心肝宝贝,可是我不得不假装他不是。我得始终留心自己讲的话,考虑下一句该扯什么谎,一年又一年,一年又一年啊!"

"多少年了?"海伦问她。

"在他生前有六年零四个月,在他死后有两年零三个季度。我来看他八次了。明天是第九次了,可是以后,我不能,我再也不能悄悄地来看他而不为人所发现了。在我去以前我想对人讲讲真话,你懂吗?我是无所谓的。我从来没有诚实过,甚至做姑娘的时候也没有过。可是不讲真话我就对不起他。所以,所以我,我非得对你说。我不能再这样下去了。啊,我再也不能这样下去了!"

她双手紧握差不多举到嘴巴那样高，又蓦然（仍然紧握着）放到腰肢下面。海伦伸出臂膀，抓住她的手，把头俯在上面，喃喃地说："啊，亲爱的！亲爱的！"斯卡斯沃思夫人后退了一步，脸上布满了斑驳的泪痕。

"我的上帝！"她说，"你就是这样对待我的吗？"

海伦无言以对，那个女人走了出去，海伦百感交集，迟迟不能入睡。

第二天大清早，斯卡斯沃思夫人离开旅馆去做别人委托她的事情了。海伦独自走向哈根柴勒第三墓地。那片墓地还没有完全修好，位于碎石路两侧延伸数百码处，高出路面五六英尺。尚未完工的界墙外面围着一道深沟，深沟上面有好几个涵洞，到墓地便是从这些涵洞穿入的。她一口气爬上几级铺了木板的泥土台阶，这个布满坟茔的墓地便整个儿展现在她眼前了。她并不知道哈根柴勒第三墓地已埋葬了两万一千具尸体。她所看到的是一片无情的黑色十字架的海洋，十字架上钉着一块块东倒西歪、有着冲压号码的小铁牌。她辨不清这些无法数计的十字架的顺序和号码。她所见到的只是一片齐腰高的墓木，像被霜雪冻死的枯草一样向她奔涌而来。她犹豫地穿行，一会儿向左拐，一会儿向右转，不知往哪里去才好。她很想知道向谁打听才能找到自己侄儿的坟墓。老远的地方有一条白线，她定睛一看，却原来是两三百个已经安了碑石的坟墓，连在一起，坟前已经种了花，新播的草籽已经吐青了。在这里她可以看出各排坟墓的尽头都有镌刻得很清楚的字母。她对照手里的纸条，看出她所要找的坟墓不在这里。

一个男人跪在一排墓碑的后面，正在将一株幼苗栽在松软的泥土里，显然是个园丁。她手里拿着纸条，向他走去。当她走到近前时，那人立起身来，没有打招呼便开门见山地问："你找谁的坟墓？"

"迈克尔·特里尔中尉的——他是我的侄儿。"海伦一字一字地、缓慢地说出他的名字，正像她一生中成千上万次唤他的名字时一样。

那人抬起头，无限同情地瞅着她，片刻后将目光从新种的草皮上转向光裸裸的黑色十字架那边。

"跟我来吧！"他说，"我会指给你看，你的儿子躺在哪里。"

海伦离开墓地时，顾盼了最后一眼。她远远地看见这个人正在俯身照料他的幼苗。她离开了，她想，他就是园丁。

（1926年）